HEYNE <

Das Buch:

Der Tempelspion Guillem de Montclar kehrt aus Palästina zurück, um in Katalonien wieder für den Orden zu arbeiten. Er soll herausfinden, was mit Serpentarius, dem berühmten Baumeister, geschehen ist, als dieser vor hundert Jahren spurlos vom Erdboden verschwand. Kaum hat Guillem sich an die Arbeit gemacht, wird er vom benachbarten Kloster Santa María de les Maleses um Hilfe bei der Aufklärung zweier rätselhafter Morde gebeten. Im Wald der Fontsanta wurden bei einem sagenumwobenen Felsen, der einst auf rätselhafte Weise eine Quelle verschloss, ein kleines Mädchen und ein alter Schlossherr getötet. Guillem und seine Gehilfen kommen einem großen Geheimnis und einer Verschwörung auf die Spur, als sie die Inschrift auf einem metallenen Dreieck entziffern, das in Serpentarius' Kammer gefunden wurde.

Die Autorin:

Núria Masot wurde 1949 in Palma de Mallorca geboren. Zunächst arbeitete sie als Journalistin für die spanische Tageszeitung Diario de Barcelona und den Sender Radio Barcelona. Nach einer Zeit am Theater widmet sie sich derzeit der Malerei und Schriftstellerei. Sie lebt in einem Dorf in Katalonien.

Lieferbare Titel

Im Schatten des Templers

NÚRIA MASOT

Das Labyrinth der Schlange

Aus dem Spanischen
von Hanna Grzimek und Anja Lutter

Roman

Die Originalausgabe EL LABERINTO DE LA SERPIENTE
erschien 2005 bei Roca Editorial de Libros, S.L., Madrid

FSC
Mix
Produktgruppe aus vorbildlich bewirtschafteten Wäldern und anderen kontrollierten Herkünften
Zert.-Nr. SGS-COC-1940
www.fsc.org

Verlagsgruppe Random House
FSC-DEU-0100
Das für dieses Buch verwendete
FSC-zertifizierte Papier *München Super*
liefert Mochenwangen Papier

Vollständige deutsche Erstausgabe 01/2007

Printed in Germany 2007
Umschlagillustration: © OPALWORKS
Umschlaggestaltung: Nele Schütz Design, München
Satz: Franzis print & media GmbH, München
Druck und Bindung: GGP Media GmbH, Pößneck
978-3-543-47069-9

www.heyne.de

Inhalt

Für meinen Vater, Spross des Ebrotals

Die Zitate, die den einzelnen Kapiteln einführend vorangestellt sind, stammen aus einem alten Pergament, das 1520 in den Ruinen des Klosters Santa Maria de les Maleses gefunden wurde. Der Text war in sehr schlechtem Zustand und offenkundig durch Feuer in Mitleidenschaft gezogen worden. W. F. Bergerssenn, ein deutscher Reisender, der den Text zwischen den ledernen Deckeln eines umfangreichen Rechnungsbuches entdeckt hatte, übergab das Buch zusammen mit dem Pergament den Kirchenbehörden von Seu d'Urgell.

I

Das Wunder der Fontsanta: 1271

»Sehr bald schon werde ich, den Windungen der Schlange folgend, in die Tiefen hinabsteigen, und meine Spur wird aus dem Jahrhundert verschwinden, um sich im ewigen Nichts zu verlieren.«

Vollmondlicht tauchte den Wald der Fontsanta in ein unheimliches Schattenspiel. Wie spitze Pfeile durchschnitten seine Strahlen die Wipfel der Kastanien, fielen als schillernde Punkte auf den Boden und zeichneten so einen verschwommenen, gespenstischen Weg. Es herrschte vollkommene Stille, kein Laut war zu hören, und selbst die leichten Böen des Nordwinds hauchten ganz schüchtern und behutsam zwischen den Blättern hindurch.

Hundert Jahre war es her, dass dieser Ort für verflucht erklärt worden war, und seither hatten sich die unglaublichsten Gerüchte verbreitet, waren immer weiter getragen worden in Häuser und Konvente, und mit der Zeit entstand eine außergewöhnliche Liturgie. Die Ältesten gaben die Legenden ihrer Vorfahren weiter wie Priester eines alten Kultes, der einfach nicht aussterben will, und sie schworen jeden Eid, der Leibhaftige selbst sei aus den Tiefen der Unterwelt heraufgestiegen, um sich des Waldes und seiner heiligen Quelle, der Fontsanta, zu bemächtigen. Ihre Väter und die Väter ihrer Väter hätten mit eigenen Augen gesehen, wie Luzifer einen riesigen Stein auf die Fontsanta geschleudert und so verhindert habe, dass fortan auch nur ein einziger Pilger noch in den Nutzen ihrer wundertätigen Wasser gekommen sei. Man versammelte sich am wohlig warmen Feuer, um die Geschichte zu hören, und sie wurde wieder und wieder erzählt: furchterregende Silhouetten vor einem in Flammen stehenden Horizont, Schwänze und Hufe, die im Wind wogten, während ein riesiger Stein sich leicht und schwerelos um sich selbst drehte und durch die Lüfte tanzte. Danach hatte sich für ein ganzes Jahr ein starker Schwefelgeruch über das Dorf und seine Umgebung gelegt, hatte Krankheit und Tod und schließlich eine furchtbare Dürre gebracht, die den gesamten Landkreis veröden ließ.

Niemand wagte es, jenen alten Legenden zu widersprechen, die mit jedem Jahr durch weitere Einzelheiten ausgeschmückt wurden. Da wollte einer ganz genau gehört haben, wie sein Großvater die exakte Anzahl der Schergen Satans erwähnte, die an der Zeremonie teilhatten; ein anderer schwor beim Andenken seines Vaters, der Stein habe sich hundert Mal gedreht, ehe er krachend auf die Quelle niedergegangen sei. Doch die Jahre vergingen, und die Erinnerung begann zu verblassen und sich im Nebel der Zeit zu verlieren. Was jedoch feststand und offensichtlich von niemand in Zweifel gezogen wurde, war, dass eines Morgens vor hundert Jahren ein Holzfäller bei der Arbeit im Wald die Quelle von einem riesigen Felsblock versperrt fand, der sich vom Berg gelöst hatte. Aus diesem Fels quoll eine dickliche bräunliche Flüssigkeit hervor, die aussah wie Blut. Angst machte sich breit, und die strengen Moralpredigten von Odon, dem Abt des nahe gelegenen Klosters Santa Maria de les Maleses, taten das Ihre, diese Angst noch zu schüren. Dies war die Strafe Gottes, wetterte der Abt immer wieder ganz außer sich, der Zorn des Allmächtigen über die lasterhaften Zeremonien! Die grausame Strafe, die über die Menschen gekommen war, weil sie mit dem Namen ihrer Schutzpatronin, der heiligen Iscla, Missbrauch getrieben hatten, um ihre niedersten, tierischen Instinkte zu entfesseln. Sie selbst und nur sie hatten das Tor zur Hölle aufgestoßen, als sie nackt in der Quelle badeten, ihre aufreizenden Tänze vollführten und mit diesen gotteslästerlichen Zeremonien um den Erhalt ihrer verfluchten Sippe von Sündern baten.

Unbestreitbar führte der Abt Odon seinen ganz persönlichen Krieg gegen das nahe gelegene Dorf. Seit seiner Ankunft hatte er immer wieder heftige Verwünschungen gegen das alljährliche Fest zu Ehren der Heiligen ausgestoßen, das bei der Fontsanta-Quelle gefeiert wurde, ja, er war sogar so weit gegangen, das Fest zu verbieten und denen, die sich daran beteiligt hatten, den Zutritt zur Kirche zu verweigern. Von seiner Kanzel aus drohte er all jenen mit dem Feuer der Hölle, die splitternackt mit Kastanienzweigen in den Wald zogen, um ihre Schamteile in den Wunderwassern zu baden, und er wetterte gegen die Orgien, die unter Einwirkung alkoholischer Substanzen in jenen Nächten stattfanden. Doch Odon musste ungläubigen Auges zusehen, wie seine Kirchgemeinde immer kleiner wurde, während sich jenes entsetzliche Spektakel von Jahr zu Jahr ausweitete; indes fielen seine Worte auf steinigen, kargen Boden und wollten keine Früchte tragen. Diese bittere Wirklichkeit war für den unversöhnlichen Abt der qualvollste Konflikt seiner gesamten Klosterlaufbahn.

Die heilige Iscla, die örtliche Schutzpatronin, deren Geschichte sich im Dunkel der Jahrhunderte verlor, wurde vom

Volk mit großer Hingabe verehrt. Ihr wurden Wunderkräfte zugeschrieben, die Liebeskraft und Fruchtbarkeit steigern sollten: Sie war bei der Suche nach einem Ehepartner behilflich, sorgte für die Gesundheit der Nachkommen oder auch dafür, die Freuden des Fleisches im fortgeschrittenen Alter zu erhalten. Ganz offenbar waren die Menschen mit den Ergebnissen zufrieden, die Heilige schien alle Wünsche zu erfüllen, und es war keine Klage bekannt, die den Glauben an ihre Heiligkeit erschüttert hätte – ungeachtet des offenkundigen Widerspruchs, in dem ihre Gaben zu ihrem eigenen Leben standen. Der offiziellen Geschichte zufolge war sie Jungfrau und Märtyrerin und hatte, um ihre Jungfräulichkeit zu bewahren, grausame Torturen über sich ergehen lassen, wenn auch unbekannt war, wer ihre Peiniger waren. Im Kloster Santa Maria behauptete man, es seien heidnische Römer gewesen, Schergen eines gottlosen und christenfeindlichen Imperators. Einer anderen Geschichte zufolge trugen die Goten Schuld an ihrem Martyrium, ein derbes Volk, über das wenig bekannt war. Es war noch eine dritte Version im Umlauf, die besagte, die Freveltat sei den Muslimen anzulasten. Doch die Morisken, zum Christentum konvertierte Muslime, die mit den einheimischen Christen freundschaftlich zusammenlebten, wiesen jede Schuld von sich. All dies konnte indes die Heiligkeit der Iscla nicht im Geringsten schmälern, ja, sie wurde durch das Mysterium ihrer übernatürlichen Kräfte eher noch gesteigert. Im Kloster hieß es – so war es in alten Pergamentschriften zu lesen –, sie sei ein junges Mädchen aus vornehmer Familie gewesen, fromm und keusch; man habe sie mit Stricken gefesselt und geknebelt und erbarmungslos ausgepeitscht, damit sie ihren Glaubensüberzeugungen abschwöre, ohne dass man genau hätte sagen können, welche das waren, und dass ihre Peiniger, da sie ihr Ziel nicht erreichten, auf grausamste Weise ihren Zorn an ihr ausgelassen hätten: Sie hätten ihr die Brüste abgeschnitten, ihr mit glühenden Zangen Zähne und Nägel herausgerissen, Hände und Füße verstümmelt und sie schließlich, ihrer unerschütterlichen Standhaftigkeit überdrüssig, enthauptet. Aber damit hatten ihre Leiden noch kein Ende, denn ihr Kopf, vom Rumpf getrennt, rollte auf den Boden und sprach dabei hartnäckig weiter, bis er gegen eine Felswand stieß, der daraufhin Wasser entströmte. Isclas Kopf bat um die Vergebung der Sünden ihrer Peiniger, die um keinerlei Gnade gebeten hatten, woraufhin diese den Kopf in einen siedenden Kessel warfen. Auf diese Weise vereinten sich alle ihre Überreste mit ihrem himmlischen Erlöser – bis auf ein einzelnes kleines Stück, das von ihren Folterern unbemerkt geblieben war. Ein Glied des kleinen Fingers ihrer linken Hand war im Gestrüpp verloren gegangen und wurde viele Jahre später von einem Schäfer gefunden, der gleich damit zum Kloster lief, um die kostbare Reliquie in Verwahrung zu geben. Seit dem Tag ihres Martyriums hörte das Wasser nicht auf, aus dem Fels herauszusprudeln, demselben Fels, gegen den ihr armer Kopf gerollt war. Sehr bald entdeckten die Dorfbewohner die wundersame Kraft dieser Flüssigkeit, und so war jenes Fest zu Ehren der heiligen Iscla entstanden, wenn auch niemand mehr zu sagen wusste, wann genau es seinen Anfang nahm.

Doch nach dem entsetzlichen Teufelsspuk, durch den die Quelle unbrauchbar geworden war, wandten sich die Gläubigen von der Heiligen ab, die zugelassen hatte, dass die Diener Luzifers sich ihrer Wunderquelle bemächtigten. Mit den Gelübden und den unzähligen Kerzen vor ihrer Reliquienfigur, die einen Sonderplatz in der Kirche innegehabt hatte, war es abrupt vorbei, und der Kult der Iscla fiel bald der Vergessenheit anheim. Auch der Wald, der früher der heiligen Quelle Schutz gewährt hatte, wurde durch diese Entweihung in Mitleidenschaft gezogen. Schon bald war er zum Gegenstand von Legenden und Verwünschungen geworden und so verlassen, dass die Dorfbewohner einen großen Bogen um ihn machten. Im Jahr darauf wagte niemand mehr von dem Fest zu sprechen, auch in den darauf folgenden Jahren nicht, und so kam es, dass hundert Jahre später die Riten und Zeremonien, die dort stattgefunden hatten, vollständig aus dem Gedächtnis der Menschen ausgelöscht waren. Nur die Legende blieb.

Pater Odon hatte damals erleichtert aufgeatmet, doch seine Zufriedenheit war von kurzer Dauer gewesen. Die Reliquie der heiligen Iscla hatte dem Kloster zu Ruhm verholfen, und viele Gläubige aus den umliegenden Dörfern und dem ganzen Landkreis waren hierher gekommen, um ihr ihre Verehrung zu erweisen. Doch der teuflische Felsentanz hatte schwerwiegende wirtschaftliche Auswirkungen für das Kloster: Der Spendenfluss riss ab, und die beträchtlichen Einkünfte aus dem Verkauf der Votivkerzen versiegten. So geschah es, dass das Kloster der Heiligen in ihrem Niedergang nachfolgte, was angeblich auch die Krankheit von Pater Odon auslöste. Von einem mysteriösen Fieber ergriffen, starb er einige Wochen später, auf dem Totenbett den Namen der heiligen Iscla rufend. Doch der Tod des Abts und das Ende der Fontsanta waren nur die ersten einer ganzen Kette von unheilvollen Ereignissen, waren nur die schwarzen Vorboten einer ungewissen Zukunft, die über jener seit zweihundert Jahren bestehenden Gemeinde heraufzogen. Nicht weit entfernt wurde ein neues Kloster erbaut, um eine neue kurz zuvor gefundene Reliquie zu beherbergen: das Schwert des Erzengels Michael, das wundersamerweise nahe dem Reich des Großen Khan gefunden worden war. Odon erlebte dies nicht mehr. Der Tod war eine Erleichterung für ihn. Doch die Gemeinde von Santa Maria ahnte, nicht ohne Furcht, voraus, dass ihr eine lange Zeit voller Entbehrungen und Zwietracht bevorstehen würde.

»So kann es nicht weitergehen!« Guerau de Cirera, Prior des Klosters Santa Maria de les Maleses, lief unruhig in dem winzigen Raum auf und ab, das ihm als Arbeitszimmer diente. Bruder Hug, sein Gehilfe, sah ihm mit beklommener Ehrerbietung zu.

»Vielleicht, wenn Ihr mit Señor de Castellar sprechen würdet …«, brachte er schüchtern vor.

»Ach was, sprechen!«, erwiderte der Prior gereizt. »Glaubt Ihr etwa, ich hätte das nicht schon unzählige Male versucht, Bruder? Dieser anmaßende Emporkömmling will einfach keine Vernunft annehmen, er will sich den Himmel erkaufen, und wie es scheint, entspricht unser Kloster nicht seinen Vorstellungen. Er will sich einen der besten Plätze gesichert haben, wenn der Tod ihn ereilt, als könnte er damit seine bäuerliche Herkunft auslöschen. Vergessen machen, dass sein Großvater Rüben geerntet hat!«

»Aber Pater Prior, so etwas kann er nicht tun. Seine Familie liegt seit vier Generationen in Santa Maria begraben, und die Gebeine seiner Vorfahren werden gegen diese Schmach aufbegehren!«, versuchte Bruder Hug seinen Superior zu beschwichtigen.

»Das schert ihn nicht, Bruder! Er ist blind vor Hochmut, er ist nicht einmal bereit, mit uns über das Thema zu sprechen. Ich habe sogar Kenntnis davon, dass er über die Angelegenheit bereits mit Sant Miquel gesprochen hat und dass sein Prunkgrab bereits in Arbeit ist. Hinter unserem Rücken, dieser verfluchte Emporkömmling!«

Bruder Hug bekreuzigte sich hastig. Er achtete und bewunderte Pater Prior, doch seine Wutausbrüche und Flüche erschreckten ihn. In gewisser Weise konnte er ihn zwar verstehen: In letzter Zeit kam einfach nicht mehr genug Geld in die Kasse, und keine der vom Prior erdachten Auswege schien die Katastrophe aufhalten zu können. Dennoch, Bruder Hug war ein gottesfürchtiger Mann, erzogen zu Verzicht und Selbstverleugnung, und er hörte nicht auf zu beten, dass der Allmächtige seinem Superior die Zornesausbrüche nicht nachtragen würde.

»Und damit es uns an nichts mangele und wir uns nicht des Müßiggangs versündigen können, Gott stehe uns bei, sollen wir uns nun auch noch mit diesem Zenon herumschlagen!« Guerau de Cirera hatte die Arme in ohnmächtiger Geste zur Decke erhoben und schleuderte seine Worte wie Speere heraus. »Die einen suchen ihr Heil in Sant Miquel, und die anderen werfen sich diesem Verrückten in die Arme! Die Dinge könnten nicht schlechter stehen, Bruder.«

»Es heißt, dass Zenon Wunder vollbringt, Prior«, gab Bruder Hug leise zu bedenken. »Juan, der von der Schmiede, hat mir erzählt, dass er mit eigenen Augen gesehen hat, wie er einen Lahmen geheilt hat. Er soll ihm in den Nacken geblasen und ihn dadurch in Trance versetzt haben, und nach wenigen Minuten ist der Lahme jubelnd über die Wiese gehüpft.«

»Ihr also auch, Bruder!«, rief Guerau de Cirera aus. »Es ist der Teufel, der da seine Streiche vollführt, verkörpert in diesem in Schafsfell gehüllten jähzornigen Irren! Habt Ihr etwa vergessen, Bruder Hug, dass eben dieser Gotteslästеrer nicht aufhört, ketzerische Flüche und Verwünschungen gegen uns auszustoßen? Seid Ihr nun auch schon verrückt geworden, dass Ihr Euch von diesen verblendeten Menschen solche Torheiten weismachen lasst?«

Der Prior war vor seinem Gehilfen stehen geblieben, seine Augen blitzten, und ungläubiges Befremden stand ihm in sein Adlergesicht geschrieben. Hug wich mit gesenktem Blick ein paar Schritte zurück und rieb sich nervös die Hände.

»Die Menschen sind davon überzeugt, dass Zenon ein Heiliger ist, Pater Prior, er lebt wie ein zerlumpter Bettler, haust in einer elenden Höhle und ernährt sich von Wurzeln und Beeren. Er mag ein armer Irrer sein, aber er tut niemandem etwas zuleide.«

Der Prior antwortete nicht, er wandte seinem Gehilfen den Rücken zu und starrte verzweifelt zur Decke. Ein Jahr schon machte ihnen dieser verrückte Einsiedler zu schaffen, der aus dem Nichts aufgetaucht war. Seit einem Jahr mussten sie seine unerbittlichen Predigten ertragen, in denen er die Klostergemeinschaft beschuldigte, sich ein leichtes und bequemes Leben zu machen, und ihre Güter und Reichtümer anprangerte. Zerlumpt und halb nackt, nur mit ein paar halb vermoderten Fellen bedeckt, hatte er es geschafft, einen Großteil der Dorfgemeinde für sich zu gewinnen, und diese verwirrten Menschen waren nun überzeugt, das Ende aller Zeiten stünde unmittelbar bevor.

»So kann es nicht weitergehen …«, murmelte der Prior mehr zu sich selbst.

»Ihr habt vollkommen recht, wir kommen mit den Einkünften des Klosters nicht mehr aus. Aber was könnt Ihr denn noch tun, Pater Prior?« Bruder Hug suchte verzweifelt nach tröstlichen Worten für seinen Superior. »Ihr habt an den Bischof geschrieben und ihn über die Situation unterrichtet, sowohl über die wirtschaftliche Lage als auch über die Sache mit Zenon. Seine Hochwürden werden sicher bald für beide Probleme eine Lösung finden, Ihr müsst Euch nicht unnötig sorgen. Bedenkt außerdem, dass unser guter Abt sich durch den Eremiten nicht weiter beunruhigt zeigt, ich habe ihn sogar sagen hören, er sei ein armer bedeutungsloser Mann und …«

»Bedeutungslos!«, fiel Guerau de Cirera ihm gereizt ins Wort. »Dieser Mann mag alles Mögliche sein, Bruder, aber ich kann Euch versichern, bedeutungslos ist er nicht! Unser Abt – Gott schenke ihm noch viele Jahre – lebt in einer anderen Welt, fern der irdischen Sorgen. Ich bin es, der sich hier mit der Wirklichkeit befasst, der dafür sorgt, dass auf Eurem Tisch die Speise nicht fehlt, und ehrlich gesagt hat sich unsere Lage in den letzten Monaten zusehends verschlechtert … Ich habe sogar unsere Fischrationen kürzen müssen, falls Euch das noch nicht aufgefallen sein sollte! Die Situation ist sehr ernst, und es muss schnell eine Lösung gefunden werden, wenn Ihr nicht die längste Zeit in diesem heiligen Haus verbracht haben wollt.«

»Wir könnten Rom um eine Reliquie bitten, wie sie es in Sant Miquel vor vielen Jahren getan haben, und …«

»Eine Reliquie hilft da nicht weiter, begreift Ihr denn nicht! Das würde Monate dauern, vielleicht Jahre, und bis dahin wären wir verhungert. Hört zu, Bruder, Ihr müsst Euch darüber klar werden, in welcher Situation wir uns befinden.« Gueraus Stimme war jetzt ganz sanft und liebenswürdig. »Die wenigen Adligen machen sich alle nach Sant Miquel davon. Sie laufen den fürstlichsten Grabstätten hinterher und vergessen die zu bezahlen und zu unterhalten, die sie hier schon haben, worüber ihre Vorfahren sich vor Zorn im Grabe herumdrehen. Außerdem fliehen unsere Gläubigen diesen heiligen Ort, um einem Verrückten nachzulaufen, der seine Höhle nur verlässt, um uns zu verfluchen. Seht Ihr denn nicht, dass all dies unseren Ruin bedeutet, dass wir am Ende unserer Mittel und am Ende unserer Mission auf Erden sind?«

»Wir brauchen ein Wunder, Pater Prior. Wir sollten beten, dass ein Wunder geschieht und dass die Gläubigen sich uns wieder zuwenden.« Bruder Hug schloss ergeben die Augen, da Guerau de Cireras ihn fassungslos ansah.

»Beten?«, rief der entgeistert. »Wollt Ihr den Allmächtigen mit unseren schnöden Problemen belästigen? Meint Ihr, er hat nichts Besseres zu tun, als unsere Brote und Fische zu mehren und sich um unsere Verwaltung zu kümmern? ... Das ist unsere Aufgabe, Bruder, dafür hat uns der Herr bestimmt.«

»Der Pater Abt meint, wir sollten den Kult der heiligen Iscla, unserer Schutzpatronin, wiederbeleben. Der Heiligenreliquie ihren Ehrenplatz in der Kapelle zurückgeben und eine große Zeremonie veranstalten, die die Menschen beeindruckt und sie die Bedeutung unseres Klosters erkennen lässt. Ihr wisst ja, mit welcher Hingabe unser geliebter Abt die Heilige verehrt und welches Vertrauen er in sie setzt. Findet Ihr das nicht eine gute Idee?«

»Gott schütze uns!«, flüsterte der Prior, dem es kalt den Rücken hinunterlief; dann verstummte er. Er ging zu seinem Schreibtisch und setzte sich vor die großen Rechnungsbücher, in die er gewissenhaft alle seinen Konvent betreffenden Zahlen eintrug. Er strich mit einer Hand liebevoll über einen der Buchdeckel und starrte, den Kopf geneigt, vor sich hin.

»Fühlt Ihr Euch wohl, Pater Prior?«, fragte Bruder Hug, erschrocken durch die plötzliche Blässe, die seinen Superior überkommen hatte.

»Mir geht es gut, sehr gut, ich danke Euch für Eure Fürsorge, Bruder. Aber jetzt muss ich allein sein, um meine Gedanken zu ordnen. Zieht Euch zurück, ich bitte Euch, ich werde Euch benachrichtigen lassen, wenn ich Euch brauche. Geht mit Gott, Bruder Hug.«

Guerau de Cirera schaute seinem Gehilfen nach, der die Tür vorsichtig anlehnte und ihm dabei einen besorgten Blick zuwarf. Bruder Hug war ein guter Mensch, dachte er, er hatte nicht die leiseste Ahnung davon, wie ernst die Lage war, aber er war ein guter Mensch. Zu naiv und zu leicht zu beeinflussen für seinen Geschmack, aber mehr konnte man von ihm nicht verlangen. Er bemühte sich zu helfen, obwohl er so wenig Talent für Verwaltungsdinge hatte und ständig die Aufzeichnungen über die Einkünfte des Klosters oder über die Lebensmittelvorräte in Unordnung brachte. Der Prior seufzte resigniert. Er dachte daran, wie er selbst seine geistliche Laufbahn als Gehilfe des alten Priors begonnen hatte, dessen Amt er später übernahm. Ihm allerdings hatten seine Intelligenz und sein Geschick geholfen, sich hervorzutun, was von dem armen Bruder Hug nicht zu erwarten war. Guerau de Cirera war schon viele Jahre in Santa Maria, und er liebte das alte Gemäuer. Vielleicht war sein Glaube nicht mehr derselbe, war nicht mehr der Glaube des jungen Mannes, der in Leidenschaft entbrannt war durch den Ruf Gottes, doch die Liebe, die er für dieses Gebäude und seine Geschichte empfand, machte die Halbherzigkeit seines Glaubens wieder wett … oder wenigstens gefiel es ihm zu denken, dass es so war. Jedenfalls ließ sich nicht bestreiten, dass er diesen steinernen Bau liebte, sein solides Fundament und den wunderbaren Kreuzgang. Noch dem kleinsten Detail wohnte eine ganz besondere Schönheit inne. Er konnte nicht zulassen, dass dies alles durch die Gleichgültigkeit der Menschen und den Irrsinn der Zeiten verloren ging. Die heilige Iscla!, dachte er bestürzt, jene Heilige, die seinem Kloster in der Vergangenheit bereits alle nur denkbaren Katastrophen eingetragen hatte, noch eine würde es nicht verkraften, nicht jetzt … Er erschauerte, in ihm stieg eine Erinnerung auf, die er am liebsten vergessen hätte, von der er wünschte, es hätte sie nie gegeben. Doch er musste sich erinnern, er musste zurückschauen, um nicht die Fehler der Vergangenheit zu wiederholen, musste sich auf eine vergessene Wahrheit besinnen, die ihm zu einer Lösung für die Gegenwart verhelfen würde. Er dachte an die Geschichte, die ihm sein alter Prior erzählt hatte, als er selbst noch ein enthusiastischer Lehrling gewesen war, versessen darauf, die Geschichte seines Klosters bis in den letzten Winkel zu ergründen. Vor seinem geistigen Auge sah er seinen ehemaligen Superior, wie er ihm mit vor Scham verzerrtem und gerötetem Gesicht die schändliche Geschichte erzählte, die sich im Kloster zugetragen hatte.

»Es geschah vor vielen Jahren, Bruder Guerau, und es gereicht unserer Gemeinde alles andere als zur Ehre«, hatte er seine Erzählung mit betrübter Miene begonnen. »Ich weiß nicht, ob Ihr die Legende kennt … Vor langer Zeit wurde der Namenstag unserer Schutzpatronin, der heiligen Iscla, mit einem großen Fest begangen. Über den Ursprung dieser heidnischen und lasterhaften Zeremonie wusste niemand Genaues zu sagen. Sicher ist jedoch, dass während dieser Feiern die Frauen nackt in der Heiligen Quelle, der Fontsanta, badeten, während die Männer ihr Glied in das

Wasser tauchten; sie waren überzeugt, dass dadurch Fruchtbarkeit und Manneskraft gesteigert würden. Hinterher floss der Wein in Strömen, es wurde ausschweifend getanzt und gesungen, und neun Monate später kamen drei Mal mehr Kinder zur Welt als in anderen Monaten. Die ›Kinder der Heiligen‹ wurden sie genannt, und ihnen wurde eine besondere Behandlung zuteil. Nun war der damalige Abt, Odon hieß er, ein jähzorniger Mann, und wie die Chroniken erzählen, hatte er seiner Gemeinde mehrfach gedroht, sie zu exkommunizieren. Ein Jahr lang hatte er sich sogar geweigert, die heilige Messe zu lesen und Taufen vorzunehmen, solange diese Leute nicht von ihren barbarischen Zeremonien abließen. Doch all dies blieb wirkungslos, das Dorf entschied sich dafür, an den sündhaften Bräuchen festzuhalten und sich vom Wort des Herrn abzukehren … Ich erzähle Euch das alles, damit Ihr versteht, in welch schwieriger Situation Odon sich befand, wenngleich dies keine Entschuldigung ist für das, was dann geschah. Es wurde nämlich eine Ordensversammlung einberufen, und man beschloss ein für alle Mal Schluss zu machen mit jenen Festen und unzüchtigen Zeremonien. In jener Nacht machten sich mehrere Mönche aus dem Kloster zur Fontsanta auf. Sie stiegen auf den Hügel und ließen einen Felsblock auf den Eingang der Höhle fallen, in der die Quelle entsprang. Wahrscheinlich floss das Wasser in einen unterirdischen Fluss, der unter dem Kloster verläuft. In den ganz alten Chroniken sprechen die Gründer von Santa Maria von diesem verborgenen Wasserlauf, allerdings ohne seine Lage zu beschreiben. Wir wissen, dass sie jahrelang danach gesucht haben, denn wegen der Wasserknappheit mussten dringend Brunnen gebaut werden. Aber ich komme vom Thema ab, mein lieber Guerau … Diesen gewaltigen Felsblock zu bewegen, war eine mühselige und schwierige Angelegenheit, die Mönche waren erschöpft, und die Morgendämmerung nahte bereits. An dieser Stelle wird die Geschichte undeutlich und verschwommen, beinahe unheimlich, keiner weiß mehr genau, wo die Wahrheit aufhört und die Phantasie anfängt. Es heißt, jemand habe den Mönchen mit magischen Kräften geholfen – gnädiger Gott! –, es ging sogar das Gerücht, sie hätten, um ihr Ziel zu erreichen, einen Pakt mit dem leibhaftigen Satan geschlossen. Hier knüpfen die Legenden an, die behaupten, Odon sei mit der schwarzen Magie im Bunde gewesen. Wie auch immer, jedenfalls stürzte der Fels auf die Quelle herab und versperrte sie. Noch nicht zufrieden damit – die Sonne zeigte sich bereits am Horizont –, opferten die Mönche ein Lamm und gossen sein Blut über den Stein. Der Anblick war furchterregend, und es ist nicht verwunderlich, dass das ganze Dorf in Panik geriet: Die Gerüchte jagten durch den Ort wie durchgegangene Pferde, angestachelt von Odon selbst, der wie ein Wahnsinniger schrie, der Zorn Gottes sei über sie gekommen, als Strafe für ihre lästerlichen Bräuche. Das Schlimmste aber kam danach, und ich kann Euch versichern, mein Lieber, dass hierbei niemand aus dem Kloster seine Finger im Spiel hatte. Ein Jahr lang herrschte eine entsetzliche Dürre, die die ganze Gegend veröden ließ und allerorten für Krankheit und Wehklagen sorgte. Mit der Verzweiflung der Menschen füllte sich die Kirche von Santa Maria wieder, doch das sollte Odon nicht mehr erleben … Er war kurze Zeit nach den Ereignissen gestorben, unter Schmerzensschreien, während ihm die Haut, voller Pusteln und Geschwüre, in Fetzen vom Leibe fiel und er im Todeskampf Isclas Namen rief. Es hieß damals, dies sei die Rache der ›Kinder der Heiligen‹ dafür gewesen, dass man ihr Heiligtum entweiht hatte; sie hätten gewusst, wer die wirklichen Schuldigen waren … aber ich habe dir ja gesagt, dass das Gerede damals Blüten trieb wie der Raps im Frühling. Allem Anschein nach gab sich die Klostergemeinschaft, verstört durch die Folgen ihres Handelns, ganz der Reue und Buße hin. Einige Mönche nahmen sich sogar das Leben, da sie überzeugt waren, der Fürst der Finsternis habe seine Hand im Spiel gehabt, und der moralische Niedergang hielt Einzug in diese heiligen Mauern. Gott in seiner unendlichen Güte stehe uns bei!«

»Wie Ihr Euch vorstellen könnt«, fuhr der alte Abt fort, »wurde dieses Fest nie wieder begangen. Als hätte das ganze Dorf beschlossen zu vergessen, wurde es nie wieder auch nur mit einem Wort erwähnt. Die heilige Reliquie von Iscla wurde dem Blick der Gläubigen entzogen, ihre Kapelle geschlossen und ihr Andenken kehrte dorthin zurück, wo sie hergekommen war: ins Nichts. Die Menschen schwiegen über sie, als hätte sie nie existiert. Ich erzähle Euch das alles, Bruder Guerau, weil sich im Konvent niemand mehr erinnert, weder an die Ereignisse selbst noch an unseren Anteil daran. Ich bin alt und krank, bald wird der Herr mich zu sich rufen, aber jemand muss diese Erinnerung bewahren, damit sich solche Dinge niemals mehr wiederholen, jemand muss die Wahrheit kennen. Die Tradition will es, dass es die Prioren sind, die das Geheimnis hüten und an ihre Nachfolger weitergeben. Alle schriftlichen Dokumente über die Ereignisse wurden zerstört … bis auf eines, dessen Versteck aber niemand mehr kennt. Auch mein Superior kannte das Versteck nicht, doch er hat mir erzählt, es handele sich um eine Art Brief von einem der Mönche, der an den Geschehnissen beteiligt war und darauf den Verstand verlor. Womöglich ist es so auch das Beste, mein Lieber. Wie glaubhaft wären wohl die Worte eines armen verwirrten Mönchs?«

Dem alten Prior hatten die Tränen in den Augen gestanden, und dieser Augenblick hatte sich Guerau de Cirera, der seinen Superior wahrhaft geliebt und geachtet hatte, ins Gedächtnis gebrannt. Er nahm ihm die Last seines Geständnisses ab, damit er seine letzte Reise antreten konnte, denn jener heilige Mann verstarb noch in derselben Nacht, als sei das Einzige, was ihn am Leben erhalten hatte, die Geschichte dieser lange zurückliegenden und sonderbaren Ereignisse gewesen. Der junge Guerau aber, der seine Hand hielt, sollte seine letzten Worte bewahren: »Niemals dürft Ihr vergessen.«

Guerau de Cirera hatte die Geschichte niemals vergessen. Seinem Abt, einem Sohn von vornehmstem Adel, fiel nun nichts Besseres ein, als den verfluchten Kult der Iscla wiederzubeleben. Alamand war überzeugt, der Teufel habe sich infolge der allgemeinen Gleichgültigkeit der Heiligen bemächtigt. Man habe im Kloster nicht genug darum gekämpft, die makellose Märtyrerin den Fängen Luzifers zu entreißen, niemand hatte verhindert, dass die Heilige von den Schergen Satans immer wieder aufs Neue gequält und gefoltert worden war … Alamand kannte die wahre Geschichte nicht, und er würde sie nie erfahren – bei allen Heiligen! Guerau wusste nicht, was zu tun war, die Ereignisse schienen sich zu überstürzen. Welches war die richtige Entscheidung?

Er atmete schwer, als hätte sich ein gewaltiger Fels auf seine Brust gelegt, und er spürte, wie ihn Angst ergriff. Er musste sich beruhigen, in Ruhe nachdenken, die Kontrolle über die Situation bewahren. Er wandte seine Gedanken von der Fontsanta ab und bemühte sich, sich auf näher liegende, konkretere Probleme zu konzentrieren, beispielsweise auf das benachbarte Kloster Sant Miquel de l'Espasa. Obwohl es mit dem altehrwürdigen Santa-Maria-Konvent an Jahrhunderten nicht annähernd mithalten konnte, war dieses junge Kloster dabei, ihnen den Rang abzulaufen. Die Reliquie des heiligen Schwertes vom Erzengel Michael hatte ihm zu stetig wachsendem Ruhm verholfen, und die Spenden flossen nun nach Sant Miquel, was für Santa Maria den Ruin bedeutete … Und die Sache mit den Grabstätten war geradezu skandalös! Viele hatten ungeheuerliche Beträge gezahlt, um sich ihre Unsterblichkeit in der Nähe der bedeutendsten Reliquie weit und breit zu sichern, und hatten die Gebeine ihrer Vorfahren in Santa Maria gelassen, ohne den Verpflichtungen für die Verstorbenen nachzukommen, die auf sie vertraut hatten.

Mit einem dumpfen Knall schlug Guerau de Cirera sein Buch zu und erhob sich. Er war groß und dürr, die knochigen Konturen seines Gesichts zeichneten sich deutlich unter der straffen Haut ab, und unter einem Augenpaar von unbestimmter Farbe ragte eine Adlernase hervor. Er brauchte frische Luft, die Erinnerungen verursachten ihm Beklemmungen, als könne er die Last der Wahrheit nicht mehr tragen. Er verließ sein kleines Zimmer und wandte sich in Richtung Kreuzgang, dem besten Ort, um seinen Gedanken freien Lauf zu lassen. Hier hatte er immer die notwendigen Antworten gefunden, wenn er, ganz in sich gekehrt, Runde um Runde um den heiligen Ort drehte. Ja, dort würde er die Lösung finden, um sein Kloster vor der Katastrophe zu retten, auf die es sich mit großer Geschwindigkeit zubewegte.

»Du stößt die Wermutblüten in einem Mörser, bis sie zu Brei werden. Danach schmilzt du den Talg einer Kalbs- und einer Hirschniere, dazu das Mark, und gibst das Fett einer Ziege hinzu. Das Ganze vermengst du mit dem Wermutbrei und lässt es ein paar Tage ziehen. Besonders wirksam wird es, wenn es bei Vollmond zieht. Wenn die Schmerzen sehr stark sind, kannst du es aber auch zu jeder anderen Zeit zubereiten. Wenn die Salbe fertig ist, reibst du dir damit die schmerzhaften Stellen ein-, zweimal am Tag … oder besser dreimal.«

»Um meinen Schmerz zu lindern, reicht der Wermut der ganzen Gegend nicht aus, Maria. Statt mich mit Salbe einzureiben, sollte ich mich eher mit einem Bottich von deinem Wundermittel übergießen.«

Maria de l'Os sah ihn schweigend an. Sie war eine kräftige, stattliche Frau. Über all ihren Röcken, Umhängen und Tüchern, die ihre Formen verhüllten, erhob sich ein mächtiger Kopf, der von weißem, zu einem langen Zopf straff nach hinten gebundenem Haar gekrönt wurde. Unter einer breiten Stirn funkelten ein Paar kleine, weit auseinander stehende dunkle Augen. Die Frau kniff die Augen zusammen, und ein Lächeln brachte die unzähligen Falten auf ihrem Gesicht in Bewegung.

»Du siehst mal wieder schwarz, Jofre Galcerán. Ich fürchte, da ist noch etwas, was dir Sorge bereitet, und zwar weit mehr als deine schmerzenden alten Knochen.«

Jofre Galcerán verzog entrüstet das Gesicht. Seine Hände, die knotig waren wie der Stamm einer Eiche, wandten sich wieder dem Leinenschuh zu, den er gerade flickte. Seine Bewegungen waren ungeschickt, seine Finger hatten kaum mehr die Kraft, um den Schuh zu halten. Er ließ ihn fallen und stieß einen wütenden Fluch aus. Maria de l'Os bückte sich, um ihn aufzuheben, ohne dabei ihren Freund aus den Augen zu lassen.

»Es ist nutzlos, dass du deinen armen Knochen zürnst, mein Freund, sie werden nie mehr die alte Kraft zurückgewinnen. Wir sind alt, Jofre, sehr alt, nur wenige erreichen unser Alter, viele sterben sehr jung … Aber die Götter haben sich darauf versteift, uns am Leben zu erhalten, aus welchem Grund auch immer. Du solltest aufhören, in diesem verdammten Kloster zu arbeiten, das dir nichts als Schmerz und Leid gebracht hat.«

»Das ist nicht wahr, und das weißt du besser als irgendjemand sonst. Ich kann diesen Ort nicht verlassen, niemals werde ich das können.«

Trotz seiner fünfundsiebzig Jahre war Jofres Körper immer noch kräftig. Seine Züge waren hart und streng, wie in Stein gemeißelt. Sein Gesicht wurde von einer hervorspringenden Nase beherrscht, die oben lang und dünn war und sich zu den Nasenflügeln hin stark verbreiterte. Unter den schön geformten Brauen lagen helle mandelförmige Augen, unter denen sich dunkle Ringe abzeichneten. Die Jahre hatten seinen Rücken gebeugt, was ihn kleiner erscheinen ließ.

»Natürlich weiß ich das besser als sonst jemand, aber verstanden habe ich es nie«, antwortete Maria mit heiserer Stimme. »Als du hättest gehen können, bist du nicht gegangen, du hast dich hier festgesetzt wie ein gestrandeter Kahn.«

»Das sagt die Richtige!«, fuhr Jofre wütend auf. »Wer ist denn als Kräuterfrau und Hexe im ganzen Landkreis bekannt! Dich mögen sie im Kloster auch nicht besonders, und du bist immer noch hier, in deiner schäbigen Hütte da bei dem verfluchten Wald.«

»Meine Hütte ist nicht schäbig, und der Wald ist auch nicht verflucht.« Maria sprach mit verhaltener Stimme. »Und wenn ich hier bleibe, habe ich meine Gründe dafür, ich warte darauf, dass mein Sohn zurückkehrt. Und das verstehst nun du wieder nicht.«

»Dein Sohn ist tot, Maria, schon seit vielen Jahren … Wenn du von ihm sprichst, als wäre er noch am Leben und würde hier durchs Dorf spazieren, läuft mir ein kalter Schauer über den Rücken.«

»Er ist nicht tot, es war nicht seine Leiche, die sie gefunden haben, das habe ich dir damals gesagt, und ich sage es dir jetzt noch einmal.« Maria raffte einen ihrer Umhänge zusammen, als habe sie plötzlich einen eisigen Zug verspürt.

»Es tut mir leid, es tut mir wirklich leid, aber du kannst unmöglich so sicher sein. Es hieß damals, sein Gesicht sei vollkommen entstellt gewesen, aber es waren seine Sachen, die er anhatte und …« Jofres Antwort kam zögernd, er machte ein zerknirschtes Gesicht. »Nimm es mir nicht übel, Maria, ich bin in letzter Zeit so unruhig und nervös. Es gefällt mir nicht, was da im Gange ist, obwohl ich nicht einmal mit Sicherheit sagen kann, dass etwas Besonderes vor sich geht. Ich weiß nicht, was mit mir los ist, es ist wie eine Vorahnung, ein seltsames Vorgefühl … Wie wenn meine Knochen ein Gewitter ankündigen. In den letzten Tagen wird es immer schlimmer, womöglich bin ich dabei, verrückt zu werden.«

»Du bist nicht verrückt, Jofre.« Maria schien jetzt ruhiger. »Auch ich empfinde dieses Gefühl sehr stark, und wärst du ein besserer Beobachter, würdest du die allgemeine Nervosität hier bemerken. Die Mönche sind unruhig, die Dinge laufen nicht gut für sie, und was das Dorf angeht …«

»Dieser verfluchte Einsiedler hat sie alle verrückt gemacht!«, rief Jofre voller Empörung.

»Zenon sagt ihnen nur, was sie hören wollen, nichts weiter.«

»Du also auch! Du willst mir doch wohl nicht sagen, dass du an diesen jähzornigen Irren glaubst!« Jofre sah sie ungläubig an.

»Du hast dein Erinnerungsvermögen verloren, alter Freund, und mit dir das gesamte Dorf. Niemand erinnert sich mehr an irgendetwas. Sogar das, was dein Vater dich gelehrt hat, hast du vergessen, er hat dich auf das alles vorbereitet, damit du die Augen offen hältst und wachsam bleibst. Du hast es vergessen, das ist das Problem. Möglicherweise ist der Augenblick jetzt gekommen.«

»Was soll dieser ganze Unfug? Und was zum Teufel weißt du von meinem Vater?« Jofre konnte sein Befremden nicht verbergen.

»Ich weiß, dass dein Vater hier Wächter war, und davor dein Großvater – der dann verschwunden ist. Und jetzt ... solltest du Wache halten.« Maria wandte den Blick ab von den fassungslosen Augen ihres Freundes und schürte das kleine Feuer. »Dein Vater und dein Großvater waren Baumeister wie du, kluge und intelligente Leute. Was für einen anderen Grund gibt es denn, in diesem verlassenen Winkel der Welt zu bleiben, wo ihr doch so große Werke hättet schaffen können?«

»Du vergisst, dass ich fortgegangen bin, ich habe mehrere Jahre außerhalb gearbeitet.« Jofre bemühte sich, seine Verwirrung zu überspielen.

»Weil dein Vater damals hier war, ich weiß es noch ganz genau. Aber als er starb, bist du zurückgekommen und hast dich hier vergraben, hast seinen Platz eingenommen.« Maria gab nicht nach.

»Und dieses ganze wirre Zeug hast du wohl in deinem Hexenkessel gesehen?« Der alte Mann versuchte seiner Angst durch Ironie Herr zu werden.

»Jofre, wir kennen uns, seit wir Kinder waren, wir sind zusammen alt geworden, du kannst über mich lachen so viel du willst, wenn es dich glücklich macht … aber unser Lebenskreis ist vollendet. Als wir jung waren, haben wir uns geliebt, und später haben wir es geschafft, gute Freunde zu werden. Wir kennen uns, wir wissen, wer wir sind, und das kann uns helfen. Nicht immer ist die Wahrheit aus dem Kessel zu lesen.« Maria seufzte, ihre kleinen Augen funkelten beunruhigt. Gestützt auf ihren kräftigen Kastanienstock erhob sie sich mit Mühe und schaute ihren alten Freund nachdenklich an.

»Ich will dir sagen, was ich in meinem Kessel gesehen habe«, fuhr sie fort, »und du weißt, dass ich mich niemals irre. Du bist immer gut gefahren mit meinen Vorahnungen, weißt du noch? Ich sehe Blut, Jofre, wie in einem Alptraum. Ich bin bei der Fontsanta und alles ist voller Blut, das sich immer mehr ausbreitet. Ein Rabe spricht zu mir, er warnt mich, ich soll bereit sein, und er beschwört mich, auch dich zu warnen.«

Jofre lief ein kalter Schauer über den Rücken. Sie hatte recht, sie irrte sich nie, und er wusste das sehr gut. Einen Moment lang erinnerte er sich an die Furcht, die ihm jenes junge Mädchen, das schon als kleines Kind allein am Waldrand gelebt hatte, jahrelang eingeflößt hatte. Er dachte an ihre wilde Schönheit, an ihren Blick, der ihm noch immer bis ins Mark traf.

»Jemand wird kommen, Jofre, und zwar bald«, murmelte Maria. »›Einer wird dorthin zurückkehren, woher er kam, und ein anderer wird dorthin gehen, wo er noch nie war.‹ Der Rabe sprach und sprach, ich konnte den Sinn vieler seiner Worte nicht verstehen, doch ich werde dahinterkommen. Ich weiß, dass du bald von deinem Geheimnis erlöst sein wirst.«

»Mein einziges Geheimnis, Maria, sind die Kenntnisse meines Handwerks«, log Jofre. »Und wenn ich sterbe, werden sie für immer verloren gehen. Ich habe keine Kinder gehabt und auch sonst niemanden, an den ich das Wenige hätte weitergeben können, was ich weiß. Vielleicht ist das meine Strafe?«

»Du irrst dich, der Schmerz trübt dir den Blick. Du musst vorbereitet sein.«

Maria brachte sorgfältig ihre unzähligen Röcke in Ordnung und wandte sich mit schleppendem Schritt zur Tür. Sie drehte sich um und sah ihren Freund an, der so alt war wie sie selbst. Sie war nicht überrascht, ganz deutlich das Bild eines schlanken, muskulösen Jünglings vor sich zu sehen, dessen helle Augen sie mit Bewunderung und Respekt betrachteten … und mit Furcht, einer kleinen Spur von Furcht, diese Angst war immer da gewesen. Sie lächelte bei dem warmen Gefühl dieser Erinnerung und wiederholte, bevor sie hinausging: »Wir müssen vorbereitet sein, Jofre.«

Der alte Mann blieb nachdenklich beim Feuer zurück und betrachtete seine verkrümmten Hände. Es war seltsam, dachte er traurig, seine Hände waren immer sein bestes Werkzeug gewesen, sie hatten die schönsten Kapitelle und die zierlichsten Gesimse gemeißelt, hatten gemessen und gezeichnet, eine bessere Welt geplant und geschaffen. Und dennoch ließen sie ihn als Erste im Stich. Was würde Maria wohl zu solchen Gedanken sagen, fragte er sich. Sie würde sagen, dass er wohl blind wäre. »Deine Hände sind da, wo sie immer waren, du trauriger Alter, du bist nicht einarmig wie Esteban, der Holzhacker, und guck mal, wie der die Axt schwingt.« Ja, so etwas würde sie sagen. Jofre lachte kurz auf, wie immer wären Marias Worte richtig und vernünftig, sie war imstande, auch noch das winzigste Körnchen Wahrheit zu erhaschen, wo die anderen nur Verwirrung und Unordnung sahen. Er hob den Leinenschuh vom Boden auf, er war vollkommen auseinander gegangen und nicht mehr zu gebrauchen. Es musste dem Kloster wirklich sehr schlecht gehen, wenn der Prior ihm eine solche Flickarbeit auftrug und dafür die Arbeiten unterbrechen ließ, die er im Kreuzgang leitete. Niemand konnte garantieren – und schon gar nicht er –, dass der Westflügel des Kreuzgangs nicht jeden Augenblick einstürzte. Der Prior war bereits unterrichtet, der ganze Gebäudekomplex bedurfte dringend der Instandsetzung. Der baufällige Kreuzgang konnte jederzeit einen der Mönche oder gar den Prior selbst unter sich begraben. Er kannte Guerau de Cireras Schwäche für diesen Ort, seine endlosen Runden um den Innenhof, als suche er in jedem einzelnen Stein nach einer Antwort und erwarte, dass die Kapitelle zu ihm sprächen. Der Prior war ein intelligenter Mann, zu intelligent für einen Ort wie diesen, dachte Jofre. Es gab keinen Zweifel daran, dass die Steine zu ihnen sprachen, wer wusste das besser als er, aber der Prior hatte ihre Sprache vergessen, alle hatten sie vergessen.

Er erhob sich behände, wenigstens seine Beine machten noch mit, noch spürte er ihre Kraft und die Hitze seines Geschlechts, das ihm in unregelmäßigen, aber zuverlässigen Abständen tröstliche Signale sandte. Er war alt, wie Maria gesagt hatte, sie waren beide gleich alt, und trotzdem kämmte diese Frau ihren Zopf mit der gleichen Sorgfalt wie vor fünfzig Jahren. Dieses dicke, duftende Haar, einst schwarz wie das Gefieder ihres Raben, hatte zwar seine Farbe verloren, war aber noch genauso voll und schön wie in ihrer Jugend. Nie hatte sie etwas von ihm verlangt, nicht einmal, als die Leidenschaft sie auf seltsame, entrückende Wege führte und sie sich vor den Blicken der anderen verbargen. Nie auch nur die kleinste Forderung oder der geringste Vorwurf. Und als die Leidenschaft gewichen war, fanden sie sich durch die Bande tiefer Zärtlichkeit noch stärker verbunden. Es war merkwürdig, dachte er, Maria war ein merkwürdiger Mensch, sie war anders, sie wollte nichts, als ihr Leben selbst bestimmen, ohne dass sich jemand einmischte. »Wir müssen bereit sein«, hatte sie ernst zu ihm gesagt. Bereit wofür?

Er schaute sich in seinem Zimmer um, es war klein, aber gemütlich, und er hatte alles, was er brauchte. Das Haus war von seinem Großvater erbaut worden, wie ein unsichtbarer Wächter schmiegte es sich neben dem gewaltigen Eingangstor an die Außenmauer des Klosters. Natürlich war es kein Zufall gewesen, dass er diesen Platz gewählt hatte. Sein Großvater, der verschwunden war – so jedenfalls wurde es erzählt –, hatte einen Großteil all dessen mit aufgebaut, was er von seinem kleinen Fenster aus überblicken konnte. Aus den Ruinen eines alten Klosters war dieses Muster an Schönheit und Harmonie emporgewachsen, ebenso vollkommen in seinen Maßen für Gott wie für die Menschen. Natürlich sprachen die Steine zu denen, die ihnen zuhören wollten, aber wer hörte schon zu in diesen unsicheren Zeiten?, fragte er sich niedergeschlagen. Die alte Maria würde ihm antworten, die Zeit des Zuhörens sei noch nicht gekommen, und vielleicht würde sie niemals kommen …

Er ging zurück zu seinem kleinen Hocker, dorthin, wo es warm war, nahm den Leinenschuh wieder auf und grübelte über den Sinn dieser Flickarbeit nach. Für dieses Wrack von Schuh konnte man nicht mehr viel tun, vermutlich würde sein Besitzer nach fünf Schritten damit auf die Nase fallen, er hoffte nur, dass dies nicht an der Westmauer des Kreuzgangs geschehen würde … das Pfeifen eines Vogels konnte diese Mauer zum Einsturz bringen, und mit dem Kirchdach sah es nicht viel besser aus. Nun gut, das Beste würde sein, sich auf seine Arbeit zu konzentrieren und dem Geist ein wenig Erholung zu gönnen, doch seine Gedanken ließen ihm keine Ruhe, und er wurde das Gefühl der Beklemmung nicht los. »Jemand wird kommen«, hatte Maria gesagt, »bald wirst du von deinem Geheimnis erlöst sein.« Was konnte sie wissen? Wollte sie ihn womöglich trösten? Nein, so etwas tat sie nie, nicht eine Sekunde lang hätte sie versucht, ihm den Schmerz zu erleichtern oder zu ersparen, sie wusste genau, dass Wissen zwar Leid verursachte, es aber keinen anderen Weg gab. Plötzlich packte ihn ein unbändiger Zorn, er schleuderte den unnützen Schuh gegen einen Schrank und atmete schwer. Warum er, warum musste er diese Last tragen? Jofre Galcerán verbarg sein Gesicht in seinen knotigen Händen. Seine Welt zerbrach in winzige Stücke, ohne dass er irgendetwas dagegen tun konnte.

In jener Nacht zerriss der Hufschlag eines Pferdes die Grabesstille im Wald der Heiligen Quelle. Der vergessene Weg, der gelegentlich durch den Schein des Mondes erhellt wurde, wand sich wie eine schlafende Schlange. Über weite

Strecken war er von Dorngestrüpp überwuchert, verlor sich wie verschluckt von der Erde, die ihre heiligen Orte zurückforderte. Nichts schien den Reiter aufhalten zu können, als führe ihn ein besonderer Instinkt über alle Hindernisse hinweg, bis er in die Mitte einer kleinen Lichtung gelangte, wo sich ehemals die Quelle befand. Der frische Klang des sprudelnden Wassers war versiegt, und nur das beständige sanfte Rauschen des Windes in den Blättern der Bäume verlieh dem Ort eine einzigartige Musik. Die Gestalt stieg vom Pferd und näherte sich dem gewaltigen Fels, der die Quelle verschloss. Bedächtig betrachtete sie die Umrisse des Steins und strich sanft darüber. Das Licht war hell genug, um den Einschlag zu erkennen, den dieser wundersame Felsblock bei seinem magischen Niedergang hinterlassen hatte. Nichts deutete auf die Höhle hin, die hier früher einmal gewesen war, nicht der kleinste Spalt, aus dem Wasser rann. Der Fels schien sich haargenau in die unregelmäßige Linie der Grottenöffnung einzupassen. Auf der einen Seite deuteten unzählige Steine unterschiedlicher Größe darauf hin, mit welcher Macht der Felsblock niedergegangen war, wobei er einen Teil des Hügels mit sich gerissen und diesen seines Gipfels beraubt hatte. Der Eindringling hob den Blick und betrachtete den abgeschnittenen Gipfel, der übersät war von Furchen und Kanten, als hätte ein Wirbelsturm alles darangesetzt, ihn vollständig zu zertrümmern.

Die dunkle Gestalt blickte zum Himmel auf. Dann ging sie eilig zum Pferd, lud einen Sack ab und schulterte ihn. Sie setzte ihn vorsichtig auf dem Felsen ab, entfernte sich ein paar Schritte und blieb dort stehen, wo früher die Mitte der Lichtung gewesen war. Mit einem Ast zog sie einen Kreis um sich herum, stellte Kerzen in der markierten Furche auf und zündete sie an. Der Wind ließ die Flammen tanzen, ganz sanft, als würde er ihre Macht anerkennen und vor ihr zurückweichen. Die Gestalt stellte sich wieder in die Mitte des Kreises, und eine Art Litanei begann den Wald mit einem kehligen und zugleich vertrauten Klang zu erfüllen, der sich zwischen den Zweigen der Bäume, den stummen Zeugen, erhob. Der Schatten verstummte schlagartig, die Arme zum Stein hin ausgebreitet, vollführte er eine Art schweigenden Geistertanz von einer Seite zur anderen. Für einige Minuten herrschte absolute Stille, selbst der Wind schien auszusetzen. Danach näherte sich der Schatten erneut dem Fels. Eine Hand, einen silbernen Dolch fest im Griff, erhob sich in der Finsternis und stieß auf den Sack nieder, der reglos auf dem Stein lag. Kein Schrei, kein Wehklagen war zu hören, nur ein dunkler Fleck breitete sich aus. Der Schattenmann fiel der Länge nach zu Boden und umarmte die Erde, wieder und wieder die alte Litanei murmelnd.

Unsicher, als wäre er aus einer Trance erwacht, richtete er sich auf. Er beugte sich suchend über den Sack und sprang mit einem Satz zurück. Mit der rechten Hand hatte er etwas gepackt, was er rasch unter seiner Kleidung verbarg. Er eilte zu seinem Pferd, nichts war zu hören als sein schneller, abgerissener Atem. Reiter und Pferd nahmen ihren Gang gemächlich wieder auf und folgten dem Weg der schlafenden Schlange. Eine Eule, aufgestört durch den Lärm, erhob ihren monotonen Gesang, doch ihr Ruf blieb unerwidert.

2

Das Heilige Land

»Ich erwarte keine Wunder mehr nach denen, die meine Augen bereits erblickten. Jeden einzelnen Winkel des Wunders, das meine Träume bewohnte, haben meine Hände selbst errichtet. Und vielleicht ist das meine größte Sünde.«

Die Signale, die sie von der großen Hospitaliterfestung Krak des Chevaliers erreichten, ließen keinen Zweifel. Etwas Großes kam auf sie zu, und es war keine Zeit zu verlieren. Guillem de Montclar lief zusammen mit seinen Kameraden los, um den Kommandanten der kleinen Festung von Safita zu suchen.

Safita, wegen der hellen Farbe seiner Steine bei den Franken besser bekannt als *Chastel Blanc*, war eine kleinere, strategisch jedoch sehr bedeutende Burg. In der Grafschaft Tripolis im Südosten von Tartus gelegen, erhob sie sich auf einer Höhe von dreihundertachtzig Metern. Zwei gestaffelte Mauern schützten den Burghof, in dem ein schlanker turmartiger Bau als Kapelle, Wohn- und Wehrturm diente. Ihre strategische Lage zwischen der imposanten Festung des Hospitaliterordens, dem Krak des Chevaliers, und der noch mächtigeren Templerburg von Tartus an der Küste war ideal.

In jenem Februar des Jahres 1271 hatte der Sultan von Ägypten, der Mameluck Baibars, seinen gewaltigen Kriegsapparat wieder in Gang gesetzt. Sehr bald sah sich das Heilige Land einer Invasion von Tausenden muselmanischer Reiter und Fußsoldaten ausgesetzt, große Wagenkarawanen transportierten das Kriegsgerät. Die Truppen zogen am Krak des Chevaliers vorbei und steuerten ohne Zögern die Burg von Safita an. Baibars, ein hervorragender Stratege, hatte vor, die Festung Krak zu zerstören. Zuerst galt es aber die lästigen Templer von Safita unschädlich zu machen, die er nicht in seinem Rücken haben wollte.

Angesichts dieser Schreckensnachrichten wurde in Safita eine Ordensversammlung einberufen, um die Verteidigung zu organisieren. Die Garnison war klein, es gab nicht genug Männer, um die Festungsmauern rundherum zu schützen. Mit besorgter Miene mussten die versammelten Männer sich eingestehen, dass die Lage ernst war, und man beschloss, in der Not auch auf die Männer zurückzugreifen, die im Krankensaal lagen. Alle, die irgendwie gehen konnten, wurden auf der Festungsmauer postiert. Außerdem beschloss man, eine Eilnachricht zum *Gran Maestre* nach Saint Jean d'Acre zu schicken und seine Instruktionen abzuwarten. In der Zwischenzeit wurden die Signale aus der Hospitaliterfestung immer eindringlicher.

Die Templer von Safita verloren keine Zeit, man verstärkte den Innenwall und postierte sämtliche Männer entlang der Innenmauern des Burghofs. Auch nach Al-Arimah, einer dritten Festung, die zwischen ihnen und Tartus lag, wurde eine Eilnachricht gesandt, um die nahende Gefahr anzukündigen. Bald schon bedurfte es dieser Warnungen nicht mehr, denn das geordnete ägyptische Heer hatte sich wie eine fürchterliche Heuschreckenplage vor ihnen ausgebreitet, begann sein Lager aufzuschlagen und das Kriegsgerät aufzubauen. Binnen einer Woche schleuderten gewaltige Katapulte riesige Steine über die ungeschützten Burgmauern von Safita, der Lärm war ohrenbetäubend, und die Männer spürten, wie der Boden unter ihren Füßen erzitterte. Im Innenhof eingeschlossen, nahmen die Templer ohne Zögern die Verteidigung auf und kämpften wie die Löwen. Der Sultan Baibars, überrascht durch derart verzweifelte Gegenwehr, überlegte, wie dieses lästige Scharmützel zu beenden sei, er wollte weder Männer noch Zeit verlieren. Er bot einen Waffenstillstand an und schlug den beharrlichen Verteidigern von Safita vor zu verhandeln. Dabei war er auf günstige Bedingungen aus, die es den Templern erlauben würden, sich zu ergeben, und ihm selbst ermöglichten, sich seinem Hauptziel zuzuwenden, nämlich den Krak des Chevaliers dem Erdboden gleichzumachen. Der Ägypter war nicht gewillt, sich von ein paar störrischen Christen aufhalten zu lassen.

Wieder versammelte sich das Kapitel in Safita, um die Bedingungen zu erörtern, die Baibars angeboten hatte. Allen war klar, dass sie den Widerstand nicht mehr lange aufrechterhalten konnten, doch sie klammerten sich an eine winzige Möglichkeit. Sie setzten darauf, den Mamelucken so lange wie möglich hinzuhalten und ihm möglichst starke Verluste zuzufügen. Mitten in einer erhitzten Diskussion erreichte sie eine Eilnachricht mit den Befehlen des *Gran Maestre*. Seine Anweisungen waren knapp und eindeutig: Sie sollten die Bedingungen annehmen, sich ergeben und nach Hause zurückkehren. Die Männer waren entmutigt, die Vorbereitungen zur Kapitulation hatten den Beigeschmack der Niederlage.

Unter die Kämpfer von Safita gemischt, verließ Guillem de Montclar die Burg; ein Gefühl der Ohnmacht pochte ihm in den Schläfen. Das muselmanische Heer beobachtete stumm den Abzug der standhaften Krieger, die nun einen jämmerlichen Anblick boten. Auf improvisierten Bahren, die von Pferden gezogen wurden, transportierten sie ihre Verwundeten ab. Ganz unversehrt schien keiner von ihnen, es war eine bejammernswerte Karawane von Verwundeten und Verstümmelten, die Safita in Richtung Tartus verließ. Guillem warf einen letzten Blick in Richtung Krak und überließ sich dann ganz seinen Gedanken.

Fünf Jahre war er nun in Palästina, im Grunde seit er von Barcelona hierher gekommen war, um die Asche seines geliebten Lehrers Bernard Guils zu begraben. Er war gebannt vom Zauber des goldenen Sandes, von dem jener ihm so viel erzählt hatte, und fest entschlossen, seine Lehrzeit mit der Verteidigung des Heiligen Landes abzuschließen. Außerdem, wozu es bestreiten, folgte er dem Wunsch, Abstand zu seinem Heimatland und der Erinnerung an sein letztes Abenteuer zu gewinnen. Niemand hatte ihn gezwungen zu bleiben. Er hatte lediglich an Bruder Dalmau geschrieben und ihm seinen Entschluss mitgeteilt, einige Jahre in Palästina zu bleiben. Und hinzugefügt, dass er nicht bereit sei, darüber zu diskutieren, selbst wenn dies den Ausschluss aus dem Orden bedeuten würde. Vergeblich war alles Bitten und Flehen von Seiten Bruder Dalmaus, er möge zurückkehren und den Platz einnehmen, der für ihn vorgesehen war; vergeblich die beständigen Mahnungen, dass er doch für besondere Aufgaben ausgebildet sei, und selbst Drohungen hatten ihn nicht beeindruckt. Schließlich aber schien Bruder Dalmau den hartnäckigen Widerstand des Jungen verstanden oder zumindest akzeptiert zu haben, und seine Briefe hatten wieder den üblichen bedächtigen Ton angenommen.

Ja, dachte Guillem, während sein Pferd ihn durch die Wüste trug, Bruder Dalmau hatte vollkommen recht mit dem Hinweis auf seine Ausbildung, die ja eine ganz besondere gewesen war, um es milde auszudrücken. Diese Schulung hatte ihn zum Spion gemacht, zu einem Spezialagenten seines Ordens, wie auch sein Lehrer einer gewesen war. Und ohne Zweifel war es genau das, was Bruder Dalmau nicht ertragen konnte, dass einer seiner »erstklassigen« Spione es vorzog, seine Zeit wie ein einfacher Soldat im Kampf zu vergeuden.

Jene fünf Jahre im Heiligen Land hatten ihn verändert. Äußerlich erinnerte fast nichts mehr an den Jungen von neunzehn Jahren, der in Saint Jean d'Acre an Land gegangen war. Zwar war er immer noch schlank, doch unter der Kleidung zeichneten sich seine Muskeln deutlich ab, und sein Körper war von einer tiefen Bräune überzogen. Sein gelegentlich träumerischer Blick war härter geworden, und das schüchterne Lächeln auf seinen Lippen war einem dröhnenden Lachen gewichen, das in seinen Mundwinkeln ein paar lustige Falten erzeugte. In diesen Jahren war aus ihm ein anerkannter und bewunderter Krieger geworden, der dem Orden allerdings zuweilen übermäßig eigenbrötlerisch und allzu unabhängig erschien.

Seine neuen Superioren im Heiligen Land hatten die Entscheidung des Jungen zähneknirschend hingenommen, nachdem sie von Bruder Dalmau, der aus der Ferne Guillems Schritte weiter überwachte, darüber unterrichtet worden waren. Als der *Gran Maestre* Berard Guillems Geschichte hörte, hatte es ihn nicht weiter gestört, dass sie lückenhaft war. Berard hatte sein neues Leben gelenkt, und obgleich Guillem von der Freundschaft zwischen Berard und Bruder Dalmau wusste, fühlte er sich keinen Moment lang unter Druck gesetzt. Er hatte befürchtet, *Maestre* Berard wisse viel mehr, als er vorgab, und würde ihn bei der ersten Gelegenheit zurück nach Barcelona schicken, doch nichts dergleichen war geschehen. Dass er Schüler von Bernard Guils gewesen war, kam ihm zugute und schützte ihn vor Fragen, die schwer zu beantworten gewesen wären. Niemand schien allzu sehr daran interessiert herauszufinden, aus welchem Grund der Schutzbefohlene des besten Spions des Templerordens von seinem Weg abgewichen und Soldat geworden war. Nur manchmal war der forschende Blick von *Maestre* Berard hartnäckig auf ihm haften geblieben, und wenngleich seine Lippen stumm blieben, stand in seinen Augen eine Frage. Vielleicht dachte er an Bernard Guils, seinen guten Freund. Doch niemals teilte er Guillem seine Gedanken mit, ebenso wenig wie seine Meinung über dessen Entscheidung. Binnen kurzer Zeit schien selbst die Wüste den außergewöhnlichen jungen Templer ins Herz geschlossen zu haben.

»Bei den Nägeln Christi, Guillem! Du siehst ja aus wie ein Gespenst, das der Hölle entkommen ist! Wo hast du gesteckt?«, rief Jacques *Le Breton* von seinem Bett aus, worauf der Krankenpfleger ihm einen erbosten Blick zuwarf.

»Bruder Jacques, ich bin es wirklich leid, Euch immer wieder darauf hinzuweisen. Wenn Ihr nicht aufhört, Euch einer solchen Sprache zu bedienen, sehe ich mich gezwungen, Euch des Krankensaals zu verweisen. Ihr belästigt Eure Brüder mit Euren unflätigen Worten!« Der Krankenpfleger war ernsthaft erzürnt. Über eine Woche ärgerte er sich jetzt schon mit diesem Hünen herum. Als wäre die Sorge um die unzähligen Verletzten nicht genug, musste er auch noch um die Durchsetzung der allersimpelsten Regeln kämpfen. Das Schlimmste war, dass das ungehörige Benehmen des Bretonen die übrigen Kranken und Verletzten nicht zu kümmern schien. Im Gegenteil, sie hörten nicht auf, seine skandalösen Ausdrücke zu beklatschen. Der Krankenpfleger schloss in stummem Flehen die Augen.

»Wir haben Safita verloren«, antwortete Guillem knapp und setzte sich ans Bett des Kranken. »Wie ich sehe, geht es dir schon viel besser, vor einer Woche hatten dich schon alle abgeschrieben.«

»Pah … diese ägyptische Keule hat mir nur ein Knie zertrümmert! Sie haben gesagt, ich werde nicht mehr richtig laufen können und gedroht, mich nach Hause zu schicken. Nach Hause! Kannst du dir das vorstellen? Das hier ist mein Zuhause, verdammt! Aber erzähl mir was Spannenderes, du siehst ja aus wie das Leichentuch Christi, zerschunden wie du bist.«

»Es gibt nichts zu erzählen, Jacques, nichts als Katastrophen.«

»Deine Geschichten können mich nicht schrecken, Guillem, da kannst du erzählen, was du willst, es gibt nichts Schlimmeres als diesen grässlichen Krankensaal.« Auf dem Gesicht von Jacques *Le Breton*, das von tausend Narben zerfurcht war, war ein warmes Lächeln erschienen.

Guillem betrachtete seinen Freund. Ausgestreckt war er so lang, dass es unmöglich gewesen war, eine passende Pritsche für ihn zu finden, und sein Bein mit dem monströsen Knieverband ragte über den Rand hinaus. Der alte Jacques, sein Kamerad in manchem Abenteuer, der ihn bis hierher begleitet und an seiner Seite geblieben war, um auf ihn Acht zu geben. Er betrachtete sein von Narben gezeichnetes Gesicht und dachte daran, wie er auf ihn gewirkt hatte, als er ihn kennenlernte: ein Riese von beinahe zwei Metern, stark wie ein Stier, der seine Feinde allein durch seinen Anblick in Angst und Schrecken versetzen konnte. Der treue Gefährte seines Lehrers Bernard Guils, der nicht zögerte, die Rolle seines Beschützers anzunehmen, als jener starb, und seitdem zu seinem Schatten geworden war.

»Ich sehe, du bist niedergeschlagen und schlecht gelaunt«, unterbrach Jacques *Le Breton* seine Gedanken. »Komm schon, mach dir keine Sorgen, es wird geschehen, was geschehen muss. Außerdem halten die Hospitaliter vom Krak den verdammten Mamelucken noch stand, und es gibt Gerüchte, dass Edward, der Sohn des Königs von England, uns bald zu Hilfe eilen wird. Also, Kopf hoch!«

Der Bretone versuchte sich aufzurichten. Schmerz verzerrte sein Gesicht, und der Krankenpfleger warf ihm vom anderen Ende des Raums einen grimmigen Blick zu.

»Dieser Mann kann mich nicht ausstehen, Guillem, den ganzen Tag schreit er mich an und weist mich zurecht, als wäre ich ein Kleinkind. Ich will hier raus, du musst mir helfen!«

»Reg dich nicht auf, sonst behalten sie am Ende recht und du kannst nie wieder richtig laufen. Du musst auf sie hören, du verdammter Sturkopf.«

»Das ist mir egal, hilf mir, ich will aufstehen, bei diesem verfluchten Kurpfuscher darf ich mich nicht einmal umdrehen!« Jacques versuchte mühevoll sich aufzurichten, sein Gesicht war blass vor Schmerz. »Bring mich nach Hause, Guillem, hier gehe ich noch ein vor Langeweile. Was eine ägyptische Keule nicht geschafft hat, wird dieser Teufelsdiener fertigbringen!«

»Das geht zu weit, Bruder Jacques!« Der Krankenpfleger stürzte erbost auf ihn zu.

Guillem erhob sich rasch und trat dem Pfleger entgegen. Er fasste ihn behutsam am Arm und führte ihn in eine Ecke.

»Beruhigt Euch, Bruder, ich verstehe Euren Ärger, Jacques ist ein schwieriger Mensch, ein sehr schwieriger. Ihr werdet sehen, wenn Ihr mir genaue Anweisungen gebt, wie ich seine Wunde behandeln soll, kümmere ich mich um alles. Wenn Ihr ihn hier behaltet, werdet Ihr am Ende nur selbst krank, Ihr habt viel zu tun und könnt das alles nicht schaffen. Jacques kann sehr anstrengend sein, er hat einen verdammt schwierigen Charakter, und ich befürchte stark, es wird immer schlimmer werden mit ihm. Er erträgt es einfach nicht, eingesperrt zu sein.«

»Ihr wisst gar nicht, wie recht Ihr habt, Bruder«, bestätigte der Krankenpfleger, erleichtert, dass Guillem ihn zu verstehen schien. »Euer Freund ist sich der Schwere seiner Verletzung nicht bewusst, und wenn er das Bein nicht ruhig hält, kann er es verlieren. Es geht nicht darum, dass er vielleicht hinken wird, wie er überall herumerzählt, die Wunde kann anfangen zu faulen und dann …«

»Ich verstehe Euch vollkommen«, pflichtete Guillem bei, »aber ich glaube, es ist besser, wenn ich mich der Sache annehme. Ich werde ihn dazu bringen, dass er sich nicht bewegt, solange Ihr es für nötig erachtet, und ich schleife ihn Euch notfalls an den Haaren herbei, damit Ihr den Heilungsprozess überwacht. Aber er muss hier raus, glaubt mir, er wird Euch nur Probleme bereiten, das versichere ich Euch, ich kenne ihn gut.«

Der Krankenpfleger sah ihn aufmerksam an, er wünschte von ganzem Herzen, diesen fluchenden, streitlustigen Hünen loszuwerden, doch er spürte Gewissensbisse. Eigentlich war er überzeugt davon, dass er seinen Kranken gegenüber eine heilige Pflicht zu erfüllen hatte.

»Ich weiß nicht, Bruder Guillem ...«, erwiderte er schließlich unschlüssig, »vielleicht muss ich einfach versuchen, mehr Geduld mit ihm zu haben.«

»Ihr vergeudet Eure Zeit und Kraft«, versicherte Guillem bestimmt. »Mag Eure Geduld grenzenlos sein, sie wird nicht ausreichen. Glaubt mir, das ist erst der Anfang.«

Der Krankenpfleger hörte zu und nickte, dieser junge Bruder bestätigte nur seine schlimmsten Befürchtungen, und er hatte ganz richtig erkannt, dass er mit dem schwierigen Charakter des Bretonen nicht zurechtkommen würde. Nach einigen Sekunden willigte er ein, ein Anflug von Zweifel blieb jedoch in seinem Blick.

Die Vorbereitungen für die Verlegung von Jacques *Le Breton* dauerten zwei Tage, in denen dieser nicht aufhörte, den armen Krankenpfleger zu beleidigen und zu kränken, so dass dessen Gewissensbisse sich, als er den Verletzten ziehen sah, vollständig verflüchtigt hatten. Guillem hatte mit *Maestre* Berard über das Problem gesprochen, und dieser stellte ihnen großzügige Wohnräume zur Verfügung, in denen sie sich einrichten konnten. Einen Monat lang verpflichtete Guillem seinen Freund zu absoluter Untätigkeit, was ständige Streitereien zur Folge hatte, so dass Guillem, der den Jähzorn des Bretonen leid war, mehrfach drohte, die Flucht zu ergreifen. Schließlich setzte der Jüngere sich durch, und das Geschrei, das aus dem Zimmer zu hören war, ließ nach. So groß war das Gezeter gewesen, dass schon Wetten abgeschlossen wurden, wer diesen seltsamen Kampf wohl gewinnen würde – ungeachtet dessen, dass der Templerorden jede Art von Wettspielen strikt untersagte. Der Bretone mäßigte sich im Ton, und ein merkwürdiger Friede kehrte zwischen den beiden ein.

»Du bist stur wie ein blinder und tauber Esel«, hielt Jacques ihm mit gedämpfter und heiserer Stimme vor.

»Und du bist halsstarrig wie ein Zug lahmer Ochsen in der Wüste«, konterte Guillem feindselig.

Nachdem ein weiterer Monat vergangen war, schleppte sich Jacques mit zwei Krücken durch das Zimmer, und Guillem setzte die langwierige Behandlung fort, die der Krankenpfleger ihm verordnet hatte, bis die Wunde zu vernarben begann. Die Nachrichten verschlechterten sich, am achten April kapitulierte der Krak des Chevaliers vor dem Sultan von Ägypten. Es hatte unzählige Tote gegeben. Den Überlebenden wurde gestattet, in Richtung Tripolis abzuziehen. Baibars spazierte durchs Heilige Land, wie es ihm gefiel, ohne dass die Franken etwas hätten dagegen tun können. Er gelangte bis an die Tore von Tripolis und lachte über den Waffenstillstand, den ihm Prinz Bohemund vorschlug. Erst Ende Mai schien Baibars sich anders zu besinnen und bot die ersehnte Waffenruhe an. Er verpflichtete sich zu zehn Jahren Frieden, wofür er nichts weiter verlangte als zu behalten, was er erobert hatte. Allerdings kam sein Wohlwollen nicht von ungefähr, ihm war zu Ohren gekommen, dass ein neues Kontingent von Kreuzfahrern unter dem Kommando von Edward, dem Prinz von England, angekommen war. Der Sultan zog sich unauffällig zurück und wartete auf Informationen zu den neuen feindlichen Truppen.

Jacques *Le Breton* konnte inzwischen mit nur einer Krücke gehen, er zog das verletzte Bein nach, doch seine Schmerzen hatten nachgelassen, und sein dröhnendes Gelächter erfüllte den Hof. Der ganze Templerkonvent von Saint Jean d'Acre atmete erleichtert auf. In jener Zeit traf der Brief von Bruder Dalmau ein.

»Lies vor, Junge, ich langweile mich zu Tode«, bat der Bretone.

»Er schreibt, wir müssten uns dringend sehen und er dulde keine Widerrede. Außerdem hat er auch an den *Gran Maestre* geschrieben«, antwortete Guillem schlecht gelaunt.

»Na gut, aber einmal musst du ja zurückkehren, meinst du nicht?«

»Von Zurückkehren sagt er nichts, er ›befiehlt‹ mir nur, mich mit ihm zu treffen, das ist alles.« Guillem war immer noch verärgert.

»Na schön, und was meinst du wohl, was das heißt, dass du dich mit ihm treffen sollst? Um ihn zu sehen, musst du ja wohl nach Hause zurück. Und ich werde dich selbstverständlich begleiten.«

»Du verstehst nicht, Jacques, wir müssen nicht zurück. Dalmau ist hier, im Heiligen Land.«

»Was sagst du da, das ist ja unglaublich! Beim Kopf des Täufers, da ist der Alte bis hierher gereist, um dich zu sehen!«, brüllte der Bretone wie ein Wahnsinniger.

»Genau, und das finde ich ziemlich beunruhigend. Obwohl … vielleicht ist er ja auch wegen etwas anderem gekommen und hat einfach nur Lust, uns zu sehen.«

»Jetzt komm aber mal zu dir, Junge, du kannst dich wirklich nicht beschweren! Um eine Atempause hattest du gebeten nach unserem letzten Abenteuer, und sie haben dich fünf Jahre fröhlich herumspringen lassen … Ziemlich viel Zeit zum Durchatmen! Es ist klar, dass sie dich endlich an deinem Platz sehen wollen, dafür bist du geschult worden, nicht um dich in der Wüste herumzuprügeln. Wir haben genug Spaß gehabt, meinst du nicht?«

»Na, das ist ja interessant, soll das heißen, du bist ihrer Meinung?« Guillems Augen sprühten wütende Funken.

»Wessen Meinung soll ich sein? Bei allen Heiligen! Immer bin ich an deiner Seite gewesen, ich habe deine Entscheidungen nie in Frage gestellt, was soll denn dieser Ton? Wie die Dinge hier stehen, habe ja sogar ich Sehnsucht nach meiner alten Profession als Spion.«

»Das fehlte gerade noch!« Guillem war rasend vor Wut. »Jahrelang hast du immer nur geflucht auf deine ›alte Profession‹, hast alle Spione der Welt verflucht, einschließlich der unsrigen. Und jetzt kommst du mir so!«

»Sieh an, das Templerküken hat die Nerven verloren!«, entfuhr es dem Bretonen. »Niemals habe ich Guils verflucht, und auch Dalmau nicht, das waren meine Kameraden, meine Freunde! Ich dachte, es würde dir guttun, eine Zeit lang hier zu sein, wo dich keiner unter Druck setzen würde, ich dachte, wenn Guils noch am Leben wäre, wäre er damit einverstanden, aber niemals, niemals, verstehst du! – hätte ich gedacht, dass du hier bleiben würdest, hier im Heiligen Land. Bei allen Höllenfeuern, Guillem, du bist für etwas anderes ausgebildet worden, der Orden hat besondere Fähigkeiten in dir gesehen und dich seinem besten Mann anvertraut!« Der Bretone schlug mit der Faust gegen die Wand. »Nur weil dein erster eigener Auftrag nicht so gelaufen ist, wie du dachtest, weil du Guils nicht retten konntest, deshalb hast du dich unter die Soldaten geflüchtet! Wenn Guils geglaubt hätte, dass du nichts taugst, hätte er dich in diesen Krieg geschickt, verstehst du? Aber er hat es nicht getan, er hat bis zum Schluss auf dich gesetzt. Was gedenkst du denn mit dem ganzen Wissen zu tun, das er an dich weitergegeben hat? Es auf den Misthaufen werfen, oder was? Verflucht noch mal!«

Statt einer Antwort verließ Guillem türenschlagend den Raum. Jacques schleuderte die Krücke quer durch das

Zimmer und streckte sich auf seiner Pritsche aus. Er war müde und hatte das alles satt. Hatte er sich geirrt, als er seinen jungen Freund ermutigte, in Palästina zu bleiben? Ja, das war möglich, aber nach der sonderbaren Sache mit den Pergamenten und Guils' Ermordung war Guillem sehr niedergeschlagen gewesen und hatte sich ganz in seine eigene Welt zurückgezogen. Es war nicht sehr hilfreich gewesen, dass Dalmau, sein Superior, ihn stark unter Druck gesetzt hatte, er solle den Posten seines Lehrers übernehmen. Jacques *Le Breton* hatte an Dalmau, seinen alten Freund, geschrieben, ihm die Situation erklärt und ihn gebeten, dem Jungen Zeit zu lassen und ihn nicht zu einer überstürzten Entscheidung zu drängen. Allerdings war das vor fünf Jahren gewesen, und Guillem schien noch immer nicht bereit, irgendeine Verantwortung zu übernehmen.

Jacques starrte an die Decke, sein riesiger Körper ragte über das Bett hinaus; seine schläfrigen Gedanken weilten in der Vergangenheit. Er dachte an den Tod von Bernard Guils, seinen Freund, Guillems Lehrmeister. Er erinnerte sich an die mysteriösen Vorkommnisse im Zusammenhang mit seiner Ermordung, an die Pergamente, die für so viel Blutvergießen gesorgt hatten. Das alles war Guillem sehr nahe gegangen, hatte ihn geprägt, doch mit Dalmau konnte er über diese Dinge nicht sprechen, denn der kannte einen Großteil der Geschichte nicht und war überzeugt, die Pergamente wären verloren gegangen. So sollte es auch sein – ein Geheimnis, in das nur einige wenige eingeweiht waren. Doch der junge Guillem hatte die Last der Verantwortung getragen, sie hatte ihn erdrückt, und vielleicht war das das Problem. Auf jeden Fall war der Moment gekommen, eine Entscheidung zu treffen, dachte Jacques: »Er wird sich entscheiden müssen, Dalmau wird ihn dazu zwingen«, murmelte er leise.

Er kniff die Augen zusammen, er fühlte sich alt und müde, kriegsmüde. Nach Hause zurückkehren, dachte er, welches Zuhause? Sein einziges Zuhause in den letzten fünfundzwanzig Jahren war das Templerhaus gewesen, dort waren seine Familie und seine Freunde, er kannte nichts anderes. Vielleicht zurückkehren nach Barcelona, in seine alte Taverne am Hafen, seine Arbeit dort war dem Orden immer nützlich gewesen, denn das war eine hervorragende Informationsquelle. Nach Hause, dachte er, bevor er einschlief, welches Zuhause, zum Teufel!

Zenon, der Einsiedler, wandte sich wütend um. Sein kleiner dünner, entstellter Körper krümmte sich noch stärker. Seine bräunliche trockene Haut klammerte sich verzweifelt an die wie Splitter herausstehenden Knochen, die alle Kraft aufboten, sich aus ihrem Gefängnis zu befreien. Er hatte die Augen fast ganz geschlossen, so dass nur zwei schmale Schlitze zu sehen waren. Schwer atmend blickte er sein Gegenüber an und schnaubte wütend.

»Das hatten wir nicht abgemacht!« Seine schrille Falsettstimme kippte, während die Luft dem spärlichen Gebiss entwich.

»Beruhige dich, Zenon, unsere Abmachung bleibt in Kraft, es ändert sich nichts, aber alles braucht seine Zeit. Wir dürfen nichts überstürzen.«

Der Mann zwang sich Ruhe zu bewahren und versuchte das Unbehagen zu unterdrücken, das er verspürte. Immer wieder blickte er sich argwöhnisch nach allen Seiten hin um, spähte in die Dunkelheit, die sie umgab.

»Habt Ihr Angst im Dunkeln? Haben Euch die Legenden

erschreckt, die man sich von diesem Wald erzählt? Huhhh, huhhh, die Geister kommen, huhuhhhh!«

Zenon brach in ein furchterregendes Gelächter aus und sprang wie ein Besessener um den anderen herum. Er war von einem zerlumpten Fell bedeckt, das bei jeder Bewegung hin- und herschlackerte, und der durchdringende Geruch, den der Mann und sein Pelz verströmten, ließ die schattenhafte Gestalt zwei Schritte zurückweichen.

»Du bist verrückt, Zenon!«, schrie er, und seine Stimme zitterte vor Wut. »Ich frage mich, ob es schlau war, dir zu vertrauen, du kannst dich nicht beherrschen. Es ist nicht klug, dass wir uns treffen, ich habe es dir tausend Mal gesagt, das ist gegen unsere Abmachung. Hast du das vergessen, du Unglücksnarr?«

»Du hast unsere Abmachung zuerst gebrochen!« Zenon kam auf ihn zu, bis er das Gesicht des Mannes berührte, der erschrocken zurückwich. »Ich tue meine Arbeit, jeden Tag, und von dir bekomme ich nichts … absolut nichts!«

»Ich habe dir die Freiheit gegeben!«, rechtfertigte sich der Mann. »Erinnerst du dich etwa nicht mehr an die Zelle, in der du eingeschlossen warst, du verdammter Irrer? Hast du vergessen, warum man dich eingesperrt hatte?«

»Du lügst, du lügst, du lügst, du bist ein Diener der Schatten! Du willst mich verleiten, Gott zu lästern!« Zenon erhob drohend die Faust. »Du weißt nicht, wer ich bin … Ich bin ein Heiliger, ich vollbringe Wunder!«

»Niemand vollbringt Wunder, und du schon gar nicht. *Ich* organisiere die Wunder, Zenon. *Ich* habe dich zu einem Heiligen gemacht. Alles, was du heute bist, verdankst du mir. Kannst du dir vorstellen, was passiert, wenn die Wahrheit ans Licht kommt, du verdammter Irrer?«

Zenon fiel auf die Knie, die Arme ausgebreitet und den Blick in der Ferne verloren. Sein schütteres Haar, das erst am Hinterkopf ansetzte und bis zur Taille ging, schlenkerte von einer Seite auf die andere, als hätte es ein Eigenleben.

»Ich sehe sie, allmächtiger Gott, ich sehe sie! Iscla spricht zu mir!« Seine Schreie zerrissen die nächtliche Stille. »Iscla sagt, du kommst aus der Hölle und willst mich in die Finsternis stoßen! Oh gütiger Herr, lass nicht zu, dass dein treuer Diener dem Bösen zum Opfer fällt!«

»Verflucht seist du, Zenon, halt deinen dreckigen Mund und hör auf zu schreien! Denkst du, du kannst mich mit deinen Wahnreden überzeugen?«

Er stürzte sich auf den Einsiedler, seine Hände umfassten den schmalen Hals und schüttelten den schwachen, zitternden Körper. Mit zornigem Blick hielt er inne, sein Körper war gespannt vor Anstrengung. Dann stieß er Zenon heftig zu Boden und versetzte ihm einen Fußtritt in den Magen. Der Einsiedler heulte vor Schmerz auf, wand sich im Gras und stammelte unzusammenhängende Worte in einer Art lateinischem Kauderwelsch.

»Jetzt hör mir mal gut zu, Zenon.« Der Mann hatte die Fassung zurückgewonnen. »Ich werde nicht zulassen, dass du mir das vermasselst. Wenn du dich nicht zusammenreißt, sperre ich dich wieder in deine Zelle und lege dich in Ketten. So lautet unsere Abmachung, unsere einzige Abmachung!«

»Miserere, miserere, mea culpa!«, schluchzte Zenon.

»Schluss jetzt, lass uns wieder zur Vernunft kommen. Pass auf, du wirst deinen Anhängern morgen erzählen, dass du eine Vision hattest. Ich werde dir ganz genau sagen, was du zu tun hast. Keine improvisierten Alleingänge oder Spinnereien, hast du mich verstanden? Ich habe dir versprochen, dich in einen Heiligen zu verwandeln. Und tue ich das etwa nicht, mein lieber Freund? Aber du musst auch tun, was ich dir sage, und dich beherrschen. Ich bin dein Freund, hast du das vergessen?«

Der Mann beugte sich über den schluchzenden Eremiten, legte die Arme um ihn und lullte ihn mit leisem gewinnendem Geflüster ein. Zitternd an die Beine des anderen geklammert, willigte Zenon mit heftigem Kopfnicken ein, während sein Geist in schimmernde Nebel eintauchte. Dort in der Ferne, über einem Strauch, gab Iscla ihm Zeichen mit der Hand: »Beruhige dich, mein guter Zenon, du hast nichts zu befürchten«, flüsterte ihm die von allen Farben des Regenbogens umgebene Heilige zu. »Hör auf ihn, er darf nicht ahnen, was wir, du und ich, wissen, es ist ein Geheimnis, mein geliebter Schüler, es ist unser Geheimnis.«

Gestärkt nickte Zenon ihr zu; Isclas zärtlicher Blick erfüllte sein Herz. Sie liebte ihn, er wusste es, seit er sie das erste Mal gesehen hatte, sie geleitete ihn auf seinem Weg. Doch sonst durfte das niemand wissen. Die Heilige war sehr streng und zwang ihn zu Geheimhaltung und absoluter Treue. Während er den Worten des Mannes lauschte, der ihn umarmte, fuhr Iscla mit leiser Stimme zu sprechen fort: »Du musst diesem Mann gehorchen, mein geliebter Zenon, es dient unserem Plan. Ich werde bei dir sein. Folge ihm, fürchte dich nicht und vertraue mir.« Die Worte des Mannes und der Heiligen verschmolzen für den Eremiten zu einer sanften Melodie. Zenon lauschte ihr, eine seltsame Ruhe überkam ihn, und die Arme fielen ihm schlaff zu beiden Seiten des Körpers herab.

Der Mann bemerkte die Veränderung, Zenon kniete noch immer zu seinen Füßen. Den Blick nun in die Ferne gerichtet, lieferte er sich seinen Worten gänzlich aus und fügte sich widerspruchslos. Erleichtert atmete er auf. Er hatte alles wieder unter Kontrolle.

Es herrschte eine drückende Hitze, wenngleich der junge Guillem de Montclar nicht so sehr darunter zu leiden schien wie die anderen Mitglieder der großen Karawane, die die karge Wüste des Exodus durchquerte. Niemand ahnte, dass sich hinter der Erscheinung des jungen Beduinen und Lederwarenhändlers ein Templer verbarg. Glatt rasiert, ohne den Vollbart, den er jahrelang getragen hatte, und akzentfrei arabisch sprechend, hatte er sich der Karawane problemlos anschließen können. Niemand hatte Fragen gestellt.

Die schwankende Gangart des Kamels schien sich genau den aufgewühlten Gedanken des Jünglings anzupassen. So sehr er sich auch dagegen wehrte, erklangen in seinem Geist wieder und wieder die Worte des Bretonen, wie ein Echo, das nicht verhallen wollte. Jacques hatte recht: Guillem war von klein auf für eine ganz besondere Arbeit ausgebildet worden, er konnte das nicht einfach leugnen. Man hatte ihn dem besten Lehrer überlassen, und lange Zeit hatte er sich deshalb glücklich geschätzt, sich auserwählt gefühlt. Aber mit Guils' Tod war alles anders geworden, und trotz seiner Abwesenheit spürte er, nahezu körperlich, dass sein Lehrer noch immer bei ihm war, dass er ihn nicht verlassen hatte. Er konnte ihn einfach nicht vergessen. War das das Problem? Fühlte er sich etwa unfähig, an seine Stelle zu treten? Der Bretone war sogar noch weiter gegangen:

»Du weißt, dass du dazu fähig bist und Guils' Platz einnehmen kannst … aber du willst es gar nicht. Du glaubst, es sei ein Verrat an ihm, du glaubst, wenn du es tust, besiegelst du damit endgültig seinen Tod. Und dann müsstest du verdammt noch mal endlich kapieren, dass er nicht mehr da ist. Das ist dein Problem, mein Junge, du versuchst krampfhaft, das alles zu verdrängen.«

Guillem hatte die Unterstellungen des Bretonen wutentbrannt zurückgewiesen. Aber, hatte er nicht recht? … Ein Schauer überkam ihn, wenn er an Guils' leblosen Körper dachte, an seine eigene Hilflosigkeit, daran, dass er ihn nicht hatte retten können, an die tiefe Einsamkeit, die sein Tod hinterlassen hatte. Ja, Jacques hatte ins Schwarze getroffen. Er wollte die Erinnerung an ihn nicht aufgeben und seinen Tod nicht wahrhaben.

»Denkst du etwa, er wäre mit deinem Verhalten einverstanden, Kleiner?« Die Worte des Bretonen hallten in seinen Schläfen wider. »Glaubst du, Guils wäre, wo immer er jetzt auch sei, von deiner Flucht und deiner Untreue begeistert? Komm schon, Guillem, du hast wohl vergessen, wer er wirklich war. Er verflucht dich seit fünf Jahren und mich dazu, weil ich mir dieses Armutszeugnis untätig mit ansehe!«

Er hatte vollkommen recht. Nicht der Glaube an die Verteidigung des Heiligen Landes hatte ihn hierher getrieben, sondern Angst. Er hatte einen Ort gesucht, um sich zu verkriechen, nicht nachdenken zu müssen. Einen Ort, an dem er jemandem bis in alle Ewigkeit nachweinen konnte, der nie wieder zurückkehren würde. Ein Templerspion, das war er, und das würde er auch bleiben, so sehr er sich auch versteckte, und Bernard Guils, von hoch oben oder tief unten, verfluchte ihn, weil er all seine Lehren verraten hatte. Mit einem Mal war er sich seines Fehlers bewusst geworden, und nicht einmal die verständnisvollen Worte des Bretonen hatten ihn trösten können.

»Sei wütend auf mich, wirf mir irgendetwas an den Kopf, aber hör auf, dich zu quälen, Guillem! Genug der Selbstvorwürfe! Du warst jung, zu jung … ein verdammter Rotzbengel, du warst gerade einmal neunzehn Jahre alt, als die Welt über dir einstürzte. Du warst einfach noch nicht so weit!«

In der Ferne erkannte er die Umrisse des steil aufsteigenden Berges Sinai. Der Augenblick war gekommen. Er verabschiedete sich von den anderen Karawanenreisenden, verließ die bisherige Route und ritt geradewegs auf das Sankt-Katharinen-Kloster zu, seiner Verabredung mit Bruder Dalmau entgegen.

Das große Kloster befand sich am Fuße des heiligen Berges Sinai, dort, wo nach der Überlieferung Moses von Gott die Gesetzestafeln empfangen haben soll. Es wurde im IV. Jahrhundert von der Kaiserin Helena, der Mutter Konstantins des Großen, gegründet, die genau dort, wo Gott in Gestalt eines brennenden Dornbuschs zu Moses gesprochen haben soll, eine Kapelle hatte errichten lassen. Das große Kloster wurde später auf Befehl des Kaisers Justinian gebaut, um den Christen und Mönchen der Region Unterschlupf zu bieten. Dreitausend Stufen, geduldig von Mönchen gemeißelt, führten die Pilger vom Kloster zum Gipfel des Sinai in 2285 Metern Höhe, dem biblischen Gott so nah, dass sie ihn fast mit ihren Händen zu berühren meinten.

Guillem betrat jenen heiligen Ort zum ersten Mal und war tief beeindruckt. Ihm gingen vor Staunen die Augen über, als er die Vorhalle des Klosters durchschritt und die Basilika betrat. Angesichts der kolossalen Kirchenschiffe, die von sechs monolithischen Granitsäulen unterteilt waren, der prachtvollen, von Pflanzen- und Tiermotiven überbordenden Kapitelle und der Stille, die nur vom leisen Gemurmel einiger weniger Pilger durchbrochen wurde, fühlte Guillem sein ganzes Wesen immer kleiner werden. Er stand wie gebannt da, bis ihm einer der langbärtigen, schwarz gekleideten Mönche ein Zeichen gab, ihm zu folgen. Man hatte ihn bereits erwartet und alles vorbereitet, um ihn in eine der Zellen zu führen, wo er sich wohlverdient zur Ruhe begeben konnte. Guillem legte seine Kleider und den leichten Turban ab, der ihn vor der erbarmungslosen Sonne geschützt hatte. Da erst bemerkte er, wie erschöpft er war. Aber er war wohlbehalten hier, am Ort ihres Treffens angekommen, und nun galt es nur noch zu warten. Der Mönch hatte kein einziges Wort mit ihm gesprochen, und so wusste Guillem nicht, ob Dalmau auch bereits vor Ort war oder was er als Nächstes zu tun hatte. Sein Rücken schmerzte, und sanfte Benommenheit überkam ihn. Er streckte sich auf der schmalen Pritsche aus, die ihm in diesem Moment wie das bequemste Bett der Welt erschien, und es dauerte nicht lange und er war in tiefen Schlaf gesunken.

Leises Klopfen an der Tür ließ ihn erschreckt hochfahren. Er brauchte einige Sekunden, um zu Bewusstsein zu gelangen und sich daran zu erinnern, wo er war, dann öffnete er die Tür. Auf der Schwelle stand ein duldsamer Mönch mit einem Tablett mit Brot und Käse und einem Krug Wasser in der Hand, überreichte es Guillem mit einem sanftmütigen Lächeln und verschwand. Dieser hatte nicht einmal Zeit, ihm zu danken, stürzte sich jedoch sogleich gierig auf das Essen, selbst überrascht über seinen großen Hunger. Er wusste nicht, wie lange er geschlafen hatte, dämmriges Licht drang durch die enge Fensterluke der Zelle. Neugierig näherte er sich dem Lichtschimmer und staunte über die Farbenpracht: Orange, Violett und leuchtendes Rot schmückten den Abendhimmel. Kein Wunder, dass man bei dieser himmlischen Pracht brennende Dornbüsche sieht, dachte er. Er konnte sich von dieser Schönheit kaum lösen und blieb einige Minuten so stehen, bis er sich dazu überwinden konnte, sich zu waschen und die Kleider anzuziehen, die er in seinem Beutel verstaut hatte. Wohl wissend, dass sich die große Hitze am Abend in schneidende Kälte verwandeln würde, warf er sich einen dicken Wollmantel über und verließ die Zelle. Als ob eine magnetische Kraft von dort ausginge, wandten sich seine Schritte erneut in Richtung Basilika, deren Gleichmaß und Harmonie er von Neuem bestaunte. Er erinnerte sich, dass das Kloster während der arabischen Eroberung im VII. und VIII. Jahrhundert den Schutz von Mohammed höchstselbst genossen hatte, nachdem die angsterfüllten Mönche den Propheten um Hilfe angefleht hatten. Dieser hatte den Geistlichen daraufhin einen Schutzbrief ausgestellt, den auch alle zukünftigen moslemischen Anführer respektiert hatten.

Guillem kniete in einer Ecke der Basilika nieder, lauschte dem liturgischen Gesang der Mönche, ließ sich von der Melodie einlullen, die in Spiralen die Säulen zu erklimmen schien. Ganz benommen von den Weihrauchdämpfen, spürte er auf einmal den herzlichen Druck einer Hand auf seiner Schulter. Er wandte sich um und blickte in das fröhliche Gesicht von Bruder Dalmau, der ihn neugierig musterte. Als Guillem seinen Superior erkannte, stieg eine Welle der Freude in ihm hoch. Rasch erhob er sich, um ihn zu umarmen. Und bemerkte, wie sehr dieser in fünf Jahren gealtert war. Das graue Haar war einem einheitlichen Weiß gewichen, und der früher stets kerzengerade Rücken krümmte sich bereits leicht. Aus seinem Gesicht sprach Erschöpfung, doch seine Augen waren noch immer durchdringend und lebhaft. Guillem lächelte bei der Erinnerung an die stolze Gestalt des alten Templers, den er am Hafen von Barcelona kennengelernt hatte, diesen scharfsinnigen, aufmerksamen Verwalter der Seehandelsinteressen, dessen Blick auch nicht das geringste Detail entging.

Dalmau führte ihn zu einer gepflegten Gartenanlage am Fuß der ersten Mauer. Von dort aus konnten sie den Gemüsegarten des Klosters sehen, der aus riesigen Zisternen in seiner Mitte, in denen sich Regenwasser und Tau sammelten, bewässert wurde. Der fruchtbare Garten bildete eine seltsame, nahezu unwirkliche Landschaft im Kontrast zur steinigen, feindseligen Wüste.

»Es freut mich sehr, dich zu sehen, mein Junge, du siehst blendend aus.« Dalmau schien zufrieden mit dem, was er sah.

»Ich freue mich auch, Bruder Dalmau, es ist so viel Zeit vergangen!«

»Zeit? Vermutlich so viel wie nötig war, mein Junge, denkst du nicht? Niemand kann die Bedürfnisse von uns Menschen ermessen, und am wenigsten so ein alter Sturkopf wie ich. In meinem Alter, Guillem, verliert das Wort Zeit seinen Sinn. Was macht der alte Miesepeter Jacques?«

»Unleidlich, wie immer«, antwortete Guillem. »Er ist am Knie verwundet worden und wird vermutlich nie mehr richtig laufen können. Mit seinen Flüchen hat er das gesamte Kloster von St. Jean d'Acre zur Weißglut gebracht!«

Dalmau musste laut lachen, er sah es genau vor sich.

»Allmählich beginnt er, nur mit einer Krücke zu laufen«, fuhr der Jüngling fort. »Er weiß übrigens gar nicht, dass ich hier bin, wir haben uns gestritten und … ich bin wie ein verschrecktes Kaninchen davongelaufen. Er hätte sich sonst noch in den Kopf gesetzt, mich zu begleiten!«

»Er ist doch nur besorgt um dich, Guillem, er hat sich vorgenommen, auf dich Acht zu geben, und in gewisser Weise hältst du ihn aufrecht, seit …« Dalmau hielt nachdenklich inne. »Nun, ich meine damit, Jacques fühlt sich für dich verantwortlich. Er will sich nicht zur Ruhe setzen und ins Grübeln kommen, dazu ist es zu früh, aber um durch die Wüste zu rennen und Hiebe auszuteilen, dazu ist er zu alt, na ja … du kennst ihn doch. Ich weiß nicht, kannst du ihn dir vielleicht als Bauern vorstellen, der in irgendeiner unserer Komtureien im Westen ein beschauliches Leben führt?«

»Er hat mir sogar gesagt, dass er sich nach den alten Zeiten zurücksehnt, in denen er als Spion tätig war«, bemerkte Guillem vorsichtig.

»Nicht zu fassen, bei allen Heiligen!« Dalmau brach erneut in Gelächter aus. »Das waren bestimmt Fieberhalluzinationen. Obwohl er es vielleicht ernst gemeint hat und sich wirklich nach seiner Jugend zurücksehnt, nach seinen Kameraden, ach, das ist lange her.«

»Es tut mir leid, Euch enttäuscht zu haben, Bruder Dalmau.« Guillem lächelte nicht mehr und blickte Dalmau traurig an.

»Aber wovon redest du denn, mein Junge? Warum sollte ich denn enttäuscht sein?«

Die Nacht brach langsam über das Kloster herein, die leuchtenden Farben der Dämmerung wichen einer verschwommenen, weißlichen Klarheit, und die einzelnen Gebäude zeichneten sich vor dem Himmel in dunklen Silhouetten ab.

»Ich bin nicht dem Weg gefolgt, der mir bestimmt war, ich habe Bernards Weisungen missachtet und bin geflohen, Bruder Dalmau. Seit er tot ist, hab ich nichts anderes getan, als davonzulaufen.«

»Du hast nur versucht, dich meinem Drängen zu entziehen, Guillem«, antwortete Dalmau bestimmt. »Es war meine Schuld. Ich habe nicht bemerkt, wie nahe dir das alles ging, und dich unter Druck gesetzt, ohne dir eine Verschnaufpause zu gönnen. Der Mord an Guils, diese ganze verfluchte Geschichte mit den Pergamenten … Sie waren sehr wichtig für den Orden, und wir mussten versuchen, sie wiederzuerlangen. Damit habe ich zu viel Verantwortung auf deine jungen Schultern geladen. Ich habe einen Fehler gemacht, mein Junge, ich habe dich so lange unter Druck gesetzt, bis du dich ans andere Ende der Welt geflüchtet hast.«

»Nein, Bruder Dalmau. Es war nicht Eure Schuld. Ich war wütend und orientierungslos. Ich wollte einfach nicht wahrhaben, dass Guils nicht mehr an meiner Seite war. Jacques hat recht, ich bin nicht vor Euch geflohen, sondern vor dem Tod meines Lehrers. Ich wollte ihn vergessen, auslöschen, als ob es nie geschehen wäre. Ich weiß nicht, was ich ohne Jacques und ohne Eure unendliche Geduld getan hätte, das kann ich Euch versichern. Ich habe mich lediglich geweigert, mit Euch zu sprechen, weil Ihr mich an etwas erinnertet, das ich mit aller Kraft vergessen wollte.« Aus Guillems Augen sprach Aufrichtigkeit.

»Und willst du immer noch vergessen?« Dalmau sprach sanft.

»Nein.« Guillems Antwort klang endgültig. »Das wäre unmöglich. Ich habe in den letzten Wochen viel nachgedacht. Mir ist bewusst geworden, wovor ich meine Augen verschlossen habe. Ich kann nicht das Beste aufgeben, was mir im Leben passiert ist, Bruder Dalmau: all das, was mir Guils beigebracht hat. Ich will davor nicht mehr weglaufen.«

Dalmau hörte Guillem aufmerksam zu, ohne ihn zu unterbrechen. Er wusste, wie sehr dieser seinen Lehrer geliebt hatte. Bernard Guils war beinahe ein Vater oder vielleicht sogar mehr als ein Vater für jenen kleinen Bengel gewesen, der in der Komturei Barberà aufwuchs und dessen einzige Familie die Templer gewesen waren. Der Junge hatte, damals erst vierzehn, bei einer heiklen, für die Komturei sehr wichtigen Angelegenheit besondere Fähigkeiten an den Tag gelegt. Daraufhin hatte man ihn Guils anvertraut, um ihn auszubilden und einen Templerspion aus ihm zu machen.

»Ich weiß, wie sehr du ihn geliebt hast«, sagte Dalmau und klopfte ihm zärtlich auf die Schulter. »Er war unersetzlich, für dich, für den Orden, für uns alle. Auch ich habe einen meiner besten Freunde verloren.«

»Ich wollte Euch nicht traurig stimmen, Bruder Dalmau.« Guillem bemerkte, wie niedergeschlagen sein Superior auf einmal war.

»Traurigkeit ist gut, wenn man sie zu mäßigen weiß, mein Junge. Wir müssen uns ihrer nicht schämen, doch wir dürfen uns von ihr auch nicht beherrschen lassen. Sie ist nur ein Teil des Ganzen, man muss ihr die rechte Stelle zuweisen, ohne dass sie die Seele erdrückt.«

»Ihr seid gekommen, um mich zurückzuholen, Bruder Dalmau, und ich bin bereit, mich wieder meiner Arbeit zu widmen.«

»Ich bin hier, weil ich mir Sorgen um dich gemacht habe, Guillem.« Dalmau wand sich unruhig. »Nicht, um dich zu irgendetwas zu zwingen, verstehst du? Es ist deine freie Entscheidung, niemand kann dich zu einem Weg drängen, den du nicht gehen willst. Das wäre ebenso nutzlos für dich wie für uns, das sollte dir klar sein.«

Guillem nickte schweigend, der alte Templer hatte vollkommen recht. Ohne seine Willenskraft waren Bernards Lehren umsonst, und tatsächlich hatte er sich während all der Jahre in Palästina nach jenem Leben zurückgesehnt: die Reisen, die namenlosen Verstecke, die unzähligen, nach Meinung seines Lehrers lebensnotwendigen Lektionen und … die Unabhängigkeit. Insbesondere dieses Gefühl von Freiheit, das seine Glaubensbrüder nicht kannten. Er konnte nicht leugnen, wie schwer es für ihn gewesen war, sich an die strenge, militärische Disziplin im Heiligen Land zu gewöhnen … und das, obwohl man ausgesprochen nachsichtig mit Jacques und ihm umgegangen war. Die übrigen Mitglieder des Templerklosters zu Saint Jean d'Acre hatten so getan, als ob sie ihre Extravaganzen gar nicht bemerkten und über etwas hinweggesehen, das für den Templerorden eigentlich unverzeihlich war: Individualismus. Sie waren sehr geduldig mit ihm gewesen, mit seiner mangelnden Disziplin, seinen ständigen Widerreden, und obendrein hatte er noch den armen Bretonen in dieses verrückte Abenteuer mit hineingezogen.

»Armer Jacques!«, murmelte er vor sich hin.

»Er wird es überleben, keine Sorge«, erwiderte Bruder Dalmau, als hätte er seine Gedanken gelesen. »Sein Leben ist von allen erdenklichen Katastrophen heimgesucht worden, und er hat sich ihnen wie ein wilder Stier entgegengestellt. Ich fürchte, alles, was er sich wünscht, ist, in seine alte Schenke am Hafen von Barcelona zurückzukehren und sich wieder in den Informanten des dortigen Ordens zu verwandeln. Er liebt das ungebundene Leben, ein Freidenker, genau wie du …«

Bei dieser Anspielung Dalmaus war es Guillem, der das Lachen nicht unterdrücken konnte.

»Ihr kennt mich besser, als ich dachte. Ihr habt recht. Obwohl ich nicht verhehlen kann, dass ich hier, was Schlägereien angeht, viel gelernt habe, und das wird mir bei meiner Arbeit sicher sehr nützlich sein. Nun, ich kann meine Taten nicht rückgängig machen, und selbst wenn ich es könnte, würde ich womöglich dieselben Fehler wieder machen. Aber jetzt, in diesem Augenblick, habe ich es glasklar vor Augen: Ich möchte zurück in den Spezialdienst. Die Frage ist: Werdet Ihr mich annehmen?«

»Nur unter der Bedingung, dass du mich wieder duzt, so wie früher. So viel Feierlichkeit schüchtert mich ein.« Dalmau strahlte zufrieden.

3

Burg Miravet

»Alle Türen werde ich lautlos hinter mir schließen, um das schlafende Reptil in meinen Armen nicht zu wecken, ich, der ich von seinen Windungen umschnürt und nahezu mit ihm verschmolzen bin.«

Scharf hob sich die eindrucksvolle Festung von Miravet gegen den grauen, bleiernen Himmel ab. Die Luft war feucht, schwarze Gewitterwolken näherten sich langsam aus dem Norden und verkündeten Regen. Das Wasser des Ebro war von undefinierbarem dunklem Grün, das in Grau-, Blau-, Rot- und Erdtöne überging. Guillems Pferd wieherte nervös, als ob es die Nähe des Sturmes instinktiv spürte.

Der Pfad schlängelte sich vom Dorf aus am rechten Flussufer entlang durch das Geröll. Es roch nach Rosmarin und Thymian. Müde von der langen Reise, schnaufend und begierig, ihr Maul endlich in eine tüchtige Ration frischen Grases stecken zu dürfen, erklommen die Pferde die Steigung.

Ganz oben am Felsrand, dreihundert Meter über dem Fluss, kontrollierte die Burg mit wachsamen Augen den gesamten Schiffsverkehr zwischen den Städten Tortosa und Zaragoza. Im Jahr 1153, dem Jahre seiner Wiedereroberung, war es dem Orden durch Graf Ramón Berenguer IV. zum Dank für die wertvolle Hilfe der Templertruppen im Kampf gegen die Muselmanen übereignet worden. Seitdem erstreckte sich das Templergebiet über die ganze weitläufige Gegend um Tarragona und hatte sich zu einer der wichtigsten Komtureien Kataloniens entwickelt. Auf dem Fundament einer alten muselmanischen Wehranlage angelegt, setzte sich die riesige Festungsanlage, ausgehend von dem erhabenen Haupthaus, in großen Terrassen bis an den Rand einer Schlucht fort, die steil über dem Flussufer abfiel. Ihre eindrucksvollen Mauern umgaben die große Fläche wie ein perfekt angepasster Ring.

Guillem vergewisserte sich, dass Bruder Dalmau knapp hinter ihm war. Dessen Antlitz trug sichtbare Spuren der Erschöpfung. Seine Hände hingen nur noch schlaff über den Zügeln. Als sie auf das mächtige bogenförmige Eingangstor zuritten, das durch einen ansteigenden Gewölbegang hindurch in das Innere des Gebäudes führte, begann ein kalter, schneidender Regen zu fallen. Durch den Gang gelangten sie auf die obere Terrasse, wo Dalmau mit schmerzverzerrtem Gesicht abstieg. Guillem tat es ihm nach und gab die Pferde in die Hände eines dienstfertigen Sergeanten.

»Ich muss ein wenig zu Fuß gehen, Guillem, meine Knochen halten das keine Sekunde länger aus.« Bruder Dalmau humpelte leicht und kam nur langsam voran.

Als er den zögerlichen Gang des alten Ritters bemerkte, kam ihm Guillem zu Hilfe und stützte ihn. Dalmau hielt inne, versuchte gleichmäßig zu atmen und seine tauben Glieder wieder in Bewegung zu bringen.

»Ich habe dir ja gesagt, dass du in Barcelona bleiben sollst, Dalmau, es geht dir nicht gut …« Der Jüngling war besorgt.

»Hast du gesehen, wie wunderschön es hier ist, mein Junge?« Dalmau zeigte auf die Festung. »Mit mir ist alles in Ordnung, ganz sicher, ich bin nur müde von der Reise.«

»Na klar«, erwiderte Guillem misstrauisch. »Es ging dir schon nicht gut, als wir aus dem Heiligen Land abreisten, und als wir in Barcelona ankamen, warst du völlig am Ende, aber du hältst das alles für Müdigkeit … Mit den Jahren bist du noch sturer geworden, Dalmau.«

Anstelle einer Antwort setzte Dalmau, auf den Arm des jungen Mannes gestützt, den Weg fort in Richtung Haupteingang. Ein überdachter Gang führte in den Waffenhof, und dort eingetreten, grüßte Dalmau den Wachtposten in einem kleinen Häuschen zu ihrer Rechten. Das Plätschern von Wasser weckte Guillems Neugierde, und er blieb stehen, um den riesigen Brunnen vor dem Wachthäuschen zu betrachten. Der Gang mündete in den rechteckigen Haupthof, der an allen Seiten von Gebäuden umgeben war. Verwirrt hielt Dalmau inne. Dicke Schweißperlen tropften ihm von der Stirn, und seine Beine zitterten. Mehrere Männer liefen auf sie zu, während Guillem seinen Freund unterfasste, der kurz darauf das Bewusstsein verlor.

Bruder Sergeant Folch, Anführer des Turmwachtkorps, musterte Guillem mit einem vorwurfsvollen Blick.

»Ihr solltet solche langen Reisen vermeiden. Erschöpfung schadet einem Manne in seinem Alter.«

»Ihr wisst nicht, welchen Gefallen Ihr mir damit tätet, wenn ihr ihn von dieser niederschmetternden Tatsache überzeugen würdet«, erwiderte Guillem, über diese Rüge verärgert.

»Verzeiht, ich wollte Euch nicht für den Zustand Bruder Dalmaus verantwortlich machen. Ich nehme an, viel Ruhe und ein gutes Abendessen werden ihn wieder zu Kräften kommen lassen.«

Die kritischen Bemerkungen Bruder Folchs verstummten, als Guillem sich weigerte, sein Zimmer zu beziehen, und darauf bestand, sich bei seinem kranken Freund einzuquartieren. Er schob einen Sessel neben Dalmaus Bett und beobachtete, wie dessen Augenlider immer schwerer wurden, bis sie sich endlich schlossen. Nach wenigen Minuten hörte sich seine Atmung gleichmäßig und ruhig an, und nun streckte auch Guillem mit einem tiefen Seufzer seine Beine aus und überließ sich der eigenen Müdigkeit. Erst da nickte Sergeant Folch anerkennend und entfernte sich mit der Ankündigung, frisches Wasser und etwas zu essen zu bringen.

»Das fehlte mir noch!«, dachte Guillem. »Eine Art Schildknappenmeister, der mir Unterrichtsstunden erteilt und mich wie einen kleinen Jungen behandelt.« Er war sehr müde von der unendlichen Seereise und dem langen Ritt. Er wusste nicht, wie viele Tage sie schon auf Reisen waren. Seit Wochen wünschte er sich nichts mehr, als dass man ihn einmal einen ganzen Tag lang schlafen ließe. Er schloss die Augen und erinnerte sich. Eine Woche lang waren sie in Barcelona geblieben, damit Dalmau sich von seinem schlechten Zustand erholen konnte, den dieser der Seereise zuschrieb, und vor allem um Jacques *Le Breton* unterzubringen, der blind vor Eigensinn darauf bestanden hatte, sie zu begleiten. Seine Wunde war vollkommen verheilt, aber die Ärzte hatten ihm klargemacht, dass er für immer humpeln würde, weshalb er in Palästina nicht mehr viel ausrichten konnte und sich darauf versteifte, in seine alte Taverne in Barcelona zurückzukehren, dorthin, wo Guillem ihn sechs Jahre zuvor kennengelernt hatte. Er wollte wieder sein Doppelleben als Templerspion führen, wieder der gefürchtete »Santos« werden, Herr und Gebieter jener finsteren Spelunke. Durch nichts war er von seinem Vorhaben abzubringen, alles andere schlug er rundweg ab: Er wollte seine Taverne. Es war nicht einfach gewesen, das Lokal nach sechs Jahren wiederzubekommen. Die Legende von »Santos« war noch nicht verblasst, seine geheimnisvolle Rückkehr erregte großes Aufsehen im Hafenviertel der Stadt. Andererseits verfügte der Templerorden über große Mittel und war sehr daran interessiert, dass der Bretone wieder seinen Platz einnehmen und im Herzen des Hafenviertels zu einem wertvollen Informanten werden konnte. Ganze Schiffsbesatzungen aus aller Herren Länder, Kriminelle und Spione, Prostituierte und Diebe versammelten sich in seiner Taverne: ein stetes Rinnsal frischer Nachrichten inmitten von Bier, Lärm und Geschrei. Und hinter seiner Theke »Jacques-Santos«, mit wachsamem Blick und offenen Ohren Herr der Lage. Der Templerorden von Barcelona war hocherfreut über seine Rückkehr, und Guillem und Dalmau waren erleichtert, als sie seinen wieder aufflammenden Enthusiasmus sahen, nach Wochen der Niedergeschlagenheit und schlechten Laune. Damit war es vorbei, sobald er seinen Wachtposten an der Theke einnahm, sofort erschien ein wildes Lächeln auf seinem Antlitz. Seine Krücke, ein dicker Eichenstock, den er sich eigenhändig geschnitzt hatte, verwandelte sich bald in eine gefährliche Waffe, von allen Gästen geachtet und gefürchtet.

Den letzten Abend vor der Reise nach Miravet verbrachte Guillem mit dem Bretonen. Sie tranken, schwelgten in alten Erinnerungen und erfüllten das geräumige Lokal mit dröhnendem Gelächter. Alles schien wieder so wie früher, als wären die Jahre in Palästina nie gewesen. Doch in Wirklichkeit hatte sich einiges verändert. Der alte Abraham, der jüdische Arzt, der ihnen bei ihrer letzten Unternehmung so sehr geholfen hatte, war im vergangenen Jahr gestorben und hatte eine unauslöschliche Erinnerung im Herzen des Jünglings hinterlassen. Und da war noch Arnau, ehemals Apotheker des Templerhauses von Barcelona, inzwischen sehr alt und halb erblindet. Noch immer wohnte er in jenen großen hellen Räumen voller Gefäße mit Kräutern und Salben, mit denen Guillem so viele Erinnerungen verband. Inmitten der medizinischen Aromen hatte ihm Arnau von allen Neuigkeiten unterrichtet, die man sich in der Stadt erzählte, und gemeinsam hatten sie ihrer Erlebnisse von damals gedacht. Guillem war, als seien seit jenen Vorkommnissen, die ihn schließlich über das Meer getrieben hatten, Jahrhunderte vergangen, als verströmte eines der Kräuter des alten Apothekers Düfte des Vergessens, um alte Wunden zu heilen.

Jäh erwachte Guillem. Schweißüberströmt. Dalmau schlief noch immer friedlich, seine Gesichtszüge waren ruhig und entspannt. Guillem richtete sich in seinem Sessel auf. Der Schlaf hatte ihn schließlich doch übermannt, und seltsame Alpträume hatten ihn heimgesucht. Finstere, einsame Landschaften, rot gefärbte Wüsten, aus denen ein schwarzes, dickflüssiges Gewässer entsprang, dunkle Höhlen, die sich wie Schlünde eines unbekannten, seltsamen Tieres schlossen. Ruckartig erhob er sich, jemand hatte ihm einen Krug frischen Wassers hingestellt, aus dem er gierig trank. Den Rest schüttete er sich über den Kopf, um die schauerlichen Bilder zu verscheuchen. Als er sich umwandte, hatte sich Dalmau in seinem Bett aufgesetzt und sah ihn aufmerksam an, während das Wasser an ihm herabfloss.

»Was ist los mit dir?«

»Nichts, nichts, keine Sorge, ich habe nur schlecht geträumt …«, beruhigte er ihn.

»Hast du nach diesem harten Tag die ganze Nacht in dem Sessel verbracht? Morgen wirst du nicht mehr laufen können«, meinte Dalmau.

»Komm schon, übertreib nicht, du bist derjenige, der auf seine Gesundheit achten sollte. Gestern hast du uns zu Tode erschreckt. Am besten, du bleibst heute im Bett.« Guillem versuchte zu lächeln.

»Es geht mir hervorragend, mein Junge!«, erwiderte Dalmau. »Wir haben viel zu tun und dürfen keine Zeit verlieren, ich war lediglich erschöpft und …«

Bei dem Versuch aufzustehen, verzerrte sich sein Gesicht vor Schmerz. Behutsam legte er sich wieder hin und blickte resigniert und hilflos drein.

»Dalmau, sieh den Tatsachen ins Gesicht: du musst dich ein paar Tage ausruhen und von einem Arzt untersuchen lassen. Erlaube deinem Körper, sich zu erholen, du könntest sonst ernsthaft krank werden, was hättest du davon? Ich werde mit dem Komtur von Miravet sprechen, ich werde alles tun, was du mir befiehlst, und dich über alles auf dem Laufenden halten … Übrigens, du hast mir noch kein Wort über diese Sache verraten. Was zum Teufel soll ich herausfinden?« Ein leicht verärgerter Ton lag in Guillems Stimme.

»Die Wahrheit ist, dass ich es nicht genau weiß. Der Komtur, Bernat de Pujalt, hat uns um Hilfe gebeten, aber …« Dalmau schien ihn absichtlich im Unklaren zu lassen, er zögerte. »Ich glaube, sie haben etwas Seltsames entdeckt.«

»Etwas Seltsames!«, entfuhr es Guillem. »Bei den Nägeln Christi! Ich hatte schon vergessen, wie du an diese

Dinge herangehst. Immer erzählst du nur so viel, wie du für richtig hältst. Dieses sprichwörtliche Misstrauen, diese Halbwahrheiten, die zu halben Lügen werden. Wirklich, Dalmau, es ist nicht leicht, für dich zu arbeiten. Ganz bestimmt handelt es sich um etwas Seltsames!«

»Ich versichere dir, dass ich nur sehr wenig weiß, Guillem, und wenn ich es dir nicht sage, dann weil ich möchte, dass du dir auf deine Weise, unbeeinflusst und unvoreingenommen, ein Bild machst. Sprich mit dem Komtur, er wird dir den Fall erklären, und dann zieh deine eigenen Schlüsse. Glaub mir, das ist das Beste.«

»Ich werde dafür sorgen, dass man dir etwas zu essen heraufbringt und dich der Krankenpfleger untersucht«, sagte Guillem mit einem verärgerten Schnauben. »Ganz bestimmt werde ich meinen Freund Folch treffen, jederzeit bereit, mich bei einem Fehler zu ertappen.«

Er hatte seine Worte noch nicht zu Ende gesprochen, als es an die Tür klopfte. Folch kam mit einem Tablett in der Hand auf Dalmau zu.

»Ich bringe Euch warme Milch mit Honig und ein großes Stück Brot mit Käse, und wenn Ihr wollt, kann ich Euch auch Obst bringen. Der Komtur ist sehr besorgt um Euch, gleich wird der Krankenpfleger kommen, um nach Euch zu sehen, und …«

»Das ist unglaublich, Bruder Folch!« Guillem lachte über das erstaunte Gesicht des Sergeanten. »Ich hätte nicht gedacht, dass Ihr meine Gedanken lesen könnt. Ah! … Und vielen Dank, dass Ihr Euch auch um meinen Magen sorgt, das ist doch nicht nötig, ich werde einfach zusehen, dass ich irgendeinem Köter ein paar Essensreste abluchsen kann.«

Er verließ das Zimmer und hielt sich gerade noch zurück,

die Tür hinter sich zuzuschlagen, doch er war kaum zwei Schritte weit gekommen, da hörte er Folchs Stimme hinter sich.

»Verzeiht, wenn ich Euch beleidigt habe, Bruder Guillem.« Der Sergeant schien zerknirscht. »Ich dachte, es wäre Euch angenehmer, im Speisesaal zu essen, so könnt Ihr etwas Luft schnappen und Euch die Beine vertreten. Eine Nacht in diesem Sessel hat noch niemandem Erholung verschafft.«

»Wisst Ihr, wann ich den Komtur sprechen kann?«, fragte Guillem, ohne sich auch nur im Geringsten versöhnlich zu zeigen.

»Sobald Ihr etwas gegessen habt, wird er Euch in seinen Räumen erwarten. Sorgt Euch nicht, ich werde mich um Bruder Dalmau kümmern.«

»Kennst du Dalmau denn?« Guillem schwankte zwischen Abschätzigkeit und Neugierde.

»Ich habe für ihn gearbeitet, wenngleich das auch schon sehr lange her ist.« Der Sergeant hielt Guillems Blick ungerührt stand.

»Du hast für Dalmau gearbeitet! … In einer gewissen Tätigkeit?« Guillem konnte sein Erstaunen nicht verbergen.

Mit einem Mal erschien ein breites Lächeln auf Folchs Antlitz, einem kantigen Gesicht mit ausgeprägten Zügen unter einem prächtigen dunklen Vollbart.

»Ich fürchte sehr, dass Ihr richtig liegt.« Der Sergeant schien zufrieden über Guillems Erstaunen. »Jene ›gewisse Tätigkeit‹, von der Ihr sprecht, hat einen wichtigen Teil meines Lebens eingenommen, obwohl ich mich schon seit einigen Jahren daraus zurückgezogen habe. Doch wenn Ihr irgendetwas benötigt, zögert nicht, mich darum zu bitten, manche Dinge vergisst man nie, Bruder Guillem.«

Guillem bejahte verblüfft. Die Leute, die mit Dalmau zusammengearbeitet hatten, erinnerten ihn in ihrer Vielzahl zusehends an die persische Armee. Er schämte sich für seine Rechthaberei, nahm Folchs Hand und drückte sie fest. Dann wandte er sich mit einem Gruß nach draußen, um sich auf die Suche nach etwas Essbarem zu begeben und seinen nagenden Hunger zu stillen.

Unter einem Bogen mit riesigen Keilsteinen führte eine prachtvolle Tür in den Speisesaal, einem großen Raum östlich des Waffenhofs mit vier großen Fenstern. Obwohl die Essenszeit bereits vorüber war, wurde der junge Gast überaus aufmerksam bewirtet, und eine halbe Stunde später fühlte er sich vollkommen gesättigt und in bester Verfassung für das Gespräch mit dem Komtur.

Die Zimmer Bernat de Pujalts befanden sich im zweiten Stock des vornehmen Trakts über der Kirche. Von dort gab es auch einen Zugang zum sogenannten »Tresorturm«, in dem die Dokumente und Wertgegenstände des Ordens und einiger wohlhabender Privatpersonen aufbewahrt wurden, die ihr Eigentum in die Obhut der Templer gegeben hatten. Als Guillem eintrat, stand Bernat de Pujalt am Fenster und sah gedankenversunken in den Hof hinunter. Der Komtur von Miravet war eine einflussreiche Person des Ordens, und Guillem fragte sich, inwieweit er über sein besonderes Tätigkeitsfeld im Bilde war. Nach den üblichen Grußworten und der Bitte, sich zu setzen, sprach der Komtur zunächst über Dalmaus Gesundheitszustand.

»Die Einschätzung des Krankenpflegers liegt mir noch nicht vor, Bruder Guillem«, sagte er, »aber ich fürchte, es handelt sich nicht nur um Erschöpfung.«

»Die Reise war sehr lang und beschwerlich, Herr, und obgleich Bruder Dalmau eine ausgezeichnete Konstitution besitzt, so ist doch eine so große Reise in seinem Alter ...« Guillem ließ den Satz unbeendet. »Er bat mich, mit Euch über das ›Problem‹ zu sprechen, das uns hierher geführt hat. Wie können wir Euch behilflich sein, Bruder Pujalt?«

»Bruder Dalmau hat Euch nicht unterrichtet?« Ein schalkhafter Zug umspielte die Lippen des Komturs.

»Nein, er zieht es vor, dass ich mit freiem Kopf und gänzlich unvoreingenommen an die Sache herangehe.« Die Ironie in Guillems Worten entlockte seinem Gegenüber ein Lächeln.

»Nun gut, Ihr werdet sehen ... Ich schrieb an Bruder Dalmau, da mir unser ›Problem‹ ganz und gar in seinen Zuständigkeitsbereich zu fallen schien und er sich, wie ich weiß, vor langer Zeit besonders für diesen Fall interessiert hat. Kurz gefasst, vor einigen Monaten haben wir Bauarbeiten zur Umgestaltung unseres Untergeschosses durchführen lassen und sind auf einen verbarrikadierten Raum gestoßen, von dessen Existenz wir nichts wussten. Dort unten befinden sich die Kornspeicher und die Lagerräume, ich weiß nicht, ob Dalmau Euch die Festung gezeigt hat.«

»Es war noch keine Zeit dafür, Herr, und da er krank ist ...«

»Gut, Folch wird Euch führen. Miravet ist eine sehr große Festung und wird Euch gewiss gefallen. Aber fahren wir in der Sache fort ... Während der erwähnten Bauarbeiten stürzte eine der Mauern ein und brachte eine mit großen Holzbrettern vernagelte Tür zum Vorschein. Ihr könnt Euch vorstellen, dass der Fund großes Interesse geweckt hat. Als wir den Eingang geöffnet hatten, fanden wir einen Raum, der um die Wahrheit zu sagen nicht viel enthielt, ein paar alte Möbel und Papiere. Doch es sah so aus, als ob jemand das Zimmer absichtlich vernagelt hatte, um etwas zu verbergen, versteht Ihr? Das machte mich misstrauisch, und ich unternahm einige Nachforschungen, doch wir fanden kein einziges Dokument, das Aufschluss darüber gab. Daraufhin beschloss ich, eines unserer ältesten Ordensmitglieder zu Rate zu ziehen, Bruder Beson, der mehr Jahre innerhalb als außerhalb dieser heiligen Mauern verbracht hat und trotz seines vorgerückten Alters noch immer bei klarem Verstand ist. Er erinnert sich an Gerede und Gerüchte im Kloster über diese Angelegenheit, aber eben nur an Gerüchte.«

»Was für Gerüchte, Herr?«, fragte Guillem argwöhnisch.

»Er erzählte mir, dass wohl vor etwa hundert Jahren ein fremder Tempelritter in Miravet auftauchte, ein Baumeister in Begleitung seines Gehilfen. Er war sehr krank und suchte eine Unterkunft, um sich zu erholen. Bruder Beson glaubt sich daran zu erinnern, dass all das um das Jahr 1172 herum geschah, und die Papiere in dem verbarrikadierten Zimmer scheinen dieses Datum zu bestätigen. Ihm zufolge wurden diese Männer von unserem Kloster aufgenommen, und als der Baumeister von seiner Krankheit genesen war, bat er den Komtur darum, ihm einen Raum zur Verfügung zu stellen, in dem er seine Studien fortsetzen könne. Bruder Besons Erinnerung nach entspricht das nun entdeckte Zimmer genau diesem Raum.«

»Und das ist alles?«, fragte Guillem, da der Komtur auf einmal schwieg.

»Nein, das ist leider noch nicht alles. Das Beunruhigende ist die Identität dieses Tempelritters«, antwortete Bernat de Pujalt mit einer geheimnisvollen Miene. »Bruder Beson sagt, es handelte sich bei fraglichem Templer um Bruder Serpentarius.«

»Serpentarius?« Der Jüngling war überrascht und nahe daran, in Gelächter auszubrechen. »Das ist doch nur eine Legende!«

»Ich sehe, auch Ihr habt von ihm gehört«, murmelte der Komtur.

»Und wer in unserem Orden hat nicht von ihm gehört, Herr? Mein Lehrmeister Bernard Guils hat mir tausend Versionen der Legende um den geheimnisvollen Serpentarius erzählt. Aber das waren eher Gespenstergeschichten, Ammenmärchen, um kleine Kinder zu erschrecken. Seid Ihr sicher, dass dieser Alte, Beson, wirklich noch bei Verstand ist?«

»Ihr geht fehl in dem Glauben, dass die Legende des Serpentarius innerhalb des Ordens bekannt ist, Guillem. In Wirklichkeit handelt es sich um eines seiner bestgehüteten Geheimnisse. Nur sehr wenige wissen davon. Euer Lehrmeister Guils war einer von ihnen. Was Bruder Beson angeht, kann ich Euch versichern, dass er bei klarem Verstand ist, und wenn Euch das nicht genügt, so kann ich Euch Beweise zeigen.«

Bruder Pujalt erhob sich und ging zu einer kleinen Truhe, die in der Mitte des Zimmers stand. Er ertastete etwas an seinem Hals, zog eine feine Schnur mit mehreren Schlüsseln hervor und öffnete mit einem von ihnen die Truhe. Dieser entnahm er zwei Päckchen, legte sie auf den Tisch und sah Guillem aufmerksam an. Dieser nahm an, dass der Komtur ihm nun besagte Beweise liefern würde, und beugte sich neugierig darüber. Bruder Pujalt wickelte die Päckchen vorsichtig aus und legte sie vor Guillems Augen erneut auf den Tisch. Im Lichtschein der Fenster leuchtete eine kleine dreieckige Platte, in die merkwürdige Zeichen eingraviert waren. Sie war aus goldähnlichem, jedoch nur sehr matt schimmerndem Metall, als hätten sie die vielen in Dunkelheit zugebrachten Jahre ihres Glanzes beraubt. Bei den Gravuren handelte es sich um nebeneinander liegende Kreise, zwischen denen Inschriften und weitere Symbole zu erkennen waren. Im kleinsten Winkel des Dreiecks war undeutlich der Körper einer Schlange zu erkennen.

»Was ist das, was soll das bedeuten?«, fragte Guillem. Er wagte nicht, das Dreieck anzufassen.

»Ich habe nicht die leiseste Ahnung. Tatsächlich ist dies der Grund, weshalb wir Euch um Hilfe gebeten haben. Diese Serpentarius-Geschichte ist seit hundert Jahren in den Händen Eures Spezialdienstes, Bruder Guillem, und soviel ich weiß, konnte sie nie aufgeklärt werden. Immer wartete man auf ein Wunder, das zu irgendeiner glaubwürdigen Lösung führen würde.« Bernat de Pujalt faltete seine Hände und stützte gedankenverloren sein Kinn darauf.

»Ist das alles, was Ihr finden konntet? Und diese Papiere?« Guillems Frage holte ihn in die Gegenwart zurück.

»Ihr müsst sehr vorsichtig sein, einige zerfallen bei bloßer Berührung. Schaut Euch die hier an, scheinbar hat jemand versucht, sie zu verbrennen, sie sind an vielen Stellen angekokelt. Und hier, auf diesem Blatt, ist das Zeichen von Serpentarius zu erkennen: die Schlange, die sich um einen Baum mit, ich kann es nicht genau sagen, drei Ästen oder drei Blättern windet.«

»Ihr meint, das, was die Legende als das Zeichen des Meisters Serpentarius ausgibt«, erwiderte Guillem ungläubig.

»Glaubt, was Ihr wollt, Bruder Guillem, das ist Eure Aufgabe. Mit freiem Kopf und unvoreingenommen, wie Dalmau es Euch empfiehlt. Dennoch, das hier ist wirklich, und soweit ich weiß, laufen Legenden nicht herum und hinterlassen ihre Zeichen auf Dokumenten, oder was meint Ihr?«

»Was habt Ihr mit dem verbarrikadierten Zimmer gemacht, Herr?«

»Wir hatten mit Dalmau vereinbart, dort nichts anzurühren und auf Eure Ankunft zu warten. Ich habe angeordnet, den Eingang mit Brettern zu verstellen, um es vor den neugierigen Blicken der Brüder zu schützen. Ich kann Euch versichern, dass die wildesten und absurdesten Gerüchte im Umlauf sind, und es wird Zeit, dass sie verstummen. Es gibt viel zu tun. Ich hoffe, Ihr werdet Euch dieser ganzen ärgerlichen Sache annehmen.«

»Selbstverständlich, Herr, wir werden alles tun, damit dem Konvent von Miravet keinerlei Unannehmlichkeiten entstehen. Ihr wisst ja, dass Verschwiegenheit zu den Hausregeln gehört, wie Dalmau sagen würde. Ich werde das Zimmer untersuchen, damit Ihr mit den Bauarbeiten fortfahren könnt, und wir werden diese Objekte in Augenschein nehmen. Werde ich mit Bruder Beson sprechen können?«

»Natürlich, Bruder Guillem, er wird erfreut sein, Euch zu empfangen. Zögert nicht, jede Hilfe in Anspruch zu nehmen. Ich habe Folch gebeten, zu Euren Diensten zu sein, er ist ein fähiger Mann und kennt sich sehr gut mit Bruder Dalmaus Arbeit aus. Selbst ich bin neugierig, aber meine Hauptaufgabe ist es, die Frachträume der Schiffe zu füllen, die das Heilige Land ansteuern, mein lieber Junge. Legenden haben noch niemandem den Magen gefüllt. Ihr seid also aus Palästina zurückgekehrt. Stehen die Dinge dort wirklich so schlecht?«

Guillem lächelte traurig und zuckte mit den Schultern. Er wich einer Antwort aus, seine Sicht war pessimistisch, und obwohl er nicht genau wusste, warum, vermied er jeden Kommentar zu diesem Thema. Die Lage, in der sich jenes Land befand, das von Menschen, die sich Christen nannten, im Stich gelassen worden war, schmerzte ihn in der Seele. Bernat de Pujalt schien Guillems Miene sofort richtig zu deuten, er nickte schweigend, und beide wandten ihren Blick erneut jenem goldenen Metalldreieck vor ihnen auf dem Tisch zu, in der Hoffnung, die kalte Oberfläche würde ihnen sein Geheimnis verraten.

Maria de l'Os war gerade dabei aufzuräumen, als sie die aufgeregten Stimmen hörte. Dieses Haus hatte ihr immer gut gefallen, es war großzügig und ruhig, fern von dem Klatsch und Tratsch im Dorf. Ihr Vater, dem sie nie begegnet war, hatte es gebaut … oder zumindest hatte das ihre Mutter behauptet, wenngleich Maria ihr nie ganz geglaubt hatte. Aber sehr gut erinnerte sie sich daran, dass ihre Mutter das Haus mit ihren eigenen Händen verschönert und vergrößert und das außergewöhnliche Holzpodest, einen halben Meter über dem Boden, entworfen hatte, das sie so sehr mochte. Dort hatte sie ein großes Bett für sie beide hergerichtet. Eineinhalb Jahre hatte sie damit zugebracht, sämtliche Federn von allem, was nur Flügel hatte, zu sammeln, um eine weiche Matratze anzufertigen. Maria war stolz auf die Geschicklichkeit und den Einfallsreichtum ihrer Mutter, auf diese wunderbare Idee, die verhinderte, dass Feuchtigkeit in ihre Knochen drang und Ungeziefer auf ihr herumkroch. Immer wenn sie sauber machte, dachte sie an ihre Mutter. Sie war früh gestorben, zu früh, und Maria war allein in dem Haus am Waldrand geblieben. Sie hatte sich geweigert, zu Verwandten zu ziehen, sie war zwölf Jahre alt gewesen und hatte versichert, dass sie alleine zurechtkäme. Niemand hatte das bestritten, die Verwandten atmeten erleichtert auf, als sie hörten, dass sie für dieses seltsame Mädchen mit den durchdringenden Augen nicht die Verantwortung übernehmen mussten. Und so begann sie ihr neues Leben auf eigene Faust. Ja, dachte sie, während sie fegte, das war eine gute Entscheidung gewesen: von niemandem abhängig zu sein und zu leben, wie es ihr gefiel.

Wie das Tosen eines Gewitters kamen die Schreie immer näher. Sie wunderte sich, nur selten kamen Leute hier vorbei, sie wohnte zu nah am Wald, und die Menschen aus dem Dorf mieden diesen wie den Teufel selbst. Es musste wohl etwas sehr Schlimmes passiert sein. Neugierig ging sie zur Tür, ordnete unwillkürlich ihr Haar und strich die Schürze glatt. Es dauerte nicht lange, da sah sie sie schon: zuerst den Hufschmied Juan und dann seine in Tränen aufgelöste Frau. Und das halbe Dorf, das ihnen mit Stöcken und Sicheln das Geleit gab.

»Hast du meine Tochter gesehen, Maria?«, fragte der Hufschmied nervös.

»Die kleine Ysel? Niemand kommt hier vorbei, Juan, das weißt du doch … Was ist los, weshalb dieser ganze Aufruhr?«

»Ysel ist verschwunden, Maria, wir haben sie die ganze Nacht gesucht!« In den Augen der Frau des Hufschmieds spiegelte sich große Angst.

»Zenon, der Heilige, sagt, dass Ysel im Wald ist«, unterbrach sie ihr Mann verstört. »Er hatte eine Vision, er sagt, die heilige Iscla sei ihm erschienen und hat sich ihm offenbart: Wir sollen Ysel im Wald suchen. Hast du gar nichts gesehen, Maria?«

»Nein, Juan, ich habe nichts und niemanden gesehen, aber wie kommt Zenon denn darauf?«

»Ich hab es dir doch gerade gesagt, er hatte eine Vision!« Der Schmied brüllte fast. »Heute Morgen ist er in Trance gefallen, da ist ihm die heilige Iscla erschienen und hat ihm gesagt, dass Ysel im Wald liegt und schläft.«

»Wie kannst du an solchen Unsinn glauben, Juan?« Die alte Frau war beunruhigt.

»Und was spielt es für eine Rolle, was ich glaube, Maria? Ysel ist verschwunden. Wir haben sie überall gesucht, seit gestern hat sie niemand mehr gesehen und … es bleibt uns nichts mehr, als im Wald zu suchen! Kommst du mit?« Der Schmied atmete schwer und sah sich zerstreut um.

Maria nickte und lief ins Haus, um ihren Mantel zu holen, während die Menschenmenge sich wieder in Bewegung setzte. Sie war tief beunruhigt, eisiger Schweiß lief ihr den Rücken hinunter, und plötzlich suchte die Erinnerung an ihren Traum sie in aller Klarheit heim: das Blut an der heiligen Quelle Fontsanta, Blut, das den Stein hinunterlief, sich in unzähligen dickflüssigen roten Rinnsalen ergoss. Beim Betreten des Waldes verteilte sich die Menschenmenge nach allen Seiten wie eine riesige Faust, die sich öffnet und ihre fünf Finger von sich streckt. Einer neben dem anderen suchten sie in den Büschen und riefen das Mädchen beim Namen. Ysel, Ysel, Ysel! Doch Stille, wie ein leeres Echo, war die einzige Antwort. Maria war ein wenig zurückgefallen, sie kämpfte immer wieder damit, ihre vielen Röcke aus dem Gestrüpp zu befreien, als sie einen unmenschlichen, entsetzlichen Schrei vernahm. Mit vor Angst weit aufgerissenen Augen, die Arme ins Leere gestreckt, rannte sie nun aufs Geratewohl in Richtung des grässlichen Geheuls den Leuten hinterher. An der alten Waldlichtung, dort, wo einmal die heilige Quelle gewesen war, standen sie alle, reglos und stumm, scheinbar taub gegenüber den verzweifelten Schreien der Frau des Hufschmieds, die nahezu bewusstlos vor dem Felsen niedersank.

Marias Blick war fest auf das Blut gerichtet. Ein Zittern erfasste ihren Körper. Sie sank zu Boden, ihre Knie gruben sich in die Erde. Sie konnte einfach nicht glauben, was sie sah. Sie flehte, es möge nur einer ihrer blutrünstigen Alpträume sein. »Barmherziger Gott!«, flüsterte sie, »das kann nicht wahr sein, nicht noch einmal.«

Juan, der Schmied, näherte sich dem Felsen, um ihn herum herrschte Grabesstille. Niemand bewegte sich, alle standen starr, als ob Hände aus Erde und Pflanzen sie gefangen und an Ort und Stelle in Ketten gelegt hätten. Mit zitternden Händen öffnete der Mann vorsichtig den Sack, der auf dem Stein lag, und fiel dann wie vom Blitz getroffen in sich zusammen. Dies war das Zeichen, auf das alle gewartet hatten. Schreie und Klagen erfüllten den Wald bei der heiligen Quelle, die Frauen rissen sich die Haare vom Kopf, und ihre irren Blicke schweiften vergeblich suchend umher.

Oben auf dem Stein ragte Ysels Köpfchen aus dem Sack, umgeben von Blut, das den Stein hinunterrann. Ihre Augen starrten ins Leere, in einen finstersten Abgrund, während ihr Name an jedem Baumstamm widerhallte, vom Wind getragen, der die Blätter wiegte.

Der Raum war recht groß, hatte jedoch weder Fenster noch andere Öffnungen, die ein wenig Luftaustausch hätten ermöglichen können. Am hinteren Ende befanden sich zwei einfache Pritschen mit sorgsam gefalteten zerschlissenen Decken an ihren Fußenden. In der Zimmermitte stand ein langer Tisch, auf dem noch Reste von unzähligen Kerzen zu sehen waren, zerlaufenes Wachs, das in das Holz gesickert zu sein schien. Zwei Stühle vervollständigten das karge, spärliche Mobiliar. Alles war dick mit Staub bedeckt, eine graue Schicht überzog Wände und Möbel, die Existenz jeder anderen Farbe leugnend. Feuchtigkeit stieg vom Boden auf und tränkte die spärliche Luft, als ob ein geheimer unterirdischer Fluss über dunkle Wege zwei Handbreit unter dem Fußboden dahinflösse.

Guillem stand in der Zimmermitte und betrachtete den Ort mit einem gewissen Erstaunen. War es möglich, dass zwei Menschen in diesem stickigen, fensterlosen Raum gewohnt hatten? Dalmau wandte sich zu ihm um, und der Jüngling stellte fest, dass er laut gedacht hatte.

»Möglicherweise hatten sie wichtigere Dinge im Kopf oder Bequemlichkeit spielte für sie keine Rolle … es mag sogar sein, dass sie sich nicht einmal bewusst waren, unter welchen Bedingungen sie hausten. Denkst du nicht auch?«

Dalmau hatte darauf bestanden, ihn zu begleiten, obwohl sich sein Zustand nicht gebessert hatte und das Fieber in seinen geröteten Augen glänzte. Guillem hatte nur unter der Bedingung nachgegeben, dass Dalmau gleich darauf den Krankensaal aufsuchen würde. Der alte Ritter strich zärtlich über die Wände, als hegte er die Hoffnung, dass aus ihnen die Antwort auf all ihre Fragen aufstiege. Guillem, der auf seine Bemerkung nichts erwidert hatte, betrachtete besorgt die zitternden Hände seines Freundes und versuchte dann seinen Anweisungen zu folgen. Etwas suchen … aber was? Die wenigen vorhandenen Gegenstände hatte er schon untersucht, unter Tisch und Stühlen nachgesehen, und als er auch unter den Betten nachgesehen hatte, stellte er sich mit einer stummen Frage auf den Lippen vor Dalmau auf. Doch Dalmau wich dieser Aufforderung aus, und obwohl Guillem ahnte, dass er wesentlich mehr wusste, als er ihm verraten hatte, wusste er auch, dass es vergeblich war, ihm noch etwas entlocken zu wollen. Er gab nur Auskunft, wenn es unerlässlich schien, in kleinen Dosen, als ob es sich um tödliches Gift handelte, Tropfen für Tropfen, damit Körper und Geist es verarbeiten könnten.

Verärgert über Dalmaus Schweigen, murrte Guillem vor sich hin, sie hatten alles gesehen, was es zu sehen gab: ein Zimmer, das hundert Jahre lang verbarrikadiert war und an das sich nicht einmal die eigenen Hausherren erinnerten. Zwei Männer waren aus dem Nichts aufgetaucht und wieder dorthin zurückgekehrt; und ein Name, Serpentarius, schien der Fantasie irgendeines gelangweilten Geistes entsprungen zu sein und rief bei jedermann unweigerlich Schauder hervor. »Dafür haben wir diese endlose Reise auf uns genommen!«, murmelte Guillem. Er blickte Dalmau feindselig an und trat hinaus auf den Hof, die stickige Luft erdrückte ihn.

Endlich konnten sie Dalmau in den Krankensaal bewegen, obwohl dieser weiter seine angeschlagene Gesundheit leugnete. Wegen des Fiebers bettete der Krankenpfleger ihn in ein kleines Zimmer, fern von den anderen Kranken, da man befürchtete, es könne sich um eine von Übersee eingeschleppte ansteckende Krankheit handeln. Der Pfleger verfügte über ausreichende Kenntnisse, um die üblichen, sehr oft mit Fieber einhergehenden Krankheiten zu heilen, unter denen viele Mitglieder der Miliz litten, die aus dem Orient kamen. In schwierigeren Fällen und nur unter Zustimmung des Komturs bat man den Dorfarzt um Hilfe, einen Morisken, der einen beachtlichen Ruf in der Gegend genoss.

»Du bist wirklich stur, Dalmau, du musst besser auf deine Gesundheit achten. Ich hoffe, deine Unvernunft hat jetzt ein Ende, und du hörst auf den Krankenpfleger. Dir wird nichts anderes übrig bleiben, als mir zu vertrauen.« Guillem schwankte zwischen Ärger und Sorge.

»Hör auf, mir Standpauken zu halten und dich zu ärgern, das hindert dich noch daran, klar zu denken.« Dalmaus zittrige Stimme verriet seinen geschwächten Zustand.

»Warum erzählst du mir nicht endlich, was du über diesen verdammten Serpentarius weißt und warum der Templerorden an dieser unsinnigen Legende interessiert ist? Was zum Teufel möchtest du, dass ich hier herausfinde? Du lässt mich vorsätzlich im Ungewissen, Dalmau, und hoffst, dass diese Gespenstergeschichte meine Neugier weckt.«

Dalmau nutzte die Unterbrechung durch den Krankenpfleger, der, durch die lauten Stimmen aufgeschreckt, nach dem Rechten sehen kam, und hob beschwichtigend die Hand, um die Lawine von Anschuldigungen aufzuhalten.

»Hör zu, Guillem, wir müssen versuchen herauszufinden, was damals vorgefallen ist, und dabei aufmerksam die Gerüchte und das Geschwätz verfolgen, die durch das versperrte Zimmer heraufbeschworen worden sind. Vertrau mir bitte, momentan geht es nur darum, Erinnerungsfetzen zusammenzuflicken. Was ich weiß, wird dir dabei nichts nützen, du brauchst…« Ein Hustenanfall unterbrach seine Worte.

»Ist ja schon gut, ich weiß schon: einen klaren Kopf, ohne voreingenommen zu sein«, brummte Guillem missgestimmt.

»Sprich mit Bruder Beson, mit jedem, der irgendetwas dazu zu sagen hat, so unwichtig es dir auch erscheinen mag …« Dalmaus Stimme wurde immer schwächer. Schließlich sank er mit geschlossenen Augen in die Kissen zurück und wies mit der Hand zur Tür.

Guillem sah ihn hilflos an, verzog, wenn auch unsichtbar für seinen Superior, ein letztes Mal unwillig das Gesicht und verließ das Zimmer, wobei er zum großen Erstaunen der im anliegenden Krankensaal Ruhenden laut vor sich hin schimpfte.

Bruder Beson war ein winziger Mann, dessen Haut sich in unzähligen Falten um den zusammengeschrumpften Körper legte. Sein Kopf war aus der Form geraten und hatte sich in eine Art zerquetschte Zitrusfrucht verwandelt, bei der lediglich die Augen, in einer geradlinigen Vertiefung, dem allgemeinen Verfall widerstanden. Seit Jahren schon konnte er nicht mehr laufen, wie Sergeant Folch Guillem erzählt hatte, und sein einziger Wunsch war, seine Tage an der frischen Luft auf einer der Seitenterrassen mit Blick auf den Fluss zu verbringen. Jeden Morgen trugen zwei Sergeanten Bruder Beson in einem morschen alten Stuhl dorthin. Und dorthin brachte man ihm auch das Mittag- und Abendessen. Erst wenn es dämmerte, trug man ihn für eine halbe Stunde in die Kapelle, bevor man ihm half, sich zu Bett zu begeben. Dieses Ritual wiederholte sich seit drei Jahren in allen Einzelheiten, Tag für Tag. Folch erklärte Guillem, dass Bruder Beson, mit der Pflege der Esel und Pferde betraut, immer im Freien gearbeitet hatte und es deshalb nicht ertrug, von vier Wänden umgeben zu sein. Daher hatte der Komtur dem Alten erlaubt, mithilfe der Sergeanten, die seinen Stuhl von einem Ort zum anderen trugen, die tägliche Pilgerschaft ins Freie zu unternehmen.

»Ah, die geheimnisvollsten Männer des Templerordens! Man hat mir schon gesagt, dass ihr mit mir sprechen wollt.« Seine Stimme brach sich im ständigen Wechsel von hohen und tiefen Tönen, ohne den spöttischen Ton zu verbergen.

»Ein schöner Ort, um hier den Tag zu verbringen, Bruder Beson«, begrüßte ihn Guillem.

»Du hast recht, Jüngelchen, es ist ein schöner Ort. Und doch zog ich es früher vor, zur Kirche Sant Miquel hinunterzugehen, dort unten, auf der letzten Terrasse, siehst du sie? ... Dort war ich den Toten näher, alle meine Freunde liegen dort begraben und erholen sich von ihren Bußen und Leiden. Sterben ist mühsam, mein Junge. Wie ich hörte, willst auch du über Tote sprechen, über Serpentarius.«

Guillem seufzte angestrengt. Wie ein »Jüngelchen« behandelt zu werden, das fehlte ihm noch. Aber in Anbetracht des ehrwürdigen, fast unergründlichen Alters seines Gegenübers besann er sich auf den eigentlichen Grund seines Besuchs.

»Soeben habe ich das verbarrikadierte Zimmer gesehen, Bruder Beson, das man vor kurzem entdeckt hat. Ein seltsamer Aufenthaltsort.«

»Seltsam?« Der Alte sah ihn verständnislos an. »Ich war schon an schlimmeren Orten, mein Junge, und die beiden benötigten nichts weiter: ein Obdach, das genügte ihnen. Es hieß, dass sie die Festung sehr oft verließen, bei Sonnenaufgang aufbrachen und erst spät in der Nacht zurückkehrten. Niemand wusste, wohin sie gingen oder was sie taten … fast so wie bei euch, diesem geheimnisvollen ›Spezialdienst‹.«

»Ich wüsste gerne alles, woran Ihr Euch erinnern könnt, Bruder Beson.« Guillem überhörte die spöttische Bemerkung über seine Arbeit.

»Ihr seid sehr interessiert an Serpentarius, und ich kann das verstehen. Als ich jung war, und das ist schon eine Ewigkeit her, faszinierte mich diese Legende. Ich war ein sehr beeinflussbarer Junge und sehr abergläubisch. Meine Eltern waren Bauern, sehr liebe Leute, aber wie du weißt, ist Unwissen die Quelle des Aberglaubens, nicht wahr? Nun gut, das Geheimnis von Serpentarius schlug mich in seinen Bann … obwohl man jeden Tag neue Märchen über ihn erfand und niemand mehr Dichtung und Wahrheit voneinander unterscheiden konnte. Aber so entstehen ja alle Legenden … denkst du nicht auch?« Bruder Beson schien drauf und dran, völlig vom Thema abzukommen.

»Und wer erzählte diese Märchen?«, fragte Guillem geduldig.

»Alle Leute hier im Kloster, vor allem Bruder Gaston! Ich erinnere mich daran, dass der *Maestre* uns das Gerede darüber sogar verbot und jedem, der sich nicht daran hielt, mit strengen Strafen drohte. Armer Gaston!« Der Alte runzelte die Augenbrauen und versuchte sich genau zu erinnern. »Er war schon sehr alt, als ich nach Miravet kam. Ich begann als Schildknappe und wurde in seine Dienste gestellt, weißt du? Bruder Gaston war Steinmetz und Baumeister wie Serpentarius und bewunderte ihn sehr … zu sehr, fürchte ich. Eine Zeit lang pflegte ich ihn, sobald ich meine Arbeit draußen beendet hatte. Bis er starb. Ich habe mich immer um Pferde gekümmert, ich mag diese Tiere sehr, sie kennen keine Arglist, ganz im Gegensatz zu den Menschen …«

»Und dieser gewisse Gaston, kannte er Meister Serpentarius?« Guillem tat sein Bestes, um den Alten immer wieder von den Irrwegen seiner Erinnerung zurückzuholen.

»Oh ja! … Er erzählte mir, wie aufgeregt er war, als Bruder Serpentarius nach Miravet kam. Wann immer er daran dachte, traten ihm Tränen in die Augen. Ihm zufolge war Meister Serpentarius sehr krank, fast todkrank, als ihn sein Gehilfe auf dem Esel hierher schleppte. Man befürchtete das Schlimmste, alle waren überzeugt, dass er nicht durchkommen würde. Aber er kam durch, sein Gehilfe erlaubte niemandem, auch nur in seine Nähe zu kommen, nicht einmal dem Apothekerbruder. Der Apotheker! Ich weiß seinen Namen nicht mehr, wie hieß er doch gleich?«

»Und was geschah dann mit Meister Serpentarius?«, unterbrach ihn Guillem.

»Er wurde wieder gesund!« Die eng beieinander liegenden kleinen Augen Bruder Besons sahen Guillem belustigt an. »Nach einer Woche, in der ihn fast niemand zu Gesicht bekam, stand er von den Toten auf … Aber der Meister schien nicht mehr er selbst gewesen zu sein, er war nicht nur um Jahre gealtert, sondern hatte auch den flackernden Blick eines Wahnsinnigen. Das jedenfalls erzählte Gaston, und wenn er davon sprach, schien er sehr verängstigt. Kommt dir das nicht auch seltsam vor? … Mich erstaunte es damals sehr, aber ich war kaum älter als dreizehn oder vierzehn, und ich sagte dir ja schon, dass ich ein sehr leicht zu beeindruckender Junge war.«

»Und …?«, beharrte Guillem, da der Alte in sich versunken schwieg.

»Es geschahen noch viele Dinge, mein Junge, sehr viele Dinge ... Gaston sprach ständig davon. Ich erinnere mich zum Beispiel an eine Sache, die dir gefallen wird. Er sagte, dass Serpentarius etwas entdeckt habe und dieser Fund ihm zum Verhängnis werden könne. Es hatte irgendetwas mit seiner Arbeit zu tun. Gaston versicherte, dass er zu weit gegangen sei und sich mit Zauberern und Geisterbeschwörern eingelassen habe. Ist es das, wonach du suchst, Zauberei?«

»Ich habe nicht die leiseste Ahnung, wonach ich suche, Bruder Beson«, gab Guillem zu. »Ich weiß nicht, was ich von alldem halten soll. Mich erinnert das alles eher an Gespenstergeschichten, es klingt ziemlich unglaubhaft.«

Der Alte nickte bestätigend und überließ sich erneut seinen Gedanken. Auf einmal klopfte er so laut und aufgeregt gegen das Stuhlholz, dass der junge Templer zusammenschrak.

»Weißt du, was dort im Osten liegt? Es sind die Tivissa-Berge. Und im Süden kannst du die Schönheit der Sierra de Cardó bewundern. Das sind Dinge, von denen wir etwas verstehen. Wenn ich zu dir ›im Süden‹ sage, dreht sich dein Kopf in diese Richtung, ohne dass du darüber nachdenkst oder ich dir eine Kopfnuss geben muss. Verstehst du? Nun gut, mit dem Meister Serpentarius verhält es sich anders. Es gibt keine Himmelsrichtung, die zu ihm führt, und so sehr du auch hinsiehst, du wirst nichts erkennen. Hör zu, als ich ein dummer kleiner Junge war und den Geschichten von Bruder Gaston lauschte, da sah ich die Flamme des Neids in seinen Augen, denn niemals erfuhr seine Arbeit die Wertschätzung, die Meister Serpentarius entgegengebracht wurde. Verstehst du? Auch Gaston sah nicht in die richtige Richtung, die Eifersucht hinderte ihn daran. Und auch du blickst nicht in die richtige Richtung, denn dir fehlt der Glaube.«

»Ich verstehe Euch nicht, Bruder Beson, was wollt Ihr damit sagen?«

»Was den armen Gaston tötete, war Neid. Es ist eine unheilbare Krankheit, mein Junge, das kann ich dir versichern. Ich wurde immer darum beneidet, dass ich so gut mit Pferden umgehen konnte. Man versuchte mich davon abzubringen, ich sollte mich stattdessen um das Vieh kümmern. Stell dir vor! ... Pah! Aus Kühen habe ich mir noch nie was gemacht.«

Guillem konnte den plötzlichen Themenwechseln Bruder Gastons kaum folgen. Sosehr er auch versuchte, die Unterhaltung zu lenken, um tiefer in die Erinnerung des Alten vorzudringen, er konnte nicht verhindern, dass dieser immer wieder den Faden verlor. Gerade wollte er es aufs Neue versuchen, als Bruder Beson ihm zuvorkam.

»Warum zum Teufel interessierst du dich so sehr für Serpentarius, wenn du gar nicht an seine Existenz glaubst?« Harsch kam die Frage von den faltigen Lippen des Alten. »Wenn du nach Luft suchst, wirst du auch nur Luft finden, Jüngelchen, nichts als Luft.«

»Und wer bitte soll dieser Serpentarius sein, Bruder Beson?« Guillem war über die Verärgerung seines Gegenübers erschrocken. Der Alte sah ihn kritisch an.

»Zugegeben, das ist eine gute Frage, die sich schon eher in die richtige Richtung bewegt, mein Junge, aber ich bezweifle, dass ich dir eine Antwort darauf geben kann. Ich weiß, dass er Roger de Lot hieß und ein angesehener, berühmter Baumeister des Ordens war. Aber wer er in Wirklichkeit war, weiß ich nicht.«

»Wollt Ihr damit sagen, dass es sich um einen Decknamen handelte?«, forschte Guillem misstrauisch nach.

»Unsinn! … Auch wenn ich genau weiß, dass du Guillem de Montclar heißt, so sagt mir das noch nichts darüber, wer du wirklich bist. Was bedeutet schon irgendein Name?« Bruder Beson schlug ungeduldig gegen seinen Stuhl. »Roger de Lot war sein wirklicher Name, obwohl ihn jeder Serpentarius nannte. An den Namen seines Gehilfen kann ich mich nicht mehr erinnern, Gaston zufolge war er etwas jünger als sein Lehrer.«

»Und erzählte Gaston sonst noch etwas, das von Interesse sein könnte?«, fragte Guillem vorsichtig.

»Von Interesse?« Bruder Beson verzog das Gesicht, wobei sich seine Falten neu ausrichteten. »Er erzählte, dass beide, Meister und Gehilfe, stets einen verzweifelten Gesichtsausdruck hatten und dass sie sich von Tag zu Tag ähnlicher wurden. Eine sonderbare Geschichte! Als Gaston einmal an ihrem Zimmer vorbeikam, dasjenige, das ihr nun vernagelt vorgefunden habt, hörte er sie miteinander streiten, und Meister Serpentarius wiederholte immer wieder denselben Satz: ›Dazu haben wir keine Zeit, dazu haben wir keine Zeit.‹ … Ich glaube, dass Bruder Gaston sie belauschte, er wollte sich Serpentarius' Wissen zu Eigen machen.«

»Und ihr Verschwinden, wisst Ihr etwas darüber?«

»Nur, was die wenigen, die ihn noch gekannt hatten, darüber wussten, und das waren ziemlich alte Leute. Bedenke, dass diese ganze Sache schon damals dreißig Jahre her war. Ich erinnere mich hauptsächlich daran, was Gaston erzählte, und er behauptete, der Erste gewesen zu sein, der ihr Verschwinden bemerkte … Wie gesagt, glaube ich, dass er sie belauscht hat. Wer weiß, was er vorhatte! Er erzählte, dass sie eines Abends nicht wieder zur Festung zurückgekehrt seien, was er gleich am nächsten Morgen gemeldet habe. Anscheinend schenkte man dem zunächst keine große Beachtung, da jene beiden Männer sich nie nach dem Leben im Konvent gerichtet hatten. Es vergingen einige Tage, bevor man sich Sorgen zu machen begann. Schließlich sandte man einen Suchtrupp nach ihnen aus, aber sie waren spurlos verschwunden.«

»Bruder Beson, habt Ihr das Zimmer einmal gesehen, als es noch zugänglich war, ich meine, als Ihr noch Bruder Gastons Gehilfe wart …?«

»Ich habe die Frage vollkommen verstanden, du musst mich nicht wie einen Schwachsinnigen behandeln, ich bin zwar alt, aber weder blind noch taub. Als ich jung war, war das Zimmer noch nicht versperrt, und ich musste Bruder Gaston regelmäßig dort rauszerren. Er brachte Stunden dort zu, eingeschlossen, besessen davon, was er über Serpentarius entdeckt haben wollte. Er schrie, es rieche nach Gotteslästerung und Ketzerei, und man müsse alles verbrennen. Er drehte vollkommen durch, sage ich dir. Deshalb ließ der Komtur das Zimmer mit Brettern vernageln. Er befürchtete, Gaston könnte sonst das ganze Gebäude in Brand stecken.«

»Und was geschah mit Gaston?« Guillem war nun wirklich neugierig, die sonderbare Geschichte hatte auch ihn in ihren Bann gezogen.

»Er starb im darauf folgenden Jahr. Er stürzte die Schlucht hinab, und es dauerte zwei Tage, bis man seinen Leichnam fand, da ihn der Fluss mit sich gerissen hatte. Armer Gaston! Er war immer vor dem versperrten Zimmer auf und ab gepilgert, hatte sich auf den Boden geworfen, geschluchzt und Bruder Serpentarius um Verzeihung gebeten. Er war sehr alt und hatte das Augenlicht fast vollständig verloren.

Ich aber glaubte immer …« Bruder Beson schwieg plötzlich.

»Ihr glaubtet, dass es kein Unfall war?«, fragte Guillem sanft.

»Ich weiß, dass es kein Unfall war, mein Junge, ich sah ihn von hier aus, genau von diesem Ort, und kein Tag vergeht, an dem ich nicht daran denke.« Die Stimme des Alten klang traurig. »Er verabschiedete sich von mir und sagte, dass Serpentarius ihn rufe. Dann ging er zur Mauer, kletterte hinauf, breitete seine abgemagerten Arme aus und warf sich hinab. Ich habe nie jemandem etwas davon erzählt. Wen ginge das auch etwas an? Man hätte ihn nicht mit seinen alten Kameraden beerdigt … Er liegt dort unten, neben Sant Miquel, und büßt seinen Neid, auch wenn er dafür zu Lebzeiten schon genug bestraft worden ist. Unglückseliger! Er hat Dinge aus jenem Raum gestohlen, weißt du, der damalige Komtur hatte diesen Verdacht ebenfalls. Tag für Tag hat er jeden Winkel abgesucht …«

»Wisst Ihr, was es für Dinge waren, die er mitgenommen hat, Bruder Beson?«

»Gestohlen! Das hat er: gestohlen, mein Junge, es war streng verboten, irgendetwas auch nur anzufassen. Was er gestohlen hat? Ich weiß es nicht. Ich nehme an, alles, was er finden konnte. Papiere. Dort lagen viele, wahllos auf den Fußboden geworfene Papiere herum. Und auch eine Kiste, eine sehr schöne Schnitzarbeit, die Werkzeug und Ähnliches enthielt … Er trug sie immer bei sich. Ich weiß nicht, was nach seinem Tod mit alldem passiert ist, ich weiß nur, dass er in seinem Wahnsinn sehr viele Papiere verbrannt hat.«

»Bruder Beson, wisst Ihr, was das hier ist?« Guillem zog

das kleine Golddreieck hervor. Der Alte nahm es mit zittrigen Händen und hielt es sich dicht vor die Augen.

»Es gehörte Meister Serpentarius, nicht wahr? Seltsam, dass Gaston es nicht gefunden hat. Wo war es genau?«

Guillem war über sich selbst überrascht. Dieser Gegenstand war ihm nicht nur egal gewesen, die Verachtung für jene Legende hatte ihn sogar an der materiellen Existenz des Objekts zweifeln lassen. Doch was auch immer es war, es war nicht aus dem vergänglichen flüchtigen Stoff, aus dem Legenden waren, sondern aus hartem, festen Metall. Bruder Beson lächelte über Guillems Erstaunen.

»Ich habe es dir ja gesagt. Deine Suche geht in die falsche Richtung. Du erwartest Zusammenhänge, die es in diesem Fall nicht gibt. Du darfst nicht die Mauer selbst ansehen, du musst durch sie hindurchsehen, ohne zu vergessen, dass da eine Mauer ist.« Der Alte klopfte ihm zärtlich auf die Schulter. »Sprich mit Folch, er hat seine Augen überall und ist ein guter Mann, loyal und ehrlich. Und vergiss, was du weißt, es wird dir nicht weiterhelfen, du musst für alles offen sein, ohne die Dinge, die dir fremd sind, vorschnell zu beurteilen.«

»Offen sein?« Guillem sah ihn erstaunt an. »Seit ich hier bin, höre ich nichts anderes mehr.«

»Vermutlich, weil du es nötig hast. Je weniger du darauf hörst, desto öfter wird man es dir sagen.«

Bruder Beson neigte den Kopf zur Seite. Seine Augen schlossen sich, als fiele er in tiefen Schlaf. In seiner Verwirrung sah Guillem ihn schweigend an und hoffte nur, dass es dem Greis nicht einfiele, das Atmen zu unterlassen. Sein Alter war selbst den Älteren auf der Festung ein Rätsel, und man munkelte, dass es nahezu an die hundert Jahre heranreichen müsse. Es beruhigte Guillem, dass die Brust des

Alten sich stetig auf und ab bewegte, gleichmäßiger als seine eigene. Konnte er seinen Erinnerungen Glauben schenken? Das Beste war wohl, ihm etwas Ruhe zu gönnen, es war ja noch Zeit genug, mit ihm zu sprechen. Auch wenn es ein Risiko gab: Niemand hätte sich gewundert, wenn Bruder Beson, ohne um Erlaubnis zu bitten oder sich zu verabschieden, in seinem klapprigen Stuhl mit der wunderschönen Aussicht auf die Flussbiegung gestorben wäre. Um seinen Schlaf nicht zu stören, wandte sich der Jüngling behutsam zum Gehen, als er plötzlich zusammenfuhr. Kraftvoll ertönte Bruder Besons brüchige Stimme:

»Lass Meister Serpentarius schlafen! Es hat ihn so viel Zeit und Schmerz gekostet, sich von der Habsucht der Menschen fernzuhalten. Und er hegte nur einen Wunsch: zu schlafen und zu vergessen, ohne dass die Ruhe der Schlange durch irgendetwas aufgestört werde.«

4

Meister Serpentarius

»An jeder Biegung des Labyrinths ein Ton. Ich werde Euch das Echo meiner Schritte in der zarten Schwingung des kristallgleichen, geometrischen, perfekten Metalls hinterlassen, fünf Brüder in ihrem Blutspakt vereint.«

Das Kloster Santa Maria de les Maleses war in großer Angst. Die Mönche standen murmelnd in den Ecken beisammen und sandten Bitten und Gebete an den Allmächtigen. In den sonst lärmerfüllten Zimmern der Novizen war es ungewohnt still. Ein kleines Grüppchen hatte sich sogar im Westflügel des Kreuzgangs zusammengefunden, und keiner dachte mehr an die Einsturzgefahr, über die seit Monaten gesprochen wurde. Wie ein Lauffeuer hatte sich die Nachricht verbreitet und auch das Kloster erreicht, als einer der Brüder laut um Hilfe schreiend, mit schreckensgeweiteten Augen aus dem Dorf angelaufen gekommen war.

Guerau de Cirera eilte besorgt den langen Flur entlang, der zu den Räumen des Abts führte. Der ehrwürdige Alamand hatte ihn dringend zu sich gerufen. Er klopfte leise an, bekam keine Antwort und beschloss, behutsam die Tür zu öffnen.

»Mein lieber Abt, Ihr habt mich rufen lassen?«

Abt Alamand kniete, in tiefer Meditation versunken, auf seinem Betstuhl. Erschrocken fuhr er aus seiner frommen Verrichtung auf und schaute den Prior an, als sei ein Fremder in seine Privatsphäre eingedrungen. Er war ein Mann von beträchtlicher Körperfülle, dabei jedoch so groß, dass ihn kaum jemand als übergewichtig bezeichnet hätte. Nur eine gewisse Kurzatmigkeit beim Reden deutete darauf hin, dass seine übermäßige Vorliebe für das gute Essen ihm bisweilen ernsthafte Probleme bereitete. Was dem Prior an seinem Superior missfiel, war sein Hang zum Luxus und zum zeremoniellen Prunk. Dazu kam seine Verehrung der heiligen Iscla, die Guerau de Cirera geradezu in Rage versetzte. Ansonsten mischte sich der Abt in die praktischen Angelegenheiten des Klosters nicht ein. Bei den Ordensversammlungen trug er unverhohlene Langeweile zur Schau und überließ allen weltlichen Kleinkram seinem tüchtigen Prior.

»Welch ein Unglück, Bruder Guerau, welch ein Unglück!«, rief er aus und streckte die Arme zum Himmel. Tränen rannen ihm über das Gesicht. »Das ist eine Strafe Gottes, die Strafe dafür, dass wir unserer Heiligen den Rücken gekehrt haben! Den heiligen Ort ihres Martyriums zu beflecken! Was sollen wir jetzt nur tun?«

»Beruhigt Euch, werter Abt, Ihr müsst versuchen, in einem schwierigen Augenblick wie diesem die Fassung zu bewahren.« Der Prior fühlte sich unbehaglich, er wusste weder was er tun noch was er sagen sollte. »Ich glaube nicht, dass das eine Strafe des Herrn ist, Pater Abt, er hat uns schon genügend Kummer auferlegt. Es war ein Mensch, der diese schlimmste aller Sünden gegen ein wehrloses Geschöpf begangen hat, ein einfacher Mensch. Gott hat mit diesem furchtbaren Unglück nichts zu schaffen!«

»Das arme Kind, das arme Kind, ein so reines und unschuldiges Wesen!«, klagte der Abt unablässig.

»Wir müssen unsere Gefühle im Zaum halten, Herr, die Menschen erwarten von uns, dass wir ihnen in ihrem Leid Trost spenden. Es muss untersucht werden, was geschehen ist, Pater Abt, diese Geschichte kann uns großen Schaden zufügen.«

»Was wollt Ihr damit sagen, Pater Prior, wovon redet Ihr?« Der Abt sah ihn bestürzt an, seine Tränen waren augenblicklich versiegt. »Es ist ein großes Unglück für uns alle, versteht Ihr nicht, ein heiliger Ort auf diese Weise befleckt!«

»Werter Abt, Ihr solltet diesen Ort vergessen und Euch auf unsere jetzige Lage konzentrieren.« Guerau wappnete sich mit Geduld. »Dieses Verbrechen hätte auch an jedem anderen Ort geschehen können, das Schlimme ist doch, dass dieses arme Mädchen ermordet wurde, dass man ihren Körper verstümmelt hat und …«

»Verstümmelt, barmherziger Gott, wovon sprecht Ihr denn, mich hat ja niemand unterrichtet!«, fiel ihm der Abt erregt ins Wort. »Nach allem, was ich gehört habe, soll der Mörder seinem Opfer das Herz herausgerissen haben. Ein Verrückter läuft frei in der Gegend herum, Pater Abt, das ist das Entscheidende und …«

Alamand hatte dem Prior den Rücken zugewandt und war in seinem breiten Holzstuhl zusammengesunken. Sein Keuchen erfüllte den ganzen Raum.

»Verstümmelt, barmherziger Gott, am heiligen Ort der Schutzpatronin!«, klagte der Abt aufs Neue, als hätte er nicht gehört, was Guerau gesagt hatte. »Und Ihr sagt, das sei die Tat eines Verrückten? Nein, nein, mein lieber Prior, das ist das Werk des Leibhaftigen! Luzifer, der Fürst der Finsternis, will uns daran erinnern, dass er der Herr und Gebieter über diesen heiligen Ort ist, und diese Ungeheuerlichkeiten sind eine Warnung an uns, was passiert, wenn wir ihn missachten! Nur der Teufel kann eine solche Freveltat ersinnen!«

»Pater Abt, hört mich an, ich flehe Euch an«, bat Guerau de Cirera. »Merkt Ihr nicht, dass diese Geschichte uns in ernsthafte Schwierigkeiten bringen kann, wenn wir sie nicht schnellstens in den Griff kriegen? Wir haben schwerwiegende Probleme, und dann noch dieser Zenon, der die Menschen gegen uns aufhetzt …«

»Aber mein lieber Prior, auf diesen unglückseligen Narr hört doch kein Mensch!«, unterbrach ihn Alamand von oben herab. »Wir sind ein Teil dieses heiligen Klosters, treue Diener des Herrn, der durch unsere Lippen spricht. Wer sollte Zenons Worten Glauben schenken? Aus welchem Grund hat sich Zenon eigentlich gegen uns gewandt?«

»Er ist nie für uns gewesen, lieber Abt«, erklärte Guerau, der unendlich müde wirkte. »Ich habe Euch von Anfang an gewarnt, denn dieser Wahnsinnige erhebt seit dem Tag, an dem er aus dem Nichts auftauchte, heftige Anklagen gegen das Kloster. Und Ihr irrt, wenn Ihr meint, dass niemand auf ihn hört … Es gibt viele, die ihm folgen, und zwar Tag und Nacht!«

»Den armen Mann wird der Hunger in den Wahnsinn getrieben haben! Ich denke, wir sollten mit ihm sprechen, Bruder Guerau, ihn davon überzeugen, dass er irrt; ihm mit offenen Armen entgegentreten, um ihn auf den Weg zur höchsten Wahrheit zu führen. Ja, ich denke, Ihr solltet mit ihm sprechen.«

»Ich halte das für keine gute Idee, Pater Abt, er wird uns nicht anhören.« Der Prior tat einen tiefen Atemzug und bemühte sich, seinen Unmut zu beherrschen. »Ich habe gründlich über diese Angelegenheit nachgedacht. Findet Ihr es nicht verdächtig, dass Zenon genau in dem Moment hier auftaucht, da unser Kloster in so großen Schwierigkeiten steckt? Wir müssen nachdenken, Pater, wir müssen vernünftig sein, unsere Lage ist misslich. Vielleicht wäre es das Beste, jemanden um Hilfe zu bitten, jemand, der sich dieses brutalen Mordes annimmt und …«

»Das ist das Beste, was ich bisher von Euch gehört habe! Wir brauchen jemanden, der sich mit dieser schändlichen Tat befasst.« Das Gesicht des Abts hellte sich auf. »Ich werde an den Templerorden schreiben, an den Komtur von Miravet. Er ist ein entfernter Verwandter von mir, ich kann mir nicht vorstellen, dass er uns seine Hilfe versagen wird. Das ist eine großartige Idee!«

Guerau de Cirera schloss ergeben die Augen. Für Abt Alamand war es damit getan, jemanden zu finden, der die Last der Verantwortung übernehmen und ihn vor möglichen Schwierigkeiten bewahren würde. Er spürte ein Gefühl der Beklemmung in der Brust und holte tief Luft. Der Templerorden, dachte er. Die Festung von Miravet war nur eine Tagesreise entfernt, und obwohl ihr Verhältnis wegen dauernder Streitereien um den Besitz verschiedener Ländereien etwas angespannt war, war das vielleicht wirklich gar keine so schlechte Idee. Vor einigen Monaten waren sie wegen der Pacht übereingekommen, die Templer ließen sie jetzt sogar ihre Weiden im Süden nutzen. Der Bischof hatte es ihm immer wieder gesagt: Ihr Kloster war eine einsame Insel in einem Meer von Templern. Zweifellos hatten diese Ritter Erfahrung mit grausamen Bluttaten, und womöglich hatte der Abt diesmal die Lösung gefunden. Es war im Moment das Beste, wenn der Templerorden sich dieses brutalen Mordes annähme und er selbst sich ausschließlich darum kümmerte, dass der Abt nicht einen großen Fehler beging. Er musste ihn davon abbringen, den Heiligenkult wiederzubeleben, barmherziger Gott! Wenn er diesen Irrsinn nicht verhindern konnte, würden bald die bösen Dämonen über den Türmen von Santa Maria tanzen, alle möglichen Höllenwesen kämen aus ihren Verstecken gekrochen und würden ihr ehrwürdiges Kloster dem Erdboden gleichmachen. Das durfte er nicht zulassen!

Der Prior schreckte aus seinen Gedanken auf und bemerkte, dass der Abt ihn verwundert ansah. Er wartete auf eine Antwort.

»Was ist, habt Ihr nichts zu sagen? Ist Euch nicht gut? Ihr seid ganz blass, der Schweiß steht Euch auf der Stirn, Ihr solltet unseren Apothekerbruder aufsuchen. Bei allen Heiligen, mein lieber Prior, Ihr dürft nicht krank werden, nicht jetzt!«

»Es geht mir gut, Pater Abt, es ist nur diese ganze unerfreuliche Geschichte. Ihr habt recht, am besten Ihr schreibt gleich an den Komtur, und ich kümmere mich darum, dass die Nachricht an ihren Bestimmungsort gelangt.«

Alamand grunzte befriedigt und lächelte. Er setzte sich an den Tisch, griff nach seiner eleganten Feder und verfasste eine Nachricht, die er dem Prior sogleich aushändigte. Dann kehrte er zu seinem Betstuhl zurück, ohne ihn auch nur noch eines Blickes zu würdigen. Guerau ging gedankenversunken aus dem Zimmer. Er hatte sich keineswegs beruhigt, der Druck in seiner Brust wurde immer stärker. Am ganzen Körper zitternd und von Übelkeit geschüttelt, lehnte er sich im Kreuzgang an eine Mauer. Er ließ sich mit dem Rücken an der Wand zu Boden gleiten und blieb dort sitzen. Der angenehm kühle Stein übertrug eine leichte Schwingung, wie eine beruhigende Botschaft. Er strich mit der Hand über die Mauer und befühlte die raue Oberfläche. Die Ruhe und Energie, die von dem Stein ausgingen, strömten in ihn hinein und durch ihn hindurch, und er fühlte, wie sie ihm neue Kraft einflößten. Sich an die Wand stützend, richtete er sich langsam auf, versuchte ganz ruhig zu atmen und setzte seinen Weg fort. Es gab noch viel zu tun.

Im Haus war es stockfinster. Maria de l'Os lag zusammengerollt in ihrem Bett, die Fäuste geballt. Sie wollte nichts hören und nichts sehen, wollte nur fliehen, in einen endlosen Traum, wo ihre Mutter sie mit offenen Armen und süßem Lächeln erwartete. Ihr Verstand aber hielt sie hartnäckig zurück und zwang sie, immer und immer wieder die finsteren Wege am Rand eines klaffenden Abgrunds zu beschreiten. Alles begann wieder von vorn, und niemand erinnerte sich mehr … Maria rollte sich unter der Decke noch enger ein und spürte, wie sich die Federn unter ihrem Gewicht leicht bewegten. Auch sie hatte vergessen wollen, ihr ganzes Leben hatte sie darum gerungen zu vergessen, sie hatte nichts sehen und nichts hören und über nichts nachdenken wollen. Aber jetzt kamen die Bilder in ihrem Kopf immer wieder, sie ließen sich nicht verscheuchen, grausame Bilder voller Blut und Angst. Es hatte einen Morgen gegeben, an dem sie ohne ihre Mutter an ihrer Seite aufgewacht war, ohne den Klang ihrer Stimme, der einen neuen Tag verhieß. Sie erinnerte sich, welche Angst sie damals gehabt hatte, als sie feststellte, dass das Haus leer war; wie sie aufgeregt herumgelaufen war und nach ihr gerufen hatte, und wie die Männer gekommen waren, um ihre Mutter im Wald zu suchen. Immer wieder diese Bilder, die zarte kleine Ysel auf dem Felsen, der blutige Tränen weinte. Sie selbst hatte geholfen, dieses Kind zur Welt zu bringen. Ihr Wesen des Lichts, steht mir bei!, flüsterte sie. Der junge und schöne Körper ihrer Mutter, wie er auf dem Fels lag, mit dem gleichen leeren Blick … Wie lange war das alles her? Aber welche Rolle spielte es schon, wie viel Zeit vergangen war, wenn nun alles wieder von vorne begann und niemand imstande war, diese Gräuel zu verhindern? Als drehte sich alles immer im Kreis. Ysel war das Zeichen dafür, dass es wieder begonnen hatte, doch … wie viele würden dieses Mal sterben müssen, bis es vollendet wäre?

»Maria! Maria!«, hörte sie ihren Namen rufen, jemand war in der Dunkelheit gestolpert und fluchte.

Ein flackerndes Licht tauchte in der Finsternis auf und beleuchtete das erschrockene Gesicht von Jofre Galcerán.

»Allmächtiger Gott, Maria, du hattest recht, es hat wieder begonnen!« Jofre kam zu Maria und setzte sich neben sie. Er zitterte. Maria richtete sich im Bett auf und zog ihn zu sich heran, und die beiden umarmten sich fest. So wärmten sie sich gegenseitig und versuchten ihre Angst zu vertreiben.

»Wie viele sind das letzte Mal umgekommen, Jofre? Meine Erinnerungen liegen so tief vergraben, dass ich nicht an sie herankomme, ich kann mich einfach nicht erinnern …«

»Fünf waren es, fünf, ich bin fast sicher. Und alle waren … sie waren …« Jofre verstummte, sein ganzer Körper bebte.

»… Nachkommen der ›Kinder der Heiligen‹, jetzt erinnere ich mich.« Maria schlang die Arme noch fester um ihn. »Warum kann es nicht endlich vorbei sein, mein Freund, warum kann nicht endlich Schluss sein damit? Soll doch der ganze Stein in Blut ertrinken, damit er endlich verschwindet! Warum jetzt?«

»Ich weiß es nicht, Maria. Wir müssen nachdenken, uns erinnern, was beim letzten Mal passiert ist, als deine Mutter starb. Was ist damals geschehen, was sich jetzt wiederholt?«

»Wir müssen es aufhalten, Jofre, dieses Mal müssen wir es aufhalten, egal wie. Wir sind alt, wir haben nichts zu verlieren, selbst den Tod würde ich in Kauf nehmen, wenn ich dadurch das Vergießen unschuldigen Blutes verhindern könnte. Warum nur geht es jetzt wieder los? Die alten Heiligenzeremonien gibt es doch längst nicht mehr, das alles ist lange vorbei … Warum?«

»Vielleicht ist da jemand, der nicht vergessen will, und auch nicht will, dass wir vergessen. Jemand, der noch alte Rechnungen zu begleichen hat, Maria. Rechnungen, an die sich niemand mehr erinnert. Irgendjemand oder irgendetwas will dieses Dorf nicht in Frieden leben lassen.«

»Wir waren ja noch Kinder damals, und wir dachten, so etwas könnte niemals mehr geschehen, alles wäre vorbei«, bemerkte die alte Frau voller Furcht.

»Du sagst es, Maria, wir waren Kinder und konnten nichts tun, wir begriffen ja nicht einmal, was eigentlich geschah. Doch die Erwachsenen waren damals überzeugt, dass der Kreis sich geschlossen hatte, dass kein Blut mehr vergossen werden würde – warum also jetzt wieder?«

In ihrer Umarmung verharrten sie in der Dunkelheit und tauchten gemeinsam in ihre Erinnerung ein. Suchend tasteten sie sich vor, nahmen im Geiste jede Einzelheit unter die Lupe und versuchten so den Ereignissen auf die Spur zu kommen, die sie so tief vergraben hatten.

Es war eine schreckliche Nacht. Er hatte sich im Bett hin- und hergewälzt und einfach nicht einschlafen können, was äußerst ungewöhnlich war. Während der letzten sechs Jahre im Heiligen Land hatte Guillem de Montclar immer geschlafen wie ein Murmeltier, der größte Radau hatte ihn nicht aufwecken können. Es war ihm ein Rätsel, warum er jetzt keinen Schlaf fand. Als er die Glocke zur Frühmette hörte, beschloss er sich anzuziehen und sich zu seinen Milizbrüdern in die Kapelle zu begeben. Es war zwei Uhr früh, und die Nacht schwebte noch über der Festung von Miravet, als er sich dem Trupp von Männern anschloss, die, noch ganz verschlafen, zum Gebet strömten. Einige hatten sich fest in ihre Mäntel gehüllt, unter denen sie noch ihr Nachtgewand trugen, und die Kapuze über die Augen gezogen. Still hörte er den Gesängen der Mette zu, danach folgten die Vaterunser, dreizehn zu Ehren der Heiligen Maria und weitere dreizehn für den Tagesheiligen, wer das war, hatte er, ganz mit seinen eigenen Gedanken beschäftigt, vollkommen vergessen. Er war schon lange nicht mehr den liturgischen Vorschriften seines Ordens unterworfen gewesen, er hatte sie nur eingehalten, wenn seine Verpflichtungen es ihm erlaubten und die Kämpfe ihm eine Atempause gestattet hatten. Jetzt war er dankbar für diese festen Riten, denn die Eintönigkeit der Gebete vermittelte eine Sicherheit, die ihn vor dem Chaos und der Unordnung schützte.

Die Kapelle von Miravet war ein strenger einschiffiger Bau von rechteckigem Grundriss. Das Licht fiel durch zwei schmale Fenster an der Nordwand und zwei weitere an der Westwand ein. Die Apsis war halbkreisförmig und von einem prächtigen Bogen umrahmt. Als die Gebetsstunde zu Ende ging, erhoben sich die Männer, um nach ihren Pferden zu schauen oder anderweitigen Verrichtungen nachzugehen. Manche legten sich auch noch einmal schlafen, bis es Zeit war für das Morgengebet. Guillem beschloss, die obere Terrasse aufzusuchen, man hatte ihm gesagt, die Aussicht von dort sei außergewöhnlich schön. Er wollte sich die Beine vertreten und etwas frische Luft schnappen. Hinter einer kleinen Tür auf der der Apsis gegenüberliegenden Seite führte eine enge steinerne Wendeltreppe zur Terrasse hinauf. Guillem machte sich also an den Aufstieg, wobei er jede einzelne der hohen Stufen zählte. Mit der vierundvierzigsten Stufe gelangte er ins Freie, und erst da wurde ihm bewusst, dass es nicht ganz der geeignete Moment war, eine Landschaft zu bewundern. Er wandte die Augen zum Himmel und erblickte ein überwältigendes, sternenübersätes Firmament. Er wurde ganz eins mit dem Himmel über ihm, und das vermittelte ihm das Gefühl tiefen Friedens. Versunken in den Sternenhimmel verweilte er auf der Terrasse, bis ein Lichtschein am Horizont den Tag ankündigte. Da verließ er die Terrasse, er hatte einen langen Tag vor sich.

Er frühstückte mit Bruder Dalmau an dessen Bett. Obwohl er noch sehr schwach war, legte Dalmau die typische Ungeduld eines Menschen an den Tag, der es nicht gewohnt ist, krank zu sein. Guillem wollte gleich zur Sache kommen, und sobald er seinen Superior über das Gespräch mit Bruder Beson unterrichtet hatte, begann er, ihm Fragen zu stellen.

»So, und jetzt erzählst du mir mal, was es mit dieser ganzen Sache auf sich hat, Dalmau!«

»Bist du etwa immer noch beleidigt, Junge?« Dalmau sah ihn überrascht an und versuchte das Ausmaß seiner Verärgerung einzuschätzen.

»Eine Frage beantwortet man nicht mit einer Gegenfrage, Dalmau, so wie du es gewöhnlich tust. Es ist an der Zeit, dass du mir alles erzählst, was du über diese Geschichte weißt. Und du könntest damit anfangen mich darüber aufzuklären, warum irgendein Kerl, der vor hundert Jahren verschwunden ist, so wichtig für uns sein soll.«

»Serpentarius ist nicht einfach irgendjemand, Guillem«, erwiderte Dalmau seufzend. »Er ist … war jemand sehr Wichtiges innerhalb des Ordens. Bis heute sind wir dabei, seine Spur zu verfolgen, doch sein Verschwinden ist noch immer ein Rätsel.«

»Wichtig für wen, für die ›Auserwählten‹?« Guillem konnte sich die ironische Bemerkung nicht verkneifen.

In Dalmaus Blick lag eine Spur verhaltener Ärger, es gefiel ihm nicht, dass Guillem in diesem Ton über seine Vorgesetzten sprach, doch sein Schützling hielt dem Blick stand, ohne mit der Wimper zu zucken. Er wusste, dass seine Art, von den Ordensoberen zu sprechen, jener auserwählten Gruppe, die dafür zuständig war, die Spione des Templerordens zu überwachen und zu »führen«, bei seinem alten Freund tiefes Missfallen erregte. Aber Guillem war nicht umsonst bei Bernard Guils in die Lehre gegangen, der einer der Besten und zugleich – wie Dalmau zu sagen pflegte – einer der Schlimmsten gewesen war, was die Disziplin anging. Guillem führte nur die Scherze seines Lehrers fort, der meist nur von »ihnen« gesprochen hatte, wenn er seine Superioren meinte. Wenn er gut gelaunt war, hießen »sie« bei ihm die »Auserwählten«, und wenn die Dinge schlecht liefen, nannte er sie nur die »Undurchdringlichen«.

»Das hat dir natürlich dein Meister Bernard beigebracht. Ich hätte es wissen müssen, dass er auch seinen respektlosen Ton an dich weitergeben würde«, murmelte Dalmau, während er sich vom Bett erhob.

»Komm schon, Dalmau, wo hast du deinen Sinn für Humor gelassen? Und geh bitte wieder zurück ins Bett. Können wir dann mit der Weisheitsvermittlung fortfahren?«

»Du solltest den Menschen, für die du arbeitest, mehr Respekt entgegenbringen.« Nachdem er zwei Runden durch das Zimmer gedreht hatte wie ein Panther im Käfig, ließ sich Dalmau auf der Bettkante nieder. »Tja, weißt du, dieser Fall ist für uns alle sehr heikel. Seit Jahren sind wir in der Sache keinen Schritt vorangekommen, und wir wissen wirklich sehr wenig. Diese Geschichte macht uns schwer zu schaffen. Soweit ich mich entsinne, war das schon so, als ich in den Orden eintrat, und das ist schon Jahrhunderte her, gütiger Himmel! Nicht eine einzige Spur in der ganzen Zeit, bis jetzt dieses verfluchte Zimmer hinter einer Wand aufgetaucht ist. Und wir hatten keinen Schimmer davon!«

Guillem fuhr zusammen, als er seinen Freund fluchen hörte, Dalmau achtete immer sehr auf seine Ausdrucksweise. Da der alte Ritter offenbar vorhatte, auf dem Bett sitzen zu bleiben, machte Guillem es sich neben ihm bequem und war bereit, seine Klagen geduldig anzuhören.

»Ich bin ganz Ohr«, murmelte er.

»Also, Roger de Lot, Meister Serpentarius, war einer der bedeutendsten Baumeister des Ordens, ein überaus begabter und tüchtiger Mann. Seine Arbeit rief überall, wohin man ihn entsandte, Bewunderung hervor. Bis die Dinge anfingen, aus der Bahn zu geraten. Das war etwa zehn Jahre, bevor er verschwand. Er fing an, seltsame, unerklärliche Dinge zu tun, ohne sich zu einer Erläuterung herabzulassen. Er reiste viel, teilte aber niemandem mit, wohin er fuhr, noch wann er zurückzukommen gedachte.

Er ließ die Arbeit, mit der ihn der Orden beauftragt hatte, ohne Angabe von Gründen im Stich und war jahrelang wie vom Erdboden verschwunden. Du wirst verstehen, dass bei aller Freiheit, die der Orden ihm zugestand, es auch Grenzen geben musste. Die Klagen über seine Arbeit häuften sich, und die Unsrigen fingen an, sich Sorgen zu machen. Sie beschlossen, dass unser ›Dienst‹ herausfinden sollte, was vor sich ging; man sprach also mit ihm und forderte eine Erklärung für sein Verhalten. Serpentarius regte sich fürchterlich auf und behauptete, er sei einer Sache auf der Spur, die dem Orden großen Nutzen und der Welt Wunder bescheren würde, die alles bisher Vorstellbare überstiegen. Du kannst dir denken, wie verblüfft unsere Männer angesichts so großer Worte waren. Serpentarius weigerte sich jedoch, genauere Auskünfte zu geben, er tobte und schrie, er könne nichts weiter sagen, womöglich hätte er sich am Ende doch getäuscht, und es seien alles nichts als Hirngespinste. Stur beharrte er darauf, er müsse seiner Entdeckung vollkommen sicher sein, bevor er sie bekannt machen könne, sein Ruf als Baumeister stehe auf dem Spiel. Dann versank er in hartnäckiges Schweigen. Er befahl, dass man ihn eine Zeit lang in Ruhe ließe, er war ja ein bedeutender Mann und hatte seine Beziehungen. Nun, du weißt ja, wie wir arbeiten. Es verging einige Zeit, doch sein Benehmen besserte sich keineswegs, im Gegenteil, es wurde immer schlimmer, und schließlich mussten unsere Männer wieder einschreiten. Sie baten und drohten, sie flehten ihn an, er möge ihnen nur irgendeinen Hinweis geben, welcher Art seine Forschungen seien. Doch ohne Erfolg, Serpentarius weigerte sich rundheraus, Erklärungen abzugeben, machte jedoch einen anderen Vorschlag. Allerdings geschah das erst, als die Angelegenheit bereits die höchsten Ebenen unserer Hierarchie beschäftigte, und er sich in einer Sackgasse sah. Serpentarius bat, man möge ihm eine Frist von einem Jahr gewähren, in dem er von allen anstehenden Arbeiten befreit wäre. Ein Jahr, in dem er sich ausschließlich seiner Forschung widmen könnte – als hätte er in den vorherigen Jahren etwas anderes getan –, und schwor bei allen Heiligen, dass er, falls er nicht zu positiven Ergebnissen gelangte, seine Forschungen einstellen und sich allem fügen würde, was man von ihm verlangte. Sein Benehmen war zwar äußerst befremdlich, aber seine Gönner konnten sich nicht vorstellen, dass er in gefährliche Dinge verwickelt sein sollte. Jedenfalls gewährte man ihm widerstrebend das erbetene Jahr, unter der Bedingung, dass er regelmäßig Kontakt zum Orden halten würde.«

»Und niemand wusste, um was für eine Arbeit es sich handelte, man hatte nicht die leiseste Ahnung?«

»Was die Männer unseres ›Dienstes‹ angeht, wusste keiner etwas, ansonsten kann ich für niemanden meine Hand ins Feuer legen. Allerdings war der Meister ein ziemlich verschlossener Mensch, ein richtiger Eigenbrötler. Er hatte keine Freunde, nur seinen Gehilfen, und der gehörte nicht dem Orden an. Auf jeden Fall kannst du dir vorstellen, dass unsere Männer keinem mehr trauten. Es waren inzwischen ziemlich viele Leute, die diese Sache beunruhigte. Sie setzten also unauffällig einen Agenten auf ihn an. Serpentarius verlegte sein Quartier damals in diese Gegend hier, und sie folgten ihm bis nach Tarragona, wo er in einem der Ordenshäuser unterkam, und – du wirst es nicht glauben – vor ihren eigenen Augen verschwand! Als hätte die Erde ihn verschluckt, ihn und seinen Gehilfen, der ihm auf Schritt und Tritt folgte. Es gab einen enormen Aufruhr, manche waren überzeugt, er sei komplett verrückt geworden und könnte den Orden in einen Skandal verwickeln. Andere vertrauten ihm weiterhin, wenn es ihnen auch immer schwerer fiel, sein Tun zu rechtfertigen.«

»Ich nehme an, man hat damals die ganze Stadt auf den Kopf gestellt, um ihn zu finden, kein Mensch verschwindet einfach so vom Erdboden.«

»Natürlich, mein Junge, sie haben jeden einzelnen Stein umgedreht, aber gefunden haben sie nicht mal seinen Schatten. Fast ein Jahr lang nicht die geringste Spur, und im Orden machte sich langsam Panik breit. Da tauchte er plötzlich hier in Miravet auf, aus dem Nichts, wie ein Gespenst. Er war krank, sterbenskrank sogar, und unsere Leute kamen sofort hierher geeilt. Sie wachten bei ihm, als sie glaubten, er liege im Sterben, und versuchten seinen Gehilfen zu verhören, aus dem jedoch kein Wort herauszubekommen war. Schließlich blieb einer der Unseren an seiner Seite; erleichtert, dass er wieder aufgetaucht war, und überzeugt, er würde sein Geheimnis mit ins Grab nehmen, beruhigten sich unsere Superioren allmählich. Doch Serpentarius kam schnell wieder auf die Beine, was für einen schwerkranken Mann seines Alters unglaublich war, ich meine, er war damals schon über fünfzig. Er erholte sich also, aber er weigerte sich, auch nur ein Wort zu sagen und berief sich darauf, dass die zugestandene Frist noch nicht abgelaufen war. Auch auf die Frage, wo er gewesen sei, verweigerte er die Antwort … Inzwischen hatten auch seine Anhänger genug von seinen Spielchen, alle waren der Ansicht, er habe es zu weit getrieben mit seiner Geheimniskrämerei. Aber das Schlimmste war … es kamen Gerüchte auf, er habe sich mit heidnischen Riten und noch schlimmeren Dingen eingelassen. Erneut führte man ein Gespräch mit ihm, und diesmal war man unnachgiebig, die Sache musste endlich ein Ende haben. Ich habe Berichte aus dieser Zeit gelesen, in denen es hieß, er habe alt und erschöpft gewirkt, vor allem aber verängstigt. Nervös und kaum eines Wortes fähig habe er sie angehört und weder Klagen noch Einwände erhoben. Sie teilten ihm mit, dass der Orden mit seiner Geduld am Ende sei, dass der Komtur von Miravet sich um ihn kümmern und er sich seiner Aufsicht und Obedienz zu unterstellen habe; er würde in der Festung den Regeln unterworfen sein, wie sie für jeden Templer galten. Andernfalls würde ihnen nichts anderes übrig bleiben, als ihn in Unehren aus dem Orden zu entlassen. Zu ihrer Überraschung akzeptierte Serpentarius alle Bedingungen ohne Widerrede, weigerte sich aber weiterhin, Erklärungen zu seinem Tun abzugeben. Nach längeren Diskussionen gelangte man zu dem Schluss, dass der arme Mann verrückt war, dass irgendjemand oder irgendetwas ihn hoffnungslos verwirrt hatte. Zwar misstraute man seiner plötzlichen Fügsamkeit und hätte manches darum gegeben zu erfahren, was diesen so außerordentlich begabten Mann so sehr verstört hatte. Doch er schwieg weiterhin eisern.

Was dann geschah, versetzte den Orden in absolute Verwirrung, und diese Verwirrung dauert bis in unsere Tage an.« Dalmau stützte sich auf das Kissen, tiefe Müdigkeit stand ihm ins Gesicht geschrieben. »Nach ein paar Monaten der Ruhe, in denen Serpentarius die neuen Bedingungen zu akzeptieren schien, verschwanden er und sein Gehilfe erneut, und diesmal für alle Zeiten.«

»Bruder Beson behauptet, die beiden Männer hätten jeden Tag die Festung verlassen, sie seien regelmäßig vom

Morgengrauen bis zum Einbruch der Dunkelheit fort gewesen. Hat das denn keinen Verdacht erregt?«, erkundigte sich Guillem.

»Das stimmt, sie brachen im ersten Morgengrauen auf und kehrten nicht vor Einbruch der Nacht zurück, wir hatten sie eine Zeit lang unter Beobachtung. Aber den Unterlagen zufolge berichtete der Agent, dass sie lediglich längere Fußmärsche durch die Umgebung unternahmen, mal hier, mal dort Halt machten, scheinbar ziellos. Und inzwischen waren alle dieser Geschichte derart überdrüssig, dass seinem eigenartigen Verhalten weiter keine Bedeutung beigemessen wurde, solange er jeden Abend in die Festung zurückkehrte. Sie waren ja der Meinung, er sei verrückt! Doch als Meister Serpentarius erneut verschwand, wurde klar, wie sehr sie im Irrtum waren. Wochenlang suchte man vergeblich nach ihm und seinem Gehilfen, man durchkämmte die ganze Gegend im Umkreis eines Tagesmarschs, weiter konnten sie nämlich nicht gekommen sein, die beiden Alten, doch …«

»Also hör mal, Dalmau, Meister Serpentarius muss damals so alt gewesen sein wie du heute, und es würde mir nicht in den Sinn kommen, dich als alten Mann zu bezeichnen.« Guillem grinste, als er das erboste Gesicht seines Freundes sah.

»Na, das könntest du aber ohne Weiteres, tu dir nur keinen Zwang an.« Dalmau schien verärgert über den Vergleich. »Alt und krank wie er, wenn du so willst.«

»Bruder Beson behauptet, es seien mehrere Tage vergangen, bevor man wegen seines Verschwindens Alarm schlug«, versuchte Guillem das Thema zu wechseln.

»Na ja, das ist nicht ganz falsch. Die erste Suche wurde geheim durchgeführt, von unseren Leuten. Man wollte einen Skandal vermeiden. Damals wucherten die Gerüchte über Serpentarius in der Festung Miravet wie wild, es gab jede Menge Gerede von seltsamen Riten und Teufelspakten.«

»Und hundert Jahre lang wurde die Sache nicht aufgeklärt … bis heute nicht. Das muss unsere Superioren ja ziemlich nervös machen, so wie die solche ungeklärten Geschichten hassen«, bemerkte Guillem frech. »Irre ich mich oder hat Serpentarius tatsächlich etwas gefunden, etwas Wichtiges, dem man auf die Spur kommen möchte?«

»Schon möglich«, räumte Dalmau missmutig ein. »Aber wir haben keinerlei Gewissheit, mein Junge, sein Verschwinden hat uns in große Verlegenheit gebracht, und das hat niemand gern. Wir haben uns immer wieder die Frage gestellt, warum er verschwunden ist – geschah es aus eigenem Willen, hat ihm jemand dabei geholfen? Aber die ganzen Jahre über sind keinerlei neue Hinweise oder Spuren aufgetaucht, denen man hätte nachgehen können, verstehst du? Dass man jetzt das verborgene Zimmer und diese Sachen entdeckt hat, ist der erste Hinweis seit Jahren.«

»Eins verstehe ich nicht«, wandte Guillem ein. »Wurde dieses Zimmer denn damals nicht durchsucht, wusste man denn nichts von seiner Existenz? So wie unser Dienst normalerweise arbeitet, auch wenn die Geschichte schon hundert Jahre her ist, hätten sie doch das Zimmer gründlich auf den Kopf stellen, es Stein für Stein auseinandernehmen müssen!«

»Ich glaube, es ist damals irgendetwas schiefgelaufen«, erklärte Dalmau. »Wir hatten einen Mann unseres Dienstes hier in der Festung postiert. Er schickte uns regelmäßig Berichte und alles schien in Ordnung. Aber nie hat er erwähnt, dass Serpentarius und sein Gehilfe über ein eigenes Zimmer verfügten, man ging davon aus, dass sie mit dem Rest der Gemeinschaft zusammenwohnten. Vielleicht hat er damals dieses Zimmer durchsucht. Es sind viele Unterlagen verloren gegangen, was noch erhalten ist, ist nicht vollständig.«

»Aber Dalmau, der Komtur von Miravet muss doch davon gewusst haben …«, wandte Guillem misstrauisch ein.

»Er war damals nicht hier in Miravet, aber du hast recht … es ist merkwürdig, das Zimmer hätte doch irgendwo auftauchen müssen, unser Agent hätte darüber Mitteilung machen müssen. Auf jeden Fall waren wir über alle Maßen überrascht, als wir von der Existenz dieses Raums erfuhren, niemand hatte eine Ahnung davon. Hast du die Sachen untersuchen können, die dir der Komtur gegeben hat?«

»Ich bin noch nicht dazu gekommen, Dalmau, aber ich werde es heute tun. Ich will den Komtur um die Erlaubnis bitten, mich in diesem verfluchten Zimmer einzuquartieren und dort unser Ermittlungsbüro einzurichten. Oder hast du etwas dagegen?«

»Im Gegenteil, mein Junge, ich habe schon darum gebeten, dass man es sauber macht und ein bisschen herrichtet, ich hatte so eine Ahnung, dass es dir von Nutzen sein könnte.«

Guillems Verblüffung war nicht gespielt, sein Superior hatte ihn überrascht. Wie zum Teufel hatte er geahnt, dass er darum bitten würde? Er hätte nicht gedacht, dass er so leicht zu durchschauen war, und es missfiel ihm zutiefst, er hasste es, wenn man ihm zuvorkam. Dalmau begriff, wie sein junger Freund sich fühlte, und setzte eine verständnisvolle Miene auf.

»Das ist das, was ich getan hätte, Guillem, aber du kannst dich auch woanders einquartieren, wenn es dir lieber ist. Es ist so düster und feucht dort.«

Guillem schüttelte den Kopf. Trotz Dalmaus Beschwichtigungsversuch gefiel es ihm einfach nicht, dass jemand seine Gedanken erraten konnte. Jedenfalls hatte er viel Arbeit vor sich, und dabei wollte er sich durch Dalmaus Eigenarten nicht verrückt machen lassen. Er erhob sich, um sein Tagewerk zu beginnen; als er schon an der Tür war, hörte er noch einmal die Stimme seines Superiors.

»Ich habe darum gebeten, eine Tür einzubauen, die man abschließen kann.«

Guillem verließ den Raum, sprachlos über so viel Voraussicht.

Señor de Castellar marschierte mit großen Schritten in dem geräumigen Wohnzimmer seines Hauses auf und ab. Er selbst nannte es seine »Burg«, obwohl es nur ein großes befestigtes Landhaus war, dessen dicke Mauern langsam bröckelten, ohne dass jemand versucht hätte, ihren Verfall aufzuhalten. Die ruhmreichen Zeiten der Señores de Castellar, seiner Vorfahren, und ihre kriegerischen Heldentaten, die ihnen viel Land und das kleine Gut mitten in Santa Maria eingebracht hatten, lagen lange zurück. Längst waren ihre Schlacht- und Siegesrufe verhallt, und ihr Land, das für den Unterhalt ihrer trägen Nachkommen zu sorgen hatte, war immer weniger geworden. Trotz alledem war Hug de Castellar, der derzeitige Träger des Baronstitels, davon überzeugt, durch seine Adern fließe ganz besonderes Blut, und er war stolz, einem Geschlecht anzugehören, das ihn weit über das Fußvolk erhob, dem er denn auch mit offenkundiger Geringschätzung zu begegnen pflegte. Möglicherweise war das auch der Grund für die leichte Überheblichkeit in dem Blick, mit dem er sein Gegenüber ansah.

»Was wollt Ihr damit sagen?«, platzte er wütend heraus. Er hatte Mühe sich zu beherrschen.

»Ich habe Euch eine einfache Frage gestellt, Señor de Castellar, Ihr solltet dem keine größere Bedeutung beimessen.« Die Stimme, die ihm antwortete, wirkte sanft und gebildet, sie klang nach Ruhe und Harmonie.

»Ich halte das nicht für eine einfache Frage, sondern für eine Unverschämtheit, die ich nicht bereit bin hinzunehmen!«

Der aufbrausende Ton konnte Ponç de l'Oliva nicht aus der Fassung bringen. Der Almosenpfleger des Klosters Sant Miquel de l'Espasa war ein schlauer und umsichtiger Mann, der stets um Gleichgewicht und Eintracht bemüht war und jede Form von Konflikten verabscheute. Die heftige Reaktion Señor de Castellars schien ihn nicht sonderlich zu beunruhigen. Die breite Stirn unter seinen kurzen, gepflegten Haaren ließ auf Intelligenz und Selbstsicherheit schließen, was zu dem bedächtigen Ton seiner Stimme passte.

»Wagt Ihr etwa anzudeuten, ich hätte mit einer so frevelhaften Tat etwas zu tun?«, knurrte Hug de Castellar argwöhnisch.

»Beruhigt Euch, mein Freund, ich habe Euch lediglich gefragt, ob Ihr irgendetwas über diese düstere Angelegenheit wisst, weiter nichts. Mir sind Gerüchte zu Ohren gekommen, dass im Wald bei der Fontsanta solche Dinge nicht zum ersten Mal geschehen.«

»Wovon zum Teufel sprecht Ihr, zur Hölle nochmal!«, brüllte Señor de Castellar und trat angriffslustig auf ihn zu.

»Ihr liegt ganz richtig, wenn Ihr von der Hölle sprecht«,

erwiderte der Almosenpfleger gelassen. »Kein anderer Ort könnte etwas Derartiges hervorbringen. Aber ich gebe nur wieder, was ich gehört habe, mein lieber Freund. Es heißt, vor einiger Zeit habe es hier mehrere merkwürdige Todesfälle gegeben, die sehr starke Ähnlichkeit mit dem Fall aufweisen, der uns heute Sorge bereitet.«

»Wer hat solche Ungeheuerlichkeiten behauptet? Das hier ist ein friedliches Dorf! Ihr vergesst, Bruder, dass dieses Dorf im Schatten des Klosters Santa Maria entstanden ist, einem Ort Gottes.«

Ponç de l'Oliva ließ sich durch die zunehmende Feindseligkeit des Aristokraten nicht beeindrucken. Er blieb in dem wackligen, aber bequemen Ledersessel sitzen und blickte sein Gegenüber ruhig an. »Es war niemand aus dem Dorf«, sagte er, um Hug de Castellar zu besänftigen. »Ich versichere es Euch. Eure Leute scheinen ja an Gedächtnisschwund zu leiden, was diese Geschichte betrifft, kein Mensch will etwas darüber wissen. Ebenso wenig wie Ihr, wie ich sehe.«

»Na, dann habt Ihr das bestimmt von den Mönchen aus dem Kloster«, sagte Hug de Castellar aufgebracht. »Ich vermute, von dem Prior, das ist so ein Schnüffler, der muss überall seine Nase reinstecken! Aber Ihr habt ja keine Ahnung, wie schlecht der Prior auf uns zu sprechen ist, alles Übel und alles Unglück schiebt er auf uns.«

»Vielleicht deshalb, weil Ihr Euch weigert, für das Grab Eurer Vorfahren zu bezahlen, die im Kreuzgang von Santa Maria begraben sind? Oder womöglich, weil Ihr Euch hinter ihrem Rücken eine prachtvolle Grabstätte in unserem Kloster Sant Miquel habt anlegen lassen? Ich verstehe vollkommen, dass der Prior über Euch verärgert ist, mein lieber Freund, aber keine Sorge, Ihr irrt Euch. Keiner aus dem

Kloster hat auch nur ein Wort über diese Angelegenheit verloren, und auch nicht über Euch. Ich hatte noch nicht einmal in Erwägung gezogen, dass jemand aus dem Kloster über diese Gerüchte im Bilde sein könnte, aber da Ihr offenbar davon ausgeht, wird es am besten sein, wenn ich mich mit dem Prior in Verbindung setze. Vielleicht kann er etwas Licht ins Dunkel bringen.«

»Wie könnt Ihr es wagen, so mit mir zu sprechen, Bruder Ponç!«, erwiderte Hug de Castellar erschrocken. In seinen Augen blitzte eine unbestimmte Angst auf. »Ich weiß nicht, wer Euren Geist mit derart absurden Vermutungen vergiftet hat, aber das ist ungerecht und falsch. Vor einigen Jahren, ich weiß nicht mehr, wann genau, aber es ist schon ziemlich lange her, hat es so einen Fall gegeben, wo jemand verschwunden war, das ist richtig. Damals gingen alle möglichen üblen Gerüchte um, und wisst Ihr, was schließlich dabei herauskam? Es war einfach ein Liebespaar, das sich davongemacht hatte, von einem mysteriösen Verschwinden konnte also nicht die Rede sein! Unzählige Geschichten wurden damals erzählt, von Gespenstern und Höllenflammen … das Übliche, Ihr wisst ja, wie die Leute sind, naiv und abergläubisch, die vermuten den Teufel hinter jeder Ecke. Euer Gewährsmann wird Euch sicher mit Begeisterung diesen ganzen Unsinn auftischen … diese verfluchten, ungebildeten Bauern, ich sage Euch, Ihr kennt sie nicht!«

»Es freut mich, dass Euch doch noch etwas eingefallen ist, Señor de Castellar, ich fing schon an, mir über Euer Gedächtnis Gedanken zu machen.« Die spöttische Bemerkung ließ den Adligen nur verächtlich das Gesicht verziehen. »Es liegt ganz bestimmt nicht in meiner Absicht, Eurem guten Namen zu schaden, aber ich sage es noch einmal, es wird da wirres und gefährliches Zeug herumerzählt. Ihr seid ein intelligenter Mann, mein Freund, und Ihr wisst so gut wie ich, welchen Schaden solches Gerede anrichtet. Am Anfang ist es nur ein feiner Nieselregen, doch bald schon kann daraus ein Sturzbach werden, der alles hinwegfegt. Da wird dann alles mitgerissen, das Richtige und das Falsche. Ich hoffe, Ihr versteht unsere Sorge, diese Gerüchte müssen unbedingt aufgeklärt oder zum Verstummen gebracht werden.«

Der Almosenpfleger erhob sich langsam, er hatte ganz ruhig gesprochen, doch in seinen Augen lag ein warnendes Funkeln, das Señor de Castellar den Blick abwenden ließ.

»Welche Gerüchte meint Ihr, Bruder Ponç?«, flüsterte er.

»Nichts Bestimmtes, das habe ich Euch ja schon gesagt.« Ponç de l'Oliva strich sich den Habit mit seinen langen weißen Fingern glatt. »Unzusammenhängendes, wirres Gerede, irgendetwas von einer alten Bruderschaft der Heiligen Quelle, einer sonderbaren Gemeinschaft, die sich lasterhaften heidnischen Zeremonien verschrieben haben soll. Eine sehr alte Geschichte, soweit ich verstanden habe.«

»Das ist, das …« Señor de Castellar war alle Farbe aus dem Gesicht gewichen. »Ihr sprecht da von Ereignissen, die sich vor sehr langer Zeit zugetragen haben und längst in Vergessenheit geraten sind, das sind nichts als Gerüchte und Legenden. Irgendjemand will dieses Dorf in den Untergang stürzen, er versucht mit allen Mitteln, uns zugrunde zu richten! Ihr dürft diese Lügen nicht glauben!«

Ponç de l'Oliva sah ihn aufmerksam an. Hug de Castellar war der Ohnmacht nahe. Obwohl er seine Hände fest gegeneinander presste, konnte er nicht verhindern, dass sie zitterten. Der Almosenpfleger wandte sich gemessenen Schrittes zur Tür und drehte sich noch einmal lächelnd um.

»Übrigens, Señor de Castellar, die Arbeiten an Eurer Grabstätte gehen rasch voran, Ihr solltet einmal in Sant Miquel vorbeikommen, um sie zu begutachten.« Die Hand schon an der Tür, fügte er hinzu: »Welchen Grund könnte jemand haben, diesem wunderbaren Dorf schaden zu wollen, mein Freund?«

Ohne eine Antwort abzuwarten, schloss er sanft die Tür und war verschwunden. Hug de Castellar fühlte, dass sein Rücken schweißnass war. Seine Beine schienen unter ihm nachgeben zu wollen. Er ließ sich auf den Stuhl fallen, auf dem der Mönch gesessen hatte. Wer hatte ein Interesse daran, solche Gerüchte zu streuen, fragte er sich, wer konnte diese schreckliche Geschichte ausnutzen, um solch schändliche Gemeinheiten zu verbreiten? Er schauderte. Hatte das Dorf denn nicht schon einen viel zu hohen Preis bezahlt für die Sünden seiner Vorfahren? Voller Verzweiflung verbarg er das Gesicht in den Händen. Warum begann nun alles wieder von vorn? Sein Vater hatte ihm geschworen, dass das Grauen für immer vorüber wäre, dass solche Dinge niemals wieder geschehen würden! Ganz klar und deutlich erinnerte er sich an den Abend, an dem ihm sein Vater am Feuer von dem Fluch erzählt hatte, der über die sieben Familien gekommen war, die ersten Familien des Dorfes – jene Barbaren, die sich im Wald bei der Heiligen Quelle hemmungslos ihren Ritualen hingegeben hatten. Sein armer Vater, ein braver Mann, der nicht verstand, wie sich diese Leute einem uralten fremdartigen Kult hatten verschreiben können. Er hatte es nie verwunden und ein überaus tristes Leben geführt. Eingesperrt in das alte Gutshaus, hatte er eine Strafe verbüßt, die nicht ihm gebührte, in ständiger Angst vor seinem eigenen Vater … Sein verfluchter Großvater, der in die alten Kulte verstrickt gewesen war, diese Ausgeburt der

Hölle, Sohn der Heiligen, er war es, der sie alle ins Verderben gerissen hatte!

Hug de Castellar platzte beinahe der Schädel, er konnte diese schändliche Erinnerung nicht ertragen, er wollte nicht daran denken, und niemand sollte es wagen, ihn dazu zu zwingen. Dieser elende Ordensmann mit seinem gespreizten Gehabe trieb ihn zur Verzweiflung! Warum, warum jetzt? Die Frage hämmerte ihm in den Schläfen, er konnte keinen anderen Gedanken fassen. Das einzige Erleichternde war, dass er seine Kinder weit weg wusste, diese schreckliche Geschichte konnte ihnen also nichts anhaben, aber was war mit den anderen Familien? Zwei waren schon verschwunden, hingemetzelt bei dem letzten Blutbad … und die anderen? Wie viele waren überhaupt noch übrig? Vergeblich versuchte er sich zu erinnern, alle hatten sie vergessen wollen, hatten ihre Abkunft von der Fontsanta-Sippe verleugnen wollen, und nun wusste keiner mehr zu sagen, wer dazugehörte. Aber warum sollte er sich um die Kinder dieser Unglückseligen sorgen? Er war in Sicherheit, war es immer gewesen, das war die Abmachung. Aber war er wirklich sicher?

Und was wusste Ponç de l'Oliva? Mit wem hatte er gesprochen? Aus dem Dorf mit niemandem, da war er sicher, viele wussten gar nichts, und die anderen zogen es vor zu schweigen. Wer war es gewesen, der dem verfluchten Mönch da etwas eingeflüstert hatte? Mit Mühe erhob er sich und schritt zum Fenster, vor dem sich die nach der letzten Dürre staubtrockenen, von Rissen durchzogenen Felder erstreckten. Er blickte auf einen der Türme des Klosters Santa Maria de les Maleses. Ganz einsam stand er da, wie ein Wachtturm, der über die Sünder wachte. Was wussten sie von der Hölle? Er dachte an Guerau de Cirera, den

Prior, er war ein schlauer Mann, besessen von diesen alten Kapitellen. Früher einmal waren sie Freunde gewesen. Ob er etwas wusste?

Er schüttelte heftig den Kopf, als könnte er Antworten auf all die quälenden Fragen aus ihm herausschütteln. Er würde mit dem Prior sprechen, ganz vorsichtig, so dass er seine wahren Absichten nicht erahnte. Er würde herausfinden, ob die Gerüchte über die Wiederbelebung des Iscla-Kultes der Wahrheit entsprachen. Wer würde der Nächste sein? Warum würde es einen weiteren Mord geben und dann noch einen und noch einen … Er hielt inne, sein Kopf war ganz leer, er konnte keinen klaren Gedanken fassen.

Das Dorf nahe der Fontsanta war wie ausgestorben, alle seine Bewohner hatten sich in ihre Häuser zurückgezogen, und nicht einmal ein Tier verirrte sich auf die Straße. Es war ein sehr altes Dorf, das schon existiert hatte, bevor die ersten Mönche hierher gekommen waren, ein paar einfache Einsiedler, die sich in simplen Hütten und Höhlen einquartiert hatten. Später waren weitere Mönche hinzugekommen und in ihrem Schlepptau ein Trupp von Leuten, die darauf hofften, sich hier ein gutes, anständiges Leben aufzubauen. Das Kloster war gewachsen, und es wurde ihr ganzer Stolz. Aus der einfachen Kirche der ersten Einsiedler wurde eine prachtvolle Basilika, und gleichzeitig entstanden die Klostergebäude, die Gemüsegärten und die Ländereien. Es schien, alles würde immer weiter wachsen und gedeihen, bis plötzlich ein riesiger Felsblock durch die Luft flog und alles zerstörte. Ein Fels, der Blut schwitzte.

Einst, lange vor Ankunft der Mönche, war das Wasser aus der Quelle der Iscla gesprudelt, und die sieben Gründerfamilien des Dorfes hatten den Wald der Fontsanta gepflegt. Jedes Jahr am Tag der Heiligen war die Zeit stehen geblieben, dann wurde gesungen und getanzt, man badete im Quellwasser und vollzog das Ritual.

Ein Diener betrat das Zimmer und brachte den Becher Wein, um den Hug de Castellar einige Minuten zuvor gebeten hatte. Ein gellender Schrei, dann schlug der prachtvolle Becher scheppernd auf dem Boden auf. Der Hausherr lag zusammengekauert in der dunkelsten Ecke auf dem Boden. Sein Gesicht war kreideweiß, beinahe durchscheinend, und er wand sich in heftigen Krämpfen.

5

Zenon

»Alt und müde, und nur noch in Begleitung meines treuen Gefährten, bekenne ich trotz allem meine Unfähigkeit zur Reue. Denn jetzt kann ich Euch sagen, dass ich Gott gesehen habe.«

Lautlos strich er durch das Gestrüpp, wie ein scheues Tier, immer auf der Hut. Der Wald war seine Zuflucht, der Ort, wo er seinen Gedanken unbeschwert freien Lauf lassen, allem Druck und allen Drohungen entfliehen konnte. Hier fühlte er sich ganz und gar frei. Er tat einen tiefen Atemzug und warf den Kopf in den Nacken. Seine Nasenhöhlen füllten sich mit dem Duft von Minze und Thymian. Er warf sich der Länge nach auf den Boden, vergrub das Gesicht im roten Lehm und tauchte die Hände tief ins Laub. Er spürte die durchdringende Feuchtigkeit am Leib, diesen herrlichen Geruch, der zugleich trocken und feucht war. Wie sehr er diesen Ort liebte! Hier wohnte Iscla, verborgen vor den Blicken der Sünder, die sie verraten hatten, hier fand sie Schutz, und nur er allein, Zenon, der Heilige, konnte ihre Zeichen und ihre süßen Worte entschlüsseln. Sie würden ihn nicht noch einmal einsperren, ihn nicht von Neuem seiner Freiheit berauben, nicht einen Mann, der von der Heiligen auserwählt war! Diese besondere Gabe war ihm in die Wiege gelegt worden, er konnte hellsehen und die Zukunft vorhersagen und große Wunder vollbringen. Neid! Das war es, was die Menschen angesichts seiner Kraft und seiner Fähigkeiten spürten. Der Neid der anderen war schuld an all seinem Unglück, die verdammte Eifersucht all derer, die ihn benutzen wollten, die ihn ständig belogen und betrogen, um ihn in die Irre zu führen. Diese aufgeblasenen Narren! Bildeten sich ein, sie hätten etwas mit seinen Wundern zu tun und wollten ihm seine Heiligkeit absprechen. Deshalb leugneten sie seine Fähigkeiten! Doch trotz ihrer Lügen und Drohungen würden sie es nicht schaffen, ihm die Wahrheit zu entlocken, eine Wahrheit, die nur er allein kannte. Er brach in ein irres Lachen aus, wälzte sich auf dem Boden und warf mit beiden Händen Laub in die Luft. Der schwarze Mann hatte keine Ahnung, dass die Heilige ihn beschützte. Das hatte sie immer getan, sie wachte über ihn und würde niemals zulassen, dass jemand ihm auch nur ein Haar krümmte.

Hinter ein paar Büsche gekauert, beobachtete er das Haus der Hexe, dieser einschüchternden weisen alten Frau mit dem Zopf. Woran ihn dieser Zopf nur erinnerte? Auch sie wusste vieles, sie wusste um die große Macht der Heiligen. Er musste mit ihr sprechen und sie warnen. Sie hatte den Raben, der zu ihr sprach, und sie sah Dinge in ihrem Kessel und konnte außerdem Wunden an Körper und Geist heilen. Aber Maria de l'Os war keine Heilige, sie verfügte nicht über seine göttlichen Fähigkeiten. Der schwarze Mann hatte gesagt, die Kraft der Hexe käme von Mächten der Finsternis. Oh, heilige Unschuld! Das war nicht wahr, er glaubte das nicht! Maria würde ihn verstehen und ihn beschützen. Sie würde wissen, was zu tun war.

Vorsichtig kroch er bis ans Haus heran, hockte sich unter eins der kleinen Fenster und schaute hinein. Maria saß am Tisch, sie hatte ihren Zopf gelöst und kämmte sich das lange Haar. Ihre Bewegungen wirkten müde und erschöpft, sie schien ganz in Gedanken versunken. Ihre bläulichen Hände umklammerten einen abgenutzten Kamm. Wie alt sie geworden ist, dachte er, obwohl sie sich die majestätische Haltung ihrer Jugend bewahrt hatte. Sie hielt sich stets ganz aufrecht, den Rücken gerade wie ein in den Boden gerammter Pfeil. Er konnte seine Augen nicht von ihr abwenden, er war wie hypnotisiert. Die Frau legte den Kamm auf den Tisch und wandte sich mit einem ironischen Lächeln auf den Lippen zum Fenster.

»Du wirst dir noch die Augen ausgucken, und das ist verlorene Liebesmüh, wer du auch bist. Ich bin nicht mehr in dem Alter für heimliche Verehrer. Komm herein, wenn du willst, oder lass mich in Frieden.«

Die Tür quietschte leicht.

»Du bist es also«, fuhr Maria fort, ohne sich zu rühren. »Ich habe mich schon gefragt, wie lange es wohl dauern wird, bis du an meine Tür klopfst.«

»Du wusstest, dass ich kommen würde?« Der Eremit hatte vor Verwunderung die Augen aufgerissen. »Hat der Rabe dir das gesagt?«

»Es war nur eine Frage der Zeit, und wie du siehst, überstürzen sich die Ereignisse. Aber nun steh nicht so herum, setz dich hin. Willst du etwas essen, Zenon?«

Zenon nickte heftig und setzte sich Maria gegenüber. An seinem ausgemergelten Körper konnte man jede einzelne Rippe erkennen. Er saß ganz ruhig in der Ecke und nahm das Zimmer genau in Augenschein.

»Du hast ein sehr schönes Haus, es hat mir schon immer gefallen … manchmal träume ich davon, glaube ich. Wo ist denn der Rabe?«

»Was ist los, Zenon, was willst du von mir?« Maria stellte ihm einen dampfenden Teller Suppe hin. »Wo wirst du bloß noch enden mit deinen Phantastereien?«

»Du musst mir helfen, sie wollen mich umbringen. Du könntest einen Zauber aussprechen, der mich beschützt.« Der Eremit stürzte sich auf den Teller.

»Umbringen? Wer will dich umbringen, Zenon?« Maria sah ihn durchdringend an. »Wer wird denn das Huhn schlachten, das goldene Eier legt? Ich glaube, du leistest deinem Herrn gute Dienste, wer auch immer das ist. Sobald er an der Strippe zieht, springst du, wohin er will. Ist es nicht so?«

Zenon löffelte verzweifelt die Suppe in sich hinein, er klebte förmlich am Tellerrand, nur seine Augen verrieten seine Bestürzung.

»Wie ich höre«, fuhr Maria fort, »machst du alle verrückt mit deinem Theater. Sogar ich habe ein paar Stammkunden verloren, die jetzt dir und deinen Wundern nachlaufen. Das ist nicht gut, Zenon, mit den armen Leuten so ein falsches Spiel zu treiben.«

»Du lachst mich aus, du glaubst nicht, dass ich ein Heiliger bin.« Der Eremit schien verärgert. »Aber ich glaube wohl an dich und deinen Raben … ich will den Raben sehen, er soll mit mir sprechen.«

Maria seufzte resigniert, sie war voller Mitleid und Zärtlichkeit für diese bedauernswerte Kreatur. Was hatten sie nur mit ihm gemacht! Sie hob die Hand, um seine knochige Wange zu streicheln, doch der angsterfüllte Blick des Eremiten ließ sie innehalten.

»Zenon, weißt du noch, wie sie dich eingesperrt haben? Das ist schon lange her. Weißt du noch, warum sie das damals getan haben?«, fragte sie sanft.

»Der Teufel war in sie gefahren und hat es ihnen befohlen! Das Blut war überall, ich konnte nichts mehr sehen, ich erinnere mich nur noch an das Blut, es war rot und sehr dunkel, es klebte an den Fingern, weißt du? Du warst ja nicht dabei.«

»Du musst versuchen dich zu erinnern, Zenon, damals haben sie dir die Schuld an allem gegeben und dich eingesperrt. Und jetzt wollen sie das wieder tun … Wer hat dich aus der Zelle geholt?«

»Es war der Teufel, und jetzt will er mich töten!«, rief er, von Panik ergriffen.

»Beruhige dich, Zenon, es gibt keine Teufel, nur böse Menschen. Du darfst nicht zulassen, dass das noch einmal geschieht, du musst es mir erzählen. Wer hat dich aus der Zelle geholt?« Maria umarmte das zitternde Häufchen Elend und wiegte ihn an ihrer Brust.

»Ich kann dir nichts sagen.« Zenon schob sie von sich weg. »Das darf ich nicht, er wird mich töten und dich auch … er will dich töten, ich bin gekommen, um dich zu warnen. Iscla beschützt mich, das weißt du ja, sie spricht zu mir!«

Zenon zog sich langsam zurück zur Tür, wobei er den Kopf geneigt hielt und mit leiser Stimme vor sich hin sang.

»Erzähl mir, was Iscla dir gesagt hat, Zenon. Was sollst du für sie tun?«, bat Maria.

»Das darf ich nicht, das weißt du doch.« Zenon sah sie missbilligend an. »Sie vertraut nur mir, es wäre ihr nicht recht, dass ich dir davon erzähle. Sie flüstert es mir ins Ohr, ganz leise, damit nur ich sie hören kann. Und du hast deinen Raben und willst nicht, dass er zu mir spricht.«

»So kann ich dir nicht helfen, Zenon, wenn du mir nicht vertraust. Warum bist du dann hergekommen?!«

»Ich wollte deinen Zopf sehen, aber der ist nicht mehr da … und du vertraust mir auch nicht, du hast deinen Raben versteckt.«

Zenon hüpfte mit kleinen Schritten Richtung Tür und fing wieder an zu singen. Plötzlich blieb er stehen.

»Iscla meint, dass du sehr schön bist, Maria, sie erinnert sich noch an den Duft deines Haars. Sie will nicht, dass sie dich töten oder dir wehtun, deswegen schickt sie mich, um dich zu warnen. Ich muss jetzt gehen, der schwarze Dämon bewacht mich!«

Er schlüpfte durch den schmalen Türspalt und verschwand. Maria hörte, wie er sich singend und lallend entfernte. Traurig blieb sie auf ihrem Stuhl sitzen und konnte die Tränen nicht zurückhalten.

Guillem hatte darum gebeten, ihm so viele Kerzen wie möglich zur Verfügung zu stellen. In dem düsteren Zimmer hatte sich nichts verändert, außer dass jemand den Staub entfernt hatte. Nachdem Guillem sich eingerichtet hatte, setzte er sich an den langen Tisch. Er holte ein Vergrößerungsglas hervor, das einer der Brüder ihm geliehen hatte, und putzte es sorgfältig, bis es nur so blitzte. Er legte die kleine dreieckige Platte mitten auf den Tisch und die alten, angekokelten Pergamente daneben.

In das Dreieck waren vier konzentrische Bögen eingraviert, die sich zur Spitze des Dreiecks hin verjüngten. Er berührte das Metall, es war ganz glatt. Fachkundige Hände hatten hier viele Stunden Arbeit hineingesteckt. Dann besah er sich den ersten Bogen genauer. Auf dem breiteren Stück war eine Reihe von winzigen, paarweise angeordneten Dreiecken zu erkennen; jeweils zwei übereinander, die Spitzen einander zugewandt und jeweils abwechselnd eines innen hohl und eines ausgefüllt. Den zweiten Bogen zierte eine Inschrift, die er mühelos entzifferte:

»Nahe dem Schrein des Nordens schläft der
zweite Bruder. Weckt ihn auf und
erneuert seinen alten Pakt.«

Im dritten Bogen wiederholten sich die Dreieckspaare, mehrere davon ebenfalls innen leer. Der innerste Bogen schließlich zeigte den Kopf eines in sich zusammengerollten Reptils, offenbar eine Schlange – ein Hinweis auf Serpentarius? Über dem Schlangenkopf waren drei geometrische Figuren ausgestanzt: ein Quadrat, ein Dreieck und ein Kreis. Guillems Geometriekenntnisse waren dürftig, aber vielleicht kam es darauf auch nicht allzu sehr an. Er kniff die Augen zusammen. Es war kaum vorstellbar, dass die beiden Männer in diesem finsteren Zimmer eine so filigrane Arbeit hatten ausführen können. Die zehn Kerzen, die er um sich herum aufgestellt hatte, erhellten den Raum mit einem kargen Licht.

Er drehte die kleine Metallplatte um, die Rückseite war ganz glatt, ohne Gravuren, als hätte sich der Künstler nach der aufwändigen Vorderseite eine Pause gönnen wollen. Da waren nur ein paar Buchstaben, bogenförmig in der Mitte angeordnet: »Die Schlange wird dich führen.«

Aber wohin zum Teufel würde ihn das alles führen? Er wurde den Verdacht nicht los, dass der große Serpentarius schlichtweg verrückt gewesen war, und er es hier mit den Fantasien eines Geistesgestörten zu tun hatte. Er wäre schließlich nicht der Erste, der auf der Jagd nach der Weisheit seinen Verstand verloren hätte. Aus dem, was Guillem bisher herausgefunden hatte, war jedenfalls nicht unbedingt zu schließen, dass der berühmte Baumeister noch bei Sinnen gewesen war. Sein seltsam verschrobenes Verhalten und die Weigerung, über seine Forschungen irgendeine Auskunft zu geben, ließen eher auf das Gegenteil schließen. Hatte er überhaupt etwas mitzuteilen gehabt? Oder hatte er am Ende geschwiegen, um sein vollkommenes Scheitern zu verbergen?

Guillem strich über die metallene Oberfläche, die kalt war wie Eis, und seine Finger ertasteten zwei winzige Höcker: die beiden Punkte auf dem Ü von »führen«, die wie zwei spitze Hügel aus der Fläche emporragten. Er drückte auf einen der Höcker und wartete ab. Plötzlich sprang er mit einem Satz auf, warf den Stuhl um und ließ die Metallplatte fallen. Etwas Spitzes hatte sich in seine Haut gebohrt, und ein schmales Rinnsal von Blut lief ihm über die Hand. »Zum Teufel!«, rief er und griff nach dem Dreieck, das ein paar Schritte rechts von ihm auf dem Boden lag. Er betrachtete es aufmerksam. Auf einmal waren da feine Zahnreihen an den beiden Rändern aufgetaucht, sie sahen aus wie winzige Sägen. Sicher hatten die ihm die Wunde zugefügt, doch wo waren sie plötzlich hergekommen? Er drückte den einen Punkt über dem Ü von »Führen«, und die feinen Zähne verschwanden vollkommen lautlos. Er drückte auf den zweiten Punkt, und die Säge kam wieder zum Vorschein. Wozu das wohl diente?

Er legte die Platte zur Seite, ließ sie aber nicht aus den Augen, als fürchtete er, sie könnte zum Leben erwachen und ihn angreifen. Dann verteilte er die Papiere, die der Komtur ihm gegeben hatte, auf dem Tisch und studierte sie aufmerksam. Sie waren in sehr schlechtem Zustand und drohten beim leisesten Lufthauch auseinanderzufallen. Eines der Blätter war voller geometrischer Formen, da gab es hastig hingekritzelte Labyrinthe, jede Menge Symbole und Ziffern, die wild durcheinander tanzten. Auch dies keinerlei Beweis dafür, dass der Verfasser bei klarem Verstand gewesen war, egal, ob es sich hierbei um Serpentarius oder seinen treuen Gehilfen gehandelt hatte. Er stellte sich vor, wie eine Hand, einer plötzlichen Eingebung folgend, über das Pergament geflogen war, wie sie schrieb, wieder durchstrich, erneut verbesserte; wie sie eine Ziffer mit einer anderen überschrieb, ein Zeichen über das andere kritzelte, alles vollkommen durcheinander. Ein besonderer Ordnungssinn, Guillems Vorstellung nach eine unabdingbare Eigenschaft für einen Baumeister, war hier nicht gerade zu erkennen. Er nahm sich ein weiteres Pergament vor, das etwas vielversprechender aussah. Zumindest hatte sich jemand bemüht, beim Schreiben eine gewisse Ordnung einzuhalten, allerdings war der Text stark vom Feuer beschädigt. Nur einzelne Wörter waren zu entziffern, ein großer Teil war verbrannt, als hätte ihr Verfasser plötzlich bereut, was er geschrieben hatte, und es wieder auslöschen wollen. »Zur Mitte zurückkehren«, las Guillem im oberen Teil, geschrieben mit energischem, hartem Strich. In der Mitte des Blattes, als hätte ein Wunder die Wörter vor dem Feuer gerettet, stand: »Der, der kommen wird, wird …« Weiter unten ein vollständiger Satz: »Er wird dem Toten, der dort wartet, die Augen schließen.« Ganz unten in der Ecke entzifferte er »… tarius« … Ob das die letzten Buchstaben seiner Unterschrift waren – Serpentarius?

Stirnrunzelnd betrachtete Guillem das Pergament. Da er fürchtete, es würde ihm in den Händen zerbröseln, wollte er es nicht anfassen. Er versuchte sich die Worte von Bruder Beson ins Gedächtnis zu rufen. Hatte jener Gaston, von dem er gesprochen hatte, etwas mit diesen verbrannten Pergamentresten zu tun gehabt? Alle Dokumente, die er vor sich ausgebreitet hatte, waren vom Feuer in Mitleidenschaft gezogen worden, und die Zeit hatte ein Übriges getan. Ob dies der eifersüchtige Bruder Beson gewesen war, oder Serpentarius selbst in einem Anfall von Wahnsinn? Oder in einem lichten Augenblick, dachte Guillem, während er sich vorzustellen versuchte, wie der Meister wohl ausgesehen hatte.

Er stand vom Stuhl auf, die körperliche Untätigkeit machte ihn unruhig, er war es gewohnt in Bewegung zu sein. Augen und Rücken taten ihm weh, und er war es leid, sich mit irgendwelchen nebulösen Hinweisen herumzuschlagen, die nirgendwohin führten. Was mochte dieses ganze verworrene Zeug bedeuten? Er schnaubte verärgert, denn er hatte Dalmau im Verdacht, dass er ihn wieder nur mit einem kleinen Brocken Information abgespeist hatte, ihm gerade so viel hingeworfen hatte, um ihn zur Arbeit zu bewegen. Seine Worte hatten zwar aufrichtig geklungen, und er meinte sogar eine gewisse Erschöpfung in seiner Stimme wahrgenommen zu haben, aber das konnte auch mit dem Fieber zusammenhängen. Bei einem alten Fuchs wie Dalmau konnte man sich da nie sicher sein.

Für den Augenblick hatte er genug, er hatte das Gefühl, gleich platze ihm der Schädel. Dieses dunkle Zimmer war ein feuchtes Loch, das ihn zu verschlingen drohte. Ihm war, als würden die Wände um ihn herum immer weiter zusammenrücken und ihn schließlich erdrücken. Er reckte die Arme zur Decke, seine Muskeln waren steif und sein Kopf schwer. Doch ein Klopfen an der frisch eingebauten Tür brachte ihn auf andere Gedanken. Das Geräusch hallte dröhnend wider, und er fragte sich, ob es eine gute Entscheidung gewesen war, sich hier einzuquartieren.

Sergeant Folch steckte sein kantiges Gesicht durch die Tür.

»Verzeiht, Guillem, ich will Euch nicht stören …«

»Das tust du nicht«, erwiderte Guillem lächelnd. »Du kommst genau im richtigen Moment, ich wollte das alles hier gerade auf den nächsten Misthaufen werfen.«

»Ihr scherzt«, sagte Folch, der sich über Guillems wahre Absichten nicht ganz im Klaren war. »Ich wollte nur fragen, ob Ihr irgendetwas braucht. Soll man Euch etwas zu essen bringen?«

»Hierher, in dieses Loch?«, fuhr Guillem auf. »Bist du verrückt geworden? Ich warte nur auf einen guten Grund, diesen feuchten Keller so schnell wie möglich zu verlassen. Übrigens hat mir Bruder Beson nur Gutes von dir erzählt, und du musst entschuldigen, dass ich dich einfach so duze, aber so viel Höflichkeit macht mich ganz krank. Mir wäre es lieb, Bruder Sergeant, wenn du dir die förmliche Anrede auch sparen könntest.«

»Kein Problem, ich bin nur ein einfacher Sergeant, wie du ganz richtig sagst, mir ist es auch viel lieber so.« Folch musterte ihn aufmerksam und überlegte, welchen Platz Guillem wohl in der Hierarchie einnahm. »Was Bruder Beson angeht, der ist mit allen Wassern gewaschen. Er ist ein lieber Kerl, ich mag ihn. Wir verstehen uns gut und ich leiste ihm Gesellschaft, wann immer meine Pflicht es zulässt. Er kann faszinierende Geschichten erzählen.«

»Über Serpentarius?«, fragte Guillem, ganz in Gedanken.

»Über die unterschiedlichsten Dinge, seine Weisheit und sein Wissen sind wirklich unerschöpflich. Kaum zu glauben, dass er sein Leben zwischen Gäulen und Eseln verbracht hat.« Folchs dichte Augenbrauen zuckten kaum merklich.

»Folch, weißt du, wo man dies alles gefunden hat?« Guillems Arm deutete auf die Sachen auf dem Tisch.

»In diesem Zimmer natürlich.«

»Ach, sag bloß!« Guillems ironischer Ton irritierte den Sergeanten. »Ich meine, ob du weißt, wo genau, ob sie auf dem Boden lagen oder auf dem Tisch … oder ob sie an der Wand hingen!«

»Hat der Komtur dir das nicht gesagt?«

Guillems Schweigen erfüllte den Raum. Die Blicke der beiden Männer trafen sich, sie schätzten einander ab.

»Ich habe ihn nicht gefragt«, gab Guillem zu. »Er hat mir aber auch weiter keine Erklärungen geliefert. Die ganze Geschichte schien mir derart unglaubhaft, woran sich übrigens nichts geändert hat, ich kam gar nicht auf die Idee zu fragen. Aber mein Bericht muss ganz ausführlich und genau sein, Dalmau ist sehr pingelig, du kennst ihn ja.«

»Kannst du das mal alles vom Tisch runterräumen?«, fragte Folch und amüsierte sich darüber, wie verdutzt Guillem dreinschaute.

Der beeilte sich die Sachen vom Tisch zu nehmen, ganz vorsichtig, doch ein kleiner Fetzen löste sich vom Pergament und segelte hinab. Folch fing ihn auf und überreichte ihn Guillem mit ehrerbietigem Respekt. Zu Guillems Erstaunen hob der Sergeant den Tisch danach mühelos an und drehte ihn um, so dass die Beine in die Luft ragten. Dann baute er sich daneben auf, rührte sich nicht und zeigte nur mit einem Finger auf eine Ecke der Tischunterseite. Guillem kniete sich hin, folgte dem Fingerzeig und tastete das Holz ab. Schließlich stieß er an der Ecke, auf die Folch gezeigt hatte, auf eine kleine Öffnung. Sie war unter einem sorgfältig aus demselben

Holz wie die Tischplatte gefertigten Schiebedeckel versteckt, der sich so perfekt einfügte, dass er kaum zu sehen war.

»Jetzt sieh mal einer an, dieser Serpentarius!«, knurrte Guillem befriedigt. »Meister der Rätsel und Verstecke! Der alte Gaston wusste nichts davon, da bin ich mir sicher, sonst wären die Sachen nicht mehr da. Es war also der Meister selbst, der versucht hat, die Dokumente zu verbrennen … oder sein Gehilfe. Hat dir Bruder Beson von dem alten Gaston erzählt?«

»Ziemlich oft sogar, das ist eins seiner Lieblingsthemen: ›und der arme Gaston liegt da unten und wird ganz schwarz vor Neid.‹« Überzeugend ahmte Folch die hohe, gebrochene Stimme des Alten nach, und beide brachen sie in Gelächter aus.

Guillem sah ihn neugierig an, der Sergeant steckte voller Überraschungen. Hinter seinem strengen Äußeren verbarg sich ein Mann mit Sinn für Humor, und das war eine Eigenschaft, die Guillem in letzter Zeit schmerzlich vermisst hatte. Seit er Jacques *Le Breton* in seiner Taverne in Barcelona zurückgelassen hatte, sah er sich der beispiellosen Ernsthaftigkeit Dalmaus ausgesetzt.

»Danke, Folch, das hatte ich bitter nötig!«, murmelte er, immer noch lachend. »Ich war kurz davor, in Ohnmacht zu fallen, so ernsthaft und förmlich, wie es hier zugeht.«

Der Templersergeant bedankte sich mit einer Verbeugung. Er war klein und stämmig, man sah ihm an, dass er keine harte Arbeit scheute. Sein scharf geschnittenes Gesicht mit den etwas kantigen Zügen war großteils von einem üppigen dunklen Bart bedeckt, über dem ein Paar kleiner grauer Augen lebhaft funkelten. Er nahm einen der Stühle und drehte ihn um: auf der Unterseite eines Stuhlbeins war ein weiterer Hohlraum, ganz ähnlich dem in der Tischplatte, zu erkennen.

»Er verstand etwas von seinem Handwerk, findest du nicht? Kein Material war vor ihm sicher. Aber hier in dem Stuhlbein haben wir nichts gefunden.«

»Die langen Finger von Bruder Gaston, nehme ich an«, murmelte Guillem. »Was hältst du von der ganzen Sache, Folch?«

»Irgendjemand hat sich große Mühe gegeben, die Sachen gut zu verstecken, aber … im Grunde wollte er nicht, dass sie verloren gehen. Er hätte alles vernichten können, ich frage mich, warum er es nicht getan hat.«

»Er hat versucht, die Dokumente zu verbrennen …« Guillem konnte den Blick nicht vom Tisch abwenden.

»Ja, aber dann hat er aus irgendeinem Grund seine Meinung geändert. Wer auch immer es war, am Ende hat er beschlossen, sie zu verstecken. Vielleicht war es sein Gehilfe.«

»Oder irgendjemand anders, von dem wir nichts wissen.« Guillem sah zu Folch auf.

»Aber wer? … Gaston hat sie nicht gefunden, wie du richtig sagst, sonst hätten wir sie heute nicht vor uns. Es kann sein, dass Serpentarius selbst es war. Aber wir haben keinerlei Gewissheit, Guillem, die ganze Geschichte ist hundert Jahre her, und das alles sind nur Mutmaßungen.«

»Ich denke, ich werde noch einmal mit Bruder Beson sprechen«, sagte Guillem und nickte. »Willst du mich begleiten oder hast du zu tun?«

Folch strahlte ihn an. Dieser eigenartige Bursche gefiel ihm. Zwar hatte er einen nicht immer leicht zu verstehenden Humor, aber er strahlte eine aufrichtige Herzlichkeit aus.

»Die Arbeit kann warten«, erwiderte er. »Und außerdem hat der Komtur mich zu deinen Diensten abgestellt. Du kannst auf mich zählen.«

Ponç de l'Oliva, der Almosenpfleger des Klosters Sant Miquel de l'Espasa, schritt forsch aus, er war ganz in Gedanken versunken und bemerkte gar nicht, dass die Straßen des Dorfes vollkommen verlassen dalagen.

Es war offenkundig, dass Señor de Castellar sehr viel mehr wusste, als er zugab, dessen war er sich ganz sicher, womöglich hatte er ihn sogar belogen. Warum nur wirkte er so verstört? Sein bleiches, verzerrtes Gesicht, als er die alten Zeremonien bei der Heiligen Quelle erwähnt hatte, ging ihm nicht aus dem Kopf. Ponç de l'Oliva hatte ungewollt ins Schwarze getroffen. Er hatte keine bestimmte Absicht verfolgt, als er sich auf den Weg zu dem alten Landhaus der Castellars gemacht hatte, sondern sich einfach von seiner Intuition leiten lassen. Ursprünglich hatte er vorgehabt, den Prior von Santa Maria, Guerau de Cirera, zu besuchen. Als er dann aber beim Haus des Adligen vorbeikam, hatte ihn eine Art Vorahnung veranlasst, dort Halt zu machen und nähere Erkundigungen zu dem schrecklichen Ereignis einzuholen. Er war plötzlich überzeugt gewesen, man würde ihm dort über alles Auskunft geben können.

Nun hatte er es eilig, nach Santa Maria zu kommen, denn ein Gespräch mit dem Prior schien ihm nun noch dringlicher. In erster Linie wollte er sich dafür einsetzen, dass die Streitereien zwischen den beiden Klöstern beigelegt würden, denn dieser Kleinkrieg, der sie immer weiter spaltete, obwohl sie doch an einem Strang ziehen könnten, war ebenso unangenehm wie sinnlos. Ponç de l'Oliva wusste um die schwierige Situation, in der sich Santa Maria befand, und er hegte auch die Befürchtung, dass fremde Mächte von ihrem Streit profitierten. Er hatte keine Ahnung, weshalb sich die Gemeindemitglieder von Santa Maria von ihrem Kloster abwandten, um nach Sant Miquel zu kommen oder sich den aufhetzenden Predigten jenes wahnsinnigen Eremiten zuzuwenden, der sich in der Umgebung des Dorfes niedergelassen hatte. Sehr seltsame Dinge gingen hier vor, die Situation war außerordentlich beunruhigend. Als würden sie von einer unterirdischen Strömung mitgerissen, die nichts und niemand aufhalten konnte.

Starker Wind kam auf, als er den von Zypressen gesäumten Weg entlangeilte, der zum Klostergelände führte. Bedienstete und Arbeiter, die mit Vieh und allen möglichen Lasten unterwegs waren, kamen ihm entgegen. Dann gelangte er an das Haupttor des Konventsgebäudes, wo er zum großen Erstaunen des Ordensbruders, der das Pförtneramt versah, darum bat, vom Pater Prior empfangen zu werden. Am Ende eines langen Flurs sah er einen kleingewachsenen Mönch um die Ecke verschwinden. Bruder Ponç meinte, eine Spur von Furcht in seinem Blick bemerkt zu haben, und stutzte. Doch bevor er reagieren konnte, tauchte ein anderer Mönch auf, der ihn bat, ihn zum Kreuzgang zu begleiten; hier träfe man den Prior fast immer an, erklärte er ihm. Der ironische Ton des Mönchs verwirrte ihn zusätzlich, und er konnte sich einen missbilligenden Blick über die verhohlene Kritik an einem Vorgesetzten nicht verkneifen. Er wollte dem frechen Mönch gerade etwas entgegnen, als dieser mit der Hand auf eine gebeugte Gestalt deutete, die an einer Säule lehnte. Ohne ein weiteres Wort ließ er den Mönch stehen.

»Bruder Guerau de Cirera?«, fragte Bruder Ponç, als er auf ihn zuging.

Der Prior wandte sich um und sah ihn überrascht an. Offensichtlich hatte ihn niemand über den Besucher unterrichtet, und obwohl er sich schnell wieder gefangen hatte, hielt sich leichter Argwohn in seinem Blick.

»Ich bin Bruder Ponç de l'Oliva, der Almosenpfleger von Sant Miquel«, stellte er sich vor. Er war erschüttert, wie schlecht der Prior aussah. »Erinnert Ihr Euch an mich, Bruder Guerau? Wir sind uns schon einmal begegnet. Ich hoffe, ich komme nicht ungelegen. Wenn doch, sagt es nur, dann komme ich ein andermal wieder. Geht es Euch nicht gut, Bruder?«

»Verzeiht, Bruder Ponç, es herrschen schwere Zeiten in diesem heiligen Hause.« Guerau lächelte gezwungen. »Ich bin erschöpft, solche Unglücksfälle schlagen einem immer auf die Gesundheit, nicht wahr? Aber tretet doch bitte näher, es hat mir nur niemand Euren Besuch angekündigt, was ganz und gar unverzeihlich ist. Kommt, wir wollen an einen anderen Ort gehen, an dem wir besser sprechen können.«

Der Prior winkte ihm, damit er ihm folge, und nachdem Ponç de l'Oliva sich anerkennend über einige der prachtvollen Kapitelle geäußert hatte, verließen die beiden den Kreuzgang. Guerau bedachte ihn mit einem dankbaren Blick, lange schon hatte sich niemand mehr die Zeit genommen, diese steinernen Kunstwerke zu bewundern. Schließlich gelangten sie in das kleine Arbeitszimmer des Priors, welches unter der breiten Freitreppe zu den Schlafsälen lag. Dort nahmen sie Platz und blickten einander neugierig an.

»Santa Maria ist wirklich ein außergewöhnlich schönes Kloster, Bruder Guerau. Diese herrlichen Kapitelle haben eine ganz besondere Ausstrahlung.«

»Das habt Ihr bemerkt? Ihr wisst nicht, welche Freude Ihr mir bereitet, heutzutage nimmt nämlich kaum jemand mehr ihre Schönheit zur Kenntnis, lieber Freund.« Guerau de Cirera war ganz gerührt von den Worten seines Gegenübers. »Ich habe hier niemanden, mit dem ich über solche Dinge sprechen könnte, die Leute interessieren sich nicht dafür. Aber sagt, was hat Euch zu uns geführt? Wenn ich ehrlich sein darf, Euer Besuch überrascht mich, denn, so sehr ich das bedaure, von guter Nachbarschaft kann man in unserem Fall ja nicht gerade sprechen.«

»Ihr habt vollkommen recht.« Ponç war dankbar für die Offenheit des Priors. »Auch ich bedaure das, Bruder Guerau. Wir dienen beide demselben Herrn, wir sollten zusammenhalten gegen alle Widrigkeiten, und stattdessen … sieht es aus, als hätten wir uns in eine Zankerei um Gräber und Grabsteine verstrickt.«

Guerau de Cirera war überrascht von den letzten Worten des Almosenpflegers und horchte einen Augenblick nach, ob etwa ein Vorwurf darin läge, doch die heitere Miene und der verschwörerische Blick von Bruder Ponç ließen nichts dergleichen erkennen. Er lachte kurz auf, erst etwas unsicher, doch da fiel der andere ein und stimmte ein lautes Gelächter an. Damit war das Eis gebrochen. Der Prior, angeregt durch die gute Laune seines Gastes, fing sogleich an, ihm von den jüngsten Vorkommnissen in der Angelegenheit der Grabstätten zu berichten.

»Wollt Ihr mir erzählen, Señor de Castellar hat Euch gegenüber behauptet, wir hätten hier in Santa Maria keinen Platz für ihn und sein Grab sei bereits voll?« Der Prior war fassungslos.

»Und das ist noch nicht alles, lieber Bruder«, fuhr der Almosenpfleger fort. »Er sprach von großem Kummer, den es ihm bereite, dass er nicht neben seinen seligen Vorfahren ruhen könne. Er hätte sogar mit dem Bischof darüber gesprochen.«

»Das ist ja unerhört!«, rief Guerau de Cirera. »Hug de Castellar hat mir gegenüber behauptet, ein bedeutender Mann wie er benötige eine angemessene Grabstätte und wir könnten ihm eine solche nicht bieten ... Sind denn jetzt wirklich alle verrückt geworden!«

»Eben deswegen hielt ich es für angebracht, dass wir beide uns einmal austauschen, Bruder Guerau, das alles ist in der Tat sehr merkwürdig.« Ponç de l'Oliva hatte wieder eine ernste Miene aufgesetzt. »Ich befürchte, irgendjemand ist daran interessiert, die Feindschaft unserer beiden Klöster zu schüren. Allerdings ist mir vollkommen unklar, aus welchem Grund und mit welchem Ziel er das tun sollte.«

»Wer könnte ein Interesse an so etwas haben, Bruder Ponç? Ich verstehe Señor de Castellar nicht, er belügt Euch und er belügt mich ...« Guerau verstummte, er musste die Neuigkeiten erst einmal verdauen.

»Und was ist übrigens mit dem seltsamen Verhalten dieses Einsiedlers?«, unterbrach Ponç die Überlegungen seines Gastgebers. »Warum diese feindselige Haltung gegen Euer Kloster? Er scheint ja geradezu besessen. Gegen uns hat er bislang nicht ein einziges Wort gerichtet, dabei könnte er doch dieselben Anschuldigungen auch gegen uns erheben, meint Ihr nicht? Aber in seinen Moralpredigten ist von uns nie die Rede.«

»Das habt Ihr also auch bemerkt, barmherziger Gott!« Guerau de Cirera wurde wieder munterer. »Ich fing schon an zu glauben, ich würde langsam verrückt. Ich habe versucht, mit dem Abt über das Problem zu sprechen, doch er glaubt mir nicht. Er ist überzeugt, Zenon sei ein armer Mann, den das Fasten in den Wahn getrieben hat.«

»Dann fürchte ich, Euer Abt irrt, Bruder Guerau. Wo ist dieser Zenon auf einmal hergekommen und wer ist er denn eigentlich? Das würde mich mal interessieren, und außerdem ... obwohl er so zerlumpt und dreckig ist, kommt mir sein Gesicht bekannt vor.«

»Ihr kennt ihn?« Guerau war ganz aufgeregt, endlich nahm jemand seine Sorgen ernst.

»Nein, das nicht. Ich habe nur das Gefühl, ihn schon einmal irgendwo gesehen zu haben. Womöglich erinnert er mich an jemanden, ich weiß es nicht, vielleicht bilde ich mir das auch alles nur ein. In jedem Fall aber, Bruder Guerau, glaube ich, wenn wir uns einig sind, wäre es angebracht, ganz unauffällig ein paar Nachforschungen anzustellen. Wir sollten unsere Gemeinden nicht noch mehr beunruhigen.«

»Bruder Ponç, Euch schickt der Himmel.« Eine Träne rann dem Prior über das Gesicht. »Es ist so viel geschehen ... Ich habe das Gefühl, Santa Maria ist in größter Gefahr, aber niemand will mir glauben.«

Ein plötzliches Geräusch ließ die beiden Männer aufschrecken. Der Prior erhob sich vorsichtig. Er legte einen Finger auf die Lippen, um seinem Gast zu bedeuten, dass er still sein sollte. Dann öffnete er mit einem Ruck die Tür und trat hinaus auf den Flur. Eine Soutane verschwand um die Ecke. Der Prior unterdrückte den Impuls, dem Schnüffler hinterherzulaufen, und kehrte ins Zimmer zurück.

»Jemand hat uns belauscht«, murmelte er leise.

»Habt Ihr ihn gesehen?« Ponç war ganz aufgeregt.

»Es war ein Mönch, so viel ist sicher, ich habe nur noch eine Kutte um die Ecke verschwinden sehen, sein Gesicht habe ich nicht erkannt.« Gueraus Augen glänzten fiebrig, und sein ausgezehrtes Gesicht war erneut ganz bleich geworden. »Ich weiß nicht, was für Dinge in diesem heiligen Hause geschehen, Bruder Ponç, aber irgendetwas geht hier nicht mit rechten Dingen zu, und ich werde herausfinden, was es ist.«

»Ich glaube, Ihr habt recht. So sehr ich es auch bedaure, es geht tatsächlich irgendetwas vor, Bruder Guerau, und es zu leugnen, wäre zwecklos.« Der Almosenpfleger sah den Prior besorgt an und senkte die Stimme, bis er nur noch flüsterte. »Übrigens gibt es noch einen weiteren Grund für meinen Besuch, ich wollte Euch nämlich etwas fragen: Sind Euch jemals Gerüchte über eine gewisse ›Bruderschaft der Heiligen Quelle‹ zu Ohren gekommen oder über eine gewisse ›Heilige‹? Ich habe Señor de Castellar danach gefragt, und Ihr könnt Euch nicht vorstellen, wie er …«

Ponç de l'Oliva verstummte schlagartig, als er sah, welche Reaktion seine Worte auslösten. Guerau de Cirera stöhnte auf, und seine Hände begannen zu zittern. Der bestürzte Ponç griff rasch zu einem Krug mit Wasser, goss einen Becher ein und reichte ihn dem Prior.

»Ihr macht mir Angst, Bruder Guerau, jedes Mal, wenn ich diese Frage stelle, fallen die Leute fast in Ohnmacht … Was hat es damit auf sich?«

»Allmächtiger Gott! Wo habt Ihr diesen Namen gehört?«, stammelte der Prior schwer atmend, und da der Almosenpfleger schwieg, fuhr er stockend fort: »Das ist eine sehr alte Geschichte, Bruder Ponç … aus der Zeit, als diese Riten und Zeremonien bei der Heiligen Quelle stattfanden. Habt Ihr von dem berühmten Fest zu Ehren der Heiligen gehört?«

Ponç nickte schweigend. Natürlich hatte er von jenem Fest gehört, kannte die Gerüchte und das Gerede, aber das war doch alles schon so viele Jahre her, Gott sei Dank gab es das alles nicht mehr! Eine uralte Geschichte, wie der

Prior sagte. Was hatte es damit auf sich, warum schienen alle zu Tode erschrocken, wenn er danach fragte?

»Ich will Euch etwas erzählen, Bruder Ponç«, fuhr Guerau fort. »Es heißt, während dieser barbarischen Zeremonien hätten ›besondere Paarungsakte‹ stattgefunden, und die Kinder, die aus diesen Vereinigungen entstanden, wurden die ›Kinder der Heiligen‹ genannt. Sie bildeten die Bruderschaft, von der Ihr gehört habt, und diese Leute hatten großen Einfluss im Dorf. Sie waren diejenigen, die jedes Jahr die ›Paarungsakte‹ organisierten und bestimmten, wer daran teilnehmen sollte. Die Auserwählten mussten ... nun, sie mussten sich fleischlich vereinigen, versteht Ihr? Aber all das ist vorbei, Bruder Ponç, das letzte Mal wurde dieses Fest vor beinahe hundert Jahren gefeiert – hundert Jahre! Und heute denkt keiner mehr daran, weder an die Riten noch an die ›Kinder der Heiligen‹. Das alles war vorbei, nachdem die Quelle versperrt wurde und ...«

»Sie wurde versperrt, Bruder Guerau? War es nicht so, dass der Berg einstürzte?«

»Doch, so war es, ein Stein hat sich vom Berg gelöst und ist auf die Quelle gestürzt«, schrie Guerau erregt und sprang auf. Er war in heller Panik, dass er etwas verraten könnte, was er nicht preisgeben wollte.

Ponç de l'Oliva war zutiefst verstört. Die Angst des Priors war so groß, für seine heftige Reaktion musste es schwerwiegende Gründe geben, sagte er sich, und ihm wurde äußerst unbehaglich zumute.

»Beruhigt Euch, Bruder Guerau«, versuchte er ihn zu beschwichtigen, »ich ahnte ja nicht, dass diese Erinnerungen Euch so aufwühlen würden. Es war nicht meine Absicht, Euch noch mehr Unannehmlichkeiten zu verursachen.«

»Ich bitte Euch, mich zu entschuldigen, mein Freund,

diese ganze Situation greift meine Nerven an, und ich weiß nicht mehr, was ich sage ... Der schreckliche Mord an diesem Mädchen, gütiger Gott! Es scheint Teufelswerk. Ich habe Angst.« Guerau de Cirera verstummte, mehr konnte und wollte er nicht sagen. Er konnte es nicht riskieren, dem Almosenpfleger das schreckliche Geheimnis anzuvertrauen, durch das seine Gemeinde in die Ereignisse verstrickt war, die sich vor hundert Jahren zugetragen hatten. Wer würde ihm glauben? Wem konnte er erzählen, dass die Mönche ihre Hand im Spiel gehabt hatten, als sich damals ein Felsblock gelöst und die Quelle versperrt hatte? Man würde ihn für so verrückt halten wie Zenon. Nein, dieses Geheimnis würde er mit ins Grab nehmen, und so konnte Santa Maria für immer vergessen. Doch etwas ließ ihm keine Ruhe. Wer hatte dem Almosenpfleger diese Geschichte erzählt? Was wusste er von der Bruderschaft?

Als Ponç de l'Oliva seine fragenden, zweifelnden Augen sah, hatte er Mitleid. Er zog ein Blatt Papier aus seiner Kutte hervor und hielt es dem Prior hin.

»Das habe ich gestern gefunden, als ich gerade gehen wollte. Jemand hat es unter das Eingangstor unseres Klosters gelegt. Ich habe mit niemandem darüber gesprochen, Bruder Guerau, ich wollte zuerst mit Euch reden, und ich bitte Euch, dies unbedingt vertraulich zu behandeln.«

Guerau streckte die Hand aus, nahm das Blatt und faltete es mit noch immer zittrigen Händen auseinander. Fassungslosigkeit verzerrte sein Gesicht. Dann ließ er das Papier auf den Tisch fallen.

»Wo hält sich die ›Bruderschaft der Heiligen Quelle‹ versteckt?

Santa Maria weiß es.

Wo verbergen sich die ›Diener des Steins‹?

Santa Maria weiß es und schweigt.«

Dichtes Schweigen legte sich auch über das Arbeitszimmer des Priors. Ponç de l'Oliva und Guerau de Cirera starrten fasziniert auf das Blatt Papier, das vor ihnen auf dem Tisch lag.

Nach dem ersten Schreck, der für großen Aufruhr unter der Dienerschaft gesorgt hatte, und nach mehreren Bechern Wein hatte sich Hug de Castellar wieder etwas erholt. Der Besuch des Almosenpflegers von Sant Miquel hatte ihn gehörig in Panik versetzt. Doch er hatte sich geweigert, einen Arzt rufen zu lassen, und die Diener weggeschickt, sein einziger Wunsch war, dass man ihn in Ruhe ließe. Er lebte schon mehrere Jahre allein und hatte sich an die Stille in den großen Räumen seines alten Hauses gewöhnt. Seine verstorbene Gattin, eine rundliche, herzensgute Frau, die von jenseits der Pyrenäen stammte, hatte er kaum noch in Erinnerung, weder in guter noch in schlechter. Seine Kinder, zwei Töchter und ein Sohn, waren aus dem Haus, die Mädchen waren gut verheiratet und seitdem aus seinem Leben verschwunden. Sein Sohn lebte bei Verwandten in Tolosa de Llengudoc, wo er nichts tat als Gedichte zu verfassen, eine einzige Enttäuschung für den Vater.

Er empfand keine besondere Zuneigung für seine Kinder, die ihm immer fremd gewesen waren, doch in diesem Moment fragte sich Hug de Castellar, ob er im Laufe seines Lebens überhaupt jemals Zuneigung für irgendeinen Menschen empfunden hatte. Diese Frage irritierte ihn, denn sie hatte ihn nie beschäftigt, immer war es ihm lieber gewesen, dass man ihn fürchtete, als dass man ihn liebte. Woher also jetzt auf einmal diese merkwürdige Sorge? Alles hing mit diesen verfluchten Ereignissen zusammen. Ihm war, als wäre er innerlich gespalten, als wären da zwei widerstreitende Personen in ihm, die ihn förmlich zerrissen. Er hatte das Gefühl, langsam verrückt zu werden. Plötzlich dachte er an Maria de l'Os, jenes bildschöne Mädchen, das in der Hütte am Waldrand wohnte, an ihre durchdringenden Augen, die ihn einmal zutiefst verwirrt hatten. Wenn sie ihn nur damals nicht zurückgewiesen hätte. Inzwischen musste sie eine alte Frau sein, mit mehr Jahren auf dem Buckel als er selbst, und seit langem schon hatten sich ihre Wege nicht mehr gekreuzt. Obgleich es besser war, dass damals nichts passiert war, überlegte er weiter, ein Mann von seiner Herkunft, aus adliger Familie, mit einem einfachen Kräuterweib! Doch da empörte sich der Fremde, der von einem Teil seiner Seele Besitz ergriffen hatte, und erinnerte ihn daran, dass er von ihr zurückgewiesen worden war, dass er sie nicht bekommen hatte, obwohl er sie mit aller Macht begehrt hatte. Und was den Adel seines Blutes anbetraf, fuhr seine innere Stimme fort, so gab es da manches zu verbergen. Hug de Castellar schlug sich mit den Fäusten gegen den Kopf, diese verfluchte Stimme machte ihn wahnsinnig, und er wusste nicht, wie sie zum Schweigen zu bringen war.

Sein armer Vater war elend und unglücklich gestorben, vom ersten bis zum letzten Tag seines Lebens war er voller Scham gewesen, denn der Verrat hatte schwer auf ihm gelastet. Genau wie sein Vater hatte auch Hug dieses schwere Erbe mitbekommen, jenen schwachen und feigen Charakterzug, den er mit aller Mühe zu vertuschen versuchte. Er hatte gelogen und verraten, um sein Leben vor dem Fluch seiner Herkunft zu schützen, um seine Familie von jener blutigen und sinnlosen Rache fernzuhalten, und dabei hatte er nicht gezögert, das Leben anderer zu opfern. Seine Familie war durch jenen alten Pakt verurteilt, ohne diesen Verrat gab es keine Sicherheit. Deswegen wollte er in Sant Miquel begraben werden, fern von Santa Maria, damit seine sterblichen Reste sich nicht mit denen dieser elenden Verräter vermengten. Aber würde ihn das retten, wurde er dadurch besser als sie?

Er schenkte sich noch einen Becher Wein ein. Sein Geist war bereits benebelt, aber nur so war seine Angst zu besänftigen. Nein, er würde nicht sein wie sein Vater, dieser alte Feigling, der zu den blutigen Morden geschwiegen hatte. Dieser erbärmliche Lügner, er hatte ihm geschworen, es sei alles vorbei und würde sich niemals wiederholen! Er würde mit den anderen sprechen, mit den wenigen, die noch übrig waren, und er würde sie warnen, er würde ihnen sagen … Aber was konnte er ihnen sagen, ohne sich zu verraten, ohne zu gestehen, dass seine Familie einen Pakt des Schweigens geschlossen hatte, um ihr armseliges Leben zu retten? Einen Pakt, der seit hundert Jahren bestand und noch immer galt. Sie wussten nichts, ahnten nicht einmal etwas, sie zahlten nur immer wieder den Blutzoll, den die Bestie forderte. Bei allen Heiligen, dabei kannten diese unschuldigen Menschen nicht einmal den Grund, denn da war niemand mehr, der sich noch erinnerte! Vielleicht Maria de l'Os? Es konnte sein, dass sie etwas ahnte, dass sie sich erinnerte … doch er konnte nicht sicher sein, nichts war mehr sicher, wenn diese Hölle sich in Bewegung setzte. Alamand, der verfluchte Abt, war an allem schuld, stolz und unwissend und besessen davon, den alten Iscla-Kult wiederzubeleben. Dieser eingebildete Bastard war an allem schuld!

Doch wie er es auch drehte und wendete, all diese Überlegungen befreiten ihn nicht von seiner eigenen Schuld, so flüsterte die Stimme, die irgendwo tief aus seinem Innern kam. Der Verrat war zu alt, so alt wie der Stein, der die Heilige Quelle versperrte. Was sollte er nur tun?

Schwankend erhob er sich und stieß gegen den Tisch. Der Wein hatte ihm eine ungekannte innere Kraft verliehen, eine vorübergehende Entschlossenheit, die er ausnutzen musste. Unwirsch schob er einen seiner besorgten Diener beiseite und schleppte sich, auf das Geländer gestützt, die abgenutzten Stufen hinunter. Mit letzter Kraft verließ er das alte Haus und verschwand im Dunkel der Nacht. Jetzt war der Augenblick zu handeln, wiederholte die Stimme in seinem Innern immer wieder. Er musste dieses Grauen ein für alle Mal beenden.

✠

Ponç de l'Oliva stand langsam auf und legte dem Prior die Hand auf die Schulter. Der starke Schmerz und die Verzweiflung des anderen berührten ihn tief.

»Ihr habt mir vertraut, Bruder Ponç. Ihr kennt mich nicht, Ihr wisst nicht, wer ich bin, und dennoch habt Ihr mir Euer Vertrauen geschenkt.« Guerau erwachte langsam aus seinem bösen Traum. »Ich dagegen habe Euch die ganze Zeit misstraut.«

Aus dem Blick des Priors sprach unendliche, verzweifelte Traurigkeit. Als er zu reden begann, voller Vertrauen zu dem Fremden, der ihn aufrichtig besorgt ansah, kamen die Worte nur mühsam über seine Lippen. Er erzählte ihm die ganze Geschichte: davon, wie schändlich sich der alte Abt Odon und ein Teil der Mönche von Santa Maria verhalten hatten, von dem Stein, der auf die Quelle der Heiligen gestürzt war, und von der Verwicklung seines Klosters in diese entsetzlichen Geschehnisse, über die einfach kein Gras wachsen wollte. Seine Seele war nun ganz leer, und als er sich selbst erzählen hörte, war es, als höre er die Geschichte zum ersten Mal, so weit entfernt war das alles und zugleich so gegenwärtig.

»Es ist mehr als fünfzig Jahre her, Bruder Ponç, das genaue Jahr weiß ich nicht mehr, da hat sich schon einmal so eine ähnliche Geschichte zugetragen ... es gab damals eine Reihe von sonderbaren Todesfällen bei der Fontsanta«, schloss er, den Kopf tief gesenkt.

»Gütiger Gott, mein lieber Bruder! Wie habt Ihr nur ganz allein diese Last tragen können, ohne Euch irgendjemandem anzuvertrauen?«, rief der Almosenpfleger von Sant Miquel de l'Espasa aus und trat näher an ihn heran. »Aber eins verstehe ich nicht, Bruder Guerau, welche Schuld könnt Ihr an Dingen haben, die vor mehr als hundert Jahren geschehen sind? Ihr wart damals noch nicht einmal geboren. Ihr seid nicht verantwortlich für die Wahnsinnstaten anderer, auch wenn diese der Gemeinschaft von Santa Maria angehörten.«

»Seither hat das Kloster keinen Frieden mehr gefunden, Bruder Ponç«, bemerkte der Prior scharf. »Versteht Ihr? Diese ungeheuerliche Sünde hat jeden einzelnen Stein hier befleckt. Und da ist noch etwas ... ich habe das Gefühl, dass die Geschichte, so wie ich sie Euch erzählt habe, nicht vollständig ist, nennt es Eingebung oder Vorahnung, ich weiß es nicht. Mein alter Prior, der mir das alles erzählt hat, war ein Mann von großer Tugend und unendlicher Geduld. Alles, was ich weiß, hat er mich gelehrt. Doch ich glaube, er hat mir bei seiner Erzählung einen Teil der Geschichte verschwiegen, ich weiß noch, er machte einen außerordentlich beschämten Eindruck, wagte mir kaum in die Augen zu sehen, und das war gar nicht seine Art. Er sprach von einem Brief, von einem Dokument, allerdings drückte er sich ziemlich vage aus. Jedenfalls habe ich seiner Schilderung entnommen, dass es sich um den Brief eines der Mönche handelte, die an den schrecklichen Ereignissen im Jahr 1171 beteiligt waren, und der dann verrückt wurde. So sagte er zumindest. Wahnfantasien eines verwirrten, reuigen Sünders seien das gewesen. Er versicherte mir, dieses Dokument sei verloren gegangen, aber ich glaube, das war gelogen, vielleicht wollte er mich schützen. Diese Sache geht mir jedenfalls nicht aus dem Kopf, und ich bin überzeugt, dass das alles mit den Geschehnissen zusammenhängt, mit denen wir heute zu tun haben. Ich befürchte, Bruder Ponç, Santa Maria ist in diese unglücklichseligen Vorfälle verstrickt, und dieser Gedanke ist für mich unerträglich, ich fühle mich vollkommen verloren. Wie soll ich einer Sache begegnen, die diese heiligen Mauern in Gefahr bringen kann? Das Kloster ist mein Leben, mein ganzes Leben liegt zwischen diesen Mauern.«

»Dadurch, dass Ihr leugnet, was geschehen ist, werdet Ihr das Kloster nicht retten, Bruder Guerau«, murmelte Ponç.

»Ihr habt recht, das sage ich mir auch jeden Tag, aber ich habe Angst. Wo soll ich nur anfangen?« Der Prior presste die Hände gegeneinander.

»Bei der Vergangenheit, Bruder Guerau, die Vergangenheit wird uns die Gegenwart erklären. Diese Ereignisse, von denen Ihr mir erzählt habt, die Morde bei der Heiligen Quelle vor mehr als fünfzig Jahren … Ihr spracht von Ähnlichkeiten, was meintet Ihr damit?«

»Damals sind mehrere Menschen auf dem Stein bei der Fontsanta getötet worden, genau wie das kleine Mädchen, das man jetzt gefunden hat. Einigen hatte man auch noch das Herz herausgerissen.«

»Aber was kann es mit einer solch grausamen Tat auf sich haben?«, fragte Ponç gespannt. »Ich bin überzeugt, wir müssen uns mit der Vergangenheit beschäftigen, so schmerzhaft das auch sein mag. Wir müssen herausfinden, weshalb diese Morde begangen wurden, was damals wirklich geschehen ist. Wir müssen den Faden finden, durch den all die Ereignisse miteinander verbunden sind.«

»Das muss aber ein sehr langer Faden sein …« Der Prior klang wieder ganz niedergeschlagen.

»Das kann schon sein, aber das soll uns nicht aufhalten, Bruder Guerau. Vielleicht solltet Ihr diesen Brief suchen, von dem Ihr gesprochen habt, den von diesem verrückten Mönch … Ich vermute, dass irgendetwas in Gang gesetzt wurde, als der alte Odon und seine Mönche sich bei der Fontsanta zu schaffen gemacht haben. Etwas, das in all den Jahren nicht zur Ruhe gekommen ist.«

»Und das Santa Maria in tiefstes Dunkel gehüllt hat«, fiel Guerau düster ein.

»Ihr dürft nicht verzagen, Bruder Guerau. Trübsal ist des Teufels Weg, um uns zu lähmen. Vielleicht ist es Eure Bestimmung, das Dunkel zu lichten, von dem Ihr sprecht, meint Ihr nicht?«

Guerau de Cirera betrachtete seinen neuen Freund voller Hochachtung. Die Vorsehung schien ihm die Hilfe geschickt zu haben, um die er so inständig gefleht hatte. Er musste seiner Angst Herr werden, der entsetzlichen Panik, die ihn bei dem Gedanken überkam, der Schlüssel zu diesen Verbrechen wäre womöglich sein geliebtes Kloster. Ponç de l'Oliva schien seine Furcht zu verstehen, er streckte die Hand aus und drückte die des Priors.

»Bei all unserer Hingabe an Gott sind wir Menschen, Bruder Guerau, und der Mensch ist unvollkommen. Es ist an der Zeit, einen Plan zu entwerfen.«

Sie steckten die Köpfe zusammen, und bald war das kleine Arbeitszimmer des Priors erfüllt von einem leisen, angeregten Gemurmel.

Hug de Castellar wartete voller Ungeduld. Zweifellos hatte seine Nachricht ihr Ziel erreicht. Inzwischen war die Wirkung des Weins auf unangenehme Weise umgeschlagen, der anfängliche Tatendrang war einer dumpfen Schläfrigkeit gewichen, die ihn daran hinderte, einen klaren Gedanken zu fassen. Es fiel ihm schwer, sich genau daran zu erinnern, was er in den letzten Stunden getan hatte. Es war eine klare Nacht, das trübe weiße Licht des zunehmenden Mondes beschien den Platz, an dem er Stellung bezogen hatte, ganz in der Nähe der Hütte von Maria de l'Os. Er sah im Haus die Kerzen brennen wie früher, wie vor vielen Jahren, als er das schöne Mädchen im Schutze der Nacht heimlich beobachtet hatte.

Er hatte sich nicht im Wald verabreden wollen, denn da war es ihm nicht geheuer, aber hier, in der Nähe von Marias Haus, fühlte er sich sicher. Seine Beine drohten unter ihm nachzugeben, und er ging unter einem Baum in die Knie. In seinen Schläfen fühlte er einen hämmernden Schmerz. Was zum Teufel hatte er getan? Er schloss die Augen und versuchte sich zu erinnern: Er war auf der Suche nach dem Prior von Santa Maria gewesen, ja, aber warum hatte er nicht mit ihm gesprochen? Ach ja, natürlich! Jetzt fiel es ihm wieder ein. Er war im Kloster gewesen, aber als er gesehen hatte, wie Guerau de Cirera im Kreuzgang mit dem verfluchten Almosenpfleger von Sant Miquel sprach, hatte er die Flucht ergriffen. Dieser Ponç de l'Oliva gefiel ihm nicht, dem Mann war nicht zu trauen.

Plötzlich wurde ihm übel, so dass er sich, mit beiden Händen an den Stamm gestützt, aufrichten musste. Mein Gott, was hatte er getan! Die Verzweiflung stieg in Wellen in ihm auf, nahm ihm den Atem und drohte ihn zu ersticken. Was hatte er nur getan! Von dem adligen Blut der Castellars war nichts mehr übrig als ein stöhnendes, schluchzendes Häufchen Elend. Er konnte sich kaum auf den Beinen halten, schleppte sich aber ein paar Schritte in Richtung der erleuchteten Hütte. Maria würde ihm helfen, er würde ihr von seinem Verrat erzählen, und sie würde ihn verstehen, sie würde einen Ausweg wissen. Da trat plötzlich eine dunkle Gestalt zwischen ihn und das schwache Licht im Fenster. Hug de Castellar wich zurück, taumelte und stolperte über einen losen Ast, so dass er der Länge nach hinschlug. Dann vernahm er ein spöttisches Gemurmel, ohne dass er einzelne Worte hätte verstehen können. Als er sich mit großer Mühe aufrappelte, traf ihn ein heftiger Schlag gegen die Stirn und streckte ihn nieder. Das Licht in Marias Hütte flackerte, mal verschwand es, dann tauchte es wieder auf. Señor Castellar hatte gerade die müden Augen wieder aufgeschlagen, da löschte ein zweiter Schlag auf den Kopf den sanften Schimmer endgültig aus.

6

Bruder Beson

»Der Templerorden hat viel Geduld mit mir gehabt, hat seine harte Eisenhand in einen weichen Handschuh gehüllt, er hat mir vertraut und mir eine Freiheit gewährt, die ich vielleicht nie verdiente. Ich bot ihm dafür nichts als Verrat, Betrug und Schweigen.«

Das Licht der Abenddämmerung spiegelte sich im Wasser des Flusses, als Guillem und Folch den sanften Hang von Miravet hinunterstiegen. Wie ein beinahe durchsichtiger Schleier stieg leichter Nebel von dem träge dahinfließenden Strom auf. Bruder Beson saß immer noch auf seinem Wachtposten. Den Kopf hoch erhoben, blickte er verloren in die Ferne.

»Wie geht es Euch, Bruder Beson?«, grüßte Guillem, als sie näher kamen.

»So, so … der geheimnisvolle Jüngling und mein guter Freund Folch, na, ihr seid mir ein schönes Paar! Für einen alten Mann wie mich seid ihr ein gefährliches Gespann, was für euch allerdings von Vorteil sein dürfte«, scherzte er. »Ich bezweifle sehr, dass ihr auf Gesellschaft aus seid, habe ich recht? Und um diese wunderbare Abenddämmerung zu genießen, seid ihr zu jung.«

»Ich danke für die schmeichelhaften Worte, aber was mich betrifft – meine Jugend liegt doch schon ein kleines

Weilchen zurück, Bruder Beson«, protestierte Folch lächelnd.

»Pah!«, schnaubte der Alte. »Und wie geht es deinem Begleiter, junger Templer? Ich habe gehört, er ist krank.«

»Danke der Nachfrage, Bruder Beson. Bruder Dalmau erholt sich gerade von einem schweren Fieber, eine Reise ins Heilige Land hat so ihre Tücken.« Guillem setzte sich auf die Felsmauer und schaute in den Abgrund.

»Eine böse Sache, so ein Fieber, ich versichere euch, ich habe schon Männer gesehen, stark wie Stiere, die von diesem verfluchten Fieber dahingerafft wurden.« Beson wirkte nachdenklich und niedergeschlagen, keine Spur mehr von der feinen Ironie, die er noch am Vormittag an den Tag gelegt hatte. »Dieser Herr, ich nehme an, er ist dein Superior, schien mir sehr beunruhigt, was mich allerdings nicht wundert, wenn er in dieser Sache die Verantwortung trägt. Wir alle sollten beunruhigt sein wegen Meister Serpentarius, das ist nicht gut … gar nicht gut für den Orden.«

Guillem und Folch waren unschlüssig, wie sie auf Besons Worte reagieren sollten. Es war kein günstiger Zeitpunkt, um Fragen zu stellen, der alte Mann wirkte müde und ein wenig abwesend. Sie hatten nicht bemerkt, wie spät es geworden war, dieses Treffen schien ihnen nun nicht mehr recht passend.

»So schwarz seht Ihr die Sache, Bruder Beson? Warum denn das?«, fühlte Guillem vorsichtig vor.

»Ihr seid noch zu jung, ihr könnt nicht abschätzen, was dieser ganze Aufruhr für Folgen haben wird.« Bruder Beson kniff die Augen zusammen, bis nur noch ein Paar Schlitze zu sehen waren.

»Und warum versucht Ihr nicht, es mir zu erklären?«, beharrte Guillem. »Wenn ich recht verstanden habe, habt Ihr mir heute Vormittag geraten, die Sache aufzugeben. Ich solle ›Meister Serpentarius schlafen lassen‹, habt Ihr mir gesagt. Erinnert Ihr Euch?«

»Ich erinnere mich an jedes Wort, das ich sage, junger Mann«, erwiderte Bruder Beson mit eisigem Blick. »Und das wäre mit Sicherheit auch das Beste, ich fürchte nur, es wird dir nicht gelingen. Du wirst nicht verhindern können, dass du ihn weckst. Und wenn du Serpentarius erst einmal aufgeweckt hast, wird er dich nicht mehr in Ruhe lassen, dich nicht und auch sonst niemanden.«

»Und was soll das bedeuten? Ich bin nur ein einfacher Templersergeant, ich verstehe nichts von solchen geheimnisvollen Rätseln, Bruder Beson.« Folch hatte den Blick starr auf die Mauer gerichtet.

»Pah …!«, wiederholte der Alte und winkte verächtlich ab. »Ihr sucht doch nur eine Bestätigung dafür, dass der Meister verrückt war. Die gesamte Templermiliz würde dem Teufel ihre Seele verkaufen, um sich Gewissheit zu verschaffen, dass der arme Serpentarius den Verstand verloren hatte. Doch, doch … jetzt guckt nicht so unschuldig. Selbst dieser Bruder Dalmau würde von seinem Krankenbett aufspringen und in hellen Jubel ausbrechen, wenn er beweisen könnte, dass Roger de Lot wirklich geistesgestört war. Darum seid ihr hier, oder etwa nicht? Um ihn in seinem Wahn zu begraben.«

Empörung ließ den gekrümmten Körper von Bruder Beson erschauern. Er rutschte auf seinem Stuhl hin und her, als wollte er gleich aufstehen und erwartete, dass seine gebrechlichen Beine ihn wundersamerweise tragen würden. Sein Gesicht hatte sich in eine faltige, bleiche Maske verwandelt. Folch war beunruhigt, weil der alte Mann sich so erregte, und legte ihm seinen starken Arm auf die Schulter.

»Ich weiß nicht, ob dieser Mann verrückt war, Bruder Beson, ich habe bisher nichts als ein paar versengte Papiere und ein düsteres Zimmer gesehen. Eigentlich hatte ich gedacht, Ihr wärt dieser Meinung …«, sagte Guillem, verwundert über Besons Reaktion.

»Was ich dir erzählt habe, war nur das, was Gaston darüber dachte, und was damals so geredet wurde«, fuhr Beson auf. »Es hat mich niemand nach meiner Meinung gefragt, Junge.«

»Ruhig Blut, Bruder Beson, so viel Aufregung ist nicht gut für Euch. Und selbstverständlich ist Eure Meinung wichtig für uns«, versuchte Folch den wachsenden Zorn des Greises zu beschwichtigen. »Ihr seid der Einzige, der uns in der Sache Aufschluss geben kann, Ihr habt selbst mit Gaston gesprochen und …«

»Gaston war ein verdammter Schwindler!«, schimpfte Beson und schlug mit geballten Fäusten gegen den Stuhl. »Er war einer von euren verdammten Spionen und hat unser Vertrauen missbraucht!«

»Gaston!«, riefen Guillem und Folch wie aus einem Munde und machten große Augen.

»Ihr braucht euch gar nicht zu verstellen, ihr glaubt wohl, ich bin ein alter Schwachkopf, den man einfach so hinters Licht führen kann!« Beson wollte sich nicht beruhigen. »Ich bin sicher, dieser Bruder Dalmau hat euch ›seine Geschichte‹ ja schon erzählt, wozu zum Teufel braucht ihr mich also? Ihr müsst mich nicht wie einen Schwachsinnigen behandeln, ich bin alt, aber ich bin weder blind noch taub.«

»Ich schwöre Euch beim Allerheiligsten, Bruder Beson, ich habe nicht die geringste Ahnung, wovon Ihr sprecht. Ihr wart es, der mir von Gaston erzählt hat, ich wusste ja gar nichts von seiner Existenz.« Guillem bemühte sich, seinen aufsteigenden Zorn zu beherrschen, er war zutiefst empört über Dalmau, der ihm offensichtlich wichtige Informationen vorenthielt.

»Du solltest nicht schwören, das ist nicht recht, das ist Sünde.« Bruder Beson schaute Guillem argwöhnisch an, er traute seinen Worten nicht. »Dein Superior sollte dich nicht so im Dunkeln tappen lassen, diese Angelegenheit ist zu heikel. Aber es kann natürlich sein, dass er dich nur benutzt, in der Hoffnung, dass du herausfindest, ob sich doch noch jemand an etwas erinnert.«

Beson betrachtete ihn prüfend, er war sich nicht sicher, ob Guillems Verblüffung echt war. Schließlich rang er sich zu einem Entschluss durch.

»Gaston war einer von euch, mein Junge, er gehörte zu diesem geheimnisvollen ›Spezialdienst‹. Als er hierher nach Miravet kam, war er noch relativ jung. Ich glaube, er war krank … wie auch immer, jedenfalls konnte er seiner Arbeit nicht länger nachgehen, also wurde er hierher versetzt. Das war ein Jahr bevor Serpentarius hierher kam, so erzählte er zumindest, und seine Aufgabe bestand darin, den Komtur in Verwaltungsangelegenheiten zu unterstützen. Als der Meister zur Überraschung aller hier auftauchte, entschieden ›deine Vorgesetzten‹, dass Gaston am besten geeignet wäre, um ihn auszuspionieren, ohne dass jemand Verdacht schöpfen würde. Er war ja schon hier, gehörte zu unserem Konvent und kannte sich mit Serpentarius' Handwerk aus, was dieser nicht wusste. Sie hofften, Serpentarius würde unvorsichtig werden, wenn er sich nicht beobachtet fühlte, und sie könnten so dahinterkommen, was er im Schilde führte.«

»Und wie seid Ihr ihm auf die Schliche gekommen?«, beeilte sich Guillem zu fragen.

»Serpentarius war schon lange verschwunden, und Gaston war ein altersschwacher Tattergreis, der sich gerne aufspielte. Die ganze Zeit tat er sich fürchterlich wichtig und führte sich auf, als sei er Gott weiß wer. Ständig tischte er einem irgendwelche Märchen auf – natürlich alles erstunken und erlogen! Als wäre er im Besitz eines großen Geheimnisses und müsste platzen, wenn er es nicht erzählte«, brummte Beson stirnrunzelnd.

»Aber hat er Euch selbst erzählt, dass er auf Serpentarius angesetzt war? Dass er ein Spion des Ordens war?«, erkundigte sich Folch, bemüht, etwas mehr Klarheit in die Geschichte zu bringen.

»Alt und halb wahnsinnig war er, und ganz besessen von dem Meister!«, fuhr Beson fort, ohne der Frage Beachtung zu schenken. »Und die Kollegen von eurem Gewerbe hat er auch hinters Licht geführt! Er nahm mit, was er finden konnte und versteckte es irgendwo, er hat euch alle Informationen vor der Nase weggeschnappt. Er behauptete immer, es sei alles in bester Ordnung, er habe alles unter Kontrolle. Ich war sehr jung seinerzeit, aber ich war schon damals ganz und gar nicht auf den Kopf gefallen. Vierzehn war ich, als ich in seinen Dienst trat, und vom ersten Augenblick an war mir klar, dass dieser Alte verrückter war als ein brünstiger Deckhengst.«

»Aber habt Ihr jemals irgendwelche Gegenstände von Serpentarius bei ihm gesehen, hat er sie Euch gezeigt? Wie könnt Ihr so sicher sein?«, hakte Guillem noch einmal nach.

»Ich habe vieles gehört und gesehen, mein Junge … sehr vieles.« Beson wirkte müde. »Zum Beispiel auch etwas, was mich an diese kleine dreieckige Platte erinnert, die du mir heute Morgen gezeigt hast.«

»Meint Ihr das hier?« Guillem zeigte ihm das goldene Dreieck. Seine Hand zitterte vor Aufregung.

»Genau das. Eines Morgens, als ich sein Zimmer sauber machte, schnüffelte ich wie so oft ein bisschen in seinen Sachen herum – wahrscheinlich bin auch ich im Grunde meines Herzens ein Spion!« Beson warf den beiden Männern einen verstohlenen Blick zu. »Ich war ja noch ein Kind, und ich hatte genug von seinen sonderbaren Anwandlungen. Ich sah damals also auf seinem Schreibtisch ein paar Papiere mit Serpentarius' Unterschrift liegen. Ich kann nicht lesen, mein Junge, aber diese Unterschrift war ja damals schon legendär, und ich konnte der Versuchung nicht widerstehen, einen Blick darauf zu werfen. Da waren ein paar wunderschöne Zeichnungen: ein Kreis, der in fünf Teile unterteilt war, und darin noch viele weitere Kreise voller Symbole, Ziffern oder Buchstaben. Ich weiß nicht, was sie zu bedeuten hatten, aber dieses Stück Metall, das du mir gezeigt hast, sieht aus wie ein Teil dieses Kreises. Dann tauchte plötzlich Bruder Gaston auf und ertappte mich, wie ich da herumschnüffelte ... der Hintern tut mir heute noch weh von der Tracht Prügel, die er mir versetzt hat.«

Guillem und Folch lauschten mit angehaltenem Atem. Das waren ja unglaubliche Neuigkeiten!

»Gaston war es nämlich, der verrückt war! Er hatte Lüge und Wahrheit so oft vermischt, dass er selbst nicht mehr auseinanderhalten konnte, was richtig und was falsch war. Einmal schrie er, Serpentarius wäre das größte Genie aller Zeiten, und am nächsten Tag zeterte er, man müsse alles verbrennen, was ihm gehörte. Aber seither sind viele Jahre vergangen, und heute lebt niemand mehr, der Serpentarius gekannt hätte. Und ich kann euch nur von denen erzählen, die schworen, ihn gekannt zu haben – das ist natürlich nicht allzu viel.«

Beson wirkte niedergeschlagen. Allmählich brach die Nacht herein, und die Sterne, die sich nach und nach am Himmel zeigten, funkelten auf die drei regungslosen Gestalten herab.

»Ich glaube, dass er sehr gelitten hat«, murmelte Beson kaum vernehmbar, wie zu sich selbst.

»Gaston?«, fragte Guillem gedankenverloren.

»Nein, ich bin es leid, über diesen elenden Schwindler zu reden. Ich meine Serpentarius, den Meister.«

»Und wie kommt Ihr darauf, Bruder Beson?«

»All die Dinge, die ich gehört habe, die Gerüchte und der ganze Tratsch …« Der alte Mann hielt inne und senkte nachdenklich den Kopf. »Aus all dem habe ich mir meine eigene Meinung gebildet. Ich glaube, er hat ein großes Leid erfahren, das hat mich am meisten beeindruckt, dieser unermessliche Schmerz, versteht Ihr, was ich meine? Die Art Schmerz, der einem die Seele durchbohrt, der einem das Leben zur Hölle macht und mit dem man ganz allein ist. Wie die Tiere, mit denen ich mein ganzes Leben verbracht habe … Wenn Tiere leiden, schreien sie nicht vor Schmerz, es ist ein stilles Leid, das du nur in ihrem Blick siehst. Von dieser Art muss Serpentarius' Schmerz gewesen sein, und vielleicht hat ihn dieser Schmerz verrückt gemacht, aber nicht so wie Gaston. Den Meister hat seine Scharfsichtigkeit in den Wahnsinn getrieben, der gleißende Strahl des Wissens hat ihn geblendet.«

Nachdem Bruder Beson geendet hatte, saßen die drei Männer eine Weile schweigend da. Der Nebel, der vom Fluss aufstieg, umhüllte sie wie zarter Tüll.

»Aber woher rührte dieser große Schmerz?« Der nachdenkliche Alte hatte sich in einen verborgenen Winkel seiner Erinnerung zurückgezogen. Es schien, als wäre die Frage an die große Leere gerichtet, die sich zu ihren Füßen ausbreitete. »Das ist die einzige Frage, die euch zu ihm führen kann. Wenn ihr die Antwort darauf findet, werdet ihr Serpentarius finden.«

Beson sprach so leise, dass die beiden Männer, die seinen Worten begierig lauschten, sich vorgebeugt hatten, um ihn zu verstehen.

»Ich glaube, der Mann, der vor hundert Jahren hier in Miravet auftauchte, war nicht der Meister Roger de Lot, nicht Serpentarius«, fuhr Beson fort. »Irgendetwas hatte seine Seele getötet, und was hier ankam, war bloß noch eine leere Hülle. Ihn erhielt nur noch am Leben, dass er eifrigst zu verbergen suchte, was ihm die Lebenskraft geraubt hatte.«

»Aber was kann einen Menschen so zerstören, Bruder Beson?« Guillem war ein eisiger Schauder über den Rücken gelaufen.

»Ich weiß es nicht, Junge. Vielleicht hatte er etwas entdeckt, das alles zunichte machte, was er liebte und woran er glaubte, vielleicht wusste er nicht, was er mit seinem ganzen Wissen anfangen sollte … Wie dem auch sein mag, jedenfalls versetzte es ihm den Todesstoß und verwandelte ihn in ein Gespenst. Deshalb müsst ihr außerordentlich vorsichtig sein. Was Serpentarius zerstört hat, kann auch euch zerstören.« Beson schüttelte den Kopf. »Warum hast du dich für diese Arbeit entschieden, mein Junge?«

»Irgendjemand muss sie ja tun.« Die unerwartete Frage hatte Guillem überrumpelt. »Ich bin von klein auf dazu erzogen worden, Bruder Beson. Der Orden war der Ansicht, ich würde über bestimmte Fähigkeiten verfügen und wäre für diese Arbeit besonders geeignet.«

»Und haben sie dich gefragt, was du davon hältst?«, hakte Beson gespannt nach.

»Am Anfang nicht. Aber später hat mich mein Lehrer jeden Tag aufs Neue gefragt. Jetzt muss mich niemand mehr fragen, Bruder Beson, ich habe meinen eigenen Weg gewählt, und ich gebe zu, mir gefällt diese Arbeit, wenngleich sie wie jede Arbeit ihre Nachteile hat.«

»Ich verstehe. Der hier hat auch für euch gearbeitet, man merkt es ihm an.« Bruder Beson deutete auf Folch. »Ich dachte, er hätte sich daraus zurückgezogen, aber wie ich sehe, hast du ihn aus seinem inneren Frieden aufgescheucht. Ihr meint, ich bin ein nichtsnutziger alter Kerl, der stundenlang auf den Fluss starrt, ohne zu merken, was um ihn herum vor sich geht, aber ich kann euch riechen … ich rieche euch schon von weitem, wenn ihr hier auftaucht wie unsichtbare Schatten. Ich bin müde und ich habe mehr als genug gesehen in meinem Leben. Bring mich zur Kapelle, Folch, ich werde viel für euch beten müssen. Ich werde die heilige Jungfrau Maria bitten, dass ihr nicht so verrückt werdet wie Gaston. Alle, die sich auf die Suche nach Serpentarius begeben, nehmen ein böses Ende.«

Beson streckte dem Templersergeanten die Arme entgegen, und der hob ihn ohne Mühe von seinem Stuhl.

»Aber Ihr seid nicht verrückt geworden, Bruder Beson«, murmelte Folch, während er Guillem bedeutete, den Stuhl zu nehmen.

»Serpentarius' Name hat mir immer Respekt eingeflößt, Folch, das hat mich bei Verstand gehalten«, knurrte der Alte. »Respekt vor dem, was wir nicht wissen – das ist der einzige Weg.«

Im Dorf breitete sich Unruhe aus, als bekannt wurde, dass Señor de Castellar verschwunden war. Guerau de Cirera, der Prior von Santa Maria, hatte in der Nacht zuvor eine dringende Nachricht erhalten, in der Hug de Castellar ihn drängte, ja, ihm geradezu befahl, ihn am Klostertor zu treffen. Er hatte auf ihn gewartet, der adlige Herr hatte sich jedoch nicht blicken lassen. Empört über diese Dreistigkeit, hatte sich der Prior zu dem alten Landhaus der Familie Castellar aufgemacht. Er war erregt wie ein alter Kämpfer in der Schlacht. Doch auch dort traf er ihn nicht an. Die Besorgnis der Diener schien ihm geheuchelt, und so kehrte Guerau de Cirera noch verärgerter nach Santa Maria zurück. Er ließ die Tür seines Arbeitszimmers geräuschvoll ins Schloss fallen und drehte den Schlüssel herum.

Die Sorge der Bediensteten von Señor de Castellar war jedoch ganz aufrichtig. Ihr Herr hatte das Haus am Abend zuvor in einem etwas verwirrten Zustand verlassen, wie sie sich hinter vorgehaltener Hand erzählten, und war die ganze Nacht nicht zurückgekehrt. Erst am nächsten Mittag hatten sie begonnen ihn zu suchen und die Leute im Dorf um Hilfe gebeten. Obwohl es ein kleines Dorf mit wenigen Einwohnern war, waren die Straßen bald voller Menschen, die sich begierig auf jede neue Nachricht stürzten. Die ersten Gerüchte gingen in Richtung eines amourösen Abenteuers, und man schloss schon Wetten ab, wer wohl die Auserwählte sein könnte. Gegen Abend schwenkte das Gerede um, nun hieß es, Señor de Castellar habe die Nacht im Kloster Sant Miquel verbracht, um seine neue Grabstätte zu bewundern und bei der Gelegenheit die Arbeiter zurechtzuweisen. Als die Nacht hereinbrach, machte die Nachricht die Runde, der erlauchte Herr sei vollständig berauscht gewesen, als er das Haus verließ, und habe sich womöglich verirrt oder schlimmer noch, sich irgendeinen Abgrund hinuntergestürzt. Man stellte Suchtrupps zusammen, und die Glocken von Santa Maria läuteten Sturm.

Obgleich er sich in sein Arbeitszimmer zurückgezogen hatte, war Guerau de Cirera über die Gerüchte jederzeit auf dem Laufenden, was allerdings seinen Ärger auf Señor de Castellar nicht milderte.

»Berauscht! Soll das heißen, Señor de Castellar hat mitten in der Nacht vollständig betrunken das Haus verlassen?« Die jüngsten Nachrichten waren dem Prior umgehend zugetragen worden. »Aber wieso hat man ihn denn in dem Zustand gehen lassen?«

»Ich weiß es nicht, Prior, so hat es mir einer der Diener berichtet«, antwortete Bruder Hug, der offensichtlich sehr beunruhigt war. »Er sagt, er habe jede Hilfe abgelehnt und einen der Diener, der ihn zurückhalten wollte, sogar geschlagen.«

»Barmherziger Gott, selbst Adelsblut schützt vor den schlimmsten Übeln nicht!« Doch die Probleme des Señor de Castellar ließen Guerau de Cirera weiterhin kalt. Mit nachlässiger Geste bot er seinem Gehilfen einen Stuhl an.

»Setzt Euch, Bruder Hug, ich möchte mit Euch reden. Sagt, ist Euch in letzter Zeit im Kloster etwas Sonderbares aufgefallen?«

»Sonderbar? … Ich verstehe nicht, Bruder Guerau.« Bruder Hug wich dem Blick seines Superiors aus und starrte auf die Wand gegenüber. »Ich meine, ich verstehe Eure Frage nicht ganz, Herr.«

Guerau de Cirera gab keine Antwort. Voller Argwohn beobachtete er seinen offenkundig stark beunruhigten Gehilfen, der unablässig die Hände rang. Der Prior bezweifelte, dass dieser Zustand auf das Verschwinden von Señor de Castellar zurückzuführen war. Bruder Hug machte schon seit einigen Tagen einen verstörten Eindruck und konnte seinem Superior nicht mehr offen in die Augen sehen.

»Ihr werdet mich entschuldigen müssen, Pater Prior«, fuhr Bruder Hug fort, da Guerau schwieg. »Diese Situation macht uns allen sehr zu schaffen, erst der Tod dieses armen Mädchens, und nun das hier …«

»Das hier? Ich nehme an, Ihr meint das Verschwinden von Señor de Castellar«, unterbrach ihn der Prior, der jetzt bemerkte, dass das eine Auge seines Gehilfen unablässig zwinkerte. »Aber was hat denn das eine mit dem anderen zu tun, Bruder Hug? Wisst Ihr vielleicht irgendetwas, was ich nicht weiß?«

»Ich weiß es nicht, ich … ich meine, in letzter Zeit jagt ein Unglück das andere, Bruder Guerau. Außerdem hat sich ein Stein vom Gesims des Kreuzgangs gelöst und Bruder Higinio zu Tode erschreckt. Ich habe schon Jofre Galcerán benachrichtigt, Herr, aber ich weiß nicht, was er da tun kann, wir haben kein Geld, und …«

»Bruder Hug, wie Ihr Euch gewiss erinnert, hatte ich gestern Besuch«, unterbrach ihn der Prior. »Der Almosenpfleger vom Kloster Sant Miquel war bei mir.«

»Ja, natürlich, der Pförtnerbruder hatte mich unterrichtet, und …«

»Und habt Ihr vielleicht hinter meiner Tür gelauscht, Bruder Hug?«, unterbrach ihn Guerau aufs Neue. »Vielleicht wolltet Ihr in irgendeiner Sache zu mir, und da hat Euch unser Gespräch gefesselt.«

Der kleine Mönch sprang auf, die Augen traten ihm beinahe aus dem Kopf, und er riss den Mund auf, als bekäme er keine Luft.

»Wie könnt Ihr so etwas denken, Pater Prior, das würde ich niemals wagen! Ich, ich …« Er sank auf dem Stuhl zusammen und hielt sich die Hände vor den Mund.

Der Prior blieb ungerührt und stocksteif in seinem Sessel sitzen und hörte sich an, was Bruder Hug zu seiner Entlastung vorzutragen hatte. Seit dem Besuch des Almosenpflegers misstraute Guerau de Cirera allem und jedem, und niemand würde ihn an dem zweifeln lassen, was er mit eigenen Augen gesehen hatte: einen Mönch seines Klosters, der an seiner Tür gehorcht hatte. Welches Interesse konnte jemand aus dem Konvent an ihrem Gespräch haben? Über diese Frage hatte er sich die ganze Nacht vergeblich das Gehirn zermartert.

»Sagt mir, Bruder Hug, glaubt Ihr, dass unsere Gemeinschaft glücklich ist?«, fragte er unvermittelt und schnitt seinem vor sich hinstammelnden Gegenüber brüsk das Wort ab.

»Wie bitte?« Bruder Hug war sprachlos.

»Das scheint mir keine so schwierige Frage, lieber Bruder, und auch kein Grund, so ein erstauntes Gesicht zu machen. In Gemeinschaft zu leben, in Gemeinschaft mit den Brüdern und mit Gott, sollte für Männer wie uns, die wir diesen Weg frei gewählt haben, das vollkommene Glück bedeuten. Ich sehe derzeit jedoch hauptsächlich große Verwirrung, Klatsch und Tratsch, Bruder Hug, ich sehe Neid und vielleicht noch manches mehr. Soll ich fortfahren?«

»Das ist nicht nötig, Bruder Guerau …« Hugs Unruhe nahm immer mehr zu. »Unsere Brüder sind verängstigt, und das nicht ohne Grund, Ihr solltet nicht so streng mit ihnen sein, Herr. Außerdem ist unser Pater Abt dabei, eine große Zeremonie vorzubereiten, er versichert, unter dem Schutz der heiligen Iscla würde alles wieder ins Lot kommen.«

»Und glaubt Ihr das auch?« Der Prior sah seinen Gehilfen durchdringend an. »In Ordnung, Bruder Hug, es ist zwar merkwürdig, dass Ihr mir meine Frage nicht beantwortet habt, und Ihr macht auf mich auch nicht den Eindruck eines Menschen, der glücklich ist, seinem Gott und seinem Kloster zu dienen. Aber bemüht Euch nicht, Euer Schweigen ist mir Antwort genug. Und ich muss Euch sagen, ich ziehe das Schweigen der Lüge vor.«

Guerau entließ seinen Gehilfen mit einer verabschiedenden Geste. Er war erschöpft. Bruder Hug hatte ganz offensichtlich Angst, wenn dem Prior auch nicht klar war, wovor. Hug war schon an der Tür, erleichtert, dem Verhör zu entfliehen, da rief der Prior ihn noch einmal zurück:

»Bruder Hug, ich weiß, dass Ihr für Klatsch und Tratsch viel übrig habt, deswegen wird Euch der Auftrag, den ich für Euch habe, sicher gefallen. Teilt doch bitte all Euren Brüdern mit, dass ich von nun an besonders darauf Acht geben werde, was vor meiner Tür passiert. Ich bin sicher, es gibt jemanden, der meine Botschaft sehr gut verstehen wird.«

Bruder Hug war totenbleich, als er das Zimmer seines Priors verließ. Es war ihm nicht gelungen, ihn von seiner Unschuld zu überzeugen. Guerau de Cirera atmete tief durch. Seine Gesundheit verschlechterte sich zusehends, und auch der Apothekerbruder fand kein geeignetes Mittel gegen seine Beschwerden. Er war erschöpft, aber er konnte es sich nicht leisten, krank zu werden, jetzt weniger denn je. Er musste herausfinden, was in Santa Maria vor sich ging. Mit seinem Schluchzen und Stammeln hatte Bruder Hug ihn nicht beeindrucken können, er ahnte, dass dieser Mann ihm etwas verschwieg, wenngleich es auch sein konnte, dass sein Gehilfe nur ein schlechtes Gewissen hatte, weil er sich beim Getreidepreis vertan hatte oder bei den Mehlmengen … Dieser Unglücksmensch verzweifelte an der geringsten Kleinigkeit. War es seine geradezu krankhafte Schüchternheit, die ihn zu diesem unsicheren, zitternden Etwas machte? … Oder steckte etwas Schlimmeres dahinter? Es war unverkennbar, dass Bruder Hug von einer panischen Angst gequält wurde. Guerau de Cirera hatte immer daran geglaubt, dass die Menschen von Natur aus gut waren, mit aller Macht hatte er daran glauben wollen. Doch sein Wunsch und Wille allein reichte dafür nicht aus, und wenngleich es wirkliche Güte unter den Menschen durchaus gab, so war sie doch selten anzutreffen, selbst innerhalb dieser heiligen Mauern. Die Existenz des Bösen zu leugnen, das sich mitunter im sonderbarsten Gewand zeigte, brachte ihn der Wahrheit nicht näher.

Aufgeregter Lärm riss ihn aus seinen Gedanken, Schreie und Flüche waren zu hören, und das Geräusch wild auf und ab trappelnder Füße. Jemand näherte sich seiner Tür und riss sie auf, ohne auch nur anzuklopfen.

»Sie haben ihn gefunden, sie haben ihn gefunden!« Das angstverzerrte Gesicht Bruder Hugs erschien in der Tür.

»Wovon redet Ihr? Beruhigt Euch erst einmal, Bruder, was soll dieses Geschrei?«

»Er ist tot, Prior, tot, sie haben Señor de Castellar tot bei der Heiligen Quelle gefunden!«

Guerau de Cirera erstarrte das Blut in den Adern. Fast blieb ihm das Herz stehen.

Die ganze Nacht hatte er sich unruhig in den Laken gewälzt. Er war unendlich müde, doch sein großer Zorn hinderte ihn daran, Schlaf zu finden. Bilder und Gedanken schossen ihm durch den Kopf und kreisten umeinander wie in einer endlosen Spirale. Ihm war so schwindelig, dass er mehrmals aufstand, um sich zum Fenster zu schleppen und etwas frische Luft zu schöpfen. Endlich fiel er in einen schweren und tiefen Schlaf. Die Bilder wurden jetzt zu unförmigen Schatten, die ihn verfolgten. Sein Lehrer Bernard Guils tauchte auf, in Nebel gehüllt, auf seiner weißen Araberstute. Er machte ihm Zeichen, er solle umkehren. Doch Guillem versuchte weiterhin, sich ihm zu nähern, er rannte, bis seine Beine ihm nicht mehr gehorchten und er keinen Schritt mehr tun konnte. Dabei schrie er aus Leibeskräften, doch kein Laut kam aus seiner Kehle. In der Ferne sah er, wie Guils und sein Pferd langsam im Treibsand versanken, ohne dass sie sich irgendwie dagegen wehrten. Guils machte ihm weiter dringende Zeichen, er solle das Weite suchen. Guillem versuchte mit den Händen Halt zu finden, und schließlich gelang es in einer übermenschlichen Anstrengung, seine Beine aus dem Sand zu befreien. Guils war fast verschwunden, nur einer seiner wedelnden Arme war noch zu sehen.

Als er aufwachte, fand er sich quer über dem Bett liegend und in das Laken gewickelt wie in ein Leichentuch. Sein Körper war von kaltem, fast eisigem Schweiß bedeckt. Einen Augenblick lang dachte er, er sei krank, und das Fieber, das Dalmau niedergeworfen hatte, hätte nun auch ihn ergriffen. Dalmau! Der Gedanke ließ ihn mit einem Satz aus dem Bett springen. Er allein war schuld an seinen Alpträumen und an seinem ganzen Ärger, durch seine seltsame Art, die Dinge zu handhaben und ihm immer die Hälfte zu verschweigen. Ob das wirklich nur seine Art war, oder hatte er womöglich strikte Anweisungen? Wie auch immer, Guillem war sein Verhalten jedenfalls langsam leid. Wie sollte er seine Arbeit erledigen, wenn ihm wesentliche Information vorenthalten wurde? Er schnaubte vor Empörung. Dann kleidete er sich rasch an und verließ das Zimmer. Seine Glaubensbrüder kamen gerade von der Frühmesse, und in der Komturei von Miravet setzte reges Treiben ein. Guillem stürmte in die Krankenabteilung und schreckte Bruder Dalmau auf.

»Ein Gewitter scheint aufzuziehen, gerade habe ich einen eisigen Luftzug abbekommen«, meinte Dalmau. Er lag zusammengekauert im Bett, seine Augen glänzten fiebrig.

»Ein Unwetter, das du dir hättest ersparen können, Dalmau«, knurrte Guillem mit zusammengebissenen Zähnen. Er bemühte sich, die scharfen Worte, die ihm in den Sinn kamen, zu unterdrücken. »Also gut, hast du vor, deine Farce noch weiterzutreiben, oder willst du mir vielleicht von einem gewissen Gaston erzählen? Denn andernfalls, das sage ich dir ganz ehrlich, werde ich so nicht mehr weiterarbeiten, du wirst dir einen anderen Lakaien suchen müssen, der nach deiner Pfeife tanzt.«

Dalmau sah ihn fest an und dachte nach. Er versuchte auch in dieser schwierigen Situation Haltung zu bewahren, was ihm jedoch mit jedem Tag schwerer fiel. Das Fieber schwächte ihn, und er fürchtete, die Krankheit könnte auch seinen Geist trüben. Er fühlte sich zum ersten Mal wahrhaft alt und krank. Jetzt erst wusste er zu schätzen, dass die dem Alter eigenen Beschwerden ihn über lange Jahre unbehelligt gelassen hatten, vielleicht allzu unbehelligt. Er war es nicht gewöhnt, dass sein Körper sich den strengen Befehlen seines Kopfes widersetzte, und im Moment rebellierte sein Organismus aufs Heftigste gegen seinen Geist. Dalmau verstand Guillems Ärger, es war dieselbe verhaltene Wut, die er manches Mal bei seinem Freund Guils erlebt hatte. Lehrer und Schüler schienen aus demselben Holz geschnitzt, sie konnten es nicht ertragen, geführt oder gelenkt zu werden.

Das bringt unser Beruf eben so mit sich, dachte Dalmau niedergeschlagen. Er war für seinen Freund Bernard Guils eingestanden, und er würde auch für dessen Schüler einstehen. Seine Superioren, jene »Auserwählten«, über die Guils und vor Kurzem auch Guillem gespottet hatten, waren in ihren Weisungen äußerst rigoros und gestatteten keinerlei Alleingänge. Zwar hatte Dalmau eine wichtige Stellung inne, er war er sich jedoch immer über seine Grenzen im Klaren gewesen, denn er sah sich nur als eine einfache Spielfigur in einem hochkomplizierten Spiel, in dem es um die Interessen des Ordens ging. Niemals hatte er Fragen gestellt, immer war er ein einfacher und treuer Diener gewesen. Er seufzte ergeben. Der junge Mann, den er vor sich hatte, war nicht so wie er. Guillem verlangte Erklärungen, und zwar auf der Stelle. Dalmau fragte sich, wie lange er seinen jungen Agenten würde unter Kontrolle halten können. Sein Zustand erlaubte ihm kein Versteckspiel, und zudem konnte er nicht ganz klar denken. Er würde das Risiko eingehen und sich dem Allmächtigen anvertrauen müssen, damit diese ganze Angelegenheit nicht aus dem Ruder lief.

»Sieh dir das da mal an«, sagte er und deutete auf eine ausgebeulte, mit Bändern verschnürte Ledermappe. »Da drin steht alles, was du wissen musst, auch über Gaston.«

»Ich weiß nicht, wie ich dir für deine unermessliche Großzügigkeit danken soll, Dalmau.« Guillem warf einen Blick auf die Mappe, ohne sie anzurühren. »Aber wenn wir schon ehrlich sein wollen – ich würde Gastons Geschichte lieber von dir selbst hören. Du bist doch auch ein Mann unseres Dienstes, sicher kennst du sein ganzes Leben in- und auswendig.«

»Spar dir deine spöttischen Bemerkungen, ich bin krank.« Dalmau schloss die Augen, doch Guillem rührte sich nicht vom Fleck, als hätte er ihn nicht gehört. »Also gut, schon gut … Sie haben sich in Gaston getäuscht, sie hätten ihm nie vertrauen dürfen, es war ein tragischer Irrtum. Ist es das, was du hören willst?«

»Ein tragischer Irrtum, Dalmau? Tragisch für wen? Dieser Mann ist schließlich vollkommen verrückt geworden.«

»Er war schon verrückt, Junge, sie wussten nur nicht, wie sehr.« Dalmau atmete schwer. »Gaston wurde vom Dienst abberufen, als er noch jung war, er hatte offenbar die Nerven verloren und sich den Befehlen widersetzt. Sie schickten ihn hierher nach Miravet, da sie dachten, ein anderes Leben würde seine Gesundheit wiederherstellen, und so war es auch, denn …«

»Du hast einen wichtigen Punkt ausgelassen: Warum hatte er die Nerven verloren und sich widersetzt?« Guillem blieb hartnäckig.

»Das hat nichts mit dieser Sache zu tun. Außerdem ist das alles mehr als hundert Jahre her, für wen sollte das von Bedeutung sein?« Dalmau winkte ab. »Die Berichte bleiben sehr vage, was dieses Thema angeht, ich weiß nur, dass er sich als Baumeister ausgegeben und bei einem heftigen Streit jemanden getötet hatte. Ob du es glaubst oder nicht, Guillem, ich habe keine Ahnung, warum er damals aus dem Dienst entlassen wurde. Jedenfalls hat man ihn hierher geschickt und von der Arbeit abgezogen. Von diesem Moment an wissen wir mehr über Gaston: Nachdem er sich in Miravet niedergelassen hatte, schien er wieder zur Vernunft zu kommen, sein Betragen war tadellos, und er fügte sich leicht in die Gemeinschaft ein. Alles lief bestens, bis Meister Serpentarius auftauchte …« Dalmau machte eine Pause und holte einige Male tief Luft. »Zwei Männer unseres Dienstes kamen damals hierher, um mit Serpentarius zu sprechen, das weißt du ja schon, und nachdem man die Sache einige Monate beobachtet hatte, gelangte man zu der Überzeugung, es sei wieder alles in Ordnung. Serpentarius war alt und krank, das einzig Auffällige an seinem Verhalten waren die langen Ausflüge mit seinem Gehilfen. Wie die Dinge damals standen, war diese Nachricht dem Orden hochwillkommen. Wenn der Meister sich zu Tode marschieren wollte, so hatte keiner etwas dagegen einzuwenden. Gaston kannte die Männer, die den Auftrag hatten, Serpentarius zu überwachen, und er war über die Geschichte auf dem Laufenden, er hatte schließlich für sie gearbeitet. Unseren Agenten zufolge hat Gaston mit allen Mitteln versucht, das Vertrauen des Meisters zu gewinnen und sich mit ihm anzufreunden, doch das gelang ihm nicht. Serpentarius, der außer seinem Gehilfen niemanden bei sich duldete, wies ihn immer wieder zurück, offenbar hat er ihm sogar gedroht für den Fall, dass er ihn nicht in Ruhe lassen würde. So standen die Dinge, als beschlossen wurde, die Überwachung des Meisters einzustellen und die beiden Agenten zurückzurufen. Man fand sich damit ab, dass man niemals erfahren würde, welcher Sache er sich verschrieben und was er in all den Jahren getrieben hatte. So kam es also zu dieser Entscheidung und … nun, hier kommt der Irrtum ins Spiel, der uns bis heute Kopfzerbrechen bereitet. Da Gaston nun schon einmal in Miravet war und er ja früher als Agent für sie gearbeitet hatte, dachten sie, sie könnten seine Erfahrung nutzen. Kannst du dir das vorstellen? Mit dem Abstand von heute betrachtet, scheint mir, dass unser Dienst damals ziemlich reformbedürftig war …«

»Sie baten also Gaston, da er schon einmal hier war, ein Auge auf Serpentarius zu haben, damit er nicht wieder in alte Gewohnheiten verfallen würde«, schloss Guillem. »Und dann hat Gaston wieder die Nerven verloren?«

»Anfangs offenbar nicht. In den ersten Monaten schickte er zwei oder drei Berichte, in denen er mitteilte, es sei alles unter Kontrolle. Serpentarius unternahm weiterhin seine täglichen Wanderungen und kehrte nachts nach Hause zurück. Im Orden atmete man allgemein auf, man war überzeugt, das Problem habe sich erledigt.«

»Aber das hatte es nicht …« Obwohl Guillem sah, dass Dalmau sehr erschöpft war, wollte er die Geschichte bis zum Schluss hören.

»Nein, richtig. Der nächste Bericht, der von Gaston eintraf, schien direkt aus den Tiefen der Hölle zu kommen. Er verbreitete sich darin in allen Einzelheiten über die magischen und diabolischen Kräfte des Meisters und beschuldigte ihn, ein gefährlicher Hexer und mit dem Teufel im Bunde zu sein. Das verursachte einen Riesenaufruhr, wie du dir vorstellen kannst! Man kam zu dem Schluss, dass Gastons Besserung offenbar eine Illusion gewesen war und der Mann endgültig den Verstand verloren hatte.«

»Ich verstehe, niemand wollte die Möglichkeit in Betracht ziehen, dass an Gastons Äußerungen etwas dran sein könnte«, meinte Guillem, den Blick fest auf seinen Superior geheftet.

»Ganz recht, daran wollte keiner auch nur denken! Und Gaston machte es ihnen leicht. Er gab sich als Baumeister und als Serpentarius' Mitarbeiter aus, als sein Vertrauter, der in die Aktivitäten des Meisters eingeweiht war. Seine Wahnvorstellungen hatten ihn wieder eingeholt …« Dalmaus Augen glänzten vom Fieber, das im Laufe seiner Erzählung immer mehr anzusteigen schien.

»Und was tat der Orden daraufhin?«

»Er wartete zu lange ab, Guillem. Als sie Gaston für verrückt erklärt hatten und reagieren wollten, war Serpentarius spurlos verschwunden. Und der arme Gaston war nicht mehr imstande, sich verständlich zu machen. Er hat sich nie wieder erholt, ich nehme an, das war zu der Zeit, als Bruder Beson in seine Dienste trat ... und das ist alles.« Dalmau sah ihn vollkommen erschöpft an. Sein Gesicht war schweißbedeckt.

»Ich mag keine Lügen, Dalmau, auch nicht, wenn sie als halbe Wahrheiten daherkommen, oder wenn man mir Informationen vorenthält. Ich kann so nicht arbeiten, ich bin anders erzogen worden und werde mich nie daran gewöhnen.« Guillem erhob sich langsam und winkte ab. »Möglicherweise haben unsere ›Auserwählten‹ kein Interesse an einem Mann wie mir, du hast ja Zeit, darüber nachzudenken, jetzt wo du krank bist. Wenn du es dir überlegt hast, brauchst du es mir nur zu sagen.«

Guillem griff nach der Mappe mit den Dokumenten und wandte sich zur Tür. Im letzten Moment drehte er sich um und nickte Dalmau zum Abschied zu.

»Warte, mein Junge«, hielt ihn die heisere Stimme Dalmaus zurück. »Du sollst zum Komtur kommen, er erwartet dich. Ich glaube, er braucht unsere Hilfe, es gibt wohl Probleme in einem Dorf hier in der Nähe. Ich habe meine Zustimmung gegeben, dass du ihm dabei behilflich bist, es wird nicht lange dauern. Ach ja, und ich habe darum gebeten, dass er dir Folch zur Seite stellt, er ist ein guter Mann. Ich bedaure sehr, dass es mir so schlecht geht und ich dir nicht helfen kann.«

Erschöpft lehnte sich Dalmau im Bett zurück, schloss die Augen und hob die Hand zu einem matten Gruß, er war zu schwach, sich aufzurichten. Guillem beschloss den Krankenpfleger zu holen, er machte sich Vorwürfe, dass er seinen Freund überanstrengt hatte. Schließlich hatte Dalmau nur seine Befehle befolgt. Die ganze Zeit hatte er vor lauter Zorn keinerlei Rücksicht auf Dalmaus Zustand genommen und kein Mitleid gezeigt, und das lastete jetzt schwer auf seinem Gewissen. »Gib Acht, mein Junge, wer kein Mitleid kennt, lebt im Reich der Finsternis«, hörte er ganz deutlich Guils' Worte. Immer und immer wieder hatte sein Lehrer ihm das eingebläut. Er durfte es jetzt nicht vergessen.

Zenon hatte sich in seine Höhle zurückgezogen. Die Nachricht, dass man Señor de Castellars Leiche gefunden hatte, hatte ihm seine Predigt vermasselt, denn seine treuen Anhänger hatten sich daraufhin voller Panik in ihren Häusern eingeschlossen. Und das war ganz und gar nicht gut, dachte der Eremit ärgerlich, keiner hatte ihm etwas davon gesagt. Er hatte Hug de Castellar nicht gemocht, er war ein hochmütiger Mann, der umherstolzierte wie ein Pfau und tat, als wäre er unumschränkter Herrscher über Land und Leute. Nein, was sollte er es leugnen, sein Tod tat ihm nicht leid, er war kein guter Mensch gewesen, aber … niemand hatte ihm etwas gesagt, sie hätten ihn unterrichten müssen, sie waren dazu verpflichtet, er war ein Heiliger und er allein wusste, welche Pläne die heilige Iscla verfolgte. Doch diesmal hatten sie ihre Zustimmung wohl nicht gebraucht. Iscla war sicher sehr verärgert und würde ihnen eine schreckliche Strafe zukommen lassen, eine ganze Legion von Höllenschergen würde sie auf sie hetzen. Maria!, durchfuhr es ihn wie ein Blitz. Er hatte darauf bestanden, dass nichts und niemand der alten Frau etwas antun durfte, Maria stand unter dem besonderen Schutz der heiligen Iscla, aber sie gehorchten ihr nicht mehr, sie hatten ihn getäuscht, sie lachten über ihn und über Iscla, wie sie es immer schon getan hatten. Vielleicht hatte Maria sogar recht, dass sie ihn nur benutzten. Und wenn das stimmte, wer würde sie aufhalten?

Seine Gedanken wurden durch ein vertrautes Geräusch unterbrochen. Jemand kam den schmalen Pfad hinauf, der zu seiner Höhle führte. Das Knirschen der Kiesel unter den Schritten ließ seinen ganzen Körper erbeben. Ohne eine Sekunde zu verlieren, stürzte er in eine Ecke seiner Höhle und fing an, in aller Eile eine kleine Nische in der Wand freizulegen. Geräuschlos schlüpfte er hinein, legte dann von innen jeden einzelnen Stein wieder an seinen Platz und kauerte sich mit angehaltenem Atem zusammen.

»Zenon!«, hallte eine bekannte Stimme zwischen den Felswänden wider.

»Zenon!«, wiederholte die Stimme noch etwas lauter. »Ich weiß, dass du da bist, alter Irrer! Komm raus, ich muss mit dir reden! … Also gut, wie du willst, Zenon, ich habe keine Zeit für solche Spielchen, ich komme nur, um dich zu warnen. Und ich hoffe, du hörst mir jetzt gut zu. Pass auf, was ich dir sage, Zenon, denn niemand wird deinen Wahnreden Glauben schenken, das Beste, was du machen kannst, ist, einfach den Mund zu halten.«

Das Echo schleuderte die Worte zwischen den Höhlenwänden hin und her, so dass sie mehrfach verstärkt durch die Ritzen in das Versteck des Eremiten drangen, der sich immer weiter zusammenkauerte und sich die Ohren zuhielt. Die Stimme fuhr fort zu sprechen.

»Abt Alamand hat die Templer von Miravet um Hilfe gebeten, Zenon. Es kann sein, dass jemand hier auftaucht und unangenehme Fragen stellt ... Wenn das geschieht, weißt du ja, was du zu tun hast. Ich hoffe, du hast mich verstanden, verdammter Idiot! Du kennst die Strafe, die dich erwartet, wenn du den Mund weiter aufmachst als abgemacht, Zenon, denk an Señor de Castellar! Und vergiss deine Freundin, die Hexe, nicht ... wenn du willst, dass sie ihr armseliges Leben fortsetzt, halte dich fern von ihr. Komm raus und zeig dich, du verfluchte Ausgeburt des Teufels! Es ist zwecklos, sich zu verstecken, kein Loch der Welt ist tief genug, dass du darin sicher wärst. Denk an meine Worte!«

Als die Schritte sich wieder entfernten, wagte Zenon einen kurzen Seufzer der Erleichterung. Die Augen fest zusammengekniffen, die Hände um die Knie geschlungen, verharrte er regungslos in seiner kleinen Nische. Ganz leise fing er an zu singen, zu flehen, Iscla möge ihn vor den Schatten beschützen. Zenon war verängstigt, der Mann eben hatte ihm gedroht, er glaubte nicht mehr daran, dass er ein Heiliger war ... Hatte er es überhaupt je geglaubt? Im Grunde war er ihm immer mit Widerwillen und Verachtung begegnet, er hatte immer an seinen Wundern gezweifelt. Zusammengekauert wiegte sich Zenon langsam hin und her. Was hatte Maria ihm gesagt: Dass er seinem Herrn gute Dienste leistete. Aber er hatte keinen Herrn, er diente allein Iscla, was hatte sie nur damit sagen wollen? Vielleicht dachte die Alte, dass der schwarze Mann Macht über ihn hätte, aber das stimmte nicht, nein! Iscla war es, die befahl, und er gehorchte. Iscla hatte ihm gesagt, dass dieser Mann gefährlich war und sie töten wolle. Aber vorerst sollte er ihm gehorchen. Sie würde ihn wissen lassen, wann er ihm den

Rücken kehren musste. Ob dieser Augenblick jetzt gekommen war?

Eiskalter Schweiß rann ihm über den kleinen geduckten Körper, er wusste nicht, was er tun sollte, er war verstört und verwirrt. Niemand würde ihn mehr wie einen Heiligen behandeln, sie würden ihn wieder verfolgen und einsperren, vielleicht sogar töten! Sie trauten ihm nicht mehr. Was hatte der Mann gesagt? Es würde jemand kommen und ihm Fragen stellen. Was für Fragen? ... Was sollte er verschweigen? Er hatte nichts zu verbergen, die Heilige hatte ihn gerufen, und er hatte ihr gehorcht. Sein Ärger war nun größer als die Angst. Was fiel diesem Mann überhaupt ein, ihn so zu behandeln! Er war der Hirte einer großen Herde, der Herde Isclas, und er musste seine Schafe davor beschützen, erbarmungslos geopfert zu werden. Sie hatten ihn getäuscht!

So kauerte Zenon in seinem Loch und grübelte, und seine Gedanken verloren sich immer mehr im Nebel. Schließlich kletterte er vorsichtig hinaus und schaute sich um. Lange Schatten tanzten an der Felswand wie graue Schleier. Er blieb vor seinem Versteck stehen und bückte sich. Bevor er die Steine wieder zurücklegte, fiel sein Blick auf ein zerlumptes Tuch, in dem ein Gegenstand eingewickelt war. Er hatte ganz vergessen, dass er ihn hatte, viele Jahre war er dort schon vergraben, und wenn der schwarze Mann ihn nicht gezwungen hätte, sich zu verstecken, hätte er sich gar nicht mehr daran erinnert. Er lächelte erst, dann lachte er schrill auf – sie hatten ja keine Ahnung! Er würde ein besseres Versteck dafür finden, oder vielleicht würde er es verschenken, dem Prior von Santa Maria würde dieses Geschenk sehr gefallen ... Sein Geist war plötzlich seltsam klar, jetzt wusste er, was Marias Worte zu bedeuten hatten.

Er streckte den Kopf aus der Höhle, es war keine Menschenseele zu sehen. Der schmale Pfad, der zu seiner Höhle führte, lag verlassen da, aber er musste vorsichtig sein, um nicht etwa in einer Wegbiegung auf den schwarzen Mann zu treffen. Er rannte den Hügel hinunter und trat dabei einen wahren Steinregen los. Ohne sich umzudrehen oder anzuhalten, lief er weiter. Er musste zu Iscla. Iscla würde ganz genau wissen, was zu tun war.

Guillem fand den Komtur Pujalt bei den Reitpferden, wo er gerade die Stallungen begutachtete, und ging zu ihm hin. Bernat de Pujalt wirkte erleichtert, als er ihn sah. Er fasste ihn freundschaftlich bei der Schulter und trat mit ihm beiseite.

»Es freut mich, Euch zu sehen, Bruder Guillem. Wie kommen Eure Nachforschungen voran?«

»Nur langsam, Herr, es ist ja ein sehr komplizierter Fall, der weit in die Vergangenheit zurückreicht«, antwortete Guillem zurückhaltend.

»Keine Sorge, Bruder Guillem, ich werde Euch keine Fragen stellen, die Ihr nicht beantworten könnt. Eigentlich wollte ich mit Euch über eine andere Angelegenheit sprechen.«

»Ich stehe zu Euren Diensten, Herr.«

»Ich möchte nicht Eure Ermittlungen behindern, aber es ist da eine unangenehme Geschichte passiert. Ich habe einen Brief von Abt Alamand erhalten, vom Kloster Santa Maria de les Maleses, das liegt etwa eine Tagesreise von hier. Alamand und ich sind entfernt verwandt, und nun bittet er uns um Hilfe. Wenn ich ehrlich sein soll, ich weiß nicht, warum er nicht an den Bischof geschrieben hat, was das Vernünftigste wäre, und zudem … Es ist nämlich so, dass es zwischen uns immer wieder Streitigkeiten um den Pachtzins gegeben hat und auch wegen verschiedener Ländereien.« Dem Komtur schien die Bitte des Abts lästig zu sein, die Beziehungen zu dem Kloster waren ohnehin angespannt, und Alamand hatte nicht wenig dazu beigetragen.

»Was ist denn vorgefallen, Herr?«, erkundigte sich Guillem.

»In seinem Brief ist von einem Mord die Rede. Ein Mädchen wurde tot aufgefunden, und es scheint, dass sie grausam verstümmelt wurde, alle sind sehr bestürzt. Und Alamand meint nun, wir seien doch mit solchen Verbrechen vertraut … Barmherziger Gott!« Dem Komtur Bernat de Pujalt war sein Ärger anzusehen. »Jedenfalls schreibt er, die Mönche seien außerstande, so viel Schlechtigkeit zu begreifen, sie selbst seien dem Himmel näher als den irdischen Niedrigkeiten … Kurz gesagt, er erklärt sich für nicht zuständig und will uns die Verantwortung aufhalsen! Ihr könnt Euch also ein Bild davon machen, was für eine Art Mensch dieser Alamand ist.«

»Und Ihr wollt nun, dass ich diesen Mord untersuche? Ist es das, worum der Abt uns bittet?«

»Er bittet nur ganz allgemein um unsere Hilfe, ohne sich genauer zu äußern – das ist typisch für ihn!« Bernat de Pujalt schnaubte. »Tut, was Ihr für angemessen haltet, Bruder Guillem, reist dorthin und findet heraus, was passiert ist. Ich meine mich zu erinnern, dass es vor vielen Jahren schon einmal so einen Mord gegeben hat, ich weiß es nicht mehr genau … vielleicht waren das auch nur Gerüchte. Tut, was Ihr könnt, Ihr müsst Euch nicht allzu weit wegbegeben, wie gesagt, ist das Kloster nur eine Tagesreise entfernt.

Es tut mit leid, dass ich Euch noch mehr Aufgaben aufbürde, als Ihr ohnehin schon habt. Ach ja, ich habe dafür gesorgt, dass Sergeant Folch Euch zur Verfügung gestellt wird, und dazu noch ein Bursche, der Euch als Knappe dienen wird. Und macht Euch keine Sorgen um Bruder Dalmau, er ist hier gut versorgt.«

Der Komtur klopfte ihm aufmunternd auf die Schulter und lachte ihm zu, bevor er sich in Richtung der Ställe entfernte. Na großartig, dachte Guillem, dieser Abt hatte dem Komtur seine Probleme aufgehalst, und der hatte nun ihn zum Lastesel auserkoren. Und Serpentarius? Niemand schien großes Interesse daran zu haben, dass der Fall vorankam … Dalmaus Mappe würde warten müssen. Er ging allerdings ohnehin davon aus, dass die Dokumente den Informationen, die Dalmau zähneknirschend herausgerückt hatte, nichts Wesentliches hinzufügen würden. Während Guillem so überlegte, sah er Folch in Begleitung eines etwa vierzehnjährigen Jungen auf ihn zukommen.

»Es ist gleich alles bereit zum Aufbruch, Guillem«, sagte der Sergeant. »Das ist Ebro, unser junger Schildknappe, ein schlaues Kerlchen und übrigens ziemlich aufmüpfig.«

»Ebro … aber was ist denn das für ein Name? Ebro, wie der Fluss?«, fragte Guillem erstaunt.

Folch sagte nichts, sondern wartete, dass der Junge für sich selbst sprach. Ebro zog finster die Brauen zusammen und schwieg. Er war ein großer, schlaksiger Junge, dessen Arme und Beine nicht recht zum Rest des Körpers zu passen schienen. Seine Haut war dunkel, und seine riesigen schwarzen Augen funkelten misstrauisch. Guillem wartete weiter auf eine Antwort.

»Mein Name ist eigentlich Abdelkader«, antwortete der Junge schließlich unwillig. »Bruder Beson hat mich Ebro getauft, er sagt, ich sei ein Sohn des Flusses, und als guter Sohn müsse ich seinen Namen tragen.«

»Ebros Vater war lange Zeit für eines unserer Schiffe zuständig, ein ausgezeichneter Seefahrer. Er kam mit seiner Frau bei einem Unfall auf dem Fluss ums Leben, und Ebro, der damals drei Jahre alt war, überlebte … das Wasser hat ihn zu uns getragen, und der Templerorden hat ihn aufgenommen. Er will Tempelritter werden!« Folch sah den Jungen liebevoll an.

»Wäre es nicht besser, wir beide machten uns allein auf den Weg, Folch? Der Junge ist hier besser aufgehoben«, murmelte Guillem, wenig begeistert über so viel Verantwortung.

»Ich kann Euch sehr nützlich sein«, warf Ebro ein, der jetzt langsam auftaute. »Bruder Beson sagt, dass Ihr Geheimnisse erforscht und Rätsel aufdeckt, in solchen Sachen bin ich sehr gut, besser als jeder Spürhund.«

»Das hat uns gerade noch gefehlt!« Guillem verkniff sich einen Fluch, als er die Augen des Jungen auf sich geheftet sah. »Ist schon gut, ich habe keine Lust zu streiten, aber bei der ersten Dummheit schicke ich dich zurück zu Bruder Beson, und zwar mit einem Tritt in den Hintern.«

Ebros Gesicht hellte sich auf, gleich rannte er los, um Folchs Anweisungen auszuführen, wobei er Luftsprünge vollführte wie eine Bergziege. Guillem tat einen tiefen Seufzer.

»Diese ganze Sache führt uns vollkommen weg von Serpentarius, Folch. Bei dem Tempo sehe ich mich die nächsten fünf Jahre in Miravet verbringen, und jetzt müssen wir uns auch noch um dieses Kind kümmern!«

»Hast du dich wieder mit Dalmau gestritten?«, fragte Folch freundlich. »Komm schon, Guillem, so schlimm ist es auch wieder nicht. Ein paar Tage von hier wegzukommen, wird uns guttun. Wir werden Zeit haben, uns mit der rätselhaften Inschrift auf Serpentarius' Dreieck zu beschäftigen. Und was den Jungen angeht … Ich meine von Dalmau gehört zu haben, dass du in dem gleichen Alter warst, als du bei Guils angefangen hast.«

»Ach, Dalmau hat dir also meine Lebensgeschichte erzählt?«, fragte Guillem höhnisch.

Folch erwiderte seinen Blick und lächelte nur spöttisch, ohne auf die patzige Bemerkung einzugehen. Guillem wandte sich den Ställen zu. Er wollte nach seinem Pferd sehen und versuchen, seinen Unmut zu vertreiben. Der Sergeant hatte recht, er war nichts als ein aufsässiger kleiner Junge gewesen, als Guils sich seiner angenommen hatte. So hatte er die Sache noch nie betrachtet … allerdings war er sich nicht sicher, ob er ebenso geduldig war wie sein Lehrer. Warum zum Teufel hatte es ihm derart die Laune verdorben, dass der Junge mitkommen sollte? Konnte er diesem Jungen nicht die eine oder andere nützliche Sache beibringen? … Wie alt war Guils denn gewesen, als er sich seiner annahm? Er schüttelte den Kopf, wie um diese unvermittelte Flut von Fragen zu verscheuchen.

7

Maria de l'Os

»Ich sollte Reue empfinden, und sei es nur über den Verrat an meinem Orden. Aber das ist unmöglich, denn was den Blicken verborgen ist, muss verborgen bleiben. Die Menschen sind noch nicht bereit dafür, und vielleicht werden sie es niemals sein.«

Maria öffnete die Tür und ließ die Besucher ein. Sanft brach die Nacht herein, die Grün- und Ockertöne des Waldes waren in der Dämmerung noch auszumachen. Maria hatte einen Großteil des Tages damit verbracht, ihre Hütte auf Vordermann zu bringen, hatte den langen Holztisch geschrubbt, bis er glänzte, und alle Fenster aufgerissen, damit die frische Brise die bösen Geister vertreibe. Die Hausarbeit half ihr, Gedanken und Gefühle zu ordnen. Ein großer Zweig frischen Lavendels hing am Deckenbalken und erfüllte den Raum mit seinem zarten Duft. Es würde kein leichtes Gespräch werden, es war schon nicht einfach gewesen, die Gäste von der Notwendigkeit dieser Zusammenkunft zu überzeugen. Sie alle hatten sich ihr Leben lang größte Mühe gegeben, zu vergessen, die Erinnerung an die Ereignisse, die ihre Kindheit geprägt hatten, auszulöschen …

Juan, der Schmied, kam herein, mit starrem Blick wie ein Schlafwandler. Der kräftige, großgewachsene Mann ging ganz krumm und gebeugt. Vor einer Woche noch war er voller Energie und Lebensfreude gewesen, immer ein Lächeln auf den Lippen, immer zu einem Spaß aufgelegt. Und ein starker, attraktiver Mann. Wie sehr er sich verändert hatte, stellte Maria bekümmert fest, als sie die dunklen Ringe unter den geröteten Augen und die tiefe Falte betrachtete, die seine Stirn wie eine Ackerfurche durchzog.

»Wozu soll das alles gut sein, Maria?«, fragte er mit leiser, tiefer Stimme, und seine Worte klangen, als kämen sie von sehr weit her.

Maria antwortete nicht. Sie legte ihm die Hand auf die Schulter und schenkte ihm einen Becher Wein ein. Sie dachte daran, wie er noch ein kleiner aufgeweckter Junge gewesen war, der immer mal wieder in der Hoffnung auf einen ihrer würzigen Krapfen bei ihr vorbeigekommen war, an seine ausdrucksvollen fröhlichen Augen, wenn er mit einem großen Strauß Heilkräuter bei ihr in der Tür stand, und wie sie Jahre später seine fünf entzückenden Kinder auf die Welt zu bringen half. Und nun sah er aus wie ein zermürbter alter Mann, der sich nur mühsam aufrecht hielt.

»Es muss sein, Juan, es muss sein …«, murmelte sie.

»Elvira dels Rems wird nicht kommen, Maria«, ließ sich ein zweiter Gast vernehmen. »Ihre Familie hat heute Morgen das Dorf verlassen, und ich glaube nicht, dass sie zurückkommen. Vielleicht sollten wir dasselbe tun und von diesem verfluchten Ort verschwinden.«

Pere de Palma, der ein wenig jünger war als Maria, stand die Furcht ins Gesicht geschrieben. Er sah seine beiden Freunde forschend an, als suche er nach Bestätigung. Seine ganze Familie war dabei, die Flucht vorzubereiten, seine drei Söhne, deren Frauen und Kinder … Das Einzige, was ihn daran hinderte, das Dorf seiner Vorfahren zu verlassen, waren seine kostbaren Töpfereien, die Arbeit, der er sein ganzes Leben gewidmet hatte. Er war in die Fußstapfen seines Vaters und seines Großvaters getreten und hatte die Familientradition fortgesetzt.

»Ich bin nur ein einfacher Töpfer, meine Freunde, und ich habe Angst um meine Familie.« Seine Hände flatterten nervös durch die Luft, wie herumschwirrende Insekten, die keinen Platz fanden, um sich niederzulassen.

Pere de Palma wurde in seiner Erklärung durch ein Klopfen an der Tür unterbrochen. Jofre Galcerán trat schweigend ein und nahm grußlos neben den anderen Platz.

»Wenn Elvira dels Rems nicht kommt, sind wir vollzählig, zumindest diejenigen, die wir uns erinnern können und noch am Leben sind.« Maria trat, auf ihren Stock gestützt, an den Tisch heran. »Für Hug de Castellar ist es ja nun zu spät.«

»Mir ist immer noch nicht klar, was wir tun können, Maria ...«, murmelte Pere de Palma.

»Uns erinnern«, erwiderte die alte Frau ohne Zögern. »Die Zeit des Vergessens ist vorbei.«

»Maria und ich haben uns unterhalten ...«, schaltete sich Jofre ein. »Keiner von uns beiden kann sich genau entsinnen, was beim letzten Mal geschah. Es ist wirklich sonderbar, aber ich hatte sogar vergessen, dass ich zu der Zeit gar nicht hier im Dorf war, mein Vater hatte mich in die Lehre geschickt nach ... egal, das tut nichts zur Sache. Mich beunruhigt, dass meine Erinnerung so lückenhaft ist, da sind nur einzelne Bruchstücke ...«

»Wir waren noch Kinder, Jofre, das ist doch normal«, wandte Pere de Palma ein. »Unsere Eltern wollten uns von dieser schrecklichen Geschichte fernhalten, daran ist doch nichts Beunruhigendes.«

»Dein Vater ist damals umgekommen, Pere, und so klein waren wir nicht mehr, ich war zwölf und du auch schon zehn, wenn ich mich recht erinnere«, fiel ihm Maria schroff ins Wort. »So leicht kann man ein Kind nicht vom Tod seines eigenen Vaters ablenken. Und auch Juans großer Bruder kam damals ums Leben, und meine Mutter …«

»Und einer der Brüder von Elvira dels Rems«, fügte Jofre unvermittelt hinzu. »Das hatte ich ganz vergessen, der arme Robert, wir haben immer zusammen gespielt … du warst auch dabei, Pere, du warst der Kleinste in unserer Gruppe, das kannst du doch nicht vergessen haben. Der Einzige, der damals noch nicht auf der Welt war, ist Juan.«

»Mein Vater hat mir davon erzählt.« Die Stimme des Schmieds ließ die anderen zusammenfahren. »Er sagte damals, so etwas würde nie wieder geschehen, aber …«

»Ja, das hat mein Vater auch gesagt«, meinte Jofre Galcerán nachdenklich.

»Ich will mich nicht erinnern, ich will damit nichts zu tun haben!« Pere de Palmas Worte hallten schrill im Raum nach. Seine Angst legte sich wie ein Schatten über die kleine Versammlung, und nur sein Schluchzen durchbrach die Stille. »Ihr versteht das nicht, ich habe Familie, meine Enkel sind in Gefahr.«

Maria und Jofre sahen sich an, stumm und außerstande, seinen Schmerz zu lindern. Da schien Juan aus seinem Dämmerzustand zu erwachen, er stand auf und trat zu Pere de Palma, legte ihm seine großen Hände auf die Schultern.

»Ich habe auch Familie, Pere, ich auch …«, flüsterte er ihm ins Ohr. »Ich verstehe deine Angst, aber Maria und Jofre haben recht. Nichts wird mir meine kleine Ysel zurückgeben, aber vielleicht können wir andere retten, mein lieber Freund. Wenn wir uns daran erinnern, was damals passiert ist, verstehen wir vielleicht auch, was heute geschieht. Aber wenn du lieber gehen willst, haben wir dafür Verständnis, Pere. Auch wenn uns deine Erinnerung fehlen wird.«

»Es ist doch so, dass jeder von uns sich an bestimmte Dinge erinnern wird, womöglich ganz unwichtige Kleinigkeiten … aber wenn wir all unsere Erinnerungen zusammentun, fügt sich vielleicht alles zusammen und ergibt einen Sinn. Wir brauchen einander, Pere, heute mehr denn je.« Jofre rutschte mit seinem Stuhl näher an den des Töpfers heran und nahm seine zitternden Hände in die seinen. »Ich habe keine Familie, mein Freund, ich habe nichts zu verlieren, ich bin zu alt, um mich ans Leben zu klammern. Ich verstehe deine Furcht, und niemand wird dir Vorwürfe machen, wenn du gehst.«

Maria war ganz in Gedanken versunken. Sie saß starr auf ihrem Stuhl und betrachtete den Lavendelzweig, der langsam hin und her schwang.

»Wir müssen mit dem anfangen, worüber wir Gewissheit haben«, rief sie plötzlich. »Wir wissen, dass wir Abkommen der ›Kinder der Heiligen‹ sind, und dass alle, die damals umgekommen sind, von ihnen abstammten. Und auch die beiden, die jetzt ermordet wurden: Ysel und Hug de Castellar.«

»Señor de Castellar!« Pere de Palma machte große Augen, und seine beiden Freunde wandten sich erstaunt zu Maria um.

»Aber wie kannst du so etwas sagen?«, platzte Jofre heraus.

»Weil ich es weiß. Sein Großvater war eine Art Priester des alten Kults, der bei dem Heiligenfest abgehalten wurde. Der Duft des Lavendels hat mich daran erinnert, ich habe damals dieses Gespräch mit angehört«, antwortete Maria ruhig.

»Wovon zum Teufel sprichst du? Was für ein Gespräch?« Der Steinmetz starrte sie gespannt an.

»Meine Mutter hatte mich geschickt, ich sollte der Señora Castellar einen Korb mit Lavendelblüten bringen. Sie liebte es, ihr Haus mit diesem Duft zu erfüllen.« Maria saß aufrecht auf ihrem Stuhl und blickte zu dem herabhängenden Lavendelstrauß auf. »Da habe ich sie gehört. Der alte Castellar, Hugs Vater, sprach mit irgendjemandem. In der Küche war niemand, deswegen wollte ich in die Vorhalle gehen … ich hörte ein paar laute Männerstimmen, die mir Angst machten. Also versteckte ich mich im Flur. Da stand ich im Dunkeln und habe es gehört.«

Die drei Männer warteten gespannt, was nun kommen würde. Sie wagten keinen Laut von sich zu geben, um die alte Frau nicht zu unterbrechen.

»Sein Gesicht habe ich nicht gesehen, aber seine einschüchternde Stimme habe ich heute noch im Ohr«, fuhr Maria fort. »Er drohte dem alten Castellar mit schrecklichen Dingen, falls er es wagen würde, den Pakt zu brechen, und erinnerte ihn daran, dass sein Vater, der ›schändliche Hexenmeister‹, wie er ihn nannte, für die Heiligenzeremonien verantwortlich war … er rief ihm sein Versprechen in Erinnerung, durch das die Sippe der Castellars ihrerseits vor dem Tod bewahrt bleiben würde. Sollte er sich nicht daran halten, könnten sich die Mauern ihres Hauses bald blutig färben.«

Schwer atmend hielt Maria inne und wandte den Blick wieder ihren Freunden zu. Jofre Galcerán fühlte, wie ihm ein Schauer über den Rücken lief, und er beeilte sich, der Alten einen Becher Wein einzuschenken.

»Ich habe einmal etwas über den Großvater von Hug de Castellar gehört, Maria«, sagte er. »Mein Vater hat mir erzählt, dass er eine Art Hohepriester des alten Kults gewesen sein soll, ein sonderbarer und gefürchteter Mann, aber von diesem angeblichen Pakt ist mir nichts bekannt.«

»Niemand aus der Familie de Castellar ist bisher bei der Heiligen Quelle zu Tode gekommen«, murmelte Pere de Palma und betrachtete seine Hände, die jetzt zu zittern aufgehört hatten. »Warum jetzt … was war das für ein Pakt, Maria?«

»Ich weiß es nicht, vielleicht ging es darum, dass sie die Mörder deckten und dafür ihre eigene Familie verschont blieb«, antwortete Maria nachdenklich. »Ich weiß noch, wie ich damals nach Hause kam und alles meiner Mutter erzählte, ich sehe noch den Schrecken in ihrem Gesicht. Sie ließ mich schwören, dass ich dieses Gespräch vergessen, es aus meiner Erinnerung löschen würde, als hätte ich es nie gehört. Und das habe ich dann auch getan. Wenige Tage später fand man meine Mutter tot bei der alten Quelle.«

»Wir alle wissen, dass wir Abkömmlinge der ›Kinder der Heiligen‹ sind, irgendwann wurde jeder von uns von jemandem aus seiner Familie eingeweiht«, ergriff Juan das Wort. »Aber das ist lange her, und heute ist das alles vergessen, die Bruderschaft und diese ganzen Riten und Zeremonien. Bei allen Teufeln, was haben wir mit all dem zu schaffen!«

»Wir sind die einzigen Opfer, wie es scheint, Juan, damals wie heute«, antwortete Jofre stirnrunzelnd. »Wir müssen also etwas damit zu tun haben. Und wenn die Castellars einen geheimen Pakt hatten, warum wurde Hug umgebracht?«

Schweigen trat ein, jeder der vier Freunde war in seine eigenen Gedanken und Erinnerungen versunken. Inzwischen war die Nacht vollständig hereingebrochen, und nur ein paar Zweige, die gegen das Dach schlugen, brachen die Stille.

»Ihr wisst offenbar mehr als ich«, sagte Pere de Palma und sah die anderen verständnislos an. »Meine Mutter hat mir von der Bruderschaft erzählt, aber ich dachte, dass es dabei um die sieben Familien ging, die das Dorf gegründet haben. Und dass die Sache mit diesem Kult eine uralte Geschichte wäre, aus der Zeit, bevor die Mönche von Santa Maria sich hier niederließen.«

»In gewisser Hinsicht stimmt das auch, Pere. Der Kult war sehr alt, man verehrte damals die ›Große Mutter‹. Über seine Ursprünge weiß man nichts Genaues. Doch als die Mönche kamen, wurde dieser Kult weiter betrieben, solange bis die Quelle einstürzte. Mit Iscla wurde dieser Kult weitergeführt«, erklärte Maria.

»Die Große Mutter!«, rief Juan der Schmied aufgeregt. »Ich erinnere mich noch an Geschichten, die mein Vater erzählte, er sagte, unsere Vorfahren hätten ihre Religion hinter Iscla versteckt, um die Mönche von Santa Maria zufriedenzustellen.«

»Was interessiert mich die Große Mutter?«, platzte Jofre wütend heraus. »Wir kommen immer weiter weg von unserer Geschichte, das ist doch alles Unsinn, lang vergessene Ketzereien! Was haben die mit uns zu tun?«

»Iscla«, antwortete Maria bestimmt. »Ein alter Kult mit einer neuen Heiligen.«

»Barmherziger Gott, Maria, jetzt verstehe ich wirklich gar nichts mehr! Willst du damit sagen, dass dieses ganze Blutvergießen mit Iscla zu tun hat, mit den alten Kulten, an die heute keiner mehr denkt? ... Wir werden noch alle verrückt werden!« Jofre wirkte verärgert, nichts von alledem ergab für ihn einen Sinn.

Auf seinen Ausbruch folgte erneutes Schweigen. Wie auf Kommando griffen alle zu ihren Bechern und tranken einen großen Schluck. Die alte Maria versank wieder ganz in Gedanken, als hätte ihr Geist den Körper verlassen und sich auf eine weitere Reise begeben. Nach einigen Minuten begann sie von Neuem.

»Für die ›Bruderschaft der Heiligen Quelle‹ war der Iscla-Kult nichts anderes als die Fortführung ihres alten Glaubens, meint ihr nicht auch?«

»Das ist vorbei, Maria, diesen Kult gibt es seit hundert Jahren nicht mehr, hundert Jahre!« Juan wirkte erschöpft. »Wen interessiert heute noch der Kult dieser Wahnsinnigen? Was hat das mit dem Tod meiner kleinen Ysel zu tun, mit dem Tod unserer Verwandten vor über fünfzig Jahren? Das hat alles keinen Sinn, unsere Erinnerungen werden sie nicht wieder zum Leben erwecken.«

»Und warum wurde Hug de Castellar getötet? Das verstehe ich nicht. Wenn du meinst, sie hatten einen Pakt mit den Mördern ... Was hat das alles zu bedeuten?« Der alte Pere de Palma war völlig verwirrt.

»Vielleicht hat Hug de Castellar sich auf seinen Anstand besonnen und den Pakt gebrochen, oder er hat es einfach mit der Angst zu tun bekommen ...«, erwiderte Maria. »Ich weiß es nicht, Pere, ich habe keine Antwort darauf. Das Einzige, was ich weiß, ist, dass das Blut, das auf dem Felsen vergossen wurde, das Blut der ›Kinder der Heiligen‹ war, und dass es einen Grund dafür geben muss. Aber wer sollte sich für unsere alten Familienbande interessieren?«

»Der alte Abt Odon«, entgegnete Jofre spöttisch. »Mein Vater sagte, dass er ein furchtbarer Mensch war, besessen vom Kult der Iscla, er duldete keine geistliche Konkurrenz in seinem Hoheitsgebiet. Aber es wäre doch wohl lächerlich, seinen bleichen Knochen die Schuld zuschieben zu wollen.«

»Das Kloster von Santa Maria?«, fragte Juan, während er mit der Hand im Takt auf den Tisch schlug. »Aber aus welchem Grund? Die haben genug mit sich selbst zu tun, und religiöse Konkurrenz macht ihnen keiner mehr … außer Zenon, der macht ihnen das Leben zur Hölle.«

»Meine lieben Freunde, ich glaube, wir machen die ganze Sache hier nur noch komplizierter.« Pere de Palma erhob sich vom Tisch. »Unsere Erinnerungen werden uns nicht weiterbringen, so sehr wir uns auch abmühen. Ich möchte mich von meinen Kindern verabschieden, ich habe es euch nicht gesagt, aber sie werden dieses verfluchte Dorf verlassen.«

»Und du, alter Freund, was wirst du tun?« Jofre nahm seine Hand.

»Du hast es ja selbst gesagt, Jofre, wir sind alt, und auch für mich ist es zu spät, ein neues Leben anzufangen. Ich will mein Leben an dem Ort beschließen, an dem ich geboren bin, im Haus meiner Vorfahren. Und sobald meine Familie das Dorf verlassen hat, bin ich bereit, zu tun, was mir bestimmt ist. Wenn ihr es so wollt, werde ich auch mit euch Erinnerungen austauschen. Aber hört auf, euch weiter den Kopf über diese alten Geschichten zu zermartern, ich glaube nämlich, dass ein Verrückter hier herumläuft, und zwar ein sehr gefährlicher.« Pere de Palma sah die anderen von der Tür her an, Bedrückung lag in seiner matten Abschiedsgeste. Auch Juan erhob sich, unentschlossen.

»Ich weiß nicht, was ich tun soll …«, gestand er. »Meine Frau fleht mich an, wir sollen von hier weggehen, aber wohin? Ich habe fünf Kinder, Maria … nein, vier, es sind ja nur noch vier, die kleine Ysel ist ja nicht mehr bei uns.« Ein Schluchzen erschütterte seinen kräftigen Körper, er musste sich auf den Tisch stützen. Einige Minuten verharrte er regungslos, schmerzgepeinigt, und rang um Fassung.

»Ich glaube, ihr habt recht, wahrscheinlich kann nur die Erinnerung etwas Licht in das ganze Dunkel bringen«, fuhr er fort, noch immer auf den Tisch gestützt, als sei er zu schwach, sich zu bewegen. »Aber ich habe keine Kraft, euch zu helfen, ich kann nur an die Sicherheit meiner Kinder denken, und das Bild meiner Kleinen, meiner süßen kleinen Ysel, will mir nicht aus dem Kopf.«

Maria ging zu ihm, umarmte ihn fest und weinte mit ihm. Dann brachte sie ihn zur Tür. Der Schmied war so niedergeschlagen und kraftlos, dass er nicht einmal mehr ein paar Abschiedsworte herausbrachte. Sie blieb an den Türrahmen gelehnt stehen und sah Juan und Pere nach. Jofre konnte die Augen nicht von ihr losreißen, er war fasziniert von der inneren Kraft, die ihre Gestalt ausstrahlte, von der Entschlossenheit in ihrem Blick.

»Glaubst du, dass die Mönche etwas mit dieser ganzen Sache zu tun haben, Jofre?«, fragte sie, immer noch mit dem Rücken zu ihm.

»Nein, nein, nein … Die haben nichts damit zu tun, Maria. Wie kannst du so etwas denken, das sind Männer Gottes! Das Einzige, was man ihnen vorwerfen kann, ist, dass sie ständig in den Wolken schweben, fern aller Wirklichkeit, mit der wir anderen uns quälen.« Jofre machte eine Pause. »Sie können nichts mit diesen entsetzlichen Ereignissen zu tun haben.«

»Nicht alle schweben in den Wolken, mein lieber Freund.« Maria hatte sich zu ihm gewandt. »Ich habe allzu viele kennengelernt, die großes Interesse an diesem Tal der Tränen hatten und sehr viel weniger daran, in den Himmel zu kommen.«

»Du hast die Mönche nie leiden können.« Jofre war verärgert. »Ich respektiere deine Meinung, Maria, auch wenn ich sie nicht teile. Ich habe mein halbes Leben unter den Mönchen verbracht, ich kenne sie. Sie sind nicht vollkommen, das gebe ich zu, aber sie mit einem solchen Blutbad in Verbindung zu bringen … Du glaubst doch nicht ernsthaft, dass sie …?«

Er sprach den Satz nicht zu Ende, denn er fürchtete die Antwort seiner alten Freundin. Doch die ließ sich nicht herab, ihm zu antworten, sie war schon wieder ganz in Gedanken. Missmutig wandte Jofre sich wieder seinem Wein zu. Er begann schon selbst zu zweifeln, doch diese Zweifel durfte er sich nicht erlauben.

»Stimmst du mir wenigstens darin zu, dass alle Opfer bisher aus unserem Kreis kamen?« Maria schien nicht zu ihm zu sprechen, sie stand weiter in der offenen Tür und sah wieder hinaus in die Dunkelheit.

»Aus unserem Kreis … und was zum Teufel soll das heißen?«

»Über fünfzig Jahre hat Frieden geherrscht in diesem kleinen Dorf.« Maria überging seinen unwilligen Einwurf. »Bis ›irgendetwas‹ diesen Frieden gestört hat … In dieser ganzen Zeit haben wir unsere Kindheit vergessen und unsere Erinnerungen ruhen lassen, aber es besteht kein Zweifel, dass auch damals, als meine Mutter und die anderen zu Tode kamen, ›irgendetwas‹ diesen Frieden gestört hatte. Wir müssen diesem ›etwas‹ auf die Spur kommen, Jofre.«

»Und weißt du auch schon, an welchem verfluchten Ort du dieses ›etwas‹ finden wirst, da du dir ja offenbar so sicher bist?«

»In Santa Maria, Jofre, das solltest du wissen. Du hast es selbst gesagt: Du lebst und arbeitest mit ihnen zusammen, du kennst sie ... Du wirst es finden.«

Der alte Steinmetz war außerstande, etwas zu erwidern. Maria zeigte keinerlei Reaktion auf seine Bestürzung, sie holte ein Bündel Holz aus einer Zimmerecke und machte es sich vor dem Feuer bequem.

Guerau de Cirera war nach den Gebeten in der Kirche geblieben und hatte seine Brüder beobachtet, wie sie zum Refektorium gingen. Er musste über vieles nachdenken, der Mord an Señor de Castellar hatte ihn in große Verwirrung gestürzt. Es ergab einfach keinen Sinn, er konnte sich absolut keinen Reim darauf machen, was dieser Tod zu bedeuten hatte, wenn er denn etwas zu bedeuten hatte. Er dachte über die Nachricht nach, die er einige Stunden zuvor erhalten hatte. Sie hatte beim Pförtner gelegen, ohne dass sich jemand darum gekümmert hatte, was zeigte, wie unzureichend der Klostereingang überwacht wurde. Obwohl er erfahren hatte, auf welch grausame Weise der Adlige ermordet worden war, hatte Guerau ein Gefühl der Empörung über die überhebliche Art Hug de Castellars nicht unterdrücken können. Allerdings war es möglich, dass er sich irrte, dass die Arroganz, die aus seiner Nachricht sprach, in Wahrheit nichts als Verzweiflung war. Die Nachricht war kurz und knapp, bar jeder Förmlichkeit: »Wir müssen uns dringend sehen. Zur ersten Stunde am Tor von Santa Maria.« Das war ein unmissverständlicher Befehl, dieser Mann war es eben nicht gewohnt, jemanden zu bitten, oder auch nur die einfachsten Regeln der Höflichkeit zu beachten … Doch wie war diese dringende Aufforderung zu erklären? Was hatte er ihm so eilig mitteilen wollen? Sein grausamer Tod ließ diese Nachricht als eine unheilvolle Warnung erscheinen. Es war offensichtlich, dass sich Hug de Castellar in letzter Zeit reichlich merkwürdig verhalten hatte, was nicht einfach durch seinen schlechten Charakter zu erklären war. Da war zum Beispiel die Sache mit den Gräbern. Welchen Grund konnte er gehabt haben, diese ganzen Lügen und Ungereimtheiten zu ersinnen?

Er erhob sich vom Betstuhl, setzte sich auf die harte Steinbank und wollte sich mit der Hand an der Mauer abstützen. Ein heftiger Schmerz stieg von seinen Fußgelenken auf wie tausend feine Nadelstiche. Wo würden sie Señor de Castellar oder das, was von ihm übrig war, jetzt begraben? Die Frage quälte ihn, sie erschien ihm grausam und herzlos. Warum kam ihm in diesem Augenblick ein solcher Gedanke? Das war ungerecht und zeugte nicht gerade von Nächstenliebe, und außerdem … was spielte es für eine Rolle? Wer war er denn, das entscheiden zu wollen? Er fühlte ein unangenehmes Schuldgefühl in sich aufsteigen, als hätte er etwas Unbekömmliches gegessen, das ihm nun sauer aufstieß. Guerau beschloss, sich eine Strafe für seine ungehörigen Gedanken aufzuerlegen: zwanzig … nein, dreißig Vaterunser für die Seele des unglücklichen Señor de Castellar und ein Bittgebet, damit der Allmächtige ihm seine Fehler vergebe.

Die Kirche war jetzt leer, die Kerzen erloschen, nur in einer Ecke der Kapelle vom Heiligen Kreuz leuchtete eine kleine Laterne, die orange Lichtstrahlen und lange tanzende Schatten auf die Wände warf. Guerau war ganz gebannt von dem faszinierenden Tanz der kleinen Flamme, von den flüchtigen Silhouetten, die die hohen Säulen hinaufkletterten und von einer Wand zur anderen sprangen. Stimmengemurmel riss ihn aus seinem Dämmerzustand. Er schaute sich um, um festzustellen, wer ihn gestört hatte. Plaudereien waren zu dieser Stunde fehl am Platze, erst recht in der Kirche, die Mönche hatten alle ihre besonderen Aufgaben und sollten sich ganz ihren Verpflichtungen widmen. Da war niemand, er hatte sich die Stimmen wohl nur eingebildet. Wahrscheinlich litt er vor Erschöpfung schon an Sinnestäuschungen ... Doch da wurde das Gemurmel wieder lauter und deutlicher, und der Prior hatte keinen Zweifel mehr, dass er richtig gehört hatte. Er richtete sich langsam und so leise wie möglich auf und sah, wie sich hinter einer Säule in einem der Seitenschiffe etwas bewegte. Von dort kamen die Laute. An die Steinbank gedrückt, schlich Guerau vorsichtig in die Richtung, aus der weiter aufgeregtes Getuschel zu hören war. Die Mönche wenige Meter vor ihm schienen ganz in eine Diskussion vertieft.

Im Schutz der Dunkelheit blieb er unschlüssig stehen. Es war kaum auszumachen, wer die Männer waren. Der Prior überlegte kurz, ob er heimlich lauschen oder die Versammlung aufstören sollte. Schließlich setzte sich sein Gewissen durch, es gab schon genug Schnüffler im Konvent. Entschlossen ging er auf die Gruppe zu, darauf bedacht, sich nicht durch das Geräusch seiner Schritte zu verraten.

»Welche wichtige Angelegenheit hält Euch denn hier von Euren Aufgaben ab, Brüder?«

Der Prior beobachtete mit einer gewissen Befriedigung, welche Verstörung seine Worte auslösten. Fünf erschrockene Gesichter sahen zu ihm auf.

»Bei unserem barmherzigen Heiland, Pater Prior, habt Ihr uns erschreckt! Unsere Brüder sind zutiefst erschüttert über den Tod des Señor de Castellar, ich habe nur versucht, sie etwas zu beruhigen.«

Guerau de Cirera durchbohrte Bruder Brocard mit seinem Blick. Der Novizenmeister machte ein unterwürfiges Gesicht und schaute ihn unschuldig an. Allzu unschuldig, dachte der Prior, und außerdem war das ja wohl kaum der passende Ort, um sich über ein so blutiges Ereignis zu unterhalten.

»Haltet Ihr das für einen guten Ort für Klatsch und Tratsch, Bruder Brocard? Meint Ihr, unser Herr würde Euer Verhalten billigen? Ich hätte Euch für klüger gehalten, Bruder, dies ist ein heiliger Ort, ein Ort für Gebet und Andacht, und nicht für heimliche Zusammenkünfte.«

»Oh nein, nein, Pater Prior! Ihr müsst uns vergeben, wir, wir …« Bruder Hug, sein Gehilfe, suchte vergeblich nach einer Rechtfertigung. Seine Hände zitterten, und seine Augen begannen krampfhaft zu zucken.

»Wenn ich mich recht entsinne, Bruder Hug, solltet Ihr im Vorratsraum sein und die Rationen abwiegen, aber ich stelle fest, dass Euch Eure Arbeit nicht im Mindesten zu interessieren scheint«, bemerkte Guerau de Cirera scharf.

Er behielt seine strenge Miene bei und ließ keine Spur von Nachsicht erkennen. Der Prior wollte ihnen unmissverständlich klarmachen, dass er jede mögliche Rechtfertigung auf das Schärfste zurückweisen würde, keine Ausrede würde ihn von der Harmlosigkeit ihrer Versammlung überzeugen, daran durfte kein Zweifel bestehen. Er war sicher, dass sie ihn belogen hatten, und das konnte er nicht tolerieren. Eine Versammlung im Dunkel des Gotteshauses, verborgen vor den Augen ihrer Mitbrüder. Was sie wohl im Schilde führten?

Guerau war erzürnt, und zugleich empfand er eine ungekannte innere Niedergeschlagenheit. Seine schlimmsten Ahnungen nahmen immer klarere Formen an. Etwas ging vor sich mitten im Herzen von Santa Maria, etwas, das verheerende Auswirkungen haben würde. Mit einer gebieterischen Geste löste er die Versammlung auf. Die Mönche zogen sich ohne Murren zurück, allerdings meinte er eine ungewohnte Feindseligkeit in ihren Blicken zu erkennen.

»Ihr nicht, Bruder Brocard, ich möchte mit Euch über Euer merkwürdiges Verhalten sprechen. Ihr bekleidet einen verantwortungsvollen Posten in unserer Gemeinschaft, Ihr habt den Auftrag, unseren Nachwuchs in der Liebe zu Gott zu erziehen. Haltet Ihr das für ein gutes Vorbild? Mit Ausnahme von Bruder Hug waren das alles Eure Schüler, junge Novizen … Sind Klatsch und Tratsch etwa Teil Eurer Unterweisung?« Der Prior ließ den Novizenmeister nicht aus den Augen und musterte ihn aufmerksam. Er war jünger, als er gedacht hatte.

»Lieber Prior, ich glaube, Ihr übertreibt, Ihr habt unsere armen Brüder erschreckt.« Sein Ton war ironisch, und der Anflug eines Lächelns umspielte seine Lippen. Bruder Brocard war klein und gedrungen, von stämmigem Körperbau, und nur sein mickriger Bart verlieh ihm den Anschein einer gewissen Reife, der jedoch verflog, wenn man ihn aus der Nähe betrachtete. Seine kleinen, eng stehenden Augen strahlten eine ungebrochene Selbstsicherheit aus.

»Diese ganzen Ereignisse haben Eure Gesundheit in Mitleidenschaft gezogen, Bruder Guerau, Ihr solltet mehr auf Euch Acht geben. Ihr seht Gespenster, Dinge, die gar nicht da sind, und …«

»Versucht ja nicht, mich für dumm zu verkaufen«, schnitt ihm Guerau hart das Wort ab. »Dies ist kein guter Tag für Lügenmärchen, Bruder Brocard. Wenn man nicht bereit ist, die Wahrheit zu sagen, sollte man besser den Mund halten. Ich erwarte nicht, dass Ihr mir irgendetwas erzählt, und ich werde meine Zeit nicht mit Euch verschwenden, aber ich warne Euch: Diese Versammlungen müssen ein Ende haben. Wenn Ihr etwas zu sagen habt, steht Euch dafür ein wunderbarer Raum zur Verfügung. Denkt daran, ich werde wachsam sein, denn es gefällt mir nicht, was in letzter Zeit hier im Konvent vor sich geht.«

»Ihr macht mir wirklich Sorgen, Pater Prior. Niemand hat Euch angelogen. Unser geliebter Abt hat mir erzählt, dass es mit Eurer Gesundheit nicht zum Besten steht, und Ihr könnt mir glauben, dass ich das bedaure. Es wäre furchtbar für unsere Gemeinschaft, wenn Eure Gesundheit Euch an der Erfüllung Eurer Aufgaben hindern sollte … Möge Gott das verhüten!«

Seine Worte klangen spöttisch und anmaßend, und es kostete Guerau de Cirera einige Mühe, sich sein Befremden darüber nicht anmerken zu lassen. Mit unbewegter Miene sah er dem Novizenmeister nach, der sich gemächlichen Schrittes entfernte, wobei er dem Prior noch einen beunruhigenden Blick zuwarf, eine unausgesprochene Drohung, die er nicht recht zu deuten wusste. Was ging hier vor sich? Noch nie hatte es ein Novizenmeister gewagt, einem Superior derart offen und feindselig die Stirn zu bieten, in seiner ganzen Klosterzeit hatte er so etwas noch nicht erlebt. Es bestand kein Zweifel, und es war zwecklos sich gegen diese Einsicht zu sträuben, zwischen diesen ehrwürdigen alten Mauern ging etwas Außergewöhnliches vor. Er musste der Wahrheit ins Auge blicken, koste es, was es wolle. Guerau fühlte sich in seinem tiefsten Innern zerrissen und gebeutelt von einem dumpfen Schmerz und der übermächtigen Angst, das zu verlieren, was er am meisten liebte. Doch er wusste, dass er sich nicht von seinen widerstreitenden Gefühlen beherrschen lassen durfte, dass er reagieren musste … Aber wie? Was sollte er tun? Zu lange hatte er sich in seinem kleinen Arbeitszimmer eingeschlossen und sich von der bedrückenden Atmosphäre um ihn herum abgeschottet. Dort hatte er einsam für den Erhalt des Klosters gekämpft, war blind gewesen für all das, was sich der Kontrolle seiner Rechnungsbücher entzog. Möge Gott sich seiner erbarmen! Er setzte sich erneut auf die Steinbank, die Hände unter dem Kinn gefaltet, und sein Blick folgte den tanzenden Schatten an den Wänden, während er sein wild schlagendes Herz zu beruhigen versuchte. Er ahnte eine große Gefahr. Guerau de Cirera schloss die Augen und sank auf die Knie, bis seine Stirn den kalten Boden berührte.

In der Kühle der ersten Morgenstunden kamen sie rasch voran. Guillem, der den kleinen Zug anführte, ritt schweigsam und wie im Halbschlaf vor sich hin, während Folch angeregte Selbstgespräche führte. Ebro bildete die Nachhut und kämpfte hartnäckig mit zwei Mauleseln, die sich in den Kopf gesetzt hatten, ihm das Leben schwer zu machen. Das erste Tier, auf dem er ritt, wollte partout seitwärts gehen. Es drehte sich mal nach links und mal nach rechts und war nicht dazu zu bewegen, einfach geradeaus zu laufen. Das zweite, das ihr Gepäck trug, blieb mit bewundernswerter Präzision alle zehn Meter unvermittelt stehen. Der Junge schrie und fluchte und war vor Anstrengung schon ganz heiser, doch seine Gefährten kümmerte das nicht. Taub für sein Gezeter ritten sie unbeirrt voran.

Guillem lenkte sein Pferd vom Weg herunter auf eine Wiese, die sich zu ihrer Rechten erstreckte. Dort floss ein kleiner Bach mit kristallklarem Wasser, ein silbernes Band, das sich durch die üppige Vegetation schlängelte. Folch folgte seinem Gefährten, stieg ab und ließ die Pferde laufen, die sich sofort auf das frische Wasser stürzten. Die beiden Männer ließen sich im großzügigen Schatten einer Eiche nieder und beobachteten, wie Ebro sich abmühte, seine widerspenstigen Esel auf den richtigen Kurs zu bringen. Mit verschränkten Armen und unergründlichen Mienen sahen sie dem ungleichen Kampf zu, in dem der Junge eindeutig den Kürzeren zog. Von seinen Rufen unbeeindruckt setzten die Esel ihren seltsamen Marsch fort. Als die drei unter mehrstimmigem Geschrei hinter einer Biegung verschwanden, erbarmte sich Sergeant Folch und lief Ebro nach. Guillem schaute ihm skeptisch hinterher.

»Wie hieß das nochmal?«, fragte der Sergeant, als er, immer noch herzhaft lachend, von seiner Rettungsaktion zurückkehrte.

»›Nahe dem Schrein des Nordens schläft der zweite Bruder. Weckt ihn auf und erneuert seinen alten Pakt‹«, wiederholte Guillem geduldig. Auf mehrfache Bitte des Sergeanten, der sich die Worte offenbar nicht merken konnte, hatte er sie ihm schon auf dem Weg immer wieder vorgesprochen.

»Aber was für ein Bruder ist da gemeint, wessen Bruder denn?«, erwiderte Folch, ebenfalls nicht zum ersten Mal. Ebro kam auf sie zu und rieb sich den Arm, einer der Esel hatte versucht ihn zu beißen.

»Es gibt einen ›Schrein‹ hier in der Gegend, in Richtung Norden, also … Folch, wo ist Norden von hier aus gesehen?«, fragte er dazwischen.

»Folch, bei Gott, hör endlich auf, du wiederholst dich!

Erstens führt es zu nichts, und zweitens machst du mich wahnsinnig.« Guillem, der den Worten des Jungen keinerlei Gehör geschenkt hatte, konnte seinen Unwillen nicht verbergen.

»In welcher Richtung ist Norden, Folch?«, fragte Ebro noch einmal.

»Und du, hör auf zu schreien, wir sind nicht deine verdammten Maulesel!«, fuhr Guillem ihn an.

»Ich habe nicht geschrien, ich habe nur gefragt«, erwiderte Ebro herausfordernd. »Und außerdem habe ich mit Folch gesprochen.«

»Immer schön mit der Ruhe, Kinder!« Folch maß Guillem mit neugierigem Blick. »Ja, Ebro, dort ist Norden, das solltest du eigentlich wissen, ich habe es dir schon tausend Mal erklärt.«

»Gut, dann ist in der Richtung ein ›Schrein‹, auf einem Hügel, der …«

»Bei den Nägeln Christi! Wovon zum Teufel redet dieses Kind?«, fuhr Guillem erneut auf.

»Von einem ›Schrein‹, ich spreche von einem ›Schrein‹.« Ebro ließ sich nicht einschüchtern. »Ihr redet schon die ganze Zeit immer wieder von diesem ›Schrein des Nordens‹, ich kann es nicht mehr hören.«

»Und was soll das für ein ›Schrein‹ sein? Was ist das für ein Unsinn, den du da erzählst?« Guillem hatte sich dicht vor dem Jungen aufgebaut.

»Dieser ›Schrein‹ ist ein Grab, hier in der Gegend nennt man das so, das sind sehr alte Gräber, wie diese großen Steine, die in den Boden gerammt sind«, erwiderte Ebro mit erhobenem Kopf. »Das hat mir Bruder Beson erklärt. Das Grab, das ich meine, ist hier ganz in der Nähe, oben auf einem Hügel, und es ist riesig. Mein Freund Rashid, der in

Miravet wohnt, sagt, es ist das Grab eines Riesen, der hier vor langer Zeit gelebt hat, und dass eine Hexe …«

»Wo ist das?«, riefen die beiden Männer wie aus einem Mund.

»Wie ich gesagt habe, Richtung Norden! Oben auf einem Hügel, etwa eine Stunde von hier. Es gibt einen Weg, der dort hinaufführt, aber ihr hört mir ja nie zu …« Ebro wich vor den bohrenden Blicken seiner Gefährten zurück.

»Was meinst du, Folch, lohnt das die Mühe?« Guillem zweifelte noch.

»Der Entfernung nach entspricht das genau der Strecke, die Serpentarius bei einem seiner Ausflüge zurückgelegt haben kann! Einen Versuch ist es allemal wert. Außerdem können wir bei Abenddämmerung in Santa Maria sein und in der Nähe des Klosters unser Lager aufschlagen.« Der Sergeant strotzte vor Optimismus.

»Wer ist denn Serpentarius, sucht ihr eine Schlange? … Ich bin nicht dumm, ich kann Latein, Bruder Beson bringt es mir bei.« Ebro wollte nicht außen vor bleiben, aber er erhielt keine Antwort.

Sie folgten den Angaben des Jungen und fanden den schmalen Pfad, der auf den Hügel hinaufführte. Langsam stiegen sie bergan. Je höher sie kamen, desto karger wurde die Vegetation, die Erde nahm eine rötliche Farbe an. Nach einer halben Stunde wurde der Pfad schmaler, und die Tiere kamen nur noch langsam voran. Was auf den ersten Blick wie ein kleiner, leicht bezwingbarer Hügel ausgesehen hatte, stellte sich als ein Berg voller Hindernisse heraus, dessen Gipfel sie kaum näher zu kommen schienen. Folch und Guillem tauschten einen besorgten Blick und sahen Ebro fragend an.

»Ich wusste nicht, dass dieser Weg so schlecht ist, ich habe immer einen anderen genommen, der bei Miravet anfängt«, versuchte er sich zu rechtfertigen.

Einige Meter weiter wurde die rote Erde plötzlich von steinigem Gelände abgelöst, auf dem die Pferde abrutschten und den Halt verloren. Sie brachen in markerschütterndes Wiehern aus, und die Reiter hatten alle Mühe sie zu zügeln, damit sie nicht kehrtmachten und den Berg wieder hinunterliefen. Am meisten hatte Ebro zu kämpfen, denn seine Esel weigerten sich mit irrem Blick überhaupt noch weiterzugehen, und dem Jungen blieb nichts anderes übrig, als abzusteigen und sie zu Fuß weiterzuzerren.

»Höchstens eine Stunde meintest du, oder, Ebro?« Die Zügel straff angezogen, fluchte Guillem vor sich hin und bedachte den Jungen mit den übelsten Schimpfworten. Der Sergeant sah ihn entsetzt an.

Ebro, der noch immer mit den Eseln rang, zog es vor, sich taub zu stellen. Er verwendete seine Kraft lieber darauf, die verängstigten Tiere daran zu hindern, sich in den Abgrund zu stürzen. Nach anderthalb Stunden beschwerlichen Aufstiegs in praller Mittagssonne erreichten sie den Gipfel. Vor ihnen erstreckte sich eine steinige Ebene, deren Grau nur von vereinzelten blassgrünen Trieben gesprenkelt war, ansonsten war alles öd und leer. Guillem schwang sich vom Pferd, er sah sich enttäuscht um. Auf der kargen Fläche gab es weit und breit nichts, was an ein Grab erinnert hätte, nichts als Fels und Gestrüpp. Ebro ließ sich von dem Unmut seiner Gefährten nicht beeindrucken und zerrte seine Esel weiter bis an den Rand des Gipfelplateaus. Dort blieb er stehen und bedeutete den beiden Männern näher zu kommen. Hinter dem scheinbar steil abfallenden Gipfel erstreckte sich eine kleine Schlucht. In ihrer Mitte stand ein großer Olivenbaum, der seine knotigen Äste gen Himmel streckte. Dort, bei dem gewundenen Baum, lag ein stattliches Grabmal, offenbar von aller Welt vergessen. Eine gewaltige kastenartige Konstruktion aus rosafarbenem Marmor stach aus dem eintönigen Grau hervor und verlieh der Landschaft etwas Erhabenes. Es war, als wäre der Riese, von dem Ebro gesprochen hatte, wenn auch unsichtbar, anwesend.

Sie ließen die Pferde frei laufen, so dass sie sich dem spärlichen trockenen Gras widmen konnten, und traten an das Grab heran. Die Atmosphäre des Ortes überwältigte sie. Guillem strich mit der Hand über den kühlen rosa Marmor mit der weißlichen Maserung, er war fasziniert von der Glätte des Steins. Hinter ihm verfolgten Ebro und der Sergeant aufmerksam seine Bewegungen und fingen nach kurzer Zeit an, ihre eigenen Erkundungen rund um das Grabmal vorzunehmen.

»Ich habe es euch ja gesagt, dass es hier ist«, flüsterte der Junge, als fürchtete er, den Riesen aufzuwecken.

Guillem und Folch untersuchten weiter das Grabmal. Sie tasteten die Oberfläche mit den Händen ab, suchten nach etwas, was ihnen bestätigte, dass sie auf dem rechten Weg waren. Da schrie der Sergeant plötzlich auf.

»Hier, Guillem, hier! Wir haben es gefunden!«

Guillem eilte mit Ebro auf den Fersen zu Folch hinüber und folgte mit dem Blick seinem Finger, der auf den unteren Teil des Grabmals zeigte. Dort, fast auf Bodenhöhe, war eine Reihe von identischen Figuren zu sehen, kleine paarweise angeordnete Dreiecke, die zart in den rosa Marmor geritzt waren.

»Das sind die gleichen Figuren wie auf dem Metalldreieck, Guillem, sieh doch: kleine Dreiecke, immer eins mit dem Scheitel nach oben und das andere nach unten, das ist doch unglaublich!« Sergeant Folch war ganz aufgeregt über seine Entdeckung.

»Was für ein Metalldreieck? Was bedeutet das, was suchen wir denn?« Ebro wollte mitreden.

Wie üblich reagierte niemand auf seine Fragen. Die beiden Männer lagen auf der Erde mit den Gesichtern dicht am Grab und waren in eine lebhafte Diskussion verstrickt. Auf den zarten Zügen des Jungen machte sich Ärger und Enttäuschung breit. Niemand hielt es für nötig, seine Fragen zu beantworten, und er verstand auch nicht, warum sich Guillem ihm gegenüber so feindselig verhielt. Er war sicher, dass er sich gut benommen hatte, so wie man es ihm beigebracht hatte. Warum also war sein Herr so schlecht gelaunt? … Er zuckte traurig mit den Schultern. Ihm taten von dem Kampf mit den zwei verdammten Eseln immer noch die Arme weh, doch keinen schienen seine Strapazen zu interessieren. Er entfernte sich ein Stück von seinen Gefährten, sollten sie ihm doch gestohlen bleiben, er konnte auch seine eigenen Nachforschungen anstellen. Wer hatte sie schließlich hierher geführt? Wer hatte gewusst, wo sie einen ›Schrein‹ finden würden? … Wie undankbar diese Erwachsenen doch waren, nutzten einen aus und bildeten sich ein, immer recht zu haben. Alle außer Bruder Beson, der alte Mann achtete ihn und respektierte seine Meinung. Er ging um die Grabstätte herum auf die gegenüberliegende Seite, und da sah er sie auch: Paare von Dreiecken, in regelmäßigen Abständen, wie die Reihen eines geordneten Heers. Genau wie die, die Folch und Guillem so in Aufregung versetzt hatten, und auch an der gleichen Stelle, fast ganz am Boden. Er kniete sich hin und berührte sie mit der Fingerkuppe.

Ein sonderbares Geräusch kam wie aus dem Inneren der Erde. Der Boden erzitterte leicht, und der Junge spürte die Schwingung bis in die Beine. Regungslos verharrte er auf allen vieren.

»Was zum Teufel ist das?« Guillem war mit einem Satz aufgesprungen, sein ganzer Körper spannte sich. Folch neben ihm kniete immer noch auf dem Boden und machte ein verblüfftes Gesicht.

»Was hast du gemacht, Junge?«, schrie Guillem.

»Beruhige dich, Guillem, was soll er denn gemacht haben? Die Erde hat nur ein bisschen gezittert.« Folch war immer noch ganz fassungslos.

»Ich habe gar nichts gemacht, ich habe nur noch mehr von diesen Dreiecken gefunden ...«, erklärte Ebro eingeschüchtert.

»Fass ja nichts an! Verstanden? ... Fass-nichts-an!« Guillem warf ihm einen feindseligen Blick zu und steuerte auf ihn zu. Er bückte sich, besah sich die eingravierten Symbole und stellte fest, dass sie identisch waren mit denen auf der anderen Seite. Er amtete tief durch. Als er bemerkte, dass Ebro ein Stück zurückgewichen war, als fürchtete er, Guillem wollte ihn schlagen, tat es ihm leid. »Ist ja gut, Junge, alles in Ordnung, ich wollte dich nicht erschrecken. Pass auf, wir werden jetzt alle Seiten sorgfältig untersuchen, Schritt für Schritt, mal sehen, ob es noch mehr solche Zeichen gibt, verstanden? Sechs Augen sehen mehr als vier, aber fass nichts an, sag mir nur Bescheid, wenn du etwas Interessantes siehst, ja?«

Ebro nickte mehrmals, Guillems plötzliche Freundlichkeit überzeugte ihn nicht recht. Sein Verhalten bestärkte ihn in seiner Meinung von den Erwachsenen, man konnte nie wissen, was in ihnen vorging, er hatte sogar gedacht,

Guillem wolle ihn schlagen. Doch er schob diese Gedanken beiseite und gesellte sich zu den anderen, die auf allen vieren um das Grab herumkrochen, hin und wieder anhielten und dann weiterkrabbelten.

»Wie es aussieht, sind die Zeichen nur an den Schmalseiten, und sie sind auf beiden Seiten identisch«, stellte Guillem fest, während er vom Boden aufstand und sich das Gras vom Hemd schüttelte. »Jetzt müssen wir herausfinden, was sie bedeuten, und ob dieses merkwürdige Geräusch etwas damit zu tun hat. Sag mal, Ebro, hast du diese Dreiecke angefasst?«

»Aber nur ganz leicht, ich habe sie nur gestreift ...«

Folch und Guillem sahen einander ungläubig an. Der Sergeant bückte sich, und ganz vorsichtig, halb ängstlich, halb ehrfürchtig, berührte er die Dreiecke. Nichts geschah, alles blieb ruhig.

»Drück mal etwas stärker ...«, schlug Guillem vor.

»Vielleicht war es der Wind«, murmelte Folch, als er feststellte, dass sich auch dann nichts tat. »Bei den Felsen hier könnte auch ein kräftiger Windstoß das Geräusch verursacht haben.«

»Es weht gar kein Wind«, erklärte Ebro streng. »Außerdem gehören immer zwei von den Dreiecken zusammen, nicht wahr? Ich meine, es sind immer zwei gleiche, und ...«

»Und was, Ebro? Nun rede schon.« Folch wurde langsam ungeduldig.

»Es stimmt, als dieses seltsame Pfeifen ertönte, habe ich gerade eins der Dreiecke berührt, aber was habt ihr in dem Moment getan? Habt ihr sie auch berührt?« Ebro war überrascht, wie aufmerksam man ihm zuhörte. »Es kann doch sein, dass diese paarweise angeordneten Zeichen darauf hindeuten, dass man ebenfalls paarweise vorgehen muss ... Ich meine, dass man zwei Leute braucht, auf jeder Seite einen, um die Dreiecke gleichzeitig zu berühren. Versteht ihr, was ich meine?«

Folch und Guillem waren beeindruckt. Dass sie nicht selbst darauf gekommen waren! In stillschweigendem Einverständnis gingen sie jeder zu einer Seite des Grabmals und knieten sich davor.

»Sehr gut, mein Junge, es kann gut sein, dass du recht hast, lasst es uns mal ausprobieren«, erklärte Guillem lächelnd. »Jetzt stell du dich am besten dort hinter den Olivenbaum und zählst bis zehn. Dann gibst du ein Kommando, und Folch und ich drücken gleichzeitig unsere Dreiecke. Mal sehen, was passiert, bist du bereit?«

Ebro eilte hinter den hundert Jahre alten Baum, zählte bis zehn und stieß einen Schrei aus. Wieder ertönte das Geräusch, diesmal jedoch noch lauter. Ein spitzes, schrilles Pfeifen, das aus dem tiefsten Innern der Erde kam. Dann begann der Boden zu vibrieren, und das Pfeifen brach jäh ab. Guillem und Folch waren erschrocken zurückgewichen, hatten sich auf die Erde geworfen und sich die Ohren zugehalten, bis der schrille Ton nachließ. Als sie sich wieder aufrichteten, sahen sie zu ihrem Erstaunen, wie sich die Steinplatte, die das Grab verschloss, zwei Finger breit hob. Vier zylinderförmige kleine Säulen waren an den Ecken ausgefahren worden und hatten sie nach oben gedrückt. Die Platte bewegte sich, als hätte sie ein Eigenleben. Zwei der Zylinder, auf denen sie auflag, verschwanden mit einem Knall, dann auch der dritte … Ohne zu wackeln schwebte die schwere Platte auf wundersame Weise fast frei in der Luft. Nach einigen Sekunden setzte das Pfeifen wieder ein, und zwar noch lauter als vorher, so dass die drei Männer sich vor Schmerz den Kopf hielten. Die Platte begann langsam nach rechts zu schwenken und gab einen riesigen Schlund frei, einen dunklen Rachen, der aus langem Schlaf zu erwachen schien. Dann wurde es wieder still.

Die drei Zuschauer hielten sich immer noch die Ohren zu und standen da wie vom Donner gerührt. Vorsichtig richtete Guillem sich auf und vergewisserte sich, ob seine Kameraden wohlauf waren. Alle drei näherten sie sich behutsam dem Grab und lugten in die finstere Öffnung, die sich soeben aufgetan hatte. Schmale Stufen führten in die Tiefe hinab.

Guillem holte tief Luft und seufzte ergeben bei der Vorstellung, im Erdinnern zu verschwinden. Die Idee gefiel ihm nicht, denn was Feuchtigkeit und Verwesung betraf, hatte er allzu viele ungute Erinnerungen. Seine Gefährten schauten ähnlich misstrauisch drein.

»Da ist kein Licht, da unten ist es ganz dunkel ...«, murmelte Ebro beklommen.

Folch trat ein Stück zurück und schaute sich stirnrunzelnd um. Er nahm den Jungen beim Arm und tätschelte ihm aufmunternd den Rücken.

»Wenn kein Licht da ist, Ebro, müssen wir uns welches beschaffen, was meinst du? Komm, ich zeige dir, wie man sich ganz leicht ein paar wunderbare Fackeln basteln kann, und ich bin sicher, das vergisst du dein Lebtag nicht.« Der Sergeant grinste von einem Ohr zum anderen.

Während Folch wild gestikulierend auf Ebro einredete, gingen die beiden in Richtung Olivenbaum. Guillem stand wie gelähmt vor dem offenen Grab. Er war gefesselt von der Finsternis, die in durchsichtigen Schwaden aus der Tiefe aufzusteigen schien. Sofort tauchte vor seinem geistigen Auge ein Geflecht aus unzähligen unterirdischen Gängen und Räumen auf, die er in schlechtester Erinnerung hatte. Warum nur verschlug es ihn immer wieder an solche finsteren Orte, an so übel riechende, modrige Verstecke? »Allmächtiger Gott!«, rief er leise aus, und wenn all das gar nichts mit Serpentarius zu tun hatte? … Aber nur so konnte er es herausfinden, es führte kein Weg daran vorbei, er musste hinuntersteigen und nachsehen. So überlegte er hin und her, als Ebro und Folch schließlich mit zwei notdürftig zusammengeflickten Fackeln ankamen.

»Ach du lieber Himmel, und die sollen brennen?«

»Vielleicht hättest du lieber sicherstellen sollen, dass der Deckel sich nicht schließen wird, solange wir da drin sind?« Folch war beleidigt. »Dann werde ich mich mal darum kümmern.«

Rasch suchte er einen größeren Stein, mit dem er die Platte zusätzlich abstützte, und etwas beruhigter machten sie sich an den Abstieg. Guillem ging mit einer der Fackeln voran, dicht gefolgt von Ebro. Folch bildete mit der anderen Fackel das Schlusslicht. Sie hatten vergeblich versucht, Ebro davon zu überzeugen, draußen Wache zu halten, aber er hatte sich schlichtweg geweigert. Er dachte nicht daran, da oben alleine zu bleiben.

Wie eine Art Wendeltreppe, die immer enger wurde, je tiefer sie stiegen, führten die Stufen sie in die Finsternis hinab. Schließlich konnten sie nur noch seitwärts und mit eingezogenem Kopf gehen. Endlich, als sie beinahe jedes Zeitgefühl verloren hatten und sie schon der unbehagliche Gedanke beschlich, die Treppe hätte womöglich gar kein Ende, erreichten sie die unterste Stufe und gelangten in einen niedrigen Tunnel von anderthalb Metern Höhe. Stark vornübergebeugt, den Arm mit der Fackel so weit wie möglich von sich gestreckt, um nicht an dem Rauch zu ersticken, arbeiteten sie sich voran. Guillem, der gegen den starken Impuls ankämpfen musste, umzudrehen und schleunigst an die frische Luft zurückzukehren, war etwa zwanzig Meter vorangekommen, als er zu einer gewaltigen Grotte gelangte: einem kreisförmigen, in den Fels gehauenen Saal mit zwei breiten steinernen Sitzreihen, die ringförmig um eine Art Bühne angeordnet waren. Der Boden in der Mitte war mit dem gleichen Marmor gefliest wie das Grabmal. Im Schein der Fackeln blitzte etwas auf, und Folch entdeckte zwei alte in die Wand eingelassene eiserne Halter, die wie geschaffen schienen für die beiden Fackeln. Sie warteten einige Sekunden, bis sich ihre Augen an das dämmrige Licht gewöhnt hatten, das die Felswände in Gelb und Orange tauchte. Dann erst wurden sie der gewaltigen Ausmaße des Raums gewahr und erblickten auch den Gegenstand, der genau in der Mitte der Grotte über ihnen schwebte.

Es war ein kleines goldenes Dreieck, ähnlich dem, das Guillem in dem verbarrikadierten Zimmer gefunden hatte. Im Lichtschein der Fackeln blitzte es auf und schien geisterhafte Funken zu sprühen. Guillem trat vorsichtig näher und streckte die Hand danach aus, bereit, beim kleinsten Anzeichen von Gefahr zurückzuweichen. Von der oberen Sitzreihe aus verfolgten Folch und Ebro gebannt seine Bewegungen. Guillem berührte das Dreieck leicht, doch es geschah nichts … er fuhr mit dem Arm einmal um das Dreieck herum, um festzustellen, ob da eine Schnur oder ein Faden wäre, an dem es aufgehängt war, doch er konnte nichts dergleichen entdecken. Er stieß ein überraschtes Raunen aus und suchte den Blick seiner Gefährten, die vor Verwunderung regungslos verharrten.

Entgegen allen Gesetzen der Natur schwebte das Dreieck schwerelos und ohne ersichtliche Befestigung mitten im Raum in der Luft. Verstört wandte sich Guillem zu dem Sergeanten um, eine stumme Frage auf den Lippen. Dann zuckte er mit den Achseln, packte das goldene Dreieck kurz entschlossen mit beiden Händen und versuchte es zuerst vorsichtig, dann mit aller Kraft zu sich heranzuziehen. Vergebens. Von unsichtbaren Kräften gehalten, rührte es sich keinen Millimeter von der Stelle, so sehr Guillem auch zog. Schließlich ließ er ab, kreuzte die Arme über der Brust und starrte die kleine Metallplatte ungläubig an.

»Lässt du mich mal probieren?«, hörte er Folchs Stimme plötzlich direkt neben sich.

Guillem winkte den Sergeanten heran, damit er sein Glück versuchte. Folch stellte sich breitbeinig vor das Dreieck, packte es mit beiden Händen und holte tief Luft. Mit aller Kraft versuchte er es erst zu sich heranzuziehen, dann zur Seite und nach oben … nichts. Er machte ein verwundertes Gesicht und hängte sich mit seinem ganzen Gewicht an das zarte Objekt. Ebro kicherte nervös und versuchte einen Lachanfall zu unterdrücken. Wie der beleibte Sergeant in der Luft hing und mit den Beinen strampelte, das war einfach zu komisch. Folch schnaubte wie ein Esel und ließ sich fallen.

»Ich verstehe das nicht, das ist doch ganz unmöglich. Nichts kann einfach so in der Luft hängen, da ist Hexerei im Spiel«, murmelte er.

»Erzähl keinen Unsinn, Folch, und hör mir bloß auf mit Zauberei und Teufelsspuk.« Guillem schaute sich neugierig um. »Wir müssen die Höhle Stück für Stück absuchen, so wie wir es oben mit dem Grab getan haben. Es muss eine Erklärung für dieses Rätsel geben, dafür brauchen wir keinen Hexenmeister.«

Auf Guillems Anweisung hin teilten sich die drei Männer auf und nahmen die beiden Sitzreihen in Augenschein. Die Grotte sah aus wie ein kleines Amphitheater, das geduldig darauf wartete, dass seine Zuschauer Platz nahmen, um der Vorstellung beizuwohnen. Doch es fehlte das dazugehörige Getuschel und Gemurmel, und die vollkommene Stille ließ den Ort unwirklich und gespenstisch wirken. Wieder war es Ebro, der etwas Interessantes entdeckte: Eine faustgroße Kugel, die aus Eisen zu sein schien und exakt in eine kreisförmige Vertiefung in der Felswand eingepasst war, und zwar auf derselben Höhe wie das schwebende Dreieck. Neugierig nahm er sie in die Hand. Guillem ließ von der zweiten Reihe her einen gellenden Schrei erklingen.

»Bei den Nägeln Christi, Ebro! Kannst du denn nicht hören?«

Verschreckt legte der Junge die Kugel zurück, während der Sergeant meldete, dass er in der gegenüberliegenden Wand noch eine Kugel gefunden hatte. Schon bald hatten sie zwei weitere Kugeln entdeckt, die sich in der ersten Reihe auf einer bequem zu erreichenden Höhe in entsprechenden Vertiefungen befanden. Eine in jeder Himmelsrichtung, schienen sie zusammen ein unsichtbares Kreuz zu zeichnen, in dessen Mitte das goldene Dreieck lag. Folch und Guillem hatten die Kugeln aus ihren Nischen genommen, ohne dass etwas passiert war. Ebro, der sich nach der Rüge auf geheimnisvolles Schweigen verlegt hatte, meinte schließlich:

»Versucht es doch mal so wie oben … beide gleichzeitig.«

Die beiden Männer nickten zustimmend, sie hatten nichts zu verlieren. Zudem machte ihnen allmählich die stickige Luft in der Grotte zu schaffen. Die Fackeln würden bald heruntergebrannt sein, und keiner von ihnen verspürte große Lust, den Augenblick, in dem sie erloschen, in der Grotte zu erleben. Sie gingen auf ihre Posten, jeder auf eine Seite, und nahmen auf Ebros Kommando die Kugeln aus den Vertiefungen in der Felswand. Das Dreieck in der Mitte schaukelte leicht und kehrte in seine Ausgangsposition zurück.

»Jetzt noch einmal die Nord-Süd-Achse, vielleicht ist es genau wie bei dem Grab«, schlug Ebro vor, der sich vorsichtshalber in den Tunnel zurückgezogen hatte, aus dem sie gekommen waren.

Wortlos änderten die beiden Männer die Position und versuchten es noch einmal. Das Geräusch des auf den Marmorboden aufschlagenden Metalls ließ Ebro aufjubeln. Er rannte in die Mitte, stürzte sich auf das heruntergefallene Dreieck und schwenkte es über seinem Kopf hin und her wie eine Trophäe.

»Barmherziger Gott, sei unser Zeuge, das ist unglaublich! Aber wie …?« Folch fehlten die Worte. Die Kugel hielt er immer noch in der Hand.

»Die Fragen kannst du dir für später aufheben, Folch, und lass diese verdammte Kugel los! Wir müssen uns beeilen, das Licht kann jeden Moment ausgehen. Schnell, lasst uns von hier verschwinden!«

Die Fackeln lagen in den letzen Zügen, ihr Licht wurde immer schwächer, und die Schatten eroberten wieder die Grotte. Keiner wollte den Rückweg blind antreten, und ohne ein weiteres Wort – abgesehen von Folch, der fassungslos vor sich hin stammelte – stürzten sie in den Tunnel. Die ersterbenden Fackeln verbreiteten einen ätzenden schwarzen Rauch. Der Aufstieg vollzog sich ungeordnet und atemlos, unter gegenseitigem Drängen und Stoßen. Guillem konnte jedoch nicht aufhören, über Serpentarius' verschlungene Wege nachzugrübeln. Warum waren diese Dreiecke versteckt worden, was hatten sie zu bedeuten, und wohin sollten sie führen? Er hatte nicht einmal Zeit gehabt, sich die neue Platte genauer anzuschauen, aber er war sicher, dass sie perfekt zu der anderen passte … Was zum Teufel hatte das alles zu bedeuten?

Folch stolperte die schmale Treppe hinauf, er fühlte die Wände mehr, als dass er sie sehen konnte, sie schienen ihn bald erdrücken zu wollen. Sein einziger Gedanke war, so schnell wie möglich ans Tageslicht zu kommen, an die frische Luft, panisch dachte er daran, dass die Grabplatte sich geschlossen haben könnte. Er spürte Ebros Hände, die sich verzweifelt an seinen Mantel klammerten, und hörte Guillems Atem, der, weiter hinten, von tausend Teufeln gejagt zu sein schien.

Die Platte war noch offen! Sie stürzten ins Freie, sogen begierig die frische, saubere Luft ein und waren erstaunt, wie viel Zeit vergangen war. Nach Guillems Schätzung war es schon später Nachmittag. Wenn sie sich beeilten, würden sie das Kloster von Santa Maria mit ein wenig Glück bis zum Einbruch der Nacht erreichen. Die Frage, wie sie die Platte wieder auf das Grab bekommen würden, führte diesmal zu keinerlei Streitigkeiten, und Ebro wurde aufgefordert, an dem feierlichen Akt teilzuhaben, während alle drei in Gedanken inständig flehten, dass die schwere Platte auf dieselbe Art und Weise wieder an ihren Platz zurückzubewegen sein würde. Ebro und der Sergeant stellten sich an den beiden Seiten auf, Guillem gab das Kommando, und beide drückten auf die kleinen Dreiecke. Unwillkürlich hielten sie sich die Ohren zu, das ohrenbetäubende Pfeifen erfüllte die Ebene wie das Heulen eines verwundeten Riesen. Der Boden bebte, und der seltsame

Mechanismus im Erdinnern setzte sich in Bewegung. Die Platte verschob sich zur Mitte hin, an den Ecken wurden die steinernen Zylinder ausgefahren, sie drückten sich unter die schwere Steinplatte, und mit einem dumpfen Knall schloss sich das Grab.

Ebro applaudierte begeistert, der Sergeant sah immer noch verstört drein. Guillem hielt unter seinem Hemd das neue Dreieck fest, den zweiten Bruder, der nun geweckt worden war. Rasch sattelten sie die Pferde. Der Himmel hatte sich verfärbt, das strahlende Blau war einem bedrohlichen Grau gewichen, und feine Tropfen rieselten auf sie herab. Wie Schatten bewegten sich die drei Reiter, in ihre Umhänge gehüllt, den Hügel hinunter. Das Plateau lag wieder verlassen da. Das Heulen des Windes hallte zwischen den Felsen wider. Einen Moment lang meinte Ebro, der Riese hätte traurig geseufzt, da sie ihn zurückließen.

Ihren Stock fest umklammert, schleppte sich Maria de l'Os mühsam den steilen Hang hinauf. Sie war fest entschlossen, nicht länger zu warten, sie musste dringend mit Zenon sprechen, musste herausfinden, ob ihr Verdacht stimmte, und sich von dieser erdrückenden Last befreien, die ihr den Schlaf raubte. Zweifellos wurde der arme Einsiedler von unbekannter Hand gelenkt und hatte keine Ahnung von den eigentlichen Absichten und Zielen hinter der ganzen Geschichte. Zenon war verwirrt, er wurde beherrscht von Wahnvorstellungen, in denen Iscla die Hauptrolle spielte. Warum nur schien Iscla in all das Unheil verstrickt, von dem das Dorf heimgesucht wurde? Diese Frage beunruhigte sie zutiefst. Es musste einen gewichtigen Grund dafür geben: Iscla und die Heilige Quelle, Iscla und die alte Bruderschaft, Iscla, die Zenon in seinen Träumen erschien … Die Zusammenkunft mit ihren Freunden hatte sie nicht viel weitergebracht, die Sorge um ihre Familien war ihnen wichtiger als alles andere, das war verständlich … Sie wollten sich nicht erinnern, sie hatten das, was ihre Väter und Vorväter ihnen erzählt hatten, tief in ihrem Bewusstsein vergraben und weigerten sich, in der kalten Asche herumzustochern. Und sie hatte kein Recht, sie der Feigheit zu beschuldigen. Schließlich hatte sie selbst versucht zu vergessen und die Augen vor der Wahrheit zu verschließen, doch die Glut war nicht erloschen, das Feuer flammte immer wieder auf, niemand wusste warum. Zenon! Der Schlüssel lag bei ihm.

Plötzlich blieb sie stehen. Alle ihre Sinne waren hellwach, ihr Atem ging schwer. Jemand kam den schmalen Pfad herunter, ihr entgegen, und zwar jemand, den sie an einem Ort wie diesem niemals erwartet hätte.

»Maria, bei allen Heiligen, Ihr könnt doch nicht diesen Hang hinaufsteigen, das ist viel zu steil und zu gefährlich! Wenn Ihr Zenon sucht, der ist sowieso nicht da, und der Weg wird immer schlechter …« Guerau de Cirera sah die alte Frau an, als hätte sie ihn bei einem schweren Vergehen ertappt.

»Guten Tag, Herr Prior, mit Euch hatte ich hier nicht gerechnet.«

»Ihr habt recht, ich bin selbst etwas verwundert über mich.« Guerau lächelte etwas traurig. Er war der alten Kräuterfrau, die ihn belustigt ansah, dankbar für ihre Offenheit.

»Macht Ihr Euch Sorgen wegen Zenon?«

»Ich kann es nicht leugnen, Maria, er ist ein ernsthaftes Problem für uns, Ihr habt doch sicher gehört, was er den Leuten predigt?« Der Prior und die alte Frau musterten sich unverhohlen. Beide überlegten, wie diese unerwartete Begegnung am besten zu Ende zu führen wäre.

»Nein, das habe ich nicht gehört«, antwortete Maria schließlich, »ich habe keine Zeit für die Wahnideen eines kranken Geistes, Herr Prior.«

»Ihr meint also, er ist verrückt! Und ich dachte, dass Ihr vielleicht ...« Guerau sprach den Satz vorsichtshalber nicht zu Ende.

»Ihr dachtet, eine Frau wie ich würde den erleuchteten Worten eines Eremiten Gehör schenken, das kann ich mir vorstellen«, sagte Maria matt. »Aber wie Ihr seht, Herr Prior, selbst Ihr könnt Euch irren und die Welt des Scheins mit der Wirklichkeit verwechseln. Ihr solltet nicht über jemanden urteilen, den Ihr nicht kennt – das ist doch Eure Lehre, ich fürchte allerdings, dass Ihr Euch nicht sehr strikt daran haltet.«

»Wieder habt Ihr recht, und ich bitte Euch um Vergebung, Maria, wenn diese Entschuldigung auch viele Jahre zu spät kommt. Verzeiht mir, ich bitte Euch, ich war in dieser Welt des Scheins, von der Ihr sprecht, gefangen, ohne es zu merken.« Die alte Frau war erstaunt über Gueraus Offenheit.

»Ihr überrascht mich, Prior, und dafür muss ich nun Euch um Verzeihung bitten. Ich habe Euch immer für überheblich gehalten und hätte nicht geglaubt, dass Ihr einen Fehler eingestehen könntet. Aber wie ich sehe, habe auch ich mich geirrt ... auch ich habe über Euch geurteilt.«

Eine Weile standen die beiden schweigend da, jeder in seine Gedanken versunken, bis Guerau anbot, ihr behilflich zu sein. Der Hang, der zur Höhle des Einsiedlers führte, würde beim Abstieg noch sehr viel gefährlicher sein. »Auf den losen Kieseln könntet Ihr ausrutschen und böse stürzen«, sagte der Prior bestimmt. Mit der einen Hand auf ihren Stock, mit der anderen auf Guerau gestützt, dachte Maria darüber nach, welche seltsamen Bündnisse das Leben für sie bereithielt, während ihre müden Beine sie mühsam aufrecht hielten.

»Irgendjemand spielt mit Zenon, Prior, und ich glaube, es ist ein sehr gefährliches Spiel«, sagte Maria, als sie auf festerem Boden angelangt waren und sie wieder zu sprechen wagte.

Guerau wandte sich überrascht zu ihr um. Das von Hunderten feiner Falten durchzogene Gesicht der alten Frau blickte ihn ernst an. Erschöpft von dem Abstieg war sie stehen geblieben und schaute sich nach einem Stein oder einem Baumstumpf um, auf den sie sich setzen könnte, um etwas auszuruhen. Der Prior half ihr sich auf einem Fels niederzulassen, nahm ihren Stock und setzte sich neben sie. Vom Westen her wehte eine erfrischende Brise, die die stickige Mittagsluft reinigte.

»Warum denkt Ihr das, Maria?«, fragte Guerau gespannt.

»Dazu braucht es keinen besonderen Scharfsinn, Prior. Zenon ist ein armer, unglückseliger Narr, aber im Grunde seines Herzens ein guter Mensch. Und nun sagt mir … wo ist er denn auf einmal hergekommen? Denn im Grunde weiß ja niemand etwas über ihn. Und warum hetzt er gegen Santa Maria und nicht gegen das Kloster Sant Miquel? Irgendjemand flüstert ihm seine Worte ein, glaubt mir, dieser arme Kerl weiß doch gar nicht, was er sagt. Er ist vollkommen verängstigt und glaubt, dass jemand ihn töten will.«

»Woher wisst Ihr das?«, fragte Guerau verblüfft.

»Zenon ist bei mir gewesen, er war in Panik und bat mich um Hilfe. Er hat Angst vor jemandem, aber er wollte mir nicht anvertrauen, vor wem. Da habe ich mir so meine Gedanken gemacht … Habt Ihr nie versucht mit ihm zu sprechen?«

»Nein, das ist mir ehrlich gesagt gar nicht in den Sinn gekommen. Ich war zu wütend auf ihn. Es war alles so merkwürdig. Natürlich wollte ich wissen, wer er ist und woher er kommt, aber …« Der Prior sprach den Satz nicht zu Ende, für einen Augenblick kam ihm der Gedanke, sein Zorn auf Zenon könnte vielleicht seinen eigenen Interessen geschadet haben.

»Wollt Ihr meine Meinung hören, Prior?«, fragte Maria lächelnd.

»Eure Meinung wozu?«

»Zu dem, was Ihr gerade denkt. Ich glaube nämlich, dass jemand von Eurer Reaktion auf Zenon profitiert hat, Ihr solltet ihn als Feind ansehen, versteht Ihr?« Da der Prior sie verständnislos ansah, fuhr Maria fort: »Ein falscher Feind, hinter dem sich ein anderer, der wahre Feind verbirgt, Prior … Als wenn Ihr nur einen einzigen Baum anstarrt und dabei den Wald gar nicht seht.«

Guerau de Cirera öffnete den Mund, um etwas zu erwidern, doch er brachte kein Wort heraus. Wie konnte diese Frau wissen, was in seinem Kopf vorging?

»Es gibt da auch noch etwas anderes, Prior, und ich bezweifle, dass Ihr Euch darüber im Klaren seid«, fuhr Maria fort, da der Prior schwieg. »In letzter Zeit hat sich Santa Maria ziemlich von der Außenwelt abgeschottet, das Kloster ist nur mit sich selbst und seinen Problemen beschäftigt, und das macht Euch verletzbar. Ich fürchte, auch daraus zieht irgendjemand seinen Nutzen.«

»Woher wisst Ihr, was ich denke?« Guerau de Cirera musste die Frage nun doch stellen.

»Habt Ihr vergessen, dass ich eine Hexe bin, Prior?« Maria lachte dem erschrockenen Mönch schallend ins Gesicht. »Im Ernst, Prior, jeder Mensch von gesundem Verstand würde sich diese Fragen stellen. Es gehen schreckliche Dinge vor sich, Dinge, die eine Erklärung erfordern. Ihr seid zweifellos ein intelligenter Mann, aber Ihr steht unter großem Druck. Es kann doch sein, dass jemand daran interessiert ist, Euch von der Wirklichkeit abzulenken. Vielleicht ist die Zeit gekommen, sich einmal einige Fragen zu stellen: Will irgendjemand dem Kloster Schaden zufügen? Es sieht ganz danach aus, aber stimmt es auch wirklich? Oder könnte jemand das nur vortäuschen, um eine andere Absicht zu verbergen?«

Guerau de Cirera war zutiefst beeindruckt von dieser Frau. Er sah sie mit ganz anderen Augen, nun, da er erkannte, wie viel Weisheit und Klugheit in ihren Worten lag. Er konnte sein Erstaunen darüber nicht verbergen, dass sich hinter dieser alten Kräuterhexe ein so scharfsinniger Geist verbarg, der ihm ganz neue Wege aufzeigte. Wollte dem Kloster wirklich jemand schaden? Beinahe hatte er das geglaubt und dabei den Feind allein außerhalb von Santa Maria vermutet. Doch warum eigentlich sollte sich das Kloster Sant Miquel de l'Espasa über ihren Niedergang freuen? Der Gedanke, dass Señor de Castellar gegen sie intrigiert haben sollte, war lächerlich. Welchen Grund hätte er dafür gehabt? Und Zenon, der arme verwirrte Kerl …

»Ich würde Euch gern eine Frage stellen, Maria, aber ich traue mich nicht recht, es ist etwas heikel und …« Der Prior zögerte, er musste es wissen, aber er hatte Angst, die alte Frau zu verletzen.

»Fragt nur, Prior, eine Frage hat noch keinen umgebracht. Bei einer Antwort kann das schon eher mal passieren, fürchte ich.«

»Also gut: Glaubt Ihr, dass die ›Bruderschaft der Heiligen Quelle‹ hinter dieser ganzen Geschichte stecken könnte?« Guerau senkte beschämt den Blick, doch zu seiner Verwunderung sah er Maria lächeln. Sie konnte seine Bedenken verstehen. Gedankenverloren spielte sie mit einem Ast.

»Die ›Bruderschaft der Heiligen Quelle‹ besteht schon seit vielen, vielen Jahren nicht mehr, Prior, seit damals die Quelle versperrt wurde und … Ihr kennt ja die Geschichte. Wenn es das ist, was Euch beunruhigt, könnt Ihr ruhig schlafen, die Bruderschaft gehört ins Reich der Erinnerungen.«

»Aber wie könnt Ihr da so sicher sein, Maria? Sie könnten doch …«

»Nein, sie könnten nicht, Prior«, unterbrach sie ihn bestimmt. »Das Einzige, was von der Bruderschaft geblieben ist, sind die Nachkommen ihrer Mitglieder, die zugleich auch die Abkommen der ältesten Familien dieses Dorfes sind. Das war lange bevor Ihr, die Mönche, hierher gekommen seid. Und diese Leute sind es, die den Morden zum Opfer fallen, und deren Blut über Isclas Felsen vergossen wird. Sie sind die Opfer, Prior, nicht die Täter. Dies ist die einzige Wahrheit, die es gibt, und Ihr könnt mir glauben, denn ich selbst bin eine von ihnen, ebenso wie die kleine Ysel und Hug de Castellar. Wer wird wohl der Nächste sein, Prior?«

Guerau de Cirera war starr vor Erstaunen über diese Enthüllung. Während er um Fassung rang, musterte Maria ihn prüfend. Sie wusste, dass der Prior hin- und hergerissen war zwischen sehr widersprüchlichen Gefühlen. Ein Mensch, dachte Maria, der soeben entdeckt hat, dass er einer ist.

»Es ist wie ein Vorhang aus Nebel, lieber Prior, Trugbilder, die Eure Augen blind machen sollen. Eure Augen und die all der anderen, die wie Ihr in die falsche Richtung schauen. Wie der alte Abt Odon, erinnert Ihr Euch? Auch er hat ein großes Feuer entzündet, um die Unschuldigen zu blenden und zu täuschen, und die Asche dieses Feuers glimmt noch heute.«

Guerau de Cirera, Prior des Klosters Santa Maria de les Maleses, saß auf dem Felsen, starrte ins Leere und rührte sich nicht. Er wirkte vollkommen leblos, als sei alles Blut aus seinen Adern gewichen, und sah aus wie eine der Steinskulpturen seiner geliebten Kapitelle.

8

Jofre Galcerán

»Kann man denn aber Gott schauen und weiter bei Verstand bleiben? Ich sage Euch, man kann es nicht. Mein Geist hat sich verwirrt angesichts solcher Schönheit, der bloßen Möglichkeit solcher Schönheit ... angesichts des sündigen Stolzes, ein Wunder erschaffen zu haben.«

Jofres graue Augen waren auf den Boden des Kreuzgangs gerichtet. Vor seinen Füßen lag der Stein, der sich von der Decke gelöst hatte. Es war ein ziemlich großer Stein, der leicht einen Mönch hätte erschlagen können. Jofre bückte sich, wobei er ein leichtes Stöhnen nicht unterdrücken konnte, säuberte den Stein von Sand und Mörtelresten und besah sich dann das stattliche Loch an der Decke. Er war müde, und die Schmerzen in seinen Fingern verschlimmerten sich von Tag zu Tag, trotz Marias Salben und Wundermitteln. Allein der Versuch, die Hand zur Faust zu schließen, wurde zur Marter. Dazu noch dieser plötzliche Schmerz im Knie, das er auf einmal nicht mehr beugen konnte. Er musste sich an der Wand abstützen, um sich aufzurichten. Nein, das war nicht einfach Müdigkeit, das war schlicht das Alter. Unaufhaltsam schritt es voran und gab ihm eindeutig zu verstehen, welchen Weg er zu beschreiten hatte. Er konnte es sich nicht mehr erlauben, auf irgendwelchen

Nebenpfaden die Zeit zu vertrödeln. Zeit!, dachte er, die brauchte er jetzt mehr denn je, ein knappes Gut, das er oft sinnlos vergeudet hatte und das ihm nun immer mehr entglitt. Die Zeit, das zu Ende zu bringen, was sein Großvater begonnen und er selbst vorsätzlich vernachlässigt hatte. Er hatte keine Kinder, niemanden, an den er jene sonderbare Aufgabe weitergeben, niemanden, dem er das Geheimnis anvertrauen konnte. Er würde es mit ins Grab nehmen, doch vorher musste er sich genau an die Anweisungen halten und alle Tore schließen, die zu dem Geheimnis führten. Er lächelte traurig, den heruntergefallenen Stein immer noch in der Hand. Es war ein seltsamer Auftrag, den er nie recht verstanden hatte, für den er sich allerdings auch nie sonderlich interessiert hatte. Hätte er anders handeln sollen? Hätte er sich mehr darum bemühen sollen, seinen Vater zu verstehen und seine Wünsche zu akzeptieren? Sein armer Vater hatte niemals Antworten gebraucht, um seine Aufgabe zu erfüllen. Ganz im Gegensatz zu ihm, der er immer nur Fragen gestellt hatte, ohne Antworten darauf zu finden. Es handelte sich um eine Pflicht, die sie zu erfüllen hatten, hatte sein Vater immer betont, eine heilige Mission, die keiner Erklärung, sondern allein des Glaubens bedurfte, des Vertrauens in diejenigen, die mehr wussten als sie. Vertrauen in wen?, hatte der junge Jofre seinen Vater angeschrien, voller Zorn über dessen duldsame Ergebenheit. Vertrauen in einen Großvater, den er nie gekannt hatte, einen Mann, der ohne jede Erklärung unumstößliche Regeln aufgestellt hatte, und der vor hundert Jahren vom Erdboden verschwunden war, ohne sich um das Schicksal seiner Frau und seines damals noch ungeborenen Sohnes zu bekümmern. Das war seine einzige Antwort gewesen. Wie konnte er einem Menschen vertrauen, der so unverantwortlich und eigennützig gehandelt hatte? Nein, weder er noch seine Geheimnisse verdienten geachtet zu werden, und am wenigsten dieses eine!

Er fühlte den stechenden Schmerz im Knie, während er auf wackligen Füßen dastand, in der Vergangenheit versunken, ein verwirrter, nutzloser alter Mann. Das eine Bein ausgestreckt, ließ er sich an der Mauer bis auf den Boden hinabgleiten. Er dachte daran, wie bleich sein Vater geworden war, als er ihn so grausam zur Rede gestellt hatte: Ob es nicht ein merkwürdiger Zufall sei, dass sein Großvater gerade dann verschwunden war, als diese Geschichte bei der Heiligen Quelle passierte, genau nachdem der Stein herabgestürzt war? Sein Vater hatte darauf beklommen geschwiegen und ihn aus tränenfeuchten Augen angesehen. Doch der junge Jofre Galcerán ließ sich nicht beirren, er hatte ihm mit aller Schärfe weiter zugesetzt: Stimmte es denn etwa nicht, dass er nach dem letzten dieser lasterhaften Feste bei der Fontsanta geflohen war und seine Familie im Stich gelassen hatte? Er hatte nicht lockergelassen, bis seinem Vater die Tränen übers Gesicht rannen. Daraufhin hatte er sich erst recht geweigert, die Gefühle seines Vaters zu verstehen, er wollte all dem nur noch entfliehen. Eine einzige Wahrheit hatte ihm der arme Mann jedoch nicht verschweigen können: dass er selbst ein »Sohn der Heiligen« war, geboren, nachdem sein Vater bereits verschwunden war, und dass es seine Mutter gewesen war, die ihm dieses Geheimnis anvertraut hatte. Deutlich sah Jofre das Bild seiner Großmutter vor sich, einer zärtlichen und starken Frau, die alles dafür tat, ihn den frühen Tod seiner Mutter vergessen zu lassen, denn diese hatte seine Geburt nicht überlebt. Seine Großmutter hatte niemals ein böses Wort über den Mann verloren, der sie verlassen hatte: der

»verschwunden« war, wie man ihm erklärte, als er klein war – ein Akt der Barmherzigkeit, um die schändliche, gemeine Flucht zu verhehlen.

Der Steinmetz erhob sich wieder und drehte eine Runde um den Kreuzgang. An jedem einzelnen Kapitell blieb er stehen, als sehe er es zum ersten Mal. Immer wieder schoss ihm ein Gedanke durch den Kopf und bohrte sich schließlich wie ein spitzer Dorn in sein Hirn. Sein Großvater, der sich so feige davongemacht hatte, hatte an all dieser Pracht hier mitgewirkt: an jeder Säule, jedem Kapitell und jeder einzelnen Rille, all das trug seine Handschrift … Wie konnte ein Mann, der solche Schönheit erschaffen hatte, zu einer derart schändlichen Tat fähig sein? Plötzlich ließ ihn ein neuer Gedanke erschaudern. Seine müden Beine drohten ihm den Dienst zu versagen. Und wenn es nun keine Lüge war? Wenn es stimmte, dass sein Großvater sich nicht davongemacht hatte, sondern wirklich einfach verschwunden war? Was könnte dann der Grund dafür gewesen sein?

Er lehnte sich an eine Säule. Adam und Eva hielten mit nachdenklichen steinernen Gesichtern den Baum der Erkenntnis umschlungen und schauten von ihrem Kapitell aus auf ihn herab. Tränen liefen Jofre Galcerán über das Gesicht. Wie hochmütig und selbstgefällig war er gewesen, ein eitler Kerl mit einem Herz aus Stein. Er hatte die Liebe seines Vaters verachtet, die Liebe seiner Großmutter und die Marias … Ihre süßen, warmen Umarmungen. Immer noch stand er mitten im Kreuzgang, jedes Zeitgefühl war ihm abhanden gekommen. Er musste sich zusammenreißen, musste aufhören sich unnütz zu quälen. Es war der Augenblick der Wahrheit, dachte er, er musste sich sammeln und die Kraft finden, sich all dem zu stellen, was er bislang verdrängt hatte, und zwar ohne weitere Ausflüchte.

Er nahm seine Runde durch den Kreuzgang wieder auf und widmete sich den Schäden am Mauerwerk. Er versuchte sich ganz auf das Handwerkliche zu konzentrieren, um die Gespenster der Vergangenheit zu verscheuchen. Die Westseite verfiel zusehends, und das Übel griff bereits auf die anderen Mauern über wie eine ansteckende Krankheit – ein Warnruf, den jedoch niemand ernst nahm. Aber genug jetzt, sein Selbstmitleid würde ihm auch nicht weiterhelfen. Es gab viel zu tun, Maria vertraute auf seine Hilfe, und er wollte sie nicht enttäuschen, nicht noch einmal. Er bewunderte seine Freundin für ihren Mut, die Energie, die sie ausstrahlte, ihre Hoffnung … Maria war die einzige Freude in seinem Leben gewesen, Maria und seine Arbeit.

Mit gesenktem Kopf und krummem Rücken humpelte er durch geräumige Säle und nicht enden wollende Flure, bis er an die Tür zur Klosterbibliothek gelangte. Er war lange nicht mehr hier gewesen. Früher, in seiner Jugend, hatte er viel Zeit hier verbracht, die Mönche hatten ihm dieses Recht immer zugestanden. Er hatte dort alte Pergamente studiert, in denen von uralten Bauwerken und den Männern, die diese Werke geschaffen hatten, die Rede war.

»Wenn das keine Überraschung ist, Jofre Galcerán! Ich dachte, du hättest uns schon ganz vergessen, du bist ja seit Jahren nicht mehr hier gewesen.« Bruder Ramón de Santmartí, der Bibliothekar, war ein Mann mittleren Alters, der einen stattlichen Bauch vor sich hertrug und ihn neugierig anschaute.

»Da könnt Ihr mal sehen, Bruder Ramón, das Leben steckt voller Überraschungen«, erwiderte der Steinmetz lächelnd. »Mit meiner Gesundheit steht es nicht zum Besten, und wie Ihr gleich sehen werdet, sind meine Hände schon fast zu schwach, ein Buch zu halten.«

»Gütiger Himmel, lieber Freund, ich hatte ja keine Ahnung, dass du krank bist! Wenn ich das gewusst hätte, hätte ich doch mal bei dir vorbeigeschaut.« Der Bibliothekar blickte Jofre teilnahmsvoll an und griff nach seinen Händen. »Was macht es schon, dass deine Hände an Kraft verloren haben, Jofre? Niemand wird je die Wunderwerke vergessen, die sie geschaffen haben.«

Jofre fühlte, wie sich ihm die Kehle zuschnürte, wieder kämpfte er mit den Tränen. Bruder Ramón hatte recht, was machte das jetzt schon aus? Seine Hände hatten dem Stein die herrlichsten Formen entlockt. Sie würden bestehen bleiben, und darauf kam es an. Der Bibliothekar bemerkte, wie durcheinander und verstört der Steinmetz war.

»Gräm dich nicht, Jofre. Womit kann ich dir behilflich sein, suchst du etwas Bestimmtes?«

»Nein, nichts Bestimmtes, Bruder Ramón, ich habe einfach diesen Ort der Stille und des Friedens vermisst. Ich will mich nur ein bisschen umschauen. Es geht um die Instandsetzung des Klosters, ich suche etwas, was mir dabei weiterhelfen kann. Der Zustand ist wirklich bedenklich. Habt Ihr gehört, dass im Kreuzgang ein Stein herausgebrochen ist? Auf der Nordseite.«

»Die heilige Muttergottes stehe uns bei! Ja, ich habe davon gehört, aber ich dachte, vor allem die Westseite wäre beschädigt ...«

»Das stimmt auch, mein Freund, und das Wasser dringt durch alle Ritzen, es kommt überall durch. Ich weiß nicht, was wir da machen können, die Lage ist jedenfalls wirklich ernst«, sagte Jofre nachdenklich.

»Gott sei Dank, dass niemand zu Schaden gekommen ist! Dafür sollten wir dankbar sein, Jofre«, rief der Bibliothekar aus. »Nicht auszudenken, wenn der Pater Prior ... Ihr wisst doch, wie sehr er seinen Kreuzgang liebt. Der arme Mann ist ganz verzweifelt. Wie es aussieht, verschlechtert sich unsere wirtschaftliche Lage immer mehr.«

»Ja, es ist ein Glück, dass niemand verletzt wurde. Aber die Schäden müssen behoben werden, Bruder Ramón, sonst breiten sie sich immer weiter aus und ...« Jofre wusste nicht, wie er das Gespräch zu Ende bringen sollte.

»Wollen wir hoffen, dass du eine Lösung findest, Jofre. Du kennst dich hier ja aus, sag Bescheid, wenn du mich brauchst. Ich muss wieder an meine Arbeit, ich nehme an, du wirst noch einmal wiederkommen, vielleicht haben wir dann mehr Zeit zum Plaudern.«

Jofre atmete erleichtert auf. Einen Moment lang hatte er befürchtet, er würde den eifrigen Mönch nicht mehr loswerden. Er musste allein sein, denn vermutlich würde Bruder Ramón seine Nachforschungen nicht gutheißen, und er wollte ihm keine Schwierigkeiten machen. Jofre versuchte die schmerzenden Fingergelenke zu strecken. Er würde aufpassen müssen, dass ihm kein Manuskript aus der Hand glitt und womöglich den guten Mönch alarmierte. Neugierige Fragen konnte er jetzt nicht gebrauchen. Er streifte durch die Gänge voller Manuskripte und Pergamentrollen, er wusste, wo er suchen musste. Die Stunden, die er in seiner Jugend in der Bibliothek vertrödelt hatte, hatten ihn gelehrt, sich in dem Labyrinth zurechtzufinden, er hoffte nur, sein Gedächtnis würde ihn nicht im Stich lassen. »Das fehlte mir gerade noch in der Liste meiner Gebrechen«, dachte er besorgt.

Es war tiefschwarze Nacht, als sie, erschöpft von der Reise und von den aufwühlenden Erlebnissen, die Tore von Santa Maria de les Maleses erreichten. Reiter und Pferde waren nass bis auf die Knochen. Was als ein leichtes Nieseln begonnen hatte, als sie vom Grab des Riesen hinabstiegen, hatte sich in einen sintflutartigen Dauerregen verwandelt. Der Pförtner empfing sie äußerst misstrauisch. Man hatte ihm nur angekündigt, dass ein Ritter des Templerordens mit seinem Gefolge erwartet wurde, sonst niemand ... Doch Guillems Anblick entsprach so gar nicht dem Bild, das der Mönch von den Rittern der Miliz hatte. Und obwohl er Folch anhand seiner Kleidung als Sergeant der Templer erkennen konnte, wollte er nicht glauben, dass es sich bei diesem schmutzstarrenden und wassertriefenden Trüppchen um die Gäste handeln sollte, die der Abt erwartete. Er wusste nicht recht, was zu tun war, jedenfalls war er nicht bereit, zu dieser späten Stunde irgendjemanden zu wecken. Schließlich hatte Guillem das ganze Hin und Her satt.

»Also gut, Bruder, es freut mich, dass unsere Anwesenheit offenbar nicht so dringend erforderlich ist, wie ich annahm. Das Vernünftigste wird sein, wenn wir hier in der Nähe unser Lager aufschlagen und morgen zur ersten Stunde nach Miravet zurückkehren. Der Komtur wird zu Recht erbost sein, er ist kein Mann, der sich gerne zum Narren halten lässt, und möglicherweise hat der Abt etwas übertrieben, als er unsere Hilfe angefordert hat. Warum Euer Superior unsere Zeit vergeudet, ist mir schleierhaft, aber das wird er mit unserem Komtur besprechen müssen.«

Obwohl durch Guillems drohende Worte eingeschüchtert, zögerte der Pförtner immer noch. Er wollte es jedoch keinesfalls riskieren, sich den Zorn des Abts zuzuziehen.

Schließlich, als die drei sich schon anschickten, den Rückzug anzutreten, gab er nach. Zähneknirschend ließ er sie ein und führte sie zu den Ställen, wo er auf einen Strohhaufen deutete. Guillem warf ihm einen bösen Blick zu, der ihn zusammenfahren ließ. Seine Zweifel waren jedoch nicht ausgeräumt, vor allem wegen der in seinen Augen so unangebrachten Kluft des jungen Mannes, der behauptete, Templer zu sein. Er konnte sich nicht vorstellen, dass der Templerorden einem seiner Mitglieder gestattete, in einem Aufzug herumzulaufen, der eher zu einem jungen Gutsbesitzer passte als zu einem Rittermönch.

Die Ankömmlinge waren zum Umfallen müde, und so machte die anfängliche Empörung schnell der Klärung praktischer Fragen Platz. Nach einer kurzen Ansprache über die Vorzüge des sauberen Strohs gegenüber einer schmutzigen Matratze schlief Folch auf der Stelle ein. Bald erfüllte sein Schnarchen den ganzen Stall. Ebro war schon auf dem Weg auf seinem Esel eingenickt und gar nicht mehr richtig aufgewacht. Nun lag er mit offenem Mund und einem Ausdruck vollkommener Friedfertigkeit auf dem Gesicht zusammengerollt neben dem Sergeanten. Guillem streckte sich rücklings auf dem Stroh aus, versuchte seine steifen Glieder zu lockern und den Ärger über den Pförtner zu verscheuchen. Nur nicht aufregen, dachte er, er würde die Sache schon mit dem Abt klären, es war sinnlos, seine Energie an diesen Dummkopf zu verschwenden … Eine süße Schläfrigkeit übermannte ihn, und die Augen fielen ihm zu. »Brüder, die schlafen und warten«, murmelte er vor sich hin. Er war noch nicht dazu gekommen, das zweite Dreieck genauer zu untersuchen, weil sie sich so beeilt hatten, das verfluchte Kloster zu erreichen. Brüder? … Ein kurzer Gedanke blitzte trotz seiner Schlaftrunkenheit in ihm auf. Vielleicht hatte Serpentarius damit gemeint, dass jedes dieser Dreiecke zu einem anderen gehörte, wie zwei Brüder, und dass sie nur zusammen einen Sinn ergaben. Brüder ... ja, das konnte sein. Er wälzte sich unruhig hin und her. Was der neue Fund wohl für eine Inschrift hatte? Die ganze Eile, nur um die Unverschämtheiten eines schlecht gelaunten Pförtners über sich ergehen zu lassen! Er hoffte, die Probleme von Santa Maria – worum auch immer es sich handelte – würden ihn nicht allzu viel Zeit kosten. Erneut überkam ihn die Müdigkeit, seine Glieder entspannten sich, und die Gedanken verschwammen immer mehr, bis er schließlich in tiefen Schlaf sank.

Das Glockenläuten und die Geräusche des regen morgendlichen Treibens weckten Ebro aus dem Schlaf. Er setzte sich mit einem Ruck auf, rieb sich die Augen und erblickte den breiten Rücken des Templersergeanten, der beinahe die ganze Stalltür ausfüllte.

»Genug geschlafen, du Faulpelz, die Tiere müssen versorgt werden!«

»Wo ist Guillem?«, fragte Ebro noch halb verschlafen.

»Am besten, du schüttest dir erst mal ein paar Eimer Wasser über den Kopf, Junge.« Folch klatschte in die Hände und sah ihn aufmunternd an. »Los, Ebro! Wenn wir Glück haben, fällt in der Klosterküche vielleicht ein Kanten Brot für uns ab. Diese Mönche hier scheinen für Gastfreundschaft nicht viel übrig zu haben, von den Regeln der Höflichkeit ganz zu schweigen. Guillem hat seine Arbeit und wir unsere, und jetzt steh endlich auf!«

Guillem war schon zur ersten Morgenstunde aufgestanden, als die Dämmerung hereinbrach. Er wollte so schnell wie möglich mit dem Abt sprechen. Seine Verärgerung über die schlechte Behandlung war nicht abgeflaut, sondern hatte sich noch verstärkt, was die Mönche veranlasste, lieber jede Auseinandersetzung mit ihm zu vermeiden. Man bat ihn in einer Art Saal neben der Pförtnerloge, einem großen rechteckigen Raum mit zwei hohen Fenstern, zu warten. In der halben Stunde, die er warten musste, hatte sich Guillems Verdruss weiter gesteigert, und als der Prior mit erstaunter Miene auftauchte, war er in geradezu feindseliger Stimmung.

»Ich bitte Euch vielmals um Entschuldigung, Bruder, ich hatte keine Ahnung, wann Ihr kommen würdet, es hat uns niemand unterrichtet. Das ist natürlich unverzeihlich, ich kann Euch nur bitten, diese Nachlässigkeit nicht allzu übel zu nehmen.« Guerau de Cirera wusste nicht recht, was er als Entschuldigung vorbringen sollte.

»Offen gestanden, Pater Prior, wir waren ziemlich überrascht durch Euren Empfang, wir sind es nicht gewohnt, wie Bedienstete behandelt zu werden. Der Brief Eures Abtes an den Komtur von Miravet klang, als ginge es um Leben und Tod. Ihr batet darum, dass wir so schnell wie möglich hier eintreffen. Inzwischen haben wir uns ein Bild davon machen können, was Ihr in diesem Konvent unter ›dringend‹ versteht.«

»Das ist unverzeihlich, Bruder, ganz unverzeihlich … Ihr habt allen Grund, verärgert zu sein. Schuld an alledem ist die fürchterliche Lage, in der wir uns befinden. Wir sind so durcheinander, dass wir uns nicht einmal mehr an die einfachsten Regeln der Gastfreundschaft erinnern«, versuchte der Prior den Zorn des jungen Templers zu beschwichtigen. »Ich flehe Euch an, habt Verständnis, Guillem de Montclar. Wenn Ihr erfahrt, was uns so in Angst und Schrecken versetzt, werdet Ihr verstehen, dass hier im Moment alles drunter und drüber geht. Und nun kommt bitte mit, der Abt möchte Euch danken, dass Ihr gekommen seid.«

Guillem war von den Worten des Priors beeindruckt, ebenso wie von seinem ausgemergelten, bleichen Gesicht. Unter seinen fiebrig glänzenden Augen lagen dunkle Ringe, und seine ganze Erscheinung drückte tiefe Besorgnis aus. So war Guillems Ärger der Neugierde gewichen: Was konnte hier geschehen sein, das einem Menschen derart zusetzte? Er folgte dem Prior durch die großzügigen Räumlichkeiten, wobei er der aufgeregten Stimmung gewahr wurde, die überall im Kloster zu herrschen schien. Allenthalben standen Mönche leise murmelnd in Grüppchen beieinander, als würden sie geheime Versammlungen abhalten, und warfen ihm misstrauische Blicke zu. Das alles erinnerte mehr an eine Ansammlung von Waschweibern als an einen ehrwürdigen Konvent, dachte Guillem gerade, als der Prior vor einer kunstvoll geschnitzten Tür Halt machte und behutsam anklopfte.

Abt Alamand saß an einem großen Tisch und erwartete ihn schon. Als er Guillem sah, machte er ein überraschtes Gesicht.

»Ich dachte, der Komtur würde mir einen seiner Männer schicken, es handelt sich um eine außerordentlich ernste Angelegenheit und …«, hob Alamand enttäuscht an, doch Guillem fiel ihm rücksichtslos ins Wort:

»Genau das hat er getan, werter Abt, daran braucht Ihr nicht den geringsten Zweifel zu haben. Wenn Ihr allerdings meine Kluft meint – ich glaube nicht, dass ein weißer Mantel Euch dabei helfen würde, Eure Probleme zu lösen. Mein Orden ist der Meinung, meine Arbeit erfordere äußerste Diskretion, und daher ist eine unauffällige Erscheinung für mich von Vorteil und kein Makel, wie Ihr zu meinen scheint.

Allerdings, und ich muss Euch sagen, darüber bin ich sehr erstaunt, habe ich noch nie erlebt, dass die Behandlung, die mir in einem Hause Gottes zuteil wird, von meinem Äußeren abhängig gemacht wird. Aber wie ich schon Eurem Pförtner erläutert habe: Wir können ohne weiteres in die Komturei zurückkehren und dem Komtur ausrichten, dass Ihr nicht einen Tempelritter wünscht, sondern eine vollständige Ordenstracht.«

Alamand war sprachlos angesichts dieser spöttischen Rede. Er überlegte fieberhaft: Er konnte diese Leute nicht wieder nach Hause schicken, das wäre ein unverzeihlicher Affront gegen den Komtur Bernat de Pujalt, und er wusste nur zu gut, wie aufbrausend dieser sein konnte. Außerdem hatte er hinter vorgehaltener Hand von einem »Spezialdienst« innerhalb des Templerordens gehört, der sich mit besonders heiklen Fällen befasste. Diese Männer verzichteten auf die übliche Templerkluft, um sich unauffällig unter das Volk mischen zu können. Womöglich hatte dieser unverschämte Bengel etwas damit zu tun. Er war zu selbstsicher und zu überheblich für einen einfachen Diener des Komturs, und sein Verwandter würde ihm auch nicht einfach irgendwen schicken … In jedem Fall brauchte er dringend jemanden, der ihn von seiner schweren Last befreite, damit er sich wieder seinen Gebeten widmen konnte, also fasste er einen Entschluss.

»Wirklich eine sehr kluge Maßnahme, Bruder Montclar!«, sagte er in schmeichlerischem Ton, wobei sich sein beträchtliches Doppelkinn hervorhob. »Niemand würde je auf den Gedanken kommen, dass Ihr der Miliz angehört, Eure Verkleidung ist unübertrefflich, selbst ich bin darauf hereingefallen, ich bitte Euch um Entschuldigung, wenn ich Euch unterschätzt habe. Ihr müsst verstehen, wir sind Männer Gottes und widmen uns ganz der Preisung und Ehrung des Herrn, wir sind nicht vertraut mit den weltlichen Gepflogenheiten. Was sich hier auf unserem Boden zugetragen hat, hat unsere Seelen mit tiefem Schmerz erfüllt, Bruder, wir sind außerstande, die Bosheit zu begreifen, die der menschlichen Seele innewohnt, und …«

»Es wäre vielleicht nicht schlecht, wenn Ihr uns näher über diese Bosheit informieren würdet, dann könnte ich endlich mit meiner Arbeit anfangen«, unterbrach ihn Guillem, der bezweifelte, dass Alamand die weltlichen Sitten und Gebräuche so fremd waren, vor allem, was das gute Essen betraf.

Alamand wandte den Blick von der Decke und musterte den unverschämten Bengel, der es wagte, in einem solchen Ton mit ihm zu sprechen. Er konnte es nicht riskieren, ihm so zu antworten, wie er es verdiente, es stand zu viel auf dem Spiel. Immerhin hatte er selbst um die Hilfe der Miliz gebeten. Diese Männer waren es gewöhnt zu kämpfen und sich in die unangenehmsten Abenteuer zu stürzen … Was konnte man von einem Soldaten mehr erwarten?

»Ja, ich verstehe, gewiss, Bruder Montclar. Guillem de Montclar, das ist doch richtig, oder?« Der Abt war fest entschlossen, sich nicht provozieren zu lassen. »Natürlich werden wir Euch so bald wie möglich über die Vorfälle in Kenntnis setzen, umso schneller könnt Ihr die Sache in Ordnung bringen. Ich bin sicher, der Prior wird Euch mit allen notwendigen Informationen versorgen, ich selbst bin leider durch meine Verpflichtungen sehr in Anspruch genommen …« Mit einer herrischen Geste erklärte Alamand das Gespräch für beendet, behielt jedoch sein seliges Grinsen bei, was außerordentlich unpassend wirkte.

Guerau de Cirera, dem dieser Auftritt die Schamesröte

ins Gesicht getrieben hatte, führte Guillem in sein kleines Arbeitszimmer. Er hielt es weder für angebracht noch für sinnvoll, das Benehmen des Abts zu entschuldigen, er war sicher, dass er nicht die rechten Worte finden würde.

»Macht es Euch bequem, Guillem de Montclar, ich werde Euch berichten, was sich zugetragen hat. Ich habe für Euch und Eure Männer bereits Zimmer herrichten lassen, und ich bedaure sehr, dass Ihr die Nacht im Stroh verbringen musstet.«

Guillem sah den Mann, den er vor sich hatte, aufmerksam an. Im Gegensatz zu dem prahlerischen und scheinheiligen Alamand hatte Guerau de Cirera offenbar seinen eigenen Kopf und schien die Vernunft in Person zu sein. Aus seinem länglichen, hageren Gesicht blickte Guillem ein Paar intelligenter Augen an.

»Komtur Pujalt hat mir erzählt, dass jemand unter mysteriösen Umständen zu Tode gekommen ist, Prior.«

»Ja, ein Mädchen wurde hier in der Nähe ermordet, bei der Heiligen Quelle. Sie war die Tochter des Dorfschmieds. Aber inzwischen haben sich noch mehr schreckliche Dinge ereignet, es hat noch einen weiteren mysteriösen Mord gegeben. Señor de Castellar, ein wichtiger Mann, wurde an demselben Ort gefunden und ... Aber das Beste wird sein, ich fange ganz von vorne an.«

Guerau de Cirera seufzte, holte tief Luft und begann zu erzählen. Von der Ermordung der kleinen Ysel auf dem Stein bei der Heiligen Quelle, von der Bestürzung, die dieses entsetzliche Ereignis im Dorf ausgelöst hatte, und der Geschichte des Ortes, an dem man sie fand; wie Señor de Castellar verschwunden war und man ihn später gefunden hatte ... Die merkwürdige Atmosphäre und die Probleme des Klosters erwähnte er absichtlich nicht, darüber konnte er nicht mit einem Außenstehenden sprechen, doch das Ergebnis war, dass er das unbestimmte Gefühl hatte, etwas zu verschweigen, was vielleicht von Wichtigkeit war.

»Auf welche Weise sind sie denn ermordet worden, Prior? Ihr habt gesagt, sie wären beide auf die gleiche Art zugerichtet gewesen.« Guillem behielt sein Gegenüber genau im Auge, er spürte, dass der Mann ihm etwas verheimlichte.

»Es war grauenerregend, Bruder Montclar, wirklich grauenerregend! Wir vermuten, dass man sie geschlagen hat, bis sie das Bewusstsein verloren, und dann … Gütiger Gott, dann hat man ihnen das Herz herausgerissen! Die kleine Ysel lag auf dem Stein, aber Señor de Castellar fand man an den Beinen aufgehängt, mit dem Kopf nach unten, und mit Stricken gefesselt, wie ein geopfertes Tier.«

»Ihr sagtet, dass an diesem Ort, an dem die Opfer gefunden wurden, heidnische Feste und Kulte abgehalten werden, habe ich das recht verstanden, Prior?«

»Nein, das stimmt so nicht, Ihr habt mich falsch verstanden!«, erwiderte Guerau hastig. Er dachte an das Gespräch mit der alten Wunderheilerin. »Das sind alles nur Legenden, dieser Kult ist vor hundert Jahren ausgestorben, gelobt sei der Herr! Heute gibt es diese alten Riten nicht mehr. Aber ich muss Euch diese Geschichte erzählen, ich nehme an, Ihr werdet mit den Leuten aus dem Dorf sprechen, und die sind sehr abergläubisch, ich möchte nicht, dass sie Euch in die Irre führen. Im Kloster gehen wir davon aus, dass ein Verrückter hier in der Gegend sein Unwesen treibt. Wer sonst könnte eine derartige Freveltat begehen?«

»Und die Leute im Dorf hängen immer noch dem Aberglauben an?« Die hastige Antwort des Priors hatte Guillem aufhorchen lassen. »Solche primitiven Kulte sind mitunter schwer auszurotten, lieber Bruder Guerau. Die Menschen hängen an ihren Traditionen, es könnte doch sein, dass sie sie vor den Mönchen verbergen.«

»Nein, ganz entschieden nein, Bruder! Ich habe Euch ja gesagt: Das alles hat sich vor vielen Jahren zugetragen, mit diesen Festen und Feiern ist es für immer vorbei. Es ist genug Zeit vergangen, um diese schrecklichen Ereignisse zu vergessen. Die einzige Erinnerung, die noch erhalten ist, das ist …« Guerau de Cirera verstummte, er war nicht sicher, ob er Guillem Marias Geschichte weitererzählen sollte.

»Ist …? Ich höre.« Guillem begann zu ahnen, dass Guerau in seiner Erzählung manches ausgelassen hatte. »Sagt, Prior, wäre es nicht viel besser, Ihr würdet mir vertrauen? Oder habt Ihr vor, mir die Informationen in kleinen Dosen zu verabreichen, wie ein Hustenmittel?«

»Also gut … es geht um etwas, was mir eine alte Frau hier aus der Gegend erzählt hat, sie ist Hebamme und so eine Art Wunderheilerin, versteht Ihr?« Sofort bereute Guerau seinen abfälligen Ton. »Wirklich eine außergewöhnliche Frau. Sie hat mir erzählt, die Opfer seien Nachkommen der ›Kinder der Heiligen‹, wie diejenigen genannt wurden, die diesen Kult ausübten. Und sie sagte, die kleine Ysel und Señor de Castellar seien direkte Nachkommen von Angehörigen der ›Bruderschaft der Heiligen Quelle‹ gewesen«.

»Und aus welchem Grund sollte so etwas geschehen, wenn dieser Kult nicht mehr existiert? Warum sollte man die Nachkommen bestrafen? Das scheint mir ein bisschen weit hergeholt, Prior, meint Ihr nicht? Aber ich werde es im Hinterkopf behalten.«

Guerau de Cirera hielt dem forschenden Blick Guillems stand und schwieg. Die Ankunft der beiden Templer hatte ihn in tiefe Zweifel gestürzt, und was ihm zuerst als gute Lösung erschienen war, schien ihm nun geradezu bedrohlich. Wie viel konnte er ihnen offenbaren, ohne den Ruf von Santa Maria zu gefährden? Er war sich nicht sicher, möglicherweise hatte die seltsame Atmosphäre im Kloster nichts mit den Morden zu tun, aber … wenn er damit nun verhinderte, dass die Wahrheit ans Licht kam? Andererseits ging es bisher ja nur um Ahnungen und Vermutungen, um eine heimliche Zusammenkunft einer Gruppe von Mönchen, deren Anlass ihm unbekannt war. Wenn er sich nun irrte, würde er unnötig den Verdacht auf das Kloster lenken. Das durfte nicht passieren. Er war hin und hergerissen. Guillems plötzliche Frage ließ ihn vor Schreck zusammenfahren.

»Mir ist zu Ohren gekommen, dass dies nicht die ersten Morde hier in der Gegend gewesen sind, Prior, oder genauer gesagt, bei der Heiligen Quelle, der Fontsanta.« Guillem beobachtete, wie der Mönch um Fassung rang. Er war noch bleicher geworden, und dicke Schweißtropfen standen ihm auf der Stirn.

»Ich habe davon gehört, es stimmt, es gibt Gerüchte … wobei Ihr bedenken müsst, dass ich damals noch gar nicht geboren war und Euch dazu nicht viel sagen kann. Das Einzige, was ich weiß – und ich kann Euch nicht garantieren, dass es der Wahrheit entspricht –, ist, dass sich diese Vorfälle um das Jahr 1208 zugetragen haben sollen.«

»Sonst nichts? Nicht einmal, ob es zwischen dem, was damals passiert ist, und dem, was uns heute beschäftigt, irgendwelche Ähnlichkeiten gibt?« Guillem hatte Mitleid mit dem Prior, denn er sah, wie er litt, doch er musste seine Arbeit tun.

»Ich weiß es nicht, ich versichere es Euch.« Guerau überlegte verzweifelt, wie er das Gespräch in eine andere Richtung lenken könnte. »Zenon! Der Einsiedler ist auch verschwunden, keiner weiß, wo er ist, und die Sache kommt mir komisch vor.«

»Immer der Reihe nach, Prior, Ihr habt meine Frage nicht beantwortet. Auch wenn es nicht viel ist, irgendetwas werdet Ihr doch wissen. Solche Bluttaten werden nicht so leicht vergessen, sie bleiben den Menschen im Gedächtnis wie ein Echo, das nicht verklingen will.« Guillem wollte sich nicht abspeisen lassen.

»Ich erinnere mich nur an Gerüchte, ich meine, dass fünf Menschen zu Tode gekommen sein sollen, und dass es bei der Fontsanta war. Doch ich weiß weder, wie sie umgekommen sind, noch wer die Opfer waren.« Guerau atmete schwer. »Ihr müsst mir glauben, das ist nur abergläubisches Gerede, mehr weiß ich nicht, und ich glaube auch nicht, dass es von Belang ist.«

Und mehr will er auch nicht wissen, dachte Guillem, der merkte, wie unruhig und gereizt der Prior war. Er fragte sich, was es wohl war, das er mit aller Kraft zu verbergen suchte, denn zweifellos verheimlichte er ihm etwas. Aber ob es für seine Nachforschungen von Bedeutung war? Oder war er einfach verstört wegen der schrecklichen Ereignisse? Er beschloss, den Prior nicht weiter zu drängen, denn wenn er nicht reden wollte, würde er ihm ohnehin kein weiteres Wort entlocken können.

»Und dieser Zenon, von dem Ihr gesprochen habt?«, wechselte Guillem das Thema und sah, wie sein Gegenüber sofort ruhiger wurde.

»Zenon! Er nennt sich selbst einen Heiligen. Gott bewahre uns vor seinem Irrsinn!« Sofort bereute er, was er gesagt hatte. »Seit dieser Einsiedler da ist, predigt er gegen das Kloster und beschimpft uns auf verleumderischste Art und Weise. Er ist wahnsinnig, ein Irrer, der in seiner Höhle sitzt und Klagereden schwingt. Niemand weiß, wo er hergekommen ist, er war plötzlich da.«

»Und dieser Einsiedler hat die Leute dazu gebracht, ihm zuzuhören und Santa Maria dadurch ernsthaft zu schaden?« Guillem blickte den Prior an und lächelte entschuldigend. »Ich meine, sonst wärt Ihr wohl nicht so besorgt seinetwegen. Und darüber hinaus könnt Ihr mir nichts erzählen, was uns bei unserer Arbeit weiterhelfen könnte, irgendwelche interessanten Gerüchte, die die Leute verbreiten?«

»Ich gebe niemals etwas auf Klatsch und Tratsch, Guillem de Montclar. Das führt die Menschen nur in die Irre und stiftet Unordnung und Chaos. Ich hoffe, Ihr lasst Euch von üblem Geschwätz nicht beeindrucken.«

Die Erwähnung möglicher Gerüchte hatte Guerau erneut in Erregung versetzt. Mit dem ganzen Gerede, das es im Kloster gab, innerhalb seiner eigenen Gemeinschaft, hatte er schon genug zu tun, und er war entschlossen, die Templer von diesen internen Problemen fernzuhalten. Für Santa Maria war er verantwortlich, er würde schon herausfinden, was dort im Gange war. Guillem und seine Männer sollten sich außerhalb des Klosters auf die Suche machen, und er war beinahe sicher, dass sie dort die Verantwortlichen für die Mordtaten auch finden würden. Das wäre das Beste. Das Beste? … Der Prior erschauderte, als er sich dabei ertappte, dass er genauso dachte wie Abt Alamand. Wäre nicht die Wahrheit das Beste? So war er ganz in seine

Überlegungen vertieft, und Guillem begriff, dass er das Gespräch beenden wollte.

Er behielt die zahlreichen Fragen, die das Verhalten des Priors ihm aufgab, für sich und erhob sich. Dieser Mann hatte eindeutig Angst, und aus jeder seiner Antworten ergaben sich hundert neue Fragen. Was zum Teufel konnte den Prior so sehr beunruhigen? Er beschränkte sich aber darauf, sich nach dem Weg zu der Stelle zu erkundigen, an der die Morde stattgefunden hatten, und mit einer leichten Verbeugung verabschiedete er sich. Als er schon an der Tür war, konnte er sich jedoch eine Bemerkung nicht verkneifen.

»Gestern, auf dem Weg nach Santa Maria, kamen uns Leute entgegen, die offenbar dabei waren, fluchtartig das Dorf zu verlassen, Prior, und das war mitten in der Nacht. Ich frage mich, ob ein Verrückter allein eine so überstürzte Flucht auslösen kann … obwohl es natürlich viele Arten von Verrückten gibt, sogar solche, die völlig normal erscheinen. Wenn es so weitergeht, werdet Ihr bald ohne Gemeinde dastehen.«

Doch Guerau schien durch ihn hindurchzusehen, und Guillem verließ nachdenklich das Konventsgebäude. Den neugierigen Blicken einer Gruppe von Mönchen, die ihn aus einer Ecke heraus beobachteten, wich er aus. Der Pförtner duckte sich bei seinem Anblick beschämt und machte sich eilig davon. Das Haupthaus des Konvents war ein weitläufiges Gebäude, das den Kreuzgang umschloss und an die große Basilika angrenzte, wie ein innerer heiliger Ring, der den Privilegierten vorbehalten war. Zwischen dem Konvent und den Wirtschaftsgebäuden mit den Wohnräumen der Bediensteten und den Stallungen für die Tiere verlief ringsum eine Art Innenhof, ein zweiter, gewissermaßen weltlicherer Ring, der das Kloster zusätzlich zu der dicken Außenmauer abschirmte. Beinahe wie eine Festung, dachte Guillem. Sollte das ein Schutz gegen die Schlechtigkeit der Menschen sein? Aber Guillem war sich sicher, dass auch diese Mauer aus großen Quadersteinen nicht verhindern könnten, dass das Böse durch eine ihrer schmalen Ritzen hindurchdrang.

Ebro hatte die Pferde gefüttert, ihnen reichlich frisches Wasser gegeben und sie sorgfältig gestriegelt. Er wusste aus Erfahrung, wie streng Folch war, wenn es um die Tiere ging. Er war sogar der Meinung, sie verdienten mehr Aufmerksamkeit als Menschen. Sicher würde er später vorbeikommen, um seine Arbeit zu begutachten, und ihn die Pferde hinausführen lassen, damit sie Auslauf bekämen. Ebro schaute sich um und sah kein einziges bekanntes Gesicht. Sie hatten ihn ohne jede Erklärung allein gelassen, als wäre er ihnen lästig, und er hatte keine Ahnung, wo sie waren oder was sie vorhatten. Vor allem Guillem, dachte der Junge gekränkt, machte kein Hehl daraus, dass er ihm auf die Nerven ging. Ebro verstand einfach nicht, was er gegen ihn hatte. Denn er selbst war fasziniert von dem geheimnisvollen jungen Templer, der gar nicht den Eindruck machte, als würde er dem Orden angehören. Seine geheimnisvolle Arbeit schien ihn schon in die hintersten Winkel der Erde geführt zu haben und zwang ihn, ständig in andere Rollen zu schlüpfen. Zumindest hatte Ebro das von dem alten Bruder Beson gehört, und der wusste immer mehr als alle anderen. Aber als er sich genauer nach Guillem und seiner Arbeit erkundigte, hatte Bruder Beson ihm nicht antworten wollen. »Du bist noch zu jung, und außerdem gibt es Dinge, die man besser nicht weiß«, hatte der alte Mann ihm fast ärgerlich geantwortet. Das hatte ihn überrascht, denn sein alter Lehrer gab normalerweise gerne die unglaublichsten Geschichten und fabelhaftesten Legenden zum Besten. Doch er hatte sich rundheraus geweigert, ihn darüber aufzuklären, warum Guillem nach Miravet gekommen war. Ebro zweifelte jedoch nicht daran, dass seine Anwesenheit dort mit einem geheimnisvollen Auftrag zusammenhing, mit einer geheimen Mission! Der Alte hatte ihm nur geraten, vorsichtig zu sein, die Augen offen und den Mund lieber geschlossen zu halten. Die Verschwiegenheit Bruder Besons hatte die Neugier des Jungen natürlich nur noch gesteigert, und die Erlebnisse bei der Grabstätte des Riesen hatten ein Übriges getan. Was war es nur, was sie suchten, und welche Bedeutung hatte diese dreieckige Platte? Unbemerkt hatte Ebro gelauscht, als der Sergeant und Guillem von den mysteriösen Morden bei der Heiligen Quelle sprachen, und beschlossen, seine eigenen Nachforschungen anzustellen. Er wollte diesem übellaunigen hochmütigen Kerl beweisen, dass er kein kleiner Dummkopf war, der nichts anderes konnte als auf Pferde aufzupassen. Auch er konnte bedeutende Entdeckungen machen!

Ganz vertieft in seine Pläne, fand er sich vor dem prachtvollen Kirchentor wieder, und plötzlich erinnerte er sich daran, was er Bruder Beson versprochen hatte, nämlich seine täglichen Gebete einzuhalten, komme, was wolle, vierzehn Vaterunser, und es war schon ein ganzer Tag vergangen, ohne dass er auch nur ein Vaterunser gebetet hatte. Er erkundigte sich beim Pförtnerbruder, ob es ihm gestattet sei, die Kirche zu betreten, und als der nur die Schultern zuckte, nickte Ebro ihm kurz zu und huschte an ihm vorbei. Er lief durch mehrere Flure, ohne einem Menschen zu begegnen, und gelangte zu einem wunderschönen Kreuzgang, der im strahlenden Licht eines wolkenlosen Tages dalag. Beeindruckt von der Schönheit der Baukunst, schlenderte er von Kapitell zu Kapitell und bestaunte die verschiedenen Szenen, die in den Stein gemeißelt waren: Da waren die heiligen Könige aus dem Morgenland, aber es waren nicht drei, sondern vier, zwei auf jeder Seite des kleinen Neugeborenen, doch weder Maria noch Josef waren dabei; etwas weiter hinten waren Adam und Eva, die einen Stamm mit drei Ästen umschlangen, während sich drohend eine Schlange zwischen ihnen aufrichtete. Was für sonderbare Geschichten!, dachte er und blieb vor ein paar Sirenen mit langen, ineinanderverschlungenen Schwänzen stehen, die einen großen Kelch hielten; daneben gab es Efeu speiende Köpfe, von den Blättern umschlungen, die aus ihren Mündern wuchsen. Voller Staunen wandelte er von Kapitell zu Kapitell und dachte an die vielen Dinge, die er Bruder Beson zu erzählen hatte. Bald stand er vor einem gewaltigen doppelflügligen Tor, das in die Kirche führte. Etwas ängstlich schlüpfte er in den heiligen Saal. Zwischen den Säulen herrschte sanftes Halbdunkel, nur spärlich beleuchtet von einigen Laternen in einer Ecke. Im Schutz einer Säule kniete er auf dem harten Steinboden nieder, tat einen tiefen Seufzer und machte sich daran, das Versprechen zu erfüllen, das er seinem alten Lehrmeister gegeben hatte.

Er war beim siebten Vaterunser, als ihn ein Gemurmel aus seinem Gebet aufstörte. Dann gebot eine leise Stimme Schweigen. Ein Schauder überlief ihn und ließ ihm die Nackenhaare zu Berge stehen. Er blickte um sich, überzeugt, ein Geist fordere ihn aus irgendeinem Grund zu schweigen auf. Aber er unterdrückte seine Angst und den dringenden Wunsch zu fliehen. Er musste seine Gebete zu Ende bringen, Bruder Beson würde eine solche Entschuldigung niemals gelten lassen. Also versuchte er sich zu konzentrieren und begann mit gespitzten Ohren weiter zu beten. Er hörte jemanden zischeln – wie ein Geist klang das nicht unbedingt. Vielleicht ein Mönch, der, wie er, seine religiösen Pflichten verrichtete? … Die Neugier ließ ihn sein Gebet unterbrechen, er stand leise auf und drückte sich um die Säule herum. Wenige Meter von ihm entfernt, dort, wo das Licht der Laternen nicht hinreichte, bewegten sich ein paar Schatten, und das Getuschel nahm zu. Jemand schimpfte leise, als fürchte er, man könne ihn hören. Ebro schlich sich von Säule zu Säule weiter heran, bis er eine strategisch günstige Position erreicht hatte.

»Ich glaube nicht, dass wir uns wegen des Priors Sorgen machen müssen, er ist kränker, als er selbst weiß«, ließ sich eine tiefe Stimme leise vernehmen.

»Aber jetzt sind diese Männer da, der Abt hat den Templerorden um Hilfe gebeten, und das gefällt mir nicht, für uns wird die Lage dadurch ziemlich heikel.« Eine hohe schrille Stimme hallte von den Steinwänden wider.

»Reiß dich zusammen, du vermasselst noch alles!« Die tiefe Stimme konnte ihren Zorn nicht unterdrücken. »Sie können uns gar nicht im Verdacht haben, begreifst du nicht? Das war schon immer unser großer Vorteil. Daran wird sich nichts ändern, und diese Templer werden abziehen, ohne irgendetwas herausgefunden zu haben. Also hüte deine Zunge und nimm dich zusammen!«

»Ist ja schon gut, vielleicht hast du recht, aber der Prior …« Die hohe Stimme war jetzt leiser, unterwürfiger.

»Der Prior hat genug Probleme, und niemals würde er die Existenz des Klosters auf Spiel setzen. Du musst dir nur klarmachen, wie wichtig unsere Mission ist. Eine heilige Mission! Wir tun, was getan werden muss, sonst nichts, und vergiss nicht, dass wir Schutz von ganz oben genießen: Gott der Allmächtige ist auf unserer Seite!«

»Ahhh!« Ein erstickter Schrei war zu hören. »Habt Ihr das gehört?«

»Hier ist nichts zu hören, hier ist nämlich keiner! Du machst mir wirklich Sorgen, du bringst uns in Gefahr mit deinem unsinnigen Geschwätz und deinen Zweifeln, und das ist nicht gut … vor allem nicht für dich. Das solltest du bedenken, es ist zu spät, du kannst nicht mehr zurück.« Die Stimme klang drohend. »Und nun sieh zu, dass du wegkommst, jemand könnte Verdacht schöpfen, wenn du nicht am Platz bist. Und mach keinen Fehler, wir behalten dich im Auge.«

Ebro stand mit angehaltenem Atem da und drückte sich eng an den kalten Stein. Der Ton, in dem diese Worte gesprochen worden waren, hatte ihm das Blut in den Adern gefrieren lassen. Er hörte Schritte, jemand lief eilig zu der Tür, die zum Kreuzgang führte, und huschte davon wie ein aufgeschrecktes Kaninchen. Ebro konnte das bestens verstehen, seine Beine zitterten nämlich wie Espenlaub. Er ging hinter der Säule in die Hocke und lauschte, ob der Mann mit der tiefen Stimme sich entfernte. Ein Schatten glitt an ihm vorüber, er spürte sogar, wie ein Gewand sein Knie streifte. Die Angst pochte in seinen Schläfen, und einen Augenblick überlegte er, ob er die Beine in die Hand nehmen und zum Ausgang rennen sollte. Doch er riss sich zusammen und umklammerte mit beiden Händen die Säule, als wollte er mit dem Stein verschmelzen und sich dadurch unsichtbar machen. Eine dunkle Gestalt mit aufgezogener Kapuze ging vor dem Altar auf die Knie, neigte sich mit ausgebreiteten Armen langsam zum Boden und blieb vor dem Christuskreuz liegen. Ebro hielt es keine Sekunde länger aus, er richtete sich auf und bewegte sich ganz langsam, Schritt für Schritt, in Richtung Tür, wobei er den auf dem Boden liegenden Mann nicht aus den Augen ließ. Vorsichtig trat er in den Kreuzgang, voller Furcht, jemand könnte ihn bemerken, doch alles blieb ruhig. Auf leisen Sohlen huschte er weiter und blieb nicht stehen, bis er beim Pförtner angelangt war, der ihm nur einen nachlässigen Gruß zunickte.

Immer noch zitternd lief Ebro weiter, bis er endlich wieder im Stall angelangt war. Zwischen den Tieren fühlte er sich sicher. Einer der Maulesel biss ihn in den Arm, doch der Junge dachte nicht daran, mit ihm zu schimpfen, sondern schlang die Arme um seinen Hals, worauf das mürrische Tier erschrocken zurückwich und ausschlug, um sich der ungewohnten Zärtlichkeitsbekundung zu erwehren. Eine wilde Freude überkam den Jungen bei dem Gedanken, dass er wichtige Informationen für Guillem hatte. Jetzt würde der in ihm mehr als nur den lästigen Störenfried sehen! Ebro beglückwünschte sich dazu, dass er seine Angst bezwungen hatte und seinem Instinkt gefolgt war, in der Kirche zu bleiben und zu lauschen. Er hatte eine wichtige Entdeckung gemacht, diese dunklen Gestalten hatten sich versteckt, damit keiner hörte, was sie zu besprechen hatten. Bei der Erinnerung an die tiefe Stimme war er erneut einige Sekunden wie gelähmt – der Mann, dem diese Stimme gehörte, war sicher sehr gefährlich.

Folch pfiff leise vor sich hin, während er auf dem Klostergelände umherspazierte und sich gründlich umschaute. Es herrschte lebhaftes, um nicht zu sagen hektisches Treiben: die Bediensteten des Klosters strömten ihrer Arbeit zu, schwere Ochsenwagen und blökende Schafherden passierten die großen Tore, Diener und Handwerker eilten geschäftig hin und her. Der Sergeant hatte sich inzwischen ein recht genaues Bild von dem umfangreichen Klosterkomplex machen können und staunte über die vielen verschiedenartigen Gebäude. Hauptsächlich hatte er sich im inneren Areal aufgehalten, dem Herzstück von Santa Maria, das von der stattlichen Kirche beherrscht wurde. Zwei breite, majestätische Stufen führten zu einem dreibogigen Portikus hinauf, hinter dem der Eingang zur Basilika lag. Zur Rechten, direkt an die Kirchmauern grenzend, lagen die eigentlichen Konventsgebäude rings um den Kreuzgang herum. Auf der linken Seite erstreckten sich farbenprächtige Gemüsegärten mit einem der großen Brunnen. In einer Entfernung von etwa zwanzig Metern vom Innenareal erhob sich eine robuste Mauer, an die eine Reihe von bunt verstreuten kleineren Bauten angrenzte. Dort befanden sich die Pferdeställe und weitere Stallgebäude, die Wohngebäude für das Personal, die Werkstätten und Vorratslager.

Folch hielt sich streng an Guillems Anweisungen. »Schnüffel doch da mal ein bisschen herum«, hatte er gesagt, und der Sergeant tat sein Bestes. Erfolglos hatte er versucht, den Koch ein wenig auszuhorchen, doch der erging sich nach längeren Klagen über die verkommene Natur des Menschen in begeisterten Schilderungen über die wunderbaren Eigenschaften der Kastanienrinde. Nachdem Folch eine Stunde lang Interesse geheuchelt hatte, verabschiedete er sich erschöpft und enttäuscht. Danach hatte er beschlossen, die Gebäude an der Mauer in Augenschein zu nehmen. Besonders ein merkwürdiges kleines Häuschen direkt neben dem großen Tor hatte seine Aufmerksamkeit geweckt. Es sah aus wie ein Pförtnerhäuschen, wobei die Tür allerdings zum Innenhof ging, und wirkte im Vergleich zu den übrigen Bauten außerordentlich kunstfertig gebaut. Als Folch sich dem Haus näherte, sah er einen Mann heraustreten.

»Guten Tag! Ihr müsst meine Neugier entschuldigen, ich bin fremd hier und habe gerade Euer Haus bewundert. Ein schöner Bau, mitten in diesem ganzen Durcheinander, ich nehme an, Ihr wohnt hier … obwohl es auch ein Wachtposten sein könnte, so nah am Tor.«

Jofre Galcerán unterzog ihn einer gründlichen Musterung: Sie waren also eingetroffen, die Männer vom Templerorden, und spazierten jetzt in Santa Maria herum. Der Prior hatte es ihm am Abend zuvor erzählt, und der Steinmetz war sich nicht sicher, ob er sich über diese Nachricht freuen oder die Idee des Abts verfluchen sollte. Er beschloss also, Vorsicht walten zu lassen, er musste die Sache mit Maria besprechen.

»Das stimmt, das ist mein Haus … Und wer seid Ihr, Herr?«, erwiderte er zögernd, da er nicht wusste, wie er ihn ansprechen sollte.

»Oh, nicht doch, den Herrn könnt Ihr weglassen, ich bin ein einfacher Sergeant des Templerordens, und mein Name ist Folch. Ich unterstehe Guillem de Montclar.« Folch zeigte ein breites Lächeln.

»So tretet doch ein, Folch, mit meinem Haus hat es nichts weiter Geheimnisvolles auf sich. Ich arbeite seit vielen Jahren im Kloster und führe die Arbeit meines Vaters weiter. Ich bin Steinmetz und Baumeister.«

»Jetzt verstehe ich! Meinen Glückwunsch, das ist gute Arbeit, kein Wunder, dass Euer Haus mir gleich aufgefallen ist«, sagte Folch, der inzwischen eingetreten war und den angebotenen Becher Wein gerne angenommen hatte.

»Mein Name ist Jofre Galcerán, lieber Folch. Ich nehme an, Ihr seid wegen dieser Mordfälle hier, der Prior hat mir erzählt, dass Ihr kommt. Eine schlimme Sache, das kann ich Euch sagen.«

»Ja, Ihr habt recht. Abt Alamand hat nach Miravet an unseren Komtur geschrieben und um unsere Hilfe gebeten. Ich versuche nun, so viel herauszufinden wie möglich, aber wenn ich ehrlich sein soll, bisher ist das nicht sehr viel, die Leute hier scheinen mir aus dem Weg zu gehen.« Die beiden Männer fingen an, sich sympathisch zu finden.

»Eine schlimme Sache …«, wiederholte Jofre, ohne ihn anzuschauen. »Sagt, womit kann ich Euch behilflich sein, Folch?«

»Mit allem, was ein wenig Licht in diese Angelegenheit bringt, lieber Freund, Ihr könnt Euch gar nicht vorstellen, wie sehr ich mich nach meinem Konvent zurücksehne.«

»Das kann ich verstehen, das Reisen bringt den Geist in Unordnung – zumindest bei einem unnützen alten Mann wie mir, aber Ihr seid ja noch jung. Nun, ich will Euch das Wenige erzählen, was ich weiß, wenn es Euch denn etwas nützt.« Jofre runzelte die Stirn und sammelte sich. »Also, es begann mit der kleinen Ysel, der Tochter von Juan dem Schmied, man hat sie bei der Heiligen Quelle gefunden, wisst Ihr? Das Mädchen war verschwunden und wurde überall gesucht, die arme Kleine! Und dann tauchte Zenon auf und verkündete, dass man das Mädchen im Wald finden würde, und …«

»Und wer ist dieser Zenon, gehört er auch zum Kloster?«, fragte Folch interessiert nach.

Jofre Galcerán konnte sich ein kurzes Lachen nicht verkneifen.

»Entschuldigt, ich weiß, die Sache ist nicht zum Lachen, aber Eure Frage …«, sagte der Steinmetz schuldbewusst. »Egal, Zenon ist ein verlumpter Einsiedler, der hier in der Gegend herumgeistert und wütende Reden gegen die Mönche von Santa Maria schwingt.«

»Ich verstehe, aber woher wusste dieser Einsiedler, wo das Mädchen zu finden war?« Folch sah seinem Gegenüber fest in die Augen.

»Das ist eine gute Frage, doch ich bezweifle, dass die Antwort Euch zufriedenstellen wird: Zenon beteuert, Iscla habe es ihm gesagt …« Der alte Mann tippte sich mit einem Finger an die Stirn.

»Iscla?«

»Die Heilige Iscla, die Schutzpatronin, besser gesagt, die ehemalige Schutzpatronin des Dorfes. Dieser arme Mann ist davon überzeugt, dass Iscla im Wald herumläuft und zu ihm spricht.«

»Eine ehemalige Schutzheilige? Ich wusste gar nicht, dass man Schutzheilige so ohne weiteres wechseln kann, dafür gibt es doch sicher einen Grund. Vielleicht wollt Ihr mich aufklären?«, fragte Folch sanft, aber beharrlich nach.

Jofre seufzte matt. Er hatte keine Ahnung, was sie diesen Templern im Konvent erzählt hatten, und es war ihm auch herzlich egal. Folch schien ein kluger und anständiger Mann zu sein, und sicherlich würde er sowieso bald dahinterkommen. Er würde ihm die ganze Geschichte von Iscla erzählen, von den Festen, die zu ihren Ehren abgehalten wurden, von den »Kindern der Heiligen« und den alten Riten. Der Ausflug in die Bibliothek hatte ihn davon überzeugt, dass er endlich anfangen musste, offen zu sprechen, das Blutvergießen musste ein für alle Mal ein Ende haben. Wenn diese Leute die Morde untersuchen wollten, sollten sie auch den wahren Schuldigen finden, er war es leid, dass die armen Opfer durch irgendwelche Verdächtigungen in den Schmutz gezogen wurden und dass man weiter eine Bruderschaft bezichtigte, die gar nicht existierte. Der einzige Weg für sie alle war die Wahrheit, so schwer sie auch zu ertragen sein würde. Er rutschte auf seinem Stuhl in eine bequeme Position, nahm einen Schluck Wein und überraschte Folch mit einem einstündigen Bericht.

»Das ist eine unglaubliche Geschichte, Jofre! Ihr meint also, dass die Morde aus dem Jahr 1208 in enger Verbindung mit denen von heute stehen, dass alle Opfer auf ähnliche Weise und am selben Ort getötet wurden. Und Ihr seid aber auch davon überzeugt, dass die alte Bruderschaft, von der Ihr gesprochen habt, nichts damit zu tun hat. Habe ich das richtig verstanden?« Der Sergeant sah ihn etwas verständnislos an.

»Nicht ganz, Folch.« Jofre holte noch einmal tief Luft. »Diese Bruderschaft hat sich vor hundert Jahren aufgelöst, aber es gibt heute noch Nachkommen, versteht Ihr? Die Familien, die sie gegründet haben, die Opfer der Heiligen Quelle.«

»Ich verstehe nicht ganz. Was meint Ihr damit – ›die Opfer der Heiligen Quelle‹?« Folch war nun gänzlich verwirrt.

»Was ich sagen will, ist: All das Blut, das auf diesem Stein vergossen wurde, stammte von den Nachkommen derer, die die Bruderschaft gegründet haben, das betrifft die Ereignisse von 1208 ebenso wie die heutigen. Die erste, zweite und dritte Generation, sogar die vierte, wenn wir Ysel dazunehmen. Versteht Ihr?«

»Warum erzählt Ihr mir das alles, Jofre?« Der Sergeant beugte sich zu dem alten Mann und legte ihm die Hand auf die Schulter.

»Weil es sonst niemand tun wird, sie werden Euch mit Andeutungen und Ausflüchten kommen und Eure Zeit verschwenden, und es wird noch mehr Tote geben. Dieser Ort war lange in Schlaf versunken, Folch, und zwar in einen Schlaf des Vergessens. Es ist Zeit, aus diesem bösen Traum aufzuwachen.« Jofre hielt inne, aus seinen Augen sprach tiefe Schwermut. »Die Mönche werden Euch ihre eigene Version von den Festen bei der Fontsanta erzählen: Als ›gotteslästerliche Unzucht‹ bezeichnen sie diese Feiern … und wir alle haben ihnen geglaubt.«

»Und waren sie das denn nicht auch, Jofre?« Eine leichte Strenge lag in Folchs Frage.

»Ihr seid ein Mann Gottes, mein Freund, und Ihr habt einen schwierigen Weg gewählt: Ihr wollt zugleich beten und kämpfen … Aber dass Ihr Euch nicht täuscht, der Kult der Iscla unterschied sich gar nicht so sehr von den späteren Riten. Unsere Vorfahren beteten darum, dass sich ein Gott ihrer Wünsche und Bedürfnisse annehmen möge, ihr höchstes Ziel war die Erhaltung ihrer Sippe, denn ihre Kinder waren ihre ganze Hinterlassenschaft … Es stimmt, sie badeten nackt in der Quelle, und sie vollzogen die fleischliche Vereinigung unter dem Schutz der Heiligen. Aber sagt mir eins, Folch, glaubt Ihr, daran hat sich etwas geändert? Nur eines hat sich geändert, mein Freund, die Angehörigen der Bruderschaft damals standen in direktem Kontakt mit ihrer Heiligen – bis die Mönche kamen. Die behaupteten dann, dass sie die einzigen rechtmäßigen Mittler zwischen Gott und den Menschen seien, und so hörten die einfachen Leute auf, mit ihren Heiligen zu sprechen. Heute ist es die Kirche, die der Ehe ihren Segen gibt. Ich maße mir kein Urteil über ihr Handeln an, und abgesehen davon, dass ich ihren Glauben nicht teile, beneide ich sie um die Freiheit, in der sie damals lebten. Glaubt mir, der Teufel hatte mit ihren Zeremonien nichts zu tun, bis Odon, der Abt kam, von dem ich Euch erzählt habe, und die Tore zur Hölle öffnete.«

»Und seit die Bruderschaft verschwunden ist, gibt es auch die Heilige nicht mehr?« Folch war von den Worten Jofres vollkommen gefesselt.

»Das ist ein interessanter Punkt, darüber zerbreche ich mir auch schon die ganze Zeit den Kopf«, erwiderte der alte Steinmetz. »Es ist nämlich so: im Jahre 1171, als der Felsen herabstürzte und die Quelle versperrte, wurde Iscla beschuldigt, und zwar waren es die Predigten Odons, die die Heilige mit dem vermeintlichen Teufelsspuk in Verbindung brachten. Die Leute aus dem Dorf konnten nicht begreifen, wie ihre Schutzpatronin dieses schreckliche Ereignis hatte zulassen können. Von einem Tag auf den anderen gaben sie den Kult der Iscla auf; in Santa Maria schloss man ihre Kapelle und versteckte ihre Reliquie, als hätte sie nie existiert. Es war, als hätte sich eine Art Seuche des Vergessens im ganzen Dorf ausgebreitet.«

»Eins verstehe ich noch nicht ganz, Jofre … In welcher Verbindung sollen die Morde mit der unglaublichen Geschichte stehen, die ihr mir da erzählt? Ich glaube, ich komme nicht mehr ganz mit.«

»Zuerst habe ich der Sache auch keine Bedeutung beigemessen, aber eine gute Freundin hat mich zum Nachdenken gebracht. Ich war in der Klosterbibliothek …« Jofre zögerte, er hatte noch nicht mit Maria gesprochen. »Ich habe die alten Chroniken gesucht, wisst Ihr? Das sind die Aufzeichnungen der Äbte, in denen sie alle wichtigen Ereignisse während ihrer Amtszeit festhalten. Ich war auf der Suche nach etwas, das die Morde miteinander in Verbindung bringen und erklären würde, wodurch diese entsetzlichen Ereignisse ausgelöst wurden. Nun, und dabei bin ich auf die Chronik des Abts Sorel gestoßen, der 1208 dem Kloster vorstand … ein äußerst rätselhafter Text, in dem die Morde nicht einmal erwähnt werden. Fünf Morde und kein einziges Wort darüber! Das ist doch merkwürdig, oder? Und ich bin noch auf etwas anderes gestoßen, was mich ziemlich erschüttert hat, nämlich auf die heilige Iscla.«

»Iscla!«, wiederholte Folch, der immer weniger verstand.

»Der Abt Sorel wollte den Kult der Iscla wiederbeleben, es gibt lange Ausführungen darüber. Er schreibt, dass es ein großes Unrecht und ein Fehler war, die Heilige dem Vergessen anheimzugeben. Soweit ich den Schriften entnehmen konnte, wollte er die Reliquie wieder auf ihren Altar heben. Begreift Ihr denn nicht?« Jofre Galcerán sah Folch aufgeregt an, in der Hoffnung, er könne ihm folgen. »Alamand, unser jetziger Abt, ist dabei, dasselbe zu tun!«

Folch schwieg, er musste diese ganzen Informationen erst einmal verarbeiten. All diese Geschichten von Teufeln und Heiligen, von sonderbaren Kulten und Bruderschaften wirkten auf ihn wie ein buntes Gemisch aus Gerüchten, Legenden und Fabelgeschichten. Forschend sah er dem Steinmetz ins Gesicht. Ohne mit der Wimper zu zucken, hielt dieser seinem Blick stand. Folch hatte nicht den Eindruck, dass er ein religiöser Spinner war, der sich in Phantastereien oder Wahnideen verlor. Ganz im Gegenteil, Jofre schien ein vernünftiger alter Mann, doch Folch beschloss, auf der Hut zu sein. Womöglich täuschte der Eindruck, und hinter seinem herzlichen und aufrichtigen Wesen verbarg sich irgendein verborgener Groll gegen die Mönche des Klosters. Konnte sich der alte Steinmetz diese ganzen ungereimten Geschichten ausgedacht haben? Behutsam, denn er wollte die Gefühle seines neuen Freundes nicht verletzen, brachte Folch seine Zweifel vor.

»Ihr meint also, irgendjemand will nicht, dass der Iscla-Kult wiederbelebt wird und ist imstande, deshalb die angeblichen Nachkommen dieser verschollenen Bruderschaft zu ermorden? Das ist wirklich kaum zu glauben, mein lieber Freund. Wer sollte ein Interesse daran haben, die Ausübung eines allgemein anerkannten Kultes zu hintertreiben, geschweige denn, ein derartiges Blutbad zu entfesseln! Die Zeiten haben sich geändert, Jofre, nichts bedroht unsere Religion heute mehr.«

Der Steinmetz nickte und schüttelte dann bedächtig den Kopf, während er den Blick zu dem schlanken Glockenturm schweifen ließ, der von seinem Fenster aus zu sehen war. Er hatte diese Reaktion vorhergesehen, denn die Geschichte war wirklich schwer zu glauben. Aus diesem Grund hatte er sie auch nicht dem Prior erzählt, er war sicher, dass er ihm nicht glauben würde, oder schlimmer noch, dass er denken würde, er habe den Verstand verloren. Doch mit dem Templersergeanten war es etwas anderes. Dass er ihm nicht glaubte, war Jofre egal, er war ja vollkommen fremd hier, war mit den Verhältnissen von Santa Maria nicht vertraut, er konnte diese undurchsichtigen Geschichten gar nicht verstehen. Doch Jofre war überzeugt, das Richtige getan zu haben: er hatte die Männer vom Templerorden gewarnt – sollten sie mit den Informationen machen, was sie wollten, sie verwenden oder sie auf den Müllhaufen werfen, das war ihm egal. Seine Pflicht war es, weiterzugeben, was er wusste, nämlich dass zwischen den ganzen Legenden und Gerüchten ein Teil der Wahrheit zu finden war; und dass man dieser Spur folgen musste, um dem Gemetzel ein Ende zu bereiten.

»Wisst Ihr was, Folch? Abt Alamand hat Iscla wiedererweckt, er hat ihre Reliquie aus der Finsternis der Krypta erlöst und sie in seinen Zimmern aufgestellt. Er ist dabei, eine große Zeremonie vorzubereiten, um sie wieder auf ihren Altar zu bringen ... So weit ist Bertrand de Sorel, der ehemalige Abt, von dem ich Euch erzählt habe, damals nicht gegangen.«

Jofre stand auf, um neuen Wein zu holen, und während er ihnen nachschenkte, betrachtete er verstohlen das bestürzte Gesicht des Sergeanten.

Der Almosenpfleger von Sant Miquel de l'Espasa hatte sein Kloster tief beunruhigt verlassen. Die Neuigkeiten verbreiteten sich in dieser Gegend wie ein Lauffeuer, vor allem die schlechten. Ponç de l'Oliva war zutiefst erschüttert von dem Tod von Señor de Castellar. Er war sicher, dass er der letzte Mensch gewesen war, der ihn lebend gesehen hatte – mit Ausnahme seiner Diener und des Mörders, daran bestand kein Zweifel. Die Bilder dieser Begegnung wollten ihm nicht aus dem Kopf gehen, er fühlte sich schuldig, jene panische Angst ausgelöst zu haben, die Hug de Castellar so aus der Fassung gebracht hatte. Doch was war es, das ihn so geängstigt hatte? ... Barmherziger Gott! Hatte er diesen Mann womöglich durch seine hartnäckigen Fragen in den Tod getrieben? Bei dem Gedanken wurde er immer unruhiger, schnellen Schrittes eilte er voran, blind für die Schönheit, die ihn umgab. Das unerwartete Gewitter, das in der ganzen Gegend niedergegangen war, hatte wie von Zauberhand überall kleine Blumen aus dem Boden sprießen lassen, und nun erstreckten sich weiße und gelbe Blütenteppiche zu beiden Seiten des Weges. Monatelang war kein Tropfen gefallen, so dass die Erde ganz rissig und aufgesprungen gewesen war. Durch den plötzlichen Wolkenbruch hatte sich nun eine Schicht von grauem und grünem Moos wie ein Verband über die offenen Wunden der ausgedörrten Erde gelegt.

Etwas Schreckliches geht in Santa Maria vor, dachte Ponç, und diese Gewissheit erfüllte ihn mit einer inneren Unruhe, wie er sie noch nie erlebt hatte. Und auch Guerau de Cirera, der Prior, war offenbar von dieser beklemmenden Angst befallen. Es schien einen Zusammenhang zu geben zwischen der Unruhe des Priors und der Furcht, die er aus dem verzweifelten Blick Hug de Castellars gelesen hatte. Irgendjemand oder irgendetwas jagte den Leuten panischen Schrecken ein, doch was? Was war das für eine finstere Drohung, die über ihnen schwebte? Er hatte dem Prior aufmerksam zugehört, entgeistert über diese ungeheuerliche Geschichte von uralten Riten und Morden, deren Wurzeln in die tiefste Vergangenheit zurückreichten. Doch er hatte keinen roten Faden darin entdecken können, der einen Sinn in das ganze Durcheinander gebracht hätte.

Ohne es zu merken, hatte er sich immer weiter von seinem Kloster entfernt, innerlich getrieben, als wäre er auf der Flucht vor einem wilden Tier. Er blieb stehen, seine Lungen arbeiteten heftig. Er blickte sich nach einem Baumstumpf oder einem Stein um, auf dem er ein wenig ausruhen könnte. Er musste sich beruhigen … Sonst würde er dem guten Guerau nicht helfen können, er musste zur Ruhe kommen und seine Gedanken ordnen. Er nahm einen Stein, schleppte ihn bis zu einem Olivenbaum am Wegesrand und setzte sich erleichtert in den Schatten. Dann schloss er die Augen und versuchte sich zu sammeln. Ganz in Ruhe wollte er noch einmal seine Reise nach Tarragona Revue passieren lassen, wohin er sich vor ein paar Tagen begeben hatte, um ein paar Nachforschungen anzustellen.

Vor den Toren der Stadt, wo er seinen Maulesel für ein paar Münzen der Obhut einiger junger Burschen überlassen hatte, war er vom Regen überrascht worden. Sein Anliegen war es gewesen, in Tarragona Genaueres über die Todesfälle von 1208 und die damit zusammenhängenden Ereignisse in Erfahrung zu bringen, von denen der Prior von Santa Maria erzählt hatte. Es hatte ihn irritiert, dass Guerau offenbar gar kein Interesse an der Sache hatte. Wie konnte es sein, dass der gute Prior nicht jedem Hinweis nachgegangen war? ... Vielleicht zogen die Mönche von Santa Maria es vor, die Augen vor der Wirklichkeit zu verschließen, doch Ponç de l'Oliva war der festen Überzeugung, dass es dadurch nur noch schlimmer wurde. Ohne lange nachzudenken, war er seiner inneren Stimme gefolgt. Irgendwo musste doch etwas über diese Vorfälle bekannt sein. Der Statthalter, dachte er ... Sicherlich wusste er noch etwas darüber, auch wenn es so lange her war, solch abscheuliche Taten konnten doch nicht so leicht in Vergessenheit geraten.

Der Statthalter, ein Mann von etwa dreißig Jahren mit großen grauen Augen, hatte den Almosenpfleger etwas erstaunt, aber freundlich empfangen.

»Bruder Ponç, das alles ist schon sehr lange her, ich bezweifle, dass Ihr jemanden finden werdet, der sich noch persönlich daran erinnert.« Der Statthalter sah ihn teilnahmsvoll an, als er seine Enttäuschung bemerkte. »Aber der Name dieses Dorfes, Fontsanta ... Mein Vater, der auch Statthalter war, hat mir etwas von diesem Dorf erzählt, etwas im Zusammenhang mit einem grausamen Mord. Aber das liegt natürlich nicht so weit zurück wie der Fall, von dem Ihr gesprochen habt. Jedenfalls meine ich mich zu erinnern, dass sich die Sache in einem Kloster zugetragen hatte.«

»In Santa Maria de les Maleses?«, fragte Ponç, und Furcht klang in seiner Stimme mit.

»Ja, genau, in Santa Maria. Die Sache wurde damals sehr geheim gehalten, so dass der Skandal nicht nach außen drang. Ein junger Mönch, ich glaube, es war ein Novize, hatte einen Mann getötet, allerdings konnte oder wollte mir mein Vater nicht sagen, um wen es sich handelte. Das Opfer wurde wohl damals splitternackt und ganz verstümmelt aufgefunden. Der Täter, dieser junge Novize, verlor den Verstand, er wurde aus dem Kloster weggeschafft und irgendwo eingesperrt. Es wurde gemunkelt, das Opfer sei der Sohn einer Wunderheilerin oder so etwas gewesen, doch das sind nur Gerüchte, die wohl aus dem Kloster selbst stammen. Alles wurde höchst vertraulich gehandhabt, versteht Ihr? Das war ja eine sehr heikle und Gott sei Dank auch höchst ungewöhnliche Geschichte.«

»Und Euer Vater …?« Ponç hatte die Hoffnung noch nicht ganz aufgegeben.

»Er ist vor zehn Jahren gestorben, Bruder Ponç, es tut mir leid. Ich könnte allerdings versuchen, ein paar Nachforschungen anzustellen, vielleicht wissen seine ehemaligen Männer noch etwas. Sonst habe ich auch keine Idee, wie ich Euch weiterhelfen könnte. Hat diese Sache mit den Vorfällen zu tun, die sich kürzlich in Santa Maria ereignet haben?«, fragte der Statthalter mit gesenkter Stimme.

»Der Abt hat den Templerorden um Hilfe gebeten …« Der Almosenpfleger sprach den Satz nicht zu Ende, er war sich nicht sicher, wie weit er gehen konnte.

»Ich verstehe, Bruder Ponç, ich habe vom Komtur von Miravet gehört, dass seine Männer sich mit dem Fall befassen. Da seid Ihr in guten Händen, die Templer wissen, wie man heikle Angelegenheiten behandelt, sie haben der Kirche schon oft gute Dienste geleistet. Auf jeden Fall könnt Ihr auf meine Unterstützung zählen, das habe ich auch dem Komtur Pujalt gesagt. Ich werde sehen, was ich tun kann.«

Ponç de l'Oliva verabschiedete sich von dem Statthalter. Er ahnte, dass dieser diskrete Diener des Gesetzes über die Vorfälle bei der Fontsanta auf dem Laufenden war, es aber für besser hielt, sich im Hintergrund zu halten. Leider hatte er wenig Neues in Erfahrung gebracht. Es waren sogar eher noch neue Fragen aufgetaucht: Wie konnte es sein, dass der Prior nichts von einem Mord wusste, der von einem der Novizen begangen worden war? Und wenn er doch davon wusste, warum hatte er es ihm verheimlicht? Möglicherweise war Guerau de Cirera durch die Ereignisse so erschüttert, dass er sich nicht mehr an jenen traurigen Vorfall erinnerte. Oder er ging davon aus, diese Geschichte sei im Moment nicht so wichtig. Sollte dieser Mord mit den Bluttaten bei der Fontsanta in Verbindung stehen?

Der Besuch beim Statthalter hatte die Verwirrung des Almosenpflegers noch gesteigert. Bei seinem Versuch, Licht in die Angelegenheit zu bringen, waren nun neue unvorhergesehene Schatten aufgetaucht, die alles noch mehr verdunkelten. Ein Novize, allmächtiger Gott! Was konnte eine junge, unschuldige Seele dazu bringen, eine solche Grausamkeit zu begehen? All diese Fragen hatten bei Ponç eine ungekannte Unruhe aufkommen lassen, er spürte deutlich, dass sein Seelenfrieden ernsthaft in Gefahr war. Dieser Ort, der ihm immer als ein wahres Paradies erschienen war, als ein Ort des Gebets und der Gemeinschaft mit Gott, nahm immer finsterere Züge an … Menschen, die nur vergessen wollten, wurden immer wieder von blutigen Gräueltaten heimgesucht. Santa Maria hüllte sich in den Nebel des Vergessens, und die Erinnerung der alten Steine war für immer verloren.

Er schlug die Augen auf, als würde er aus einem Alptraum erwachen. Eine Biene summte um seinen Arm herum, und ein plötzlicher Windstoß ließ den Olivenbaum, gegen den er sich gelehnt hatte, erzittern. War er etwa eingeschlafen? ... Er erhob sich mühsam und rieb sich das müde Kreuz, vergeblich hoffend, alles wäre nur ein böser Traum gewesen. Nein, er war nicht eingeschlafen, doch er hatte plötzlich ein Gefühl, als hätte sich ihm eine Art brennender Pfeil in den Kopf gebohrt: Ein Novize hatte im Wahn einen Mann ermordet. Als er den Worten des Statthalters noch einmal nachsann, durchfuhr es ihn wie ein Blitz. Ein klares Bild tauchte plötzlich vor ihm auf. Sollte das wirklich wahr sein? Er musste dringend mit dem Prior sprechen, er musste die Katastrophe aufhalten, die dort heraufzog und die Guerau de Cirera, obwohl er sie erahnte, nicht sehen wollte. Er drehte sich um, um schnellstens in sein Kloster zurückzukehren, er musste sich in die Kirche zurückziehen und versuchen, die Gedanken, die auf ihn einstürmten, zu ordnen. Er wusste jetzt, wer Zenon war! Er war beinahe sicher, aber ... wie konnte das alles nur zusammenhängen?

9

Ebro

»Ich werde in den Spiegel eintreten und in seinem Bild verschwinden, Schatten zu Schatten. Ich werde bei meinem Schwert warten, bis der Wanderer mir die Augen schließt. Und während ich warte, werde ich schlafen, und vielleicht werde ich träumen.«

Guillem de Montclar hatte dem Prior für sein Angebot gedankt, ihnen ein Zimmer zur Verfügung zu stellen, jedoch höflich abgelehnt. Er erklärte, er wolle das Klosterleben nicht stören. In Wirklichkeit ging es ihm darum, sich vom Klosteralltag möglichst fernzuhalten, er wollte seine Unabhängigkeit wahren und sich der ständigen Beobachtung und dem Gerede der Mönche entziehen. So schlugen sie in dieser Nacht – unter lautem Protest von Folch, der ein wenig abergläubisch war – ihr kleines Lager im Wald der Fontsanta auf. Im letzten Tageslicht bestiegen sie den Hügel, auf dem einst die nun versiegte Quelle entsprungen war, und machten sich daran, das Gelände zu untersuchen.

»Bei allen Heiligen, Guillem!«, rief der Sergeant beeindruckt aus. »Hier sieht es aber nicht aus, als wären hundert Jahre vergangen, man sieht überall noch Spuren von dem Felssturz … Als hätte eine gewaltige Klaue den riesigen Stein herausgerissen! Es wundert mich nicht, dass hier Teufels- und Gespensterlegenden im Umlauf sind.«

»Es ist wirklich unglaublich, Folch, dass ein starker Mann wie du den Schwanz einzieht wie ein verschrecktes Hündchen«, erwiderte Guillem und lachte schallend. »Aber jetzt komm, vergiss die Teufel und Gespenster, wir gehen mal runter und gucken uns diesen verfluchten Stein an.«

Sie stiegen bis zu der Lichtung hinab, untersuchten jeden Winkel und nahmen besonders den dunklen Fleck auf dem Felsen in Augenschein, wo man die Leiche der kleinen Ysel gefunden hatte. Ein Stück Seil, das von einem Baum herabhing, ließ erkennen, wo der unglückselige Señor de Castellar sein tragisches Ende gefunden hatte. Drumherum war alles niedergetreten, als wäre eine wild gewordene Menschenhorde stundenlang auf der kleinen Lichtung herumgetrampelt. Außerdem entdeckten sie Wachsreste, die einer kreisförmigen Linie zu folgen schienen.

»Hast du das hier gesehen, Guillem? Das ist Wachs, wie merkwürdig. Meinst du, hier werden weiterhin irgendwelche mysteriösen Zeremonien abgehalten?« Folch kratzte mit der Spitze seines Dolchs auf dem Boden herum, so dass sich die kleinen Wachsteilchen lösten.

»Möglich«, antwortete Guillem kurz. »Oder jemand will uns das glauben machen. Dieser Alte, mit dem du gesprochen hast, Jofre hieß er wohl ... Bist du sicher, dass er gesagt hat, alle Opfer seien Abkommen dieser verfluchten Bruderschaft gewesen?«

»Zumindest hatte ich den Eindruck, dass er das glaubte, es war jedoch alles ziemlich verworren. Der Prior hat dir das aber doch bestätigt, nicht wahr?«

»Nicht direkt. Der Prior hat nur die Meinung einer Frau wiedergegeben, einer Art Wunderheilerin hier aus der Gegend. Guerau de Cirera zieht es vor zu glauben, ein Verrückter treibe hier sein Unwesen und befördere jeden ins

Jenseits, der diesem Ort zu nahe kommt«, sagte Guillem ironisch.

»Du meinst doch wohl nicht, dass der gute Prior dich angelogen hat!« Der Sergeant war empört. »Nun mach aber mal halblang, Guillem, du wirst doch nicht glauben, dass diese heiligen Männer etwas mit der Sache zu tun haben … Das sind Männer Gottes!«

»Du bist zu lange in deinem Konvent eingesperrt gewesen, Folch. Vergiss mal, dass du Templermönch bist, und halte dich beim Denken an deinen eigenen Kopf statt an die Klosterregeln.« Guillem schaute den verdutzten Folch belustigt an. »Dass die Leute sich der Religion verschreiben, macht sie noch nicht zu Heiligen, das solltest du eigentlich wissen … Und was den Prior angeht, ich weiß nicht, ob er mich belogen hat, aber ich würde meine Hand dafür ins Feuer legen, dass er mir nicht alles gesagt hat, was er weiß. Er verheimlicht etwas, auch wenn ich nicht weiß, was.«

»Was könnte ein Mann wie er verheimlichen? Man sollte doch meinen, dass er mehr als alle anderen herausfinden will, was hier vor sich geht. Das gefällt mir nicht, Guillem, diese ganze Sache gefällt mir immer weniger. Dass jetzt auch noch eine Heilige in die Geschichte verwickelt sein soll, hat gerade noch gefehlt.«

»Ja, das mit Iscla ist besonders undurchsichtig«, stimmte Guillem zu.

»Dieser Jofre ist überzeugt, dass es der Kult der Heiligen ist, der diese ganzen Morde ausgelöst hat. Er hat mir erzählt, dass bei dieser Geschichte im Jahr 1208 ein Abt, an dessen Namen ich mich nicht entsinne, versucht hätte, den Isclakult wiederzubeleben. Und dass dieser Alamand heute dasselbe wieder versucht … Eine Heilige! Ist das zu glauben? Das ergibt doch alles keinen Sinn.« Folch stand vom Boden auf und trat nach einem Kiesel.

Ebro, der die Pferde versorgt hatte, kam mit neugieriger Miene auf sie zu.

»Habt ihr etwas entdeckt? Werden wir jetzt das Dreieck unter die Lupe nehmen?«

»Wenn du mit den Pferden fertig bist, geh schlafen, morgen ist ein harter Tag«, sagte Guillem streng.

»Ich muss aber mit dir sprechen, ich habe etwas Wichtiges entdeckt«, beharrte der Junge.

»Warum zum Teufel kannst du nicht einfach tun, was man dir sagt, Ebro?« Guillem sah ihn mit funkelnden Augen an, er konnte seinen Zorn kaum zurückhalten. Ebro drehte sich um und ging zurück zum Lagerfeuer, das er gerade angefacht hatte. Er kämpfte mit den Tränen.

»Darf man mal fragen, was mit dir los ist?«, fuhr Folch verärgert auf. »Warum musst du den Jungen immer so behandeln! Mag sein, dass ich zu lange nicht aus Miravet herausgekommen bin, aber du benimmst sich, als hättest du dein bisheriges Leben unter Eseln verbracht.«

Guillem war selbst über seine harsche Reaktion überrascht, es hätte Folchs Rüge gar nicht bedurft, er war ohnehin schon zerknirscht. Was zum Teufel hatte er bloß gegen den Jungen? Er wusste selbst nicht, warum Ebros Anwesenheit derart heftige Reaktionen bei ihm auslöste. Fühlte er sich an seine besondere Beziehung zu seinem Lehrer Guils erinnert? War es das …? Wollte er für alle Zeiten der von seinem Lehrmeister verlassene Schüler bleiben und weigerte sich deshalb, die Rolle des Lehrers zu übernehmen? Warum war er ohne jeden Grund so gereizt? Er wich Folchs missbilligendem Blick aus, ging mit gesenktem Kopf zu Ebro und setzte sich an seine Seite.

»Es tut mir leid, Ebro, ich habe kein Recht, so mit dir zu sprechen, entschuldige bitte. Worüber wolltest du mit mir sprechen?« Seine Worte klangen aufrichtig, doch der Junge antwortete nicht. Er drehte ihm den Rücken zu, um die Spuren seiner Tränen zu verbergen.

»Ebro, bitte, ich bin nicht böse auf dich.« Es klang beinahe flehend. »Es hat nichts mit dir zu tun, ich bin einfach furchtbar schlecht gelaunt und habe es an dir ausgelassen, und das ist nicht gerecht. Ich bin auf mich selber wütend, das ist es … Pass auf, wenn ich dich noch einmal anschreie oder unfreundlich zu dir bin, darfst du mir eine ordentliche Ohrfeige verpassen, das habe ich nämlich verdient.«

»Ich habe noch nie gehört, dass jemand auf sich selber wütend ist«, murmelte Ebro, ohne sich umzudrehen.

»Also, ich kann dir versichern, dass das häufiger vorkommt«, seufzte Guillem. »Bist du noch nie schlecht gelaunt aufgewacht und warst missgestimmt und gereizt, ohne zu wissen, warum? Das sind die ersten Anzeichen.«

»Ich habe ein paar dunkle Gestalten gesehen, in der Kirche, sie haben gestritten … ich habe meine Vaterunser nicht fertig beten können«, begann Ebro zögernd.

»Dunkle Gestalten in einer Kirche?« Guillem sah ihn erstaunt an.

»In Santa Maria, im Kloster. Ich hatte meine Arbeit erledigt und wusste nicht, wo ihr wart, also habe ich gefragt, ob ich in die Kirche darf, um zu beten. Ich musste doch mein Versprechen halten, das ich Bruder Beson gegeben habe, die Vaterunser …« Da Guillem schwieg, fuhr Ebro fort: »Es waren zwei Mönche, die gestritten haben, ich konnte ihre Gesichter nicht erkennen, denn es war dunkel und sie hatten ihre Kapuzen auf.«

»Ich verstehe. Und dieser Streit hat dich aufhorchen lassen, ja?«, fragte Guillem gespannt.

»Sie haben sehr leise gesprochen, so getuschelt, als wollten sie nicht gehört werden.« Ebro schaute Guillem jetzt fest in die Augen. »Zuerst dachte ich, es wären Geister, und dann bin ich neugierig geworden, weißt du? Ich habe mich herangeschlichen und mich versteckt, wie ein Spion. Der mit der tiefen Stimme war sehr wütend auf den anderen, den mit der Fistelstimme.«

»Und konntest du hören, worüber sie gesprochen haben?«

»Über dich, darüber, dass wir hier sind … Fistelstimme war sehr verängstigt und fürchtete, alles würde herauskommen, aber Tiefe Stimme sagte, das sei unmöglich, niemand könne Verdacht schöpfen. Ihre Mission wäre heilig und Gott selbst würde sie beschützen. Dann ist Fistelstimme schnell weggerannt, nachdem der andere ihm gedroht hatte, es sei zu spät, er könne nicht mehr zurück, und sie würden genau auf ihn aufpassen.«

»Und sie haben dich nicht bemerkt?«, fragte Guillem besorgt.

»Oh nein, ich habe mich gut versteckt! Tiefe Stimme hat mich mit seinem Gewand gestreift, aber es war wie gesagt sehr dunkel, und er hat mich nicht gesehen. Ich habe mich ganz leise davongeschlichen, ich hatte keine Angst … na ja, ein bisschen Angst hatte ich schon. Jetzt fällt mir noch etwas ein, Fistelstimme sagte, die Ankunft der Templer würde die Situation schwieriger machen. Du musst vorsichtig sein, Guillem, ich glaube, der Mann mit der tiefen Stimme ist sehr gefährlich.«

»Das ist sehr wichtig für uns, Ebro, das hast du gut gemacht.« Guillem betrachtete ihn mit wachsendem Respekt. Der Junge war genau in dem Alter, in dem er gewesen war, als sein Lehrer sich seiner angenommen hatte. Sein unbändiger Tatendrang und seine Abenteuerlust hatten ihn damals dazu gebracht, einen mysteriösen Fall in der Komturei Barberà aufzudecken, wo er aufgewachsen war, und so waren die hohen Ordensmänner auf ihn aufmerksam geworden. Damals hatten sie erkannt, dass er über Fähigkeiten verfügte, die ihnen von Nutzen sein konnten, und hatten ihn Bernard Guils anvertraut, damit er sich um seine Unterweisung kümmere. Die Erinnerungen jagten ihm durch den Kopf, während der Junge ihn erwartungsvoll ansah. »Ich möchte, dass du sehr vorsichtig bist, Ebro, es sind mehrere Menschen zu Tode gekommen, und wir wissen nicht, was hier vor sich geht. Du musst auf der Hut sein. Das ist kein Spiel, wir haben es mit einem skrupellosen Mörder zu tun und müssen sehr achtsam sein, verstehst du? Und jetzt lass uns zu Folch gehen, ich rieche schon eins von seinen unglaublichen Gerichten, und mir knurrt der Magen. Wir wollen essen und dann entscheiden, was wir weiter tun.«

Ebro sprang auf. Seine Niedergeschlagenheit war einer freudigen Erregung gewichen, und Guillem sah seine eigene Jugend in seinen strahlenden Pupillen gespiegelt. Er erkannte die Begeisterung wieder, die er vor Jahren empfunden hatte, wenn Guils seine Fortschritte lobte. Er erinnerte sich, wie er innerlich gejubelt hatte, wenn sein Lehrer ihm Anerkennung zollte. Was für seltsame Wege das Leben doch nahm, dachte er, es führte einen über verschlungene Pfade und in ganz unerwartete Richtungen. Er blickte zum dunklen Nachthimmel auf. Die drei auf einer Linie liegenden Sterne des Orion, die den Gürtel des Himmelsjägers darstellten, sahen aus der Ferne auf ihn herab, und er sandte eine Art stilles Gebet gen Himmel: »Da bin ich nun, Bernard Guils, mein guter Lehrer und Freund, und wieder einmal bin ich verwirrt und weiß nicht, was ich tun soll. Ich versuche meine Fehler wiedergutzumachen und mich an das zu halten, was du mich gelehrt hast. Könntest du mir doch nur ein wenig von der unendlichen Geduld und der grenzenlosen Zuneigung zuteil werden lassen, mir der du mir begegnet bist. Sicher lachst du über mich, wie ungeschickt ich mich mit diesem armen Jungen anstelle, den du mir zur Seite gestellt hast, und du hast ganz recht.«

Er ging zu den anderen, die ums Feuer herum saßen. Über drei dicken Holzscheiten dampfte es aus einer Schale, und es roch nach Brot und Zwiebeln. In den Wipfeln der Kastanien spiegelte sich das Licht des bleichen, fast durchsichtigen Halbmonds. Es war ungewöhnlich mild, fast warm, und die drei Männer lachten und scherzten, während sie sich mit Appetit über ihr Abendessen hermachten. Guillem schilderte in ungezwungenem Plauderton noch einmal sein Gespräch mit dem Abt und dem Prior. Folch, von der plötzlichen guten Laune Guillems angesteckt, gab ein weiteres Mal seine Unterredung mit dem Steinmetz zum Besten. So verging die Zeit mit Späßen und Geschichten, und als das Feuer bis auf die Asche niedergebrannt war, wickelten sie sich fest in ihre Mäntel und legten sich schlafen.

»Und was ist mit dem Dreieck aus dem Grab des Riesen, Guillem?«, fragte Ebro mit schläfriger Stimme.

»Morgen, mein Junge, morgen. Für heute ist es genug.«

Jofre Galcerán verließ bei Tagesanbruch das Haus, er musste dringend mit Maria sprechen. Er hatte es schon am Vortag versucht, sie aber nicht angetroffen. Ihr Haus war leer gewesen, und keiner hatte ihm sagen können, wo seine alte Freundin steckte. Er war unruhig und besorgt, und obwohl er sich wiederholt gesagt hatte, dass nichts Ungewöhnliches daran war, wenn sie nicht in ihrer Hütte war, hatte er Angst um sie. Zwar konnte sie jemand zu sich gerufen haben, um ihre Heilkünste in Anspruch zu nehmen, wie es häufiger vorkam, oder vielleicht war sie zu einem ihrer längeren Ausflüge aufgebrochen, um Kräuter zu sammeln, doch keine dieser möglichen Erklärungen hatte ihn überzeugen können. Er kam fast um vor Sorge um seine Freundin.

Gerade als er die Tür schloss, bemerkte er einen Schatten in seinem Rücken. Er wandte sich rasch um. Da stand Bruder Brocard, der Novizenmeister, und versperrte ihm mit seinem kleinen, gedrungenen Körper den Weg.

»Gütiger Himmel, Bruder Brocard, habt Ihr mich erschreckt!« Jofre wollte keine Zeit verlieren. »Was ist passiert, hat es noch einen Unfall im Kreuzgang gegeben? … Ihr kommt doch sonst nicht bis hierher zu meinem Haus gelaufen, um mich zu besuchen.«

»Dein Haus?«, erwiderte Bruder Brocard spöttisch. »Seit wann ist es deins? Was du so fröhlich ›dein Haus‹ nennst, gehört allein dem Kloster. Hast du das vergessen?«

»Ich habe ein gutes Gedächtnis, Bruder Brocard, das hat mir das Alter noch nicht genommen, obwohl es mir andere Beschwerden beschert. Seid Ihr gekommen, mich daran zu erinnern?« Der Steinmetz konnte seinen Ärger über das anmaßende Auftreten des Mönchs nicht verbergen.

»Nein, es ist nicht diese Selbstverständlichkeit, die mich zu dir geführt hat. Ich habe gehört, du hattest gestern Besuch, du sollst dich lang und breit mit diesem Templersergeanten unterhalten haben, eine richtig schöne Plauderei!« Dem Mönch zitterte beim Sprechen der zerzauste Bart vor Zorn.

Jofre baute sich vor ihm auf. Es streckte seinen gebeugten Rücken, bis er aufrecht dastand und nun einen ganzen Kopf größer wirkte. Dieser drohende, bissige Ton missfiel ihm zutiefst, und er war nicht bereit, sich wie ein junger Novize behandeln zu lassen.

»Ich habe zu tun, Bruder Brocard, was wollt Ihr also? Es ist nämlich so: Wenn ich wüsste, worauf Ihr hinauswollt, könnte ich Euch vielleicht sogar helfen«, sagte er herausfordernd.

»Du weigerst dich, meine Fragen zu beantworten, Jofre?« Brocard war offenkundig empört.

»Bisher habt Ihr mir noch keine gestellt, daher kann ich nicht sagen, ob ich mich weigere, sie zu beantworten. Vielleicht probiert Ihr es einmal aus, dann hätten wir Gewissheit.«

»Diese Leute von außerhalb haben hier nichts zu suchen, die haben hier nicht rumzuschnüffeln wie streunende Köter! Unsere Probleme und unser Leben hier gehen sie nichts an, verstehst du, Jofre?« Bruder Brocard durchbohrte den Steinmetz mit seinen kleinen Augen. Es fiel ihm schwer, seinen Zorn zu beherrschen. Das angriffslustige Auftreten des alten Mannes hatte ihn überrascht, von seinen Novizen war er solchen Widerspruch nicht gewöhnt, und noch weniger erwartet hatte er ihn bei dem alten Steinmetz, der in seinen Augen nur ein einfacher Diener des Klosters war. Ganz offensichtlich wollte er sich seiner Autorität nicht unterwerfen.

»Das Klügste wird sein, Bruder Brocard, Ihr sprecht mit Eurem Abt, es war seine Idee, den Templerorden um Hilfe zu bitten. Bei mir seid Ihr mit Euren Beschwerden an der falschen Stelle. Und, offen gestanden, ich kann gar nicht verstehen, warum die Anwesenheit der Miliz Euch so erschüttert, ich nehme an, Ihr seid ebenso daran interessiert wie Euer Abt, dass diese schrecklichen Verbrechen aufgeklärt werden.«

»Es geht uns nichts an, was außerhalb dieser heiligen Mauern geschieht, damit haben wir nichts zu schaffen!«, rief der Novizenmeister mit vor Zorn bebender Stimme. »Ist euch denn nicht klar, dass das Böse hier nicht eindringen kann? … Dieser Ort steht unter dem Schutz Gottes, wir haben nichts zu tun mit diesen elenden Sündern!«

»Ihr wollt mir also sagen, dass das Schicksal dieser ›Sünder‹ keine Angelegenheit Gottes ist, Bruder Brocard?« Jofre buchstabierte die Worte beinahe, während er sich zu dem Mönch hinunterbeugte. »Dass das Schicksal dieser unschuldigen Menschen und ihr entsetzlicher Tod uns nichts angehen?«

»Unschuldig? Woher willst du wissen, dass sie unschuldig sind? Hast du vielleicht die heiligen Weihen empfangen und meinst, du kannst die Absolution erteilen, Jofre? Diese Leute sind zu allem fähig, sogar dazu, sich untereinander abzuschlachten, sie sind von Natur aus unrein, verstehst du das nicht?« Die Köpfe der beiden Männer berührten sich jetzt fast.

»Nein, Bruder Brocard, das verstehe ich nicht.« Jofre wich keinen Schritt zurück. »Niemand, auch nicht der Allmächtige, gibt Euch das Recht, über Dinge zu urteilen, über die Ihr nichts wisst, und Eure Worte sprechen all dem Hohn, wofür dieses Kloster errichtet wurde: nämlich den Menschen beizustehen und zu helfen, die ihr ›Sünder‹ nennt. Und wenn Ihr das anders seht – ich bin hier sicher der am wenigsten geeignete Gesprächspartner für religiöse Fragen. Ich rate Euch, wendet Euch an den Abt, wenn ich mich nicht täusche, ist das Eurer Vorgesetzter.«

Jofre gab dem Mönch, der ihm den Weg versperrte, einen leichten Schubs. Nicht eine Minute länger konnte er diesen ekelhaften Hochmut und diese grausame Überheblichkeit ertragen, und es war ihm auch nicht klar, was der Novizenmeister eigentlich von ihm wollte. Er war noch keine zwei Schritte gegangen, als er in seinem Rücken seine Stimme hörte.

»Ihr habt einiges zu verlieren, Jofre Galcerán, es ist schade, dass Ihr das nicht begreift. Es ist nicht besonders klug von Euch, mich zu provozieren, Euer Vater war da vernünftiger, er hat es vorgezogen zu schweigen … und er hatte vieles zu verschweigen«, zischte der Novizenmeister böse.

Der alte Steinmetz spürte, wie sich all die aufgestaute Wut in seinem Innern entlud, er dachte daran, dass er sein ganzes Leben immer nur auf der Flucht gewesen war. Tatenlos hatte er immer nur zugesehen und sich in das Gefängnis gefügt, in das er von Jugend an gezwungen war. Blitzartig wandte er sich um. Die Schmerzen in seinen Knochen waren vergessen, und er fühlte, wie eine außergewöhnliche Kraft seinen ganzen Körper durchströmte. Mit geballten Fäusten ging er auf den Mönch zu.

»Ihr seid es nicht würdig, den Namen meines Vaters in den Mund zu nehmen, und ich rate Euch, untersteht Euch, das in meiner Anwesenheit noch einmal zu tun.«

»Dieser Anfall von Familienehre kommt ein bisschen spät, meinst du nicht?« Brocard lachte, die drohende Miene des Steinmetz kümmerte ihn nicht. »Ich weiß vieles über deinen Vater, mehr als du selbst. Er wusste Dinge, die du lieber nicht zur Kenntnis nehmen wolltest. Nie mehr wirst du ihm für all das danken können, was er für dich getan hat … Er hat dafür gesorgt, dass du am Leben bleibst, findest du das etwa wenig? Wobei – vielleicht war das auch ein Fehler, und dein Leben war das alles gar nicht wert.«

Jofre konnte sich nicht mehr beherrschen, er packte den Mönch bei der Gurgel, und die Hände, die sonst kaum mehr ein Buch halten konnten, schlossen sich kraftvoll wie zwei mächtige Zangen. Dann hob er ihn hoch, bis seine Füße zwei Handbreit über dem Boden baumelten. Brocard sah ihn aus weit aufgerissenen Augen an, halb panisch, halb spöttisch, während sein schwerer Körper in der Luft hing wie ein nasser Sack.

»Du solltest besser schweigen, Jofre«, stammelte Brocard mit vor Anstrengung hochrotem Gesicht. »Auch du hast ein Geheimnis zu hüten, deswegen bist du noch am Leben, du verdammte Ausgeburt des Teufels!«

Von dem Tumult angelockt, kamen mehrere Klosterdiener herbeigelaufen. Sie schauten neugierig, hielten aber Abstand und mischten sich nicht ein. Der Novizenmeister war nicht besonders beliebt. Jofre ließ den Mönch los und trat mit angewiderter Miene ein Stück zurück. Beide keuchten und rangen nach Luft. Bruder Brocard strich seine Kutte glatt, wobei er den Steinmetz nicht aus den Augen ließ. Den Bemerkungen der Umstehenden schenkte er keine Beachtung. Er ging noch einmal einen Schritt auf Jofre zu.

»Ich habe dich gewarnt, vergiss das nicht«, murmelte er kaum hörbar. »Dass du noch am Leben bist, ist ein reiner Glücksfall für dich und kann sich schnell ändern.«

Er drehte sich um, bahnte sich betont gleichgültig einen Weg durch den Kreis von Schaulustigen und marschierte davon. Jofre verharrte einige Minuten regungslos und erholte sich von der Anstrengung, während sein Geist fieberhaft arbeitete. Was hatte das alles zu bedeuten, was für eine Drohung verbarg sich hinter diesen Worten? Was hatte sein Vater mit dieser verdammten Geschichte zu tun? Dieser widerwärtige Mönch schien überzeugt davon, dass er ihm das Leben gerettet hatte. Hatte der Novizenmeister den Verstand verloren? Wie kam er auf eine so ungeheuerliche Behauptung? Sein furchtbarer Verdacht kam ihm wieder in den Sinn, niemals hatte er ihn jemandem anvertraut, nicht einmal Maria. Doch diese Frage hatte ihn über all die Jahre verfolgt wie ein Schatten. Nie war jemand aus seiner Familie bei der Heiligen Quelle zu Tode gekommen, obwohl ihre Herkunft unbestreitbar war. Wie der Familie Hug de Castellars war seiner eigenen niemals auch nur das Geringste zugestoßen. Was mochte der Grund dafür sein, dass sie verschont wurden? Hatte sein Vater etwa auch einen Pakt geschlossen? Und was für einen Pakt hatten die Castellars denn geschlossen, und mit wem? Der Novizenmeister schien sich seiner Worte sehr sicher, als wüsste er mehr als Jofre. Warum sollte er den Mund halten, was fürchtete er denn, was er ausplaudern könnte? Ein Bild schoss ihm durch den Kopf: die große, strenge Gestalt des Priors Guerau de Cirera. Er war ein guter Mann, er hatte ihn immer sehr gemocht, und sie verband auch das gemeinsame Interesse für die heiligen Mauern, die sie umgaben. Aber war es denn vorstellbar, dass die Mönche etwas mit diesem entsetzlichen Blutbad zu tun hatten? Nein, es war unmöglich, dass der gute Prior Kenntnis von Brocards dunklen Machenschaften hatte, doch was hatten sein Auftreten und seine versteckten Drohungen zu bedeuten? Was ging hinter den Mauern von Santa Maria vor?

Er hatte das Gefühl, ihm würde bald der Schädel platzen, er musste mit Maria sprechen und sie über die jüngsten Ereignisse unterrichten. Sie würde wissen, wie Ordnung in diesen grässlichen Wirrwarr zu bringen war. Er ging zum Ausgangstor, ohne die drängenden Fragen der Bediensteten zu beantworten, die durch den Streit ganz verstört waren. Auch sie spürten, dass etwas in der Luft lag. Er würde auch mit dem Prior reden, würde ihm von dem unangenehmen Auftritt des Novizenmeisters berichten. Was die Templer anging, würde er sprechen, mit wem er wollte und worüber es ihm gefiel, ohne sich dafür zu rechtfertigen. Diese Männer waren die Einzigen, die die ganze Sache mit Abstand betrachten konnten, ganz unvoreingenommen und ohne auf irgendjemanden Rücksicht nehmen zu müssen. Sie wussten, was sie taten, und würden sich kaum drohen lassen. Er war es leid, dass die Angst sein Leben beherrschte. Dieses befreiende Gefühl von Wut und Zorn, das jetzt so machtvoll in ihm aufstieg, entledigte ihn der Last seiner Jahre und gab seinem Körper eine unerwartete jugendliche Lebenskraft zurück. Sie würden ihn nicht noch einmal kleinkriegen, und er würde der Wahrheit nicht mehr den Rücken zukehren, diesmal nicht, er würde dem Problem auf den Grund gehen, und wenn es das Letzte wäre, was er in seinem Leben täte. Sein Leben! ... Zum ersten Mal spürte Jofre Galcerán den Wunsch, sich mit aller Kraft an sein Dasein zu klammern und es mit seinen knotigen, kranken Händen festzuhalten. Und seine Schmerzen, sein Alter, seine Erinnerungen, sie waren vergessen.

Unter dem erwartungsvollen Blick seiner Gefährten, die sich in ihre dicken Mäntel gewickelt hatten, zog Guillem die beiden Dreiecke unter seinem Hemd hervor. Im Wald war es nebelig, weißliche, durchsichtige Fetzen stiegen vom Boden auf wie der Atem eines lebendigen Geschöpfs. Es herrschte eine feuchte und durchdringende Kälte, und am

Himmel kündigte sich ein neuer Wolkenbruch an. Als Guillem die beiden dreieckigen Platten vorsichtig aufeinander zubewegte und die leicht vorspringenden Punkte auf der Oberfläche berührte, blitzten sie kurz auf und fügten sich mit einem fast unhörbaren Klicken zusammen. Überrascht schrien seine Zuschauer auf.

»Jetzt werde ich Euch vorlesen, was hier auf dem Dreieck aus dem Grab des Riesen steht. Passt gut auf, diesmal werde ich die Worte nicht bis zum Abwinken wiederholen.« Guillem warf dem Sergeanten einen mahnenden Blick zu, hielt kurz inne und las dann vor:

»Tritt ein in den Grünen Schlund des Drachen

Wo die Sonne am höchsten steht, im Schatten des Schwerts

Wartet der Dritte Bruder.«

»Der dritte Bruder! ... Ob das noch so ein Dreieck ist?«, rief Folch.

»Gut möglich, aber zuerst müssen wir dieses Rätsel lösen. Hat jemand eine Idee, was damit gemeint sein könnte, oder fällt euch dazu irgendein bestimmter Ort ein?« Guillem hoffte auf eine zündende Idee.

»In den grünen Schlund des Drachen eintreten? Das klingt ziemlich furchterregend, ein Drache mit grünem Schlund! Ich weiß nicht, das sagt mir nichts ... Woran denkst du, Ebro?« Folch war skeptisch.

»Ich dachte gerade an eine Geschichte, die mir Bruder Beson erzählt hat. Sie soll sich hier in der Nähe zugetragen haben, an einem Ort namens Montdragó. Das bedeutet ›Berg des Drachen‹ ...«, antwortete Ebro stirnrunzelnd. »Es ging um eine fliegende Schlange, die dort ihr Nest hatte und einen Schatz hütete, den die Muselmanen versteckt hatten.«

»Das stimmt, es gibt einen Ort namens Montdragó hier in der Nähe, aber das ist kein Berg, Ebro, sondern ein Wald und … der grüne Schlund, das könnte ein Wald sein, meinst du nicht, Guillem?« Der Sergeant war Feuer und Flamme.

»Natürlich, es stimmt also!«, platzte Ebro heraus, der jetzt auch ganz aufgeregt war. »Bruder Beson hatte recht, und die fliegende Schlange ist der Drache, von dem in der Inschrift die Rede ist!«

»Habt ihr den Verstand verloren, ohne dass ich etwas davon mitbekommen hätte? … Was ist das denn für ein Blödsinn – fliegende Schlangen, Ebro, reiß dich zusammen!« Der Jubel seiner Gefährten schien Guillem fehl am Platz. »Und wie weit soll es sein bis zu diesem berühmten grünen Schlund, sei es nun ein Berg oder ein Wald?«

»Ich glaube, wir können in zwei Stunden da sein. Wo die Sonne am höchsten steht, das heißt also im Süden und … Richtung Süden, genau! Es passt alles zusammen, Guillem! Der grüne Schlund, die Richtung, und es liegt höchstens eine Stunde von Miravet, also gut erreichbar für Serpentarius bei seinen Ausflügen …« Folch frohlockte, er war selbst überrascht, wie er für alle rätselhaften Hinweise, die die Inschrift enthielt, eine Erklärung fand. »Lass es uns versuchen, Guillem, wir haben doch nichts zu verlieren. Wenn wir gleich aufbrechen, sind wir in einer guten Stunde da, obwohl … es hängt natürlich alles von Ebros fliegender Schlange ab, womöglich greift sie uns an.«

»Wir werden ihr eine Falle stellen!«, rief Ebro, der das spöttische Lächeln des Sergeanten nicht bemerkt hatte. »Bruder Beson sagt, fliegende Schlangen fängt man am besten, indem man sich in der Sonne auf den Bauch legt, dann werden sie geblendet, sie vertragen nämlich keine Helligkeit, und fallen vom Himmel wie tote Mücken.«

»Das hat dir Bruder Beson erzählt?«, entfuhr es dem verdutzten Guillem, während der Sergeant einen fürchterlichen Lachanfall bekam. Er warf sich prustend auf den Boden, bis er die anderen mit seiner Heiterkeit ansteckte.

»Der gute Bruder Beson ist wirklich einzigartig«, stammelte Folch unter Tränen. »Fliegende Schlangen, barmherziger Gott, fehlen nur noch die goldenen Einhörner aus dem Paradies!«

»Schön, also gut … genug jetzt, brechen wir auf. Und wenn wir auf irgendwelche rätselhaften Fabelwesen treffen, folgen wir den Weisungen von Bruder Beson«, erklärte Guillem ernst und sah Ebro an, der nicht wusste, ob er wütend sein oder sich dem ansteckenden Lachen des Sergeanten anschließen sollte. »Aber falls uns die fliegende Schlange angreift, werden wir ein echtes Problem haben, Ebro. Es ist bewölkt, es wird bald regnen, und die Sonne glänzt durch Abwesenheit. Und wenn die Sonne nicht scheint …«

Wieder hallte die Lichtung der Fontsanta von schallendem Gelächter wider, was dem Ort plötzlich alles Unheimliche nahm, als wären alle Geister gebannt und die Schatten vertrieben.

»Genug jetzt, wir haben viel Arbeit vor uns!« Guillem erhob sich und reckte die von der Kälte ganz taub gewordenen Arme. »Es hilft nichts, wir müssen uns aufteilen, Jungs. Ich denke, ich werde mir diesen Wald von Montdragó mal anschauen, das wird nicht lange dauern, und ich kann zum Mittagessen zurück sein. Ich habe allerdings nicht viel Hoffnung, dass es der Ort ist, den wir suchen. Inzwischen könnt ihr zum Kloster zurückgehen, ich möchte, dass ihr mit den Angehörigen der beiden Mordopfer sprecht und herauszufinden versucht, was es mit diesen ›Kindern der Heiligen‹

auf sich hat. Wenn ich zurück bin, werden wir sehen, was wir mit diesem ganzen wirren Zeug anfangen. Haltet die Augen offen und seid vorsichtig, besonders du, Ebro! Ich möchte nicht, dass du dich auch nur für einen Moment von Folch trennst.«

»Aber du kannst doch nicht allein gehen, Guillem!«, rief Ebro aus.

»Keine Sorge, mein Junge, ich werde nicht lange weg sein, und ich habe dir ja schon gesagt, ich glaube nicht, dass das der richtige Ort ist, und ...«

»Du verstehst mich nicht, darum geht es nicht!«, unterbrach ihn der Junge. »Was ist, wenn es doch der Ort ist, den die Inschrift bezeichnet? Hast du das etwa vergessen? Du kannst natürlich alleine gehen, aber denk daran, was beim Grab des Riesen passiert ist.«

»Was meinst du, was soll ich vergessen haben?«

»Auf diesem Dreieck sind doch so kleine Vierecke, immer zwei, die zusammengehören ... genau wie auf der Platte, die uns zu dem Grab geführt hat, nur dass da kleine Dreiecke darauf waren statt Vierecke, verstehst du nicht? Immer zwei, die zusammengehören ...«, erklärte Ebro dem verblüfften Guillem geduldig. »Das weist darauf hin, dass man zu zweit sein muss, das meine ich.«

»Der Junge hat recht, Guillem. Bei dem Grab des Riesen hättest du alleine nichts ausrichten können, da brauchtest du uns beide, weißt du nicht mehr?« Folch war ganz gefesselt. »Vielleicht versucht Meister Serpentarius uns genau das mitzuteilen, schließlich war er ein Tempelritter: Paarweise in den Kampf zu ziehen, ein Pferd und zwei Reiter, das ist ein wichtiges Symbol bei uns.«

»Ein Pferd, zwei Reiter...« Als er begriff, was der Sergeant meinte, hielt Guillem inne. Diese Theorie war gar nicht so abwegig, und das, was sie bei dem Grab erlebt hatten, schien sie zu bestätigen. Zwei Männer auf einem Ross, das war in der Tat ein Symbol der Templer. Ein Zeichen ihres Armutsgelübdes, wenngleich die Feinde des Ordens boshaft lästerten, darin zeige sich nur das doppelte Gesicht der Miliz. Womöglich hatten Folch und Ebro recht, und Montdragó war wirklich der Ort, den sie suchten. Eine geringe Chance bestand immerhin, und er wollte keine Zeit verlieren.

»Schon gut, ihr habt ja recht, und es ist besser, auf Nummer sicher zu gehen. Ebro kommt also mit mir, und du, Folch, gehst vor wie geplant«, räumte Guillem ein. Ebro sah zufrieden aus.

»Bevor ihr loszieht, sollten wir vielleicht noch lesen, was auf der Rückseite des Dreiecks steht, das könnte wichtig sein …« Folch war gespannt.

»›zum Weg des Labyrinths‹, ganz schlicht und einfach«, antwortete Guillem. »Ich glaube, bevor wir nicht alle Teile zusammenhaben, werden diese Sätze ein Rätsel bleiben. Aber wenn wir die beiden ersten zusammensetzen, liest sich das so: ›Die Schlange wird dich führen‹ auf dem ersten Dreieck und ›zum Weg des Labyrinths‹ auf dem zweiten. Fällt euch dazu irgendetwas ein?«

Wieder murmelte Folch den Satz mehrfach vor sich hin, während er die beiden Dreiecke, die Guillem ihm hinhielt, aufmerksam betrachtete. Dieses Ritual überraschte seine Gefährten nicht, sie wussten, dass der Sergeant auf eine plötzliche Eingebung hoffte. Schließlich gab Folch Guillem die Dreiecke mit ratloser Miene zurück.

»Am besten du nimmst meine Anza, Ebro, aber pass mir gut auf sie auf. Mit deinem Teufelsesel wirst du nicht weit kommen, das hält euch nur auf. Dieses Tier braucht eine harte Hand, die ihm zeigt, wer das Sagen hat.« Der Sergeant bot ihm seine Stute an, ein schönes braunes Pferd mit sanftem Blick.

Ebro war ganz außer sich vor Freude und fiel ihm begeistert um den Hals. Nachdem Folch erklärt hatte, es handele sich nur um ein gutes Pferd und nicht um einen muselmanischen Schatz, saß der Junge geschickt auf. Es war kurz nach sieben Uhr morgens, als sie sich trennten. Der Nebel lichtete sich langsam, und eine blasse Sonne, noch verborgen hinter dichten düsteren Wolken, versuchte sich gegen den grauen Tag durchzusetzen. Als Folch sie in Richtung Süden davonreiten sah, überkam ihn ein Gefühl der Schwermut, das aber sogleich verschwand, als einer der Esel ihn in die Hand biss, wofür er sich einen heftigen Klaps einfing. »Die Schlange wird dich führen zum Weg des Labyrinths«, wiederholte er, während er die Tiere für den Aufbruch vorbereitete, und er hörte nicht auf, diese Worte unablässig vor sich hin zu murmeln, als wohne ihnen eine magische Kraft inne.

Maria de l'Os hatte vergeblich nach Zenons Verbleib geforscht. Niemand hatte ihn in den letzten Tagen gesehen, seine Höhle war immer noch leer, er schien sich in Luft aufgelöst zu haben. Die alte Frau war beunruhigt, sie befürchtete langsam, dass die Angst dieses geistig verwirrten Einsiedlers nicht ausschließlich auf seine Wahnvorstellungen zurückzuführen war. Immer wieder dachte sie daran, dass Zenon genau gewusst hatte, wo sie die kleine Ysel finden würden. Woher aber? Und warum schenkte dem niemand Beachtung? Wenn er gewusst hatte, wo man die Leiche finden würde, wusste er sicher noch viel mehr. Doch von wem hatte er es erfahren? Sie war fest davon überzeugt, dass Zenon unschuldig war, durch seine Hand waren diese Morde nicht geschehen. Maria hatte Schuldgefühle, sie war dafür verantwortlich, was mit ihm geschehen war, und ihre schlimmsten Befürchtungen schienen sich mit jeder Sekunde mehr zu bestätigen: Wie hatte sie so blind sein können? Von Anfang an hatte sie geahnt, dass der Einsiedler in ein gefährliches Spiel verwickelt war, und sie hatte nichts getan, ihn davon abzuhalten. Sie hatte die Wahrheit einfach nicht sehen wollen. Wusste Zenon, in welcher Gefahr er sich befand? Sie hatte die Furcht in seinen Augen gesehen, die Angst vor dem »schwarzen Mann«, von dem er immer sprach, und da brauchte sie gar nicht erst ihren Kessel zu befragen: Jemand bedrohte ihn.

Ganz in Gedanken trat sie ins Haus. Sollte sie ihn im Wald bei der Heiligen Quelle suchen? Schließlich war Zenon davon überzeugt, dass Iscla dort lebte, er würde ihren Schutz suchen … Als sie bemerkte, dass sie nicht allein war, schrie sie überrascht auf. Pere de Palma, der Töpfer, sah sie mit seltsam fragendem Blick an. Wie er da zusammengekauert auf seinem Stuhl saß, bot der alte Mann ein bejammernswertes Bild, und seine Falten schienen sich seit dem Vortag vervielfacht zu haben. Doch er war nicht allein, ein großer, außerordentlich dünner Mann erhob sich von seinem Stuhl. Seine gepflegte Erscheinung konnte Maria keineswegs beruhigen.

»Ich bitte Euch meine Entschuldigung dafür anzunehmen, dass ich einfach so in Euer Haus eingedrungen bin, Maria. Euer Freund Pere hat mir gestattet einzutreten, und hier im Warmen auf Euch zu warten. Mein Name ist Ponç de l'Oliva, ich bin der Almosenpfleger von Sant Miquel de L'Espasa.«

Maria nickte ihm zum Gruß nur kurz zu, ihr Gesicht zeigte keine Regung. Für einen Augenblick hatte sie gedacht, es sei der Prior von Santa Maria, die beiden sahen sich erstaunlich ähnlich, sie waren groß und außergewöhnlich dünn, doch im Gegensatz zu Guerau de Cirera, der stets nervös und unruhig wirkte, strahlte dieser Besucher eine etwas gezwungene Ruhe aus. Die alte Frau wies auf den Stuhl, und nachdem Ponç de l'Oliva wieder Platz genommen hatte, stellte sie ihm einen Becher Wein hin, schenkte auch Pere de Palma ein und nahm zwischen den beiden Männern Platz.

»Das ist ein besonderer Wein, er ist mit Kräutern angesetzt und hat vierzig Tage gezogen, erst in der Sonne, dann im Schatten, ich hoffe, er schmeckt Euch.«

Maria beobachtete, wie der Almosenpfleger zögernd den Becher an die Lippen führte, und musste unwillkürlich lächeln. »Er wird Euch nicht umbringen, das versichere ich Euch, Ponç de l'Oliva, im Gegenteil, es kann sogar sein, dass er Euch beruhigt, in diesen unsicheren Zeiten. Euer Besuch überrascht mich, Eure Brüder kommen mich normalerweise nicht besuchen. Was kann ich für Euch tun? Habt Ihr irgendein Leiden?«

»Ich bin auf der Suche nach Zenon, dem Einsiedler«, antwortete der Almosenpfleger knapp. Er trank den ersten Schluck Wein und lehnte sich genüsslich zurück. »Der Wein ist ausgezeichnet, Maria, meine Hochachtung.«

»Zenon?« Maria tat erstaunt und warf Pere de Palma einen verstohlenen Blick zu. »Das überrascht mich allerdings noch mehr als Euer Besuch, Bruder Ponç, ich dachte, Eure Brüder wären froh und glücklich, dass der Einsiedler endlich verschwunden ist.«

»Zenon ist verschwunden?« Ponç' Augen flackerten alarmiert auf.

»Ich weiß es nicht, Bruder Ponç, sagt Ihr es mir … seit zwei Tagen hat ihn niemand mehr gesehen.«

»Vielleicht hat er sich in seiner Höhle versteckt, ich habe gehört …«

»Er ist nicht in seiner Höhle«, fiel Maria ihm scharf ins Wort.

»Vielleicht ist er im Wald, Maria …«, schlug Pere de Palma, eingeschüchtert durch den strengen Ton seiner alten Freundin, zaghaft vor. »Er verbringt sein halbes Leben im Wald.«

»Ja, daran habe ich auch schon gedacht, Pere, das ist der einzige Ort, wo ich noch nicht gesucht habe, und ich wollte mich gerade dorthin auf den Weg begeben.« Maria sah den Mönch fragend an.

»Ich versichere Euch, ich weiß nicht, wo er ist!« Ponç war empört über die Verdächtigung, die aus dem Blick der alten Frau sprach. »Glaubt Ihr etwa, dass ich …? Barmherziger Gott, Maria, ich habe nichts mit seinem Verschwinden zu tun!«

»Was macht ein Mönch von Sant Miquel so nah an feindlichem Territorium, Bruder Ponç?« Maria wollte keine Zeit verlieren.

»Dieser Ausdruck ist leider nur allzu treffend, und glaubt mir, dass ich das wahrhaftig bedaure. Das ist einer der Gründe, weswegen ich mich dem ›feindlichen Territorium‹ genähert habe, wie Ihr sagt. Zwischen zwei Häusern Gottes darf es keine Feindseligkeiten geben. Allerdings kommt es mir so vor, als hätte diese Gegnerschaft keinen wirklichen Grund, Maria … ich glaube eher, dass irgendjemand die Feindschaft zwischen den beiden Klöstern schürt und sich zu Nutze macht.«

»Das ist schon möglich.« Maria war nicht überrascht. »Ihr

seid ein kluger Mann, Bruder Ponç, und die Situation erfordert eine Menge Klugheit.«

»Ich habe dem Prior von Santa Maria versprochen, ihm in dieser schwierigen Zeit zur Seite zu stehen, und ich will mein Versprechen halten.« Ponç war angenehm überrascht, er hatte sich offenbar ein falsches Bild von der Wunderheilerin gemacht.

Maria, immer noch misstrauisch, musterte den Almosenpfleger gründlich. Der Mann machte einen aufrichtigen und ehrlich besorgten Eindruck, aber seit Jahren schon gab sie nichts mehr auf den äußeren Schein. In Wirklichkeit waren sie doch alle Lügner, sie selbst eingeschlossen. Lügner? Vielleicht waren es nicht direkt Lügen, sondern eher Geheimnisse, zu viele Geheimnisse, die hier im Spiel waren. Niemand vertraute sich dem anderen an, jeder hatte etwas zu verbergen. Wem konnte man noch vertrauen, wer war frei von alten Fesseln?

»Guerau de Cirera ist ein guter Mann«, erklärte sie bestimmt. »Aber noch sieht er nicht … Warum sucht Ihr Zenon denn?«

»Ich muss mit ihm sprechen.« Ponç zögerte, er war nicht sicher, wie weit er gehen konnte.

»Diese Erklärung scheint mir etwas dürftig, Bruder Ponç, sogar für eine arme alte Frau wie mich. Auch der Prior von Santa Maria sucht ihn, ich bin ihm bei Zenons Höhle begegnet … Woher dieses plötzliche Interesse? Es ist keine zwei Tage her, da betete der gesamte Konvent noch zum Allmächtigen, die Erde möge sich auftun und den unglückseligen Einsiedler verschlucken.« Sie nahm einen kräftigen Schluck Wein.

»Ihr habt recht, das ist eine dürftige Erklärung«, erwiderte der Almosenpfleger rasch. Die Frau war nicht leicht zu täuschen. »Eigentlich suche ich ihn, weil ich zu wissen meine, wer er ist, und überzeugt bin, dass er sich in großer Gefahr befindet.«

Maria fuhr bestürzt von ihrem Stuhl auf. Was sagte der Mönch da? Ob er wirklich wusste, wer Zenon war? Einen Moment lang überlegte sie fieberhaft, dann entgegnete sie:

»Ich will Euch anhören, Bruder Ponç. Wenn Ihr Euch bis hierher bemüht habt, wollt Ihr doch etwas von mir, und ich bezweifle sehr, dass Ihr wegen eines meiner Heilmittel gekommen seid. Entweder Ihr sprecht offen oder Ihr verlasst mein Haus, orakelhaftes Gerede ist das Privileg der Kirchenleute, glaubt mir, wir armen Leute können es uns nicht leisten, um den heißen Brei herumzureden.«

Ponç de l'Oliva zögerte, er wusste nichts über diese Frau, nichts garantierte ihm, dass er ihr trauen konnte. Wenn er sich nun in ihr irrte? Sie war klug und würde sich nicht täuschen oder mit vagen oder gar falschen Erklärungen abspeisen lassen. Sie hatte gesagt, sie hätte mit Guerau de Cirera gesprochen, doch worüber? Es fiel ihm schwer, sich den Prior in angeregter Plauderei mit dieser Frau vorzustellen.

»Ihr wisst nicht, ob Ihr mir trauen könnt, Bruder Ponç, das verstehe ich, mir geht es nämlich nicht viel anders«, unterbrach Maria seine Grübelei. »Auch ich kenne Eure Absichten nicht, ich weiß nicht, ob Ihr mein Vertrauen verdient, aber die Zeit drängt, und Ihr werdet Euch entscheiden müssen. Eine Katastrophe ist im Anzug, mein Freund, und jemand muss sie aufhalten.«

»Ihr habt recht, vollkommen recht.« Ponç sah sie respektvoll an, ihre schonungslose Offenheit beeindruckte ihn. »Wisst Ihr, ich glaube, dass jemand den Einsiedler benutzt, und zwar jemand, der dunkle Absichten verfolgt. Er macht sich zunutze, dass er nicht bei Sinnen ist, dieser arme Mann weiß ja nicht, was er tut.«

»Das wissen wir alle, Bruder Ponç. Das ist ein offenes Geheimnis, die Leute sind ja nicht dumm«, mischte sich Pere de Palma, der die ganze Zeit geschwiegen hatte, ins Gespräch. »Zenon ist nicht der böse Unhold, für den man ihn in Santa Maria hält. Ein Teil des Dorfes hält ihn für einen Heiligen, die Verzweiflung hat die Menschen dazu getrieben, aber … wir sind nicht alle so verzweifelt.«

»Ihr wusstet, dass sie Zenon benutzen, um gegen das Kloster zu hetzen?« Der Almosenpfleger sah verblüfft drein.

»Das ist noch so eine von Euren schlechten Angewohnheiten, Bruder Ponç«, fuhr Maria auf, die ihre Beherrschung verlor. »Ihr seid von Eurer Überlegenheit so sehr überzeugt, dass Ihr den Rest der Welt für dumm und unwissend haltet, und meint – entschuldigt den Ausdruck –, wir denken mit dem Hintern statt mit dem Kopf. Aber gut, wollt Ihr uns nun sagen, wer Zenon Eurer Meinung nach ist? Andernfalls müsst Ihr mich entschuldigen, ich habe viel zu tun, und mein guter Freund Pere hat noch jede Menge Ton zu bearbeiten.«

Ponç de l'Oliva war sprachlos. Seit seine Mutter– sie ruhe in Frieden – gestorben war, hatte niemand in diesem Ton mit ihm gesprochen. Fassungslos blickte er Maria an, doch die alte Frau war ganz damit beschäftigt, ihre Röcke zu ordnen und ihren Schal zurechtzulegen.

»Ich glaube es zu wissen …«, gestand er, immer noch verstört und mit schamroten Wangen. »Das heißt, ich bin beinahe sicher. Vor vielen Jahren, als ich Novize war, an einem Ort weit weg von hier, begleitete ich meinen Lehrer bei seinen Wohltätigkeitsbesuchen. Einmal besuchten wir einen

Konvent, der sehr abgelegen und schwer zugänglich war, als sollte der beschwerliche Weg mögliche Besucher abschrecken. Mein Lehrer versuchte mich darauf vorzubereiten, er erklärte mir, es handele sich um einen ›besonderen‹ Konvent. Dort würden die Brüder untergebracht, die es gewagt hatten, die Schwelle zur Hölle zu betreten … dort sperrte man also diejenigen ein, die vom Glauben abgefallen oder auf Abwege gekommen waren, versteht Ihr?«

»Ihr meint eine Art Gefängnis für Glaubensabtrünnige und Irre, Bruder Ponç?«, fasste Maria schroff zusammen.

Marias Worte ließen den Almosenpfleger zusammenzucken, denn sie bezeichneten klar und deutlich, was dieser furchterregende Ort wirklich war. Nie hätte er es gewagt, solche Worte zu gebrauchen. Jahrelang hatte ihn die Erinnerung an jenen Besuch in seinen schlimmsten Alpträumen verfolgt, und er war regelmäßig schweißgebadet und zitternd wie ein verängstigtes Kind erwacht.

»Ja, im Grunde war es das«, gab er traurig zu. »Kleine, geradezu winzige Zellen, ohne Fenster und ohne Licht … Männer, die dort gehalten wurden wie Tiere, halb nackt und verdreckt von ihren eigenen Exkrementen. Sie verließen nie ihre Zellen und bekamen das Tageslicht nicht zu sehen. Gütiger Gott! Mein Lehrer hatte etwas mit dem Superior des Konvents zu besprechen und sagte mir, ich solle mich ein bisschen umsehen und mir genau einprägen, was mit den Sündern geschieht, die von Gott verlassen sind.«

Ponç de l'Oliva rang nach Luft, er hatte das Gefühl zu ersticken. Sein Rücken war von kaltem, klebrigem Schweiß bedeckt. Maria erhob sich, um ihm nachzuschenken. Sie hielt ihm den Becher an die Lippen, da seine Hände nicht aufhören wollten zu zittern.

»Diese Erinnerung wird mich mein Leben lang verfolgen«, flüsterte er, während er den Wein austrank. »Damals habe ich ihn gesehen, in einer der Zellen, zusammengekauert in einer Ecke, die Augen verdreht, da habe ich ihn gesehen, es war Zenon!«

»Seid Ihr sicher?« Pere de Palma brach erneut sein Schweigen. Er nahm Marias Hand und drückte sie fest.

»Ein Aufseher erklärte mir, dieser Unglücksmensch sei vom Glauben abgefallen, und zur Strafe hätte Gott ihn den Verstand verlieren lassen. Er warnte mich vor ihm, ich sollte ihm nicht zu nahe kommen, er sei sehr gefährlich«, fuhr Ponç mit bebender Stimme fort. »Außerdem erzählte er mir, er habe das schlimmste Verbrechen begangen, das es überhaupt gibt, er habe nämlich die Hand gegen einen seiner Brüder erhoben und ihn getötet! Ich war damals noch sehr jung, wahrscheinlich nicht älter als dreizehn, und ich war vollkommen verstört vor Entsetzen bei dem Gedanken an eine solche Tat. Ich war wie gelähmt, konnte den Blick nicht von diesem menschlichen Abschaum wenden ... der Aufseher ließ mich dann allein, nicht ohne mir mit auf den Weg zu geben, ich solle die Gelegenheit nutzen, über die verkommene Natur des Menschen nachzudenken, über das Böse und über die Strafe Gottes. Ich wollte nur weg von dort, doch ich konnte mich nicht rühren ... Da kam Zenon mit dem Gesicht ganz nah an die Tür heran, dort war so ein kleines vergittertes Fenster, eine Art Guckloch, und sprach mich an: ›Hilf mir, bitte hilf mir, sie werden kommen und mich töten‹, flüsterte er mit dünner, gebrochener Stimme, wieder und immer wieder.«

Maria und Pere hatten sich zu ihm gebeugt, um ihn besser hören zu können. Dicke Tränen kullerten der alten Heilerin die Wangen hinunter, so bewegt war sie von der Schilderung. Pere nahm sie liebevoll in den Arm.

»Und seid Ihr wirklich sicher, dass Zenon und dieser unglückselige Kerl ein und dieselbe Person sind?«, ergriff Pere de Palma das Wort, da seine Freundin schwieg.

»Ich fürchte ja, Pere … Als ich Euch eben davon erzählte, war es mir fast, als würde ich das alles noch einmal erleben, und ich habe Zenons Gesicht ganz klar und deutlich vor mir gesehen. Ich bin mir ganz sicher! Ich habe noch nie jemandem erzählt, wie sehr mich dieser Besuch erschüttert hat.« Der Almosenpfleger zitterte jetzt nicht mehr, und auch der kalte Schweiß, der ihm die ganze Zeit den Rücken hinuntergelaufen war, war versiegt. Eine Last war ihm von der Seele gefallen, er spürte eine große Erleichterung, als hätte die Geschichte, dadurch dass er sie erzählt hatte, die Aura des Bösen verloren.

»Zenon ist ein armer Tropf, Bruder Ponç, und er ist es immer gewesen.« Maria gewann langsam ihre Kraft zurück, und ihr gebeugter Rücken richtete sich wieder auf. »Er verdient unser Mitleid und unsere Zuneigung. Wir müssen herausfinden, wer sich seinen Wahnsinn zu Nutze macht. Wisst Ihr noch mehr über ihn, wisst Ihr, woher er kam?«

»Nein, leider nicht, wie gesagt war ich damals noch sehr jung, fast noch ein Kind, und ich habe keine Fragen gestellt. Wer hätte gedacht, dass ich ihn jemals wiedersehen würde? Jedenfalls habe ich jetzt an den Superior dieses Konvents geschrieben und ihn um Auskunft gebeten. Ich bezweifle allerdings, dass er mir antworten wird.«

Maria erwiderte nichts, sie hatte die Auskünfte erhalten, auf die sie gewartet hatte, und schwieg nun. Sie dachte angestrengt nach und hörte dem Gespräch, das sich nun zwischen Ponç de l'Oliva und Pere de Palma entspann, kaum zu. Es war noch Zeit, Zenon zu finden, aber sie musste sich beeilen. Und sie musste allein nach ihm suchen. Ob der Einsiedler sich in den Wald geflüchtet hatte? Eine Frage des Almosenpflegers riss sie aus ihren Überlegungen und ließ ihr das Blut in den Adern gefrieren.

»Ich bin in Tarragona gewesen, Maria, und dort habe ich etwas in Erfahrung gebracht, wonach ich Euch fragen wollte. Man hat mir erzählt, dass Euer Sohn vor einiger Zeit gewaltsam ums Leben gekommen ist, dass jemand ihn ermordet hat. Möge er in Gottes Schoße ruhen! So viele mysteriöse Todesfälle an einem Ort, ich weiß nicht, was ich denken soll, und ...«

»Nein, Bruder Ponç, da irrt Ihr, man hat Euch falsch unterrichtet. Niemand hat meinen Sohn umgebracht.« Trotz aller Anstrengung lag ein leichtes Beben in ihrer Stimme. Pere de Palma war der Einzige, der diese leichte Veränderung bemerkte, doch er zügelte seine Neugier und nahm sein Gespräch mit Ponç de l'Oliva wieder auf. Maria ging zum Feuer und legte ein paar Scheite nach. Sie wollte ihr tiefes Leid nicht zeigen, diesen Schmerz, der sie seit Jahren in seinen mächtigen Pranken gefangen hielt. Nein, dachte sie, niemand hatte ihren Sohn getötet, trotz der Gerüchte, die ihn für tot erklärten, Gerüchte, die dazu dienten, den Skandal zu vertuschen. Es war so viel Zeit vergangen, die Jahre waren kaum merklich an ihr vorübergeflogen wie eine Brise des Nordwinds. Ohne den Schmerz zu spüren, hatte sie sich nur darauf konzentriert zu überleben. Aber was eigentlich wollte sie überleben und wozu? Die Antworten, die Maria suchte, konnte ihr Kessel ihr nicht geben, das wäre zu einfach gewesen ... was sie suchte, lag tief in ihrem Herzen vergraben, vor allen Blicken verborgen, selbst vor ihrem eigenen. Doch nun war es an der Zeit, dort hineinzublicken.

Hügel für Hügel nichts als Rot und Grau, nur die kleinen grünen Flecken der Weinstöcke und Olivenbäume ließen die Landschaft weniger eintönig erscheinen. Der Weg bot dem Auge nicht viel Abwechslung, und Ebro, noch ganz mitgenommen von der Aufregung beim Aufbruch am frühen Morgen, döste auf seiner Stute vor sich hin. Guillem beobachtete mit besorgter Miene den Sonnenstand. Obwohl sie schon mindestens anderthalb Stunden unterwegs waren, war weit und breit kein Wald in Sicht. Gerade als er sich fragte, ob Folch sich in der Richtung getäuscht haben mochte, gelangten sie an eine Weggabelung. Der eine Weg führte den Hügel hinauf, der andere hinunter, es war nicht zu erkennen, wo sie endeten. Jäh riss Guillem am Zügel, und sein Pferd blieb erschrocken wiehernd stehen. Er weckte Ebro aus seinem Halbschlaf, und nach kurzer Beratung entschieden sie sich für den Weg, der in Richtung Südosten bergab ging. Nach wenigen Metern stellten sie fest, dass der zuerst nur leicht abschüssige Weg in einen schmalen, steilen Kieselpfad mündete, auf dem die Pferde nur noch langsam und beschwerlich vorankamen. Guillem fluchte leise, als sein Pferd mit den Hufen auf den Steinen ausglitt, bis an den Rand des Weges schlitterte und beinahe den Abhang hinuntergestürzt wäre. Er rief nach Ebro, um ihn zu warnen, und wies ihn an, die Zügel straff zu halten. Nach einer halben Stunde mühsamen Abstiegs, bei dem sie mit den losen Kieseln zu kämpfen hatten und immer wieder einen wahren Steinregen auslösten, stieß Ebro einen Jubelschrei aus und deutete mit dem Arm auf einen Punkt in der Ferne. Ganz am Ende des vor ihnen liegenden Tals erhob sich wie ein grüner Farbfleck inmitten des eintönigen Graus der Felsen ein riesiger Steineichenwald.

Plötzlich endete der Weg, und den steilen Hang hinab führte nur noch ein kaum erkennbarer holpriger Pfad. Da verlor Ebro die Kontrolle über sein Pferd. Folchs prachtvolle Stute stieß ein markerschütterndes, verzweifeltes Wiehern aus und stürzte den Hang hinunter, wobei sie eine Lawine von Steinen mit sich riss, während sie die Vorderhufe steif von sich streckte, um das Gleichgewicht wiederzufinden. Hilflos sah Guillem zu, wie Reiter und Pferd sich gegen den Absturz stemmten, dann verlor er sie aus den Augen. So schnell wie möglich ritt er den Weg hinunter und spornte sein Pferd an, bis er eine kleine Lichtung erreichte. Dort fand er Ebro, der sich immer noch mit beiden Händen an Anzas Mähne festkrallte. Reiter und Pferd schnaubten heftig und sahen gleichermaßen erschrocken aus.

Ein weiterer von Gestrüpp überwucherter Pfad führte kaum erkennbar Richtung Wald. Sie sahen keinerlei Spuren, weder von Mensch noch Tier. Womöglich hatte jahrhundertelang kein menschlicher Fuß diesen Boden berührt. Sie tauchten in den endlosen grünen Tunnel ein, durch dessen dichtes Laub kaum ein Lichtstrahl drang, und waren überwältigt von der vollkommenen Stille, die in dem Wald herrschte. Die weißlich-grünen Blätter der hohen Steineichen wogten hoch über ihren Köpfen. Der Weg schlängelte sich endlos weiter Richtung Süden. Er wurde immer schmaler und dichter überwuchert, so dass sie absteigen und sich mithilfe ihrer Schwerter einen Weg durch das Dorngestrüpp bahnen mussten. Plötzlich erklang ein klirrendes Geräusch – Guillems Schwert war auf etwas Hartes geprallt. Direkt vor ihnen erhob sich eine hohe Felswand von blutroter Farbe und schnitt ihnen den Weg ab. Guillem stieß einen lauten Fluch aus, und ein mehrfaches Echo trug seine Worte zu ihm zurück.

»Ich glaube, wir sind auf dem richtigen Weg«, rief Ebro, der bemüht war, den Zorn seines Gefährten zu besänftigen. »Den Anweisungen zufolge sollten wir in den grünen Schlund eintreten, und da sind wir ja nun drin, meinst du nicht? Dieser Wald ist wirklich ein riesiger grüner Schlund, und …«

»Und in irgendeiner Ecke sitzt die fliegende Schlange und lauert auf ihre Beute!«, fiel ihm Guillem spöttisch ins Wort, wobei er eine Grimasse schnitt und wilde Gesten machte.

Sie gingen an der Felswand entlang, die einen weiten Bogen beschrieb, als würden diese roten glatten Wände den Wald in sich einschließen wie eine geheime, unzugängliche Insel. Sie waren müde und hungrig, und es war kein Weg und kein Hinweis auf einen möglichen Durchgang zu erkennen. Guillem beschloss zum Ausgangspunkt zurückzukehren, zu der Stelle, wo er mit dem Schwert auf die Felswand getroffen war und wo die Pferde warteten. Da entdeckten sie wenige Schritte weiter einen schmalen langgezogenen Spalt, der im Felsen klaffte wie eine offene Wunde. In der Mitte verbreiterte er sich gerade so weit, dass ein Mensch hindurchschlüpfen konnte. Dahinter war zwischen zwei hohen Felswänden ein schmaler Vorsprung zu erahnen, der hinter einer Biegung verschwand. Die beiden sahen sich zweifelnd an. Die Felsen waren schwindelerregend hoch, ihr Gipfel kaum zu erahnen. Guillem entschied, dass sie es wagen sollten. Er gab dem Jungen genaue Anweisungen, erklomm die Öffnung und schob sich mühsam hindurch. Ebro kletterte ihm hinterher. Zuerst kam ein kürzeres Stück, auf dem sie nur mit Mühe vorwärtskamen, der steile Weg schlängelte sich zwischen mächtigen Felsblöcken hindurch. Kurz darauf mündete er in einen schmalen Gesims, der über dem Abgrund zu ihren Füßen an der roten Felswand entlangführte. Der Abstand zu der Felswand gegenüber wurde immer größer, und auf der anderen Seite war kein Vorsprung zu erkennen, so dass es auch keine Möglichkeit zu geben schien, dort entlangzugehen. Tief unter ihnen war das Geräusch tosenden Wassers zu hören. Guillem sah sich um und seufzte mutlos. Umkehren konnten sie nicht mehr. Ebro blickte ihn mit angstverzerrtem Gesicht an.

»Ich bin nicht schwindelfrei, Guillem, ich werde hinunterstürzen ...«, flüsterte der Junge, während er sich krampfhaft mit beiden Armen an den Felswänden abstützte und in das Nichts starrte, das sich unter ihm auftat.

»Schlimmer als die fliegende Schlange wird es schon nicht sein«, scherzte Guillem, änderte aber den Ton, als er begriff, dass der Junge wirklich in Panik war. »Ganz ruhig, Ebro, keine Angst, am besten du bleibst hier, hier bist du sicher. Bleib von der Kante weg und setz dich hin. Dir wird nichts passieren, ganz ruhig.«

»Nein, nein, ich kann nicht hier bleiben ... Wir müssen doch zu zweit sein!« Ebro schlotterten die Knie.

»Hör mir mal zu, Ebro, sei nicht so stur. Nichts garantiert uns, dass wir auf dem richtigen Weg sind, noch dass wir irgendetwas Interessantes entdecken werden. Vielleicht ist dieser Vorsprung hier auf einmal zu Ende, vielleicht führt er nirgendwohin ... Überleg doch mal, meinst du, zwei alte Männer wie Serpentarius und sein Gehilfe würden hier oben herumturnen? Also, du bleibst kurz hier, und ich sehe mir die Sache einmal an.«

»Meister Serpentarius traue ich alles Mögliche zu, und

ich bin sicher, dass dies der richtige Weg ist.« Ebro kämpfte gegen seine Angst an und schüttelte trotzig den Kopf. Er wollte auf keinen Fall alleine zurückbleiben.

Guillem mochte nicht länger herumdiskutieren, um nicht noch mehr Zeit zu verlieren, und so gab er nach und erlaubte Ebro, ihm zu folgen. Der Junge löste sich langsam von der Wand. Verzweifelt tastete er sich mit den Händen an dem glatten Fels entlang und wartete mit geschlossenen Augen auf Guillems Anweisungen. Er hatte Mühe seine Füße zu bewegen, die Sekunden schienen ihm wie endlose Stunden, bis er plötzlich spürte, dass ein Paar Arme ihn umfingen und schüttelten. Ebro, überzeugt, er würde in die Tiefe stürzen, fing vor Schreck an wild mit den Armen zu rudern und um sich zu schlagen.

»Mach die Augen auf, Ebro, mach die Augen auf! Keine Angst, ich bin es.«

Immer noch zitternd wie Espenlaub stellte Ebro fest, dass sie auf einer kleinen steinernen Plattform standen, die über dem Abgrund hervorragte. Die Beine versagten ihm, er ließ sich auf den Boden gleiten, ganz dicht an der Wand, und versuchte das Zittern unter Kontrolle zu bringen, das seinen ganzen Körper erschütterte. Guillem neben ihm schaute sich zweifelnd um. Hinter der Felsplattform, auf der sie standen, führte der simsartige Vorsprung weiter. Er wurde immer schmaler, bis kaum noch Platz schien, einen Fuß darauf zu setzen. Guillem überlegte: Es war kaum möglich, dass zwei alte Männer wie Serpentarius und sein Gehilfe diesen Weg zurückgelegt hatten. Ebro war zwar davon überzeugt, doch er hielt das für ausgeschlossen, zumal der schmale Pfad in einem tosenden Wasserfall endete, der aus unwahrscheinlicher Höhe hinabstürzte. Er setzte sich neben Ebro. Er war erschöpft und enttäuscht, weil sie so viel Zeit vertan hatten, und außerdem quälte ihn seit Stunden ein bohrender Hunger.

Plötzlich richtete er sich auf, und jeder einzelne seiner Muskeln spannte sich: Genau vor ihren Augen, auf der anderen Seite der Schlucht, so dass von der Plattform aus direkt der Blick darauf fiel, waren nebeneinander zwei prachtvolle Quadrate in die Felswand geritzt. Sie sahen genauso aus wie auf dem Dreieck aus dem Grab des Riesen. Quer durch die Vierecke hindurch verlief eine gerade Linie, die rechts und links über die Seiten hinausragte. Er stieß Ebro, der immer noch vor sich hin schnaufte, in die Seite und deutete mit dem Kinn zu den beiden Quadraten hin. Der Junge begriff nicht gleich. Dann stieß er einen gellenden Schrei aus.

»Oh, heilige Maria steh uns bei, wir sind auf der falschen Seite!« Dann verstummte er, allein der Gedanke, den Weg am Rande des Abgrunds wieder zurückbalancieren zu müssen, verschlug ihm den Atem.

»Nein, Ebro, wir sind nicht auf der falschen Seite. Da war nur ein Weg, und den haben wir genommen. Wir mussten bis hierhin kommen, sonst hätten wir die Quadrate gar nicht sehen können, verstehst du? Die Mühe hat sich gelohnt, ich bin stolz auf dich. Aber sag mal, da am Anfang, bevor wir auf den Vorsprung geklettert sind, hatte ich den Eindruck, dass zu meinen Füßen irgendetwas hing. Hast du das gesehen?«

»Wie denn wohl, ich hatte doch die Augen zu!«, heulte Ebro.

»Jetzt mal ganz ruhig, Ebro, atme tief durch und versuch dich zu beruhigen. Ich dachte, du willst ein verdammter Spion werden wie ich, da kannst du mal sehen, was das für eine abscheuliche Arbeit ist.« Guillem versuchte zu scherzen, um sich seine Sorge um den Jungen nicht anmerken zu lassen. »Sieh mal, Ebro, es gibt da einen ganz einfachen Trick … als ich so alt war wie du, konnte ich keine Leiter hinaufsteigen, ohne dass mir schwindelig wurde, das kannst du mir glauben! Aber mit der Zeit und ein wenig Geduld habe ich gelernt, das zu überwinden. Pass auf, du darfst niemals nach unten sehen, und auch nicht nach oben … du musst einfach ganz fest auf deine Nasenspitze schauen, dich nur auf deine Nase konzentrieren und an nichts anderes denken, verstehst du? Gut, also, am besten du bleibst jetzt hier und beruhigst dich ein bisschen, damit du aufhörst zu zittern.«

»Nein, bitte lass mich nicht allein, ich werde alles tun, was du mir sagst, ich werde auch nirgendwohin schauen, nur auf meine Nase, versprochen!«

Ebro versuchte mit aller Kraft, seine Furcht zu bezwingen. Sein Gesicht war immer noch angstverzerrt, doch seine Augen blickten entschlossen drein. Langsam traten sie den Rückweg an und setzten vorsichtig einen Fuß vor den anderen. Ebro wagte kaum zu atmen, während Guillem nicht aufhörte, sanft auf ihn einzureden: »Ganz ruhig, Junge, keine Eile, guck immer schön auf deine Nase, erzähl mir, welche Form sie hat, und bleib nur nicht stehen …« Als sie am Anfang des Weges ankamen, wo das schmale Gesims begann und die hohen Felswände sich zu beiden Seiten öffneten, flüchtete Ebro sich in eine sichere Nische. Guillem ging vorsichtig in die Knie, um die Stelle zu finden, wo er etwas gesehen zu haben meinte. Während er versuchte, nicht das Gleichgewicht zu verlieren, tastete er den Fels unter sich ab, bis er einen herausstehenden Nagel fand, an dem ein Strick befestigt war. Als er daran zog, kam ein langes vermodertes Brett zum Vorschein, das von schwärzlich-grünem glitschigem Moos überzogen war.

»Allmächtiger Gott, Guillem, das hält doch nicht, das ist doch ganz alt und morsch!« Ebro, der ahnte, wozu das Brett dienen sollte, bekam es wieder mit der Angst zu tun.

Guillem tat, als hätte er nichts gehört, und setzte sich mit dem Brett in der Hand auf den Boden. Während seine Beine über dem Abgrund baumelten, überlegte er, welche Möglichkeiten sie hatten, auf die andere Seite zu gelangen, ohne unweigerlich hinunterzustürzen. Er schwang das Brett hin und her, um Schwung zu holen, doch er konnte an der gegenüberliegenden Wand keinerlei Vorsprung erkennen, wo er das Holz hätte auflegen können. Wie zum Teufel sollte er das Brett auf der anderen Seite abstützen, wenn es ihm überhaupt gelingen würde, es hinüberzubugsieren? Er atmete ein paar Mal tief ein und schwang das Brett hinüber. Das Holz prallte gegen die gegenüberliegende Wand, es gab ein lautes Knirschen, und das Brett rutschte ab. Er konnte es gerade noch festhalten. Er spürte Ebros Blick in seinem Nacken und unternahm einen neuen Versuch. Diesmal hakte das Brett ein. Unter größter Anstrengung drehte er es auf allen vieren in eine gerade Position. Keuchend und fluchend besah er sich das Ergebnis. Einen besonders sicheren Eindruck machte die behelfsmäßige Brücke nicht, und die glitschige grünliche Schicht auf dem Holz verhieß wahrlich nichts Gutes.

»Also schön, gehen wir rüber … Ebro, wach auf und beweg deinen Hintern, wenn du mitkommen willst, wir haben keine andere Wahl, als es zu riskieren.«

»Bist du verrückt geworden, das bricht doch sofort in tausend Stücke!« Der Junge kauerte sich eng an die Wand und starrte wie hypnotisiert auf das Brett.

»Ach was, das bricht nicht, verdammt noch mal, das ist bestes Holz – alt, aber stabil! Das Problem ist nur die Moderschicht obendrauf ... wir müssen aufpassen, damit wir nicht abrutschen, verstehst du? Am besten wir gehen zügig und ohne anzuhalten hinüber, hörst du?«

Ebro nickte stumm und beobachtete wie gebannt, wie Guillem sich anschickte, den Abgrund zu überqueren. Er hatte sich aufgerichtet und einen Fuß auf das Brett gesetzt. Mit ausgestreckten Armen verlagerte er sein Gewicht vorsichtig nach vorne und prüfte, ob der ziemlich dünne Steg halten würde. Ohne lange zu überlegen machte er drei große Schritte, das Holz knarrte und knirschte, und im Nu war er auf der anderen Seite.

»Los, Ebro, ohne nach unten zu gucken! Du musst die Arme ausstrecken, um das Gleichgewicht zu halten! Schau mich an, Ebro, schau nur auf mich, ich bin hier und fange dich auf.«

Wie in Trance richtete Ebro sich auf und tat es seinem Gefährten nach. Mit ausgestreckten Armen stand er am Fuß des Stegs und atmete heftig. Sein leerer Blick war starr auf Guillem gerichtet, der ihm die Arme entgegenstreckte und mit den Füßen nach einem Spalt im Fels tastete, um Halt zu finden. Auf einmal heulte Ebro auf, sauste wie der Blitz über den Steg und prallte mit aller Wucht auf Guillem. Doch er fand so schnell keinen Halt auf dem schmalen Felsvorsprung und rutschte ab. Guillem konnte ihn gerade noch am Hemd packen, und mehrere Sekunden lang hing Ebro strampelnd in der Luft, während sich sein Hemd, das Guillem verzweifelt festzuhalten versuchte, um seinen Hals zusammenzog. Mit einem markerschütternden Schrei und vor Anstrengung verkrampftem Gesicht zog Guillem den Jungen zu sich herauf und wuchtete ihn an die rote Steinwand.

Eine Weile waren neben dem Geräusch des tosenden Wassers unten in der Schlucht nur heftiges Keuchen und Schnaufen zu hören. Das dünne Brett hing bebend über dem Abgrund. Von dieser Seite sah der Vorsprung, der an der Wand entlangführte, besser aus, er war breit genug und bot ausreichend Platz, um bequem mit dem ganzen Fuß aufzutreten. Das war von der anderen Seite aus nicht zu erkennen gewesen, da die Fläche zur Wand hin leicht schräg verlief. So kamen sie sehr viel leichter voran und waren nach wenigen Minuten bei den in den Fels geritzten Quadraten angelangt. Dort machte der schmale Weg eine scharfe Biegung und führte dann auf eine Plattform, die der auf der gegenüberliegenden Seite ähnelte, jedoch breiter und geräumiger war. Dort waren zwei Holzräder im Fels eingelassen. In der Radmitte, wo sich die Speichen trafen, war wiederum jeweils ein Quadrat zu sehen. Guillem bemerkte den Schatten zweier langer Stricke, die von den Rädern aus in die Höhe führten und in Felsspalten verschwanden.

»Bist du in Ordnung, oder willst du ein bisschen ausruhen?«, fragte Guillem und musterte den kreidebleichen Jungen.

Ebro, außerstande auch nur ein Wort hervorzubringen, schüttelte den Kopf. Er war neben Guillem getreten und wartete auf seine Anweisungen.

Guillem wandte sich wieder den beiden Rädern zu, die etwa auf Brusthöhe nebeneinander angebracht waren. Je acht prachtvoll geschnitzte Speichen trafen in der Mitte auf eine kreisförmige Platte, in die das Quadrat geschnitzt war. Guillem umfasste eines der Räder mit beiden Händen und versuchte es zu bewegen, jedoch vergeblich … dann probierte er es andersherum – ohne Erfolg. Er hieß Ebro, sich vor das zweite Rad zu stellen, und auf Kommando versuchten sie die Räder nach rechts zu drehen. Tatsächlich ließen sich die beiden Räder nun mit Leichtigkeit bewegen, wobei ein Geräusch zu hören war, das an Peitschenknallen erinnerte. Gleichzeitig spannten sich die Stricke. Danach klemmten die Räder fest und ließen sich trotz aller Anstrengung nicht mehr weiter drehen. Schweißgebadet schauten Guillem und Ebro sich um, als erwarteten sie ein Wunder, und vor Aufregung schlugen ihre Herzen schneller.

Der Wasserfall, auf den die Felsvorsprünge von beiden Seiten aus zuführten, hatte nachgelassen, aus dem reißenden Strom war ein schmales Rinnsal geworden. Irgendwo weit oben schien ein unsichtbares Hindernis den Wasserfluss zu blockieren. Dort, wo die beiden Wege zusammentrafen, war jetzt eine Öffnung zu sehen, offenbar der Eingang zu einer Grotte. Auf den ersten Blick war es nur ein schmaler, länglicher Spalt, doch dort angelangt, stellten sie fest, dass die Öffnung groß genug war, damit ein Mensch bequem hindurchschlüpfen konnte. Guillem stieß einen Seufzer der Erleichterung aus. Enge, geschlossene Räume riefen bei ihm ein Gefühl der Beklemmung hervor, und er bezweifelte, dass Ebros bereits stark strapazierte Nerven noch lange mitmachen würden. Er schlüpfte durch den Spalt, und Ebro folgte ihm nach. Nach etwa fünfzehn Metern gelangten sie in eine große natürliche Grotte. Die dicken Tropfsteine, die vom Boden aufragten, schufen ein bizarres Bild. Sie hatten das Gefühl, mitten in einen vergessenen Wald geraten zu sein, in dem steinerne Stämme einsam und nackt beieinander standen. An der Decke hoch über ihnen befand sich eine Öffnung, durch die schwaches Tageslicht drang, ein winziger Ausschnitt des Himmels war zu sehen. Das Licht fiel in konzentrischen Kreisen auf den Boden, und in ihrer Mitte stand ein glänzender schwarzer Felsblock, der die Form eines Würfels hatte. In den schwarzen Stein gerammt, träumte ein verrostetes Schwert von besseren Zeiten.

»Ich habe jedes Zeitgefühl verloren, Ebro, ich habe keine Vorstellung, wie viele Stunden wir schon hier herumirren«, meinte Guillem ermattet, während er den schwarzen Würfel umrundete.

»›Wo die Sonne am höchsten steht, im Schatten des Schwerts‹«, murmelte Ebro fasziniert.

»Genau, mein Junge, daran dachte ich auch gerade, was immer das auch bedeuten mag. Vielleicht ist es schon nach Mittag und … Bei den Nägeln Christi! Ich habe dieses dämliche Rätselraten satt! Folch wird sich Sorgen machen, wenn wir nicht zurückkommen.« Guillem befühlte den schwarzen Stein, strich über den Griff des alten Schwerts und prüfte, wie hart der Boden war. Dann legte er sich erschöpft und entnervt auf die Erde, er spürte jeden einzelnen seiner Muskeln.

»Das hier ist viel besser als die fliegende Schlange, Guillem. Wenn ich das Bruder Beson erzähle … der wird mir kein Wort glauben.« Ebro setzte sich neben den jungen Tempelritter. Vor Staunen bekam er den Mund gar nicht mehr zu.

»Weder Bruder Beson noch sonst jemand, Junge. Und mach den Mund zu, du siehst aus wie ein Trottel. Schön, also die Aussicht, hier die Nacht zu verbringen, begeistert mich nicht gerade, und es hätte mir gerade noch gefehlt, dass …«

Plötzlich drang ein heller Sonnenstrahl durch die Öffnung in der Decke. Er erfüllte die Grotte mit einem eigenartigen Licht, eine gerade Linie, die gespenstisch schimmerte und ganz sanft herabwanderte, bis sie auf den Griff des Schwerts traf. Beim Auftreffen auf das Metall wurde der Lichtstrahl umgelenkt und nach links geworfen. Mit einem Satz war Guillem auf den Beinen. Er war jetzt wieder hellwach und ließ den verrückten Strahl nicht aus den Augen. Schließlich schien dieser sein Ziel erreicht zu haben. In einem Winkel der Höhle blieb er ein paar Sekunden stehen, blitzte und funkelte und sandte kleine Lichtpunkte aus, die im Halbdunkel der Höhle tanzten. Als Guillem und Ebro durch die steinernen Stämme auf den Lichtstrahl zu stürzten, schlug dieser plötzlich die umgekehrte Richtung ein und ließ sich wieder auf dem Schwertgriff nieder. Er strich sanft darüber, stieg dann wieder in die Höhe und verschwand. Sie erwischten gerade noch ein Funkeln, einen letzten Widerschein des Strahls, der für Sekunden an der Felswand glänzte.

Kurz entschlossen hob Guillem Ebro auf seine Schultern, und prüfend tastete der Junge die Felswand ab, um die Stelle zu finden, wo der Strahl stehen geblieben war. Ebro stieß einen Begeisterungsschrei aus, als sie gefunden hatten, was sie suchten: ein weiteres goldenes Dreieck, das in einer kleinen Vertiefung in der Wand ruhte: der dritte Bruder war nun geweckt.

»Wir haben es, Guillem, wir haben es!«, rief Ebro, fast von Sinnen. Alle Angst war vergessen.

Guillem nahm die kleine Platte entgegen, die der Junge ihm reichte, wickelte sie in ein Tuch und verstaute sie bei den anderen unter seinem Hemd. Er warf nicht einmal einen Blick darauf, denn er war zu Tode erschöpft, und sie hatten noch einen langen Rückweg vor sich. Er wollte Folch nicht beunruhigen. Sie kehrten zu den Rädern zurück, ließen dem gestauten Wasser freien Lauf, und die Höhle wurde wieder vor unerwünschten Blicken abgeschirmt. Auf dem

Rückweg grübelte Guillem missmutig vor sich hin, genau wie vor wenigen Tagen, als sie das Grab des Riesen verlassen hatten. Was hatte all dieses Zeug zu bedeuten – diese Dreiecke und die ganzen Rätselsprüche? Wohin zum Teufel würde das führen? Er fühlte sich wie eine Marionette, die mal hierhin, mal dorthin gezerrt wurde, ohne dass zu erkennen gewesen wäre, wozu das alles gut sein sollte. Was konnte so wichtig sein, dass man derart komplizierte Verstecke ersann? Ein Gedanke allerdings nahm in seinem Kopf immer deutlichere Formen an: Meister Serpentarius hatte das Rätsel von langer Hand vorbereitet, lange bevor er alt und müde nach Miravet gekommen war. Es war unvorstellbar, dass er dieses ganze Netz von seltsamen Verstecken und Mechanismen in nur sechs Monaten aufgebaut haben sollte. Dies alles erforderte jahrelange Vorbereitung und Planung. Er hatte damit begonnen, lange bevor der Orden auf ihn aufmerksam geworden war, und vielleicht hatte der Meister die einzelnen Teile seines Plans in alle Winde verstreut, um dieser Aufmerksamkeit zu entgehen … Guillem war sicher, dass der Plan auf ein bestimmtes Ziel zu führte, jedes der Dreiecke passte exakt an ein anderes, bis sich der Kreis schließen würde. Aber wohin würde dieser Plan führen? Das war die große Frage. Da kam ihm ein Gedanke in den Sinn, und er musste lächeln, als er daran dachte, was Bruder Beson erzählt hatte … Warum eigentlich nicht? … Bei diesem ganzen Irrsinn war alles möglich, und wer weiß, vielleicht war Meister Serpentarius ja dabei, ihnen den kürzesten Weg in die Hölle zu zeigen.

10

Guerau de Cirera

»Die Kräfte schwinden mit jedem Tag, und eine Vorahnung des Todes erfüllt meine Seele. Ich kann nicht länger warten. Meine Gefährten, meine alten Kameraden, verstehen nicht, warum ich so hartnäckig schweige, sie überwachen meine Schritte und sind voller Argwohn. Doch ich kann sie verstehen ... Wer sonst wäre dazu fähig?«

Die Kirche von Santa Maria erstrahlte in vollem Glanz, Hunderte von Kerzen leuchteten bis in den letzten Winkel ihrer drei erhabenen Schiffe. Geschäftige Mönche eilten mit Lappen und schweren Wasserkübeln hin und her, und überall herrschte reges Treiben. Guerau de Cirera stolperte in die Kirche, ein stechender Schmerz in der Seite drang ihm bis hinauf zur linken Schulter. Er stützte sich auf das Weihwasserbecken und starrte auf die steinerne Schlange, die sich um das Becken wand. Sie schlängelte sich vom Fuß der Säule bis zum Becken hinauf und darum herum. Der Prior öffnete den Mund und schnappte nach Luft, doch kaum etwas schien seine Lungen zu erreichen, immer noch spürte er diesen ungeheuren Druck auf der Brust. Er hielt sich an dem Becken fest, ging in die Knie und versuchte den Schmerz zu unterdrücken, der ihn zu ersticken drohte. In kurzen Zügen atmete er die dichte, schwere Luft. Niemand schien von ihm Notiz zu nehmen, keiner kam ihm zu

Hilfe. Er ließ den Beckenrand los, stützte die Hände auf die Knie und wartete vornübergebeugt ab, bis der Schmerz nachließ. Als hätte eine mächtige Pranke sich gelockert und ihre Beute freigegeben, konnte er nach einer Weile wieder frei atmen und richtete sich vorsichtig auf. Regungslos stand er da und betrachtete das Schauspiel, das sich seinen Augen bot. Mit Feuereifer wurde Isclas alter Altar gereinigt, wurden die verstaubten Kandelaber poliert und der Boden geschrubbt. Zwischen dem ganzen Tumult spazierte der Abt umher und strahlte über das ganze Gesicht.

»Es freut mich, dass Ihr Euch entschlossen habt zu kommen, Prior«, rief er, als er ihn sah, und kam mit ausgebreiteten Armen auf ihn zu. »Ich hatte Euch nichts gesagt, weil ich Euch überraschen wollte. Es wird eine großartige Zeremonie, doch sie erfordert sorgfältige Vorbereitung, wir werden Wochen brauchen … deswegen mussten wir jetzt einmal anfangen! Ich bin übrigens dabei, die Liturgie zu studieren, um für einen solch bedeutenden Akt etwas Passendes auszuwählen: die Rückkehr unserer Heiligen an den Ort, der ihr gebührt. Das Dorf wird staunen!«

»Welches Dorf meint Ihr, Abt?«, erwiderte Guerau düster. »Die Leute, von denen Ihr sprecht, sind dabei, das Dorf zu verlassen, ganze Familien ergreifen die Flucht, und vielleicht kehren sie nie wieder zurück.«

»Was redet Ihr da für einen Unsinn?« Das Gesicht des Abts hatte sich schlagartig verfinstert.

»Was ich Euch in den letzten Tagen schon wiederholt gesagt habe, werter Abt: Ganze Familien haben das Dorf verlassen, und andere bereiten sich darauf vor. Von diesem Unsinn rede ich.« Guerau fiel das Atmen immer noch schwer.

»Das ist empörend! … Aus welchem absurden Grund sollten sie das Dorf verlassen? Alles, was sie haben, verdanken sie diesem Kloster: Arbeit, Essen und ein Dach über dem Kopf. Es hat ihnen und ihrem erbärmlichen Leben Schutz und Sicherheit geboten.«

»Ihr Leben ist nicht erbärmlich, mein lieber Abt, sie sind Kinder Gottes wie Ihr und ich.« Guerau merkte, mit welchem Widerwillen der Abt seine Worte aufnahm, doch er sprach weiter. »Sie haben kein Vertrauen mehr in uns, sie glauben nicht mehr daran, dass wir sie schützen können, und das mit Recht. Habt Ihr etwa vergessen, dass es zwei Tote gegeben hat, zwei grausame Morde, und dass der Täter immer noch frei herumläuft? Deswegen verlassen sie das Dorf, sie haben Angst, und sie trauern um die Menschen, die sie geliebt haben, das ist doch nicht schwer zu verstehen.«

»Aber das können wir nicht dulden, Prior, sie können nicht einfach von hier weggehen, niemand hat ihnen das erlaubt!« Der Abt war vor Zorn ganz rot im Gesicht. »Ich habe doch die Männer vom Templerorden hergeholt, die kümmern sich darum, und sie werden die Sache schon aufklären! Ich befehle Euch, dass Ihr die Leute aufhaltet, ich untersage ausdrücklich, dass jemand dieses Dorf verlässt!«

»Ich fürchte, das ist unmöglich, Herr, das könnt Ihr nicht und …«

»Untersteht Euch, mir zu sagen, was ich tun kann und was nicht, ich bin der Abt und meine Befehle sind Gesetz, vergesst das nicht! Ich sage Euch noch einmal, haltet jeden auf, der zu fliehen versucht. Eure Meinung zu der Sache interessiert mich nicht, und ich wünsche nicht mehr über diese Angelegenheit zu sprechen. Ihr geht mir auf die Nerven und behindert meine Arbeit.« Alamand drehte sich empört um und wandte dem Prior den Rücken zu. Der feine Stoff seines Habits bauschte sich bei der heftigen Bewegung, und nachdem er Guerau noch einen letzten zornigen Blick zugeworfen hatte, marschierte der Abt wieder zu Isclas altem Altar. Der Prior verharrte regungslos, er war niedergeschlagen und wütend zugleich.

»Wie es scheint, ist unser lieber Abt dabei, ungewöhnliche Tatkraft zu entfalten, findet Ihr nicht? Was habt Ihr getan, um ihn derart in Rage zu bringen?«

Guerau wandte sich um. Wie aus dem Nichts waren hinter ihm plötzlich Bruder Brocard und Bruder Hug aufgetaucht. Der Novizenmeister hatte sein spöttisches Lächeln aufgesetzt, während Bruder Hug nervös die Hände rang und starr vor sich hin sah.

»Ich suche Euch schon den ganzen Vormittag, Bruder Hug.« Guerau de Cirera schenkte Bruder Brocard keinerlei Beachtung. »Ihr seid Euren Pflichten nicht nachgekommen, ohne dass Ihr davon befreit worden wärt.«

»Es tut mir leid, Prior, es geht mir nicht gut, ich ...« Der Gehilfe konnte nur stottern.

»Der arme Bruder Hug ist krank, Prior«, schaltete sich Brocard ein, der nicht aufhörte zu lächeln. »Er war im Krankensaal, und ich habe ihn gerade im Kreuzgang getroffen. Und was mich betrifft – ich meine, falls Ihr wissen wollt, was ich hier tue –, der Abt hat mich rufen lassen, er möchte, dass die Novizen neue Hymnen proben. Er scheint mit unserem Repertoire nicht zufrieden zu sein und will, dass wir etwas Besonderes einstudieren. Und Ihr, lieber Freund? ... Ihr seht schlecht aus.«

Guerau stellte sich taub und tat, als wäre der Novizenmeister gar nicht da. Er konnte seine Augen nicht von Bruder Hug wenden, der unter dem forschenden Blick seines Superiors immer nervöser wurde. Der arme Mann war von einer großen Unruhe befallen, sein ganzer Körper wurde von seltsamen Krämpfen gebeutelt, als litte er unter dem Antoniusfeuer.

»Bruder Hug, geht es Euch nicht gut?« Der Ton des Priors war jetzt sanfter.

Einen Augenblick lang sah es so aus, als wollte der Mönch antworten. Mit offenem Mund und flehendem Blick stand er da, fast hatte er Tränen in den Augen. Doch kein Laut kam über seine Lippen, und mit angstverzerrtem Gesicht floh er in den Kreuzgang. Höchst verwundert sah Guerau ihm nach, er konnte sich das merkwürdige Verhalten seines Gehilfen nicht erklären. Dann wandte er sich um und begegnete dem höhnischen Blick des Novizenmeisters.

»Was macht Bruder Hug denn solche Angst?«, fragte er mit leichtem Argwohn in der Stimme.

»Was verbirgt sich hinter einer gepeinigten Seele, lieber Prior, wer kann das wissen? Der Allmächtige allein könnte diese Frage beantworten!« Brocards Worte waren voller Verachtung.

Der Novizenmeister machte eine kecke Verbeugung und eilte wieder an die Seite des Abts. Guerau de Cirera schloss die Augen, er wusste, dass der Schmerz ihn jederzeit wieder überfallen konnte, und er fragte sich, wie lange er diese Pein aushalten würde. Er durfte jedenfalls keine Sekunde mit den unverschämten Provokationen dieses eingebildeten Mönchs verlieren. Trotzdem irritierte ihn sein Verhalten. Überheblich war er schon immer gewesen, und mit seinem Hochmut hatte er sich manche Feindschaft eingehandelt, doch sein jetziges Verhalten ging weit über das übliche Maß hinaus. Es war unerträglich. Aber was war der Grund für sein taktloses Benehmen?

Wieder sah er sich einem Berg von Fragen gegenüber, ohne dass sich irgendeine Antwort abzeichnete. Da ertastete seine Hand in der Tasche seines Habits die zerknüllte kleine Papierkugel, die er dort vergessen hatte. Er holte sie vorsichtig hervor und strich den Zettel glatt. Er blickte auf die nachlässig hingekrakelten Buchstaben einer Schrift, die schludrig wirken wollte: der anonyme Brief, der im Kloster Sant Miquel eingetroffen war und den ihm der Almosenpfleger gegeben hatte! ... Beinahe hatte er ihn vergessen. Er lehnte sich an die Mauer nahe des Kreuzgangs, las ihn aufmerksam noch einmal durch und runzelte die Stirn. »Wo verbirgt sich die ›Bruderschaft der Heiligen Quelle‹? Santa Maria weiß es. Wo verstecken sich die ›Diener des Steins‹? Santa Maria weiß es und schweigt.«

Ein plötzlicher Schauder ließ ihn zusammenfahren, eisige Kälte überkam ihn. Was hatte das zu bedeuten, und wer waren die ›Diener des Steins‹? Ob das etwas mit dem Felsblock zu tun hatte, der herabgestürzt war und Isclas Quelle versperrt hatte? ... Die Gewissheit, dass eine Katastrophe nahte, erfüllte seine Seele mit düsteren Gedanken. Bei der Liebe Gottes und der heiligen Maria! Hilflos schaute er sich um. Der Abt war mit Bruder Brocard in ein angeregtes Gespräch über die Wiederbelebung dieses verfluchten Kults vertieft. Die Mönche schmiedeten Komplotte auf dem heiligen Klosterboden, und ganze Familien flohen vor Angst aus dem Dorf! Gütiger Gott!

Seine Hände berührten die Mauer, ihn verlangte nach der dem Stein entströmenden Energie. Eine innere Stimme, die von weit her zu kommen schien, tadelte ihn für seinen schwachen Glauben, für die bedrohliche Vorahnung, von der er erfüllt war: dass selbst Gott die Katastrophe nicht aufhalten konnte. Gegen seinen Willen rannen ihm Tränen über das Gesicht, er weinte um seinen verlorenen Glauben, ohne den das Leben so einsam war. Er spürte eine unendliche Traurigkeit, und gleichzeitig die Gewissheit, dass sein Kummer auch eine Kraft war, die einzige Kraft, auf die er vertrauen konnte, bis dieser Alptraum vorbei war. Schwerfällig löste er sich von der Mauer, zerknüllte das Papier in seiner Hand und trat in den Kreuzgang. Die »Diener des Steins« – er musste herausfinden, was es mit diesen Worten auf sich hatte, womöglich wusste Bruder Brocard mehr als er, oder sein Gehilfe, der unglückselige Bruder Hug … Ein Verdacht hatte sich tief in seiner Seele eingenistet wie ein bösartiges, wucherndes Geschwür. Doch jetzt war nicht der richtige Augenblick, diesem Verdacht nachzugehen, er musste noch abwarten. Und er hatte eine Verabredung mit dem Almosenpfleger, zu der er dringend aufbrechen musste.

»Ausgeschlossen, Guillem, die Mönche sind Männer Gottes.«

»Wovon zum Teufel redest du denn, Junge?« Guillem stieg vom Pferd, er war gereizt. Hungrig und erschöpft waren sie beim Lager bei der Fontsanta eingetroffen, aber dort war von Folch keine Spur. Guillem hatte Ebros unaufhörliches Geplapper satt. Der Junge war derart aufgekratzt, dass er keine Sekunde den Mund gehalten hatte, seit sie den Wald von Montdragó voller Eile verlassen hatten. Er hatte seine Geduld auf eine harte Probe gestellt.

»Ich meine die Mönche von Santa Maria. Ich habe gehört, wie Folch etwas über sie gesagt hat. Er war sehr wütend, als fürchtete er, sie hätten etwas damit zu tun. Aber womit, Guillem?« Guillem hatte den Eindruck, dies sei der Auftakt zu einer langen Reihe von Fragen, und seufzte ergeben. Ob er auch so ein unerträgliches Plappermaul gewesen war wie dieser Junge? Er zögerte mit seiner Antwort, er wollte seine schlechte Laune nicht mehr an dem Jungen auslassen.

»Das wissen wir nicht, Ebro. Und jetzt gönne deiner Zunge und meinen Ohren bitte eine Pause. Kümmere dich um die Pferde, sie müssen trinken und ausruhen, es war eine lange Reise, und sie sind genauso erschöpft wie wir. Und dann wollen wir etwas essen.« Guillem beglückwünschte sich innerlich, dass es ihm gelungen war, all die bösen Worte, die ihm auf der Zunge lagen, hinunterzuschlucken.

Er streckte die steif gewordenen Arme aus und spürte einen unangenehmen Schmerz im Rücken. Trotz allem hatte Ebros Frage ihn aufgerüttelt: Er hatte die Opfer der Fontsanta vollkommen vergessen! Völlig in Anspruch genommen durch Serpentarius, dessen Geist mit ihm machte, was er wollte, hatte er diese Geschichte vollkommen vernachlässigt … und das war schlimm, schließlich ging es um den Tod unschuldiger Menschen. Und wo blieb nur Folch? … Er hätte diesen Auftrag niemals übernehmen dürfen, die Geschichte mit dem geheimnisvollen Baumeister und seinen verdammten Rätseln war verzwickt genug, er würde noch verrückt werden, wenn er all das gleichzeitig untersuchen wollte. Er setzte sich und zog sich die Stiefel aus, um seinen Zehen Bewegungsfreiheit zu verschaffen, dann trank er einen großen Schluck Wasser. Er war erschöpft von der Reise, das war alles, und der Prior und der Abt von Santa Maria hatten ihn einfach nervös gemacht. Ein wahnsinniger Mörder, der bei der Heiligen Quelle herumlief. Diese Theorie war genauso unsinnig wie diese ganzen Geschichten von irgendwelchen Bruderschaften und Ketzern. Es blieb ihm nichts weiter übrig, als sich schnellstens an die Arbeit zu machen und Serpentarius für ein paar Tage zu vergessen … Ein Geräusch in seinem Rücken ließ darauf schließen, dass Ebro zurück war. Ein weiteres Mal seufzte er ergeben und schlug das Tuch auseinander, in dem Folch den Proviant aufbewahrte.

»Komm, Junge, setz dich, ich habe einen Hunger, dass ich deinen störrischen Esel verspeisen könnte«, murmelte er.

»Mir wäre das etwas zu viel, Herr, aber Ihr seid jung, und ein junger Mann braucht eine ganze Menge, um seinen Hunger zu stillen.« Maria de l'Os, in einen dunklen Umhang gehüllt, sah ihn belustigt an.

Überrascht sprang Guillem von dem Stein auf, auf dem er saß. Er schaute Maria misstrauisch an.

»Entschuldigt, ich dachte, es sei mein Knappe … Aber was tut Ihr denn hier? Wisst Ihr nicht, dass dies ein gefährlicher Ort ist?« Guillem war immer noch ganz durcheinander und wusste nicht, wie er sich verhalten sollte.

»Es gibt keine gefährlichen Orte, junger Mann, nur gefährliche Menschen, das solltet Ihr wissen. Ihr seid doch von der Templermiliz, die der Abt angefordert hat …«, erklärte Maria. Dann setzte sie sich, ohne eine Antwort abzuwarten, schwer atmend auf einen Stein. »Ich hoffe, Ihr gestattet mir ein wenig auszuruhen, nur ein paar Minuten, ich werde Euch auch nicht stören.«

»Ihr stört mich überhaupt nicht. Ruht Euch nur aus, ich bitte Euch, und verzeiht meine schlechten Manieren. Esst doch mit uns …« Guillem reichte ihr Brot und Käse. » … wir haben auch Weintrauben, aus dem Konvent von Santa Maria.«

Die alte Frau schlug das Angebot nicht aus, sie war erschöpft und hungrig von dem langen Fußmarsch. Stundenlang war sie auf der Suche nach Zenon durch den Wald gestreift. Doch sie hatte ihrer Müdigkeit nicht nachgegeben und sich auch nicht durch die wachsende Sorge um den Einsiedler entmutigen lassen. Immer wieder hatte sie nach ihm gerufen, bis sie fast keine Stimme mehr hatte. Sie ahnte, dass ihm etwas Schlimmes zugestoßen sein musste.

»Nehmt ein wenig Wein, Ihr seht erschöpft aus. Der Wein ist auch aus dem Kloster, ich habe gehört, er soll sehr gut sein.« Guillem reichte ihr lächelnd den Weinschlauch. Die alte Frau machte ihn neugierig. Warum lief sie hier allein in der Gegend herum? Kümmerte es sie nicht, was man sich über den Wald für Geschichten erzählte?

»Ja, Ihr habt recht, der Wein ist gut, herb und kräftig wie die Erde, in der er wächst, aber ich wusste nicht, dass er so berühmt ist. Allerdings bin ich, wenn ich ehrlich sein soll, nie allzu weit aus diesem Dorf herausgekommen, meine Reisen sind von anderer Art.«

»Von anderer Art?«, fragte Guillem. Die alte Frau begann ihn wirklich zu interessieren.

»Wollt Ihr mir sagen, junger Freund, was es mit Eurem tiefen Schmerz auf sich hat?«, fragte Maria zurück. Ob sie wollte oder nicht, sie sah diesem jungen Mann wie durch eine durchscheinende Wand bis in sein Innerstes, bis in seine Seele. Und dort, tief verborgen, sah sie den Schmerz.

»Was sagt Ihr da!« Vor Verblüffung schüttete sich Guillem den Wein über das Hemd.

»Ihr seid zornig, sehr zornig. Ihr denkt, dadurch könntet Ihr Euch von Eurem Leid befreien. Vergebt einer armen alten Frau, aber ich versichere Euch, auf diese Weise wird es Euch nicht gelingen. Dem Schmerz muss man mit Verständnis begegnen, man darf ihn nicht zurückweisen.« Die kleinen grauen Augen der Alten musterten ihn prüfend.

»Und woher wollt Ihr das alles über mich wissen?« Guillem war zwischen Erstaunen und Ärger hin- und hergerissen.

»Ich verstehe Euch, Ihr habt keinen Grund, meinen Worten Glauben zu schenken. Aber ich habe Euch erwartet, ich habe eine Nachricht für Euch.« Maria sah ihn wohlwollend an, seinem Ärger schenkte sie keine Beachtung. »Er wird nicht mehr zurückkommen, doch er hat nie aufgehört, an Eurer Seite zu sein, er ist immer um Euch, und wenn Ihr genau Acht gebt, könnt Ihr ihn hören. Ich glaube, Ihr habt ihn auch schon mehr als einmal zu Euch sprechen hören.«

Guillem war wie gelähmt. Außerstande, sich einen Reim auf die Worte der Alten zu machen, starrte er ins Leere. Er öffnete den Mund, um etwas zu erwidern, doch er wusste nicht, was er sagen sollte. Wie konnte das sein? Maria kam ihm zu Hilfe.

»Wisst Ihr, in meinen Träumen ist mir ein einäugiger Mann erschienen, er ist groß und stattlich, und er reitet eine prachtvolle schneeweiße Stute. Es ist eine eigenartige Landschaft, etwas unheimlich, eine riesige Wüste von goldenem Sand. Der Mann bedeutet mir, dass ich umkehren und mich von ihm entfernen soll, offenbar meint er, ich wäre in großer Gefahr, und er ruft mir etwas zu, was ich aber nicht hören kann. Als ich mich ihm vorsichtig nähere, verschwindet der Mann allmählich, er wird langsam vom Wüstensand verschluckt, doch weder ihn noch sein Pferd scheint das zu beunruhigen. Da höre ich seine Stimme, er ruft einen Namen: Guillem. Und er bittet mich, dir eine Nachricht zu überbringen. Dein Name ist Guillem, nicht wahr?«

Guillem atmete heftig, sein Puls raste, während er gebannt der Alten lauschte. Er spürte, wie sich seine Nackenhaare aufstellten. Das war sein Traum! Bernard Guils, sein Lehrer und Meister, wie er im Wüstensand versank und schrie, er solle umkehren … Woher konnte diese Frau davon wissen, wie konnte sie dieselben Träume haben wie er?

»Und was ist das für eine Nachricht?«, flüsterte er schwach.

»Zuerst bittet er mich, dir zu sagen, dass du fortgehen sollst, denn du bist in Gefahr, in deiner Schwermut zu versinken, wenn du der Vergangenheit allzu sehr nachtrauerst. Er sagt, du sollst ihn seine Reise antreten lassen, nur so kannst du die deine antreten. Dann, als er schon fast im Sand versunken ist, sagt er etwas, das ich nicht ganz entschlüsseln kann: ›Sag ihm, er soll auf dem Kopf der Schlange dem Wasser entfliehen‹. Sagt dir das etwas? Vielleicht kannst du damit jetzt nichts anfangen, aber du solltest es dir merken. Womöglich rettet es dir eines Tages das Leben.«

Guillem schüttelte geistesabwesend den Kopf, er war ganz in Gedanken versunken. Bernard! Bernard! … Jene Sehnsucht nach vergangenen Tagen ergriff ihn und kettete ihn an seine Erinnerungen. Es verging nicht ein einziger Tag, an dem er nicht um seinen Tod getrauert und sich von ihm allein gelassen gefühlt hätte. Sein eigener Traum erschien ihm ganz deutlich vor Augen, Bernards Hand, die langsam im Sand versank und ihm heftig wedelnd Zeichen gab. Ohne es recht zu merken, verfiel er in ein leises, heiseres Geflüster und erzählte der sonderbaren Alten seine Lebensgeschichte. Von seiner Kindheit in der Komturei von Barberà, wo seine Mutter ihn nach dem mysteriösen Tod seines Vaters untergebracht hatte; von seinem Leben bei den Templermönchen, die seine Familie geworden waren; davon, wie sein Lehrer Bernard Guils in sein Leben getreten war, wie er ihn unterrichtet und sich seiner angenommen hatte; von Bernards Ermordung vor fünf Jahren, und wie er sich vor dem Schmerz ins Heilige Land geflüchtet hatte … Als wäre er ein Gefäß, das sich langsam leerte, redete sich Guillem seinen ganzen Kummer von der Seele, seinen tiefen Schmerz über den Verlust seines Lehrers. Als er seine Erzählung beendet hatte, erwachte er wie aus Trance. Die alte Frau war ganz nahe an ihn herangetreten und hatte ihm die Hand auf den Rücken gelegt. Ebro umarmte ihn mit Tränen in den Augen.

»Wie lange bist du schon hier, Ebro?«, fragte Guillem freundlich.

»Jetzt verstehe ich, warum du immer so wütend bist, Guillem, ich wäre das auch, wenn dir etwas zustoßen würde. Wenn ich dich nie wiedersehen würde.« Bei dem Gedanken wurde dem Jungen angst und bange.

»Mir wird nichts zustoßen, Kleiner, keine Sorge.« Guillem strich ihm über den Kopf und wandte sich dann an die Alte. »Ich verstehe nicht, wie Ihr in meinem Traum sein könnt, oder vielleicht auch ich in Eurem … aber ich glaube Euch. Ich habe schon zu viele unglaubliche Dinge erlebt, um nicht auch das für möglich zu halten. Ich danke Euch jedenfalls dafür, dass Ihr mir Bernards Nachricht überbracht habt, ich werde sie beherzigen.«

»Wir alle sind in den Träumen anderer, mein Junge, und eigentlich sollte das dazu führen, dass wir einander helfen und uns gegenseitig beistehen. Aber oftmals bewirkt es das Gegenteil, die Angst hindert uns daran zu glauben. Mein Name ist Maria de l'Os, ich wohne hier ganz in der Nähe, in der Hütte am Waldrand. Und du bist Guillem de Montclar, der Prior hat mir von dir erzählt. Ich wusste gleich, dass du es bist, für den die Nachricht bestimmt ist. Es gibt nämlich keinen Zufall, sondern nur Zeichen, die wir oft mit aller Kraft versuchen zu ignorieren.«

»Die Kräuterfrau?« Guillem lächelte. »Der Ausdruck scheint mir recht bescheiden für eine Frau wie Euch, Maria.«

Die alte Frau lachte. Dann erzählte Maria ihnen davon, wie sie im Wald nach dem verschwundenen Einsiedler gesucht hatte, und die Anspannung, die sich über die kleine Gruppe gelegt hatte, ließ nach. Guillem klammerte sich an die Worte der Alten wie an einen Rettungsanker und kehrte langsam in die Wirklichkeit zurück.

»Zenon? Ja, der Prior hat erzählt, dass er verschwunden ist. Warum interessiert Ihr Euch für diesen Mann, Maria? Glaubt Ihr, er hat etwas mit den Morden zu tun?«

Nun war es an Maria, eine Geschichte zu erzählen. Sie schilderte, wie der Einsiedler in dem scheinbar so friedlichen Dorf aufgetaucht war, erzählte, wie er gegen das Kloster von Santa Maria gepredigt hatte, und wie merkwürdig es war, dass Zenon von dem Ort gewusst hatte, an dem die kleine Ysel ermordet worden war. Dann erklärte sie ihnen, was sie selbst über die Angelegenheit dachte: dass jemand sich die Verwirrung des armen Eremiten zu Nutze machte. Nach kurzem Zögern fügte sie dann noch die Geschichte hinzu, die ihr der Almosenpfleger von Sant Miquel erzählt hatte. Maria bemühte sich, nichts auszulassen und alles strikt der Reihe nach zu schildern, als versuche sie die Geschehnisse auch für sich selbst noch einmal zu ordnen.

»Ich habe schon einmal von diesen Orten gehört, von denen der Almosenpfleger Euch erzählt hat, Maria«, bemerkte Guillem ernst. »Und Ihr habt recht, es könnte wichtig sein, wer Zenon aus seinem Kerker befreit hat, wie Ihr es so treffend bezeichnet habt. Allerdings ist mir noch nicht ganz klar, aus welchem Grund jemand versuchen sollte, sich einen armen verirrten Geist zum Werkzeug zu machen. Was denkt Ihr darüber?«

»Vielleicht gibt es eine ganz einfache Erklärung, Guillem.« Maria war ganz in ihre Überlegungen vertieft. »Schließlich muss ein passender Täter gefunden werden, um diese grausamen Morde zu erklären. Meint Ihr nicht, dass diese Rolle sich für so einen armen verrückten Kerl eignen könnte?«

»Das wäre ja schrecklich – einen Unschuldigen für ein Verbrechen bezahlen zu lassen, das er nicht begangen hat! Wer immer das auch sein mag, dieser Mensch muss im Kopf noch viel kränker sein als der Einsiedler«, warf Ebro, der das Gespräch genau verfolgt hatte, empört ein.

»Es gibt viele Arten von Verrückten, mein Junge, und die gefährlichsten sind die, denen man es nicht anmerkt.«

»Mein Gehilfe, Sergeant Folch, sprach von einem Mann, der auch im Kloster wohnt, ich weiß nicht mehr, wie er hieß … er ist Steinmetz oder wohl auch Baumeister.« Guillem versuchte den Faden wieder aufzunehmen.

»Jofre Galcerán«, erklärte Maria. »Er ist Baumeister und ein hervorragender Steinmetz, und außerdem ein sehr guter Freund von mir.«

»Ja, genau, Jofre Galcerán … also, dieser Mann hat ihm eine merkwürdige Geschichte erzählt, von einer alten Sekte, den ›Kindern der Heiligen‹ oder so ähnlich. Offenbar ist er überzeugt, die Opfer der Morde seien alle Abkommen von Mitgliedern dieser Sekte, und das ist noch nicht alles. Er hat diese Ereignisse mit anderen Morden in Verbindung gebracht, die vor vielen Jahren hier geschehen sind. Wisst Ihr etwas darüber, Maria?«

Guillem beobachtete die Alte genau. Er musste zugeben, dass ihr Besuch – wie eine himmlische Erscheinung war sie plötzlich aus dem Wald aufgetaucht – ein Segen war. Und das nicht nur wegen der sonderbaren Nachricht, die sie ihm überbracht hatte und von der er immer noch ganz erschüttert war, sondern auch wegen der unverhofften Hilfe bei der Lösung ihres Falls. Außerdem hatte Maria ihn daran erinnert, dass er hier eine Aufgabe zu erledigen hatte. Serpentarius hatte ihn ziemlich weit vom Wege abgebracht, und er hatte den armen Folch mit den Ermittlungen ganz allein gelassen.

»Ich teile die Ansicht von Jofre Galcerán voll und ganz, Guillem, denn er hat schlicht und einfach recht. Alle, die bei diesem Irrsinn ums Leben gekommen sind, haben eins gemeinsam, nämlich dass in ihren Adern das Blut der ›Kinder der Heiligen‹ fließt, genau wie bei den Opfern von 1208. Meine Mutter war eine von ihnen, versteht Ihr? … Sie wurde auf diesem verfluchten Stein ermordet. Es sind heute nur noch wenige von uns übrig, und vielleicht wird dieser Wahnsinn aufhören, wenn wir alle tot sind, aber jetzt trifft es auch schon unsere Kinder, die kleine Ysel … ich habe geholfen, sie zur Welt zu bringen.« Die Alte schluchzte heftig.

Doch Maria wollte sich nicht dem Schmerz überlassen, sie nahm sich zusammen, so schwer es ihr auch fiel. Der Tod dieses kleinen Geschöpfs hatte das erloschene Feuer in ihr wieder angefacht, die Erinnerungen waren wieder da und gemahnten sie ihrer eigenen Verantwortung. Sie sah Guillem wohlwollend an, er war ein gut aussehender Bursche mit braunen Augen und einer in fernen Abenteuern gegerbten Haut, vielleicht hatte auch er den goldenen Wüstensand durchschritten, in dem sein Lehrer versunken war.

Er war von weit her gekommen, um ihnen zu helfen, aber – wem eigentlich sollte er helfen? Sie durfte nicht vergessen, dass dieser sympathische junge Mann dem Templerorden angehörte, was trotz allem ein religiöser Orden war. War er gekommen, um die Wahrheit ans Licht zu bringen oder um sie endgültig zu begraben? »Ein anderer wird dorthin gehen, wo er noch nie war« hatte der Rabe gekrächzt, und Maria war sich beinahe sicher, dass damit Guillem gemeint war.

»Ihr seid im Heiligen Land gewesen, Ihr habt den goldenen Sand gesehen«, sagte sie.

Guillem nickte schweigend. In Marias Blick lag eine unendliche, schwer zu deutende Traurigkeit, jedoch auch ein letzter Anflug von Zweifel, der sie daran hinderte, ihm rückhaltlos zu vertrauen.

»Vielleicht meint Ihr, als Angehöriger der Templermiliz sei es meine Hauptaufgabe, die Mönche von Santa Maria zu schützen«, bemerkte Guillem ahnungsvoll.

Maria war nicht überrascht. Von Anfang an hatte sie den Jungen gemocht, nun begann sie auch Hochachtung vor ihm zu empfinden. Er war klug und konnte sich in ihre Bedenken einfühlen, und wo gab es so etwas heutzutage noch? Es konnte sogar sein, dass er wirklich auf der Suche nach der Wahrheit war, wie immer sie auch aussah, und darin lag eine kleine Hoffnung. Noch war es nicht zu spät, ihm ihr Vertrauen zu schenken, doch sie ahnte, dass dies nicht der rechte Augenblick war. Guillem respektierte ihr Schweigen, er verstand ihre Zweifel. Er war sicher, dass Maria viel mehr wusste, und sie war gewiss auch bereit, ihn bei der Hand zu nehmen und ihm den roten Faden in diesem Wirrwarr zu zeigen. Er schaute sie liebevoll an, wie sie so in Gedanken versunken dasaß, betrachtete ihr Gesicht mit den unzähligen Falten, die ihrer Freude oder ihrem Schmerz Ausdruck verliehen hatten. Als er sie so ansah, bemerkte er, wie sich in seiner Vorstellung das faltige Gesicht von Bruder Beson über das der alten Frau schob, bis die beiden zu einem einzigen Gesicht verschmolzen. Das Antlitz der Weisheit, dachte er, besonnen im Umgang mit ihrem Wissen und der Gefahr, die die Wahrheit birgt.

Schließlich setzte Ebro dem endlosen Schweigen ein Ende. Er stellte eine umständliche Theorie über das Verhalten fliegender Schlangen auf. Maria schien entzückt von dem Geschwätz des Jungen, aufmerksam lauschte sie seinen Erläuterungen. Sie gab ihm sogar recht, was die Frage betraf, welches die beste Art sei, sie zu bekämpfen, und fügte eine phantastische Schilderung der geheimnisvollen Kräfte ›besonderer Wesen‹ hinzu, die den Wald bei der Fontsanta bewohnten. Ebro lauschte ihr gebannt.

Guillem hatte es sich auf seinem Stein bequem gemacht und stellte sich auf eine bunte Truppe von Kobolden und anderen Fabelwesen ein, die aus dem Kastanienwald hervorgekrochen kämen, als ihm etwas in die Brust stach. Er sprang auf. Die kleinen dreieckigen Platten, die er unter seinem Hemd verborgen trug, hatten sich ihm mit ihren scharfen Spitzen in die Haut gebohrt. Er fluchte, lautlos, um die anderen nicht zu unterbrechen, zog das Tuch hervor und schlug es auseinander. Maria verstummte und sah Guillem eindringlich an.

»Das ist von Meister Serpentarius«, stellte sie mit Bestimmtheit fest.

»Aber wie könnt Ihr wissen …?« Erneut war Guillem sprachlos.

»Wer Serpentarius war oder dass diese Sachen von ihm

sind?«, fragte Maria etwas forsch. »Es wäre eher sonderbar, wenn ich das nicht wüsste, mein Lieber, das ganze Dorf weiß, wer der Meister war, er hat einen Großteil der Kirche von Santa Maria erbaut und hier gelebt, das Kloster ist voll von seinen Schlangen. Es war seine besondere Vorliebe für dieses Tier, die ihm seinen Namen eingetragen hat … Überall an den Wänden, in der Kirche und im Kreuzgang hat er seine Spuren hinterlassen, habt Ihr das nicht gesehen? Nun ja, Ihr seid noch jung, und das alles ist schon lange her, aber unsere Eltern und Großeltern haben sein Andenken immer bewahrt.«

Ein Schauder lief Guillem über den Rücken. Er hatte die Dokumente, die Dalmau ihm gegeben hatte, sorgfältig studiert, darin hatte alles gestanden, was über Meister Serpentarius, seine Person und sein Werk bekannt war. Darunter war auch eine Liste seiner Bauten gewesen und aller Gebäude, an denen er mitgewirkt hatte … doch nirgendwo in diesen alten Pergamenten war von Santa Maria de les Maleses die Rede gewesen. Trotz seiner gründlichen Nachforschungen hatte der Templerorden offenbar keine Kenntnis davon gehabt, dass der geheimnisvolle Meister je einen Fuß in das Kloster gesetzt hatte. Guillem sah bestürzt drein. Maria blickte ihn forschend an, doch sie schwieg.

Ebros Geschrei riss ihn aus seinen Gedanken. Der Junge sprang umher wie eine wild gewordene Ziege – es kam noch mehr Besuch! Folch, der die Maulesel hinter sich herzog und sich angeregt mit einem älteren Mann unterhielt, war auf dem Weg zu ihnen.

Ponç de l'Oliva sah den Prior besorgt an. Guerau de Cireras Zustand machte ihm große Sorgen, er schien ernsthaft krank. Sein hageres, spitzes Gesicht war ganz gelb, und er hatte dunkle Ringe unter den Augen. Unter der gespannten Haut traten die Schädelknochen immer stärker hervor. Er sah aus wie ein Gespenst, beinahe durchsichtig, und wirkte mehr tot als lebendig.

»Mein lieber Freund, Ihr seht sehr schlecht aus. Geht es Euch auch gut? Ich mache mir Sorgen um Eure Gesundheit.«

»Macht Euch wegen meines Aussehens keine Gedanken, Bruder Ponç.« Guerau hob abwehrend die Hand. »Es geht mir gut, und ich bin bereit für das, was nun bevorsteht. Ich habe nur Angst, dass mir nicht genug Zeit bleibt. Diese alten Steine sind mein ganzes Leben gewesen, geschätzter Freund, und vielleicht habe ich die Botschaft vergessen, die in ihnen liegt, etwas Wichtiges, Tiefgründiges, das mir abhanden gekommen ist.«

»Ihr macht mir Angst, Bruder Guerau!« Ponç de l'Oliva war erschrocken über den mutlosen Ton des Priors. »Ihr solltet einen Arzt aufsuchen oder wenigstens den Apothekerbruder, diese düsteren Todesgedanken tun Euch sicher nicht gut.«

»Lasst uns über Zenon sprechen, mein Freund, und überlegen, was wir tun können, so wenig es auch sein mag … alles andere muss jetzt dahinter zurückstehen. Das versteht Ihr doch, oder?«

»Schön … ich war also in Tarragona«, begann er zögernd. Er bezweifelte, dass Gueraus Entscheidung vernünftig war. »Zu den Morden von 1208 habe ich nichts weiter herausfinden können, und alle, die etwas hätten wissen können, sind tot und begraben. Der Statthalter, ein sehr höflicher und entgegenkommender junger Mann, hat sich redlich bemüht, mir zu helfen, doch das Einzige, was er mir sagen konnte, war, dass ihn der Name Fontsanta an etwas erinnerte: an einen Mord, hier im Kloster, vor etwa fünfundzwanzig Jahren …« Die entsetzte Miene des Priors ließ erkennen, dass er davon zum ersten Mal hörte. »Seinen Worten zufolge soll damals einer der Mönche den Verstand verloren haben. Er meinte sich zu erinnern, dass es sich um einen Novizen handelte, der wohl jemanden aus dem Dorf umgebracht hatte. Es gab damals Gerüchte, das Opfer sei der Sohn der Wunderheilerin gewesen, Ihr wisst schon, Maria de l'Os … Er war sich nicht ganz sicher, deutete aber an, diese Gerüchte seien vom Kloster selbst ausgegangen. Sein Vater, der damalige Statthalter, hatte sich seinerzeit mit dem Fall befasst, und alles, was er weiß, hat er mehr zufällig von ihm mitbekommen. Ich gestehe, seine Erzählung hat mich ziemlich verwirrt, und ich habe daraufhin gleich diese Wunderheilerin in ihrer Waldhütte aufgesucht. Das Unglaubliche ist: Die Frau, diese Maria, bestreitet, dass ihr Sohn tot ist. Ich muss wirklich sagen, Bruder Guerau, da kratzt man nur einmal ein bisschen an der Oberfläche, und schon kommt an jeder Ecke ein Toter zum Vorschein … Wisst Ihr eigentlich irgendetwas über diese ganze Geschichte?«

»Gütiger Gott, nein! Ich war mehrere Jahre in Barcelona, ich habe dort studiert, bevor ich nach Santa Maria gekommen bin. Aber wenn das wahr sein sollte, hätte der alte Prior, mein Lehrer und Vorgänger, mir doch davon erzählt, meint Ihr nicht?« Guerau war ganz bestürzt. »Ein Mord im Konvent, ein Novize! Ich werde noch wahnsinnig! Seit zweiundzwanzig Jahren diene ich hier in diesem Kloster, und niemals – niemals! – habe ich etwas derart Ungeheuerliches gehört!«

»Bruder Guerau, beruhigt Euch. Ich bin jedenfalls sicher, dass sich damals irgendetwas Schreckliches ereignet hat, und dass dieser geistig verwirrte Novize Zenon war.« Ponç beeilte sich, dem kreidebleichen Prior einen Becher Wein einzuschenken. »Ich bin sicher, es war Zenon … er gehörte damals der Gemeinschaft von Santa Maria an, als Novize. Ich habe keine Ahnung, was ihn dazu getrieben hat, eine derartige Gräueltat zu begehen, aber ich weiß, was danach geschehen ist. Er wurde weggebracht und in eine Art Kerker geworfen, ich habe ihn dort gesehen.«

Ponç de l'Oliva erzählte ihm von seinem Besuch in dem furchterregenden Kloster, dem Anblick von Zenon, wie er dort eingesperrt war, und seinen rätselhaften Worten. Der Prior hielt sich mit beiden Händen an der Tischkante fest und rührte sich nicht.

»Die ganze Sache wurde damals natürlich sehr diskret behandelt, die Kirche kann sich solche Skandale nicht erlauben«, schloss der Almosenpfleger.

»Ich glaube, auch ich bin kurz davor, den Verstand zu verlieren, Bruder Ponç, das ist einfach zu viel für mich.« Guerau zitterte. »In diesen heiligen Mauern, Gott stehe uns bei! Und nie hat mir jemand ein Wort davon gesagt. Meint ihr, Zenon ist zurückgekehrt, um sich zu rächen? Weil er uns die Schuld daran gibt, dass man ihn eingesperrt hat?«

»Mein lieber Prior, was spielt das jetzt für eine Rolle?« Ponç de l'Oliva versuchte seinen Freund zu beruhigen. »Warum Zenon zurückgekommen ist, ist jetzt nicht so entscheidend. Überlegt doch mal, wäre es nicht wichtiger herauszufinden, wer ihn befreit hat und warum? Wie er aus seinem furchtbaren Gefängnis herausgekommen ist? Ich habe die Zellen dort gesehen, die starken Riegel an den Türen und die Ketten, die diese Unglücklichen an den Füßen und um den Hals hatten … kein Mensch hätte von dort entkommen können, Bruder Guerau. Zenons Geist ist vollkommen verwirrt, ich bezweifle, dass er imstande ist, einen Racheplan auszuhecken.«

»Wollt Ihr damit sagen, jemand hat ihn befreit und dann sozusagen auf uns gehetzt? Aus welchem Grund? Wer kann uns derart übel wollen? Ich kann mir das nicht vorstellen, Bruder Ponç …« Guerau hatte das Gefühl, aus diesem bösen Traum einfach nicht mehr zu erwachen. »Auch ich habe mit der Wunderheilerin gesprochen, ich traf sie, als ich von Zenons Höhle kam. Sie ist ebenfalls auf der Suche nach ihm.«

»Ihr seid oben bei der Höhle des Einsiedlers gewesen!«

»Und Ihr bei der Hütte der Wunderheilerin, mein Freund. Diese Geschichte führt uns auf seltsame Wege.« Der Prior lächelte gequält. »Ich wollte mit dem Eremiten sprechen. Ich hoffte, er könnte vielleicht Licht ins Dunkel bringen, wie Ihr gesagt habt, aber seine Höhle war leer. Auf dem Rückweg zum Kloster traf ich dann die Alte, die auch auf dem Weg zu ihm war. Sie erzählte mir, der arme verrückte Kerl habe sie besucht, er sei sehr verängstigt gewesen und habe behauptet, jemand wolle ihn umbringen. Ich fürchte, zuerst habe ich sie nicht ganz ernst genommen – Vorurteile, Ihr wisst ja … unserem Herzen mangelt es an der Nächstenliebe, die wir immer so sehr predigen. Aber dann erkannte ich, dass sie eine sehr kluge Frau ist, und ich hörte ihr aufmerksam zu. Sie hat mir etwas gesagt, was mir das Blut in den Adern gefrieren ließ, mein Freund.«

»Was hat sie Euch denn gesagt, in Gottes Namen!«, rief der Almosenpfleger ungeduldig.

»Sie sagte, alle Mordopfer seien Nachkommen der Angehörigen der alten ›Bruderschaft von der Heiligen Quelle‹, und darin liege ihre ganze Schuld!« Guerau zögerte, er versuchte, sich die genauen Worte Marias ins Gedächtnis zu rufen. »Dann sagte sie noch, alle diese Ereignisse seien wie ein Vorhang aus Nebel, hinter dem sich die wahren Täter verbergen würden, und ich sei blind, ich ließe mich täuschen. Sie weiß etwas, sie weiß vieles …«

Ponç hätte schreien mögen vor Ungeduld, es machte ihn ganz nervös, dass der Prior mit seiner Erzählung so langsam vorankam, doch er nahm sich zusammen.

»Sie meinte, es geschähen heute die gleichen Dinge wie zu Odons Zeiten, und dann sagte sie noch etwas, was mich sehr beunruhigt hat, Bruder Ponç: ›Auch Odon hat damals ein großes Feuer entzündet, um die Unschuldigen zu blenden, und seine Asche glimmt noch heute.‹ Versteht Ihr?« Guerau sah ihn mit bangem Blick an.

»Verstehen? Was soll ich verstehen, Prior?«

»Sie weiß, dass es Odon und seine Mönche waren, die vor hundert Jahren den Stein auf die Quelle gestürzt haben, sie weiß es! … Und mehr noch, ich bin überzeugt, sie glaubt, dass die Geschichte sich heute in anderer Form wiederholt. Dass das Blut, das bei der Heiligen Quelle fließt, wie ein neuer Stein ist, der ihnen auf den Kopf fällt.« Der Prior musterte sein Gegenüber aufmerksam und wartete auf seine Reaktion. Ponç blickte ihn verständnislos an, doch dann schien ihm etwas zu dämmern.

»Maria de l'Os meint also, dass jemand aus dem Kloster Odons Tradition fortführt«, tastete er sich schließlich langsam vor. »Und außerdem glaubt sie, dass der Täter sich zwischen diesen heiligen Mauern verbirgt. Barmherziger Gott!«

Der Prior nickte matt, sein ganzer Körper schien von einer unendlichen Traurigkeit befallen. Er schlang die Arme um seinen Leib und versuchte so, gegen die Kälte in seinem Innern anzukämpfen.

»Sind wir denn überhaupt bereit, diese entsetzliche Möglichkeit in Betracht zu ziehen, Bruder Ponç?«, stieß er heiser hervor.

Der Almosenpfleger streckte die Hand aus wie ein Blinder und suchte den Trost des Priors. Guerau nahm die Hand zwischen die seinen und drückte sie fest. So saßen sie beide da und spürten, wie die aufsteigende Angst ihre tiefsten Überzeugungen auf die Probe stellte. Dann beugte sich Guerau zu Bruder Ponç und gestand ihm mit kaum hörbarer Stimme seinen Verdacht.

Die Luft roch nach feuchter Erde, bald würde die Nacht hereinbrechen. Es war ein turbulenter Abend gewesen, obwohl Guillem sich nicht vom Lager wegbewegt hatte, seit sie von ihrem Ausflug zurückgekehrt waren. Marias Besuch hatte viele beunruhigende Fragen aufgeworfen, und Guillem wollte allein sein, um in Ruhe nachzudenken. Er hatte gesagt, er sei müde, um einen Augenblick für sich zu haben, während seine beiden Gefährten Jofre Galcerán und Maria zur Waldhütte begleiteten. Die beiden Alten waren sichtlich erschöpft und zeigten sich dankbar für die Begleitung, doch als sie bei der Hütte ankamen, war klar, dass sie unter sich sein wollten, und so kehrten Folch und Ebro ein wenig überrascht gleich wieder zum Lager zurück.

»Habt ihr sie zu Hause abgeliefert?«, fragte Guillem, als er sie kommen sah.

»Heil und unversehrt, und sichtlich erpicht darauf, allein zu sein«, erwiderte der Sergeant lächelnd. »Man könnte beinahe sagen, sie haben uns die Tür vor der Nase zugeschlagen.«

»Wetten, dass du nicht weißt, wo Meister Serpentarius gewesen ist, Folch?«, rief Ebro aufgeregt und sah Guillem an. Er wollte die Neuigkeiten loswerden und platzte förmlich vor Ungeduld. »Maria hat es uns erzählt, rate doch mal! Hier, in Santa Maria!«

»Im Kloster Santa Maria? Das hast du bestimmt durcheinandergebracht, Junge, sicher meinte sie, in Miravet … aber was weiß diese Alte von Serpentarius?« Folch schaute die beiden verwirrt an.

»Ebro bringt nichts durcheinander, Folch«, sagte Guillem. »Er war hier, in Santa Maria, er hat die Kirche hier gebaut.«

»Kommt schon, Leute, ihr macht Witze. Was kann diese arme Alte denn wissen?«

»Maria weiß, was das ganze Dorf weiß, Folch: dass Meister Serpentarius die Klosterkirche und den Kreuzgang erbaut hat«, fiel ihm Guillem ins Wort. »Hier hat er die letzten zehn Jahre seines Lebens zugebracht. Zwischendurch verschwand er immer wieder und tauchte dann wieder auf, ohne irgendjemandem ein Wort zu sagen, und immer gab er vor, irgendwelche phantastischen Reisen zu unternehmen, verstehst du? Hier war er, nur eine Tagesreise von Miravet, direkt vor den Augen des Templerordens!«

»Bei den Nägeln Christi!« Folch schlug sich mit der Hand auf den Mund. Guillem hatte ihn schon angesteckt mit seinen schlechten Angewohnheiten. »Aber was soll das bedeuten? Ich verstehe das nicht.«

»Beruhige dich, Folch, im Moment verstehe ich auch noch nichts. Deswegen wollte ich allein sein, ich musste nachdenken und Ordnung in dieses ganze Durcheinander bringen.« Guillem war nicht weniger verwirrt als der Sergeant.

»Und warum musste Meister Serpentarius sich verstecken?«, fragte Ebro, der dem Gespräch aufmerksam folgte. »Er war doch ein bedeutender Mann, ein berühmter Baumeister, nicht wahr? Was ist so schlimm daran, eine Kirche zu bauen?«

»Das wissen wir nicht, Ebro. In der Liste seiner Arbeiten, die Dalmau mir gegeben hat, steht nichts davon, dass er in Santa Maria de les Maleses gewesen ist, nicht einmal, um einen Balken auszuwechseln, und in den Aussagen, die der Orden ihm abgepresst hat, hat er diesen Ort niemals erwähnt. Im Gegenteil, er behauptete sogar, seine Studien hätten ihm nicht erlaubt, seine eigentliche Arbeit fortzuführen. Er bat damals um eine besondere Freistellung, um sich der Aufträge zu entledigen, die sich auf seinem Tisch anhäuften.«

»Und was hat er erforscht?«, fragte Ebro.

»Das ist die große Frage, Junge, womöglich hat er eine Abhandlung über fliegende Schlangen verfasst, aber wenn es so war, hat er es niemandem gesagt.«

»Ich glaube, wir haben ein ernsthaftes Problem, Guillem.« Ebro wollte gerade zu einer Reihe weiterer Fragen ansetzen, aber mit einer Handbewegung hieß der Sergeant ihn schweigen. »Ich weiß nicht, ob dir das aufgefallen ist: Diese beiden Fälle sind auf dem besten Wege, sich zu vermischen, und das dürfen wir nicht zulassen. Wenn uns das passiert, werden wir enden wie der alte Gaston, wir werden überall Gespenster sehen. Wir sollten uns darauf konzentrieren, diejenigen zu finden, die diese Morde begangen haben, das ist die Hauptsache.«

»Du hast recht, mein Freund, man muss verhindern, dass ein weiterer Mord geschieht, was, so wie es aussieht, durchaus möglich ist«, pflichtete Guillem bei. »Dieser verfluchte Serpentarius erscheint mir sogar im Traum. Was zum Teufel hat er hier bloß getrieben, dass er so ein Geheimnis daraus machen musste?«

»Vielleicht hat er im Grab des Riesen einen Schatz gefunden und wollte ihn verstecken!« Ebros Phantasie ging wieder mit ihm durch.

»Wir müssen uns an die Arbeit machen.« Guillem wollte den Jungen gar nicht erst in Fahrt kommen lassen. »Folch hat ganz recht, zuerst müssen wir diese Morde aufklären. Und wenn wir Jofre Galcerán und Maria glauben wollen, ist es damit ja noch nicht getan, also ... Hast du eigentlich etwas herausgefunden, Folch?«

»Ehrlich gesagt, nein. Ich habe mit Juan, dem Schmied, gesprochen, dem Vater des ermordeten Mädchens. Der Mann ist durch den tragischen Vorfall vollkommen am Boden zerstört. Er ist aber wie Jofre Galcerán davon überzeugt, dass die heilige Iscla etwas mit der Sache zu tun hat. Das ist doch Wahnsinn!«

»Und im Haus der Castellars, hast du da etwas in Erfahrung gebracht?«

»Nichts Großartiges. Er lebte allein mit seinen Dienstboten, seine Frau ist gestorben, und seine Kinder wohnen weit weg. Ich habe mit einem der Diener gesprochen, dem letzten Menschen, der ihn lebend gesehen hat. Er behauptet, sein Herr wäre vollkommen betrunken gewesen und habe unverständliches Zeug vor sich hingestammelt, als er das Haus verließ, um nie mehr wiederzukommen. Als ich ihn bat, sich genau zu erinnern, erzählte er, der arme Mann habe etwas gemurmelt wie: ›... diese verfluchte Sache beenden, man muss sie aufhalten ...‹ Jedenfalls hat Hug de Castellar wohl normalerweise nicht so viel getrunken, in diesem Zustand hatte man ihn noch nie gesehen.«

»Offenbar ist die verfluchte Sache aber noch nicht beendet«, brummte Guillem ärgerlich. »Wir haben also nichts weiter, man weiß nicht mal, wo man anfangen soll!«

»Lass uns doch mal zusammenfassen, was wir haben, Guillem …« Folch ließ nicht locker. »Eigentlich wissen wir doch ziemlich viel, es ist nur schwierig, es miteinander in Verbindung zu bringen. Also, da ist zuerst einmal die Geschichte vom Tatort: eine ketzerische alte Bruderschaft, ein seltsamer Kult, eine außergewöhnliche Heilige und ein Stein, der durch die Luft fliegt und die Quelle versperrt. Dann die Gerüchte, dass der Teufel seine Hand im Spiel hat, und …«

»Fünf Morde im Jahr 1208, zwei Morde heute, eine Alte, die behauptet, alle seien vom selben Blut, ein verschwundener Einsiedler und Serpentarius, der heimlich Kirchen baut«, führte Ebro die Reihe fort, als der Sergeant eine kurze Pause machte.

»Das ist ja wirklich toll, Kinder, jetzt sehe ich endlich klar, ihr glaubt nicht, wie sehr ihr mir geholfen habt!«, rief Guillem und warf ihnen einen verärgerten Blick zu.

»Schon gut, schon gut … ich gebe zu, das klingt wie die Geschichte eines übergeschnappten Märchenerzählers, aber das ist es nun einmal, was wir haben, Guillem.« Folch gab nicht auf. »Lasst uns doch noch einmal über diesen Ort nachdenken. Die Morde sind immer hier geschehen. Warum ausgerechnet hier und nicht woanders? Das könnte wichtig sein. Denk doch mal an die Wachsreste, die wir gefunden haben, das sah doch aus, als hätte jemand eine Art Zeremonie abgehalten. Was kann es mit diesem Ort auf sich haben?«

»Es ist ein heiliger Ort, die Kultstätte der heiligen Iscla«, antwortete Ebro schnell, begeistert, dass es ein neues Spiel zu geben schien.

»Gut, sehr gut, weiter. Ich glaube, dass irgendjemand alles daransetzt, dass die Morde hier stattfinden, aber mit welcher Absicht?«, fuhr Folch, angeregt von Ebros Einwurf, fort.

»Damit die Leute glauben, dass diese Heilige böse ist und der Teufel seine Hand im Spiel hat, und … und außerdem, damit die Schuld an den Morden auf Iscla fällt«, erklärte Ebro, der ganz konzentriert bei der Sache war. Guillem sah den Jungen mit wachsendem Interesse an.

»Die Idee ist nicht einmal schlecht, Ebro, aber wie soll diese Bruderschaft und die Geschichte mit ihren Nachkommen dazu passen?«, fragte Folch herausfordernd. Der Junge schwieg und überlegte. Er wollte sich nicht lächerlich machen. Das Spiel wurde langsam kompliziert, und er war sich seiner Antwort nicht sicher.

»Iscla und die Bruderschaft sind ein und dasselbe, meint ihr nicht?«, brachte er etwas unschlüssig vor. »Wenn die Heilige böse ist, ist die Bruderschaft es auch, also müssen sie sterben, weil sie genauso böse sind wie Iscla und dem Teufel verfallen sind und … jetzt weiß ich's – ich hab's! Es ist der Fluch der Heiligen!«

»Aber die Nachkommen der alten Bruderschaft sind nicht böse, Ebro, sie haben mit Iscla und dem alten Kult ja nichts mehr zu tun, sie sind gute Christen«, wandte Guillem vorsichtig ein. Er wollte Ebro, der gerade so schön dabei war, nicht aus dem Konzept bringen. Denn er ahnte, dass sich hinter den unschuldigen Worten des Jungen womöglich eine äußerst beunruhigende Wirklichkeit verbarg. Wenn es die Bruderschaft nicht mehr gab und ihre Nachkommen ebenso wie die Heilige unschuldig und harmlos waren, blieben nicht mehr allzu viele Möglichkeiten. Dies alles deutete in eine Richtung, die ihm gar nicht gefiel.

»Vielleicht denkt aber noch jemand, dass sie böse sind, Guillem, jemand, der nicht verzeihen will.« Ebro versuchte alles, um seine Theorie aufrechtzuerhalten. »Außerdem – die Leute aus dem Dorf mögen das alles vergessen haben, aber der Abt nicht.«

»Der Abt, heiliger Himmel, was hat der Abt denn damit zu tun!«, brummte Folch.

»Reg dich nicht auf, Folch, ich meine nur, dass der Abt Alamand der Einzige ist, der noch an Iscla denkt, und dass die beiden Alten meinen, die Heilige sei an allem schuld. Ich will dem Abt nichts unterstellen, ganz bestimmt nicht.« Ebro sah seine Kameraden mit zerknirschtem Blick an. Dass sie auf einmal so ernst geworden waren, verunsicherte ihn.

»Ich vermute, in einem Punkt hast du recht, Junge«, bemerkte der Sergeant mit finsterer Miene. »Nach dem, was Jofre Galcerán erzählt hat, wird jedes Mal, wenn irgendjemand versucht, den Iscla-Kult wiederzubeleben, die reinste Hölle entfesselt, so war es auch 1208.«

»Mich würde mal interessieren, was Meister Serpentarius über all das gedacht hat«, murmelte Ebro verträumt.

»Nichts da, Ebro! Wir haben uns doch darauf geeinigt, dass wir die beiden Geschichten nicht miteinander vermischen wollen. Die Morde sind zuerst dran – immerhin geht es hier um das Leben unschuldiger Menschen.«

»Ich vermische doch gar nichts, Folch, ich meine nur, er war hier, als das alles anfing, nicht wahr? Als der Stein durch die Luft flog und die bösen Geister aus ihren Löchern gekrochen kamen, damals vor hundert Jahren, da muss Serpentarius hier gewesen sein. Vielleicht hat er das alles gesehen.«

Die beiden Männer sahen sich schweigend an. Was Ebro da so fröhlich herumphantasierte, brachte beunruhigende Zufälle zutage. Es war noch zu früh, um Entscheidungen zu treffen, dachte Guillem, aber die Sache wurde langsam ziemlich heikel und bedurfte gründlicher Überlegung. Er warf sich den Mantel um die Schultern und schürte das Feuer. Dann schlug er vor, eine warme Suppe zu essen und dann schlafen zu gehen. Folch und er sollten die Nacht über abwechselnd Wache halten. Die ersten Tage hatten sie das nicht für nötig gehalten, doch nun schien es Guillem unbedingt angebracht. Er spürte, wie sich in ihm das Gefühl einer großen Gefahr ausbreitete, irgendetwas an der Geschichte war ihm äußerst unheimlich. Er konnte nicht genau sagen, was es war, aber das Gefühl war sehr stark. Ebro, der nicht einschlafen konnte und das lustige Spiel fortsetzen wollte, wurde zurechtgewiesen.

»Du wirst noch genug Zeit haben zu spielen, und ich garantiere dir, die Lust wird dir bald vergehen«, bemerkte Guillem rätselhaft.

Laut schluchzend lief er in der kleinen Zelle auf und ab und rieb sich nervös die verschwitzten Hände. Obwohl in dem winzigen Zimmer nur wenig Möbel waren, stieß er ständig irgendwo an, blind gegenüber allem, was ihn umgab. Er versetzte der Pritsche mit dem Knie einen Stoß, sodass sie zur Seite kippte, und stöhnte trotz des Schmerzes nicht einmal auf. Hinkend wanderte er weiter in der Zelle hin und her wie ein Raubtier im Käfig. Er hatte panische Angst. Er wusste nicht, was er tun oder an wen er sich wenden sollte, die Sache war außer Kontrolle geraten, und wer konnte wissen, was als Nächstes geschehen würde. Sie vertrauten ihm nicht mehr, ihre Worte klangen freundlich, aber sie waren falsch, sie wichen ihm aus. Erbarme sich der Herr ihrer Schwäche! Sogar die Drohungen hatten aufgehört, doch sie beobachteten ihn Tag und Nacht, und es war, als würden ihn hundert Augen verfolgen.

Bruder Hug fiel vor seiner Pritsche auf die Knie. In Tränen aufgelöst, flehte er um Vergebung, doch er wusste, das war unmöglich. Als alles anfing, hatte er sich nicht vorstellen können, dass sie ihn eines Tages zwingen würden. Ihm war nicht klar gewesen, wie weit sie gehen würden. Oh, heilige Muttergottes! Nichts konnte ihn entschuldigen und ihn vor den ewigen Flammen bewahren. Er war sich wichtig vorgekommen, sie hatten seiner Eitelkeit geschmeichelt ... ihm, einem armen Mönch, der dazu verurteilt war, die Vorratsbücher zu führen, ohne die leuchtende Zukunft, die viele seiner Brüder erwartete! Es war ihm wie eine Auszeichnung erschienen, eine Ehre, Teil des Geheimnisses zu sein, es hatte ihn gewissermaßen über sein erbärmliches Dasein hinweggetröstet. Aber sie hatten ihn aufs Schändlichste getäuscht! Sie hatten sich nur seine Stellung an der Seite des Priors zu Nutze gemacht, hatten ihm ständig eingeflüstert, was er tun und was er sagen sollte, um so Einfluss auf seinen Superior zu nehmen. Allmächtiger Gott, dass er diese Lüge nicht durchschaut hatte!

Mühsam erhob er sich. Ihm war elend zumute. Wer würde ihm eine solche Geschichte glauben? Einsperren würden sie ihn, in jenem verfluchten Konvent, sie würden behaupten, er sei verrückt, wie der arme Zenon, oh, gütiger Gott! Ob sie ihn umgebracht hatten? Dieser Unglücksnarr hatte nämlich angefangen, ihnen gefährlich zu werden, er war schwer zu kontrollieren und konnte seinen Mund nicht halten. Sie würden nicht zögern, sich seiner zu entledigen, wenn er ihnen nicht mehr nützte. Er hielt sich die Hände vor den Mund, um das Schluchzen zu unterdrücken. Es konnte sein, dass sie ihn belauschten, sie warteten vielleicht nur auf einen Vorwand, um ihn für immer wegzusperren. Er musste sich verstellen, ja, er musste seine Verzweiflung und seine Angst vor ihnen verbergen! Erschöpft lehnte er sich gegen die Tür und versuchte, ruhiger zu atmen. Er drückte das Ohr an das Holz. Einige Minuten später schlüpfte er durch die Tür und schlich den langen Flur entlang. Er meinte hundert Blicke in seinem Rücken zu spüren und sah sich nach allen Seiten um. Doch wer sollte schon Verdacht schöpfen? Er war nur auf dem Weg zu seiner Arbeit, ins Arbeitszimmer des Priors. Er musste unbedingt seine Rolle weiterspielen, er musste ganz ruhig wirken, niemand durfte an seinen Absichten zweifeln.

Bruder Hug betrat das Zimmer des Priors und schloss schnell die Tür hinter sich, da ihn erneut ein krampfartiges Zittern überkam und er das Schluchzen nicht unterdrücken konnte. Er ließ den Blick durch das ordentlich aufgeräumte Arbeitszimmer schweifen, bis er bei den großen Rechnungsbüchern Halt machte – das war Guerau de Cireras Ein und Alles! Als hätte dieser Mann keinen anderen Lebensinhalt als den Getreidepreis. Wenn er ihm wenigstens nicht mit solcher Verachtung begegnet wäre! Bruder Hug spürte, dass sich hinter den höflichen Worten des Priors eine tiefe Geringschätzung seiner Arbeit verbarg, für seine Bemühungen, mit all diesen unverständlichen Zahlen zurande zu kommen … Aber das war keine Entschuldigung für sein schändliches Verhalten, diese Last konnte er nicht auf seinen Superior laden! Allein seine Eitelkeit und sein Hochmut hatten ihn daran gehindert, dem Prior für die unendliche Geduld zu danken, die er ihm bei all seinen Fehlern und Irrtümern entgegenbrachte, denn er stellte sich mit den Zahlen wirklich zu ungeschickt an. Hochmut und Eitelkeit! Das war das Einzige, was von ihm geblieben war, das wenige, was er an Tugend besessen hatte, war wie ausgelöscht, und sein Leben war ihm zur Hölle geworden.

Er schlug eines der Bücher auf und suchte die letzte Eintragung. Die feine, elegante Schrift des Priors sah ihm kalt entgegen. Einen kurzen Augenblick lang erwog Hug die Möglichkeit, dass es doch noch Rettung geben könnte, dass Guerau de Cirera ihn verstehen würde. Doch nein! Es gab keine Erlösung, der Prior würde ihn niemals verstehen, niemals, niemals! ... Er nahm die schlichte Vogelfeder und fing an zu kritzeln, wobei er überall Tintenflecke auf dem Pergament hinterließ. Er wollte nicht gehen, ohne dem Prior eine Warnung zu hinterlassen, er war ein intelligenter Mann und würde wissen, was zu tun war. Sie würden es nicht entdecken, sie würden ihm so eine mutige Tat nicht zutrauen. Ein kurzes, verzerrtes Lächeln erschien auf seinem Gesicht. Nun handelte er richtig, und vielleicht würde sich der Herr seiner Seele erbarmen ... Guerau de Cirera würde seine Bücher aufschlagen und es entdecken, er würde die Warnung verstehen und etwas unternehmen. Darauf musste er vertrauen. Mit dem Rechnungsbuch in der Hand dachte er kurz nach und beschloss dann, es auf die andere Seite des Tisches zu legen. Der Prior war ein äußerst ordentlicher Mann, der es nicht ertrug, wenn die Dinge nicht an ihrem Platz waren, es würde ihm sofort auffallen, doch »sie« würden nichts bemerken.

Behutsam schloss er die Tür des Arbeitszimmers hinter sich und trat auf den Flur hinaus. Eng an die Wand gedrückt und aufmerksam auf jedes Geräusch lauschend, schlich er bis zum Eingangstor, ohne jemandem zu begegnen. Der Pförtner döste in einer Ecke vor sich hin, als

Hug lautlos hinausschlüpfte. Der Innenhof war von mattem Licht erfüllt, die Abenddämmerung nahte, und die Schatten der Gebäude wurden länger. Im Schutz der hereinbrechenden Dunkelheit lief Hug an den Mauern entlang bis zu den Stallungen. Der Weg schien ihm endlos. Das Geschrei der durch den unerwarteten Besuch aufgeschreckten Ochsen ließ ihn ängstlich zurückweichen, sodass er über das frisch geschnittene, zu Ballen aufgeschichtete Stroh stolperte und hinfiel. Er stieß ein nervöses Lachen aus. Dann wurde er abwechselnd von Lach- und Weinkrämpfen geschüttelt und krümmte sich am Boden. Ja, er war verrückt, genauso verrückt wie Zenon, aber »sie« würden ihn niemals kriegen, ihre langen Arme reichten nicht bis an den Ort, an den er sich flüchten würde. Dieser Gedanke ließ ihn erneut auflachen, doch dann riss er sich zusammen. Ruhig, er musste sich beruhigen, um die Sache zu Ende zu bringen, er durfte nicht den kleinsten Fehler begehen!

Er kletterte die Leiter hoch, tastete im trockenen Stroh herum und fand, was er am Abend zuvor dort versteckt hatte: einen dicken Strick, den er den Ochsenhirten entwendet hatte. Er befestigte ihn an einem Balken, ließ das andere Ende nach unten fallen und beobachtete gebannt den Schatten des schwingenden Seils an der Wand gegenüber. Dann kletterte er wieder hinunter und holte einen kleinen Hocker hervor, den er ebenfalls gestohlen hatte … Was machte eine Sünde mehr oder weniger jetzt noch aus! Er unterdrückte ein Lachen und rückte den Hocker zurecht. Der Strick hing jetzt ganz ruhig da. Vorsichtig stieg er auf den Hocker, nahm das Ende des Stricks, das er gekonnt zu einer Schlinge geknotet hatte, legte es sich um den Hals und zog fest zu. Ein paar Augenblicke verharrte er so, mit geschlossenen Augen, dann stieß er mit einem letzten schrillen Lachen den Hocker weg. Ein trockenes Knacken und ein erstickter Schrei störten die Ochsen ein letztes Mal in ihrer Ruhe auf. Dann kehrte Stille ein, und nur noch das leichte Knarren des hin und her pendelnden Stricks war zu hören.

»Ich bleibe hier bei dir, bis alles vorüber ist.« Jofre klang, als würde er keinen Widerspruch dulden.

Maria sah ihn zärtlich an. Ihr alter Freund hatte seine Tatkraft zurückgewonnen und machte einen ungewohnt lebhaften Eindruck. Er wirkte sogar jünger, als hätte ein Zaubertrank ihm besondere Kräfte verliehen.

»Was werden unsere Nachbarn dazu sagen, Jofre?« Die alte Frau lachte belustigt. »Wir zwei kränklichen alten Greise unter einem Dach ... Die Leute werden sich das Maul zerreißen und dein Ruf ist hin, mein Freund.«

»Also bitte, Maria, du redest daher wie ein junges Ding, was du ja nun wirklich nicht mehr bist. Außerdem lässt es mich ziemlich kalt, was sie im Kloster über uns reden, die haben Probleme genug.«

»Also gut, mein geliebter Held und Beschützer alter schwacher Frauen, hast du erledigt, worum ich dich gebeten hatte? Konntest du in der Bibliothek etwas finden?«, erkundigte sich Maria spöttisch.

»Etwas, das ist das richtige Wort. Hör zu, in den Chroniken der Äbte werden die Morde von 1208 mit keinem Wort erwähnt, was ja an sich schon ziemlich aufschlussreich ist. Es gab damals einen Abt namens Sorel, Bertrand de Sorel, kannst du dich an den erinnern?« Maria schüttelte den Kopf. »Ich nämlich auch nicht, ich glaube, damals hatte mich mein Vater zum ersten Mal aus dem Kloster weggeschickt, und außerdem ist der Abt wohl im selben Jahr noch gestorben. Dieser Mann versuchte jedenfalls den Kult der Iscla wiederzubeleben und veranstaltete zu ihren Ehren eine große Prozession durch das Kloster, mit der Heiligenreliquie vorneweg. Wenn ich mich recht entsinne, hast du doch erzählt, dass deine Mutter in eben dieser Nacht verschwunden ist ... und in den darauf folgenden vier Wochen kamen noch weitere vier Menschen ums Leben. Pere de Palma ist ganz sicher, ich war gestern bei ihm in der Werkstatt. Er sagt, seine Mutter hat ihm erzählt, dass Isclas Reliquie daraufhin wieder in ihre Krypta gesperrt wurde. Der Täter wurde nie gefasst, und es ging das Gerücht, ein unbekannter Fremder habe die Morde begangen. Aber in den Chroniken steht kein Wort davon, es wird lediglich kurz erwähnt, dass der Abt die Absicht hatte, den Kult wiederzubeleben, und dass die Gemeindemitglieder dagegen gewesen seien. Danach hatte ich eine seltsame Begegnung mit dem Almosenpfleger von Sant Miquel. Er sagte mir, er habe mit dir gesprochen, und er habe herausgefunden, wer Zenon in Wirklichkeit ist. Eine längere Geschichte von irgendeinem schrecklichen Kloster, in dem in Ungnade gefallene Mönche eingesperrt würden. Gütiger Himmel! ... Das Erstaunlichste aber war, dass er behauptet hat, Zenon hätte deinen Sohn getötet.«

Das Lächeln verschwand von Marias Gesicht, und ein drückendes Schweigen trat ein. Die alte Wunderheilerin wickelte sich fester in ihre Tücher, als hätte sie einen eisigen Luftzug gespürt. Der Steinmetz sah sie fragend an.

»Was ist los, was verbirgst du vor mir? Hast du gewusst, dass dieser unglückselige Spinner deinen Sohn umgebracht hat? ... Ich verstehe nicht, Maria. Was zum Teufel geht hier vor?« Jofre sah sie mit stummem Flehen an.

»Zenon hat meinen Sohn nicht getötet, der Almosenpfleger irrt sich, niemand hat meinen Sohn getötet«, erwiderte sie ohne weitere Erklärung.

»Warum versteifst du dich so auf diese unwahrscheinliche Geschichte, Maria? Du wirst mir langsam unheimlich mit dieser fixen Idee, dass dein Sohn noch lebt. Der Almosenpfleger hat es mir klar und deutlich gesagt: Ein Novize aus Santa Maria hat den Verstand verloren und deinen Sohn getötet, und dieser Novize war Zenon ... Warum sollte er mich in so einer wichtigen Sache anlügen?« Jofre, ungehalten über die Sturheit der Alten, hatte die Stimme erhoben. Er begriff nicht, warum sie nicht reden wollte.

»Zenon hat meinen Sohn nicht getötet«, wiederholte Maria.

»Aber wen denn dann? Dass er jemanden umgebracht hat, stimmt doch wohl! Dieser arme Narr wusste ja nicht, was er tat. Und man sperrt doch keinen Unschuldigen ein!«, rief Jofre ganz außer sich.

»Den Novizenmeister hat er getötet. Er hat einen großen Stein genommen und ihm damit den Kopf eingeschlagen«, sagte Maria leise und schluchzte verhalten.

»Was sagst du da? Das hat ja gerade noch gefehlt. Woher willst du das wissen? ...« Jofre ließ sich erschüttert auf einen Stuhl fallen.

»Ich weiß es eben. Ich habe mit dem Kloster einen Pakt geschlossen«, murmelte Maria tonlos.

»Einen Pakt mit den Mönchen von Santa Maria? Wovon zum Teufel redest du? Wieso hattest du es denn nötig, mit irgendwem einen Pakt zu schließen?« Der Steinmetz fiel aus allen Wolken.

»Sie wollten einen Skandal vermeiden, sie wollten vertuschen, dass der Ermordete einer ihrer Mönche war.« Maria sprach wie in Trance. »Sie kamen zu mir und schlugen mir vor, meinen Sohn als den Toten auszugeben, damit es kein Gerede gebe, du weißt schon … Im Gegenzug, so schworen sie mir, würden sie sich gut um Zenon kümmern und ihn beschützen. Mir schien das ein gutes Angebot, es waren harte Zeiten damals, und jedenfalls … so würde er zwar eingesperrt sein, aber am Leben bleiben, verstehst du? Ich wusste nicht, unter welchen Bedingungen er gefangen gehalten wurde, bis mir der Almosenpfleger von diesem verfluchten Ort erzählte. Ich hätte nie gedacht, dass sie mich die ganze Zeit derart täuschen würden.«

»Also, Maria, ich verstehe überhaupt nichts. Warum hast du das getan? Was für ein Interesse hattest du denn an diesem armen Irren?« Jofre sah sie verständnislos an. »Und wenn er nicht tot ist, wo zum Teufel ist denn dann dein Sohn?«

»Begreifst du nicht, Jofre? … Zenon ist mein Sohn.«

Marias Worte trafen den alten Mann wie ein Schlag vor die Brust. Ihm stockte der Atem. Warum hatte ihm seine Freundin etwas so Wichtiges so lange Zeit verheimlicht?

»Das war gar nichts so Neues, Jofre, ich hatte schon einmal einen Pakt mit dem Kloster geschlossen«, fuhr Maria mit gequälter Miene fort. »Ich hatte ihnen meinen Sohn anvertraut, damit er im Kloster erzogen werde. Ich wollte ihn von mir und meinem Blut fernhalten, ich konnte den Gedanken nicht ertragen, dass ich ihn eines Tages tot auf dem Felsen bei der Fontsanta finden würde. Sein Blut sollte den verfluchten Stein nicht tränken, das habe ich am Grab meiner Mutter geschworen!«

»Und deine Freunde hast du angelogen, diese ganze Geschichte, dass der Junge angeblich bei Verwandten war …«

Jofre fühlte sich verraten. »Warum diese ganzen Lügen, Maria? Ich kann mir schwer vorstellen, dass die Mönche ihn so einfach im Kloster aufgenommen haben – einen Bastard! Er war doch ein uneheliches Kind, und ihre Vorschriften sind sehr streng.«

»Dein Vater hat mir geholfen«, antwortete Maria und warf ihm einen eisigen Blick zu. Seine harten Worte hatten sie schwer getroffen. Der Steinmetz war derart verblüfft, dass er seinen Ärger vergaß. »Dein Vater verstand meine Angst, er teilte meine Sorge, dass ihm etwas Entsetzliches zustoßen könnte, begreifst du nicht? Es war seine Idee, er meinte, im Kloster wäre mein Sohn sicher, und er hat mich davon überzeugt. Er wusste etwas … etwas, das die Mönche zwingen würde, meinen Sohn in ihre Gemeinschaft aufzunehmen. Er war sehr besorgt um das Schicksal des Kleinen und hat sich um alles gekümmert.« Jofre schwieg, er war wie vom Donner gerührt. Regungslos saß er auf seinem Stuhl und hielt sich den Kopf. Maria fuhr fort: »Es war nicht der Teufel, der den Stein auf die Quelle geschleudert hat, Jofre, und er ist auch nicht von alleine hinuntergestürzt. Sie sind es gewesen, Odon und seine Truppe von wild gewordenen Mönchen. Sie haben Isclas Quelle versiegen lassen und die Legende geschürt. Die ›Diener des Steins‹, so nannten sie sich, dein Vater hat es mir erzählt. Und als Gegenleistung für sein Schweigen haben sie Zenon in den Konvent aufgenommen. Ich weiß allerdings nicht genau, mit wem er den Pakt geschlossen hat. Damals dachte ich, dass er dadurch vor allem Übel sicher wäre, dass niemand es wagen würde, ihm etwas anzutun.«

Der Steinmetz hüllte sich weiter in Schweigen, das nun wie eine Mauer zwischen ihnen stand.

»So vergingen die Jahre, und meinem Sohn schien es gut zu gehen.« Maria seufzte. »Ich hielt mich auf Abstand, so wie ich es versprochen hatte ... und dann hat Zenon den Novizenmeister getötet – frag mich nicht warum, denn ich weiß es nicht. Niemand hatte mich darüber unterrichtet, dass er krank wäre oder dass sein Geist sich verwirrt hätte. Manchmal bin ich zum Kloster gegangen und habe ihn heimlich beobachtet, ich wollte sehen, wie er aufwuchs. Ich wollte mich vergewissern, dass alles in Ordnung war, der Schmerz war zu groß, Jofre. Als der Novizenmeister ermordet wurde, erlaubten sie mir nicht, meinen Sohn zu sehen, ich durfte mich nicht einmal von ihm verabschieden. Sie schworen mir, wenn er sich fügte, würden sie sich um ihn kümmern, ihn wieder gesund machen... aber sie haben mich belogen.«

»Und seit dem ersten Tag, als er hier wieder auftauchte, hast du es gewusst und hast dich mir nicht anvertraut, Maria. Nicht einmal mein eigener Vater hat mir vertraut, verdammt noch mal! Nie hat er mir ein Wort gesagt.« Der Steinmetz verbarg das Gesicht in den Händen.

»Dein Vater hat dich sehr geliebt, er hat dich immer schützen wollen, Jofre. Du wolltest nicht, dass er sich dir anvertraut, und er hat das akzeptiert. Er wusste, dass du noch sehr jung warst und Angst vor der Verantwortung hattest, er hat dir nie den geringsten Vorwurf gemacht. Er war so stolz auf dich, auf den großen Künstler, der du geworden bist ... Was meinen Sohn betrifft, so war es allein meine Entscheidung, ich habe deinem Vater den Schwur abgenommen, dass er dir niemals etwas sagen würde, und der arme Mann hat seinen Schwur gehalten, obwohl er es nicht guthieß. Er war ein guter und ehrenhafter Mann, Jofre.«

»Und was für Pakte hat mein Vater mit dem Kloster noch geschlossen, Maria?«, fragte Jofre. Seine Stimme bebte, denn er fürchtete die Antwort. »Was hat es für Abmachungen gegeben, um mein Leben zu schützen, damit ich nicht auch auf dem Felsen der Fontsanta endete? Denn ich bin sicher, in meiner Familie hat es keine Toten gegeben, genau wie bei den Castellars.«

»Das weiß ich nicht, aber ich glaube, es hat mit dem Geheimnis zu tun, das eure Familie hütet. Das Geheimnis deines Großvaters, von dem du nie etwas wissen wolltest.« Maria hielt inne und überlegte. »Ob dein Blut wirklich nicht vergossen wurde bei der Fontsanta, das kannst du noch nicht wissen … noch kannst du es nicht wissen.«

Die alte Frau verstummte. Sie hatte genug gesagt. Mit traurigem Gesicht erhob sie sich, ging zu Jofre und umarmte ihn. Der Steinmetz wies sie nicht zurück, er drückte sie an sich. Dann stöhnte er leise auf.

»Zenon ist auch mein Sohn, nicht wahr, Maria? Das ist es, was du mir verschweigst, das ist der Grund, warum du immer geschwiegen hast, du wolltest mich schützen. Aber ich habe es immer geahnt, ich habe mich feige hinter deinem Schweigen versteckt, habe deine Liebe angenommen und dir nichts zurückgegeben. Ich bin immer weggelaufen, ich hasste die Verantwortung, die mein Vater mir aufgebürdet hatte, ich wollte es nicht wissen und nicht verstehen. Gütiger Gott, Maria, was werden wir jetzt tun?«

Maria antwortete nicht, sie würden Zeit genug haben, um miteinander zu sprechen, wenn der Schmerz in Jofres Herzen nachgelassen hätte. Sie strich ihm liebevoll über das von weißen Strähnen durchzogene Haar. Sie spürte sein Leid und wollte den Kummer des alten Mannes lindern, so gut sie konnte. Ja, es war Zeit, sich auf die Suche nach Zenon zu begeben und ihn zu schützen, wenn es nötig sein sollte, mit ihrem eigenen Leben. Jetzt das für ihn zu tun, was zuvor nicht möglich gewesen war und … dann, erst dann, würden sie vielleicht einen Teil ihres Lebens zurückbekommen.

II

Bruder Hug

»Im bezaubernden Licht der Abenddämmerung habe ich von der Festung Miravet aus zum letzten Mal den Fluss gesehen. Die Wasserschlange gleitet lautlos dahin. Ich spüre ihren Ruf, die Kraft, die aus ihrer Tiefe aufsteigt und meine armen Knochen durchdringt.«

»Seid Ihr sicher, dass da nichts ist, Bruder Ramón? … Es könnte doch sein, dass Ihr es vergessen habt.«

Der Bibliothekar sah ihn entrüstet an, er war irritiert, dass der Prior derart hartnäckig blieb. Er schien überhaupt vollkommen verändert, als hätte Ramón einen anderen Menschen vor sich, das war nicht der Guerau de Cirera, den er kannte und bewunderte. Selbst seine ausgezeichneten Umgangsformen waren einer geradezu unverschämten Zudringlichkeit gewichen. Seit über einer Stunde verhörten der Prior und sein Begleiter, den er als Almosenpfleger von Sant Miquel vorgestellt hatte, ihn nun schon, als hätte er ein schweres Vergehen begangen. Bruder Ramón de Santmartí hatte langsam genug, aber sie wollten nicht lockerlassen.

»Ich weiß nicht, wie oft ich es Euch noch sagen soll, Pater Prior!«, rief der Bibliothekar. »Ich verstehe nicht, warum Ihr Euch auf einmal so sehr für Euren Vorgänger, den armen Bruder Esteve, interessiert, Gott hab ihn selig! … Ich habe Euch alles gesagt, was ich weiß.«

»Aber seid Ihr sicher, dass er es nicht vielleicht für ratsam hielt, hier in der Bibliothek ein Dokument aufzubewahren? … Vielleicht etwas Persönliches?« Guerau gab nicht auf.

»Alles, was Bruder Esteve auf Erden besaß, Prior, wurde Euch bei seinem Tod ausgehändigt, wie es die Tradition vorschreibt. Wollt Ihr mich etwa beschuldigen, ich hätte etwas von seinem Eigentum gestohlen oder in irgendeiner Absicht versteckt?« Der Gedanke, dass man ihn einer solchen Tat verdächtigte, ließ dem Bibliothekar das Blut in die Wangen schießen.

»Bei allen Heiligen, nein, so etwas dürft Ihr nicht denken, Bruder Ramón! Ich bitte Euch um Entschuldigung, dass wir Euch so zusetzen und Eure Zeit so lange in Anspruch nehmen, das ist unverzeihlich! Wahrscheinlich haben wir uns geirrt«, schaltete sich Ponç de l'Oliva ein, bevor der Prior den Mund aufmachen konnte.

Der Almosenpfleger zerrte Guerau de Cirera am Ärmel seines Habits zur Seite, das Verhalten seines Freundes war ihm nicht geheuer. Der Bibliothekar sah sie stirnrunzelnd an, halb erstaunt und halb verärgert. Er fragte sich, warum der Prior derart nervös war und sich so unverschämt benahm und wonach sie eigentlich so verzweifelt suchten.

»Beruhigt Euch, Guerau, wenn Ihr weiter solchen Krach schlagt, wird es im Konvent bald von Gerüchten nur so wimmeln! Eure Gesundheit wird das nicht aushalten.« Ponç hielt den Prior immer noch am Ärmel fest und versuchte ihn von dem Bibliothekar wegzuzerren.

»Wir werden es nie finden. Ich war sicher, dass es irgendwo in der Bibliothek ist, aber … dieser Mann ist ja nicht bereit, uns zu helfen!« Gueraus Augen glänzten fiebrig.

»Bruder Ramón hat getan, was er konnte, und er hat sich sehr freundlich um Euch gekümmert. Ihr phantasiert, Guerau, Ihr seid krank. Außerdem ist die Wahrscheinlichkeit, dass Euer Vorgänger ein Manuskript hinterlassen hat, ja auch nicht allzu groß. Das war schließlich nur eine Möglichkeit, die wir in Betracht gezogen haben. Ihr habt keinerlei Beweise, dass es überhaupt existiert. Und ganz ehrlich, ich glaube, Ihr wünscht Euch dieses Manuskript so sehr herbei, dass Ihr von seiner Existenz schon vollkommen überzeugt seid ... aber das Ganze war ja nur eine Vermutung, mein Freund!«

»Es muss irgendwo sein!«, rief Guerau mit erhobener Stimme. »Der arme Bruder Esteve hätte mich nicht angelogen, er hätte mir irgendwie eine Nachricht hinterlassen, einen Hinweis auf etwas so Ungeheuerliches ...«

»Aber Ihr wisst es nicht, Ihr könnt es nicht wissen. Es ist sehr gut möglich, dass Euer alter Prior es nicht gewagt hat, so etwas zu erzählen. Welche Erklärung sollte es dafür geben, dass ein verwirrter junger Novize seinen Meister umbringt ...? Versteht Ihr nicht, Guerau? Überlegt doch mal, bei der Liebe Gottes! Wahrscheinlich wollte er es einfach vergessen und Eurer jungen Seele nicht eine Last aufbürden, die Ihr nicht würdet tragen können.«

Guerau kam nicht mehr dazu, etwas zu erwidern. Plötzlich erhob sich von der breiten Treppe her, die zur Bibliothek hinaufführte, ein lauter Tumult. Zwischen lautem Geschrei und Klagerufen waren flehentliche Gebete an den Allmächtigen zu hören. Die beiden Männer tauschten einen bangen Blick mit dem Bibliothekar.

»Allmächtiger! Was ist denn da los? Ich hoffe nur, es brennt nicht.« Bruder Ramón verzog entsetzt das Gesicht, es war klar, woran er zuerst dachte.

Ohne zu zögern stürmte Guerau de Cirera die Treppe hinunter. Ponç de l'Oliva stürzte ihm hinterher und rief ihm nach, doch der Prior verlangsamte seinen Schritt nicht. Bruder Ramón de Santmartí blieb in der Tür stehen, er wusste nicht, was er tun sollte und hielt die Hand in einer stummen Geste erhoben. Das Geschrei und Geheule schwoll immer mehr an und ließ die starken Klostermauern erbeben.

Guillem de Montclar war auf dem Weg nach Santa Maria, um noch einmal mit dem Prior zu sprechen, als er das Geschrei vernahm. Überzeugt, dass etwas Schlimmes passiert sein musste, gab er seinem Pferd die Sporen, bis er das Außentor erreicht hatte. Dort stieg er ab und ließ sein Pferd stehen. Erstaunt sah er, welche Aufregung im Klosterhof herrschte: Mönche und Bedienstete stolperten wie verrückt durcheinander. Manche hielten sich laut schreiend den Kopf, andere knieten am Boden und beteten. Da sah er inmitten des Chaos den Prior auf den Hof rennen, gefolgt von einem Mann, der mit allen Mitteln versuchte ihn aufzuhalten. Guillem spürte, wie sich jeder seiner Muskeln spannte. Die beiden Männer liefen zu dem Stall, wo Guillem und seine Gefährten die erste Nacht verbracht hatten. Er beschloss ihnen zu folgen.

Beinahe wäre er gegen den Rücken des Priors geprallt, der wie versteinert in der Tür stehen geblieben war. Guillem warf einen Blick in das Stallinnere. Trotz der Dunkelheit konnte er einen an einem Strick baumelnden Mann ausmachen. Behutsam schob er Guerau de Cirera und seinen Begleiter beiseite, trat in den Stall und wollte dem Mann zu Hilfe eilen. Er umfasste seine Beine und stemmte ihn in dem verzweifelten Versuch, das Unvermeidliche zu verhindern, nach oben. Er schrie und schimpfte, man solle ihm zu Hilfe kommen, verfluchte die anderen, die nur tatenlos zusahen, bis der Mann, der mit dem Prior gekommen war, aus der Fassungslosigkeit zu erwachen schien und ihm beisprang. Ponç de l'Oliva stellte den umgefallenen Hocker wieder auf, stieg darauf und versuchte den Knoten zu lösen. Doch der Strick hatte sich schon tief in den Hals des Erhängten eingeschnitten, er konnte ihn nicht lockern. Er rief, man solle ihm ein Messer bringen oder irgendetwas Scharfes, womit er die Schlinge durchtrennen könne. Endlich gelang es ihm, der Strick löste sich, und der Leichnam fiel Guillem in die Arme.

Schwankend trat der Prior auf den Toten zu, sein Gesicht eine schneeweiße Maske, in der nur die Augen dunkel loderten. Als er die Leiche auf dem Stroh betrachtete, erkannte er seinen Gehilfen Bruder Hug. Er stammelte ein paar unverständliche Worte, streckte die Arme aus, als suche er eine Stütze, griff ins Leere und schlug der Länge nach auf den Boden.

»Weiß man, was mit dem Prior ist, Guillem? … Ist er tot?« Folch kam auf Guillem zugeeilt, der mit gerunzelter Stirn an der Tür von Jofre Galceráns Haus lehnte.

»Er ist im Krankensaal, sie glauben nicht, dass er diese Nacht überlebt. Der andere, der sich erhängt hat, ist allerdings mausetot, wir sind zu spät gekommen. Es war Bruder Hug, der Gehilfe des Priors.«

»Bei allen Teufeln, Guillem, die Geschichte scheint mir langsam eine etwas bedenkliche Wendung zu nehmen … ein Mönch, der sich das Leben nimmt!« Der Sergeant war erschüttert.

»Eine etwas bedenkliche Wendung? Mein lieber Freund, diese Sache hat von Anfang an zum Himmel gestunken!«

Guillem bemühte sich um ein Lächeln. »Hör mal, Folch, ich möchte, dass du zum Krankensaal gehst und dem Prior nicht von der Seite weichst. Lass ihn keine Sekunde allein, so sehr man dich auch darum bittet. Sag, du hast deine Anweisungen zu befolgen, wenn sie sich beschweren wollen, sollen sie zu mir kommen. Aber lass ihn auf keinen Fall allein, klar?«

»Klar. Meinst du, jemand könnte ihm den Eintritt ins Paradies ein wenig erleichtern wollen? Der Herr erbarme sich unser, Junge, ich will mir gar nicht vorstellen, was dir alles so durch den Kopf geht!« Der Sergeant zupfte ein paar Mal heftig an seinem zerzausten Bart. »Und was wirst du tun?«

»Lass gut sein, Folch, um meine Seele musst du dir keine Sorgen machen. Du weißt, ich bin zum Misstrauen erzogen worden, und ich versichere dir, es ist der beste Weg, um bei dieser Arbeit am Leben zu bleiben. Das solltest du doch aus eigener Erfahrung wissen.« Guillem bemerkte, dass sein Freund ihn besorgt ansah. »Mach dir keine Sorgen, ich passe schon auf, ich will mich nur ein wenig mit dem Almosenpfleger von Sant Miquel unterhalten. Aber sag mal, wo ist eigentlich Ebro?«

»Bei den Eseln … Im Ernst, Guillem, bitte sei wirklich vorsichtig. Das sind Männer Gottes, sie sind nicht vollkommen und leben fern der Wirklichkeit, aber es sind Männer Gottes. Du darfst sie nicht für etwas verurteilen, was sie nicht getan haben. Es ist einfach undenkbar, dass sie ihre Hände mit Blut befleckt haben sollen!« Nun kamen die innersten Überzeugungen des Sergeanten zum Vorschein.

»Mein lieber Folch, du wirst mir doch nicht vorwerfen, dass ich den Tatsachen ins Gesicht sehe?« Guillems Ton war jetzt ernst, und sein Lächeln war verschwunden. »Ich verstehe dich, aber die Vorstellung, die du von den Männern Gottes hast, scheint mir etwas unangebracht. Ich weiß, du wünschst dir von ganzem Herzen, dass Santa Maria frei von Schuld ist, aber … was ist, wenn nicht? Willst du von mir besonderes Wohlwollen und Verständnis erbitten für Mönche, die die ›Gerechtigkeit‹ selber in die Hand nehmen? … Oder für manch einen von ihnen, der sich selbst für Gott hält?«

»Niemals würde ich dich um etwas Derartiges bitten, Guillem!« Erschrocken sah der Sergeant ihn an. »Was ich sagen will, ist nur: Ein fauler Apfel verdirbt nicht immer den ganzen Korb. Du hast ja recht, es scheint alles mitten ins Herz von Santa Maria de les Maleses zu weisen, aber das heißt doch nicht gleich, dass die ganze Gemeinschaft mit der Sache zu tun hat. Es kann sein, dass sich eine verkommene Kreatur zwischen diesen heiligen Mauern versteckt, das bestreite ich ja gar nicht, ich wollte dir nur diesen schlichten Grundsatz in Erinnerung bringen.«

»Ich werde versuchen, gerecht zu sein, Folch, wenn es das ist, was dich beunruhigt. Du solltest dafür beten, dass sich der Täter heute eine Pause gönnt, denn wir werden den Wald bei der Fontsanta heute nicht bewachen können, und ich habe Angst um die beiden Alten.« Guillem ahnte, dass es gefährlich war, die Fontsanta unbewacht zu lassen. Ihre Anwesenheit dort, in ihrem einfachen Lager, hatte den oder die Täter bisher vielleicht abgeschreckt.

Folch verharrte noch einen Moment, dachte über Guillems Worte nach und nickte. Dann drehte er sich um und begab sich entschlossen auf den Weg zum Krankensaal.

Guillem lehnte weiter an der Tür, es war ein langer Tag gewesen. Den ganzen Vormittag hatte er im Stall zugebracht, um nach Spuren zu suchen und herauszufinden, ob Bruder Hug sich aus freien Stücken erhängt hatte. Es bestand immerhin die Möglichkeit, dass jemand ein bisschen nachgeholfen hatte. Er hatte aber nichts gefunden. Allerdings gab es viele Arten, einen Menschen dazu zu bringen, eine solche Entscheidung zu treffen … Später hatte er mehrere Stunden im Krankensaal verbracht und darauf gewartet, dass der Prior das Bewusstsein wiedererlangen würde, doch Guerau de Cirera war in einen langen, tiefen Schlaf gefallen, und der Krankenpfleger hatte ihm wenig Hoffnung gemacht. Nach dem Selbstmord von Bruder Hug war die Atmosphäre im Kloster außerordentlich beklemmend. Abt Alamand hatte sich in seinen Zimmern eingeschlossen und ausdrücklich angeordnet, niemand solle es wagen, ihn zu stören, auch nicht die Männer vom Templerorden. Die Mönche waren seinem Beispiel gefolgt und hatten sich in ihre Zellen zurückgezogen, und die Bediensteten waren fast alle nach Hause gegangen. Trotz Guillems Bemühungen lag Bruder Hugs Leiche immer noch im Stall, ohne dass sich jemand um die traurigen Überreste gekümmert hätte. Schließlich hatte er ihn wenigstens mit einer Decke zugedeckt. Es war wirklich erstaunlich, dachte Guillem. Diese Gemeinschaft lebte wie in einer anderen Welt, fern der Wirklichkeit, und obgleich sie ständig von Tod und Erlösung sprachen, versetzte sie der kleine Leichnam Bruder Hugs in Angst und Schrecken, als könnten sie sich allein durch seinen Anblick mit einer unheilbaren Krankheit anstecken. Weil er sich das Leben genommen hatte, und das die größte aller Sünden war? Ja, vielleicht, aber er hatte noch nie gesehen, dass ein Toter derart vernachlässigt wurde, und er hatte schon viel zu viele Leichen gesehen … Eine solche Behandlung hatte nicht einmal ein Maulesel verdient! Warum aber hatte sich Bruder Hug umgebracht? Ob sein Tod mit den anderen Morden zu tun hatte? Womöglich war das zu einfach gedacht, wie Folch sagen würde, aber es gab hier eindeutig zu viele Tote, und es war schwer vorstellbar, dass die einen mit den anderen nichts zu tun haben sollten … Doch wie hing das alles zusammen?

Der Abend ging zu Ende, über die Konventsgebäude legten sich wieder lange Schatten, und im Klosterhof schien eine Art Nebel vom Boden aufzusteigen. Wenige Meter von ihm entfernt huschte eine dunkle Silhouette quer über den Hof. Guillem duckte sich in den Türbogen, seine Müdigkeit war wie weggeblasen. In der rasch hereinbrechenden Dämmerung konnte er nicht erkennen, ob es ein Mönch oder ein Diener war. Vorsichtig entfernte er sich von Jofre Galceráns Haus, ging die Mauer entlang und postierte sich an der Ecke. In dem Moment sah er einen flatternden Mantel in Richtung der gegenüberliegenden Gebäude verschwinden. Oder waren es die Schöße eines Habits gewesen? Er wollte gerade die Verfolgung aufnehmen, als sich ihm eine Hand auf die Schulter legte.

»Guill…« Hastig hielt er dem verblüfften Jungen den Mund zu und flüsterte gebieterisch: »Still!« Zum ersten Mal gehorchte Ebro ohne jeden Mucks. Er war ganz erschüttert durch den rüden Empfang. Auf Guillems Kommando liefen sie beide über den Hof und drückten sich an die Mauer, ganz in der Nähe des Stalls, wo Bruder Hug vergeblich darauf wartete, dass man sich um ihn kümmerte.

»Geh da rein und versteck dich zwischen den Tieren«, befahl Guillem im Flüsterton.

»Ich will nicht, da ist ein Toter drin, Guillem! Bestimmt will sein Geist keine Gesellschaft, ich will nicht mit einem Toten da drin bleiben!«, flüsterte Ebro heftig zurück.

Guillem warf ihm einen ärgerlichen Blick zu, Ebros Angewohnheit, seinen Anordnungen zu widersprechen, machte ihn rasend. Doch er riss sich zusammen und schlich weiter voran. Ebro blieb ihm dicht auf den Fersen. Sie huschten an mehreren Ställen und einer Scheune vorbei, und als sie schon fast an der Südecke des Geländes waren, hörten sie leises Stimmengemurmel. Guillem blieb stehen, er hatte Mühe, sich zurechtzufinden, und verfluchte sich innerlich, weil er sich die Anordnung der Gebäude nicht besser eingeprägt hatte. Wo waren sie nur? … Sie standen vor einem flachen eingeschossigen Bau, vielleicht eine der Werkstätten der Handwerker? Er entdeckte ein niedriges, schmales Fenster, das halb offen stand. Von dort schienen die Stimmen zu kommen. Er bedeutete Ebro, auf alle viere zu gehen wie er selbst, vergewisserte sich, dass er es auch tat, und dann krochen sie langsam voran, bis sie unter dem kleinen Fenster waren. Dort verharrten sie regungslos, hielten den Atem an und spitzten die Ohren. Ein heiseres Gemurmel war zu hören, doch durch den böigen Wind drangen nur einzelne Wortfetzen zu ihnen.

»… bei diesem ganzen Aufruhr warten wir besser ab, aber …«

»… verfluchte Hug, niemals hä…«

»… Zenon, ich weigere mich …«

Irgendjemand achtete sehr genau darauf, dass die Stimmen nicht zu laut wurden. Sobald eine sich aus dem allgemeinen Gemurmel heraushob, gebot er Ruhe. Guillem knurrte einen undeutlichen Fluch. Die Männer standen zu weit weg vom Fenster, es war unmöglich, auch nur einen zusammenhängenden Satz zu erhaschen … Guillem beschloss, wieder zum Stall zurückzugehen, wo Bruder Hugs Leichnam lag. Die Ochsen, die sich durch die erneute Unruhe gestört fühlten, taten ihr Missfallen durch langanhaltendes Gebrüll kund. Ebro standen vor Angst die Haare zu

Berge. Er wollte Einwände erheben, doch als Guillem ihm einen zornigen Blick zuwarf, spurte er ohne Widerrede. Sie kletterten nach oben und bezogen Stellung vor einer schmalen Luke in der Wand, durch die sie den Hof einsehen konnten. Dort warteten sie, dass die Verschwörer herauskommen würden, doch niemand tauchte auf. Nach einer halben Stunde verließ Guillem den Stall wieder und ließ den Jungen mit dem Geist des Verstorbenen allein zurück. Ebro sagte kein Wort und fügte sich. Er kauerte sich in eine Ecke und betete, um die verlorenen Seelen zu vertreiben, während Guillem feststellen musste, dass dort, wo vorher das Gemurmel zu hören gewesen war, nun Grabesstille herrschte. Die Verschwörer waren nicht mehr da, sie waren verschwunden, ohne am Stall vorbeizukommen.

»Und, hast du mit Bruder Hug Kontakt aufgenommen, Ebro? Hat er dir irgendetwas gesagt, was für uns von Interesse sein könnte?«, fragte Guillem den Jungen spöttisch.

»Sind sie noch da? Weißt du, wer sie sind?« Ebro versuchte, sich seine Angst nicht anmerken zu lassen.

Guillem schüttelte nur den Kopf. Dann ging er gefolgt von Ebro quer über den Hof bis zum Tor des Konventsgebäudes. Es war keine Menschenseele zu sehen, nicht einmal der Pförtner war auf seinem Posten. Die Vorhalle lag verlassen da. Sie gingen durch den Kreuzgang und betraten die Kirche, ohne einem Menschen zu begegnen. Ein Mann kniete auf den kalten Steinplatten vor dem Altar, fast berührte sein Kopf den Boden. Die vielen Kerzen, die Abt Alamand für seine Vorbereitungen verwendet hatte, waren beinahe heruntergebrannt. Guillem wandte sich zu dem Mann und berührte ihn leicht an der Schulter.

»Bruder Ponç, entschuldigt, dass ich Euch hier so überfalle, aber wir müssen reden.« Ein Paar erschrockene Augen, in denen noch Spuren von Tränen zu sehen waren, blickten zu ihm auf. Ponç de l'Oliva erhob sich schwerfällig, er war sichtlich mitgenommen, doch er folgte Guillem widerspruchslos zum anderen Ende des Kirchenschiffs.

»Der Prior … ist er tot?« Beinahe versagte ihm die Stimme.

»Nein, er ist nicht tot, sein Zustand ist unverändert … Ich bin nicht gekommen, um Euch einen Tod zu verkünden, sondern um ihn zu verhindern. Wir müssen reden, ich brauche Eure Hilfe.« Guillem sprach sehr behutsam, er wollte die Gefühle des Mönchs nicht verletzen.

»Wenn Guerau nicht tot ist, sollte man ihn bewachen, ich glaube, er ist in großer Gefahr, und …« Ponç de l'Oliva schien aus seinem Trancezustand zu erwachen.

»Ja, daran habe ich auch gedacht, Bruder Ponç. Einer meiner Männer, Sergeant Folch, ist bei ihm und weicht ihm nicht von der Seite. Ihr könnt ganz beruhigt sein, niemand wird ihm etwas tun«, versuchte Guillem ihn zu beruhigen. »Ich glaube allerdings, dass der Prior uns einige Dinge verheimlicht hat, er hat uns nicht alles gesagt, was er wusste.«

»Lasst uns ins Freie gehen, ich brauche frische Luft, hier drin ersticke ich noch.« Ponç tat ein paar Mal mühsame Atemzüge und wandte sich dann schnellen Schrittes zur Tür, die zum Kreuzgang führte.

Ein wenig überrascht rief Guillem Ebro zu sich.

»Hast du die Stimme erkannt? … Du weißt schon, Fistelstimme und Tiefe Stimme, die du hier in der Kirche belauscht hast«, fragte er.

»Nein, seine Stimme ist ganz anders, da bin ich sicher, so etwas vergesse ich nicht, Guillem«, erwiderte Ebro.

Sie folgten Ponç in den Kreuzgang hinaus. Der Almosenpfleger lehnte an der Wand, er war hochrot im Gesicht, beinahe violett. Besorgt trat Guillem auf ihn zu, sein Anblick erinnerte ihn allzu sehr an den Prior, und das behagte ihm gar nicht. Er legte ihm einen Arm um die Schultern, um ihn zu stützen. Wo konnten sie hingehen, wo war ein sicherer Ort, damit er sich ausruhen konnte? Sie liefen den Kreuzgang und die langen Gänge entlang in Richtung Ausgang. Guillem hatte das Gefühl, er müsse den Almosenpfleger dringend aus diesem verdammten Kloster herausbringen … wie es aussah, war höchste Vorsicht geboten. Als sie den Hof erreicht hatten, steuerte Guillem geradewegs das Haus von Jofre Galcerán an, das ihm eine Art Rettungsinsel inmitten dieser Hölle zu sein schien. Er klopfte an, doch es kam keine Antwort. Als er schon ernsthaft überlegte, die Tür einzutreten, stellte Ebro fest, dass nicht abgeschlossen war. Mühelos öffnete er die Tür, und die drei stolperten hinein wie Einbrecher. Sie tasteten im Dunkeln herum, bis Ebro ein paar Kerzen fand. Guillem führte den Almosenpfleger zu der Pritsche am Feuer und schaute sich in dem Zimmer um. Schließlich fand er einen Krug Wein, schenkte dem Mönch großzügig ein und hielt auch dem Jungen, der weiß war wie die Gespenster, die ihn verfolgten, einen halben Becher hin. Gierig stürzte Ebro den Wein hinunter, und bald nahmen seine Wangen wieder ihren üblichen rosigen Ton an. Auch Ponç de l'Oliva erholte sich langsam.

»Es geht mir schon besser, viel besser … ich danke Euch für Eure Hilfe. Barmherziger Gott, ich dachte schon, Guerau sei tot!«

»Ihr dürft die Hoffnung nicht aufgeben, Bruder Ponç, der Pater Prior wird bestimmt wieder gesund, ich bin sicher, der liebe Gott will nicht so viele Tote an einem einzigen Tag«, sagte Ebro im Brustton der Überzeugung und setzte sich an seine Seite.

»Möge der Herr dich erhören und dich segnen, mein Junge!« Ponç musste über Ebros treuherzigen Kinderglauben schmunzeln.

»Ich bin Guillem de Montclar, Bruder Ponç, vom Orden der Templer. Wir sind hierher gekommen, um ...«

»Ich weiß, wer Ihr seid und warum Ihr hier seid, Bruder Montclar«, unterbrach ihn der Almosenpfleger. »Der Pater Prior hat es mir erzählt. Ich werde Euch unterstützen, so gut ich kann, das versichere Euch. Wir haben schon viel zu lange gezögert.«

»Wenn Ihr Euch lieber noch ausruhen wollt, ich kann warten, in Eurem Zustand ...« Guillem musterte ihn besorgt, der Mönch war immer noch sehr blass.

»Es geht mir gut, ich war nur so erschüttert über den Tod von Bruder Hug, der arme Kerl. Aber wie Ihr ganz richtig sagt, die Zeit drängt, und wir müssen alles tun, um ein weiteres Unglück zu verhindern, wir müssen diese entsetzlichen Morde aufhalten«, entgegnete der Ordensmann mit panischem Blick.

»Beruhigt Euch, Bruder Ponç, Bruder Hug ist schon ganz woanders, seine Qualen sind vorüber, für ihn ist es zu spät ... die Lebenden sind es, um die wir uns kümmern müssen.« Guillem wusste nicht recht, wie er das Gespräch beginnen sollte. »Wisst Ihr etwas über diese Morde, das uns von Nutzen sein könnte?«

»Ich will aufrichtig zu Euch sein, Guillem de Montclar, das Wenige, was ich sagen kann, weiß ich nicht mit Sicherheit, aber ... heute Morgen, bevor wir den armen Bruder Hug gefunden haben ...« Ein Schauder überlief ihn bei der Erinnerung an den Anblick des Erhängten. »Also, heute Morgen haben der Prior und ich uns unterhalten, wir hatten eine schreckliche Ahnung, einen Verdacht, den wir uns kaum eingestehen wollten.«

»Dass jemand aus dem Kloster in diese Morde verwickelt ist?« Guillem hatte beschlossen, dass für höfliche Zurückhaltung keine Zeit mehr war.

»Gütiger Gott, junger Freund, was fällt Euch ein!« Bei Guillems Worten war der Almosenpfleger zusammengeschreckt. Niemals hätte er gewagt, seinen Verdacht so deutlich auszusprechen.

»Meint Ihr, das ist der rechte Moment, sich mit guten Manieren und vornehmen Formulierungen aufzuhalten, Bruder Ponç?« Guillem konnte den Mönch zwar verstehen, doch er ließ nicht nach. »Glaubt Ihr, das nächste Opfer hat Zeit für solchen Firlefanz?«

»Ihr habt recht, dies ist nicht die Zeit, um den heißen Brei herumzureden und falsche Rücksicht zu nehmen. Trotzdem, es sind nichts als Vermutungen, und wir können nicht so tun, als handele es sich um Tatsachen. Vor allem, wenn der Ruf dieses heiligen Ortes auf dem Spiel steht, das müsst Ihr verstehen.« Ponç war hin- und hergerissen.

»Ihr täuscht Euch, Bruder Ponç, ich bedaure, Euch das sagen zu müssen«, entgegnete Guillem in scharfem Ton. Feingefühl war nicht seine Stärke. »Mein Hauptanliegen ist es nämlich nicht, den Ruf von Santa Maria zu schützen oder zu bewahren, das müssen die Mönche in ihrer tagtäglichen Arbeit tun. Ich bin gerufen worden, um den Verantwortlichen für den Mord an unschuldigen Menschen zu finden, das ist mein Auftrag. Ich habe weder vor, mich auf theologische Debatten einzulassen, noch auf irgendwelche Manöver, die darauf hinauslaufen, einen Mörder zu decken.

Das ist meine Haltung in dieser Sache, Bruder Ponç, ganz schlicht und einfach. Und was ist die Eure?«

Ponç senkte bedrückt den Kopf, während er Ebro zusah, der ein Feuer in Gang zu bringen versuchte. Er war verstört, er war auf einen Weg geraten, der ihm nicht vertraut war, doch dieser junge Templer hatte recht. Welche Rücksicht verdiente ein Ruf, der auf Zerstörung und der Ermordung unschuldiger Menschen gründete? Doch er hatte Angst, er könnte sich irren, Unschuldige bezichtigen und Verrat an seinem guten Freund Guerau begehen. Guillem wartete ab, er wollte den Almosenpfleger nicht drängen.

»Das scheint alles so unglaubwürdig, Guillem!«, ergriff Ponç wieder das Wort. »Vor allem, da sich unsere Vermutungen auf Ereignisse gründen, die lange Zeit zurückliegen.«

»Ich bin ganz Ohr, Bruder Ponç.« Guillem gab Ebro ein Zeichen, sich zu setzen.

»Kennt Ihr die Geschichte von dem Fest, das bei der Fontsanta gefeiert wurde, und wie die Quelle versiegte?«, erkundigte sich Ponç de l'Oliva vorsichtig.

»Natürlich, Bruder Ponç, der Stein, den der Teufel durch die Luft fliegen ließ«, platzte Ebro heraus. Guillem warf ihm einen warnenden Blick zu, und er verstummte.

»Wie ich sehe, kennt Ihr die Legende«, fuhr Ponç fort. Er zögerte. »Also gut, diese Legende ist reine Erfindung. Was sich damals wirklich ereignete, geschah durch Menschenhand, und ...«

»Davon bin ich überzeugt, Bruder Ponç«, fiel Guillem ihm ins Wort. Er hatte das ewige Herumgerede seines Gegenübers satt. »Der Einzige in diesem kleinen Dorf, der an diese hanebüchene Geschichte glaubt, ist dieser Junge hier neben Euch, ein begeisterter Anhänger phantastischer Geschichten. Die große Mehrheit meint, dass der damalige Abt Odon dafür verantwortlich ist. Dass er den Stein vom Berg herabstürzen ließ und hinterher das Gerücht in die Welt gesetzt hat, die Schergen Satans machten den Wald unsicher.«

Ponç de l'Oliva war noch blasser geworden. Mit offenem Mund starrte er Guillem an und ließ seinen Blick dann zu Ebro schweifen. Die beiden sahen ihn gespannt an.

»Ihr meint, das Dorf glaubt nicht daran, dass der Teufel seine Hand im Spiel hatte?«

»Was damals war, weiß ich nicht, Bruder Ponç, das ist hundert Jahre her, aber ich kann Euch versichern, ob Ihr es glaubt oder nicht, die Menschen haben heute die schlechte Angewohnheit, sich Gedanken zu machen, und zwar auch außerhalb der Klostermauern. Und gelegentlich kommt dabei sogar etwas heraus.« Guillem konnte sich den Spott nicht verkneifen.

»Man sollte nicht denken, dass Ihr einem religiösen Orden angehört, Bruder Montclar …« Ponç de l'Oliva fühlte sich angegriffen und schlug jetzt einen etwas überheblichen Ton an. »… auch wenn es ein Ritterorden ist. Vielleicht drückt Ihr Euch deshalb so rüde aus. Ich glaube nicht, dass Hohn und Spott Eurer Seele guttun.«

»Ich bin nicht wegen meiner religiösen Überzeugungen hier, die sich wahrscheinlich nicht allzu sehr von den Euren unterscheiden. Ich wurde als Soldat hierher bestellt, Bruder Ponç, um ein Problem zu lösen, von dem Eure Brüder aus Santa Maria meinten, sie kämen damit nicht zurande. Ich bin hier, um Eure schmutzige Wäsche zu waschen, damit Ihr Euch nicht die Hände dreckig zu machen braucht. Was meine Seele angeht, kann ich Euch versichern, dass sie noch nie durch das Vergießen unschuldigen Blutes getrübt wurde.« Guillem rückte unruhig auf dem Stuhl hin und her. Das Gespräch zog sich sinnlos in die Länge, er vergeudete seine Zeit mit der Erörterung moralischer Grundsatzfragen, für die er nicht zuständig war. Womöglich hatte der Almosenpfleger gar nicht die Absicht, ihm mitzuteilen, was er wusste, vielleicht würde er nur immer weiter über die unerwünschten Folgen für das Kloster daherreden. Guillem hatte schon genug von den moralischen Bedenken seines Sergeanten.

»Der Orden, dem ich angehöre, Bruder Ponç, verurteilt Verbrechen an unschuldigen Menschen und ist bemüht, die Schuldigen ausfindig zu machen und zu verurteilen«, fuhr er in schneidendem Ton fort. »Und zwar unabhängig davon, um wen es sich handelt, wir unterscheiden nicht nach Rang oder Stand, ein Verbrecher ist ein Verbrecher. So bin ich erzogen worden, als Mönch und als Soldat. Aber vielleicht gehört Ihr einem Orden an, in dem man lieber wegschaut, wenn unschuldige Kinder ermordet werden, und den Täter mit ausgefeilten theologischen Argumenten verteidigt. Ich verstehe das nicht, und es interessiert mich auch nicht. Das ist Eure Entscheidung, und ich will mich mit Euch weder streiten noch Euch überzeugen, denn ehrlich gesagt ist meine Zeit knapp bemessen.« Ärgerlich stand er auf. Ebro schaute ihn bewundernd an, wie ein Hündchen, das seinem Herrn bis ans Ende der Welt folgen würde. Bruder Ponç war inzwischen von starker Unruhe ergriffen. Angespannt beugte er seinen schlanken, anmutigen Körper vor.

»Es war nicht meine Absicht, Euch zu kränken, Ihr habt meine Worte missverstanden!« Plötzlich sackte er in sich zusammen. »Ihr dürft nicht an meinen ehrlichen Absichten zweifeln, Bruder Montclar, natürlich will ich, dass der

Täter gefunden wird, gütiger Himmel! Der Prior und ich haben wegen dieser schrecklichen Vermutung tausend Ängste durchlebt. Seit ich diesen anonymen Brief bekommen habe, haben wir versucht …«

»Was für einen anonymen Brief, Bruder Ponç?«, unterbrach ihn Guillem und setzte sich wieder. Ebro tat es ihm nach.

»Er wurde am Tor des Klosters Sant Miquel hinterlassen, und der Zufall wollte es, dass ich ihn fand. Daraufhin kam ich hierher, um mit dem Prior zu sprechen. Es geschahen so viele seltsame Dinge, und irgendjemand schien ein Interesse daran zu haben, zwischen den beiden benachbarten Klöstern Zwietracht zu säen. Die Situation war unerträglich, und …« Ponç explodierte wie eine reife Frucht, die zu lange in der Sonne gelegen hat, und redete sich seine Last von der Seele.

Er erzählte von dem Problem mit den Grabstätten, von dem seltsamen Verhalten des Señor de Castellar, dem anonymen Brief und den Diskussionen, die er mit Guerau de Cirera geführt hatte. Ohne innezuhalten berichtete er von ihrer vergeblichen Suche nach dem Brief, den einer von Odons Mönchen geschrieben hatte und der vor langer Zeit verschwunden war, und von den Angstzuständen des Priors, die seiner ohnehin angegriffenen Gesundheit weiteren Schaden zufügten; er erzählte von seinen Gesprächen mit der alten Wunderheilerin und mit dem Statthalter von Tarragona, und von Zenon … Als er geendet hatte, lehnte er sich erschöpft zurück. Seine Augen glänzten. Guillem hatte ihm sehr aufmerksam zugehört. Der Mann war offensichtlich voller Angst, dass seine Vermutungen sich als wahr herausstellen könnten. Der Ordensbruder von Sant Miquel stand unter großem Druck, er war hin- und hergerissen zwischen seinen religiösen Überzeugungen und dem, was er für seine Pflicht hielt, und seine Zweifel waren für ihn geradezu existenzbedrohend. Guillem ahnte, was für ein harter Kampf in seinem Innern tobte, und sah ihn mitfühlend an.

»Glaubt Ihr, es war Señor de Castellar, der Euch den anonymen Brief geschickt hat?«

»Zuerst dachte ich das natürlich nicht! Ich konnte mir nicht vorstellen, dass der stolze Hug de Castellar sich derart feige verhalten würde – einen anonymen Brief zu schreiben! Aber später, als er nicht zu dem Treffen kam und den Prior versetzt hat …« Als er Guillems fragenden Blick bemerkte, hielt er inne. »Es war so, Guerau de Cirera hatte in der Nacht, als Hug de Castellar verschwand, eine Nachricht von ihm bekommen. In dieser Nachricht schrieb er, er müsse dringend mit ihm sprechen. Das kam ziemlich überraschend, wisst Ihr? Die beiden verstanden sich nicht besonders gut.«

»Wir können also davon ausgehen, dass Señor de Castellar dem Prior etwas mitteilen wollte. Doch bevor er das tun konnte, wurde er ermordet. Ist das so weit richtig, Bruder Ponç?« Der Almosenpfleger nickte schwach. »Und Ihr habt nicht einmal eine leise Ahnung, worum es sich dabei handeln könnte, weder Ihr noch der Prior?«

Ponç schüttelte nur den Kopf. Er war erschöpft und ihn schwindelte, er brachte nicht einmal mehr ein einfaches »nein« heraus, als hätte er alle Worte aufgebraucht und keine einzige Silbe mehr übrig. Doch bevor der Mönch zusammenbrechen würde, wollte Guillem alle Information aus ihm herausholen und ließ nicht locker. »Und Ihr wisst auch nicht, was es mit den ›Dienern des Steins‹ auf sich hat, wer damit gemeint sein könnte? Die ›Bruderschaft der Heiligen

Quelle‹ kennen wir ja schon, die Mordopfer stammen aus ihren Reihen, Bruder Ponç. In dem anonymen Brief steht, dass ›Santa Maria weiß und schweigt‹. Was ist es, worüber Santa Maria schweigt, und wer verbirgt sich hinter den mysteriösen ›Dienern des Steins‹?« Guillem mühte sich jedoch vergeblich, der Almosenpfleger schien vollkommen entkräftet und wie gelähmt. Mit leerem Blick starrte er auf die Wand gegenüber. Guillem beschloss, ihn in Ruhe zu lassen. Dieser Mann war am Ende seiner Kräfte, er musste ausruhen und wieder zu sich kommen.

»Bruder Ponç, was haltet Ihr davon, wenn Ihr hier bleibt und Euch etwas erholt? Ihr müsst schlafen und Eurem Geist nach der ganzen Aufregung etwas Ruhe gönnen. Nicht, dass Ihr mir am Ende krank werdet wie der Prior.« Guillem sah Panik in seinen Augen aufblitzen. »Keine Sorge, wir werden Euch nicht allein lassen. Ebro, mein Knappe, wird bei Euch bleiben und über Euren Schlaf wachen.«

Seine letzten Worte schienen den Mönch zu beruhigen. Er war ganz und gar in seinem Alptraum gefangen, es gab nichts mehr außer dieser ungeheuren lähmenden Angst. Guillem fragte sich, ob bloße Vermutungen einen Menschen in einen derartigen Zustand versetzen konnten. Hatte er ihm alles gesagt, was er wusste, oder hatte er das Schlimmste verschwiegen, das, was ihm so ungeheure Angst einflößte? Doch er war sich im Klaren darüber, dass es sinnlos war, ihn weiter unter Druck zu setzen. Mit Ebros Hilfe bettete er ihn auf die Pritsche und deckte ihn mit einer Wolldecke zu. Der Almosenpfleger, die Augen fest geschlossen und die Arme über der Brust verschränkt, ließ alles ohne Murren mit sich geschehen.

Guillem schaute sich um, das Haus war schlicht, aber behaglich, und es war alles da, was ein Mensch brauchte.

Nachdenklich kratzte er sich am Kopf. Was würde Jofre Galcerán dazu sagen, dass sie einfach so bei ihm eingedrungen waren? Doch er hatte keine Wahl, es gab auf dem ganzen Klostergelände keinen sichereren Ort als diesen. Gewiss war der Steinmetz in der Waldhütte, er würde ihn dort aufsuchen, ihm die Lage erklären und ihn über die jüngsten Ereignisse unterrichten … so konnte er auch bei ihrem Lager vorbeischauen und sich überzeugen, dass dort alles in Ordnung war, denn die ganze Zeit über quälte ihn eine ungute Vorahnung. Sein Blick fiel auf einen kräftigen Stock, der in einer Ecke lehnte. Der fein geschnitzte Knauf hatte die Form eines Adlerkopfes. Er ergriff ihn und wog ihn in der Hand, um zu prüfen, was er aushalten würde.

»Ebro, komm mal her und hör mir gut zu. Das wird dein erster Bewachungsauftrag, ich hoffe, du bist bereit. Ich möchte, dass du hier bleibst und das Leben des Almosenpflegers schützt, verstehst du? Wenn ich gehe, verriegelst du die Tür und hältst schön die Augen offen.« Guillem übergab ihm feierlich den Stock. »Und das, Ritterlehrling, ist Eure Waffe, setzt sie klug und geschickt ein. Ah, und öffne niemandem die Tür, es sei denn, du hörst meine Stimme oder dieses Klopfen hier …«

Guillem klopfte auf den Tisch, zweimal kurz, zweimal lang … Ebro war ganz ergriffen durch diesen Vertrauensbeweis, die Aussicht auf einen Auftrag ließ seine dunklen Augen wie Fackeln leuchten. Er nahm den Stock, verbeugte sich und schwor Guillem, ihn nicht zu enttäuschen. Er werde den Mönch mit seinem Leben verteidigen, wenn es nötig wäre. Guillem unterdrückte ein Lächeln. Nachdem er ihm noch einmal gesagt hatte, er solle sofort die Tür hinter ihm abschließen, verließ er das Haus und lauschte, bis er hörte, wie sich der schwere Riegel vor die Tür schob. Er sog die feuchte Nachtluft ein und verschwand in der Dunkelheit.

Das Geräusch war kaum vernehmbar gewesen, doch Marias feinem Gehör war es nicht entgangen. Irgendetwas war im Wald unterwegs, schwer zu sagen, ob Mensch oder Tier. Vorsichtig richtete sie sich auf und weckte Jofre, der an ihrer Seite schlief. Nach der Aufregung der letzten Stunden war ein tiefer Schlaf über sie gekommen, wie um sie von ihrem Schmerz zu erlösen.

»Was ist los? Geht es dir nicht gut?« Der Steinmetz setzte sich mit einem Ruck im Bett auf, noch bevor er die Augen aufgeschlagen hatte. »Maria … was ist denn?«

»Schrei nicht so, hör doch mal! Da läuft jemand im Wald umher.« Beide beugten sich vor und lauschten.

Ein leichtes Rauschen drang zu ihnen, als würde der Wind totes Laub aufwirbeln, dann das Knacken eines brechenden Astes, ein wegspringender Kieselstein. Jofre stand auf, ging barfuß zum Fenster und blickte angestrengt in die Dunkelheit hinaus.

»Nichts zu sehen, Maria, es ist tiefschwarze Nacht, und der Mond ist von Wolken verdeckt.«

»Zum Hören braucht man kein Licht, du alter Dummkopf. Und mit deinen Augen steht es ja wohl auch nicht zum Besten!« Die alte Frau war, schon beinahe fertig angezogen, neben ihn getreten. Sie wickelte sich ein Tuch um und wollte aus dem Haus gehen.

»In Gottes Namen, bist du verrückt? Was hast du vor? Wahrscheinlich sind das die Männer vom Templerorden, die haben doch ihr Lager da draußen und … jetzt warte, verflucht noch mal!« Maria war schon an der Tür.

Die beiden Alten traten in die kalte Nacht hinaus. Jofre versuchte seine Hosen zuzubinden und fluchte. Maria guckte ihn streng an und bedeutete ihm, still zu sein. Wie zwei hinkende Schatten schlichen sie, einer auf den anderen gestützt, den kurzen Weg entlang und in den Wald hinein. Sie fassten sich bei den Händen und stolperten durchs Gestrüpp, die freie Hand schützend vorgestreckt, tasteten sie sich bis zur Lichtung bei der Heiligen Quelle.

»Warte, Maria, warte doch … bei allen Heiligen, renn doch nicht so!«, versuchte Jofre seine Freundin zu bremsen. Er lehnte sich gegen einen Baum und schnaufte wie ein Ochse. »Lass mich doch mal ausruhen! Wir sollten lieber vorsichtig sein, wir sind schon ganz nah bei der Quelle. Wenn da nun jemand ist!«

»Da ist jemand, Jofre!«, flüsterte Maria. »Mein Sohn ist vielleicht in Gefahr!«

»Dein Sohn? … Kannst du es nicht einmal so sagen, wie es ist? Verflucht noch mal, Maria, unser Sohn, un-ser Sohn!« Maria war überrascht von Jofres Heftigkeit. Er versuchte weiterhin, sie am Ärmel festzuhalten.

Sie befreite sich, zuckte wortlos mit den Schultern und ging weiter, auf ein schwaches Licht zu, das in der Ferne flackerte. Jofre lief ihr hinterher, bis er sie eingeholt hatte, und die beiden folgten dem Licht wie einem Leuchtturm im Sturm. Im Schutz der dicken Kastanien schlichen sie langsam voran. Da sahen sie plötzlich Schatten im Licht einer Fackel hastig hin und her eilen. Sie hatten die Kapuzen weit ins Gesicht gezogen, so dass sie nicht zu erkennen waren. Zwei von ihnen waren mit einem schweren Bündel zugange, das sie auf den Felsen der Fontsanta zu hieven versuchten. Nach mehreren Anläufen gelang es ihnen, die Last ganz oben auf dem Stein abzulegen, ohne dass sie abrutschte, und sie blieben stehen, um das Ergebnis ihrer Mühen zu begutachten. Maria unterdrückte einen Schrei und warf dem alten Steinmetz einen flehenden Blick zu. Der hatte die Augen zu einem schmalen Spalt zusammengekniffen und versuchte zu erkennen, was sich bei der Quelle abspielte.

Zenons Kopf, ein seliges Lächeln auf den Lippen, hing leblos vom Felsen herab. Während Maria sich an sein Hemd klammerte, trat Jofre einen Schritt vor und ging dann mit verzweifelter Entschlossenheit auf die Lichtung zu. Durch die Bewegung aufgeschreckt, wandten sich drei schattenhafte Gestalten nach ihm um – drei gespenstisch leere Kapuzen … Im Schein der tanzenden Flamme, die ihr ehrwürdiges weißes Haar leuchten ließ, blieben Maria und Jofre am Rand der Lichtung stehen, zwei Gestalten, die Teil derselben Legende waren, der sie nun entgegentraten.

Einer der Kapuzenmänner lachte schrill auf, kam ein paar Schritte auf sie zu und blieb, beeindruckt von der Kühnheit der beiden Alten, stehen. Eine andere Gestalt näherte sich ihnen mit drohender Gebärde, während die dritte im Bogen um sie herumschlich, um sie von hinten zu überrumpeln. Maria bückte sich und bewaffnete sich mit einem dicken Ast, während Jofre breitbeinig und mit drohend angewinkelten Armen auf die Lichtung hinaustrat. Als hätte jemand die Zeit angehalten, verharrten die Darsteller des Spektakels regungslos auf der Bühne und schienen auf ein Zeichen für ihren Einsatz zu warten.

»Das Fest ist vorbei, meine Herren, Zeit, nach Hause zu gehen«, erklang eine schneidende Stimme aus dem

Dickicht. Schlagartig erwachten die erstarrten Körper wieder zum Leben. Jofre lief mit erhobenen Fäusten los, Maria hob drohend ihren Ast in die Höhe, und die vermummten Gestalten zogen sich in das undurchdringliche Dunkel der Nacht zurück. Der Steinmetz wollte ihnen hinterherstürzen, doch eine starke Hand hielt ihn zurück.

»Lass gut sein, Jofre, das Ungeziefer kriecht in seine Schlupflöcher, wir würden sie doch nicht erwischen bei dieser Dunkelheit.« Voller Achtung und Bewunderung sah Guillem de Montclar ihn an.

Maria stürzte unter lauten Rufen auf den Stein zu, doch sie stolperte und fiel. Die beiden Männer kamen herbeigelaufen, und gemeinsam hoben sie Zenon von seinem Opferaltar herunter.

»Er lebt, Maria, er lebt, wir sind noch rechtzeitig gekommen!«, rief Jofre und umarmte seine Freundin.

Guillem war einige Schritte zur Seite getreten und betrachtete die beiden Alten neugierig. Er war beeindruckt von ihrem Mut. Ganz allein hatten sie sich hierher gewagt, um sich den blutrünstigen Mördern entgegenzustellen. Was mochte dieser arme Einsiedler den beiden bedeuten? Und was wäre geschehen, wenn ihn seine Intuition nicht hierhergeführt hätte? Maria und Jofre knieten neben dem bewusstlosen Körper auf dem Boden und sahen Guillem flehentlich an. Wortlos nahm er Zenon auf die Schultern und begleitete die beiden, die sich jeder von einer Seite auf ihn stützten, zur Waldhütte.

»Seid Ihr Sergeant Folch von der Templermiliz?«

Folch, der neben Gueraus Bett auf einem Stuhl saß, richtete sich auf, um zu sehen, wer da eingetreten war. Ein kleiner Mönch von gedrungener, fast quadratischer Statur musterte ihn lächelnd.

»Da ist eine Nachricht für Euch beim Pförtner, ich glaube, es ist wichtig«, fuhr der Mönch fort.

»Dann seid doch bitte so freundlich zu veranlassen, dass sie mir vorgelegt wird, Bruder …«, erwiderte der Sergeant und wartete, dass der Unbekannte sich vorstellen würde.

»Brocard, ich bin Bruder Brocard, Sergeant, der Novizenmeister«, antwortete der mit gezwungener Freundlichkeit. »Ich hoffe, Ihr habt Verständnis dafür, dass es mir bei der schwierigen Situation, in der sich das Kloster augenblicklich befindet, unmöglich ist, Eurem Wunsch nachzukommen. Die Gemeinschaft ist zutiefst erschüttert, und … das Beste wird sein, Ihr geht selbst hinunter, ich bleibe solange bei dem Prior.«

Brocard trat näher an ihn heran und streckte die Hand nach dem Stuhl aus, auf dem der Sergeant saß. Er nickte ihm zu, als wollte er ihm bedeuten, dass er sich zurückziehen könne. Ein breites Lächeln trat auf Folchs Gesicht.

»Ihr ahnt nicht, wie sehr ich es bedaure, Bruder Brocard, aber ich habe strikte Anweisungen, mich nicht von hier fortzubewegen. Die Nachricht wird also warten müssen, es sei denn, der Bote ist so gut und bemüht sich hierher. Wer ist übrigens der Bote?«

»Ich, ich weiß nicht …« Brocard zögerte. »Mir hat man nur gesagt, dass es sich um eine dringende Sache handelt und dass Ihr kommen möchtet. Es ist nicht meine Aufgabe, mich um Eure Angelegenheiten zu kümmern, ich bin schließlich kein Laufbursche.«

»Ich bitte Euch, Bruder Brocard, nie würde ich es wagen, so etwas von Euch zu verlangen«, sagte Folch, der versuchte, der Überheblichkeit seines Gegenübers freundlich zu begegnen. »Es ist schon genug, dass Ihr Eure kostbare Zeit damit verschwendet, Euch hierher zu bemühen, wo Ihr Euch doch sicher um Eure Novizen kümmern müsst. Diese schreckliche Tragödie, eine derart gotteslästerliche Tat, verübt von einem Mönch! Eure jungen Schüler sind sicher vollkommen verschreckt. Kanntet Ihr Bruder Hug näher?«

»Bruder Hug war verwirrt ... verrückt! Er hatte uns schon eine ganze Zeit lang Sorgen gemacht, aber nie hätten wir gedacht, dass er zu so etwas fähig wäre.« Seine Augen blitzten misstrauisch und feindselig auf. »Wie auch immer, auf jeden Fall seid Ihr doch sicher erschöpft, Ihr wacht ja schon Stunden am Bett des Kranken. Das Beste wird sein, Ihr geht jetzt und holt diese Nachricht ab, und dann schlaft Ihr ein bisschen, und ich werde hier bei dem armen Prior Wache halten.«

»Euer Vorschlag ist sehr verlockend, Bruder Brocard, aber wie ich Euch bereits sagte, ich habe genaue Anweisungen, die ich strikt befolgen werde. Ich bleibe hier, solange mein Superior es für notwendig erachtet. Selbstverständlich danke ich Euch für Euer Bemühen.«

»Wenn Ihr es so wünscht, werde ich Euch Eure Anordnungen befolgen lassen, Sergeant. Ich werde einen Bruder bitten, unserem lieben Prior ein wenig Gemüsesuppe zu bringen.«

»Auch das ist leider nicht möglich, ich bedaure, Euch bei Euren guten Absichten im Wege zu stehen.« Folch sah den Mönch durchdringend an. »Ihr wollt doch nicht, dass er erstickt? ... Der Prior ist bewusstlos, Bruder Brocard, er kann keine Nahrung zu sich nehmen, und der Krankenpfleger hat ganz klare Anweisungen gegeben: kein Essen und strikte Ruhe, das ist das Einzige, was ihm im Moment helfen kann.«

Der Sergeant wandte den Blick vom Novizenmeister ab, kehrte ihm den Rücken zu und setzte sich wieder auf seinen Stuhl, womit er deutlich zu erkennen gab, dass er das Gespräch für beendet hielt. Doch er konnte Brocards Anwesenheit förmlich spüren, er fühlte seine stumme Wut im Rücken, bis er sich mit einem Schlagen der Tür verabschiedete. Was hatte dieser Mann bloß? Guerau de Cirera schlief ganz ruhig, seine Haut nahm langsam wieder eine normale Farbe an, seine Züge wurden weicher, und er atmete ruhig. Mit ein bisschen Glück würde der Prior mit dem Leben davonkommen, dachte Folch ... wenn sie ihn denn ließen. Guillem fürchtete um sein Leben, und deshalb war er hier und hielt Wache. Er seufzte schwer, während er nachdachte. Guillem schien überzeugt, dass jemand dem Prior nach dem Leben trachtete, doch weshalb? ... Und wenn er ihn hierher geschickt hatte, ging er offenbar davon aus, dass die Bedrohung aus dem Kloster selbst kam. Gütiger Gott! Diese ganze Geschichte gefiel ihm immer weniger, und dieser verlogene Mönch hatte ihm gerade noch gefehlt: eine Nachricht? ... Ohne einen Boten, der sie ihm aushändigte und auf Antwort wartete? Was für ein plumper Vorwand. Irgendjemand hielt ihn offenbar für dumm, oder er hatte nicht die leiseste Ahnung von den Regeln der Miliz. Nicht einmal ein Kind wie Ebro wäre auf einen derart idiotischen Trick hereingefallen! Offenbar versuchten sie ihn aus dem Zimmer zu locken, Guillems Verdacht war also durchaus begründet. Hatte dieser hochmütige Novizenmeister etwas mit der Sache zu tun, oder war er nur von jemandem vorgeschickt worden, um ihn abzulenken? Das überhebliche Auftreten des Mönchs war ihm höchst unsympathisch gewesen, aber das machte ihn natürlich noch nicht zu einem Mörder ... Im Augenblick war das auch gar nicht so wichtig, für das Denken war Guillem zuständig, und er hatte seine Anweisungen zu befolgen. Er würde den Prior nicht aus den Augen lassen, und wenn die gesamte Klostergemeinschaft von Santa Maria ihn auf Knien darum bäte. Doch Brocard ging ihm nicht aus dem Kopf: Wie konnte ein einfacher Mönch derart eitel und selbstgefällig sein? Er war wirklich ein toleranter Mensch, aber wenn es eins gab, was Folch auf den Tod nicht ausstehen konnte, war es Hochmut.

Ebro fuhr erschrocken hoch und fiel fast vom Stuhl, auf dem er eingeschlafen war. Er schrie vor Entsetzen auf, als er das Gesicht des Almosenpflegers so dicht vor sich sah, denn er sah aus wie ein Gespenst aus seinen schlimmsten Alpträumen.

»Jemand macht sich an der Tür zu schaffen, Junge!«, flüsterte Ponç de l'Oliva und schüttelte ihn.

Ebro vernahm ein leises Knarren, als würde jemand gegen die Tür drücken. Der schwere Riegel, der in zwei stabilen Eisenhalterungen ruhte, hielt dem Druck stand. Ebro, jetzt hellwach, bedeutete Ponç, er solle still sein, und schlich, seinen Stock schwingend, auf Zehenspitzen zur Tür. Draußen war ein Streit im Gange.

»Ich sage dir, da ist niemand, ich habe ihn in Richtung Wald gehen sehen, das Haus ist leer!«

»Dann hast du eben ein Gespenst gesehen, die Tür ist von innen verriegelt, und das bedeutet, dass er da drin ist und schläft. Lass uns von hier verschwinden, du weckst noch das ganze Kloster auf!«

»Ich schwöre dir, er ist nicht zu Hause, ich habe ihn doch mit eigenen Augen gesehen, er kann noch nicht wieder zurück sein … die Tür muss offen sein!«

Noch einmal wurde mit Wucht gegen die Tür geschlagen. Ebro hörte einen leisen Fluch und wich ein paar Schritte zurück, seinen Stock vor der Brust hin und her schwingend. Das Gemurmel entfernte sich, und es wurde wieder alles still, doch der Junge rührte sich nicht. Er dachte daran, was Guillem ihm eingebläut hatte: »Bleib immer auf der Hut, es kann sein, dass man dich täuschen will. Vielleicht stellen sie sich tot und warten nur darauf, dass du dich bewegst, lass dich nicht überlisten.« Ebro blieb also wachsam, rührte sich nicht und hielt den Stock bereit. Die Stimmen hatten ziemlich unangenehm und bedrohlich geklungen. Nachdem einige Minuten verstrichen waren, legte er das Ohr ans Holz. Als immer noch nichts zu hören war, ging er zurück zu dem Almosenpfleger, der zusammengekauert in einer Ecke hockte, und versuchte ihn zu beruhigen.

»Ihr könnt aufstehen, Bruder Ponç, sie sind weg. Sie dachten, das Haus ist leer, aber jetzt glauben sie, Jofre Galcerán ist hier drin und schläft. Die Gefahr ist vorüber, niemand außer Guillem weiß, dass wir hier sind. Beruhigt Euch und versucht ein wenig zu schlafen.«

»Daran ist nicht zu denken! Ich habe es versucht, aber jedes Mal, wenn ich die Augen schließe, sehe ich diesen unglückseligen Kerl vor mir, wie er da am Strick baumelt. Allmächtiger!« Ponç de l'Oliva hatte sein inneres Gleichgewicht verloren, um das er sein ganzes Leben gerungen hatte, und fühlte sich dem Chaos, das in seinem Innern tobte, hilflos ausgeliefert.

»Ich hatte auch einen Alptraum, Bruder Ponç«, gestand ihm Ebro flüsternd. »Ich habe von Bruder Hug geträumt, wie er zwischen Wolken schwebte, die waren ganz rot, er hatte den Strick um den Hals und das eine Ende in der rechten Hand. Er machte mir Zeichen, als wollte er um etwas bitten, wisst Ihr vielleicht, was das zu bedeuten hat? Bruder Beson sagt, unsere Träume sind Botschaften der Verstorbenen, die die Lebenden warnen sollen.«

»Träume sind nichts als Gottes Wille, und etwas anderes solltest du nicht glauben, das ist Sünde!«, rief der Mönch, froh, dass er sich noch an wesentliche Prinzipien seines Glaubens erinnern konnte. »Wenn wir ohnehin nicht schlafen können, könnten wir doch beten, das wird uns helfen, unseren Seelenfrieden wiederzufinden, und …«

»Sind die Mönche verantwortlich für die Morde, Bruder Ponç?« Der Almosenpfleger war gerührt darüber, mit welch naiver Unschuld der Junge diese Frage vorbrachte. Er blickte ihn an und stammelte:

»Nein, ich bin nicht sicher, nein … es besteht eine ganz geringe Möglichkeit, weißt du? Eine sehr kleine Gruppe vielleicht, ich weiß es nicht.« Er setzte sich auf Jofres Pritsche und schlug die Hände vors Gesicht. »Was spielt das jetzt für eine Rolle, mein Junge?«

»Eine große Rolle, Bruder Ponç, ein kleines Mädchen ist ermordet worden, und was sollte die wohl Böses getan haben? Und es war auch nicht recht, diesen Mann zu töten, den Señor de Castellar, auch wenn er ein schlechter Mensch war. Ich dachte, dass die Mönche Vergebung lehren, und dass Gott barmherzig ist gegenüber allen Menschen«, erklärte Ebro, der immer noch vor ihm stand. Es gab so viele Fragen, die ihn beunruhigten, und er verlangte eine Antwort.

»Das verstehst du nicht, dafür bist du noch zu klein …«, murmelte Ponç de l'Oliva.

»Ich verstehe, was man mir erklärt, ich bin nämlich nicht dumm, wie Ihr offenbar glaubt. In der Komturei von Miravet hat man mir beigebracht, dass man nicht die Hand gegen wehrlose Geschöpfe erheben darf, das sind Gottes Lieblinge, und es gibt keinerlei Entschuldigung für die, die so etwas tun, Bruder Ponç. Aber Ihr wollt sie entschuldigen, Ihr sucht nach einem Grund, sie von ihrer Freveltat loszusprechen, Ihr denkt nicht an das arme Mädchen, an ihren kleinen verstümmelten Körper … *Das* ist eine Sünde, eine große Sünde!«

»Sag so etwas nicht, Junge! Der Prior und ich haben alles getan, was in unserer Macht stand, um die Schuldigen ausfindig zu machen, und Guerau wird nun womöglich sterben …! So kannst du nicht mit mir sprechen, du hast keine Ahnung, was Sünde ist!«, versuchte Ponç sich gegen die furchtbare Anschuldigung zu verteidigen. Doch Ebro ließ sich nicht überzeugen.

»Es mag sein, dass ich nicht viel über die Sünde weiß, aber ich bin ziemlich sicher, dass ich den Unterschied zwischen gut und böse kenne.« Mit einem Mal spürte Ebro keinerlei Mitleid mehr mit dem Mönch. »Und ich glaube nämlich, Ihr habt das vergessen. Was für die einen Sünde ist, ist es auch für die anderen. Ihr treibt ein falsches Spiel, Ihr versucht Leute wie mich zu täuschen, weil Ihr meint, wir seien dumm. Wenn der Mörder ein einfacher Mann aus dem Dorf wäre, hättet Ihr keinerlei Mitleid, den würdet Ihr verurteilen, ohne mit der Wimper zu zucken, das würde Euch keineswegs aus der Fassung bringen, und …«

»Hör auf, sei still, bei Gott dem Barmherzigen, sei still!« Ponç de l'Oliva war erzürnt aufgesprungen und hatte drohend die Hand erhoben.

»Das ist Eure Antwort, Bruder Ponç? Ihr wollt mich schlagen?« Ebro wich nicht zurück, voller Abscheu blickte er den Almosenpfleger an. »Ich dachte, Ihr wärt ein guter und gerechter Mann, aber Euer vornehmes Auftreten hat mich getäuscht, Ihr habt all das Leid verdient, das Ihr durchmacht.«

Der Junge wandte sich um und drehte ihm den Rücken zu. Er verstand nicht, wie der Mönch sich so verhalten konnte. Wie er ruhig zusehen konnte, wie unschuldige Kinder ermordet wurden. Konnte das ein guter Mensch sein? Er war noch immer erschüttert durch den Tod der kleinen Ysel, und es war ihm unvorstellbar, wie jemand so brutal sein konnte. Dieses Kloster war voll von seltsamen Leuten, dachte er, allein die Möglichkeit, dass die Mönche in diese ganze Geschichte verwickelt sein könnten, verstörte ihn zutiefst, die Männer Gottes … Wie gern hätte er Bruder Beson an seiner Seite gehabt, das war ein guter Mensch und der Einzige, der ihm die dunklen Abgründe des menschlichen Herzens hätte erklären und ihn beruhigen können. Er hätte seine Angst zerstreut.

Ponç war entsetzt über sich selbst, er hatte den Jungen schlagen wollen, nur weil er ihm die Wahrheit ins Gesicht gesagt hatte. Sein Herz schlug schneller, und in seinen Schläfen pochte es, bei jedem Schlag erklang ein Schrei in seinem Kopf: Feigling, Feigling, Feigling! Oh heilige Muttergottes, er war dabei, den Verstand zu verlieren! Ein Gedanke schoss ihm durch den Kopf und ihn schwindelte: Er hatte sich geirrt! Sowohl der Prior als auch er hatten sich von Anfang an geirrt. Nicht einen Augenblick lang hatten sie wirklich nach der Wahrheit gesucht, sondern nur verzweifelt darum gekämpft, ihr aus dem Weg zu gehen, sie mit aller Kraft zu ignorieren. Da kam ein Junge von vierzehn Jahren daher und machte alles zunichte, all die Jahre des Studiums und der Meditation trat er mit Füßen, wagte es, seine Ehrbarkeit in Zweifel zu ziehen und ihm seine Verachtung zu zeigen! »Ich weiß, was gut und was böse ist«, hatte Ebro sehr bestimmt zu ihm gesagt und bezweifelt, dass auch er dies wusste. Hatte der Junge recht, hatte er selbst die grundlegenden Werte vergessen, die er immer predigte? Hatte sein Hochmut ihn seine Grenzen missachten lassen, ihn glauben machen, er könne darüber stehen? Der Almosenpfleger fiel auf die Knie, der Schmerz in seiner Seele war unsagbar tief, und sein Glaube wankte unter dem Gewicht des Zweifels. Dunkle Bilder stürzten auf ihn ein: die kleine Ysel, wie sie auf dem verfluchten Felsen mit dem Tode rang, Hug de Castellar, bedeckt von seinem eigenen Blut, Bruder Hug, der am Strick baumelte und mit violetten Lippen Gebete murmelte … Ja, der Junge hatte recht, er hatte dieses Leid verdient, jede Sekunde seiner unendlichen Qual hatte er verdient.

Reglos lag Zenon auf Marias bequemem Bett. Er war noch nicht wieder bei Bewusstsein, aber nach gründlicher Untersuchung hatte die alte Wunderheilerin festgestellt, dass er keine schweren Verletzungen erlitten hatte. Nur eine starke Schwellung im Nacken von dem Schlag, der ihn niedergestreckt hatte.

»Wir sind noch rechtzeitig gekommen, Jofre, er lebt, und er wird wieder auf die Beine kommen«, rief Maria aus.

»Bist du sicher? Wenn ihn dieser Schlag nun …«

Maria schob ihn beiseite und bedeutete ihm, er solle ihr aus dem Weg gehen und sie in Ruhe arbeiten lassen. Der Steinmetz machte ein reumütiges Gesicht und setzte sich zu Guillem de Montclar an den Tisch.

»Ihr wart sehr mutig, Jofre, ich bin beeindruckt. Ich muss zugeben, mir war vorhin ganz schön unheimlich zumute. Diese gesichtslosen Kapuzen! … Und ich kann Euch sagen, ich habe schon einige gruselige Dinge gesehen. Aber da im

Wald musste ich immer an diese verfluchte Legende denken«, erklärte Guillem, der sich bis dahin im Hintergrund gehalten und beobachtet hatte, wie die beiden Alten den Einsiedler umsorgten.

»Das war kein Mut, Guillem, das war pure Verzweiflung. Im Grunde bin ich immer ein Feigling gewesen, aber … es ging um meinen Sohn, verstehst du? Zenon ist unser Sohn, Marias und mein Kind.« Jofre blickte ihn offenherzig an.

»Euer Sohn?« Vor Verblüffung vergaß Guillem seinen Weinbecher abzusetzen.

Mit sanfter, aber müder Stimme erzählte Jofre ihm die ganze Geschichte, wobei er seine eigene unrühmliche Rolle nicht beschönigte. Er fühlte sich schuldig, Maria allein gelassen zu haben, als sie so verzweifelt darum kämpfte, ihren Sohn vor dem Fluch der Fontsanta zu schützen. Das unglückliche Leben des Eremiten zog vor Guillems Augen vorüber, und er staunte über die unzähligen Verwicklungen in diesem Fall. Es war wie ein riesiger Stamm, der sich in Hunderte von Ästen teilte, denen immer mehr Zweige entwuchsen, ein Gestrüpp, in das er immer tiefer hineingeraten war. Maria kam zu ihnen herüber, doch ihr Blick ruhte weiterhin auf Zenon. Was sie nun erzählte, war für Guillem von höchstem Interesse.

»Dieser junge Mann interessiert sich für Meister Serpentarius, Jofre«, sagte Maria und sah ihren Freund etwas abwesend an. »Mein lieber Freund Jofre hier ist der Enkel von Serpentarius' Gehilfe, allerdings hat er seinen Großvater nie kennengelernt … er ist damals verschwunden, wie vom Erdboden verschluckt.«

Guillem ließ vor Schreck seinen Becher fallen, mit einem lauten Geräusch schlug er auf dem Boden auf. Jofre stand auf und warf Maria einen vorwurfsvollen Blick zu. Die ließ sich davon jedoch nicht beeindrucken und fuhr fort:

»Ich habe dich gewarnt, Jofre, aber du hörst ja nicht auf mich. Als der Rabe zu mir gesprochen hat, bin ich zu dir gekommen und habe dir gesagt: ›Einer wird dorthin zurückkehren, woher er kam‹, und Zenon ist nach Hause zurückgekehrt. ›Ein anderer wird dorthin gehen, wo er noch nie war‹, und das ist der junge Mann, mit dem du hier sitzt und Wein trinkst, Guillem de Montclar, und er ist auf der Suche nach Serpentarius. Das habe ich zu dir gesagt, erinnerst du dich?« Maria erhob sich und ging wieder zu Zenon, ohne sich weiter um die Aufregung zu kümmern, die ihre Worte hervorgerufen hatten.

»Ist das wahr, Jofre? Seid Ihr der Enkel von Serpentarius' Gehilfe?«, fragte Guillem fassungslos.

»Ja, das stimmt«, bestätigte der Alte, noch immer voller Groll gegen Maria. »Aber das hat nichts zu bedeuten, hört nicht auf diese arme Alte, sie ist verrückt, spricht mit Raben und steckt den ganzen Tag den Kopf in ihren Hexenkessel! Warum sucht Ihr den Meister denn, jetzt, nach hundert Jahren? Ich bezweifle, dass Ihr ihn noch unter den Lebenden finden werdet.«

Guillem beschloss, den Spott zu überhören. Er ahnte, dass es nicht leicht sein würde, etwas aus Jofre herauszubekommen. Er holte die drei goldenen Dreiecke unter seinem Hemd hervor, legte sie auf den Tisch und beobachtete Jofres Reaktion. Der Steinmetz starrte wie vom Donner gerührt darauf. Er traute seinen Augen nicht.

»Wo hast du die denn her?«, fragte er trocken und ging dabei unwillkürlich zum Du über.

»Na ja, also das war so: Das erste habe ich in einem verborgenen Zimmer in der Festung von Miravet gefunden.

Das zweite im unterirdischen Gewölbe einer alten Grabstätte, und das dritte … in einer hinter einem Wasserfall versteckten Grotte«, zählte Guillem auf und beobachtete gespannt, wie sich der Gesichtsausdruck des Alten veränderte. »Eins hat mich zum anderen geführt, sie haben mich bei der Hand gepackt und hingezerrt, wo sie wollten.«

»Also stimmte es wirklich, es gibt sie tatsächlich, er hat mich nicht belogen!«, murmelte Jofre abwesend, mehr zu sich selbst.

»Wer hat Euch nicht belogen? Habt Ihr von diesen Dreiecken gewusst?« Guillem versuchte sich behutsam vorzutasten.

»Mein Vater hat mir davon erzählt, aber ich habe ihm nicht geglaubt, er sagte, sie seien das Werk meines … meines …« Der Steinmetz wirkte sehr angespannt, in seinem Innern tobte ein Kampf. Was sollte er preisgeben und was besser für sich behalten? »… meines Großvaters, er hieß Jofre Galcerán wie ich. Wir alle haben seinen Namen getragen, zuerst mein Vater und dann ich. Mein Vater hat mir versichert, dass diese Dreiecke tatsächlich existieren, er schwor, mein Großvater hätte meiner Großmutter anvertraut, dass er eine Spur gelegt habe … Aber wie gesagt, habe ich ihm nie geglaubt.«

»Ich verstehe kein Wort, Jofre Galcerán, von was für einer Spur sprecht Ihr?« Guillem konnte seine Ungeduld kaum beherrschen, doch der grimmigen Miene des Steinmetz entnahm er, dass er behutsam vorgehen musste.

»Nun, Meister Serpentarius und mein Großvater sind damals verschwunden, und ich nahm an, sie hätten keinerlei materielles Zeugnis hinterlassen, nichts, was daran erinnert hätte, dass sie je auf dieser Welt gewesen wären, versteht Ihr?« Jofre zögerte, er suchte nach einem Weg, sich der Antwort auf Guillems neugierige Fragen zu entziehen. Er nahm eine der kleinen Platten in die Hand und las vor: »›Nahe des Schreins des Nordens schläft der zweite Bruder. Weckt ihn auf und erneuert seinen alten Pakt.‹ Das hat Euch zu dem Grab geführt?«

Guillem schwieg, er hatte begriffen, dass Jofre Zeit zu gewinnen versuchte, um von seiner Frage abzulenken, und dass er kurz davor gewesen war, etwas auszuplaudern. Da war etwas, womit der Steinmetz nicht herausrücken wollte. Er beschloss die Taktik zu wechseln und tat, als habe er das Ablenkungsmanöver seines Gegenübers nicht bemerkt.

»Soweit ich verstanden habe, Jofre, seid Ihr auch einer der Abkömmlinge der ›Kinder der Heiligen‹, Eure Vorfahren gehörten der Bruderschaft an, nicht wahr? Heißt das, Euer Großvater hat an den Festen und Zeremonien bei der Fontsanta damals teilgenommen?«

»Nicht direkt. Mein Großvater gehörte einer der Gründerfamilien des Dorfes an, die zu den ›Kindern der Heiligen‹ gehörten. Ich glaube, er hat meine Großmutter in Santa Maria de les Maleses kennengelernt, als er und Serpentarius im Kloster arbeiteten. Später haben sie geheiratet, und das ist alles. Mit den Festen hatte er nichts zu tun.« Jofre war weiterhin in Abwehrhaltung, als würde er sich für irgendetwas schämen. »Und dann … na ja, dann ist mein Großvater verschwunden und hat seine Frau und das Kind, das sie kurz darauf erwartete, also meinen Vater, zurückgelassen. Und das ist das Ende der Geschichte, junger Freund.«

»Es gibt nichts, dessen man sich schämen müsste, du alter Sturkopf!«, rief Maria aus, verärgert über den Ton ihres Freundes. »Die Zeremonien bei der Fontsanta hatten nichts Schlechtes an sich, die Menschen glaubten an die Kräfte der Natur … Und an Iscla, die Mutter Erde, sie beteten dafür, dass ihre Kinder gesund und stark würden, sie tanzten und vereinigten sich. Was soll daran schlecht sein?«

»Und hat Meister Serpentarius auch einmal an den Zeremonien teilgenommen?« Die beiden Männer taten, als hätten sie Marias Einwurf überhört. Guillem wollte Jofre nicht so leicht davonkommen lassen.

»Oh nein, nein, Serpentarius war ein sehr religiöser Mensch, ein Templer, wie Ihr! Nie hätte er an so etwas teilgenommen!« Jofre war empört. »Das kann ich Euch versichern, er verabscheute die Zeremonien bei der Fontsanta. Ich meine sogar, mein Großvater hat ihm nie gesagt, dass er verheiratet war. Ihr seid im Irrtum, Meister Serpentarius war immer gegen diese Feste, und …«

Jofre verstummte jäh, er blickte nur verärgert drein. Guillem hatte nicht die Absicht, Jofre eine Atempause zu gönnen.

»Hatte Serpentarius etwas mit dem Sturz des Felsens zu tun? Hat er Odon und seinen Mönchen irgendwie dabei geholfen?«, legte er schnell und zielsicher nach, um Jofre keine Zeit zu lassen, sich zu sammeln.

»Woher wisst Ihr denn, dass Odon für diese Gräueltat verantwortlich war?« Jofre hatte die Augen aufgerissen, seine knotigen Hände zitterten.

»Das spielt doch keine Rolle, mein Freund, wenn so viele tanzende Teufel im Spiel sind, werde ich leicht misstrauisch. Doch Ihr habt meine Frage nicht beantwortet: Hatte der Meister etwas damit zu tun?«

»Ihr seid ein intelligenter Bursche, Guillem de Montclar, es stimmt, in dieser Geschichte tanzen zu viele Teufel herum, allerdings sind es eher menschliche Teufel«, schaltete sich Maria ein, die nun doch ihrem Freund zu Hilfe kam und ihm ihre Hände auf die Schultern legte. »Geister sind da raffinierter, sie werfen nicht mit Steinen um sich. Was Eure Frage angeht – es heißt, Meister Serpentarius hätte für den Abt Odon keine besondere Sympathie gehegt, es soll heftige Auseinandersetzungen zwischen den beiden gegeben haben, allerdings habe ich nie gehört, worum es bei diesen Streitigkeiten ging. Es stimmt auch, dass Serpentarius diese Feste verabscheut hat. Als ich klein war, hat mir meine Großmutter viel von Serpentarius erzählt, zum Beispiel, dass der alte Odon ihn mit unsichtbaren Stricken gefesselt gehalten habe, ›gefesselt an seine Sünden‹, wie sie immer sagte. Es versteht sich, dass meine Großmutter nicht besonders viel für ihn übrig hatte.«

Guillem war nachdenklich geworden. Er betrachtete das faltige Gesicht Marias, die ihrem alten Freund zu Hilfe geeilt war, als dieser, erschöpft und hilflos, kurz davor war, sich geschlagen zu geben. Als Jofre ihren Beistand spürte, richtete er sich auf und fasste wieder etwas Vertrauen. Er fing an, mit den Dreiecksplatten auf dem Tisch zu spielen. Seine alten, knotigen Hände zitterten immer noch, und Guillem ließ ihn gewähren. Was mochte den Steinmetz derart in Schrecken versetzt haben? Er meinte in Marias Blick eine stumme Bitte erkannt zu haben, die er nicht zu deuten wusste. Er schenkte sich einen Becher ein, ließ sich den guten Wein schmecken und überlegte. Aus dem, was die beiden Alten erzählten, ergab sich noch kein vollständiges Bild, doch er hatte hilfreiche neue Hinweise erhalten. Vor allem war jetzt eine Verbindung zwischen Meister Serpentarius und dem Kloster, dem Abt Odon und der Fontsanta hergestellt. Wie hingen die Morde, derentwegen er hier war, mit all dem zusammen? Was verband den alten Templermeister mit der Heiligen Quelle und den Zeremonien, die ihm auf Schritt und Tritt begegneten? Jofre Galceráns Stimme riss ihn aus seinen Überlegungen.

»›Im Herzen der Alten Mutter, zwischen den Ästen der Schlange, schweigt der Vierte Bruder.‹ Und wo hast du das gefunden, wohin führt das?«, erkundigte sich der Steinmetz mit kaum verhohlener Neugier.

»Ich habe nicht die geringste Ahnung, ich habe nicht einmal Zeit gehabt, es mir richtig anzuschauen. Wir haben es gerade erst gefunden. Fällt Euch etwas dazu ein?«, fragte Guillem und wartete geduldig ab.

»Mein Gott, woher sollte ich so etwas wissen, Junge! Ich weiß nicht, die Äste könnten sich auf einen Baum beziehen, oder es ist ein Hinweis auf die Unterschrift von Serpentarius …«, grübelte Jofre. »Kennst du die? Eine Schlange, die sich um einen kahlen Baumstamm windet, aus dem drei Äste wachsen. Aber die Kirche von Santa Maria und der Kreuzgang sind ja voll von seinen Zeichen, es wird dir sicher aufgefallen sein.«

»Ich glaube nicht, dass es etwas damit zu tun hat, Jofre«, unterbrach ihn Maria. »Überleg doch mal: ›Im Herzen der alten Mutter‹, damit kann nur Iscla gemeint sein!«

»Du willst diese Heilige aber auch überall sehen, verflucht noch mal, Maria!«, rief der Steinmetz wütend. »Das ist für alle Zeiten vorbei, Gott sei Dank! Und du solltest es auch endlich vergessen, schau dir doch an, was dieser ganze Unsinn mit unserem Sohn gemacht hat, ich will nicht …«

Er hielt plötzlich inne und starrte mit großen Augen auf das goldene Dreieck, das er in den Händen hielt. Es hatte angefangen zu strahlen und zu blinken.

»Das ist unglaublich! … Es dort zu verstecken, mitten im Kloster, ein perfektes Versteck! Verzeih, Maria, du hast recht, ich bin ein alter Esel.«

»Das ist wirklich raffiniert, Jofre. Wer würde auf diese Idee kommen! Gut versteckt und vor den Blicken seiner Feinde sicher.« Maria sah ihn voller Zärtlichkeit an.

»Ich wäre Euch sehr verbunden, wenn Ihr mich an Eurer tiefen Weisheit teilhaben ließet, meine Freunde, denn sonst fange ich gleich an zu schreien …«, ließ sich Guillem, der dem Gespräch nicht mehr folgen konnte, ungehalten vernehmen.

»Was du suchst, ist in Isclas Reliquienfigur.« Als Guillem sie erstaunt ansah, fuhr Maria fort: »Ein wunderschönes Stück … der Sockel stellt Serpentarius' Baum dar, mit der Schlange, die sich um den Stamm windet und auf dem Kopf eine goldene Kugel trägt. Und in der Figur wird Isclas Reliquie aufbewahrt, der Finger der Heiligen, es muss da drin sein!«

Die beiden Alten waren völlig aufgewühlt, allerdings offenbar aus unterschiedlichen Gründen. Während Marias Augen vor Staunen und Neugier glänzten, hielt sich Jofre zurück, er wusste nicht recht, wie er sich verhalten sollte. Guillem seufzte. Was für eine glückliche Fügung: Ohne danach zu suchen, war er dem vierten Rätsel des Baumeisters auf die Spur gekommen. Es würde also nicht nötig sein, in übel riechenden Gewölben oder dunklen Höhlen herumzukriechen. Er nahm dem Steinmetz das Dreieck aus der Hand, führte ihm den Mechanismus vor, der die Brüder miteinander verkettete, und gab es ihm zurück.

»Hier steht noch etwas!«, rief der Steinmetz aufgeregt.

»Ja, jedes Teil hat auf der Rückseite eine Inschrift, die die vorangegangene weiterführt. Ich vermute, wenn ich die fünf Brüder zusammenhabe, wird sich daraus irgendeine Botschaft ergeben, wobei ich natürlich nicht weiß, ob ich sie auch verstehe«, erklärte Guillem zerstreut. Er hatte immer noch keine Idee, wie er das Gespräch weiterführen sollte, ohne Jofre allzu sehr zuzusetzen; wie er ihm genauere Informationen entlocken konnte, ohne dass ihm die Angst endgültig den Mund verschließen würde.

»›Die Schlange wird dich führen … zum Weg des Labyrinths … wo sich das Geheimnis des Steins verbirgt …‹«, las Jofre Galcerán langsam vor.

»Das ist neu: ›das Geheimnis des Steins‹!« Guillem lebte sichtlich auf. »Glaubst du, damit ist der Steinblock gemeint, der der Legende nach durch die Luft geflogen sein soll, meinst du, das hat etwas damit zu tun?«

Guillem hatte beschlossen, es dem Steinmetz gleichzutun und ihn zu duzen. Doch seine Frage blieb unbeantwortet im Raum stehen. Jofre war beängstigend bleich geworden und trommelte immer wieder mit den Händen auf den Tisch. Schließlich begriff Guillem, dass er das nicht absichtlich tat, sondern einfach so heftig zitterte. Mit leerem, verstörtem Blick starrte er auf die Wand. Maria eilte herbei, flößte ihm in kleinen Schlucken Wasser ein und begann beruhigend auf ihn einzusprechen. Guillem war bestürzt, er verstand nichts. Was ging an diesem seltsamen Ort vor? Waren denn hier alle krank vor Furcht? Da kratzte man einmal an der Oberfläche, und schon gerieten die Leute außer sich vor Angst, alle schienen voller Argwohn und Misstrauen, und dazu noch all diese verworrenen Geschichten, die auf unergründliche Weise ineinander verstrickt waren.

»Das ist ein bisschen viel Aufregung für alte Leute wie uns, Jofre«, murmelte Maria. »Aber sei ganz ruhig, ich habe dir doch gesagt, dass jemand kommen und sich der ganzen Sache annehmen würde, das hast du mir wohl nicht geglaubt? … Pass auf, wir müssen dem jungen Guillem jetzt helfen, dieses Dreieck zu finden, das in der Reliquienfigur versteckt ist, verstehst du das, mein Freund? Es mag sein, dass die Dinge nicht so sind, wie wir es erwartet haben, aber wir müssen anerkennen, dass ›sie‹ eine Spur gelegt haben … Hörst du mir zu, Jofre? Sie haben eine Fährte hinterlassen, weil sie wollten, dass sie am Ende jemand findet. Hast du das nie in Erwägung gezogen? Sie wollten gefunden werden! Wozu sonst diese ganzen verstreuten Dreiecke? Sie weisen einen Weg, und sie hätten sich wohl kaum so viel Mühe gemacht, wenn sie gewollt hätten, dass man sie vergisst. Denk doch mal nach, Jofre, bitte, denk doch mal genau nach.«

Guillem staunte immer mehr, er verstand kein Wort von dem, was Maria sagte, als würden die beiden einen geheimen Kode benutzen. Er überlegte fieberhaft: Mit der Spur konnten nur die Dreiecke gemeint sein und … dass sie »zu ihnen« führten? »Sie« … Redete sie etwa von Meister Serpentarius und seinem Gehilfen? Er begann daran zu zweifeln, dass die alte Wunderheilerin noch bei klarem Verstand war. Meinte sie etwa, der Meister sei noch am Leben? Das war ganz und gar ausgeschlossen! War diese Frau am Ende genauso verrückt wie ihr armer Sohn?

Ein lautes Stöhnen schreckte die drei aus ihren Gedanken auf. Zenon, der aus seiner Benommenheit erwachte, warf sich wie wild im Bett hin und her. Die beiden Alten stürzten zu ihm. Guillem verharrte regungslos auf seinem Stuhl, als wäre er mit ihm verwachsen. Er war noch immer vollkommen entgeistert. Das konnte einfach nicht sein! Hatte er da etwas falsch verstanden? Das ergab doch alles keinen Sinn.

Plötzlich hämmerte jemand gegen die Tür und schrie seinen Namen, doch in seinem Kopf ging alles durcheinander, seine Gedanken, Marias Worte und die dröhnenden Schläge, die den Raum erfüllten. »Da klopft jemand an die Tür, als ginge es um sein Leben«, sagte ihm sein Verstand. »Du musst reagieren, los!« Er sprang auf, zog das Schwert aus der Scheide und riss die Tür auf.

»Es brennt, Guillem, Santa Maria steht in Flammen! Und Folch ist da drin!« Vor der Tür stand Ebro, vor Anstrengung und Panik schweißgebadet, die Kleider zerknittert und zerrissen, und sah ihn verzweifelt an.

12

Folch

»In mir tobt die Erregung vor der großen Entdeckung, eine unbekannte Kraft, die mich aufrechterhält, während der ersehnte Augenblick immer näher heranrückt. Das Ende wird ein Anfang sein, und die Ungeduld vor dem Aufbruch verzehrt mich.«

Der Himmel über den Feldern von Santa Maria war rot, und im Schein der orangen Flammen stiegen dichte Rauchsäulen auf. Ungläubig betrachtete Guillem, der von der Hütte der alten Wunderheilerin zum Kloster eilte, das Bild, das sich ihm bot. Er musste mit aller Kraft die Zügel festhalten, sein Pferd war durch den durchdringenden Brandgeruch stark verängstigt. Ebro, der hinter ihm saß, schrie ihm etwas zu, doch er konnte ihn nicht verstehen. Als sie am Klostertor ankamen, sprang Guillem vom Pferd und wies Ebro an, sich um das Tier zu kümmern. Wieder rief der Junge ihm etwas zu, seine Worte wurden jedoch vom Lärm der tosenden Flammen verschluckt. Guillem schickte den Jungen weg, er sollte sich in Sicherheit bringen.

Erneut hatte das Chaos Besitz vom Kloster ergriffen, Mönche und Bedienstete rannten hin und her und schleppten alle möglichen Behältnisse mit Wasser herbei, alle schrien wild durcheinander, es wurden Kommandos gebrüllt, die keiner befolgte. Guillem hielt sich schützend die

Hände vor den Mund und steuerte auf eine Gruppe von Mönchen zu, die tatenlos herumstanden und mit schreckensverzerrtem Gesicht zusahen, wie die Katastrophe ihren Lauf nahm.

»Was zum Teufel ist passiert?«

»Das Feuer soll wohl im Krankensaal ausgebrochen sein, jetzt schaffen sie die Kranken heraus. Gott sei Dank sind es nicht so viele«, erklärte einer der Mönche, ohne den Blick von den Flammen abzuwenden.

»Und habt Ihr vor, hier weiter wie die Ölgötzen herumzustehen?«, fuhr Guillem sie wütend an.

Erschrocken stoben die Mönche auseinander, ohne dass sie gewusst hätten, was sie tun sollten. Guillem eilte zum Tor des Konventsgebäudes, wo zwei Handwerker postiert worden waren. Sie teilten ihm mit, man versuche zu verhindern, dass das Feuer auf die Bibliothek übergreife. Der Wind schlage nämlich um und würde die Flammen in diese Richtung treiben. Sie versuchten ihn davon zu überzeugen, dass es sinnlos und viel zu gefährlich wäre, den Flügel erreichen zu wollen, wo der Krankensaal lag. Über den Verbleib des Priors und des Sergeanten Folch wussten sie nichts, und da Guillem darauf bestand, blieb ihnen nichts weiter übrig, als ihm den kürzesten Weg dorthin zu erklären. Guillem wickelte sich seinen Mantel um den Kopf, um sich vor dem dichten Rauch zu schützen, der die Gänge und Säle erfüllte, und begab sich auf den Weg zum Westflügel des Gebäudes. Mit jedem Schritt sah er weniger, kaum konnte er die nur einen Handbreit von seiner Nase entfernten Wände erahnen. Die Hitze war unerträglich, und er musste sich wie ein Blinder mit den Händen an der Wand entlangtasten. Am Ende eines langen Ganges konnte er die Umrisse der Treppe erkennen, die ins obere Stockwerk führte, doch als er versuchte, sich dorthin vorzuarbeiten, hörte er ein trockenes Knirschen, das ihm das Blut in den Adern gefrieren ließ. Die Treppe stürzte unter höllischem Getöse in sich zusammen, Splitter stoben in alle Richtungen, und eine weißliche Staubwolke stieg auf und vermischte sich mit dem dunklen Rauch. Guillem flüchtete sich in den Gang zurück, aus dem er gekommen war. Er konnte kaum atmen, seine Augen waren rot und geschwollen. Verzweifelt heulte er auf und schrie wütend und hilflos Folchs Namen. Fast erstickt, schlug er mit den Fäusten gegen die Wand und verbrauchte das letzte bisschen Luft, das er in den Lungen hatte, für sein hoffnungsloses Rufen, wieder und wieder brüllte er seinen Namen.

»Hier, Guillem, hier …!«

Kaum hörbare, erstickte Rufe drangen zu ihm durch. Er hielt inne. Zwischen den Trümmern der eingestürzten Treppe arbeitete er sich voran, hustete und wedelte wild mit den Händen und drohte schon ohnmächtig zu werden, als die Stimme plötzlich ganz klar zu ihm drang. In der Lücke, die nach dem Einsturz der Treppe im Obergeschoss klaffte, erblickte er eine vermummte menschliche Gestalt. Er wühlte hektisch in den Trümmern, bis er einen schweren, verkohlten Balken fand, den er mit markerschütterndem Schrei hochhievte. Das Gefühl, gleich zu ersticken, wurde immer stärker. Er stemmte den schwarzen Balken in das Loch im oberen Stockwerk, wo Minuten zuvor noch die prachtvolle Holztreppe gewesen war, und schrie noch einmal aus Leibeskräften. Da rutschte etwas den knackenden, knirschenden Balken hinunter und stürzte direkt vor seine Füße, ein großes unförmiges Etwas, das er wegen des starken, sich stetig verdichtenden Rauchs nicht erkennen konnte. Er beugte sich gerade über das am Boden liegende Bündel, als der Balken nicht mehr standhielt und ein weiterer Packen auf seinen Schultern landete. Guillem rappelte sich auf, schob die Trümmer beiseite und tastete auf dem Boden herum. Da griff ein starker Arm nach seiner Hand. Zwischen den Schutthaufen tauchte Folch auf, das verschwitzte Gesicht schwarz vor Ruß. Hinter sich her schleppte er das große dunkle Bündel. Guillem nahm ihn an der Hand und zog ihn rasch in Richtung Gang, da gab das Obergeschoss nach und krachte mit ohrenbetäubendem Getöse hinter ihnen zusammen. Die Flammen loderten auf. Ohne einen Blick zurück auf das Höllenspektakel zu werfen, stürzten sie weiter. Der beißende Rauch nahm ihnen die Sicht, und immer wieder stießen sie gegen die Wände.

Als sie sich später über diese Nacht unterhielten, konnten sie nicht mehr nachvollziehen, wie sie ins Freie gelangt waren. Es war ihnen vollkommen rätselhaft, wie sie aus dem Labyrinth der Gänge herausgefunden hatten, ohne sich zu verirren. Ganz klar in Erinnerung war ihnen nur, wie sie schließlich draußen ankamen: völlig erschöpft, kurz vor dem Ersticken und beinahe blind, ließen sie sich auf die Steinplatten des Innenhofs fallen. Folch hatte noch immer nicht das reglose dunkle Bündel losgelassen, mit festem Griff hielt er die Kapuze von Bruder Guerau de Cirera umfasst.

Ponç de l'Oliva wurde von lautem Geschrei und dem Glockenläuten von Santa Maria geweckt. Ebro stand in der offenen Tür und blickte mit versteinerter Miene hinaus. Der Almosenpfleger war just an der Stelle, auf der er auf die Knie gesunken war, in eine Art Dämmerschlaf gefallen, in dem ihn schreckliche Alpträume verfolgt hatten. Er erhob sich schwerfällig, seine Glieder waren ganz taub. Verwundert stellte er fest, dass die Tür sperrangelweit offen stand.

»Was ist los, Junge, ist Guillem de Montclar zurückgekommen?« Die Zunge klebte ihm am Gaumen, er bekam kaum ein Wort heraus.

»In Santa Maria ist ein Feuer ausgebrochen, ich glaube, in dem Teil, wo der Krankensaal ist … da, wo Folch und der Prior sind! Ich muss Guillem Bescheid sagen, Ihr werdet hier allein bleiben müssen, Bruder Ponç.«

»Es brennt? … Alleine bleiben, wo denn?« Ponç de l'Oliva war immer noch in seinem Alptraum gefangen, gebannt durch das Bild von Bruder Hug, der an seinem Strick baumelte und mit dem Finger auf ihn zeigte. »Was redest du denn da? Ich verstehe dich nicht.«

»Es ist ganz einfach, Bruder Ponç«, erwiderte Ebro trocken. »Wacht endlich auf und macht die Augen auf! Beim Krankensaal ist ein Feuer ausgebrochen, irgendjemand will wohl, dass Euer Freund, der Prior, auf dem schnellsten Weg in die Hölle kommt. Ich muss weg, Ihr müsst selber auf Euch aufpassen.«

»Warte mal, Junge, warte!« Ponç war mit einem Schlag hellwach. »Wie kannst du so etwas sagen? Das ist eine schwere Anschuldigung. Du kannst doch gar nicht wissen, ob dieses Feuer mit Absicht gelegt wurde! So etwas kommt vor … das kannst du doch nicht wissen!«

»Es gibt ein bisschen viele Unglücksfälle in diesem Kloster, Bruder Ponç, um noch an den Zufall zu glauben. Der Krankensaal liegt in dem Teil, der am weitesten von der Küche entfernt ist, versteht Ihr, und die meisten Brände entstehen dort, in der Küche. Das weiß ich genau, denn so hat man es mir beigebracht. Und wenn Euch das noch nicht reicht: Dort im Krankensaal ist der Prior, den Folch vor einem möglichen ›Unfall‹ schützen sollte. Das ist alles, was ich zu sagen habe, und meinetwegen könnt Ihr denken, was

Ihr wollt ... Aber wenn dem Sergeant etwas zustößt, werde ich Euch die Schuld geben.«

Ohne ein weiteres Wort und ohne sich zu verabschieden, verließ Ebro das Haus und war bald nicht mehr zu sehen. Ponç de l'Oliva wurde von Panik übermannt, er hatte keine Ahnung, was er tun, noch wen er um Hilfe bitten sollte. Die Flammen über dem Westflügel schlugen immer höher. Er stand wie versteinert da und konnte nur an den wunderschönen Kreuzgang denken. War der nicht auch auf der Westseite? Und hatte Guerau ihm nicht erzählt, dass die Mauern dort sich in sehr schlechtem Zustand befänden? Er schüttelte heftig den Kopf. Wie konnte er jetzt an so etwas denken? Er starrte auf die Wand vor sich, warf den Kopf in den Nacken, um Schwung zu holen, und schlug mit aller Wucht dagegen. Der Schlag ließ ihn fast ohnmächtig werden, ihm wurde schwarz vor Augen, er rutschte aus und fiel zu Boden. Nichts konnte ihn jetzt noch retten, dachte er, doch möglicherweise konnte er andere retten. Vielleicht war noch Zeit. Er stand auf, holte Luft, überlegte ... Wie berauscht wankte er in den Hof hinaus und drängte sich durch die wild gegen die Flammen ankämpfende Menge. Bei dem Durcheinander gelang es ihm, unbemerkt bis zum Kreuzgang vorzudringen. Zwischen den Kapitellen schossen die Flammen knisternd zum Himmel auf, doch Bruder Ponç de l'Oliva ging weiter bis zum Arbeitszimmer des Priors. Nachdem er sich vergewissert hatte, dass ihm niemand gefolgt war, trat er ein und verbarrikadierte die Tür mit einem Stuhl, er wollte nicht gestört werden. Er zündete eine Kerze an, setzte sich auf den Stuhl des Priors und sah sich eingehend in dem Raum um. Der heftige Schlag hatte ihm eine plötzliche Eingebung beschert – der Schlag und der Junge, der ihn zu Recht verachtete, doch diese Erleuchtung war zugleich ein böser Traum. Wenn Ebro recht hatte, wenn er seine Träume ernst nahm … was hatte er schon zu verlieren? Er schloss die Augen und versuchte sich genau an den sonderbaren Traum zu erinnern: Bruder Hug hing am Strick und zeigte mit dem Finger auf ihn, aber da war noch etwas. Aber was? Irgendetwas, das ihn überrascht hatte …! Wo war die andere Hand des Mönchs? Er presste sie gegen die Brust, ja, aber die Hand hielt etwas umklammert … Eines von Guerau de Cireras Büchern! Aufgeregt sah sich Ponç auf dem Schreibtisch um. Sein Blick blieb an dem großen Buch hängen, in das Guerau mit reinlicher Sorgfalt seine Zahlen eintrug. Er nahm es in die Hand, schlug es ehrfurchtsvoll auf und suchte die Seite mit den letzten Eintragungen. Womöglich meinte Bruder Hug gar nicht ihn, und sein Finger hatte in eine andere Richtung gedeutet … War das ein letzter Hilferuf, ein Schrei nach Gerechtigkeit aus dem Jenseits gewesen? Er strich sanft über das Pergament, über die unbeholfene Schrift des Selbstmörders, die eine letzte verzweifelte Botschaft übermittelte.

»Ich habe meine Entscheidung getroffen, Bruder Guerau, ich erwarte nicht, dass Ihr mich versteht, das ist unmöglich. Aber ich muss Euch warnen, Euer Leben ist in Gefahr. Nichts kann sie aufhalten, wenn es nötig ist, werden sie Santa Maria in Schutt und Asche legen und in der Hölle versenken. Dorthin werde auch ich gehen, mein geschätzter Prior, denn es gibt keinen anderen Ort für mich. Hütet Euch vor Bruder Brocard und seinen Hunden, und vergebt mir meine unzähligen Fehler.«

Mit Tränen in den Augen las Ponç die Nachricht noch einmal. Es war also wahr, und nun gab es keinen Grund mehr, zu lügen und sich etwas vorzumachen. Alle ihre Ahnungen wurden durch diese klägliche Nachricht bestätigt!

»Hütet Euch vor Bruder Brocard und seinen Hunden«, hatte der unglückselige Mönch in das Buch gekritzelt, außerstande, eine weitere Erklärung zu geben, und voller Entsetzen über das, was er getan hatte. Ob er einer dieser »Hunde« gewesen war? ... Der Novizenmeister, gütiger Gott! Was hatte er seinen Schülern nur beigebracht, wie weit hatte sich der moralische Verfall ausgebreitet? Es war ihm vollkommen klar, was er nun zu tun hatte, und trotz seiner heftigen Kopfschmerzen durfte er nicht länger zögern. Vorsichtig riss er die Seite heraus und schob sie sich unter den Habit. Dann richtete er den Schreibtisch des Priors wieder so her, wie er ihn vorgefunden hatte, und trat in den Flur hinaus. Die Rauchschwaden drangen schon bis hierher, und Ponç nahm denselben Weg zurück, den er gekommen war, durch den Kreuzgang in die Kirche. Das Bild, das sich ihm dort bot, ließ ihn bestürzt innehalten. Die ganze Kirche war voller Verletzter, die auf Decken am Boden lagen. Die Mönche hasteten zwischen den Reihen hin und her, wo hustende Männer mit Verbrennungen darauf warteten, versorgt zu werden. Der Krankenpfleger hatte alle Hände voll zu tun. Ganz hinten, auf der rechten Seite, erkannte er die Templer, die gegen die Wand gelehnt auf dem Boden saßen und ... Guerau de Cirera, der zwischen ihnen auf dem Boden lag! Der Almosenpfleger jubelte innerlich auf, als er seinen Freund am Leben sah, und wollte zu ihm eilen. Da stellte sich ihm eine dunkle Gestalt in den Weg. Es war Bruder Brocard, der Novizenmeister, und er grinste ihn spöttisch an.

»Gütiger Himmel, Bruder Ponç, was für eine Freude, Euch zu sehen, wir wussten ja nicht, wo Ihr wart! Ich hoffe, es geht Euch gut, wir haben uns Sorgen um Euch gemacht.«

»Entschuldigt, Bruder, aber ich glaube nicht, dass wir uns

kennen. Seid Ihr vielleicht der Novizenmeister? Ich glaube, der Prior hat mir von Euch erzählt. Ihr müsst mich entschuldigen, dieses Unglück hat mich zutiefst erschüttert, und ich muss dringend zu meinem Freund, Bruder Guerau. Dem Allmächtigen sei Dank, dass er unversehrt ist! Meint Ihr nicht? … Es ist ein echtes Wunder! Gott hält die Hand über die Seinen.« Ponç ging an ihm vorbei und setzte mit unergründlicher Miene seinen Weg fort.

»Du hattest kein Recht dazu, Maria«, machte Jofre seinem Ärger Luft, nachdem Guillem überstürzt mit seinem Knappen aufgebrochen war.

»Bist du dir da sicher? Du nimmst dir das Recht, mich anzuklagen, weil ich meine Geheimnisse mein Leben lang mit mir herumgeschleppt habe, erlaubst dir, mir meine Fehler ins Gesicht zu spucken, du sprichst und urteilst darüber, ohne eine Ahnung zu haben, aber ich soll den Mund halten. Und wo soll da bitte schön der Unterschied sein, kannst du mir das mal erklären? Warum darfst du deine Geheimnisse in aller Würde für dich behalten, und bei mir soll es Sünde sein? Erklär mir das, Jofre, vielleicht kann ich dich sogar verstehen, ich bin schließlich eine verrückte Alte.« Maria war verärgert, sie war nicht mehr bereit, dieses Spiel weiter mitzuspielen.

»Aber es ist nicht *mein* Geheimnis! Ich habe mir nicht irgendeine Geschichte ausdenken müssen und auch niemandes Vertrauen verraten«, erwiderte Jofre, der sich bemühte, seine Wut zu beherrschen. »Ich habe dieses Erbe nicht gewählt, es ist mir zugefallen.«

»Willst du damit andeuten, ich hätte mich frei entschieden?« Ein lange aufgestauter Zorn überzog Marias faltiges Gesicht. »Ich glaube, du vergisst da einiges, Jofre, du willst nicht sehen, was so viel Leid gebracht hat. Habe ich etwa jemals etwas von dir verlangt? Du hast mir immer wieder gesagt, du könntest mir nichts geben, du seiest ein freier Mann, der keine Fesseln ertragen kann … Ich habe dazu geschwiegen, und dieses Schweigen hat dich jeder Verantwortung enthoben. Und das nennst du jetzt Verrat. Du erinnerst dich nur an das, was dir passt, du hast dich wirklich überhaupt nicht verändert, und … ganz ehrlich, nichts zwingt mich, mir deine Beleidigungen anzuhören. Ich schulde dir ganz und gar nichts, und ich habe es satt, all deine Irrtümer und Fehler auf meine Schultern zu nehmen. Verschwinde und vergrab deine Geheimnisse, wo sie keinem nützen!«

Nachdem Zenon eine halbe Stunde lang sinnlos vor sich hin gestammelt hatte, war er wieder eingeschlafen. Als er aufwachte, blickte er in zwei alte Gesichter, die ihn besorgt ansahen, ganz dicht bei ihm, und er hatte sich gesagt, dass er wohl träume. Ein schöner Traum, niemand hatte ihn je mit solcher Anteilnahme angesehen … niemand außer Iscla! Mit einem befriedigten Lächeln war er in seinen Traum zurückgekehrt, denn er wollte nicht, dass dieser sich wieder in Luft auflöste. Er wollte sich die Erinnerung an die Hand, die ihn zärtlich streichelte, bewahren.

Jofre war bei Marias schroffen Worten unbehaglich auf seinem Stuhl herumgerutscht. Er zögerte mit seiner Antwort. Im Grunde hatte seine Freundin recht, er war hart und ungerecht zu ihr gewesen. Sie konnte schließlich nichts dafür! Doch er hatte seinen Zorn darüber, dass sie dem jungen Templer alles erzählt hatte, nicht unterdrücken können und all seinen Unmut bei Maria entladen, ohne daran zu denken, wie weh er ihr tat. Was zum Teufel hätte er wohl getan, wenn sie ihm damals gestanden hätte, dass sie ein

Kind erwartete? … Sicher wäre er davongelaufen, wie immer! Aber andererseits war jenes Geheimnis nun einmal seins, und zwar ganz allein seins.

»Entschuldige, Maria, es steht mir nicht zu, so mit dir zu sprechen. Du hast recht, verzeih mir, ich flehe dich an … aber ich kann diesem Templerjungen einfach nicht dabei helfen, Meister Serpentarius zu finden«, antwortete er schließlich und fachte das Feuer damit von Neuem an.

»Mach, was du willst, Jofre, keiner hat dich um Hilfe gebeten! Ich habe ihm ja nur gesagt, dass du ihm vielleicht dabei helfen könntest, dieses Dreieck zu finden … aber wie gesagt, tu, was du für richtig hältst. Wusstest du denn von diesen Dreiecken, hast du an ihre Existenz geglaubt? Es kann ja sein, dass dieses Geheimnis, das dich so sehr belastet, nicht für alle die gleiche Bedeutung hat. Ganz offensichtlich sogar, sonst gäbe es diese Dreiecke ja nicht. Ihre Existenz beweist doch, dass Meister Serpentarius oder dein Großvater – oder beide – ihr Geheimnis teilen wollten. Aber du bist der Fachmann, bist sicher viel klüger als sie und kannst besser entscheiden, was zu tun ist.«

Jofre druckste herum und wagte nichts zu erwidern. Maria war wirklich wütend, doch … warum hatte sein Großvater seiner eigenen Familie nicht vertraut, warum wollte er, dass ihm irgendwelche Fremden auf die Spur kämen?

»Und schieb bloß nicht deinem Großvater die Schuld in die Schuhe, weil er sich seiner Familie nicht anvertraut hat!« Maria hatte seine Gedanken erraten. »Dieser Mann wird seine Gründe gehabt haben, du kannst es nicht wissen, denn du hast dich nie dafür interessiert. Vielleicht hat er sogar versucht, seine Familie vor noch schlimmerem Unglück zu bewahren. Irgendjemand hat dafür gesorgt, dass die Spur in der Komturei von Miravet aufgenommen wird, dort bei den Templern hat er das eine Ende des Fadens hinterlegt und gehofft … Und dieser Jemand, wer auch immer das war, hielt es nicht für ratsam, es hier in Santa Maria zu verstecken. So sieht es doch aus, Jofre, ob es dir gefällt oder nicht!«

»Na schön, Meister Serpentarius gehörte ja der Templermiliz an, da ist es ganz logisch, dass er …«

»Nichts an dieser Geschichte ist logisch, Jofre! Verstehst du das nicht?« Maria wurde langsam müde. »Ich befürchte, dass Serpentarius nichts und niemandem wirklich angehört hat. Hast du nicht gesehen, was Guillem für ein überraschtes Gesicht gemacht hat? Der Templerorden, mein Freund, wusste nichts davon, dass der Meister hier im Kloster war, hier bei uns, eine Tagesreise von Miravet entfernt. Sie hatten keine Ahnung! Ich vermute, er hat sie getäuscht und sich einfach aus dem Staub gemacht … und sie sind immer noch auf der Suche nach ihm! Eine seltsame Art, einem Orden anzugehören. Wenn du mich fragst: Das Einzige, wofür sich dieser Serpentarius interessierte, waren seine eigenen Angelegenheiten.«

»Aber Maria, wenn diese Templer ihn nun finden, wenn diese verfluchten Dreiecke wirklich zu ihm führen … Was wird dann aus dem Geheimnis unserer Familie?« Jofre wurde immer unsicherer.

»Dann wird es für dich kein Geheimnis mehr geben, so wie du es dir immer gewünscht hast, was willst du denn noch? Die Verantwortung wird auf andere übergehen. Es könnte ja sogar sein, dass dein Großvater dies alles so beabsichtigt hat, weil er sich bewusst war, welche Last er seinen Nachkommen auferlegte. Vielleicht sollte das eine Möglichkeit sein, euch davon zu befreien! Du hast diesen Mann immer verachtet, ihn für alles Übel in deinem Leben verantwortlich gemacht. Du hast ihn einfach so verurteilt, ohne zu wissen, wer er war noch was er für Absichten verfolgte. Hast du nie daran gedacht, dass er vielleicht gute Gründe hatte für sein Tun?«

Ein Schauder lief Jofre über den Rücken. Maria schaffte es immer wieder, ihn vollkommen durcheinanderzubringen. Diese Frau kannte ihn besser, als ihm lieb war. Obwohl sie ihm, da sie seine Ängste und Sorgen so gut kannte, natürlich auch oft geholfen hatte. Sie besaß die besondere Fähigkeit, furchtlos in ihre Mitmenschen hineinzublicken. War es möglich, dass sein Großvater diese Dreiecke erschaffen hatte, die mitten ins Herz seines Geheimnisses deuteten? War das womöglich der letzte verzweifelte Versuch dieses Mannes, die Seinen zu befreien? … Er stand auf, ging, hin- und hergerissen zwischen Furcht und Zuneigung, zu seiner Freundin, am liebsten hätte er sie umarmt.

»Ich werde zum Kloster gehen, ich mache mir Sorgen wegen dieses Feuers. Meinst du, du bist hier sicher?«

»Ich wiederhole mich nur ungern, Jofre: Tu, wozu du Lust hast, du bist mir keine Erklärung schuldig.« Maria war noch immer wütend. Jofres Worte hatten sie zutiefst verletzt.

»Ich werde dem jungen Guillem de Montclar das vierte Dreieck holen«, sagte er in der Hoffnung, die Alte milder zu stimmen. »Und dann … Möge Gottes Wille geschehen! Du hast recht, es soll wohl so sein, dass das Verborgene jetzt zum Vorschein kommt. Bitte, Maria, verzeih mir.«

Maria wandte ihm den Rücken zu und ging zu Zenons Bett hinüber. Sie wollte mit ihren Gedanken allein sein. Sie hatte ihren Sohn wieder, und niemand würde ihn ihr ein weiteres Mal entreißen. An nichts anderes wollte sie denken, sie war zu alt, um noch an die Großmut der Menschen zu glauben, und schon gar nicht an die Jofres. Sie durfte nicht weich werden, das hatte sie nie getan. Sie hörte, wie sich behutsam die Tür schloss, und stieß einen tiefen Seufzer aus.

Mit Folchs Hilfe bettete Guillem den Prior auf die Pritsche. Erneut nahmen sie von Jofres Heim Besitz, doch dem jungen Templer schien dies der einzige Ort, an dem sie in Sicherheit waren. Das Haus des Steinmetz glich einer kleinen Festung, seine dicken Wände und der massive Balken, der die Tür sicherte, gewährten ihnen Schutz. Ponç de l'Oliva trat ein, gefolgt von Ebro, der die Tür hinter sich verriegelte. Der Almosenpfleger konnte seine Augen nicht von Guerau de Cirera abwenden. Er hoffte, er würde die schlechten Nachrichten verkraften. Der Prior war aufgewacht und wie durch ein Wunder unversehrt, der Ruß bedeckte noch immer einen Teil seines Gesichts und verbarg seine Blässe. Trotz seines geschwächten Zustands setzte er sogleich zum Sprechen an.

»Ich weiß nicht, Jofre Galcerán ist ein Mann, der sehr auf seine Privatsphäre bedacht ist, und ohne seine Erlaubnis auf diese Weise in sein Haus einzudringen … Das gleicht einem Überfall, meine Herren!«

»Ich fürchte, wir haben sehr viel ernstere Sorgen, Prior. Jofre wird unsere Lage verstehen, sobald ich es ihm erkläre.« Guillem hatte dem Steinmetz eigentlich sagen wollen, dass sie sein Haus vorübergehend als Zufluchtsstätte benutzten, aber das fiel ihm erst in diesem Moment wieder ein. »An oberster Stelle steht jetzt Eure Sicherheit.«

»Aber, aber, Guillem de Montclar, Ihr übertreibt. Ich bin Euch und Eurem Sergeant natürlich dankbar für Eure wertvolle Hilfe, aber … könnte ich mich nicht in meiner Zelle ausruhen? Der Krankenpfleger könnte doch …«

»Ihr solltet auf ihn hören, Guerau«, unterbrach ihn der Almosenpfleger mit ernster Miene. »Er übertreibt nicht. Ich bedaure Eure gesundheitliche Verfassung, mein lieber Freund, und ich fürchte, die Lage wird Eure Genesung nicht beschleunigen, aber wir haben keine andere Wahl. Ich habe schlechte Neuigkeiten, Ihr müsst etwas lesen, das Euren schlimmsten Verdacht bestätigen wird, und dann solltet Ihr es Guillem de Montclar übergeben.«

Ponç zog das gefaltete Papier unter seinem Ordensgewand hervor und überreichte es ihm. Der Prior betrachtete ihn mit Argwohn, er hatte nicht die Absicht gehabt, diesen Männern seinen Verdacht anzuvertrauen, was hatte der Almosenpfleger vor? Er nahm das Papier, überrascht, dass es sich dabei um eine Seite aus einem seiner Rechnungsbücher handelte, und las. Vergeblich versuchte er, seine Bestürzung zu verbergen, und sein Kopf fiel kraftlos auf die Kissen.

»Ich glaube, Ihr handelt voreilig, Bruder Ponç. Ihr trefft da eine Entscheidung, ohne mich zu Rate zu ziehen, und Ihr vergesst, dass nicht Ihr in diesem Kloster das Sagen habt. Ihr habt mein Vertrauen missbraucht!« Die Stimme des Priors war dünn und schwach geworden.

»Diesmal nicht, Guerau, ich bedaure, dass Ihr Euch von mir verraten fühlt … aber dieses Possenspiel muss ein Ende haben. Wir haben durch unsere Nachlässigkeit schon genug Schaden angerichtet und können nicht länger die Augen verschließen.« Der Almosenpfleger, der am Rand der Pritsche saß, legte eine unvermutete Entschlossenheit an den Tag. »Ihr werdet nichts finden, mein Freund, was die Verantwortlichen entschuldigen könnte.

Und wenn Ihr dieses Spiel fortzusetzen wünscht und diesen Männern die Beweise vorenthaltet, werde ich sie ihnen selbst liefern. Ich verstehe, dass die Wahrheit schmerzlich ist, Guerau, aber es ist die Wahrheit, und wir müssen uns ihr stellen.«

Die drei Tempelritter verfolgten das Gespräch mit großem Interesse, erstaunt über die scharfen Worte. Besonders Ebro war überrascht von Bruder Ponç' Sinneswandel und sah ihn verstohlen von der Seite an.

»Allmächtiger, Ihr redet, als trüge ich Mitschuld an jenem Frevel, Ponç. Was werden diese Herren denken? Wie Ihr wisst, habe ich alles Erdenkliche getan, um die Wahrheit herauszufinden. Ihr könnt mich nicht der Nachlässigkeit beschuldigen!« Auf einen Ellenbogen gestützt, richtete Guerau sich von seiner Bettstatt auf. Er konnte nicht fassen, was man ihm unterstellte.

»Ich werfe Euch nichts vor, was ich nicht auch mir selbst vorwerfe, Guerau, aber tatsächlich haben wir verzweifelt nach einer Wahrheit gesucht, die uns gelegen käme und erlauben würde, unser friedliches Leben in stillem Gebet fortzusetzen. Es ging uns nur um unseren eigenen Seelenfrieden, mein lieber Freund.« Ohne jeden Groll sah Ponç ihn an. Der Prior erwiderte seinen Blick nachdenklich und ließ dann erneut seinen Kopf sinken.

»Der Brand … wie wurde er ausgelöst?«, fragte er in die Runde.

»Jemand ist in Euer Zimmer eingedrungen und hat mich von hinten niedergeschlagen, Prior, ich konnte nicht sehen, wer es war.« Folch strich über seinen schmerzenden Kopf. »Als ich das Bewusstsein wiedererlangte, drang Rauch in den Raum und das Feuer breitete sich aus. Ich lud Euch auf meinen Rücken und versuchte nach draußen zu gelangen, und als ich uns schon verloren gab, hörte ich Guillems Stimme ... Wäre er nicht gewesen, Prior, wären wir jetzt ein Häufchen Asche.«

»Vielleicht war es nur ein Unfall?« Guerau hielt die Seite aus seinem Buch fest in Händen.

»Der Schlag gegen meinen Kopf? Glaubt Ihr, mein armer Kopf ist freiwillig gegen eine Wand geprallt?«, fragte der Sergeant spöttisch.

»Wie ich herausfinden konnte, Bruder Guerau, entstand das Feuer in einem kleinen Raum neben dem Euren. Der Krankenpfleger bewahrt dort Heilkräuter, Verbandsmaterial und dergleichen Dinge auf.« Guillem beschränkte sich auf die Tatsachen. »Nichts, was ein Feuer hätte auslösen können.«

»Ich kenne diesen Raum, Guillem de Montclar. Ich wollte Eure Meinung über den Ursprung des Feuers hören.« Der harsche Ton des Priors erstaunte Guillem, doch zumindest wies das darauf hin, dass sich sein Zustand gebessert hatte.

»Meine Meinung steht fest, werter Prior, aber sie wird Euch kaum behagen. Jemand hat in diesem kleinen Raum Feuer gelegt, in dem Glauben, dass die Flammen sich unweigerlich bis zu Eurem Zimmer ausbreiten würden. Doch er stellte sich dabei sehr ungeschickt an, er dachte nicht daran, dass die Fenster im Gemeinschaftssaal nebenan, auf der anderen Seite, offen standen. Der Krankenpfleger, der nicht viele Patienten zu betreuen hatte, hatte sich entschlossen, zu putzen und zu lüften. Durch den Luftstrom angefacht, breitete sich das Feuer in diese Richtung aus... Das hat Euch das Leben gerettet, denn es ermöglichte Folch, mit Euch im Schlepptau zu fliehen.« Der Prior blickte ihn mit offenem Mund an. Es musste so sein, wie Guillem sagte, doch er konnte einfach nicht glauben, dass ihm jemand nach dem Leben trachtete.

»Das verstehe ich nicht, warum sollte man mich umbringen wollen? Wem würde das nützen?«

»Vielleicht fürchtet man, dass Ihr zu viel wisst«, meinte Folch.

»Oder dass Eure Zurückhaltung nicht von Dauer sein könnte«, fügte Guillem mit einem Stirnrunzeln hinzu.

Der Prior hörte aufmerksam zu, ohne den Blick vom Almosenpfleger abzuwenden, der sich in einen Winkel zurückgezogen und auf einen Stuhl gesetzt hatte, er schien erschöpft von der ganzen Aufregung.

»Oder sowohl das eine wie das andere, und vielleicht auch noch etwas Drittes …« Ponç' Stimme klang fern. »Euer Widerstand gegen die Vorbereitungen für die Zeremonie, das große Iscla-Fest. Wir haben es mit geistesverwirrten Menschen zu tun, die von der Heiligkeit ihrer Verbrechen überzeugt sind. Wir hätten gut daran getan, der Wunderheilerin Glauben zu schenken, als sie uns sagte, dass Odons Scheiterhaufen noch immer brenne … und der anonymen Botschaft des unglücklichen Hug de Castellar: die ›Diener des Steins‹, erinnert Ihr Euch? Sie waren die ganze Zeit unter uns.«

Beeindruckt von den Worten des Almosenpflegers reichte der Prior Guillem wortlos das gefaltete Papier. Dieser las die letzte Botschaft Bruder Hugs und übergab sie dann Folch.

»Das ist nicht sehr aufschlussreich, Bruder Guerau. ›Hütet Euch vor Bruder Brocard‹ … Ist das nicht der Novizenmeister? Was bedeutet das? Diesmal brauche ich Eure Meinung.« Guillem näherte sich dem Prior.

»Ponç, kommt an meine Seite, ich brauche Eure wertvolle Hilfe, mein Freund.« Guerau streckte den Arm nach dem Almosenpfleger aus. »Ich weiß nicht genau, was hier vorgeht, Guillem, aber ich werde Euch meine bescheidene Einschätzung mitteilen, wenn sie Euch dient. Ich fürchte, dass unter den Männern unserer Gemeinschaft eine Gruppe von Mönchen ist, die sich selbst ›Diener des Steins‹ nennt, und es ist sehr wahrscheinlich, dass diese Gruppe schon seit Odons Zeiten existiert, wenngleich ich trotz eingehender Suche keinen Hinweis darauf finden konnte. Ich glaube, sie nennen sich so in Angedenken an den schrecklichen Abt und seine Anhängerschaft von Mönchen, die die Heilige Quelle der Iscla mit einem Felsblock versperrt haben. Diese Gruppe ist heute wie damals verantwortlich für die Toten bei der Fontsanta.«

Der Prior schwieg. Die Erschöpfung war ihm anzusehen, und er versuchte wieder gleichmäßig zu atmen, während Ponç de l'Oliva seine Hand nahm. Dann fuhr er fort:

»Ich glaube, dass der Kult der Heiligen Iscla ihre barbarischen Taten ausgelöst hat. Wann immer jemand die Heilige heraufzubeschwören sucht, beginnen sie ihr Blutbad erneut … Als ob Iscla eine heidnische Göttin wäre und unsere Religion bedrohen könnte. Abt Alamand ist ein großer Verehrer der Heiligen Iscla, und wie Ihr wisst, wollte er ihr zu Ehren ein prächtiges Fest vorbereiten … und Ihr seht ja, was es zur Folge hatte, das Blut von Unschuldigen, den Nachkommen der alten ›Bruderschaft der Heiligen Quelle‹, wurde auf dem Stein vergossen. Und doch weiß ich nicht, wie diese Tradition der ›Diener des Steins‹ begann und wie sie bis heute andauern konnte. Wer streut diesen Hass nach über hundert Jahren …?«

Alle waren um das Bett des Priors versammelt. Wie bei

einer Verschwörung sprachen sie mit gesenkten Stimmen und hatten Fenster und Türen fest verschlossen.

»Und was hat der Einsiedler mit alldem zu tun, ist er wirklich verrückt?«, rief Ebro plötzlich aus einer Ecke.

»Die Wunderheilerin sagte mir, dass Zenon von jemandem benutzt wurde, um unsere Aufmerksamkeit von sich abzulenken. Und wer wäre zudem ein besserer Sündenbock als ein armer Schwachsinniger, der nicht weiß, was er tut? Ja, ich glaube, die alte Maria hat recht«, antwortete der Prior.

»Außerdem haben sie das Kräftemessen zwischen den beiden Klöstern angestachelt, und ich fürchte, auch das war nur ein Ablenkungsmanöver. Ich glaube, Señor de Castellar wurde gezwungen, mit ihnen zusammenzuarbeiten, obwohl ich nicht weiß, wie …« Der Almosenpfleger erwachte allmählich aus seiner Niedergeschlagenheit. »Und der arme Eremit ist verschwunden, nicht auszudenken, was sie ihm womöglich antun!«

»Schon gut, Bruder Ponç, wir konnten ihn gerade noch retten. Sie wollten auch ihn bei der Fontsanta ermorden«, beruhigte ihn Guillem.

»Barmherziger Gott! … Geht es Zenon gut?«, rief Guerau angsterfüllt.

»Ich kann Euch versichern, dass es ihm gut geht und er in besten Händen ist. Er hat nur eine beträchtliche Beule am Kopf. Sobald es ihm besser geht, werde ich mit ihm sprechen, obwohl ich bezweifle, dass er uns weiterhelfen kann.« Guillem erhob sich.

»Und was sollen wir jetzt tun?« Der Almosenpfleger schien ratlos. »Wenn sie dazu fähig sind, Santa Maria in Brand zu stecken, dann sind sie zu allem fähig, gütiger Gott!«

»Wäre der Prior dazu in der Lage, würde ich Euch beide nach Sant Miquel schicken, aber …« Guillem dachte angestrengt nach. »Im Moment ist es das Beste, wenn Ihr hier bleibt. Folch wird Euch beschützen. Bruder Guerau, ob es uns wohl weiterbringen könnte, mit dem Abt zu sprechen?«

Der Prior zuckte mit den Schultern und schüttelte den Kopf.

»Ich will ehrlich sein, Guillem. Ich glaube, wenn Ihr dem Abt auch nur die Hälfte dessen erzählt, was wir hier gesprochen haben, wird er Euch erzürnt und mit einem Beschwerdeschreiben an Euren Komtur nach Miravet zurückschicken. Das ist leider meine Befürchtung.«

»Wir müssten diesen skrupellosen Mönchen eine Falle stellen, es sind schlechte Menschen ...«, entfuhr es Ebro empört.

»Gute Idee, Ebro. Fällt dir irgendetwas ein?« Belustigt über seine Wut, sah Guillem ihn wohlwollend an.

Ebro schüttelte den Kopf, versicherte jedoch, er werde darüber nachdenken. Daraufhin trat minutenlang ehrfürchtiges Schweigen ein, das erst von einem empörten Klopfen an der Tür unterbrochen wurde. Der Sergeant öffnete vorsichtig. Auf der Schwelle stand Jofre Galcerán, der nicht schlecht staunte, als er die unerwartete Versammlung in seinem Haus erblickte, die ihm schuldbewusst entgegensah. Guillem trat zu ihm und sprach leise auf ihn ein, wobei die Verblüffung in der Miene des Steinmetz zunahm. Schließlich näherte sich der Alte dem Bett, in dem der Prior lag.

»Bruder Guerau, bei der Heiligen Muttergottes, wie geht es Euch? Ein Brand! Guillem hat mir alles erklärt.«

»Sorge dich nicht um mich, mein lieber Freund, du glaubst nicht, wie leid es mir tut, dass wir dein Haus besetzen, sogar das Bett stehle ich dir!«

»Es ist das Eure, wann immer Ihr es benötigt, Bruder Guerau, es gibt jetzt wichtigere Dinge, und es ist mir eine Ehre, Euch behilflich sein zu können.« Jofre war aufrichtig besorgt. »Ihr müsst wieder gesund werden, mit wem sollte ich sonst über das Kapitell mit der Geburt Jesu oder die Größenverhältnisse des Hochaltars sprechen?«

Folch, Guillem und Ebro traten beiseite und nutzten die Unterbrechung, um das weitere Vorgehen zu besprechen.

»Was sollen wir jetzt tun, Guillem? Die Lage spitzt sich zu.« Folch war beunruhigt.

»Wir werden behutsam vorgehen, Schritt für Schritt, das Wichtigste ist, dass weitere Todesopfer verhindert werden. Du, Folch, bleibst hier beim Prior und dem Almosenpfleger. Wir werden Jofres Haus zu unserem Hauptquartier machen. Ebro, du wirst den Schmied Juan suchen und ihn herbringen … Wenn er kommt, Folch, bitte ihn, einen Wachtrupp aufzustellen, der die Fontsanta Tag und Nacht im Auge behält … Es ist nicht nötig, dass du ihm alles erklärst. Das würde uns gerade noch fehlen, dass die Dorfbewohner in Wut geraten und das Kloster beschuldigen, verstehst du? Erzähl ihm irgendetwas davon, dass wir Probleme befürchten und seine Hilfe brauchen, er wird es schon verstehen.«

»Und du? Was wirst du tun? Es wäre unvorsichtig, hier allein herumzulaufen, Guillem, diese Leute sind wirklich besessen und hemmungslos.«

»Mach dir keine Sorgen, Folch, ich muss mit dem Eremiten sprechen. Vielleicht ist es Zeitverschwendung, aber mithilfe dieses Mannes könnten wir vieles aufklären … Dann komme ich wieder, und wir überlegen, was als Nächstes zu tun ist. Und lass unter keinen Umständen den Prior aus den Augen.«

»Und ich, was soll ich tun, Guillem?« Ebro stellte sich zwischen die beiden.

»Das habe ich dir doch schon gesagt, Ebro, hol Juan und bring ihn her, und beeil dich. Gehorche Folch, falls er etwas braucht. Und außerdem … Hast du nicht gesagt, du würdest dir eine geeignete Falle ausdenken? Wir brauchen eine gute Idee, wir wissen nicht, wie viele Mönche es sind und wie wir sie enttarnen können.« Guillem sah ihn ernst an, ihm lag daran, den Jungen nicht in Gefahr zu bringen.

»Willst du wirklich, dass ich mir eine Strategie ausdenke?« Ebro traute Guillem nicht.

»Hör zu, Junge, ich sag's dir noch einmal, wir brauchen frische Ideen … Und wie du siehst, bist du in dieser Gruppe der Einzige, der sie haben könnte.« Guillem hielt dem forschenden Blick des Jungen stand, der immer noch befürchtete, er könnte ihn nur auf den Arm nehmen.

»Also gut, ich werde darüber nachdenken«, meinte Ebro nicht ganz überzeugt, denn er ahnte wohl, dass Guillem ihn nur vom Geschehen fernhalten wollte.

Jofre trat auf sie zu, und Guillem bemerkte, dass ein gewisser Wandel mit ihm vorgegangen war. Sein aufrechter Rücken schien die gewohnte Niedergeschlagenheit hinter sich gelassen zu haben, und sein Blick verriet eine seltsame Entschlossenheit.

»Ich muss gehen«, sagte der Steinmetz. »Ich werde das Dreieck suchen, das dir fehlt. Danach kannst du auf mich zählen, wie auch immer ich dir helfen kann.«

»Deine Hilfe ist unersetzlich, Jofre, es ist sicher nicht angenehm für dich mit anzusehen, wie sich dein Haus in ein Hauptquartier der Miliz verwandelt. Geht es Maria und Zenon gut? … Ich werde mich jetzt auf den Weg zu ihnen machen, ich möchte mit deinem Sohn sprechen.«

»Ich denke, sie sind in Sicherheit, Guillem, auch wenn ich dazu nichts beigetragen habe. Ich hoffe, mir bleibt noch Zeit, all meine Fehler wiedergutzumachen … Und was mein Haus angeht, mach dir keine Sorgen, es ist der sicherste Ort im ganzen Kloster, du hast gut daran getan, ihn auszuwählen.« Der Alte trat an Guillems Seite nach draußen.

»Hör zu, Jofre, ich möchte, dass du sehr vorsichtig bist, die Situation wird immer schwieriger und … nun ja, es scheint, dass einige Mönche verrückt spielen und zu allem fähig sind.« Er hörte, wie von innen die Tür verriegelt wurde.

»So etwas Ähnliches habe ich befürchtet. Die ganze Zeit schon geschah es vor unser aller Augen, doch wir wollten es nicht wahrhaben. Keine Sorge, mein Junge, ich werde auf der Hut sein und die Augen offen halten. Viel Glück!«

Am anderen Ende des Klosters, weit entfernt von den Flammen und den gegen sie ankämpfenden Männern, kniete Alamand, der Abt von Santa Maria, und betete zu der wunderschönen Reliquienfigur der Iscla. In einer Ecke seines weitläufigen Zimmers waren die unterschiedlichsten liturgischen Gegenstände aufgetürmt, Gold und Silber funkelten im Wettstreit mit kostbaren Edelsteinen. Zwei Mönche gingen schweigend ein und aus, beladen mit Kelchen und Hostientellern, Tabletts und Kerzenleuchtern, sodass der Stapel von Minute zu Minute anwuchs. Alamand erhob sich und warf einen prüfenden Blick auf die Arbeit der Mönche und ihre kostbare Fracht. Dann kehrte er zu seinem Betstuhl zurück und versank von Neuem in stiller Andacht. Durch nichts ließ er sich bei seinen gewohnten Tätigkeiten stören, als ob er einer unsichtbaren inneren Uhr gehorchte. Da näherte sich ihm plötzlich einer der Mönche, um ihm etwas ins Ohr zu flüstern.

»Wollt Ihr mir sagen, der Brand sei gelöscht, Bruder?« Für den Abt konnte nur eine solche Nachricht Anlass sein, ihn zu unterbrechen.

»Herr, der Bruder Krankenpfleger bittet Euch, ihm weitere Brüder zur Verfügung zu stellen, die Verletzten nehmen zu, und der arme Mann kommt nicht mehr nach …«

»Also ist man doch noch nicht mit den Flammen fertig geworden?« Alamand erhob sich jäh und richtete sich drohend vor dem Mönch auf.

»Wind ist aufgekommen, Herr, das erschwert die Sache … und der Bruder Bibliothekar möchte dringend mit Euch sprechen, er fleht darum, von Euch empfangen zu werden.«

»Was bitte soll ich dabei tun, Bruder? Glaubt man etwa, ich könnte Wunder vollbringen und die Flammen aufhalten?« Ärger verzerrte seine Gesichtszüge. »Und sagt Bruder Ramón, dass …«

Bevor Alamand den Satz beenden konnte, stürzte der leichenblasse Bibliothekar ins Zimmer, an sich kein Mann der vielen Worte. Hektisch eilte er auf den Abt zu.

»Herr, welch ein Unglück, welch ein großes Unglück! Die Männer sind nicht sicher, ob sie die Flammen löschen können, werter Abt, der Rauch ist bereits in den ersten Saal der Bibliothek eingedrungen, und wenn der Wind dreht … ich weiß nicht mehr, was ich tun soll! Ich habe versucht, einige Brüder zu Hilfe zu holen, aber …«

»Seht Ihr hier vielleicht Rauch, Bruder Ramón?« In Erwartung einer Antwort sah Alamand ihn herausfordernd an, doch als der Bibliothekar schwieg, fuhr er fort: »Nein, in diesem Raum ist kein Rauch, woraus ich schließe, dass in der nahe gelegenen Bibliothek nichts Besorgniserregendes vor sich gehen kann. Eure Liebe zu den Büchern, Bruder Ramón, übersteigt Euer Vertrauen in Gott, und Ihr würdet besser daran tun zu beten.«

»Aber, Herr, aber …« Bruder Ramón de Santmartí versuchte vergeblich, etwas zu erwidern.

»Kommt schon, Bruder Ramón, Ihr solltet unseren Abt nicht unnötig beunruhigen.« Bruder Brocard betrat Alamands Zimmer. »Die Flammen werden die Bibliothek nicht erreichen, mein lieber Freund, sie gehen sogar schon zurück. Ich habe gerade mit Esteve gesprochen, einem der Knechte, und er hat mir versichert, dass das Feuer nahezu unter Kontrolle ist.«

»Gott sei Dank, endlich jemand Vernünftiges! Bruder Brocard, tretet ein, Ihr seid der Einzige, der meine Pein nachvollziehen kann.« Alamand empfing ihn mit offenen Armen.

»Aber der Wind …« Bruder Ramón konnte es nicht fassen.

»Der Wind wird abflauen, Gott wird nicht zulassen, dass ein paar Flammen unsere heiligen Stätten in Gefahr bringen!« Die Stimme des Abts schwoll an. Nervös wedelte er in einer gebieterischen Geste mit den Händen, damit der Bibliothekar endlich aus seinem Blickfeld verschwände. »Ich bin erschöpft, Bruder Brocard, Ihr wisst nicht, wie dankbar ich für Eure Gesellschaft bin. Meine armen Brüder sind überzeugt, dass ich magische Kräfte besitze, um jedes noch so kleine Problem zu beheben. Sie können nicht selbständig denken … Allein Ihr verschafft mir ein wenig Frieden.«

Der Bibliothekar war verschwunden, um seine geliebten Bücher zu retten, und Brocard ging mit einer ehrerbietigen Geste auf den Abt zu.

»Herr, ich begreife Euer Elend vollkommen, doch ich fürchte, ich werde es noch vergrößern, ich bringe schlechte Nachrichten. Ich bin tief bestürzt, es ist unfassbar! … Nur Ihr könnt mir beistehen.«

»Wovon redet Ihr? Verschwendet Ihr nicht auch noch meine Zeit!« Alamand schwankte zwischen Neugierde und dem unerträglichen Gedanken, sich neuen Problemen stellen zu müssen.

»Es geht um den Brand, werter Abt«, begann Brocard mit zerknirschter Miene, »das war kein Unfall … erst wollte ich meinen Augen nicht trauen und glaubte, es handele sich um ein Missverständnis. Aber ich sah diesen Tempelritter, den Sergeant, an der Seite unseres geliebten Priors!«

»Bei Bruder Guerau? Wo? Im Krankensaal? Und was tat er dort?«

»Dieser Sergeant erklärte mir, dass er ihn vor uns, seinen eigenen Brüdern schütze, werter Abt! Und das ist noch nicht alles, er befahl mir, das Zimmer zu verlassen. Noch nie zuvor bin ich so unverschämt behandelt worden! Entrüstet verließ ich den Raum, wie Ihr Euch denken könnt, doch … ich kehrte noch einmal zurück, Herr, ich konnte nicht zulassen, dass ein einfacher Angehöriger der Miliz in einem solchen Ton zu mir sprach. Zudem sorgte ich mich um den Prior, und dann … in diesem Augenblick sah ich ihn …!«

»Bei allen Heiligen, Bruder Brocard, erklärt Euch!«

»Ich sah, wie er einen Stapel Tücher in Brand setzte, werter Abt, solche, wie sie der Bruder Krankenpfleger als Verbandsmaterial benutzt.«

»Aber das ist unmöglich! Seid Ihr verrückt geworden?« Abt Alamand sah ihn fassungslos an.

»Genau das hab ich auch gedacht, ich habe Euch ja gesagt, dass ich meinen Augen nicht trauen wollte, werter Abt.

Ich fürchte, ich habe wie ein Feigling gehandelt. Ich habe entsetzt die Flucht ergriffen!«

»Das ist verständlich, Bruder Brocard, der Mann kann gefährlich sein, aber … warum sollte er etwas Derartiges tun? Ich verstehe das nicht.« Alamand versuchte die Nachricht zu verarbeiten.

»Mein lieber Abt, vergesst nicht die anhaltenden Zerwürfnisse mit diesen Leuten wegen unseres Landbesitzes. Und vergesst nicht die beunruhigenden Gerüchte über den Templerorden, man sagt sogar, sie bevorzugten den Umgang mit Juden.«

»Gerüchte, welche Gerüchte denn?« Alamand kam aus dem Staunen nicht mehr heraus.

»Nun gut, ich höre und schweige, Herr. Ihr wisst, wie sehr ich das Gerede hasse, doch in letzter Zeit …« Brocard hielt theatralisch inne. »Ihre unermessliche Gier ist in aller Munde, manche meinen sogar, dass sie es sind, die unsere heilige Kirche gegenüber unserem geliebten König verunglimpfen.«

»Das ist ja unerhört, Bruder Brocard, haltet ein!« Alamand wich einige Schritte zurück. »Der Templerorden ist Teil der Kirche, Bruder, vergesst das nicht. Mitglieder meiner Familie gehören seiner Miliz an! Und wenn jemand aus ihren Reihen eines Verbrechens beschuldigt wird, so sind seine eigenen Brüder seine härtesten Richter. Was Ihr da andeutet, kommt einer schweren Verleumdung gleich!«

»Verzeiht, Herr, ich wollte nur wiedergeben, was ich gehört habe. Keinen Augenblick lang hielt ich es für wahr! Aber das Verhalten jenes Sergeanten, das Feuer …« Da der Abt ihm keinen Glauben schenkte, änderte Brocard seine Taktik, er kehrte zu seiner unterwürfigen Haltung zurück.

»Ich werde mit Guillem de Montclar sprechen, Bruder. Mir wurde berichtet, dass jener Sergeant, von dem Ihr so schlecht sprecht, unserem geliebten Prior das Leben gerettet habe. Wie würdet Ihr das erklären? Wollt Ihr mir weismachen, dass er zuerst das Zimmer in Brand gesteckt hat, um dann den Prior daraus zu retten? Also wirklich, Bruder Brocard, ich glaube, Ihr seid verwirrt, was Ihr da sagt, ergibt keinen Sinn.«

Der Novizenmeister wollte noch einmal widersprechen, doch dann zog er es vor zu schweigen. Alamand ließ sich nicht so leicht beeinflussen, wie er gedacht hatte. Der Abt war ihm zutiefst zuwider, dieser aufgeblasene, arrogante Fettsack, der jene heidnische Sinnestäuschung verehrte, die er eine Heilige nannte. Bis zu diesem Moment hatte der unfähige Abt unter seinem Einfluss gestanden, hatte sich stets seinem Rat gefügt, und sein unerwartetes Aufbegehren zerstörte Brocards Plan. Das durfte er nicht zulassen, aber zunächst musste der Eremit gefunden werden, den diese Dummköpfe hatten entkommen lassen. Die Tradition erforderte eine strenge Vorgehensweise, die um jeden Preis eingehalten werden musste … Fieberhaft dachte er nach, dann traf er eine Entscheidung.

»Ich habe Beweise, werter Abt, ich hatte nicht vor, so weit zu gehen, aber …«

»Beweise, was für Beweise?« Alamand hielt sich noch immer in gebührendem Abstand zu Brocard.

»Das müsstet Ihr Euch am besten selbst ansehen.« In seiner Stimme lag niederträchtige Unterwürfigkeit. »Ihr müsst mir folgen, werter Abt, wenn Ihr die Wahrheit erfahren wollt.«

Misstrauen glänzte in den kleinen Augen Alamands. Er war unschlüssig und zögerte noch, die raschen Sinneswandel des Novizenmeisters begannen ihn zu beunruhigen. Brocard trat einen Schritt auf ihn zu und ließ ihn erneut unwillkürlich zurückweichen.

»Diese Tempelritter haben uns bestohlen, sie haben eine verborgene Krypta entdeckt, einen Schatz, der dem Kloster gehört. Deshalb haben sie Feuer gelegt. Sie wollten unsere Aufmerksamkeit ablenken!« Seine leisen, zischenden Worte schienen die Wände entlangzukriechen.

»Aber Ihr seid ja verrückt geworden, Bruder Brocard, Ihr wisst nicht mehr, was Ihr sagt! In Santa Maria gibt es weder eine verborgene Krypta noch Schätze, die man stehlen könnte …« Der Abt war durch nichts zu überzeugen, sein Blick verriet nur noch größeren Argwohn. »Was führt Ihr im Schilde? Euer Verhalten entspricht nicht Eurem Amt, ich begreife nicht, was Ihr mit Euren Täuschungsversuchen bezweckt.«

Der Novizenmeister war verzweifelt, er hatte den Abt unterschätzt, und die Dinge drohten, eine gefährliche Wendung zu nehmen. Nicht nur das Feuer war ihm außer Kontrolle geraten, nun war er auch noch drauf und dran, sich selbst zu verraten und ernsthaft seine große Mission zu gefährden. In Erwartung einer zufriedenstellenden Antwort blickte Alamand ihn finster an, und er würde sich nicht mit Ausflüchten abspeisen lassen.

»Was verheimlicht Ihr mir, Bruder Brocard? Ich verlange auf der Stelle eine Antwort.« Diesmal tat der Abt mit einer drohenden Geste einen Schritt auf ihn zu.

Brocard zuckte zusammen und wich zurück, bis er an Alamands kleinen Altar stieß. Er griff schützend hinter sich, und dabei streifte seine Hand die Reliquienfigur der Heiligen Iscla. Der Abt hielt inne, ein schrecklicher Verdacht überkam ihn, und ein Schatten verdunkelte seine Miene.

Brocards Hand schloss sich um den Fuß der Reliquienfigur, einen kunstvoll angefertigten Sockel aus Gold in Form eines Baumes.

»Habt Ihr womöglich etwas zu tun mit …?«

Die Frage blieb unvollendet im Raum stehen. Brocard hatte die Figur der Iscla gepackt und ließ sie auf den Kopf des Abts niedersausen. Sekundenlang hielt sich Alamand aufrecht, fassungslos und ohne ein Stöhnen, dann klappte er in sich zusammen und fiel zu Boden. Die Reliquienfigur noch immer in der Hand, stand der Novizenmeister unschlüssig da, als ob er darauf wartete, dass der Abt sich aufrichtete und seine Frage zu Ende stellte. Dann fand er seine Fassung wieder, er hatte viel zu tun und durfte mit diesem Dummkopf, der ihn selbst tot noch aufhielt, keine Zeit verlieren. Er schleifte den Abt zum Bett auf der dem kleinen Altar gegenüberliegenden Seite des Zimmers, hievte ihn mit großer Mühe auf die Matratze und deckte ihn sorgfältig mit einer Decke zu. Die Figur stellte er an ihren Platz zurück und zögerte … Zerschlagen mochte er sie, am Boden zerschellen lassen und mit Füßen treten! Aber nicht jetzt, eine solche Tat brächte das ganze Kloster in Aufruhr, und er hatte schon genügend Verdacht erregt. Was hatte er nur falsch gemacht? Diese verdammten Männer von der Miliz, die überall herumschnüffelten …! Er musste die Gruppe versammeln, die heilige Mission musste dringend fortgeführt werden! Er war der Auserwählte, ihr Anführer, und sie waren kurz vor dem Ziel: dem Mord an Zenon, trotz seiner Geisteskrankheit ein lästiger Zeuge, der nur Schwierigkeiten bereitete. War dies vollbracht, dann waren alle Spuren verwischt. Niemand konnte sie anklagen, niemand hatte Beweise! Die »Diener des Steins« würden in die stille Traumwelt der Gebete zurückkehren, immer bedacht, ihre ursprüngliche Reinheit zu bewahren. Das Wort Odons! ... Befriedigt betrachtete er das Ergebnis seiner Mühen, alles war in bester Ordnung, Alamand schlief den ewigen Schlaf, und die verfluchte Reliquie würde schon bald wieder in die Finsternis zurückkehren, aus der sie nie hätte auftauchen sollen. Sehr bald würde wieder Ruhe einkehren, nichts konnte ihm mehr geschehen, er war die Hand Gottes, sein Werkzeug! ... Und wenn man die Leiche des Abts fand? Hatte er noch Zeit, um sich eine überzeugende Erklärung auszudenken? Ein Sturz, eine plötzliche Ohnmacht und ein tödlicher Aufprall auf den harten Marmor des Altars? Brocard stieß ein unterdrücktes Lachen aus, das war nebensächlich, er konnte immer noch sagen, er hätte den verrückten Eremiten aus dem Zimmer laufen sehen ... Eine großartige Idee, Gott ebnete ihm den Weg! Und obwohl Zenon sterben musste, konnte das noch eine Weile warten, wer würde diesem Geisteskranken schon Glauben schenken? Er musste sein eigentliches Ziel weiterverfolgen, nicht eine Handbreit davon abweichen: die Opfer, das Feuer, der Tod des Abts, dies alles musste zu Zenon führen. Nun, der Tod Alamands war nicht wirklich vorgesehen gewesen, wer konnte auch ahnen, dass er im letzten Moment aufbegehren würde? Dieser unerträgliche Wichtigtuer hatte um ein Haar seine Mission gefährdet, der er so viele Jahre geopfert hatte, seit ihm von seinem Meister die Verantwortung übertragen worden war. Er konnte das nicht zulassen! Der Tod des Abts ließ seine Geschichte noch glaubhafter erscheinen: Der verrückt gewordene Eremit hatte gegen die ranghöchsten Ämter aufbegehrt, und seine Gott lästernde Rache erreichte in diesem letzten Akt der Verzweiflung ihren grausamen Höhepunkt.

Brocard rieb sich befriedigt die Hände, endlich war ihm die geistige Schärfe wiedergegeben, mit der ihn der Allmächtige gesegnet hatte. Er warf einen letzten Blick in das Zimmer und vollzog eine spöttische Verbeugung vor dem Körper des Abts, der wie schlafend auf dem Bett lag. Dann verließ er den Raum und schloss behutsam die Tür hinter sich.

Guillem näherte sich Marias Hütte. Das Haus lag im Dunkeln, niemand öffnete ihm. Beunruhigt lief er um das Gebäude herum, doch es war keine Seele weit und breit. Mit heftig pochendem Herzen machte er sich auf den Weg zu ihrem Lager im Wald. Ein trübes Licht warf nur einzelne gelbe Punkte von den Unterseiten der Baumkronen zurück, und der Wind, der die Flammen von Santa Maria anfachte, wehte bei der Fontsanta kaum. Ein mächtiger Schatten stellte sich ihm in den Weg, und Guillem fuhr mit der Hand an sein Schwert.

»Seid Ihr es, Guillem de Montclar?« Deutlich war die kräftige Stimme von Juan dem Schmied zu hören. »Ich bin es, Juan, Euer Sergeant bat uns, den Wald zu überwachen, ist etwas passiert?«

»Nein, Juan, abgesehen von den bekannten Katastrophen, nicht dass ich wüsste. Ich bin auf der Suche nach Maria, bei ihr zu Hause ist niemand. Habt Ihr sie vielleicht gesehen?«

»Sie ist in Eurem Lager, mit diesem unglückseligen Zenon …«

Guillem setzte seinen Weg fort und ließ Juan und seine Männer zurück, die durch den Wald schlichen wie Gespenster auf der Suche nach anderen Gespenstern. Bei der kleinen Waldlichtung erblickte er die Alte, die neben einer Feuerstelle auf einem Stein saß, während Zenon um das Feuer herumhüpfte.

»Maria, ich habe Euch gesucht. Es ist unvernünftig von Euch, hier im Wald herumzulaufen, ich hatte Euch geraten, zu Hause zu bleiben, bei verschlossener Tür, dieser Ort ist nicht sicher.« Seine Stimme verriet Besorgnis.

»Zenon ist unruhig geworden und wollte nach draußen. Er sagte etwas von einem Geheimnis, das den dunklen Mann besiegen könne … Ich bin zu alt, ich konnte ihn nicht zurückhalten.« Maria hielt ihren weiten Mantel mit beiden Händen umfasst, ein langer Schal verbarg einen Teil ihres Gesichts. »Ich wollte ihn nicht allein lassen, Guillem.«

Der Jüngling nickte zu den Worten der alten Frau. »Ich würde gerne mit ihm sprechen.«

»Das kann ich mir denken, ich auch. Aber ich fürchte, es hat keinen Sinn, er ist sehr aufgeregt. Es ist mir nicht gelungen, ihn zu besänftigen, er ist schon lange in diesem Zustand …« Sie zeigte auf den Eremiten, der immer noch seinen rasenden Tanz aufführte, abwechselnd in die Luft sprang oder auf allen vieren umherkroch.

»Zenon, Zenon! Ich bin ein Freund von Maria, ich werde dir nichts tun, ich möchte nur mit dir sprechen.« Guillem näherte sich langsam.

»Ich bin auch ein Freund von Maria, sie hat mir ihren Raben gezeigt, und der Rabe hat mit mir gesprochen, weißt du? Er sagt, ich soll dir ein Geschenk geben. Ein Geschenk, nur für dich!« Erneut warf sich Zenon in die Luft und drehte sich einmal um sich selbst.

»Ein Geschenk für mich?«

»Iscla will nicht, dass du mich tötest, der dunkle Mann liebt Iscla gar nicht, er hat mich betrogen … Iscla liebt mich!«, heulte Zenon, während Maria, bedrückt über den Zustand ihres Sohnes, Guillem entmutigt ansah. Dennoch versuchte sie zu helfen.

»Zenon, mein Sohn, halte ein, Zenon! Dieser junge Mann möchte, dass du ihm etwas über den dunklen Mann erzählst, vor dem du dich so fürchtest, er wird dich beschützen und verteidigen ...«

»Nein, nein, Iscla beschützt mich! ... Und ich kann dich vor dem dunklen Mann beschützen. Ich habe ihn getötet, aber er ist zurückgekehrt und will jetzt mich töten!« Zenon unterbrach seinen Tanz, lief zu Maria und umschlang ihre Beine.

»Ich verstehe dich nicht, Zenon, ich bin manchmal etwas schwer von Begriff, kannst du es mir noch einmal erklären? Du sagst, du hast den dunklen Mann getötet. Wann war das?« Guillem folgte ihm und neigte sich zu ihm herab.

»Der dunkle Mann hat mir schlechte Dinge beigebracht, er wollte Iscla töten. Aber ich habe ihn davon abgehalten! Die Heilige hat mich darum gebeten. Sie hat gesagt, dass nur ich das tun kann, ich musste sie retten.« Zenon blickte unverwandt in das Feuer.

»Ich verstehe ... du hast ihn davon abgehalten und ihn getötet. Nicht wahr?« Als Zenon nickte, fuhr Guillem fort. »Aber Zenon, wann war das?«

»Man hat mich eingesperrt, für immer, und mir Ketten angelegt. Aber hier bin ich, Iscla hat mich gerettet, sie ist gekommen, um mich zu holen und von meinen Fesseln zu befreien.«

»Zenon, du hast den Novizenmeister getötet, erinnerst du dich?«, unterbrach Maria, die einen Hoffnungsschimmer verspürte. »Und dann hat man dich eingesperrt, aber es war nicht Iscla, die dich befreit hat, sondern der dunkle Mann. Wer ist er, Zenon?«

»Hast du den dunklen Mann getötet, weil er dir schlechte Dinge beigebracht hat ... schlechte Dinge über Iscla, Zenon?« Guillem war durcheinander, nichts ergab einen Sinn. Der Eremit war plötzlich in Schweigen versunken, und Guillem warf der Wunderheilerin einen flehenden Blick zu. Mit gesenkter Stimme begann Maria, ihm Zenons Geschichte zu erzählen. Wie sie ihren Sohn dem Kloster übergeben hatte, um ihn vor dem Fluch der Fontsanta zu bewahren, und von ihrem Übereinkommen mit den Mönchen, die einen Skandal wegen des Mordes an dem Novizenmeister verhindern wollten. Guillem begann allmählich einen Zusammenhang zu erahnen.

»Ist der dunkle Mann, den du getötet hast und der zurückgekehrt ist von den Toten, vielleicht der Novizenmeister, Zenon?«, fragte er den Eremiten noch einmal.

Anstelle einer Antwort erhob sich der Eremit und fasste seine Hand. Er zog ihn dorthin, wo Folch die Lebensmittel aufbewahrte, und zeigte eindringlich auf ein Bündel Proviant.

»Nein, nein, Zenon, ich habe keinen Hunger«, versuchte der junge Templer abzuwinken. »Aber du kannst dir nehmen, so viel du willst.«

Da Guillem sich nicht rührte, wurde der Eremit immer aufgeregter, krallte sich an seinem Ärmel fest und zeigte immer wieder auf den Proviant.

»Tu, worum er dich bittet, Guillem, vielleicht beruhigt er sich dann, Guillem«, riet Maria.

Zu Zenons Freude öffnete Guillem das Bündel. Zwischen mehreren Laib Brot und ein paar Käsestücken befand sich etwas, das nicht aussah, als könnte man es essen: zwei lederne Deckel, die mit Bändern zusammengehalten waren. Zenon klatschte vergnügt in die Hände und setzte seine Luftsprünge um das Feuer herum fort.

»Das ist also mein Geschenk, eine Überraschung für

mich! Danke, Zenon«, murmelte Guillem. Maria beugte sich neugierig darüber, während Guillem die Bänder löste und ein sehr schadhaftes altes Pergament hervorzog. Er näherte es dem Lichtschein der Glut und las es aufmerksam, während Zenon mit großem Geheul einen Lobgesang anstimmte.

»Ich glaube, das ist es, was der Prior so verzweifelt gesucht hat, Maria … Oder besser gesagt, er betete, dass es nicht existierte.«

»Aber was ist das? Wie kommt es in Zenons Hände?«

»Ihr müsst wissen, es beschreibt die Gründung der ›Diener des Steins‹ und listet die Anweisungen des Abts Odon auf, um die Tradition über die Zeiten hinweg fortzusetzen. Es ist der Brief eines seiner Mönche, eines Unglücklichen, der sich umbrachte, weil er die Folgen seines Handelns nicht ertragen konnte. Doch zuvor wollte er von den Gräueln berichten, an denen er mitschuldig war.« Guillem war gefesselt von dem Pergament. »Die Tradition setzt sich unter Aufsicht der Novizenmeister von Santa Maria fort, sie sind es, die die Flamme am Leben erhalten und ihre Schüler oder einen Teil von ihnen benutzen, um den Brauch aufrechtzuerhalten. Sie bleiben im Verborgenen, bis jemand den Kult der Iscla zu erwecken versucht. Es ist unglaublich!«

»Aber Guillem, was hat das alles mit Zenon zu tun?«

»Ich bin mir nicht sicher, Maria, möglicherweise werden wir es nie erfahren. Aber nach dem, was wir wissen, würde ich eine Vermutung wagen. Denkt Euch Folgendes: Zenon ist Novize in Santa Maria. Sein Meister sucht unter seinen Schülern nach möglichen ›Dienern des Steins‹. Wir wissen nicht, wie er sie auswählte, aber wir können uns vorstellen, dass sich Zenon nicht eignete. Womöglich hat ihn sein Wahnsinn gerettet. Euer Sohn sagt, dass man ihm ›schlechte Dinge beigebracht hat und Iscla töten wollte‹ … vielleicht hat man ihn unter Druck gesetzt, bis er die Beherrschung verlor und er seinen Meister tötete. Er spricht von einem dunklen Mann. Offenbar verwechselt er die beiden Männer miteinander, den Mann, den er tötete, und den Mann, der ihn umbringen will, sie sind für ihn ein und dieselbe Person … Verstehst du, Maria? Es war ein Novizenmeister, der ihn aus dem Kerker befreit und hierher gebracht hat, um ihn zu benutzen, deshalb besteht er darauf, dass dieser Mann wiederauferstanden ist. Und damit führt uns das alles zu Bruder Brocard.«

»Also hat man Zenon befreit, weil man seine Geschichte kannte und wollte, dass irgendein Unglücklicher die Schuld für ihre Grausamkeiten auf sich nahm«, schloss Maria.

»Das ist sehr wahrscheinlich, und ich glaube, das ist es, was Zenon uns auf seine Weise mitzuteilen sucht.« Guillem begriff allmählich die Zusammenhänge, obwohl etwas noch im Dunkeln blieb, etwas, das weder mit Maria noch mit Zenon zu tun hatte. Sie schwiegen, in den Anblick des Feuers versunken, während der Eremit seine endlosen Pirouetten drehte.

»Keine Sorge, Maria, wir sind dabei, alles aufzuklären. Du bist müde und traurig und vermutlich siehst du sehr schwarz. Und doch hast du deinen Sohn wiedergewonnen.« Guillem nahm eine der faltigen Hände der Alten und drückte sie fest.

»Nun bist du es, der Gedanken lesen kann, Kleiner?«

»Ich denke schon, Maria.« Guillem heftete seinen Blick auf den tanzenden Eremiten, auf seine Drehungen und Sprünge, sein glückseliges Gesicht. Er konnte die Gefühle der Alten, ihre Ängste und Sorgen um jenes seltsame menschliche Wesen, nachempfinden, als wären es seine eigenen.

»Ich möchte dich um einen Gefallen bitten, Guillem de Montclar«, wisperte Maria.

»Auch darum mach dir keine Sorgen, ich verspreche, dass Jofre nichts zustoßen wird«, antwortete dieser zum großen Erstaunen der Wunderheilerin.

»Du bist wirklich ein hochbegabter Schüler, was für eine Genugtuung in meinem Alter, mein Junge.«

Sie saßen dicht beieinander am Feuer, versanken erneut in Schweigen und sahen Zenon zu, der unermüdlich um die Flammen tanzte, lauschten dem eintönigen Singsang seiner Gebete. Es war ein angenehmes Schweigen, ohne Fragen und Antworten.

Unwillkürlich überschlug Jofre Galcerán die zahllosen Schäden. Das Feuer war noch immer nicht unter Kontrolle, doch man hatte geschafft, es in den Westflügel zurückzudrängen, von wo aus es sich nicht weiter ausbreiten konnte. Die Kirche war unbeschädigt, die Verletzten wurden weniger, und nach vielen Stunden konnten die Mönche und die Bediensteten endlich ein wenig ausruhen. Das anfängliche Chaos war gebannt, und die Organisation war bedeutend besser geworden, seit die Handwerker das Kommando übernommen hatten. Der Steinmetz sprach mit einem von ihnen und erkundigte sich nach dem Zustand der Gebäude, das Krankenzimmer und die anliegenden Räume waren nicht mehr zu retten gewesen … Der Abt jedoch hatte sich nicht einmal dazu herabgelassen, sein Zimmer zu verlassen.

»Die Mönche sind tief enttäuscht, Jofre. Er hätte hier bei ihnen sein müssen, aber alles Bitten und Betteln war umsonst. Bruder Puy hat mir versichert, dass der Abt daran festhielte, ›jemand müsse beten‹ … Das Feuer verschlingt Santa Maria, und er muss beten! Hältst du so etwas für möglich?«

»Oh ja, mein Freund … Gott sei Dank unterstehe ich mit meiner Arbeit dem Prior! Ansonsten hätte ich wahrscheinlich gar nichts zu tun.«

Der Handwerker teilte Jofre mit, dass die Flammen den Westflügel des Kreuzgangs beschädigt hätten, Gebäudeteile seien eingestürzt, und niemand wage sich dort hin. Jofre verabschiedete sich von ihm und stieß einen hilflosen Seufzer aus. Er durchquerte die Kirche und betrat den Kreuzgang. An den prachtvollen Kapitellen des Westflügels stieg der Rauch in nahezu durchsichtigen Spiralen auf, auch in den Innenhof war Qualm gedrungen und hing bewegungslos über den hohen Zypressen. Doch Jofre hielt nicht inne, es würde noch genug Zeit bleiben, die Schäden zu untersuchen, wenn er gefunden hatte, was er suchte.

Ohne einer Menschenseele zu begegnen, begab er sich rasch zum Zimmer des Abts. Die Mönche, die damit beauftragt gewesen waren, den äbtlichen Schatz in Sicherheit zu bringen, waren dem Bibliothekar gefolgt, der angesichts der Gleichgültigkeit Alamands beschlossen hatte, seine eigene Rettungsmannschaft aufzustellen. Für Bruder Ramón de Santmartí war die Bibliothek der eigentliche Schatz des Klosters. Jofre erkannte ihn am Ende des Ganges, wie er mit Pergamenten beladen die Treppe des Ostflügels hinuntereilte. Jofre klopfte an der Tür des Abts. Als er keine Antwort erhielt, öffnete er sie einen Spaltbreit und spähte in das Zimmer. Hatte der Abt womöglich die Bitten seiner Gemeinde erhört und war von seinem hohen Ross herabgestiegen, um seinen Brüdern zu Hilfe zu kommen? Leise trat er ein und erschrak, als er die Gestalt im Bett erblickte … Wie konnte dieser Mann nur schlafen, während um ihn herum die Hölle los war? Doch Jofre verlor keine Zeit, Alamands sonderbare Launen gingen ihn nichts an. Er näherte sich dem Altar, nahm die Reliquienfigur der Iscla in die Hand und betrachtete sie eingehend. In ihrer Mitte ruhte hinter Glas der dünne Knochen der Heiligen, als ob er verwirrten Seelen eine himmlische Richtung anzeigen wollte. Der Steinmetz drehte und wendete die kostbare Goldschmiedearbeit in den Händen, doch so sehr seine Finger auch über die Oberfläche strichen, keine Kerbe oder auch nur einfache Rille wies darauf hin, dass der Mittelteil zu öffnen wäre. Wie zum Teufel…? Auf einmal erinnerte er sich an Guillem de Montclars Erklärungen und die Handgriffe, mit denen er scheinbar mühelos die Dreiecke ineinander gefügt hatte. Der Sockel der Figur stellte den Baum des Serpentarius dar: einen Stamm mit drei Ästen, drei zaghaften, kaum hervorstehenden Sprösslingen und der sich zwischen ihnen entlangwindenden Schlange. Er drückte auf eine der Knospen, dann auf eine weitere … Aber die Figur erwachte nicht aus ihrem Schlaf. Dann versuchte er umständlich alle drei Knospen auf einmal herunterzudrücken. Mit überraschender Nachgiebigkeit gehorchten die drei Äste und tauchten in die goldene Oberfläche ein, und ein Deckel, der Sekunden zuvor noch unsichtbar in das Metall eingepasst war, sprang mit einem leisen Klick auf.

Behutsam hob er ihn an. Eine hauchfeine Goldplatte schützte das heilige Gebein und dahinter, an einer winzigen Halterung befestigt, fand er das gesuchte Dreieck. Rasch nahm er es heraus, nicht ohne einen kurzen Blick über die Schulter zu werfen, und verwahrte es in einer Tasche unter seiner Kleidung. Dann schloss er den Deckel, die Kerbe verschwand, als hätte sie nie existiert, und erneut erschienen die drei Äste. Gerade wollte er die Reliquienfigur an ihren Ehrenplatz zurückstellen, als er etwas Klebriges an den Händen spürte. Flecken von roter zäher Flüssigkeit waren an seinen Fingern … Rote Farbe an der Reliquienfigur, vielleicht Rost? Jofre sah genau hin, am Baum des Serpentarius fand er Flecken derselben Farbe, und während er Daumen und Zeigefinger aneinanderrieb, um den klebrigen Film zu lösen, kam ihm ein schrecklicher Verdacht.

Er näherte sich der Bettstatt des Abts. Der hochmütige Mönch lag mit dem Kopf vom Altar abgewandt. Seine wässrigen, toten Augen waren schreckensgeweitet, und auf dem Kissen unter seinem Kopf hatte sich eine Blutlache gebildet. Angesichts des toten Körpers lief dem Steinmetz ein Schauder über den Rücken. Ohne nachzudenken, bedeckte er den Kopf Alamands mit der purpurnen Decke und wusste einen Moment lang nicht, was tun … Sollte er die Mönche benachrichtigen? Es war keine besondere medizinische Kenntnis erforderlich, um zu erraten, dass der Mann nicht seelenruhig eines natürlichen Todes gestorben war. Jemand hatte ihm bereitwillig dabei geholfen, die Schwelle zwischen Leben und Tod zu überschreiten. Gütiger Himmel, jetzt auch noch der Abt selbst, diese Leute waren wirklich wahnsinnig und unberechenbar! Zenon war ein armes, unschuldiges verirrtes Lamm im Vergleich zu dieser blutrünstigen Wolfsmeute … Nein, er würde nichts sagen! Dem unglückseligen Alamand war nicht mehr zu helfen, seine Gemeinschaft konnte nur noch für ihn beten und … als Erstes musste das Feuer gelöscht werden.

Jofre kehrte dem Verstorbenen den Rücken zu und wandte sich zur Tür. Am anderen Ende des Ganges war deutlich die Stimme von Bruder Ramón de Santmartí zu hören, die

Rettung der Manuskripte und Pergamente war noch in vollem Gange. Da kehrte der alte Steinmetz noch einmal um und zog die Decke am Kopf des Abts ein wenig zurück ... jeder, der hereinkäme, würde sonst Verdacht schöpfen, am besten ließ er ihn so liegen, wie er ihn gefunden hatte, Guillem würde schon wissen, was zu tun war. Er schloss die Tür und näherte sich dem Kreuzgang. Ihm blieb nichts anderes übrig, als das Ausmaß der Schäden zu untersuchen und mögliche Ausbesserungsarbeiten zu erwägen. Als er ankam, waren die Flammen auf der Westseite wie durch ein Wunder verschwunden, nur dichter schwarzer Qualm stieg noch in den grauen Himmel auf. Leichter Regen hatte zu fallen begonnen, und das mächtige Getöse eines Gewitterdonners war zu hören. Tatsächlich, ein Wunder!, dachte Jofre, der Allmächtige kam Santa Maria de les Maleses zu Hilfe!

Er betrat den Innenhof des Kreuzgangs und lehnte sich an den Brunnen. Das Antlitz gen Himmel gerichtet, ließ er mit geschlossenen Augen den feinen Regen auf sein Gesicht tropfen, bis es ganz nass war. Vielleicht hatte Maria recht, vielleicht war es nicht der Allmächtige, der eher gleichgültig gegenüber dem Leid der Menschen zu schlafen schien, sondern Iscla, die Mutter Natur, die dieses Wunder geschehen machte, Iscla, die Barmherzige, die Gnadenvolle, die in ihrer Verbannung Tränen vergoss.

Stimmen rissen ihn aus seinem Wachtraum. Drei Mönche waren in den Kreuzgang getreten, und Jofre ging ihnen entgegen, um seine Freude und Dankbarkeit für den segenreichen Regen mit ihnen zu teilen. Ein Lächeln erhellte sein regenüberströmtes Gesicht, als er sich ihnen heftig gestikulierend näherte und ihre Gesichter auszumachen versuchte. Sie schienen auf den Westflügel zuzugehen, das war gefährlich! Er musste sie warnen, sie aufhalten ... Er hatte sich so beeilt, um Guillem das Dreieck bringen zu können, dass er die Gefahr ganz außer Acht gelassen hatte, er hätte Seile anbringen müssen, eine Absperrung, die die Mönche von diesem Gebäudeteil fernhielte … Endlich traf sich sein Blick mit dem Bruder Brocards, und trotz der Entfernung konnte er die Wut in seinen Augen funkeln sehen, während er mit den jungen Novizen an seiner Seite sprach.

Jofre lief auf sie zu, winkte heftig und schrie eine Warnung. Aber die Mönche wichen vor ihm zurück, rannten wie auf der Flucht vor ihm in die entgegengesetzte Richtung. Er rief ihnen nach, doch sie bogen eilig um die Ecke und in den Westflügel ein, während die erlauchten Toten des Klosters ihnen grinsend von ihren Gräbern aus zusahen. Da lagen die alten Herren de Castellar mit ihrem beeindruckenden Familienwappen, einem Schloss mit zwei Türmen, und ihre Knochen klapperten vor Genugtuung … die Velas, furchtlose Erbauer der Barkassen, die seit Generationen den Ebro durchschifften, die Sabaters und die Montroigs, die Jofre wie einen alten Freund zu grüßen schienen.

Vor den entsetzten Augen des Novizenmeisters löste sich als Erstes ein Stück aus dem Tafelwerk. Ein Regen aus Stein und Mörtel prasselte auf die Mönche nieder und verbarg sie vor dem Blick des Steinmetz, der stehen geblieben war und sich schutzsuchend an die Nordwand presste. Dann gaben wie in stiller Übereinkunft die Quadersteine nach, einer nach dem anderen löste sich aus der Wand. Schließlich stürzte die gesamte Westwand des Kreuzgangs über den verängstigten, kreischenden Mönchen ein und riss Nord- und Südmauern mit sich. Sie konnten ihrem Schicksal nicht mehr entkommen. Dunkle Räume wurden mit einem Mal entblößt und fielen reihenweise in sich zusammen. Brocard steckte zwischen geschliffenen Steinblöcken fest und ruderte wild mit dem einzig freien Arm. Über ihm schwebte ein riesiger Quader auf einem gespaltenen Balken, der sich, unschlüssig wankend, gerade noch aufrecht hielt. Durch Schutt und Staub hindurch wollte Jofre ihm zu Hilfe kommen, doch er war wie gelähmt. Er wagte nicht einen Schritt weiterzugehen, denn ein bloßer Atemhauch würde nur noch einen größeren Einsturz zur Folge haben. Brocards Wut war einem merkwürdigen Gesichtsausdruck gewichen … er lachte. Jofre betrachtete ihn entgeistert und reglos, während das schallende Gelächter auf ihn einprasselte wie eine Steinlawine. Der Quader über Brocards Kopf neigte sich, zitterte leicht und wankte erneut. Da gab der Balken nach, und ein lautes Krachen erschallte. Das Holz zerbarst in tausend Stücke … Der riesige Steinblock flog seltsam tänzelnd durch die Luft und landete vollkommen lautlos auf dem Novizenmeister.

Obwohl er es selbst nie ganz glauben wollte, schwor Jofre Galcerán Maria auf seinem Totenbett einige Jahre später, dass er Brocard aus vollem Halse hatte lachen hören, während er seinen einzigen freien Arm ausgestreckt hatte, um den gewaltigen Steinblock zu empfangen.

13

Das Labyrinth der Schlange

»Der Kreis hat sich geschlossen. Die Brüder schlafen in ihrem Refugium und warten darauf, wieder zu erwachen, um den Glanz des Metalls an seinen Ursprung zurückzuführen. Dann werden sie zur Mitte zurückkehren und der, der kommen wird, wird dem wartenden Toten die Augen schließen.«

»Was war das, dieses Geräusch?« Guerau de Cirera war jäh erwacht und richtete sich auf.

Ein Beben hatte die Grundmauern von Jofres Haus erschüttert, und das Donnern eines Einsturzes drang bis zu ihnen. Der Almosenpfleger eilte an seine Seite, um ihn zu beruhigen, jedoch ohne Antwort geben zu können. Guillem und Jofre Galcerán waren noch nicht sehr lange fort. Der Prior war dem Rat des Templersergeanten gefolgt und hatte versucht zu schlafen, um die schrecklichen Bilder aus seinem Kopf zu vertreiben. Und doch war er noch immer schwer von Bruder Hugs Nachricht mitgenommen … Er war unfähig gewesen, im Herzen dieses verzweifelten, angsterfüllten Menschen zu lesen. Im Gegenteil, er hatte ihn immer für kleinmütig und töricht gehalten, hatte ihn ungerecht und mit Hochmut behandelt, ohne Rücksicht auf seine Gefühle zu nehmen. Er war vollkommen von sich selbst überzeugt gewesen, und seine abschätzige Ungeduld hatte die Unsicherheit seines Gehilfen nur noch verstärkt, nie hatte er ihm geholfen … Wie blind war er gegenüber seiner entsetzlichen Angst gewesen! Er hatte ihm Trost und Mitleid verwehrt und ihm sogar misstraut. Beklemmung schnürte ihm die Kehle zu bei dem Gedanken an Hugs Einsamkeit und an all das, womit sein Weg in die Hölle hätte verhindert werden können … »Nichts kann sie aufhalten«, wisperte Guerau, als er an die kurze Nachricht seines Gehilfen dachte: Barmherziger Gott, sie waren völlig verrückt geworden! Jetzt war ihm das Verhalten des Novizenmeisters klar, seine hochmütige Überlegenheit, als ob er etwas wisse, das alle anderen nicht wussten … Ja, er wusste etwas und war so überzeugt von seiner göttlichen Berufung, dass er derartige Gräueltaten beging!

Guerau hatte sich unruhig umhergewälzt, ohne einschlafen zu können. »… dorthin werde auch ich gehen, denn es gibt keinen anderen Ort für mich«, flüsterte Bruder Hug ihm mit seiner mutlosen, flehentlichen Stimme ins Ohr. Die Schuld an seinem Tod verfolgte ihn, er hatte diese letzte Tat nicht verhindern können, die Bruder Hug von Gott getrennt hatte, hatte sie ihm nicht ausreden können, ihm nicht zurufen können, dass Gott jedem vergibt, der Reue verspürt. Er schloss die Augen, das Pergamentpapier zerknickte zwischen seinen Fingern. In der Ferne hörte er Stimmen, Folch redete mit irgendjemandem, vielleicht mit dem Schmied, von dem sie gesprochen hatten, er kannte ja so wenige Leute aus dem Dorf. Zu seinen Füßen kniete Ponç de l'Oliva und betete leise vor sich hin. Der Prior versuchte sein Gebet zu verstehen, es beruhigte ihn, dem eintönigen Gesang der immergleichen Worte zu lauschen: »Heilige Maria Muttergottes, schenke deinen in die Finsternis geratenen Kindern das Augenlicht zurück«, wieder und wieder, als ob er kein anderes Gebet kannte. Der unablässige Singsang von Ponç hatte ihn in tiefe Benommenheit gehüllt, frei von Träumen, guten wie bösen, gleich einer grenzenlosen weißen Wüste. Doch als der Boden bebte und das Echo des Einsturzes an den Wänden des Raumes widerhallte, erwachte Guerau de Cirera am ganzen Leibe zitternd.

»Was war das?«

»Beruhigt Euch, Prior, ich weiß auch nicht … vermutlich haben die Flammen eines der Gebäude einstürzen lassen.« Ponç war an seine Seite geeilt.

»Ebro!«, rief der Sergeant.

»Ja, Folch, ich kann es mir schon denken: Du willst hinaus, um nachzusehen, was zum Teufel da los ist, ich soll die Tür verschließen und niemandem öffnen.« Ebros Stimme war leicht spöttisch, er war sofort zu ihnen gerannt, keuchte und schnaufte.

»Hör schon auf zu spotten! Du solltest nicht alles nachahmen, was man dir vormacht, Ebro. Ich möchte, dass niemand dieses Haus verlässt, habt Ihr verstanden, Prior?«

»Es geht mir schon viel besser, Folch, macht Euch keine Sorgen um mich. Ich glaube, ich kann sogar schon aufstehen, ich würde gerne mit eigenen Augen sehen, was geschehen ist …«

»Seid Ihr verrückt, Guerau!?«, unterbrach ihn der Almosenpfleger. »Ihr vergesst wohl, dass dieses Kloster, wenn alles vorüber ist, einen Prior benötigen wird, dessen Kopf noch auf seinen Schultern ruht. Einen lebendigen!«

»Bruder Guerau, wie kann ich Euch nur klarmachen, in welcher Gefahr Ihr Euch befindet?«, kam Folch dem Almosenpfleger zu Hilfe. »Es geht nicht nur um Eure Gesundheit, Prior, dort draußen laufen Menschen herum, die fröhlich morden, und Ihr steht auf ihrer Liste. Wollt Ihr die Zahl der Toten noch erhöhen?«

»Schon gut, schon gut ... ich verstehe ja, dass Ihr Euch für mich verantwortlich fühlt. Aber dies ist mein Kloster, begreift Ihr, meine Verantwortung! Ich mag es nicht, wenn man mich wie ein Kind behandelt, Ihr könnt mich zu nichts zwingen.« Der Prior blieb stur, sein zunehmender Ärger färbte seine Wangen rosarot.

Als der Streit heftiger zu werden drohte, wurde er durch ein Klopfen an der Tür und die Stimme Jofre Galceráns unterbrochen. Der Steinmetz war blass.

»Die Westwand des Kreuzgangs ist eingestürzt und ...«

»Setz dich, Jofre, ruh dich aus und nimm ein tüchtigen Schluck Wein, du siehst ja aus, als hättest du ein Gespenst gesehen. Was ist passiert?« Folch rückte ihm einen Schemel an Gueraus Bett.

»Eingestürzt, Allmächtiger, eingestürzt!«, wiederholte Guerau, der sich erneut aufgerichtet hatte.

»Ja, ich bedaure sehr, Prior ... die Westwand ist eingestürzt, das Feuer hat ihr den Rest gegeben. Ich habe Euch ja gewarnt, dass es jederzeit passieren könnte und ... aber das ist jetzt egal! Die Katastrophe war vorauszusehen, Bruder Guerau.« Jofre trank den Becher, den ihm der Sergeant reichte, in einem Zug aus. »Und das ist noch nicht alles, es hat Tote gegeben.«

Voll banger Erwartung blickten ihn alle an. Guerau sprang mit einem Satz auf, ohne auf die warnenden Worte des Almosenpflegers zu achten, und wartete angespannt auf die Nachrichten des Steinmetz.

»Bruder Brocard und zwei Novizen ... ich habe versucht, sie zu warnen, ich habe geschrien, bis mir die Stimme versagte, aber sie haben nicht auf mich gehört. Mehr noch, sie schienen vor mir die Flucht zu ergreifen, sind in die entgegengesetzte Richtung gelaufen und dann … stürzte das ganze Mauerwerk über ihnen ein!«

»Der barmherzige Gott hat vom Himmel herab gerichtet«, rief Ponç aus.

»Seid still, Ponç, Jofre ist noch nicht fertig, glaube ich, da ist noch etwas, ist es nicht so? … Hat das Feuer das Kloster schwer beschädigt, mein Freund?« Der Prior ahnte, dass noch weiteres Unglück geschehen war.

»Etwas Schreckliches ist geschehen, Prior … die Mönche wissen noch gar nichts davon. Ich habe alles so gelassen, wie ich es fand, und bezweifle, dass jemand Verdacht geschöpft hat, durch das Feuer sind alle beschäftigt und … und …« Jofre suchte nach Worten, und der Prior wurde ungeduldig.

»Sprich, Jofre, bei allem, was dir teuer ist!«

»Der Abt ist tot, ermordet! Jemand muss ihn mit der Reliquienfigur der Heiligen erschlagen, ihn dann ins Bett gelegt und zugedeckt haben, er scheint zu schlafen, aber …«

Die kleine Versammlung schwieg einige Minuten lang bestürzt. Sie sahen sich gegenseitig mit fragenden Blicken an und konnten kaum begreifen, was geschehen war. Keiner von ihnen hatte Alamand sonderlich gemocht, er war ein hochmütiger Mensch gewesen, aber sein Tod, seine Ermordung! … Sie waren entsetzt, eine Hand hatte sich skrupellos gegen das höchste Amt Santa Marias erhoben. Folch gewann als Erster die Fassung zurück.

»Aber wann ist das denn geschehen? Erzähl uns alles, was du weißt, Jofre.«

»Er liegt in seinem Schlafgemach, ich habe Euch ja gesagt, dass man ihn auf das Bett gelegt hat, als ob er schliefe. Vielleicht wollte der Täter damit Zeit gewinnen, ich weiß es nicht … Als ich eintrat, war niemand da, aber ich war sehr erstaunt, dass der Abt schlafen gegangen war, während sein Kloster brennt und um ihn herum die Hölle los ist … Bitte verzeiht meine Ausdrucksweise, Prior!« Jofre hatte nicht die Absicht, ihnen zu sagen, warum er die Räume des Abts aufgesucht hatte, und es fragte ihn auch niemand danach. »Ich trat ans Bett und wollte ihn wecken, als ich die Wunde an seinem Kopf entdeckte, das Kissen war voller Blut … er war tot!«

»Grauenvoll!«, rief Ponç und bekreuzigte sich.

»Ich verstehe das nicht, warum sollte jemand Alamand töten wollen? Er war ein harmloser Mann, der von der Außenwelt wenig mitbekam.« Guerau konnte sein Entsetzen kaum überwinden.

»Vielleicht hat er etwas gehört oder gesehen, was er nicht hören oder sehen sollte«, flüsterte Folch.

»Und bist du dir sicher, dass Brocard tot ist, Jofre?« Der Prior sah ihn aufmerksam an. Der Steinmetz nickte. »Gott vergebe mir, aber damit ist unser Problem gelöst … Meint Ihr nicht auch, Folch? Wenn Brocard für all die Gräueltaten verantwortlich ist, dann haben wir nun nichts mehr zu befürchten.«

»Keine vorschnellen Schlüsse, werter Prior, noch wissen wir nichts Genaues. Das Beste wird sein, auf Guillem zu warten, bevor wir irgendeine Entscheidung treffen.« Als hätte er es vorausgeahnt, erschien Guillem an der Tür, durchnässt, über und über mit Schlamm bedeckt und höchst verärgert.

»Mit welchem Eifer Ihr meine Befehle ausführt! Ich habe angeordnet, die Tür fest zu verschließen und niemandem zu öffnen.« Er verstummte, als er sah, wie sehr die Gruppe in Aufruhr war.

»Die Nachrichten überschlagen sich derart, dass wir kaum noch folgen können, mein Junge, es wäre besser, wenn du dich setzt.« Folchs Stirn lag in tiefen Runzeln. »Jofre ist gerade mit Neuigkeiten eingetroffen, und ich weiß nicht, ob sie gut oder schlecht sind: Ein Teil des Klosters ist eingestürzt, das hat zwei Novizen und ihren Meister das Leben gekostet … und nun ja, er hat den Abt tot in seinem Bett aufgefunden, jemand hat ihn erschlagen.«

Guillem ließ sich auf einen Stuhl dicht am Feuer fallen, ihn fror. Er warf Ebro seinen Mantel zu. Der Junge fing ihn aus der Luft auf und zog sich dann wieder in seine Ecke zurück. Guillem schenkte sich großzügig von dem guten Klosterwein ein, während er nachdachte. Brocard war tot und der Drache damit enthauptet, aber … war das ausreichend, oder würden ihm neue Köpfe wachsen?

»Sag, Jofre, waren nur zwei Novizen bei ihm?«, fragte er scheinbar ruhig.

»Was für eine Rolle spielt es, wer bei dieser Bestie war, Brocard war der Schuldige!« Guerau konnte seine Erregung nicht unterdrücken, er wollte diese Angelegenheit endlich erledigt wissen.

»Nur zwei Novizen, Guillem, die ebenfalls bei dem Einsturz ums Leben kamen.« Jofre beachtete den Prior nicht.

»Seht, werter Prior, ich fürchte, so einfach ist die Sache nicht. Schön wär's, dann könnten wir endlich aus diesem Alptraum aufwachen!« Guillem zog die zusammengebundenen Lederdeckel hervor und reichte sie dem Prior. »Ich habe gefunden, was Ihr gesucht habt.«

»Wovon sprecht Ihr?« Guerau nahm die Mappe, seine Hände zitterten, als er die Bänder löste. »Das ist doch … nicht möglich! Wo habt Ihr das her?«

»Zenon hat es mir geschenkt, Bruder Guerau«, antwortete Guillem. »Zenon war Novize in Santa Maria und hat seinen Meister getötet, und daraufhin hat man ihn unter größter Geheimhaltung eingesperrt. Ich glaube, er hat diese Dokumente in einem wachen Moment an sich genommen und an einem sicheren Ort versteckt, womöglich glaubte er, dass sie den Beweis für seine Beweggründe darstellten, ich weiß es nicht genau. Doch als seine Gefangenschaft endete, war ihm nur noch wenig von seinem Verstand geblieben, und vielleicht hatte er vergessen, wo er sie versteckt hatte ... bis heute. Sie wurden von einem von Odons Mönchen verfasst, bevor er sich das Leben nahm, und glaubt mir, er war nicht verrückt, sondern nur verzweifelt über das Ausmaß seiner eigenen Verbrechen. Was Ihr da vor Euch habt, ist der Beweis für die Gründung der ›Diener des Steins‹.«

»Also ist das alles wahr, der alte Odon hat diese Gräueltaten begonnen, und sie sind bis heute fortgeführt worden ...« Niedergeschmettert lehnte Guerau den Kopf gegen die Wand.

»Wir wüssten gerne, wovon du überhaupt sprichst, Guillem. Ich verstehe nichts von alledem, und auch wenn es nicht so scheint, wir sind auch noch hier«, meldete Folch sich etwas vorwurfsvoll zu Wort.

»Du hast recht, mein Freund. Hör zu, vor hundert Jahren versperrte eine Gruppe von Mönchen, angeführt von ihrem Abt Odon, die Quelle und setzte dem Fontsanta-Kult damit auf drastische Weise ein Ende«, begann Guillem und sah dabei den Prior an. »Doch damit gaben sie sich nicht zufrieden. Sie wollten dafür sorgen, dass der Kult niemals wieder aufleben könnte, und schufen eine Art Bruderschaft: ›die Diener des Steins‹. Um zu retten, was sie in Gefahr glaubten, schien ihnen jedes Mittel recht. Die Tradition wurde unter den Novizenmeistern von Santa Maria weitergegeben. Sie hatten darüber zu wachen, dass Iscla nie mehr in Erscheinung träte … gleichzeitig hatten sie eine Gruppe von Novizen zu erwählen und auszubilden, um ihre Mission fortzusetzen. Ich konnte außerdem herausfinden, dass der Abt Odon in seinem Kloster einige bedeutende Regeln verändert hat, zum Beispiel die Ernennung der Novizenmeister, nicht wahr, Prior? Seitdem war nicht mehr das Klosterkapitel beauftragt, diese zu ernennen, sondern der Novizenmeister selbst wählte seinen Nachfolger unter seinen ehemaligen Schülern aus. Seit Odons Zeiten war es erst zweimal nötig, die Bruderschaft auf den Plan zu rufen, 1208 und jetzt …«

»Da fehlt etwas, Guillem! Hier sind nur zwei Pergamentblätter, aber der Brief geht noch weiter.« Guerau sah den jungen Templer misstrauisch an.

»Das habe ich auch bemerkt, Prior, aber das ist alles, was mir Zenon gegeben hat, und ich glaube, es genügt. Möglicherweise ist der Rest verloren gegangen … ich weiß es nicht.« Guillems Gesichtsausdruck war undurchdringlich. »Erscheint Euch das zu wenig?«

»Damit hat dieser Alptraum ein Ende, meine Herren!« Guerau stand auf und näherte sich mit entschlossenen Schritten der Feuerstelle, doch Ponç de l'Oliva stellte sich ihm in den Weg.

»Nein, Guerau, nein, das könnt Ihr nicht tun, Ihr könnt diesen Beweis nicht einfach vernichten, ich werde das nicht zulassen. Versteht Ihr denn nicht?! Man kann die Wahrheit nicht einfach vertuschen oder diese Gräueltaten als geringfügiges Fehlverhalten abtun. Die Toten fordern eine Erklärung. Und ich werde nicht schweigen, mein Freund, so wie Ihr auch sonst niemanden der hier Anwesenden dazu zwingen könnt.«

Erstaunt über die Reaktion des Almosenpflegers hielt Guerau de Cirera inne. Argwöhnisch betrachtete er die Männer um sich herum. Alle anderen verharrten reglos wie ein Schiedsgericht aus steinernen Masken und warteten. Behutsam schaltete sich Guillem ein und streckte dem Mönch die Hand entgegen.

»Es ist noch nicht vorbei, Prior. Gebt mir diese Pergamente, Ihr seid nicht in der Verfassung, Euch der Wahrheit zu stellen. Bruder Ponç hat recht, Ihr könnt sie nicht einfach vernichten ... Es wäre wohl besser gewesen, Ihr hättet sie gar nicht erst gelesen, Ihr steht unter sehr hohem Druck, der Eurer Gesundheit schaden könnte. Weshalb seid Ihr Euch so sicher, dass die Angelegenheit damit aus der Welt geschafft ist, Bruder Guerau? ... Wir wissen nicht, wie viele Novizen Brocard um sich versammelt und welche Anweisungen er ihnen gegeben hat. Könnt Ihr mir wirklich garantieren, dass das Morden sich in Zukunft nicht wiederholen wird? Dass in einigen Jahren, wenn ein anderer Abt oder Prior versuchen wird, die Heilige wieder auf den Altar zu erheben, dasselbe nicht erneut passiert? Glaubt Ihr wirklich, dass das Schlachten ein Ende hat? Eine unendlich lange Liste von Fragen, und Ihr könnt keine einzige beantworten.«

»Aber der Novizenmeister ist tot, und ohne ihn ...«, wisperte der Prior entkräftet.

»Ohne ihn was? ... Auch der alte Odon ist gestorben, Bruder Guerau, und sein Geist ist noch so lebendig wie Ihr selbst, in hundert Jahren hat er nichts an Kraft eingebüßt.« Mit einem Ruck riss Guillem ihm die Pergamente aus der Hand.

»Er hat recht, Guerau, es ist noch nicht vorüber. Der Abt wurde von diesen Wahnsinnigen ermordet! So sehr du es dir auch wünschst, du kannst diese Tatsachen nicht verheimlichen ... Der Bischof wird die Wahrheit erfahren wollen, deine Ordensgemeinschaft hat ein Recht darauf, und auch ich will es.« Der Almosenpfleger schlug einen harten Ton an.

Der Prior senkte den Kopf und gab sich geschlagen, Tränen liefen ihm über die Wangen. Unfähig sich gegen die Mehrheit aufzulehnen, kehrte er ihnen den Rücken.

»Ich werde dem Komtur von Miravet diese Pergamente aushändigen, Bruder Guerau, er wird wissen, was damit zu tun ist. Er wird sich gewiss mit Euch in Verbindung setzen, wenn es Euch wieder besser geht. Seid Ihr damit einverstanden?«

Guerau nickte. »Wie aber werde ich diese ruchlosen Novizen finden, wie werde ich sie von den anderen unterscheiden?«, fragte er mutlos.

»Du wirst einen Weg finden, wenn du genesen bist. Nun musst du dich schonen, Guerau, du bist von der Aufregung erschöpft. Du standest kurz vor dem Tod!« Der Almosenpfleger umarmte seinen Freund und geleitete ihn zurück zum Bett. »Wir werden dir helfen, wir werden uns um die Sache kümmern, du musst diesen Männern vertrauen.«

Guerau ließ sich auf das Bett fallen. Er war wieder sehr bleich geworden, und sein erschöpfter Körper wirkte wie eine unbeseelte leere Hülle. Seine Lippen bewegten sich unablässig und stöhnten: »Das ist das Ende von Santa Maria, das ist das Ende von Santa Maria.«

Die vier Männer hatten sich in einen Winkel nahe der Tür zurückgezogen, um die beiden allein zu lassen. Die tiefe Trauer des Priors hatte sie nicht unberührt gelassen. Folch ergriff als Erster das Wort.

»Ich fürchte mich vor deinen Anordnungen, mein Junge, ich ahne, dass sich unsere Wege von nun an trennen werden. Das Beste werde ich wohl verpassen?«

»Jemand muss bei ihnen bleiben und diese Sache zu Ende bringen, Folch. Die Lage ist noch lange nicht entschärft, es ist sehr gut möglich, dass jemand fortzusetzen versucht, was Brocard begonnen hat. Es schmerzt mich, dich zurückzulassen, aber ...« Guillem zögerte.

»Aber du hast inzwischen herausgefunden, was diese Gräueltaten mit unserem alten Serpentarius zu tun haben«, beendete der Sergeant den Satz für ihn. »Der unvollendete Brief dieses Mönchs, habe ich recht?« Neugierde, aber auch leichte Enttäuschung sprach aus den Augen des Sergeanten. »Du hast die fehlende Seite an dich genommen, stimmt's? ... Steht dort etwas über den Meister?«

»Du bist auf dem richtigen Weg, Sergeant. Dieser Mönch zitiert einen Templer, einen Baumeister, um es genau zu sagen, und er habe mitgeholfen, den Stein zu bewegen, der auf die Fontsanta herabfiel. Er versichert, dass er von Odon dazu gezwungen wurde, weil dieser ein Geheimnis über ihn wusste, mit dem er ihn erpressen konnte ... Aber seine Erklärungen sind verwirrend und ungenau ...«

»Aber wie lautet dein Plan, Guillem? Ich nehme an, meine Aufgabe wird es sein, die ›Diener des Steins‹ oder was von ihnen übrig ist, zu entlarven ... Und was wirst du tun, das Gespenst des Serpentarius verfolgen?« Folch lächelte ohne Hintergedanken. Jofre und Ebro hörten ihnen schweigend zu.

»Ich denke, ich werde Marias Hütte aufsuchen, ich muss mir in Ruhe das neue Dreieck ansehen, das Jofre gefunden hat … Ich muss herausfinden, was es damit auf sich hat. Und, Folch, ich habe den Verdacht, dass es uns weit von hier wegführen wird. Verstehst du?«, sagte Guillem nachdenklich.

»Was soll ich mit dem Prior und dem Almosenpfleger machen? Sollen wir hier bleiben?«, wollte Folch entmutigt wissen, während er sich an seinem dichten Bart kratzte.

»Lass sie sich ausruhen, vor allem den Prior, sein Zustand gefällt mir gar nicht. Wenn er sich ein wenig erholt hat, bring die beiden zurück ins Kloster. Aber lass sie nicht aus den Augen! Wir müssen den Tod des Abts bekannt geben, ich weiß nicht … Hör zu, Folch, tu, was du für richtig hältst, die Lage ist heikel, vergiss nicht, dass immer noch Gefahr droht.« Guillem zweifelte, ob er den Sergeanten seinem Schicksal überlassen konnte.

»Komm schon, Guillem, ich bin kein kleiner Junge mehr, ich werde schon zurechtkommen.« Folch konnte seine Besorgnis gut verstehen. »Ich werde den Rest dieser Truppe von Verrücktgewordenen am Schopf packen, mach dir keine Sorgen. Und tu mir einen Gefallen, Junge, spür diesen verdammten Serpentarius auf, und dann lass uns nach Hause gehen!«

Guillem sah den Sergeanten voller Zuneigung an. Er zweifelte weder an seinen Worten noch an seiner Fähigkeit, diese Sache zu beenden. Er merkte auch, dass Folch neugierig darauf war, wie die merkwürdige Reise des Baumeisters wohl ausgegangen sein mochte. Gleichzeitig spürte er aber auch seine Erleichterung darüber, sich von den dunklen Machenschaften des Bruders Serpentarius fernhalten zu können. Womöglich war der Sergeant in seinem Leben schon allzu vielen seltsamen Dingen begegnet und wollte seinen Glauben und sein Gottvertrauen nicht noch einmal aufs Spiel setzen … Vielleicht war dies auch der Grund dafür, dass er sich schon früh in Miravet zur Ruhe gesetzt hatte, fern von den weltlichen Gefahren.

»Wirst du Ebro mitnehmen?«

»Ich muss mit ihm gehen, er braucht mich, man muss doch immer zu zweit sein!«, rief der Junge mit verhaltener Ungeduld. Bisher hatte er respektvoll geschwiegen.

»Hör zu, Folch, ich möchte, dass du das hier an dich nimmst, ich weiß nicht, wohin es uns verschlagen wird, und es darf nicht verloren gehen.« Nachdem er Ebro bedeutet hatte, weiterhin zu schweigen, überreichte Guillem Folch die Pergamente, die er von Zenon erhalten hatte. »Bitte übergebe sie dem Komtur im Falle des Falles, und erstatte Dalmau Bericht über die ganze Sache.«

»Bei den Nägeln Christi, Guillem!« Angst überschattete das bärtige Antlitz des Sergeanten. »Das kannst du selbst tun, wenn du wieder da bist … diese Art von Aufträgen bringt nur Unglück, dir wird doch nichts zustoßen!«

»Das ist eine bloße Vorsichtsmaßnahme, Folch, ich möchte nicht, dass sie verloren gehen«, beruhigte er ihn. Dann wandte er sich an Ebro und sah ihn streng an. »Dass ein für alle Mal eines klar ist: Ich möchte keine Widerreden. Von nun an gilt mein Wort und zwar ohne Wenn und Aber. Das bedeutet, du wirst den Mund halten und meine Befehle ausführen. Wenn du dazu nicht gewillt bist, bleibst du bei Maria in der Hütte.«

»Ich verspreche dir, dass ich ganz folgsam bin, ich werde niemals widersprechen und alles tun, was tu sagst!« Der Junge glühte vor Aufregung, die Aussicht auf ein neues Abenteuer ließ seine dunklen Augen leuchten.

»Gut. Andernfalls wirst du, ganz gleich, wo wir sind, mit einem Tritt in den Hintern nach Hause geschickt.« Guillem wusste, er würde diese Entscheidung bereuen, aber die Dinge im Kloster standen nicht gut, und er wollte Folch keine zusätzliche Verantwortung aufbürden. »Sergeant, halte die Augen offen, und mach dir um uns keine Sorgen.«

Guillem lächelte und umarmte Folch. Dann begab er sich mit Jofre zur Tür. Auch Ebro fiel dem Sergeanten um den Hals und konnte die Tränen gerade noch zurückhalten.

»Ebro, hör mir gut zu.« Sanft löste Folch sich aus der Umarmung. »Befolge Guillems Anweisungen genau, er weiß, was er tut, vergiss das nie. Und denk vor allem immer daran, was du von Bruder Beson gelernt hast … was auch immer geschieht, lass nicht zu, dass es deinen Glauben an Gott erschüttert. Gelegentlich kommt einer unserer Brüder vom Weg ab, aber deshalb dürfen wir ihn nicht verurteilen. Worauf es ankommt, ist, dass wir versuchen zu verstehen, und verzeihen, was wir nicht verstehen. Wirst du daran denken? Und vergiss nicht deine Vaterunser!«

Ebro umarmte ihn erneut, und nun liefen ihm die Tränen die Wangen hinunter. Er war an der Seite dieses Mannes aufgewachsen, er war sein Spielkamerad, sein Gefährte beim Gebet, sein Freund und sein Vater gewesen. Mit einem Mal fühlte Ebro sich verlassen wie ein schutzloses Waisenkind, doch wortlos und ohne sich noch einmal umzublicken, folgte er Guillem und dem Steinmetz. Folch lehnte an der Tür und sah ihnen hinterher. Besons Worte kamen ihm in den Sinn: »Ich werde darum beten, dass ihr nicht verrückt werdet wie Bruder Gaston. Mit allen, die sich auf Serpentarius' Spuren begeben, nimmt es ein böses Ende.« Ein Schauder überlief ihn, eine Art abergläubische Furcht stieg in ihm hoch. Er fürchtete um Guillem und Ebro. Was würden sie finden? Es schmerzte ihn, sie nicht begleiten zu können … Und doch konnte er eine gewisse Erleichterung nicht verhehlen. Sein Glaube hatte zu viele Erschütterungen erlitten, er war sich nicht sicher, ob er ihn neuen Zweifeln und Gewissensbissen aussetzen konnte. Nein, das war der einfache und einzige Grund gewesen, aus dem er sich nach Miravet zurückgezogen hatte, fern von seiner ehemaligen Tätigkeit. Vielleicht würde Guillem ja eines Tages das Gleiche tun, der Verschwörungen und Intrigen überdrüssig. Doch dieser junge Mann hatte einen anderen Charakter als er, er war unabhängiger, setzte sich, wenn es sein musste, über Regeln und Anweisungen hinweg. Widersprüche konnten ihm nichts anhaben. Das hielt ihn von Selbstzweifeln fern, schützte ihn davor, innerlich zu zerbrechen. Es war sehr gut möglich, dass Guillem de Montclar sein Schiff durch jenes stürmische Meer von Halbwahrheiten zu steuern wusste, in dem er beinahe ertrunken war. Noch immer geisterte Bruder Beson durch seine Gedanken, kraftvoll ertönten seine Worte: »Immer habe ich Meister Serpentarius geachtet, das hat meinen Verstand gerettet. Zu achten, was wir nicht kennen, ist der einzige Weg.« Guillem war fähig, diese Achtung zu empfinden, er sah es an seinen hellwachen, misstrauischen Augen und … auch Ebro war dazu fähig, der Junge war Guillem sehr ähnlich. Sie würden gesund und munter wiederkehren. Sie mussten wiederkehren.

Maria de l'Os deckte Zenon zu und setzte sich an seine Seite. Der Eremit war von seinem ausgelassenen Tanz um das Feuer im Wald bei der Fontsanta völlig erschöpft. Er hatte sich von der alten Frau wie ein Kind nach Hause tragen und ins Bett bringen lassen. Seine Augen funkelten noch immer vor Aufregung.

»Wird der dunkle Mann kommen, Maria?«

»Nein, Zenon, niemand wird dir etwas tun. Ruh dich aus, ich werde deinen Schlaf bewachen.«

»Kann ich bei dir bleiben? Wird man mich nicht wieder einsperren?«

»Nie wieder, du wirst bei mir bleiben, und ich werde dich beschützen. Der Rabe hat es mir gesagt, Zenon, und du weißt ja, dieser Vogel behält immer recht.« Maria antwortete mechanisch, als spräche sie im Traum, sie war völlig ermattet. Sie betrachtete das dürre, entstellte Wesen in ihrem Bett und versuchte sich vergeblich an den kleinen Jungen zu erinnern, der in ihrer Hütte hin und her gesprungen war. So viele Jahre waren seither vergangen, und es war so schwer gewesen, das alles zu vergessen. Jetzt war sie alt und müde. Die Fragen überschlugen sich in ihrem Kopf: Was würde mit dem armen Zenon geschehen, wenn sie einmal nicht mehr da war? Konnte sie Jofre vertrauen? … Doch der Steinmetz war noch älter als sie. Was würde Zenon ohne sie tun, an wen sollte er sich wenden?

Das Schnarchen des Eremiten wurde lauter und erfüllte den ganzen Raum. Maria erhob sich, um ein schönes Feuer zu machen, ihr war kalt, doch sie zweifelte daran, dass ein bisschen Glut den eisigen Wind in ihrem Inneren bekämpfen könnte. Da hörte sie Schritte. Sie griff nach ihrem kräftigen Gehstock und lief zum Fenster. Erleichtert erkannte sie die Gestalt Jofre Galceráns, er schien geradezu verjüngt … Dieselben Ereignisse, die sie so erschöpften, schienen ihm eine zweite oder dritte Jugend zu bescheren. Wie war das möglich, wer konnte die Menschen begreifen?, überlegte sie und gestand sich ein, dass sie den Steinmetz nie vollkommen verstanden hatte, auch nicht den wahren Grund für seine beständige Flucht. Und doch hatte sie ihr halbes Leben damit zugebracht, sein Verhalten zu rechtfertigen und zu entschuldigen. War das vielleicht Liebe? Nur ein höherer Grund konnte ihre wohlwollende, verständnisvolle Haltung erklären, doch was machte das jetzt noch aus? Weder der Rabe noch ihr Kessel konnten die Tiefen ihres Herzens ausloten.

Sie öffnete die Tür, und Jofre trat ein, in Begleitung des jungen Tempelritters und des Knappen. Der Steinmetz küsste sie und trat dann an das Bett, um den schlafenden Zenon zu betrachten. Dann nahm er Marias Hand und führte sie an den Tisch zu den anderen. Jofre erzählte ihr von den neuesten Ereignissen. Sie hörte ihn bis zum Ende an.

»Dann könnte es sein, dass ihr sie niemals findet, Brocards Tod kann sie verschreckt haben. Diese Novizen werden erneut untertauchen, bis …« Die Alte konnte den Satz nicht zu Ende sprechen.

»Diesmal nicht, Maria«, erwiderte Guillem entschieden. »Ich verspreche Euch, dass die ›Diener des Steins‹ niemals wieder erwachen werden.«

»Wie kannst du dir dessen so sicher sein?«

»Hör zu, Maria«, versuchte Jofre sie zu beruhigen. »Bisher genossen sie Straffreiheit, weil niemand den Grund für die blutigen Opfer bei der Fontsanta kannte, und selbst wenn jemand einen Verdacht gehabt hätte, er hätte ihn nicht beweisen können. Jetzt aber ist ihr Geheimnis aufgedeckt. Wenn wieder so etwas geschähe, würden sich alle Blicke auf Santa Maria richten. Verstehst du? Niemand wird mehr vergessen.«

»Aufgedeckt?« Die Wunderheilerin schlug unweigerlich einen harscheren Ton an. »Wer kennt das Geheimnis? Nur einige wenige, Jofre. Denkst du denn, der Bischof, die Klostergemeinschaft und selbst der Templerorden werden einen solchen Skandal nicht vertuschen wollen?«

»Daran habe ich auch schon gedacht, Maria, aber ich werde dafür sorgen, dass es nie wieder geschehen wird.« Guillem konnte die Furcht der Alten verstehen, auch er selbst wollte Gewissheit. »Man wird die Beweise an einem sicheren Ort aufbewahren, Maria, und sie sind eine Warnung, ein ewiger Wächter darüber, dass es nicht wieder anfängt ... selbst wenn es keinen Skandal gibt. Ich weiß, es ist nicht leicht, aber du musst mir vertrauen.«

Maria schwieg, sie hatte keine andere Wahl, selbst wenn der Zweifel sie bis ins Grab begleiten würde.

»Wir müssen ihm vertrauen, Maria, es bleibt uns nichts anderes übrig«, sagte auch Jofre.

Niemand widersprach dem Steinmetz, und Schweigen trat ein. Niedergeschlagen kümmerte sich Maria um das Feuer und richtete einen Teller mit Käse und Weintrauben für ihre Gäste. Jofre und Guillem entspannten sich, sie teilten die Ängste der Wunderheilerin, doch der junge Templer schien überzeugt von den Fähigkeiten des Sergeanten, der Sache ein Ende zu bereiten. Oder wollte er seine Freunde nur trösten?

Insgeheim zweifelte Guillem, die Angelegenheit war tatsächlich ein Skandal für die Kirche, wie würden Dalmau oder der Komtur von Miravet darüber urteilen? An den Bischof wollte er gar nicht erst denken, und auch den Prior Guerau de Cirera versuchte er zu vergessen ... Er musste sich darüber Gedanken machen, wie er verhindern konnte, dass sich die mächtigen Tore der Kirche hinter diesen finsteren Vorgängen schlossen, ohne dass ein Lichtstrahl darauf fiele. Der Klang von Metall auf Holz ließ ihn aufhorchen: der vierte Bruder lag auf dem Tisch. Jofre hatte ihn vor seinen Augen fallen lassen.

»Du hast ihn also gefunden trotz des toten Abts«, sagte er, erleichtert, seinen Gedanken zu entfliehen.

»Ja, in der Reliquienfigur der Iscla, wie Maria gesagt hat.«

»›Das Geheimnis des Steins‹! Schau, Guillem, da steht etwas über einen Stein drauf! Ob damit Odons Stein gemeint ist?« Bevor Guillem reagieren konnte, hatte Ebro das Dreieck neugierig in die Hand genommen. Guillem entriss es ihm ohne Umschweife und holte die übrigen Teile hervor. Wortlos fügte er die Dreiecke ineinander, eines nach dem anderen, ohne die beleidigte Miene seines Knappen zu beachten. Auch Maria trat neugierig hinzu und stellte sich hinter Jofre. Dann las Guillem vor, was auf der Rückseite stand:

»›Die Schlange wird dich führen … zum Weg des Labyrinths … wo sich das Geheimnis des Steins verbirgt …‹ Das letzte Stück fehlt uns noch. Sehr gut, Jofre. Ebros Frage ist noch offen: Glaubst du, dass es etwas mit Odons Stein zu tun hat?«

»Und was steht auf der anderen Seite? Wohin führt uns das Rätsel diesmal?« Jofre konnte und wollte die Frage nicht beantworten.

»Mal sehen: ›Steige in den Abgrund, inmitten der Sträucher, bei der Zunge der Schlange, stirbt der fünfte Bruder.‹ Viel zu viele Schlangen für meinen Geschmack!« Guillem hatte seinen Sinn für Humor wiedergewonnen.

»Ihr solltet lieber etwas essen, dieser Serpentarius war kompliziert und versponnen, und sein ›Weg‹ ist es bestimmt auch.« Maria setzte sich neben Ebro.

»Was denkst du, Jofre? Was bedeutet es?« Guillem lag daran, dass Jofre sich an dem Gespräch beteiligte, sein mürrischer Gesichtsausdruck stimmte ihn misstrauisch. Doch der Steinmetz schwieg hartnäckig.

»›Inmitten der Sträucher‹ …«, wiederholte Maria, auf einem Stück Käse kauend. »Ich glaube, das bezieht sich auf Santa Maria, vergesst nicht den vollständigen Namen des Klosters: Santa Maria de les Maleses, das bedeutet, Heilige Maria bei den Sträuchern.«

»Na klar! … Und was ist in der Mitte von Santa Maria, Jofre?« Ebro war so begeistert von dem Ratespiel, dass er die Zurückhaltung des Steinmetz gar nicht bemerkt hatte.

»Gute Frage, Ebro. Nur ein guter Baumeister kann das wissen, nicht wahr, Jofre? Was ist in der Mitte … die Kirche vielleicht?«, bohrte Guillem nach.

»Nicht genau«, murmelte Jofre schließlich, als koste es ihn große Mühe. Er suchte Marias Augen, doch diese erwiderte seinen Blick nicht. »Das kommt darauf an. In vielen Fällen ist die Kirche in der Mitte, und die anderen Bauten befinden sich darum herum. Aber nicht in Santa Maria. Dort dreht sich alles um einen Kern, der aus Zeiten stammt, als dort noch andere Bauten standen. Es heißt, das Kloster wurde auf den Ruinen eines alten Tempels gebaut.«

»Weiter, Jofre, wir sitzen auf glühenden Kohlen! Stammte dieser Tempel von den Gründervätern des Klosters?« Guillem war leicht empört über die Wortkargheit des Steinmetz.

»Nein, die Gründerväter von Santa Maria nutzten das Fundament eines alten heidnischen Tempels. Man sagt, er wurde einst auf einem Energiefeld erbaut … ihr wisst schon, spirituelle Kraftströme.« Jofre sprach schleppend. »Das Zentrum des Klosters befindet sich dort, wo früher der heidnische Tempel stand und jetzt der Kreuzgang ist. Und noch genauer, in seinem Innenhof.«

»Und in der Mitte des Hofs ist der Brunnen! Der Abgrund!«, rief Ebro begeistert. »Und wie steigt man einen Brunnen hinab?«

»Dort an der Innenwand sind eiserne Querriegel angebracht. Vom Brunnenrand aus kann man sie nicht sehen, ich … Nun ja, vor einigen Jahren musste ich einmal hinuntersteigen, eine tote Taube war ins Wasser gefallen, und es bestand Verseuchungsgefahr. Ich glaube, niemand weiß von diesen Querriegeln, solche Dinge geraten in Vergessenheit … der Brunnen ist sehr tief.« Jofre blieb noch immer in sich gekehrt.

»Macht dir etwas Sorge?«, fragte Guillem, als er den Steinmetz so niedergeschlagen sah. »Glaubst du, sie halten unser Gewicht aus?«

»Sie sind für die Ewigkeit gemacht, mein Junge«, antwortete er trübsinnig.

»Jofre, gibt es etwas, das wir wissen sollten? Ich habe das Gefühl, du verheimlichst uns irgendetwas, dass dich tief bedrückt.« Guillem versuchte seine Ungeduld zu verbergen, er verstand einfach nicht, was den Steinmetz betrübte. »Du musst nicht mit uns hinuntersteigen, wenn es das ist, was dich beunruhigt. Es ist eine unangenehme Aufgabe, denk nicht weiter daran. Doch wenn du etwas anderes auf dem Herzen hast, sag es uns bitte, Jofre. Ich möchte da unten keine Überraschungen erleben. Möglicherweise ist die Zeit der Geheimnisse vorbei, mein Freund.«

Jofres Züge hatten sich verzerrt, er war tief gespalten zwischen dem Versprechen, das er seinem Vater gegeben hatte und den sich überstürzenden Ereignissen, und das lähmte ihn. Er dachte über Marias Worte nach: Wollten sie gefunden werden? Wenn nicht, warum existierten diese Dreiecke dann überhaupt? Wenn ja, musste er dann nicht sein Versprechen brechen und das Geheimnis preisgeben? Flehend sah er seine alte Freundin an, unfähig, eine Entscheidung zu treffen. Hatte sie recht, bedeutete das alles, dass er sich von dem Schwur seiner Familie freimachen konnte?

»Du musst verstehen, Guillem. Jofre ist an ein Versprechen gebunden, das er einst seinem Vater gab. Er kann dir nicht mehr sagen«, sagte schließlich Maria, die sich des Steinmetz erbarmte.

»Danke, Maria, aber ich kann nicht länger so feige sein. Guillem hat recht und du … hattest immer schon recht. Die Zeit der Geheimnisse ist tatsächlich vorbei.« Jofre nahm die Hand der alten Frau und drückte sie fest, als wäre sie seine einzige Verbindung mit der Wirklichkeit. Er konnte ihr nicht so viel Verantwortung aufladen, schon allein deshalb, weil er sie liebte. Mit einem tiefen Seufzer fuhr er zu sprechen fort:

»Mein Großvater war Serpentarius' Gehilfe, wie du weißt, und er verschwand für immer. Doch er hinterließ uns eine Nachricht, die meinem Vater ausgehändigt wurde, als er vierzehn Jahre alt war, und mir ebenfalls im selben Alter. Er bat uns darum, die Hüter der ›Tür‹ zu sein und diese zu bewachen, damit niemand über ihre Schwelle gelangen konnte. Niemand sollte den ›Weg‹ finden. Er zählte unsere Verpflichtungen auf, die Verantwortung unseres Geschlechts, und so waren wir an das Schicksal des Klosters Santa Maria gebunden. Mein Vater wurde Baumeister von Santa Maria und blieb es sein ganzes Leben. Er übernahm die Aufgabe ohne Widerrede, denn er vertraute seinem Vater blind, auch ohne ihn gekannt zu haben. Als jedoch die Zeit kam und er mir das Geheimnis und den Grund für unseren Aufenthalt hier offenbarte, widersetzte ich mich und floh. Ich kehrte nicht zurück, bis er erkrankte und im Sterben lag … Obwohl das nicht ganz stimmt, hin und wieder kam ich, um Maria zu sehen, doch ich vermied es immer, ihm zu begegnen. Ich kam also erst zurück, als der arme Mann todkrank wurde. Ich kenne das Geheimnis nicht, das sich hinter der ›Tür‹ verbirgt, denn ich wollte es nie wissen, nicht einmal nach dem Tod meines Vaters. Ich übernahm nur die Aufgabe des Wächters, ich habe es ihm an seinem Sterbebett versprochen, ich konnte nicht anders. Und niemand hat die Schwelle überschritten, das kann ich beschwören. Aber weder mein Vater noch ich wussten, dass Serpentarius, oder vielleicht mein Großvater, eine Spur hinterlassen hatte … diese Dreiecke, die geradewegs zur ›Tür‹ führen!«

»Und wo ist diese Tür, Jofre?« Ebro hatte der Geschichte des Steinmetz aufmerksam zugehört.

»Im Abgrund, Ebro, inmitten von les Maleses.«

Folch und der Almosenpfleger schritten eilig hinter dem Prior her und ließen seinen schmächtigen Rücken nicht aus den Augen. Ihr Bitten und Klagen hatte ihn nicht umstimmen können und der hörbare Aufruhr im Kloster ein Übriges getan. Deutlich waren Jubelschreie zu ihnen gedrungen und hatten das Prasseln des Regens übertönt, der sich nun wie ein undurchdringlicher Vorhang über das Kloster ergoss. Taub gegen ihre besorgten Einwände, war der Prior mit einem Mal aufgestanden und zu seinen geliebten Steinen geeilt. Nichts hatte Guerau de Cirera aufhalten können, nicht einmal die vernünftigen Worte des Templersergeanten, der ihn davon zu überzeugen versucht hatte, dass dieser Freudenausbruch dem gottgesandten Regen galt, der die letzten Funken des Feuers auslöschen würde.

Völlig durchnässt und gefolgt von seinen treuen Schatten trat der Prior in die Kirche, um dem Jubel beizuwohnen. Mönche und Bedienstete umarmten sich und tanzten vor Freude, und die Verletzten sandten Dankesgebete in den Himmel. Ein strahlender Ramón de Santmartí kam aus der Menge auf sie zu.

»Bruder Guerau! Bruder Guerau! Das Feuer ist gelöscht, der Herr hat sich unserer erbarmt. Segensreicher Regen!«

Im Nu hatte der Prior die Situation wieder in die Hand genommen. Gefolgt von dem stirnrunzelnden Sergeanten lief er hin und her, besuchte die Verletzten, informierte sich über jeden noch so kleinen Schaden, den das Feuer verursacht hatte, bis er schließlich mit einem Seufzer darum bat, den Bibliothekar unter vier Augen sprechen zu dürfen. Als er hörte, was Guerau ihm zu sagen hatte, erlosch Bruder Ramóns Freude augenblicklich und wich einem ungläubigen, entsetzten Gesichtsausdruck. Folch, der dem Prior nicht von der Seite wich, hörte seine Worte, die kein Detail ausließen, so schrecklich es auch sein mochte: angefangen vom grausamen Tod des Abts bis zum Einsturz der Kreuzgangmauer, bei dem der Novizenmeister umgekommen war. Die Schreckensbezeugungen des Bibliothekars waren aufrichtig. Er hatte Mühe, alles zu verarbeiten.

»Wir müssen die Gemeinschaft benachrichtigen, Bruder Ramón. Das Begräbnis unserer Brüder, des Abts und des armen Bruder Hugs muss vorbereitet werden. Der Herr hat unser Leid durch einen wunderbaren Regen gemildert, doch er unterzieht uns weiterhin harten Prüfungen … Ich brauche Eure Hilfe.«

»Bei allen Heiligen, Prior, ich sah Bruder Brocard im Gespräch mit dem Abt!«, rief der Bibliothekar aus, ohne seinen Verdacht zu verhehlen. »Fast warf er mich aus dem Zimmer hinaus, er versuchte den Abt davon zu überzeugen, dass das Feuer bedeutungslos sei und …«

»Ja, mein lieber Bruder, es ist sehr wahrscheinlich, dass er sein Mörder war, doch wir werden seine Beweggründe nie erfahren. Wir müssen uns auf das Wesentliche konzentrieren und nun mit äußerster Besonnenheit vorgehen.« Guerau de Cirera hatte seine Selbstsicherheit wiedergewonnen. »Die Gemeinschaft muss versammelt werden und den Tatsachen ins Auge sehen, Bruder Ramón. Eine Gruppe soll dafür sorgen, dass das Feuer, wo es noch glimmt, keine Gefahr mehr darstellt. Und ruft Bruder Mateu, er soll die Novizen versammeln, ich möchte mit ihnen sprechen … Barmherziger Gott, und jemand soll sich um die Leichen des Abts und Bruder Hugs kümmern! … Man muss diesen armen Menschen aus dem Stall holen, es ist gottlos, ihn einfach dort liegen zu lassen.«

Der Bibliothekar beeilte sich, seine Anordnungen auszuführen. Als er gegangen war, stützte sich der Prior schwer atmend an einer Wand ab. Besorgt kam der Almosenpfleger herbei, doch bevor er seinen Vorwurf aussprechen konnte, hob Guerau die Hand.

»Schweigt, Bruder Ponç! Ihr seid mir ein Freund gewesen, den der Himmel gesandt hat, mein Lieber, aber Ihr könnt nicht meine Arbeit machen. Ich möchte, dass Ihr in Eurer Kloster Sant Miquel zurückkehrt, und Eurem Abt alles berichtet. Alles! … Tut es, ich bitte Euch darum, bevor ich es mir anders überlege. Auch seine Hilfe werden wir benötigen.«

»Aber Guerau, Ihr könnt das nicht alleine schaffen, Ihr seid krank«, widersprach der Almosenpfleger.

»Beruhigt Euch.« Guerau drückte die Hand seines Freundes. »Ponç, ich brauche Eure Unterstützung, und Ihr könnt mir nur helfen, indem Ihr nach Sant Miquel zurückkehrt, ich flehe Euch an. Meine Gesundheit liegt in Gottes Händen, Ihr könnt nichts für mich tun … Versteht doch, ich bitte Euch, ich kann doch nicht mit verschränkten Armen dasitzen und untätig bleiben. Würdet Ihr das tun?«

Ponç gab nach und folgte der Bitte des Priors. Es schmerzte ihn sehr, ihn nicht umstimmen zu können, und doch wusste er, dass sein Freund das Richtige tat. Gleichzeitig überkam ihn eine ungute Vorahnung, als ob er seinen Freund womöglich nie wieder sehen würde. Die Tränen liefen ihm über das Gesicht, aber er war nicht einmal imstande, ein Abschiedswort zu stammeln.

»Bruder Ponç, unser Glaube ist stark, und wir wissen, dass wir uns in jedem Falle eines Tages wieder sehen werden, wenn auch hoffentlich noch nicht so bald.« Guerau tröstete ihn. »Grämt Euch nicht, Ihr habt mich erkennen lassen, dass ich noch in Gott vertrauen kann, dass Schönheit nicht nur in kunstvoll gemeißelten Kapitellen liegt, sondern in etwas viel Wertvollerem … in unserer treuen Freundschaft, mein Lieber! Und trotz der schrecklichen Ereignisse, die uns zusammengeführt haben, hat mich diese Freundschaft vor dem Abgrund gerettet, über dem meine Seele schwebte. Wir werden uns wieder sehen, ich versichere es Euch!«

Der Almosenpfleger umarmte Guerau wortlos, um dann unsicheren Schrittes dem Ausgang zuzueilen.

»Und nun, Sergeant, bitte ich Euch, mich einen Augenblick allein zu lassen.« In den Worten des Priors lag keinerlei Feindseligkeit, er äußerte eine einfache Bitte. »Ich würde gerne zum Kreuzgang gehen, mir den Schaden ansehen und einige Minuten nachdenken ... ohne Euch im Nacken, Folch. Denkt nicht, ich wüsste Eure Sorge nicht zu schätzen, ich brauche nur einen Moment der Einsamkeit. Ihr könnt mich von der Tür aus beobachten, wenn es Euch beruhigt, es wird mir schon nichts zustoßen.«

Folch sah den Prior aufmerksam an. Sein Blick strahlte Zuversicht aus, obgleich sein ausgemergeltes Gesicht nichts Gutes zu verheißen schien. Folch nickte, folgte ihm in gebührendem Abstand und beobachtete ihn, wie versprochen, vom Tor aus. Er sah ihn in den Kreuzgang einbiegen und vor jedem Kapitell stehen bleiben, als unterhielte er sich mit den gemeißelten Steinfiguren.

Guerau de Cirera fühlte sich seltsam glücklich, seine innere Unruhe war wie vom Regen fortgewaschen. Der Kreuzgang vermittelte ihm wieder einmal ein tiefes Wohlgefühl, doch nun war es noch viel mehr als ein bloßes Gefühl ... Der Geruch und das Geräusch des Regens umhüllten ihn, als käme er zum ersten Mal in diesen steinernen Wald. Die Maserungen des Steins schienen wie menschliche Arterien durch das Material zu verlaufen und eine eigene Energie auszuströmen. Wenn er die Ohren spitzte, konnte er den Stein atmen hören. Er konnte seine Schwingungen spüren, ein seit Jahrhunderten gleichmäßig andauerndes Pochen, das ihm stets frischen Lebensodem einzuhauchen vermocht hatte. Er näherte sich der eingestürzten Westmauer, wo überall Steintrümmer herumlagen. Man hatte die Leichen Brocards und seiner Novizen geborgen, und eine seltsame Ruhe lag über dem Ort. Guerau kniete vor den Trümmern nieder, schloss die Augen, faltete die Hände und bat innig um die Kraft der Vergebung: darum, Brocard vergeben zu können, als ob er sich damit von einer schweren Last befreien könnte, sich endgültig von der menschlichen Ruchlosigkeit abwenden könnte, deren Existenz er so lange geleugnet hatte. Doch wie konnte man sich selbst verleugnen? … Vielleicht unterschied er sich gar nicht so sehr vom Novizenmeister. Genau wie dieser hatte er sein nichtiges Dasein verkannt und war dem Hochmut verfallen, hatte die Tugendhaftigkeit anderer gering geschätzt. Überheblichkeit war auch seine Schwäche gewesen, so wie er diesen wunderschönen Kreuzgang bestaunt hatte, ohne seine wahre Bedeutung und Botschaft zu verstehen … Die Großmütigkeit Ponç de l'Olivas hatte ihm die Augen geöffnet, seine aufrichtige, selbstlose Freundschaft, Verhaltensweisen, die er selbst völlig vergessen hatte. In jeder seiner Handlungen hatte der Almosenpfleger ihm gezeigt, dass er im Irrtum gewesen war, den Sünden anderer so unnachsichtig und den eigenen Fehlern gegenüber so wohlwollend zu sein. Bruder Hug kam ihm erneut in den Sinn … er war ungerecht und grausam gegen den armen Mann gewesen. Wie hatte dieser ihm vertrauen können? Er war so blind gewesen, und doch war er nun ein Anderer, sein Blick konnte diese Steine durchdringen und ihre Botschaft verstehen, ihre Warnung vor dem Hochmut der Menschen.

Guerau stützte eine Hand auf einen der herabgestürzten Quader, heftiges Zittern hatte ihn erfasst. Sein Leben spulte sich vor ihm ab, voller glücklicher Momente, die er vergessen hatte: die Liebkosungen seiner Mutter, das fröhliche Geschrei seiner jüngeren Geschwister, die wunderbaren Spaziergänge durch den Hafen von Barcelona als Student, die glänzenden bernsteinfarbenen Augen Cecilias, das hübsche Mädchen, das er kennengelernt hatte, bevor er in das Kloster eingetreten war … Wunderschöne Cecilia! Er hatte den inneren Zwiespalt vergessen, den sie in ihm hervorgerufen hatte! Was wäre gewesen, wenn …? Der Prior lächelte bei dieser Erinnerung. Was wäre gewesen? ... Eine angenehme Müdigkeit zwang ihn, sich auf einen der Quader zu setzen, einen kunstvoll gemeißelten Stein, so schön anzufassen, so ebenmäßig ... Er träumte mit weit geöffneten Augen. Bruder Hug grüßte ihn vom Kapitell der Heiligen Drei Könige, und leichter Nebel stieg vom Moos des Innenhofs auf. Ihm war nicht mehr kalt, eine warme frühlingshafte Brise erweckte seine Sinne ... Da war Bruder Ponç mit einem Lächeln auf den Lippen, und mit einem erloschenen Kerzenleuchter in der Hand schritt feierlich Abt Alamand den Nordflügel entlang ... Alles war vertraut und fremd zugleich. Sollte er den Bruder Bibliothekar zu Hilfe holen? Er fühlte sich so wohl und so glücklich, er wollte noch einen Moment damit warten, nur noch ein paar Sekunden ...

Folch hatte jede Bewegung des Priors beobachtet. Er zögerte, denn er wollte ihn nicht stören. Doch die Nachricht Bruder Ramón de Santmartís, dass das Feuer nun endgültig gelöscht sei, ermutigte ihn dazu. Eine gute Nachricht! Er näherte sich Guerau de Cirera vorsichtig, um ihn nicht zu erschrecken. Der Prior saß aufrecht, mit weit geöffneten Augen und einem breiten Lächeln, auf dem harten Stein, die eine Hand ruhte neben ihm, die andere hielt sein Holzkreuz umfasst, und er schien sich in dieser Haltung seltsam wohlzufühlen. Folch beugte sich zu ihm hinab, doch was er ihm sagen wollte, blieb ungesagt. Er strich über sein blasses Antlitz, schloss ihm die Augen. Dann setzte er sich andächtig neben ihn, um ihm auf seiner letzten Reise beizustehen:

»Ich weiß, Ihr werdet eine gute Reise haben, Bruder Guerau, und wir hier, in Santa Maria, werden Euch schmerzlich vermissen. Ich bin ein einfacher Soldat, wisst Ihr, nicht sehr beredt, aber ich freue mich für Euch, dass Ihr nun den Frieden erlangt, den Ihr so sehr ersehnt habt. Und Ihr solltet Euch nicht sorgen, dort, wohin Ihr geht, werdet Ihr gewiss mit offenen Armen empfangen, der Herr ist nachsichtig mit unseren Fehlern … Lebt wohl, guter Prior, es wird schwer sein, Euch zu vergessen, und das, so sagt man, ist ein wenig wie unsterblich sein.«

Jofre legte sein Bündel nieder und blickte sich nach allen Seiten um. Guillem klopfte ihm beruhigend auf die Schulter, während Ebro sich über den Brunnenrand beugte.

»Weg da, Kleiner, ich will keine Unfälle, bevor wir überhaupt angefangen haben, verdammt noch mal!«, verscheuchte er den Jungen, der mit einem Satz zurückwich.

Sie hatten abgewartet, bis es tiefe Nacht war, um den Kreuzgang aufzusuchen. Jofre besaß die entsprechenden Schlüssel, und so konnten sie unbemerkt an dem schnarchenden Türwächter vorbeigelangen. Zuvor hatte Guillem das Kloster aufgesucht, um sich die Stelle genau anzusehen und herauszufinden, wann die viel beschäftigten Mönche in ihren Tätigkeiten innehielten. Als er durch die Kirche schlenderte, traf er auf den Bibliothekar, der ihm den Tod des Priors übermittelte.

»Es kam nicht überraschend, Guillem, er war sehr krank, aber … so viele Tote!« Bruder Ramón bekreuzigte sich niedergeschlagen. »Er starb im Kreuzgang, wisst Ihr, an dem Ort, den er am meisten liebte. Gott hab ihn selig! Wir vermissen ihn sehr, er wusste in schwierigen Zeiten immer, was zu tun war.«

Folch war nirgendwo zu sehen, und so beschränkte sich Guillem darauf, sich umzuschauen. Die Geschäftigkeit im Kloster ließ allmählich nach, die vielen Verstorbenen hatten Santa Maria eine andächtige Ruhe beschert, ohne Getuschel und Geplauder. Die Mönche liefen eifrig umher, in ihre Arbeit vertieft. Schließlich verstummte auch das Geräusch eilender Schritte, die Nacht brach herein, und selbst der Regen hielt inne, um einem großartigen Sternenhimmel zu weichen. Drei Schatten huschten durch die Dunkelheit den Kreuzgang entlang und näherten sich dem Brunnen und seinem schimmernden Wasser.

»Ich habe Kerzen mitgebracht, ich glaube, der Durchgang ist sehr eng, und Fackeln würden uns den Weg nur erschweren, ihr Rauch nähme uns die Atemluft. Außerdem habe ich diese Laternen mitgebracht, achtet darauf, dass sie nicht erlischen. Und Seile und …« Jofre war sichtlich nervös.

»Hör zu, ich sage es noch einmal: Du musst nicht mit hinunterkommen, Jofre«, meinte Guillem. »Du kannst hier oben warten. Wenn wir Hilfe brauchen, bist du in der Nähe und …«

»Nein, das verstehst du nicht. Ich muss mit euch gehen«, erwiderte der Steinmetz entschieden.

»Deine Hände sind nicht mehr so kräftig, Jofre, sie könnten dich im Stich lassen«, beharrte Guillem.

»Meine Hände müssen das aushalten, Kleiner, ich werde da hinuntergehen und damit basta. Und wenn wir Hilfe brauchen, soll Folch hier oben bleiben oder Ebro!«

»Ich habe keine Ahnung, wo Folch steckt. Und was Ebro angeht … Um nichts in der Welt wird ihn irgendjemand davon abbringen können, Jofre.« Guillem sah den Jungen an, der sofort heftig den Kopf schüttelte, und seufzte tief.

Jofre zuckte mit den Schultern, während er eine Laterne an einem Seil befestigte. Dann fachte er ihre Glut mit trockenen Zweigen an, bis die Laterne ein warmes Licht verbreitete.

»Ich werde eine Laterne hinunterlassen, damit wir die Querriegel sehen, und die andere werde ich am Gürtel tragen. Ihr teilt Euch untereinander die Kerzen und den Zunder auf, aber verliert sie nicht! Ich werde zuerst gehen, und sollten meine Hände mich im Stich lassen, könnt ihr mich ja wieder herausfischen.« Guillem konnte sich angesichts seines Befehlstons ein Lächeln nicht verkneifen. »Und du, Ebro, halte den Strick fest, an dem die Laterne hängt, und lasse sie ganz langsam hinunter! … Pass gut auf, dass du nicht gegen meinen Kopf stößt! Und Ihr wartet, bis ich unten bin, verstanden!?«

Guillem hielt Jofre unter den Achseln gepackt und ließ ihn in den Brunnen hinab. Der alte Mann suchte mit den Füßen nach dem ersten eisernen Querriegel. Als er ihn ertastet hatte, stieß er einen leisen Ruf aus, doch Guillem hielt ihn weiter an einem Arm fest, bis er sicheren Halt fand. Über den Brunnen gebeugt, ließen sie die Laterne Stück für Stück neben dem Alten hinab, verfolgten seinen Abstieg und die kurzen Pausen, in denen er Atem schöpfte. Es schien ihnen eine Ewigkeit zu dauern, bis der Steinmetz plötzlich aus ihrem Blickfeld verschwand und sie mit einem heftigen Ruck am Seil wissen ließ, dass er ans Ziel gelangt war. Ebro stieg als Nächster hinab, wesentlich hurtiger, wie eine Spinne, die ohne jede Furcht vor dem Abgrund eine glatte Wand entlangläuft. Guillem atmete einige Male tief durch und versuchte seine Abneigung gegen unterirdische, geschlossene Räume zu überwinden. Dann befestigte er einen weiteren Strick an der eisernen Umfassung des Brunnenrands und ließ sich ebenfalls in den dunklen Schacht hinab. Der Abstieg erschien ihm schier endlos, und er versuchte sich zu zerstreuen, indem er die Querriegel zählte. Als er bei dreiundsechzig angekommen war, hörte er Ebro wispernd nach ihm rufen. Der Junge lugte aus einer rechtwinkligen Öffnung heraus, knapp über dem Brunnenwasser. Guillem schwang sich behutsam zu ihm hinüber, bis er einen Fuß auf den Rand stellen konnte und es ihm mit Ebros Hilfe gelang, durch die Öffnung zu schlüpfen. Von dort aus krochen sie einen engen steinernen Tunnel entlang, der nach Feuchtigkeit und Verwesung roch.

Jofres Gemurmel erklang aus dem Hohlraum. »Zieh an dem Seil, Guillem, und nimm die Laterne an dich. Das letzte Mal, als ich hier unten war, stand das Wasser wesentlich niedriger … das fehlte noch, dass wir ertrinken! Nimm dieses Bündel, darin sind trockene Zweige und Heu. Und lass diese verdammte Laterne ja nicht ausgehen! Ich werde mit meiner vorangehen, du bildest die Nachhut … und Ebro geht in der Mitte! Ich möchte nicht im Dunkeln in diesem Loch stecken bleiben. Ebro, lass meinen Hintern nicht aus den Augen!«

Das Gefolge setzte sich in Bewegung und kroch, einer hinter dem anderen, mühsam durch den engen Tunnel, der einige Meter geradeaus verlief und sich dann in einer weiten Rechtskurve krümmte. Immer tiefer schraubte sich der Gang in die Erde hinein. Bei jeder Umdrehung wurde der Weg bedrohlich schmaler, und Guillem rief beunruhigt nach dem Steinmetz.

»Jofre, Jofre … Wir drehen uns im Kreis, bald werden wir nicht mehr durch den Tunnel hindurchpassen, diese verdammte Kurve führt nirgendwohin!«

»Nein, du irrst dich, wir drehen uns nicht im Kreis. Es ist eine Spirale, die sich zunehmend schließt! Deshalb wird die Kurve mit jedem Mal enger.« Jofre atmete schwer vor Anstrengung.

»Es ist eine Art Labyrinth, Guillem, wie eine sich windende Schlange«, erklärte Ebro.

Eine Umdrehung folgte auf die andere, bis ihre Körper nicht mehr durch den Tunnel zu passen drohten. Ein Schrei Jofres ließ sie aufschrecken, der Steinmetz und seine Laterne waren plötzlich verschwunden. Um zu sehen, was passiert war, kroch Guillem verzweifelt vorwärts, schob Ebro vor sich her, bis sie beide durch ein in der Dunkelheit unsichtbares Loch hinabstürzten. Ohne Halt zu finden, rutschten sie eine glatte Fläche hinab, purzelten übereinander, stießen gegeneinander, und Ebro schrie und heulte. Doch dann endete ihr Sturz unsanft auf etwas, das sich wie ein Steinboden anfühlte. Guillem hielt seine funkensprühende Laterne noch immer fest in der Hand, wie durch ein Wunder war sie nicht erloschen, und er konnte nun Jofre erkennen, der mit erschrockenem Gesichtsausdruck neben ihnen am Boden hockte.

»Was zum Teufel … Geht es dir gut, Jofre, hast du dir wehgetan?«

»Haltet doch mal die Laternen hoch, wo sind wir denn hier? … Wir brauchen Licht.« Ebros Mund stand weit offen, bereit zu neuen Schreckensausrufen.

Jofre und Guillem hielten gleichzeitig ihre Laternen in die Höhe. Das Licht durchbrach die Dunkelheit und beleuchtete eine Szenerie, die ihnen den Atem nahm. Ein wunderschöner Kreuzgang umgab sie, der dem von Santa Maria in allen Einzelheiten glich. Nur der Brunnen fehlte. Bezaubert von dem Anblick blieben die drei dort sitzen, wo sie gelandet waren, Ort und Zeit vergessend und ohne einen Ton herauszubringen. Nach einer ganzen Weile erwachte Ebro aus seiner Verzückung, und ohne seine Freunde zu stören, nahm er sein Bündel und begann zwischen den Säulen Kerzen aufzustellen. Nach und nach öffnete sich der Raum dem Licht, wuchs, trat heraus aus dem Nichts und dem Vergessen.

»Sei sparsam mit den Kerzen, Junge ...«, wisperte Jofre ohne Überzeugung.

Behutsam stand Guillem auf, schüttelte nicht vorhandenen Staub aus seinem Hemd und hob die Laterne der Öffnung entgegen, aus der sie vermutlich herabgefallen waren. Aus dem runden Loch in der Decke führten zwei Steinrampen heraus, die in Form der gespaltenen Zunge einer Schlange gemeißelt worden waren. Durch diese Rampen mussten sie gekommen sein.

»›In der Zunge der Schlange stirbt der fünfte Bruder‹«, zitierte Guillem laut, sodass der Steinmetz vor Schreck zusammenfuhr. »Das hier sieht aus wie eine Schlangenzunge, Jofre ... und ich frage mich, wo zum Teufel der fünfte Bruder stirbt? Jofre, wach auf!«

»Das ist unglaublich! Wie haben sie das nur gemacht?« Jofre war noch immer wie gebannt.

»Was gemacht ... diesen Kreuzgang? Vielleicht war er schon vor Serpentarius da und gehörte zum alten Kloster oder zu dem heidnischen Tempel, von dem du uns erzählt hast.« Guillem war nicht so sehr daran interessiert, er dachte nur an den fünften Bruder.

»Du weißt nicht, was du da sagst, das ist undenkbar!«, rief Jofre verärgert über die Gleichgültigkeit des Jünglings aus. »Ach, ich habe keine Zeit, dir das zu erklären. Aber dieser Kreuzgang ist das Werk des Serpentarius' und meines Großvaters. Sieh doch! ... Er sieht genauso aus wie der Kreuzgang von Santa Maria, und wenn ich mich nicht irre, und ich bin mir dessen fast sicher, liegt er auch ganz genau darunter!«

»Das kannst du nicht wissen, Jofre, ausgeschlossen. Wir sind so lange im Kreis abwärts gekrochen, da verliert man die Orientierung … außerdem, wo ist das Brunnenwasser?« Guillem überkam eine ungute Ahnung. »Hast du dich gefragt, wie wir hier wieder herauskommen? Mir scheint, unser Weg hierher war eine Einbahnstraße, Jofre.«

»Erstens solltest du wissen, Kleiner, dass der Brunnen nicht unbedingt gerade nach unten gebaut sein muss, und dass sein Wasser von einen unterirdischen Fluss gespeist wird, dessen Verlauf man bisher nie ausmachen konnte.« Jofre nahm einen belehrenden Tonfall an. »Zweitens sind auch wir nicht in einer geraden Linie abwärts gestiegen, Guillem, sondern in Spiralen, verstehst du? … Aber wir haben uns immer um dieselbe Achse gedreht. Damit sind wir nur in die Tiefe vorgedrungen, in keine andere Richtung. Und ich bleibe dabei: Über uns liegt der Kreuzgang von Santa Maria und das Kloster, ob du mir glaubst oder nicht.«

»Alles klar, danke für die Unterrichtsstunde, und was nun? Schlägst du etwa vor, dass wir laut rufen, bis Folch uns hört und hier rausholt?« Guillem begann die Beklemmung zu spüren, die unterirdische Räume bei ihm auslösten. Anstelle einer Antwort grummelte Jofre einen Fluch und entfernte sich, um den Kreuzgang zu begutachten.

»Hier ist er, Guillem, hier ist er! Es gibt doch einen Brunnen!« Ebros Geschrei hielt Guillem davon ab, seine Wut weiter an dem Steinmetz auszulassen.

Missmutig begab er sich zu dem Jungen in die Mitte des Hofs, den der Kreuzgang umschloss. Dort, wo der Brunnen zu vermuten gewesen wäre, befand sich ein tiefes Loch. In etwa sieben Handbreit Tiefe war ein Dreieck zu erkennen, das wie schwerelos, ohne jede Befestigung, dort zu schweben schien. Guillem stieß ein missgelauntes Schnauben aus.

»Verdammt sei der Tag, an dem man mir zum ersten Mal von diesem Serpentarius erzählt hat. Was hat das wieder zu bedeuten?« Das Echo seines Ausrufs wurde von Kapitell zu Kapitell geworfen, doch er erhielt keine Antwort.

»Welche Figuren befanden sich noch einmal auf dem vierten Bruder, Guillem, auf dem, den wir bei Iscla gefunden haben?« Ebro war nicht gewillt, sich sein Abenteuer durch Guillems schlechte Laune vermiesen zu lassen.

»Ein Paar, wie immer, ich glaube ein Dreieck und ein Quadrat. Warum?« Ebros Eifer besänftigte ihn.

»Sieh doch, hier, am Rand dieser brunnenähnlichen Vertiefung, befinden sich Quadrate und Dreiecke! … Siehst du sie?«

Guillem kniete nieder. Um das Loch herum befand sich ein etwa handbreiter Steinrand, in den, wie sie es immer wieder gesehen hatten, Dreiecke und Quadrate paarweise eingraviert waren. Von den Ausrufen des Jungen angelockt und neugierig geworden, trat Jofre zu ihnen. Nach langem Hin und Her beschlossen sie, Ebro einen dicken Strick um die Knöchel zu binden und ihn in das Loch hinabzulassen, während sie sich, einander gegenüber, an der Ost-West-Achse des Brunnens positionierten. Als Ebro ihnen zurief, dass der fünfte Bruder in seiner Reichweite war, drückten sie gleichzeitig auf die geometrischen Figuren und warteten gespannt.

»Worauf wartet ihr? … Mir ist schon ganz schwindlig«, stöhnte Ebro.

»Warte, Kleiner, warte. Es hat nicht funktioniert, wir werden uns anders hinstellen!«, rief ihm Guillem zu.

Sie stellten sich nun an der Nord-Süd-Achse auf und

drückten erneut auf die geometrischen Figuren, die diesmal mit einem trockenen Knacken nachgaben. Ebros gedämpfter Ausruf verkündete ihnen, dass der letzte Bruder in ihren Händen war! Als Guillem an dem Seil zog, um den Jungen heraufzuholen, und schon Ebros Hüfte zu sehen war, geriet plötzlich etwas in Bewegung. Ohne jede Vorwarnung begann der erhöhte Rand um die Vertiefung herum sich zu drehen. Der Stein schrammte an Guillems Händen, ließ ihn erschrocken aufheulen, und das Seil glitt ihm aus den Fingern. Ebros Schrei ließ ihre Trommelfelle bersten. Jofre, der zur Seite getreten war, um nicht im Weg zu stehen, konnte gerade noch herbeispringen und das Seil packen, das sich schon im freien Fall befand. Der Rand drehte sich immer schneller, verbreiterte sich, lautes Getöse drang aus dem Abgrund zu ihnen, als strömte ein unsichtbarer Wasserfall durch den Schacht aufwärts. Verzweifelt stürzte sich Guillem über den Steinmetz, um mit anzufassen. Dabei brüllte er wie ein Wahnsinniger, bis er Ebro, mit vor Angst entstelltem Antlitz und völlig durchgerüttelt, endlich auftauchen sah. Mit letzter Kraft und schon fast tauben Armen riss Guillem an dem Seil, und mit einem Ruck landete der Junge neben ihnen auf dem Boden. Guillem packte ihn am Kragen, und rasch warfen sie sich zur Seite, um sich vor dem schwindelerregend schnell rotierenden Steinrand in Sicherheit zu bringen.

Im Schutz des Kreuzgangs beobachteten sie völlig entkräftet, wie sich der Brunnen gleich dem Schlund eines verwundeten Tiers immer weiter öffnete, bis er sich um das Dreifache vergrößert hatte und dann stillstand. Nur noch das Rauschen von Wasser war dunkel von irgendwoher zu hören. Wie erschlaffte Puppen lagen die drei am Boden und rangen nach Luft.

»Was zum Teufel war das?« Guillems hervorgestoßene Worte waren kaum zu verstehen.

»Ich weiß nicht … Wir müssen irgendeinen Mechanismus ausgelöst haben. Ich dachte schon, der Brunnen würde überflutet werden. Gütiger Gott!« Jofre blickte entsetzt auf seine Hände. »Ich muss mich ausruhen, ich muss mich unbedingt ausruhen.«

»Bei den Nägeln Christi, Jofre, deine Hände!« Guillem stand rasch auf, um Tasche und Wasservorräte zu holen. »Wenn du nicht gewesen wärst, wäre Ebro jetzt tot!«

Der Jüngling goss Wasser über die verletzten Hände des Steinmetz, säuberte sie und umwickelte sie mit einem Tuch, um sie zu schützen. Ebro näherte sich ihnen kriechend. Panik lag in seinen Augen, und er hielt noch immer krampfhaft die Arme an die Brust gepresst.

»Ebro, es ist vorbei, hab keine Angst mehr, du bist nicht mehr in Gefahr, Jofre hat dir das Leben gerettet!« Guillem umarmte seinen kleinen zitternden Körper und versuchte ihn zu beruhigen. Die Zeit schien stillzustehen, während sich die drei Männer in ihrem Schrecken beistanden. Ihre ermatteten Körper schienen mit dem reglosen Stein verschmolzen, nur die Kerzen flackerten und durchbrachen die Magie des leeren Raums.

»Lass uns ein paar Stunden ausruhen, Jofre, wir müssen schlafen und Kraft sammeln, etwas essen … Wir stehen das sonst nicht durch.«

»Ich halte euch auf, das tut mir leid«, entschuldigte sich der Steinmetz mit gesenktem Blick. Er konnte sich nicht einmal mehr vom Boden erheben.

»Du sollst uns aufhalten? Hast du uns mal angeguckt, Jofre? Ich kann kaum sprechen, ohne dass meine Zunge am Gaumen kleben bleibt. Ich bin völlig erschöpft. Wir brauchen alle eine Pause, wenn wir hier lebend wieder herauskommen wollen.« Guillem atmete noch immer schwer. »Und Ebro wäre jetzt nicht hier bei uns, wenn du nicht gewesen wärest.«

Der Steinmetz sah ihn dankbar an, nickte und lächelte. Seinem Freund ging es wirklich kaum besser als ihm selbst. Guillem hatte recht, sie brauchten ein paar Stunden Ruhe. Er griff nach seinem Bündel, zog einen Laib Brot und einige Streifen getrocknetes Fleisch hervor und verteilte sie. Auch Guillem vollbrachte Wunder, als er in seinem Bündel kramte und triumphierend einen kleinen Schlauch hervorholte.

»Wein von Santa Maria, nimm einen tiefen Schluck, Ebro, ein wenig angetrunken stehen wir diese Hölle besser durch.«

Selbst erstaunt, wie hungrig sie waren, kauten sie gierig und leerten den Weinschlauch im Nu. Dann suchten sie Schutz unter den Schlangenzungen, als ob sie der Außenwelt dadurch näher wären oder ein feiner Lichtstrahl durch das Labyrinth zu ihnen vordringen könnte. Eng aneinandergeschmiegt, versuchten sie zu schlafen.

»Ich habe das Dreieck, Guillem, den letzten Bruder, ich habe ihn nicht losgelassen.« Ebro hatte sich erholt, der Wein hatte seine Wirkung getan, seine Wangen waren wieder leicht rosarot.

»Das habe ich mir gedacht. Guter Junge … Du bist wirklich genauso stur wie deine Maulesel! Heb ihn gut auf, nachher werden wir ihn uns anschauen, aber jetzt versuch ein wenig zu schlafen.«

»Da müsste ein Tor sein, Guillem«, flüsterte Jofre, den der Schlaf übermannte, mit schon fast geschlossenen Lidern. »Ein Tor, genau wie in Santa Maria, das Tor, das die

Kirche mit dem Kreuzgang verbindet. Durch dieses Tor könnten wir hinausgelangen …«

»Später, mein Freund, später …« Guillems Arme taten weh, sie fühlten sich steif und taub an, doch die Müdigkeit war stärker. Er konnte kaum seinen Satz beenden. »… später, später machen wir weiter.«

Guerau de Cireras Tod hatte Folch schwer erschüttert. Diesen Mann hatten tiefe Zweifel geplagt, und das hatte beim Sergeanten alte Erinnerungen wach werden lassen. Der Prior war ein guter Mensch gewesen, aber verloren zwischen Schmerz und Wankelmut, als habe er irgendwo zwischen Himmel und Hölle gewohnt, ohne die Erde zu berühren: entscheidungsunfähig und von der Angst verfolgt, auch nur den geringsten Fehler zu begehen, der ihn den Flammen des Fegefeuers ausliefern könnte. Dieser verzweifelte Blick … es waren seine Augen gewesen, die Erinnerungen ausgelöst hatten, die Folch lieber für immer vergessen hätte. Alte Zweifel, die ihn einstmals gezwungen hatten, sein Leben zu ändern, bedrängten ihn nun erneut. Und doch schien Guerau in seinem Tod einen besonderen Frieden gefunden zu haben, und der Sergeant musste immer an sein seltsames strahlendes Lächeln denken. Fern von den neugierigen Blicken der Mönche saß Folch in einem verborgenen Winkel der Kirche und bekam dieses Bild nicht mehr aus dem Sinn. Warum? Er hatte sich neben den Prior gesetzt und einen großen Neid verspürt, ein bisher unbekanntes Gefühl. Beneidete er ihn etwa um seinen Tod? Nein, überlegte er, das war es nicht … er liebte das Leben mit all seinen Schwierigkeiten, er hatte es immer geliebt, vielleicht sogar zu heftig. Es war etwas Tiefgründigeres und Merkwürdigeres, er sehnte sich nach jenem Seelenfrieden, der jeder Pore des Priors entströmt war. Sein Schmerz und seine Zweifel hatten ein Ende gefunden.

Er hatte Guerau in seinen Armen getragen und ihn vom Kreuzgang in seine bescheidene Zelle gebracht, einen Raum ohne jede Zierde, eine schmale Pritsche, ein Tisch, ein Stuhl … Dies waren die Einrichtungsgegenstände gewesen, die der Prior in seinem Leben um sich gehabt hatte. Er hatte den Körper mit einer schlichten Decke zugedeckt, während hinter ihm das ängstliche Gemurmel der Brüder anhob, die sich jeder Führung beraubt sahen. Die Ereignisse hatten das Kloster in eine beklemmende Stille gehüllt. Das leiseste Geräusch ließ die verschreckten Mönche auffahren. Sie hatten sich um Bruder Ramón de Santmartí geschart, den Einzigen, der die Fassung bewahrte.

»Bruder Ramón, hat Euch der Prior von der Sache mit den Novizen unterrichtet?« Vorsichtig sondierte der Sergeant die Lage.

»Ja.« Die Antwort war knapp.

»Und was gedenkt Ihr zu tun, Bruder Ramón? Habt Ihr irgendeinen Plan?«

»Ich weiß nicht, was zu tun ist, Folch. Ich hoffe auf Eure Hilfe.« Seine Worte waren aufrichtig.

»Eine schwierige Lage, ich beneide Euch nicht um Eure Rolle, Bruder Ramón. Selbstverständlich könnt Ihr auf meine Hilfe rechnen. Ich denke, wir sollten die Novizen versammeln, ich weiß noch nicht genau, was … Ich meine, man muss jede Möglichkeit ausschließen, versteht Ihr, was ich sagen will?« Folch stotterte. Es fiel ihm schwer, offen über die Situation zu sprechen.

»Ich verstehe Euch vollkommen, es muss verhindert werden, dass sich das Ungeziefer noch weiter im Kloster verbreitet«, erwiderte der Bibliothekar und kam Folch zu Hilfe. »Wo soll ich sie versammeln, Bruder Folch? Es wird keine halbe Stunde dauern.«

»Seit ich hier bin, hat mich noch niemand von Euch Bruder genannt, Ihr wisst nicht, wie dankbar ich Euch dafür bin. Was den Ort der Versammlung angeht, wären die Räume des Abts geeignet, habt ihr die blutige Bettwäsche schon entfernt? …« Folch lag daran, den grausamen und schockierenden Anblick des Tatorts zu erhalten, vielleicht würde sich einer der Novizen verraten.

»Wir hatten noch keine Zeit dazu, Bruder Folch. Nur Alamands Leiche wurde weggebracht, alles andere ist unverändert … Und wundert Euch nicht, wenn ich Euch Bruder nenne, für mich sind die Tempelmitglieder Glaubensgenossen. Meine Familie stand immer eng mit der Miliz in Verbindung, ich habe einen Bruder, der Eurem Orden angehört.«

»Was für eine angenehme Überraschung, Bruder Ramón, ich hatte den Eindruck, dass man uns in diesem Kloster für primitive Soldaten hielte, und offen gestanden begann ich mich darüber zu ärgern. Ich freue mich, einen wertvollen Verbündeten gefunden zu haben.« Folch seufzte zufrieden.

»Seid unbesorgt, ich werde nicht zulassen, dass Ihr von ein paar unwissenden Mönchen entmutigt werdet.« Der Bibliothekar lächelte über das ganze Gesicht. »In einer halben Stunde? … Wir treffen uns dort.«

Bruder Ramón klopfte ihm freundschaftlich auf die Schulter und entfernte sich. Folch versank wieder in Gedanken, er musste sich um die Sache kümmern und sie zu Ende bringen. Diese Morde durften sich auf keinen Fall wiederholen und … Seine Kameraden brauchten ihn nicht, er konnte ihnen nicht helfen, diesem verdammten Baumeister auf die Spur zu kommen, der seinen Orden verraten hatte, denn dessen war sich Folch sicher. Mit einem Mal wurde er sich bewusst, wie sehr er Serpentarius hasste und fürchtete. Er war froh, sich von ihm und von der Aufregung fernhalten zu können, die dieses Spiel anfangs auch in ihm hervorgerufen hatte. Spiel? Wenn es eines war, so ein äußerst gefährliches: ein gewaltiges Spinnennetz, das jeden vernichtete, der sich arglos darin verfangen hatte. Er musste sich eingestehen, dass die Begeisterung, die er beim Grab des Riesen noch verspürt hatte, einem Gefühl von Unruhe und Verstörung gewichen war. Dieser Mann, Serpentarius, hatte den Templerorden verraten und nicht verdient, der Miliz anzugehören ... Und wenn es nach ihm ginge, sollte er ewig in der Hölle schmoren. Es gab Dinge, die man lieber ruhen lassen sollte, sonst lief man Gefahr, die Schergen des Teufels selbst aus ihren Ecken zu locken, deren Sirenengesänge einen für immer in ihren Bann schlugen. Folch war sich sicher, dass der Baumeister vom rechten Weg abgekommen war. Warum sonst hatte er sich verstecken müssen wie ein erbärmlicher Wegelagerer? Es konnte nicht anders sein. Weshalb aber diese hartnäckige Suche nach ihm? Bruder Beson hatte recht, er wusste, wovon er sprach. Das Beste wäre gewesen, schon das erste Dreieck auf den Misthaufen zu werfen und das Ganze zu vergessen. Warum lag dem Templerorden so sehr daran, die Sache wieder auszugraben? ... Er zweifelte nicht daran, dass auch Guillem nichts über die Absichten des Ordens wusste, man ließ ihn im Dunkeln, wie immer. Folch holte tief Luft, in seiner Magengegend machte sich ein beklemmendes Gefühl breit. Er liebte den Templerorden, er bereute nicht, ihm sein Leben gewidmet zu haben, doch er kannte auch seine dunklen Seiten. Wie der junge Montclar hatte er für ihn gearbeitet, aber er hatte es nicht ausgehalten. Was wollten sie von Serpentarius … war da irgendetwas, das ihre Habsucht geweckt hatte? Hatte der Baumeister etwas gewusst, was den Orden betraf und was hundert Jahre überdauerte? Was zum Teufel suchten sie so eifrig? Der Sergeant war zwischen der Wahrheit und der Angst, sie zu entdecken, hin- und hergerissen, er fürchtete, die Antwort könne noch einmal seinen Glauben erschüttern. Nicht noch einmal, nein! Er dachte an Ebro, er hatte Angst um den Jungen und um seine Glaubensfestigkeit, vielleicht hätte er darauf bestehen sollen, ihn da nicht mit hineinzuziehen, doch er wusste, dass das unmöglich gewesen wäre. Der Ruf des Abenteuers hatte in seinen dunklen Augen geglänzt, nichts hätte ihn zurückhalten können. Und Guillem? Er war rebellisch, undiszipliniert, spöttisch und gegen Glaubenszweifel gefeit … das würde ihn vielleicht schützen, was auch immer ihm begegnete. Doch Folch konnte das Risiko nicht eingehen, er war in Zweifeln gefangen wie der arme Prior, schon ein schwacher Windhauch konnte seinen Glauben ins Schwanken und zu Fall bringen. Er versuchte, diese Gedanken abzuschütteln. Er würde tun, was er tun konnte. Greifbare, handfeste Tätigkeiten, die seinen Glauben nicht auf die Probe stellten. Er würde die übrigen Mörder finden, die noch immer frei herumliefen. So etwas lag ihm, er wurde immer für seine zupackende Tüchtigkeit beneidet, und er würde es in Erinnerung an den Prior Guerau de Cirera tun, er würde sein Kloster von dem Ungeziefer befreien, ohne mit der Wimper zu zucken.

Eilig begab er sich zum Zimmer des Abts, er hatte ganz die Zeit vergessen. Als er dort ankam, warteten an der Seite des Bibliothekars sechs junge Männer auf ihn und sahen ihm mit neugierigen Blicken entgegen.

»Ich danke Euch, dass Ihr gekommen seid, Brüder, ich

weiß, wie viel im Kloster zu tun ist, und werde Eure Zeit nicht unnötig verschwenden. Sind alle da?«

»Mateu und Vidal konnten wir nicht finden, Herr, ich meine, Bruder Mateu und …« Ein Junge in Ebros Alter sah ihn mit großen grauen Augen an.

»Ihr konntet sie nicht finden?«, unterbrach ihn Folch. »Habt Ihr denn richtig nach ihnen gesucht?«

»Überall, Bruder Folch«, bestätigte Bruder Ramón de Santmartí. »Diesen Jünglingen zufolge hat man sie seit dem Feuer nicht mehr gesehen. Zwei meiner Brüder suchen weiterhin nach ihnen, doch ich dachte, Ihr würdet gewiss schon anfangen wollen.«

Der Bibliothekar war nervös. Folch seufzte, ließ sich aber von dem hilflosen Blick Ramóns nicht beirren. Energisch befahl er den Jünglingen, sich zurückzuziehen und auf dem Flur zu warten, nur einen eingeschüchterten Novizen hieß er zu bleiben. Folch setzte sich hinter den prachtvollen Schreibtisch des Abts und ließ ihn näher treten. Gut, dachte er, ein Anfang ist gemacht, und ich habe alle Zeit der Welt.

14

DAS GEHEIMNIS DES STEINS

»Verzeiht, wenn Ihr könnt, dass ich Euch nicht um Entschuldigung bitte. Nur Verständnis kann Euch begreiflich machen, dass das Wissen mich an die Hand genommen und mich auf seltsame Wege geführt hat. Habt Erbarmen und erlaubt mir, zu ihnen, den Windungen der Schlange, zurückzukehren, zwischen ihnen zu enden und neu zu beginnen.«

»Was hat Serpentarius mit dem alten Abt Odon zu tun?«

Ebro sah schon viel besser aus, er wirkte entspannt und ruhig. Der Schlaf hatte ihnen die Erholung verschafft, die sie so bitter benötigt hatten. Inzwischen hatten sie vollkommen das Zeitgefühl verloren, wussten nicht einmal, ob ein neuer Tag angebrochen war. Guillem hatte Jofre geholfen, sich einen neuen notdürftigen Verband um seine verletzten Hände anzulegen. Der Knappe hatte seine gute Laune wiedergewonnen und legte seinen begeisterten Freunden die unterschiedlichsten Möglichkeiten dar, wieder an die Oberfläche zu gelangen. Sie wuschen sich nur flüchtig, denn sie hatten beschlossen, sparsam mit dem Wasser umzugehen, trotz des finsteren Kommentars des Steinmetz, sie könnten ohnehin bald darin ertrinken. Das Geräusch fließenden Wassers aus der Tiefe drang noch immer deutlich an ihre Ohren.

»Serpentarius' Absichten sind mir nach wie vor ein Rätsel, Ebro«, antwortete Guillem dem Jungen. »Ich weiß nicht mehr als du: das, was uns einer von Odons Mönchen hinterlassen hat. Ihnen zufolge können wir davon ausgehen, dass er den ›Dienern des Steins‹ auf irgendeine Weise geholfen hat, weil Odon ihn dazu zwang … hier hat meine Weisheit ein Ende. Und jetzt zeig uns bitte den fünften und letzten Bruder.«

Feierlich übergab Ebro Guillem das Dreieck, und während sie noch auf dem Brot kauten, das Jofre gerecht unter ihnen verteilt hatte, beugten sich die drei darüber.

»Gut, fangen wir an. Auf der Rückseite stehen die letzten Worte eines der Rätselsprüche: ›Inmitten des Spiegels‹ … Wenn wir das an den Rest anfügen, lautet der Satz folgendermaßen …« Und er hob mit lauter Stimme an:

»›Die Schlange wird dich führen … zum Weg des Labyrinths … wo sich das Geheimnis des Steins verbirgt … inmitten des Spiegels.‹ Irgendwelche Vorschläge, was dieser Kauderwelsch bedeuten soll?«

»Inmitten des Spiegels«, wiederholte der Steinmetz mit verschlafenem Blick. »Vielleicht bezieht sich das auf die Spiegelung, auf das Analogiegesetz: ›Wie oben, so unten‹ … Ich weiß nicht, vielleicht hat es etwas mit den zwei gleichen Kreuzgängen zu tun, einer über dem anderen.«

»Und wenn ja, was zum Teufel bedeutet es dann? Das alles klingt mir nach Hokuspokus, ich verstehe einfach nicht, was das soll.« Guillem biss von Neuem in das trockene Brot, er war hungrig.

»Ja, du hast recht, es ist eine seltsame Sprache, aber ich weiß nicht. Es erinnert mich an einen Kameraden aus dem Burgund, mit dem ich viele Jahre lang zusammengearbeitet habe. Vorausschicken muss ich, dass er damals stockbetrunken war, aber er erzählte mir von einer Theorie, von der er gehört hatte. Demnach setzen die Hohlräume unter großen Bauten besondere Kräfte frei, wenn man sie auszumachen weiß. Dann begann er begeistert über die Energien zu faseln, die entstünden, wenn wir, was wir sonst gen Himmel bauen, in die entgegengesetzte Richtung bauten, nach unten … Er pochte darauf, dass man nur die richtigen Orte finden müsse, und schwor, dass man früher viel mehr über diese Wissenschaft wusste. ›Energiefelder‹ nannte er diese Orte. Na ja, ich hab ihm kein Wort geglaubt, ich war selbst völlig betrunken und …«

»Gütiger Gott, da hatte der Teufel Alkohol seine Hand im Spiel, im Rausch aufgestellte Theorien, das fängt ja gut an«, seufzte Guillem. »Wir sollten uns lieber auf das letzte Rätsel konzentrieren. Ich will endlich wissen, worauf das Ganze hinausläuft! Seid ihr bereit? ›Die fünf im Blute geeinten Brüder werden das Tor zur Schlange öffnen.‹ Dieser Kerl war ein Reptiliennarr!«

»Nein, Guillem, du irrst dich, er meint damit gar kein Reptil. Ich glaube eher, er spricht von der ›Wouivre‹.« Seine Gefährten sahen ihn verdutzt an, und Jofre hob zu einer Erklärung an. »Also, in der Bruderschaft in der Provence, in der ich einige Jahre lang arbeitete, hörte ich das erste Mal von der ›Wouivre‹, der kriechenden Schlange. So nannte man die unterirdischen Strömungen, die Energielinien, versteht ihr? Es sind die Lebensströmungen, die jene besonderen Orte ausmachen, von denen der betrunkene Burgunder sprach. Sie setzen die Musik des Gesteins frei, und ihre Schwingungen wirken sich auch auf Menschen aus. Das ist ›die Wouivre‹, die unsichtbare Schlange.«

»Und du glaubst wirklich, dass diese fantastischen Geschichten uns dabei helfen, hier herauszukommen, Jofre? Glaubst du an all dieses Zeug?« Guillem staunte, wie ernst dem Steinmetz war.

»Und hinter diesem Tor ist wirklich eine Schlange, Jofre?« Der leichtgläubigere Ebro war fasziniert.

»Es muss keine echte Schlange sein, Ebro, und auch kein Fabelwesen. Weißt du, unter uns Steinmetzen symbolisiert die Schlange die Kraft an sich, in ihrem reinen, unbefleckten Wesen, das grenzenlose, erlösende Vermögen zur Verwandlung. Die Schlange steht für die tiefe, abgründige Macht der Mutter Erde, die die Furchen und Flüsse bewegt, die sie durchziehen … Es ist eine Kraft, die wir nicht mit unseren Augen sehen, jedoch in unserer Seele fühlen können, mein Junge. Und es gibt Orte, an denen sich die Windungen der Schlange zusammenziehen und eine geheime Kraft entwickeln.«

»Verdammt noch mal, Jofre, du solltest seine Einbildungskraft nicht noch schüren. Lass uns lieber dieses Tor suchen, vielleicht ist es wirklich der Ausgang.« Guillems Vernunft setzte sich durch, sie durften die Zeit nicht mit den Geschichten des Steinmetz vertrödeln.

»Ich habe es dir doch schon gesagt, es gibt nur ein Tor, und zwar dort, wo sich auch das Tor zwischen Kreuzgang und Kirche in Santa Maria befindet.« Jofre ließ sich nicht beirren. »Aber setz doch erst mal die Teile zusammen, wie es Serpentarius vorgesehen hat, die Brüder müssen sich vereinen.«

Sie erhoben sich und packten ihre geringe Habe zusammen, der Steinmetz sammelte die Kerzen ein, die nicht mehr benötigt wurden. Ebro hatte sie fröhlich alle im Raum verteilt. Die Möglichkeit, im Dunkeln an diesem Ort gefangen zu sein, machte ihnen noch immer Angst. Sie durchquerten den Kreuzgang, gingen auf das Tor zu, von dem Jofre gesprochen hatte, und blieben davor stehen.

»Es ist wunderschön, Guillem, genau wie das in Santa Maria!«, rief Ebro entzückt.

»Nein, mein Junge, es ist nicht ganz gleich, schau genau hin!« Jofre hob die Laterne auf die Höhe des Bogenfelds. »Oben liegt die Schlange Maria zu Füßen, aber hier scheint sie sie gänzlich zu umwinden, außerdem hat die Heilige Jungfrau kein Kind auf dem Schoß, sie ist allein … Und schau dir die Figuren um sie herum an, sie kehren ihr den Rücken zu! Ich habe noch nie dergleichen gesehen.« Der Steinmetz und Ebro überschlugen sich vor Bewunderung. Davon unbeeindruckt, tastete Guillem das Tor Stück für Stück ab.

»Hier ist es, ich hab's gefunden!«, rief er auf einmal.

Links des Torsturzes befand sich ein kreisförmiges Relief im Stein. Zahlreiche zierliche Steinnasen ragten wie lange Nadeln hervor und bildeten scheinbar unzusammenhängende geometrische Figuren: Kreise, Quadrate und Dreiecke. Jofre und Ebro waren begeistert von dem Fund. Sie waren nun überzeugt, dass sie herausgelangen würden.

Guillem setzte die fünf Dreiecke zusammen, und sie bildeten einen vollkommenen Kreis: Sie schienen nur darauf gewartet zu haben, sich ineinander zu fügen. Endlich waren die fünf Brüder vereint.

»Der Augenblick der Wahrheit ist gekommen, meine Freunde. Nun werden wir sehen, ob sich die Dreiecke in den Steinkreis am Tor einfügen und die Erhöhungen und Vertiefungen übereinstimmen«, flüsterte er. »Tretet zurück in den Schutz der Mauer, ich will keine Unfälle mehr!«

Guillem stellte sich vor das Steinrelief, grätschte die Beine, um einen stabilen Stand zu finden, und streckte die

Hände aus, mit denen er den Kreis der fünf Brüder hielt. Er bewegte das Gebilde so lange hin und her, bis sich tatsächlich die Figuren beider Seiten ineinander fügten. Erfreut wich er rasch zurück. Ebro begleitete seine Bewegungen mit einem nervösen Kichern und hielt sich mit beiden Händen den Mund zu. Doch nichts geschah, noch immer herrschte tiefe Stille in dem geheimnisvollen Kreuzgang.

»Vielleicht musst du ihn noch tiefer hineindrücken, Guillem … oder du hast ihn falsch eingesetzt«, meinte Jofre mit enttäuschter Miene.

»Dreh daran, Guillem, versuch ihn zu drehen!«, schlug Ebro ungeduldig vor.

Der Jüngling warf ihnen einen feindseligen Blick zu und bedeutete ihnen zu schweigen. Er atmete tief durch, näherte sich erneut dem Torbogen und legte beide Hände auf das Relief mit den fünf Brüdern. Dann drückte er zu, so fest er konnte, und der Metallkreis tauchte noch tiefer in seinen steinernen Gegenpart ein. Einige Sekunden lang tat sich nichts, und Guillem wich an die Seite seiner Freunde zurück. Doch plötzlich erklang eine langsame Tonfolge, ein Geräusch wie von Peitschenhieben. Bei jedem kurzen trockenen Knall drehte sich das Reliefrad: erst nach links, wieder ein Knall, dann weiter nach links, wobei sich immer mehr Figuren ineinander fügten. Bereit beim kleinsten Anzeichen von Gefahr die Flucht zu ergreifen, drückten sich die drei dicht an die Seitenwand und beobachteten die unregelmäßigen Bewegungen gebannt. Plötzlich hörte das Knallen auf, und das Steinrelief mit den fünf Brüdern ragte erneut eine ganze Handbreit aus dem Mauerwerk heraus. Stille. Guillem stand reglos da und versuchte seine Gefährten im Zaum zu halten. Er wollte warten, er traute dem

Ganzen nicht und fürchtete eine von Meister Serpentarius' fantasievollen Fallen. Doch fünf Minuten lang geschah nichts.

»Es ist ein Rad, es ist ein Rad!«, entfuhr es Ebro ungestüm.

»Eins nach dem anderen, und werd jetzt nicht nervös, Ebro, hab Geduld. Wir dürfen nichts überstürzen. Was meinst du, Jofre?«

»Ich meine, dass unser Proviant und das Wasser zur Neige gehen und … vor allem will ich hier raus! Das meine ich, Guillem«, antwortete der Steinmetz mit vor der Brust verschränkten Armen. »Wir müssen den Ausgang finden, und dieses Tor ist die einzige Möglichkeit, denke ich. Dreh an den fünf Brüdern wie an einem Rad, oder versetz ihnen einen Fußtritt, ist mir egal!«

»Eure Ratschläge sind überwältigend, was würde ich nur ohne euch machen!«

Zerknirscht kehrte Guillem an seine Ausgangsposition zurück, hielt das hervorstehende Steinrelief mit beiden Händen umfasst und drehte es nach rechts. Jofres Worte hatten ihn beunruhigt. Bis zu diesem Augenblick hatte er nicht ernsthaft daran gedacht, dass sie ausweglos unter der Erde gefangen sein und sich dieser versteckte Kreuzgang in ihr Grab verwandeln könnte. Dieser Gedanke rief ein unangenehmes Gefühl in seiner Magengegend hervor. Zu seinem Erstaunen ließ sich das Relief auf leichten Druck hin mühelos drehen. Das durchdringende Geräusch rasselnder Ketten, Metall gegen Metall, erklang, es hörte sich an wie ein verzweifeltes Kreischen. Guillem murmelte einen Fluch und drehte weiter an dem Rad, bis ein Schrei von Ebro ihn erschrocken zurückfahren ließ. Wild zappelnd wies der Junge mit dem Finger auf die Tür, und auch

Jofre schwenkte die Arme wie ein Besessener. Nun sah auch Guillem, dass sich das Tor einen winzigen Spaltbreit geöffnet hatte.

»Dreh weiter, Junge, dreh weiter«, rief Jofre begeistert. »Es ist unsere einzige Hoffnung!«

Guillems feinem Gehör war nicht entgangen, dass plötzlich Stille eingetreten war. In dem Moment, als er das Relief erschrocken losgelassen hatte, hatte das metallische Klirren aufgehört und das Tor sich nicht weiter bewegt. Angefeuert von Jofre und Ebro drehte er nun weiter an dem Relief, bis die beiden mächtigen Torflügel sperrangelweit offen standen und das Kreischen der Ketten verstummte. Die drei starrten wie gebannt dem Ausgang entgegen, der sich dunkel wie ein Wolfsschlund vor ihnen auftat. Behutsam näherte sich Guillem, setzte einen Fuß in die Dunkelheit und kniete dann an der Schwelle nieder, um mit den Händen den Boden abzutasten.

»Das ist Metall, eine Art Metallplatte! Ich weiß nicht, vielleicht aus Eisen, aber … was ist das? Jofre, komm mal her, sieh dir das an!« Guillem konnte seine Enttäuschung nicht verbergen.

»Ja, du hast recht, es ist Metall, obwohl ich nicht glaube, dass es Eisen ist, ich weiß aber nicht, was es ist.« Nun auf allen vieren, strich Jofre mit der Hand über den Boden und machte eine erstaunte Miene. »Warte, Guillem, lass uns hineinleuchten, ich sehe nicht, wohin der Weg führt.«

»Verflucht, es ist ein Verschlag, Jofre, ein riesiger Metallverschlag, der uns nirgendwohin führt.« Wutentbrannt starrte Guillem in den Verschlag, einen Kasten von beträchtlicher Größe, der nun im Laternenlicht zu erkennen war.

»Lass mich hineingehen. Nur nicht aufgeben! Vielleicht ist da irgendwo eine verborgene Tür, ein weiterer Mechanismus, es muss einen Ausgang geben, Guillem!« Doch auch den alten Steinmetz packte die Unruhe.

»Ich will auch rein, ich will auch was sehen! Meister Serpentarius würde uns doch nie in einen geschlossenen Metallkasten führen, das kann gar nicht sein!« Ebros Eifer steckte die anderen an.

»Wartet, wartetet! ... Ungeduld und Angst sind schlechte Begleiter, ich bestehe darauf, dass wir einen Moment nachdenken.« Vergeblich versuchte sich Guillem zu konzentrieren. »Wir sitzen alle im selben Boot. Was wir auch tun, von nun an bleiben wir zusammen. Keine Alleingänge, niemand entfernt sich, verstanden? ... Komme, was wolle, es wird uns allen dreien zustoßen.«

Jofre und Ebro sahen ihn achtungsvoll an und nickten ohne Widerrede. Dann stellten sie sich ihm auf der dunklen Schwelle zur Seite, fassten seine Hände und hielten den Atem an. Niemand achtete auf die Warnung Guillems vor giftigen Reptilien, und auf sein Kommando gingen die drei gleichzeitig zwei Schritte voran und in den metallenen Kasten hinein. Dann warteten sie ab, den Kreuzgang im Rücken.

Eine leichte Erschütterung versetzte die kleine Gruppe in Angst und Schrecken. Der metallene Boden unter ihren Füßen schien nachzugeben. Und bevor sie noch reagieren konnten, erklang von Neuem das ohrenbetäubende Geräusch klirrender Ketten, und der Metallverschlag begann zu ihrem großen Erstaunen mit ihnen aufzusteigen. Der Kreuzgang verschwand aus ihrem Blickfeld, und das Echo vervielfachte Ebros entsetzte Schreie, bevor sie sich im Nichts verloren.

»Pere, Herr … Bruder Pere.« Die wässrigen grauen Augen weiteten sich.

Folch betrachtete ihn aufmerksam. Er war sehr jung, gewiss nicht älter als Ebro, doch von diesem Vergleich wollte er sich nicht beeinflussen lassen. Er konnte nicht vergessen, dass ihre Jugend einige von ihnen nicht davon abgehalten hatte, Morde zu begehen. Er durfte sich nicht von ihrem unschuldigen, zerbrechlichen Aussehen täuschen lassen.

»Erzählt mir von Bruder Brocard, Pere. Mochtet Ihr Euren Lehrmeister?«

»Gott habe ihn selig. Was für ein schreckliches Unglück.« Der Junge bekreuzigte sich. »Herr… Wie soll ich Euch ansprechen?«

»Wie Ihr es tut, Herr ist ausreichend. Beantwortet meine Frage.« Folch ließ seine Augen über einige Pergamente schweifen, die auf dem Tisch des Abts lagen.

»Es gehört sich nicht, schlecht über einen Toten zu sprechen, Herr.« Das Schweigen des Sergeanten zwang ihn fortzufahren. »Er war etwas kleinlich, Ihr wisst schon, und er hatte seine Lieblingsschüler. Das war nicht gut für die anderen, findet Ihr nicht auch?«

»Und ich nehme einmal an, dass die beiden Verschwundenen seine ›Lieblingsschüler‹ waren.« Es klang beinahe wie eine Behauptung.

»Woher wisst Ihr das?« Die grauen Augen wurden vor Aufregung noch größer. »Hat Euch jemand das gesagt?«

»Bruder Pere, was meint Ihr mit ›Lieblingsschülern‹? … Hat er die Übrigen anders behandelt, oder schlechter? Hat er ihnen weniger Aufmerksamkeit geschenkt?« Folch überging die Frage des jungen Novizen.

»Bruder Brocard hatte sie gerne um sich. Über uns andere ärgerte er sich nur, nie haben wir seine Anweisungen richtig befolgt, so sehr wir uns auch bemühten. Er war sehr schwer zufriedenzustellen.«

»Und sagt mir, hat sich Euer Lehrer in letzter Zeit merkwürdig verhalten? Ich meine, hat er etwas getan, was Euch überrascht hat, es muss nichts Böses gewesen sein, etwas, das nicht in den gewöhnlichen Tagesablauf des Konvents passte?«

»Sie haben sich abgesondert …« Seine unschuldigen Augen funkelten nun arglistig.

»Abgesondert, was soll das heißen?« Folch zeigte sich überrascht.

»Sie sind alle gemeinsam immer wieder verschwunden, das meine ich. Bruder Brocard und seine vier Schützlinge: die beiden, die bei dem Einsturz ums Leben kamen, und die beiden, die jetzt nicht aufzufinden sind. Sie haben miteinander getuschelt und sich Geheimnisse erzählt … Das ist merkwürdig, findet Ihr nicht? Der Prior war sehr verärgert darüber.«

»Und woher wisst Ihr, dass sich Bruder Guerau darüber ärgerte? Ich glaube nicht, dass er es Euch erzählt hat.« Folch unterdrückte sein Missbehagen.

»Ganz Santa Maria weiß, dass der Prior Bruder Brocard nicht mochte, sie haben sich nie verstanden. Da können Sie jeden Mönch im Konvent fragen.«

»Was wisst Ihr über die letzten Ereignisse, Bruder Pere?«, wechselte der Sergeant jäh das Thema.

»Meint Ihr das Feuer? Das war schrecklich, wir wussten nicht, was wir tun sollten, wie wir helfen konnten.« Der Novize schwieg, sein Blick verschwamm. »Nun, ich denke, das war Eure Frage, aber da war ja auch noch der Tod Bruder Hugs und des Abts, Gott erbarme sich ihrer Seelen! … Und des Priors, der schwer krank war … Glaubt Ihr, man wird das Kloster schließen?«

»Wegen dieser Todesfälle, Bruder Pere? Nein, das glaube ich nicht, in allen Klöstern geschehen Unglücksfälle. Obwohl der Abt nicht eines natürlichen Todes starb.« Folch tastete sich behutsam vorwärts.

»Oh, ja, der arme Abt hat ein schreckliches Ende genommen, es war furchtbar!« Die grauen Augen weiteten sich erneut. »Er war noch nicht sehr alt, oder?«

»Gut, Bruder Pere, ich danke Euch. Ihr könnt Euch zurückziehen und wieder an Eure Arbeit gehen. Ruft bitte einen Eurer Brüder herein, wenn Ihr geht.« Folch erklärte das Gespräch für beendet. Er hatte sich das alles einfacher vorgestellt.

Die Befragungen ähnelten einander, ohne dass etwas Verdächtiges zum Vorschein gelangte, und der Sergeant wurde allmählich müde. Bruder Alaric, ein Junge mit wilder Lockenmähne, sah ihn an und wartete auf die nächste Frage.

»Habt Ihr Euch selbst nie für einen Lieblingsschüler Bruder Brocards gehalten?«, fragte Folch routiniert.

»Nein, Herr …« Die Stimme zitterte leicht. »Ich gehörte nicht zu denen, ich habe mich lieber von ihm ferngehalten.«

»So sehr missfiel er Euch?« Folch hob hellhörig geworden den Kopf.

»Bruder Brocard war kein guter Mensch, Herr.« Der Junge zog nervös am Ärmel seiner Kutte.

»Ich verstehe … Und seine vier Schützlinge, waren das auch keine guten Menschen?«

»Vier?« Der Novize erschrak, riss sich aber sofort wieder zusammen. »Ich weiß nicht, Herr … mehr kann ich Euch nicht sagen.«

»Worüber seid ihr erschrocken, Bruder Alaric? Waren es vielleicht nicht vier? ... Wisst Ihr von weiteren?«, fragte der Sergeant feinfühlig.

»Nein, Herr, ich habe Euch doch gesagt, dass ich nicht mehr weiß! Ich kann Euch nicht helfen.« Er sah ihn bestürzt an.

So sehr er sich auch bemühte, er bekam auch aus dem jungen Alaric nichts mehr heraus und ließ ihn schließlich gehen. Dieser Junge war verängstigt, er wusste zweifellos etwas. Oder konnte sich nur schlechter verstellen als seine Kameraden. Vier? ... Diese Zahl hatte ihn erschreckt. Das konnte nur heißen, dass Brocards Gruppe damit nicht vollzählig war, aber wie viele fehlten? Wie sollte er es herausfinden? Niemand wusste etwas, niemand wollte etwas gesehen haben. Das Einzige, was sie einstimmig zugaben, war, dass der Lehrmeister einige Lieblinge unter ihnen gehabt hatte ... die Toten und die Verschwundenen natürlich. Widerwillig und missgelaunt gestand sich Folch seine Niederlage ein. Was nun? Wenn diese Jungs so verängstigt waren und ihre Hilfe verweigerten ... Als der Bibliothekar ins Zimmer trat, rettete ihn das ein wenig aus seiner Zerknirschtheit. Bruder Ramón de Santmartí wollte wissen, ob er vorangekommen war.

»Habt Ihr irgendetwas herausfinden können, Bruder Folch? Haben wir noch schwarze Schafe?«, fragte er neugierig.

»Wir sind kaum vorangekommen, Bruder Ramón, wir sind in eine Sackgasse geraten. Und wenn diese Jungs etwas wissen, dann weigern sie sich, es mir zu sagen, obwohl ich das dumme Gefühl habe, dass noch immer ein paar schwarze Schafe in Santa Maria herumlaufen.« Folch war pessimistisch.

»Seltsam, ich hatte angenommen, dass sie Euch helfen.«

»Sie sind eingeschüchtert und glauben, dass Ihnen etwas zustößt, wenn sie reden. Zumindest habe ich diesen Eindruck, Bruder Ramón, noch weiß ich es nicht genau. Vor allem bei dem letzten, Bruder Alaric.«

»Alaric. Nein, ich meinte Bruder Pere. Ich dachte, er würde Euch helfen.« Bruder Ramón zog seine Stirn in Falten.

»Dieser Junge mit den grauen Augen und dem abwesenden Blick? Von wegen! Er wusste nichts, nicht einmal, wie der Abt gestorben ist.« Folch machte eine hilflose Geste.

»Ach was, Bruder Folch, das kann nicht sein! Natürlich weiß er es, genauso wie alle anderen. Ich habe es den Novizen selbst gesagt, um Gerüchten vorzubeugen.«

»Seid Ihr sicher, Bruder Ramón?« Der Sergeant horchte auf. »Dann habe ich eine Frage an Euch: Wusste das ganze Kloster von der Feindschaft zwischen dem Prior und Bruder Brocard?«

»Also wirklich, Bruder Folch, wer hat Euch denn solchen Unsinn erzählt? Einer von den Jungs? Der Prior war unendlich geduldig mit Brocard, viel geduldiger als die meisten von uns. Und ich schließe mich da mit ein, mein lieber Freund, ich konnte seinen Hochmut nicht ertragen und muss Euch gestehen, dass ich ihn mied, wo ich nur konnte.«

»Sagt, Bruder Ramón, seid Ihr bereit, mir bei einem etwas gefährlichen Spiel unter die Arme zu greifen?« Ein listiges Lächeln erhellte Folchs mürrische Miene.

»Und dieses Spiel würde dem Ungeziefer, den schwarzen Schafen und allem Übel hier ein Ende bereiten, Bruder?« Der Bibliothekar sah ihn bedeutungsvoll an.

»Es ist nur ein Versuch, wir stecken in der Klemme, Bruder Ramón, mir fällt nichts Besseres ein … Aber Ihr müsstet natürlich lügen«, bemerkte Folch und zuckte mit den Schultern.

»Eine ganz kleine Lüge, so eine, die man nicht beichten muss?«

»Nein, Bruder Ramón, eine von den ganz großen, unverzeihlichen, ich will Euch nichts vormachen. Euch nicht … aber den anderen.« Noch immer umspielte ein finsteres Lächeln die Lippen des Sergeanten.

»Ich verstehe … Wenn ich das richtig sehe, dann handelt es sich um eine sogenannte unvermeidliche Lüge.« Bruder Ramón stand da und dachte mit geschlossenen Augen nach. »Ich glaube, Sankt Augustin beruft sich auf etwas Ähnliches, wenn es auch nicht dasselbe ist … und es wäre in Betracht zu ziehen, dass das Kloster des guten Augustin damals nicht vor dem Ruin stand und dort kein Abt gewaltsam zu Tode kam. Es handelt sich selbstverständlich um eine außergewöhnliche Lage, nichts, was zukünftige Verhaltensmaßstäbe beeinflussen würde. Nun gut, würde diese Lüge dem Ruf von Santa Maria, oder was von ihm noch übrig ist, Schaden zufügen, Bruder Folch?«

»Nein, ich denke nicht.« Der Sergeant war in Gedanken versunken, erstaunt über die lange Ansprache des Bibliothekars, und ohne so viel religionswissenschaftliche Gelehrtheit nachvollziehen zu können. »Und ich bezweifle sehr, dass die Lage dadurch noch schlimmer werden könnte, sie könnte höchstens besser werden, aber … Spricht Sankt Augustin wirklich von einer notwendigen Lüge?«

»Gesegneter Sankt Augustin! Er denkt vor allem vernünftig, mein Freund, eine nötige Tugend zu seiner Zeit. Seit Jahren bin ich damit befasst, seine dunkelsten und widersprüchlichsten Meinungsäußerungen zu entziffern, eine mühselige und dennoch höchst erfüllende Arbeit. Aber lassen wir Augustin beiseite. Wie gesagt, er hatte nicht unsere Probleme zu lösen, und es wäre eine schwierige und vielschichtige Angelegenheit, sich seine Ansicht dazu vorzustellen. Ich habe beschlossen, Euch zu helfen, Bruder Folch, sagt mir, was ich tun und welche große Lüge ich aussprechen soll.«

Folchs Mund stand noch offen, und seine Reaktion ließ nicht auf sich warten. Er warf den Kopf in den Nacken und brach in schallendes Gelächter aus. Der Bibliothekar war ein außergewöhnlicher Mann, er ließ keinerlei Angst oder Skrupel erkennen. Ein Gelehrter mit dem Herzen eines Abenteurers. Sein rundliches Gesicht beugte sich neugierig zu Folch herab und erwartete dessen Anweisungen. Der Sergeant zögerte keine Sekunde und flüsterte ihm leise seinen Plan ins Ohr, wobei Bruder Ramón immer wieder nickte und kleine vergnügte Ausrufe des Erstaunens ausstieß.

Der Metallverschlag bebte heftig, und der Klang der rasselnden Ketten erzeugte ein so schrilles, durchdringendes Echo, dass ihnen die Ohren schmerzten. Guillem hatte seine Gefährten angewiesen, sich in der Mitte des Kastens auf den Boden zu legen, da er fürchtete, das seltsame Artefakt könnte jeden Moment auseinanderbrechen. Trotz wiederholter Bitten hatte Ebro immer wieder gekreischt und damit das Spektakel noch schlimmer gemacht, und schließlich waren die drei, die Hände auf den Ohren, übereinander und Arm in Arm liegen geblieben.

Ihre Panik nahm zu, und Guillem befürchtete, in eine ausweglose Falle geraten zu sein. Dieser Verschlag könnte sich in ihren Sarg verwandeln, dachte er, und Wut und Hilflosigkeit übermannten ihn. Er könnte jetzt im Heiligen Land sein, dieser verdammte Dalmau mit seinen ewigen Tricks. Selbst von einem ägyptischen Heer umzingelt, hatte man wenigstens eine geringe Überlebenschance! Er war kurz davor, es Ebro gleichzutun und unter jämmerlichem Geheul den Tod zu erwarten, als das grässliche Getöse nach einem letzten lauten Gerassel jäh verstummte und der Verschlag zu beben aufhörte. Doch die folgenden Geschehnisse steigerten Guillems Angst noch. Nach dem plötzlichen Stillstand stürzten die Wände des Verschlags kurzerhand ein und fielen donnernd abwärts. Tiefe Finsternis umgab sie, und ein undefinierbarer Gestank drang zu ihnen, feuchte Schwaden vermischt mit einer ekelerregenden Ausdünstung.

»Keine Bewegung, bei Gott, das ist ein Befehl, Ebro! Bleibt, wo ihr seid, bis ich die verdammte Laterne angezündet habe.« Guillem kümmerte sich um die Laternen und versuchte die Lage zu überblicken. Wo zum Teufel waren sie? Er streckte behutsam die Hand aus, um den Bereich vor sich zu beleuchten, und was er sah, oder nicht sah, aber ahnte, ließ ihm das Blut in den Adern gefrieren. Vor ihm und rechts und links von ihm war … nichts. Die Metallplatte, die zuvor der Boden des Verschlags gewesen war, hing frei in der Luft, an drei Seiten von Leere und Dunkelheit umgeben … die vierte Seite war die Mauer, an der die Metallplatte in irgendeiner Weise befestigt schien.

»Gütiger Gott im Himmel, Junge, wir hängen über einem unendlich tiefen Abgrund, ich kann nichts sehen!« Jofre flüsterte kaum hörbar.

»Vielleicht werden wir so der Schlange auf einem Tablett serviert, ich hab's Euch ja gesagt, gleich wird dieses Tier kommen und uns fressen!« Ebro hatte aufgehört zu schreien, sah jedoch nach wie vor schwarz.

»Wartet, beruhigen wir uns. Und vor allem: seid still. Ebro, bitte, glaubst du wirklich, Meister Serpentarius hat uns den ganzen Weg hierher kommen lassen, um uns irgendeinem widerwärtigen Biest zum Fraß vorzuwerfen? Hörst du überhaupt, welchen Unsinn du da redest, oder bist du von deinem eigenen Geschrei taub geworden? Und du, Jofre, mal ehrlich: dieses ganze Rätselgefasel, um uns schließlich hier in diesem verdammten Brunnenloch hängen zu lassen … Warum und wofür? Ich bitte Euch, ein bisschen logisch zu denken.« Guillem war dabei, die Geduld zu verlieren. »Gut, denkt darüber nach, während ich vorsichtig aufstehe und unsere Möglichkeiten überprüfe. Ihr bleibt still sitzen, und darüber wird nicht diskutiert.«

Mit übergroßer Vorsicht erhob er sich, den Rücken an den des Steinmetz gelehnt, und näherte sich der Wand, an der sie hingen. Auf der Suche nach einem weiteren Mechanismus, der sie aus dieser Falle befreien könnte, tastete er den Stein ab. Dort musste irgendetwas sein, das sie wieder ans Tageslicht beförderte. Da berührte seine Hand etwas, eine Art Fackel, die in einer Eisenhalterung steckte. Eine Fackel, dort oben? Er leuchtete in die Richtung, um sich zu vergewissern, und sah, dass es sich tatsächlich um eine sorgsam befestigte alte Fackel in noch recht gutem Zustand handelte. Von ihr hing eine gewachste, leuchtend orangefarbene Schnur herab, die sich in der Dunkelheit verlor.

»Seht ihr, Freunde? Wie dem auch sei, Serpentarius wünscht, dass wir Licht haben. Sieh doch, Jofre, eine gut erhaltene Fackel. Wenn wir sterben müssen, so wenigstens nicht im Dunkeln.« Sein aufgeräumter schalkhafter Tonfall ließ Jofre den Blick aufrichten und Ebro eine halbe Handbreit vorrücken, um besser sehen zu können. »Seid ihr bereit?«

Guillem entnahm seiner Laterne einen kleinen brennenden Zweig und näherte ihn der Fackel. Diese fing auf der Stelle Feuer und leuchtete hell auf, so dass sie kurzzeitig geblendet wurden.

»Was zum Teufel! Was ist denn das für eine Fackel? Wieso ...« Guillem wich erstaunt zurück und drückte sich an die Wand, doch bevor er noch zu Ende gesprochen hatte, geschah etwas Wunderbares, dass sie lange Zeit stumm und starr vor Staunen werden ließ.

Die Fackel wurde schnell immer heller, die gelben Strahlen überfluteten die Mauer und warfen ihr Licht nun auch auf die drei Abenteurer. Die dünne Schnur unterhalb der Fackel brannte ihrerseits, kleine bunte Funken sprühend, die sich rasend schnell an der Mauer entlang vorwärts bewegten. Bald erreichten sie eine weitere Fackel, ähnlich der ersten, die rasch Feuer fing und hell aufflammend die Decke ausleuchtete. Die kleine Schnur brannte unablässig weiter, versprühte ihre Funken und traf auf weitere Fackeln, die in regelmäßigen Abständen aufeinander folgten und auf der Stelle Feuer fingen.

Aufrecht auf der Plattform stehend, verfolgte Guillem den wahnsinnigen Lauf des Feuers, das nach und nach einen riesigen an seinen kürzeren Seiten abgerundeten Saal ausleuchtete. Gewaltige Säulenreihen tauchten auf und verloren sich im Abgrund. Der aufgeregte Funken raste die unsichtbare Schnur entlang, näherte sich ihnen nun wieder, um wenige Meter unter ihnen eine plötzliche Kehrtwendung zu vollziehen und seinen Weg, Kurve um Kurve hinabsteigend, immer weiter fortzusetzen, mehr und mehr Fackeln entzündend ... Ebro, der sich zwischen Guillems

Beinen duckte, sah nach unten und konnte die Fackeln schon nicht mehr zählen. Der ganze Raum begann zu erstrahlen und Handbreit um Handbreit sein Inneres preiszugeben.

Die drei trauten ihren Augen kaum, und Staunen ersetzte ihre Angst, sodass sie nicht der Versuchung widerstehen konnten, sich auf ihrem unsicheren Untergrund vorzulehnen, um der rasenden Zauberflamme folgen zu können. Alles um sie herum wurde in helles Licht getaucht, und anstelle der undurchdringlichen Finsternis herrschte nun blendende Helligkeit in einem Spiel der Farben. Orange und Weiß, Rot und Gelb überschlugen sich wie aus einem langen Schlaf erwachte Kobolde. Überwältigt von dem, was zu ihren Füßen sichtbar wurde, wussten sie nicht mehr, wie viel Zeit vergangen war, als der tanzende Funken sein Ziel erreicht hatte und ganz unten angelangt war.

Die riesige Basilika von Santa Maria de les Maleses hieß sie willkommen … verkehrt herum. Ganz unten waren die majestätischen Spitzbögen der Seitenschiffe mit ihren eindrucksvollen Schlusssteinen erkennbar: Eine gewaltige Kirche, allen Naturgesetzen zum Trotz auf dem Kopf gebaut, schlief da zu ihren Füßen. Die langen Säulen verschwanden über ihren Köpfen, womöglich waren sie die genaue Verlängerung ihrer Zwillingsschwestern in der Santa-Maria-Basilika an der Oberfläche. Wer weiß? Atemlos und völlig verzaubert vom Anblick solch sonderbarer Schönheit, musste Guillem sich setzen. Das konnte nur ein Traum sein! Jofre weckte ihn mit zitternder Stimme aus seiner Verzückung.

»Sie sind nicht fertig geworden, Guillem, sie konnten sie nicht vollenden.« Der Steinmetz wies in eine Richtung.

In diesem Moment begriff der Jüngling, dass der Zauber

Lücken aufwies. Viele der Säulen, die sich zwischen den Seitenschiffen erhoben, waren unvollendet, und große Steinblöcke schienen haltlos in der Luft zu schweben, schwerelos und unbewegt.

»Die fliegenden Steine!«, rief Ebro entgeistert. Er stand furchtlos am Rande der Plattform.

Ein unbeschreiblicher Klang erfüllte plötzlich die Stille, eine wunderschöne Melodie aus wenigen Akkorden, als ob hunderte hauchdünne Glasscheiben in Schwingung gerieten. Und zu ihrer vollkommenen Verblüffung gerieten die Steinblöcke beim Einsetzen dieser Melodie in Bewegung, begannen zu tanzen, glitten sachte und gleichmäßig von einer Seite zur anderen, wie unter der Anweisung eines unsichtbaren Dirigenten. Die drei Gestalten auf der Plattform sahen fassungslos auf sie herunter, folgten gebannt der Bewegung der großen Quadersteine, die sich ihnen näherten, bis sie die Plattform fast streiften. Ihre Angst war nun gänzlich der Verzauberung gewichen. In geordneter Reihenfolge hielten die Steinblöcke einzeln an einer vorherbestimmten Stelle inne, jeder nahm den Platz ein, der ihm zustand. Jofre erkannte als Erster den Sinn ihres Tanzes.

»Sie bauen eine Treppe, Guillem, die Steine bauen eine Treppe für uns, allmächtiger Gott, ich kann das einfach nicht fassen!«

Der Steinmetz hatte recht. Die Steinblöcke, so leicht sie in der Luft auch erschienen waren, fügten sich wie ein geordnetes Heer in Reih und Glied aneinander und verwandelten sich in solide Treppenstufen. Schließlich schwebte der letzte Quaderstein herauf und fügte sich sanft unmittelbar neben ihrer Plattform in die Treppe ein. Überwältigt von dem Wunderwerk, standen die drei da wie gelähmt, und nur Ebros angeborene Neugierde zwang ihn schließlich, ganz vorsichtig einen Fuß auf den Stein zu setzen. Guillem hielt ihn zurück und schob ihn hinter sich. Behutsam streckte er seinerseits den Fuß zum ersten Quader aus und testete seine Standfestigkeit, indem er fest dagegen trat. Er befürchtete, dass die Konstruktion unter ihrem Gewicht einstürzen könnte. Doch der Steinblock hielt völlig ungerührt stand. Er schien felsenfest verankert. Noch immer fassungslos, betrat Guillem eine weitere Stufe, gefolgt von Ebro, der den zögernden Steinmetz an die Hand nahm, und so begannen sie einen Abstieg der besonderen Art in Richtung des umgekehrten Kirchendachs. Guillem, in der Vorhut, hielt mit verklärtem Gesicht auf jedem Steinblock inne und breitete die Arme aus, als wolle er den Augenblick für immer festhalten. Ebro und Jofre folgten seinem langsamen Schritttempo, und ihr anfängliches Schweigen verwandelte sich in einstimmige schüchterne Begeisterungsrufe, Alt und Jung vereint im Zauber dieses einzigartigen Erlebnisses.

Die absonderliche Treppe beschrieb einen weiten Bogen, gelangte jedoch nicht an das Ende des Kreuzgewölbes, sondern machte vor einer breiten Steinplattform aus gleichmäßigen und kunstfertig gemeißelten großen Fliesen halt, die genau wie die Quader ohne Halt und Stütze frei in der Luft zu schweben schien. Sie befand sich genau in der Mitte der Kirche wie ein Herz, das den Wänden ringsum Kraft zupumpte. Und sie war nicht leer: zwei Skelette in vermoderten Ledersesseln blickten den Ankommenden aus ihren leblosen Augenhöhlen entgegen. Der weiße Templermantel umhüllte den einen wie ein Leichentuch, und zwischen seinen Beinen ruhte ein Schwert, dessen Griff noch immer von den langen Handknochen umklammert war. Das zweite Skelett neigte sich zur Seite, den Kopf zu seinem Gefährten gewandt, als suche er bei ihm Trost. Auf seinen Knien stand ein Holztablett mit drei goldenen Schalen, in jeder von ihnen lag ein kleiner Stößel.

Bewegt kniete Guillem zu Füßen von Meister Serpentarius nieder und murmelte ein Gebet. Mit Tränen in den Augen näherte sich Jofre dem anderen Körper. Seine verbundene knotige Hand streichelte die alten vermoderten Knochen des Rückens von Jofre Galcerán des Ersten, dem Begründer seines Geschlechts, des Mannes, der auf der Suche nach dem Mysterium seine Familie verlassen hatte … Ebro stand hinter ihnen und verfolgte die Szene mit ängstlicher Ehrfurcht, es war das erste Mal, dass er die zerstörerische Macht des Todes mit eigenen Augen sah. Vom glänzenden Schwert des Meisters in Bann gezogen, streckte er unbewusst die Hand nach der scharfen, im Licht funkelnden Klinge aus.

»Nein, Ebro, das darfst du nicht.« Guillems Hand schloss sich um sein Handgelenk. »Das Schwert gehört dem Meister und begleitet ihn in seinem ewigen Schlaf, niemals darfst du etwas wegnehmen, was einem Toten gehört. Für einen Tempelritter ist das Schwert die Verlängerung seines Arms, ein Teil seines Körpers. Es ist die feine Schneide, die seine Seele spaltet und abtrennt, das Kreuz, zu dem er betet. Serpentarius muss seinen Weg mit dem Schwert in der Hand fortsetzen, mein Junge, einen Weg, der gespalten ist wie die Zunge der Schlange.«

»Guillem, Guillem … ich hab etwas gefunden, es war im Hemd meines Großvaters«, wisperte Jofre und hielt ihm eine leicht angeschimmelte Pergamentrolle hin.

Guillem nahm sie und entrollte das trockene Leder, das sorgsam bearbeitet war, um die Zeit zu überdauern. Die Schrift, energisch und spitz, sprach aus einem fernen Jahrhundert zu ihnen, und Guillem las, aufrecht im leeren Raum stehend, mit lauter Stimme, die auch die Toten aus ihrer Ruhe aufzuwecken schien.

»Der Meister ist zwischen den Windungen der Schlange gestorben. Sein Körper war hinfällig und sein Geist verwirrt. Nun ist der Augenblick gekommen, in dem auch ich sterbe, meine Kräfte schwinden und können den Kreis nicht mehr schließen. Daher musst du, Fremder, der du den Rätseln der schlafenden Windungen gefolgt bist, hierher gefunden hast und meine Überreste erblickst, mein Flehen erhören und meinen Willen erfüllen. Schließe den Rachen der Schlange, damit das Geheimnis fern von menschlicher Habsucht schlafen kann, zerbreche, von drei bis eins, die goldenen Schalen und entfliehe auf dem Kopf der Schlange dem Wasser. Schließe dem wartenden Toten die Augen. Dann werden Meister und Schüler, im Schutze des Spiegels, endlich schlafen. Und kehre zurück in deine Welt und vergesse die dünkelhaften Gebeine, die dich ansehen.«

»›Entfliehe auf dem Kopf der Schlange dem Wasser‹, das hat mir Maria gesagt! … Sie hatte einen Traum, in dem mein Lehrer, Bernard Guils, sie bat, mir diese Worte zu übermitteln. Gütiger Gott! Was bedeuten sie?« Guillem war fassungslos.

»Vielleicht das da?« Jofre zeigte auf eine Stelle auf der gegenüberliegenden Seite. Dort schwebte, sich leicht wiegend, ein mächtiger Steinquader. Jemand hatte einen wunderschönen Reptilienkopf in ihn gemeißelt, doch er war unvollendet. Dennoch war die Skulptur von einer ergreifenden Feingliedrigkeit, stolz ragte der Kopf aus dem Herzen des Steins hervor, als pulsiere eine große Kraft in seinem Innern.

Jofre sammelte die drei goldenen Schalen auf den Knien seines Großvaters ein und verwahrte die Lederrolle, das letzte Testament eines Mannes, der ihm die Freiheit geschenkt hatte, zwischen den Falten seines Hemdes. Dann kniete er dicht vor ihm nieder, fast berührte er die spitzen Knochen seiner Knie, und schloss die Augen. Beeindruckt vom Schmerz des Steinmetz blieb Ebro schweigend an seiner Seite stehen, ohne den Blick von den Gebeinen abwenden zu können, die nachsichtig auf ihn herabzuschauen schienen. Nach einigen Minuten richtete sich Jofre wieder auf, indem er sich auf die Schulter des Jungen stützte.

»Wir sind bis hierher gekommen, also müssen wir den Willen derjenigen erfüllen, die uns erwartet haben. Seid ihr bereit?« Jofre blickte sie entschlossen an, er wusste, sie würden nicht widersprechen.

»Wir sind immer bereit, Jofre, aber … wofür?« Guillem verstand nicht recht. »Weißt du denn, was wir tun müssen und wie wir hier wieder herauskommen?«

Der Steinmetz sah ihn mit einem liebevollen, tieftraurigen Lächeln an. Dann nahm er ein Tuch aus der Tasche und bedeckte den Schädel seines Großvaters ehrfurchtsvoll.

»›Schließe dem wartenden Toten die Augen‹, Guillem. Wir müssen nur ihre Anweisungen befolgen, sie werden uns schon zum Tageslicht zurückführen, verstehst du?« Guillem erwiderte seinen Blick und nickte, noch immer verständnislos.

Ebro ergriff einen Zipfel vom weißen Mantel des großen Baumeisters und hob ihn hoch, bis er die leeren Augenhöhlen bedeckte, dann wandte er sich schweigend und erwartungsvoll dem Steinmetz zu. Jofre übernahm die Führung und schob sie in Richtung des Schlangenkopfes. Der

Steinblock schwankte noch immer, als warte er darauf, das Vorhaben seines Schöpfers zu Ende zu bringen. Die drei drängten sich auf dem gemeißelten Stein zusammen und sandten den beiden Skeletten, die nun ihren endgültigen Schlaf anzutreten bereit schienen, einen letzten Blick.

»Du weißt hoffentlich, was du tust, Jofre …? Hast du das mit den Schalen verstanden, ›von drei bis eins‹?« Guillem war neugierig geworden, seine Angst war wie weggeblasen, er wusste nicht warum, aber blindes Vertrauen, ein bislang ungekanntes Gefühl, erfüllte seine Seele. Er beobachtete Jofre, der ihm eine der Schalen zeigte, auf denen die Ziffern I bis III eingraviert waren.

Guillem fasste Ebro an einem Arm und hielt ihn fest. Den Steinmetz, dessen Hände mit den Schalen zugange waren und der auf die starken Arme seiner Freunde vertraute, nahmen sie in ihre Mitte. Mit dem Oberkörper vom Stein herabhängend, ließ er die erste Schale fallen. Sie flog durch die Luft und traf auf einen der Schlusssteine des umgekehrten Kirchendachgewölbes auf. Der Klang des Aufpralls hallte an dem mächtigen Gemäuer wider, eine vibrierende Melodie mit einer einzigen, anschwellenden hohen Note. Daraufhin begannen die Steinblöcke von Neuem zu tanzen und sich langsam vorwärts zu bewegen. Der Schlangenkopf, der Stein, auf dem sie sich befanden, löste sich mit Schwung von der steinernen Plattform, und Guillems und Ebros Arme schlossen sich wie Zangen um Jofres Hüfte. Die zweite Schale flog ihrer Bestimmung entgegen und löste eine neue Harmonie aus, die sich aus dem Säulenwald erhob und sich zu einem noch höheren Ton aufschwang. Mit seinen drei verblüfften Passagieren stieg der Schlangenkopf aufwärts durch die Luft. Auch die Stufen der seltsamen Treppe stießen sich mühelos ab und tanzten leicht durch den riesigen Raum, bis sie die Reisenden umzingelt hatten, ja, sie fast berührten, und wie Rauchspiralen an den erhabenen Säulen emporflogen. Ein leises, jedoch anschwellendes Geräusch ertönte aus dem Inneren der Spitzbögen, und an irgendeinem unsichtbaren Punkt sprudelte Wasser hervor und überschwemmte das erhabene Kreuzgewölbe. Jofre beeilte sich, die dritte Schale loszulassen. Ein tiefer Ton ließ die Wände erschüttern, als gäben sie ihm Antwort. Das Wasser strömte nun in Massen, drang durch jede Ritze, füllte das Kirchendach und stieg unaufhaltsam an. Der Schlangenkopf stieg währenddessen unter unsichtbarer Führung immer höher, bis er die gegenüberliegende Wand erreicht hatte und, sehr behutsam, vor einem Tunneleingang stehen blieb, der sich fast an der Decke des Raumes befand. Rasch sprangen die drei von dem Schlangenkopf, der, kaum von ihrem Gewicht befreit, wieder nach unten schwebte und in den ansteigenden dunklen Wasserfluten versank. So stolperten sie in den finsteren Tunnel hinein. Der gleiche Abschiedsschmerz ließ die drei noch einmal hinter sich blicken und zusehen, wie das Wasser die steinerne Plattform dort unten umspielte und die fleischlosen Knochen von Meister Serpentarius und seinem treuen Schüler erklomm, welche ihr eisiges Grab unter dem Spiegel mit einer rätselhaften Geste willkommen hießen.

»Das ist der unterirdische Fluss, Guillem, den man so sehr gesucht hat! … Es gibt ihn wirklich, er ist keine Legende, es gibt ihn, sie haben ihn gefunden!« Jofre war außer sich vor Begeisterung.

Schweren Herzens begaben sie sich in den Tunnel und trennten sich von dem Geheimnis. Eine Hälfte ihrer Seelen kämpfte darum zu bleiben und mit den Geheimnissen des Meisters in den Fluten zu versinken. Doch Guillem brach den Zauber und schob seine Gefährten sanft vor sich her. Sie waren in Gefahr! Auch am Tunneleingang wartete eine alte Fackel in ihrer Halterung, und als Guillem sie entnommen und angezündet hatte, schnellte eine mächtige Steinplatte hinter ihnen herab, rammte sich in den Stein und verschloss den Tunneleingang. Das Geheimnis des Meisters Serpentarius war für immer behütet.

Die Nachricht verbreitete sich wie ein Lauffeuer im ganzen Kloster Santa Maria, drang durch die Zimmer und Flure und löste allerorts Neugierde und Bestürzung aus. Man erzählte sich, dass die beiden verschwundenen Novizen gefunden worden seien und der unwirsche bärtige Templersergeant den Ursprung allen Übels, das Santa Maria heimgesucht hatte, ausfindig gemacht habe. Verwirrung, aber auch Freude erfüllte selbst die schwarzseherischsten Seelen, während Bruder Ramón de Santmartí, der Bibliothekar, die letzten Vorbereitungen für die große Totenmesse zu Ehren der Verstorbenen traf.

Das Gerede verstummte nicht, und bald hieß es, dass Sergeant Folch nach Miravet gereist sei, um seine Superioren zu unterrichten und die Verantwortlichen zu bestrafen. Doch inmitten des Jubels und der Aufregung geschah etwas Außerordentliches, das das Gerede mit einem Schlag verstummen ließ. Ein plötzliches Erdbeben erschütterte die Grundmauern der Santa-Maria-Kirche und löste Panik unter den Mönchen aus, die mit der Vorbereitung der Zeremonie befasst waren. Unter lautem Angstgeschrei rannten sie scharenweise hinaus, um im Hof Schutz zu suchen. Das Merkwürdigste daran aber war, dass das Beben nur das Gelände der Kirche erschüttert zu haben schien. Die schreckensbleichen Mönche erklärten, dass die acht majestätischen Säulen zwischen den Kirchenschiffen gewackelt hätten, als hätte der Teufel selbst mit aller Kraft an ihnen gerüttelt. Die Bediensteten in der Gegend um die Kirche jedoch wollten nichts dergleichen bemerkt haben und versicherten, die Erde unter ihren Füßen sei ruhig geblieben. Sowohl die einen als auch die anderen atmeten erleichtert auf, als sie sahen, dass das Kloster von weiterem Unheil verschont blieb. Die Kirche hatte keinen Schaden genommen, nur eine der acht Säulen hatte sich um einen Millimeter verschoben, ohne dass ihre Standfestigkeit in Mitleidenschaft gezogen worden wäre.

Am Nachmittag desselben Tages, als sich die Mönche, erschöpft von all der Aufregung, in ihre Zellen zurückgezogen hatten, huschte ein vermummter Schatten über den Hof und schlüpfte in das Gotteshaus. Zielgerichtet ging er bis zum Ende der Apsis und bog dann nach links um die Ecke, wo vor einiger Zeit der Altar der Heiligen Iscla aufgebaut worden war. Der Tod des Abts hatte die Vorbereitungen für das Fest zu Ehren der Heiligen unterbrochen, und alles war in Unordnung hinterlassen worden. Die Kerzenständer türmten sich unpoliert auf dem Altar, und in der Ecke standen noch Reinigungsutensilien herum. Das schien die dunkle Gestalt nicht zu stören. Mit einem Fußtritt beförderte sie einen Kübel zur Seite und bückte sich, um die Bodenklappe zur Krypta anzuheben. Flink stieg sie die schmalen Treppenstufen hinab, ganz ohne Lichtquelle, so gut schien sie sich zurechtzufinden, und erreichte die Krypta, eine natürliche Höhle, die einst die Stätte der Heiligen Iscla gewesen war. Es war ein düsterer, verlassener Ort ohne Anzeichen von Kult- oder Liturgiehandlungen, ein Ort, zu dem der angestrengte Eifer Alamands nicht vorgedrungen war. An einer Wand des kleinen Raums stand eine schlichte Steinbank. Auf ihr saßen zwei junge Burschen, an den Händen gefesselt, im Licht einer kleinen halb erloschenen Öllampe und blickten dem Kommenden mit angstverzerrten Gesichtern entgegen. Der Eindringling legte mit verhaltener Wut seinen Umhang ab, setzte sich neben sie und lockerte die Knebel über ihren Mündern.

»Ich dachte schon, ihr seid abgehauen, ihr verfluchten Feiglinge.« Die Stimme war harsch, doch eine leichte Unsicherheit ließ die Worte zittrig klingen.

»Binde uns los, du bist doch verrückt geworden, wir werden nichts verraten. Wir haben Bruder Brocard geschworen …!« Die schrille Stimme wurde gewaltsam unterbrochen.

»Du bist ein widerlicher Verräter, Vidal, auf deine Schwüre gebe ich gar nichts! Du hast Bruder Brocards Vertrauen gebrochen. Er hat uns geduldig unterwiesen, hat uns in das Geheimnis eingeweiht und … ihr Memmen rennt bei der ersten Schwierigkeit davon, ihr habt nicht begriffen, worum es geht!«

»Wir haben geschworen, und unser Schwur ist uns heilig!«, beharrte der Junge namens Vidal verzweifelt. »Du hast kein Recht, uns zu verurteilen, wir haben sein Vertrauen nicht gebrochen. Wir haben die Bürde des Sakrilegs von Anfang an getragen, hast du das vergessen?«

»Sakrileg? … Du nennst es Sakrileg, dass wir unseren Glauben gegen diese schändlichen Heiden verteidigen, sie daran hindern, der Unzucht und der Ketzerei zu verfallen? Nein, Vidal, du hast gar nichts begriffen. Bruder Brocard hat sich in euch getäuscht, er hat euch vertraut, obwohl ich ihn gewarnt habe. Aber er wollte ja nicht auf mich hören, und jetzt muss ich mich um euch kümmern. Ihr seid nicht mehr wert als dieser heidnische Abschaum!«

Mit wutverzerrtem Antlitz und einem gefährlichen Funkeln in den metallischen Augen lief er in dem kleinen Raum auf und ab wie ein eingesperrtes Raubtier. Der sanfte Bruder Pere war völlig verwandelt. Seine ruhigen Hände, sonst stets demütig gefaltet, krümmten sich nun wie Pranken, mit denen er sich immer wieder nervös die Haare raufte. Es war ihm anzumerken, dass er an die Geborgenheit der Gruppe gewöhnt war, sein Gesichtsausdruck verriet Unschlüssigkeit und Angst, während er seine ganze Wut an den zwei Jungen ausließ, die ihn entsetzt ansahen.

»Er hat mir vertraut. Er erwartet, dass ich seine Mission zu Ende führe. Er erscheint mir im Traum und gibt mir Anweisungen, mir, ganz allein mir!« Er zog einen Dolch aus einem Ärmel und fuhr mit der Klinge über Vidals Kehle. »Er spricht mit mir, Vidal, er sagt, du seiest ein Verräter. Deine Seele sei verdammt, seit du geboren bist. Er war so gut zu dir, und du dankst es ihm wie ein Judas.«

Seine Hand zitterte. Das schwache Licht der Lampe spiegelte sich trüb schimmernd in der spitzen Klinge. Wie ein Besessener erhob er seinen Arm zum tödlichen Stich, als sein Entschluss von einer tiefen Stimme vereitelt wurde.

»Ein bisschen feucht hier für meinen Geschmack, Bruder Pere.« Folch sah von der obersten Treppenstufe auf ihn herab.

Der Novize heulte erschrocken auf und wich zurück, wobei er seine Gefangenen mit sich zerrte und die zitternde Klinge erneut an Vidals Kehle legte. Einen Augenblick lang sah Folch das verstörte Antlitz Zenons in seinen hellen grauen Augen aufscheinen.

»Was tut Ihr hier? … Keinen Schritt weiter oder ich werde sie töten, ich schwöre, ich werde sie vor Euren eigenen Augen töten!« Seine Stimme war ein beleidigtes Kreischen.

»Tut das, Bruder Pere, es sind Eure Kumpanen. Aber täuscht Euch nicht in mir, ich bin keiner von den Mönchen, mit denen Ihr es sonst zu tun habt. Ich kann Blut sehen, ich kann Euch versichern, dass ich es schon oft genug gesehen habe … Wenn Ihr glaubt, ich falle auf die Knie, damit Ihr diese erbärmlichen Kreaturen am Leben lasst, dann habt Ihr Euch getäuscht. Bringt sie doch um, jetzt gleich, mir tut es nicht leid um sie.« Folch sprach in gleichgültigem, kalten Tonfall.

»Ich werde Euch das Herz herausreißen wie allen diesen dreckigen Heiden, auf deren Seite Ihr seid, und ich werde es verbrennen! Ihr beschützt die Gotteslästerer, und das Leben der Gläubigen ist Euch egal!« Bruder Peres Geheul hallte an den Wänden der Höhle wider. »Ich glaube Euch nicht, der Tod dieser unschuldigen Jungs lässt Euch nicht kalt.«

»Welcher unschuldigen Jungs?« Folch sah ihn erstaunt an. »Seht Ihr irgendwelche? … Ihr seid wirklich ein dummer Junge, Bruder Pere, diese Novizen, die Ihr da umbringen wollt, haben schweigend zugesehen, wie ungestraft Blut vergossen wurde. Vielleicht haben sie sogar selbst gemordet, genau wie Ihr. Habt Ihr den Dolch erhoben, um das Leben dieser armen Kreatur zu beenden, dieses unschuldigen kleinen Mädchens? … Ja, sie war unschuldig, Bruder Pere, und Ihr habt gesündigt, Ihr habt die schlimmste aller Sünden begangen!«

»Ihr seid verrückt und blind. Sie war kein kleines Mädchen, sondern die Verkörperung des Teufels! Ich habe keine Sünden begangen, mein Glaube hat meine Hand geführt und mir Kraft gegeben, gegen die Finsternis zu kämpfen.«

Ein leichtes Beben ließ die Höhle erzittern und unterbrach die Schmährede des jungen Novizen. Einige Steine und Knochen prasselten auf sie nieder. Folch stützte sich an den Wänden der Treppe ab, alle Gesichter waren vom Schreck verzerrt.

»Ein Erdbeben, Pere, binde uns los, wir werden bei lebendigem Leibe begraben und sterben. Du bist wahnsinnig geworden!« Vidal zerrte an seinen Fesseln, sein Gefährte war starr vor Angst.

»Eine großartige Parabel, Brüder!«, rief Folch aus. »Das gleiche traurige Ende wie Bruder Brocard, der Zorn Gottes entlädt sich in Form von Steinen über Euren Häuptern … Stein, der einfach herabfällt und alles unter sich begräbt. Abt Odon hätte seine helle Freude daran!«

»Auch Ihr werdet sterben, wenn Ihr mich nicht hinauslasst«, kreischte Bruder Pere mit weit aufgerissenen Augen.

»Zuerst bindet Eure Brüder los, oder besser gesagt Eure Kumpanen, und dann lasse ich Euch vielleicht hinaus. Andernfalls rühre ich mich nicht vom Fleck. Ich habe mich an den Gedanken gewöhnt zu sterben, Bruder Pere, es spielt keine große Rolle, wie und wann. Ihr habt die Wahl.« Folch setzte sich auf eine Stufe und versperrte den Ausgang.

Die Erde bebte erneut und immer heftiger, und das Geschrei der Gefangenen erfüllte die Krypta. Der Boden wankte und vibrierte unter Getöse, Spalten und Risse öffneten sich unter ihren Füßen wie Adern, die einen Körper durchlaufen. Plötzlich schien der Boden zu explodieren, Steine und Sand wurden an die Decke geschleudert, und ein Spalt in der Mitte weitete sich unter heftigem Staubregen zu einem großen Loch. Folch wurde von einer Seite auf die andere geschleudert und versuchte angestrengt, das Gleichgewicht zu halten, ohne den Novizen aus den Augen zu lassen. Bruder Pere heulte ohnmächtig auf, blind mit seinem Dolch um sich schlagend, als ob er die Katastrophe damit aufhalten könnte. Folch spitzte die Ohren, ihm war, als hätte er ferne Stimmen gehört … Doch es mochten Schreie von Mönchen in der Kirche sein, die über das zweite Beben in Panik gerieten. Seine Verblüffung war beispiellos, als er in der Öffnung der Spalte Ebro auftauchen sah, erst den mit Erde und Lehm bedeckten Kopf, dann seinen Arm, der auf der Suche nach einem sicheren Halt in der Luft wedelte. Der Sergeant eilte zu ihm, fasste seine Hand und zog ihn mit aller Kraft heraus. Doch ein stechender Schmerz zwang ihn sich umzudrehen und sich des wild gewordenen Novizen zu erwehren, der ihn unter schrillem Kampfgeschrei angegriffen hatte. Folch stemmte seine Beine auf den wankenden Boden, um sich gegen eine neue Attacke zu wappnen, und musste gleichzeitig sein Erstaunen unterdrücken, als er aus dem Augenwinkel Jofre aus der Spalte auftauchen sah. Als sich Pere in seiner ganzen Besessenheit erneut auf ihn stürzte, traf er auf nichts als einen Fausthieb, der ihn an die gegenüberliegende Wand schleuderte und halb bewusstlos zu Boden gleiten ließ. Da hörte Folch klar und deutlich zu seinen Füßen Guillems Stimme aus dem Untergrund dringen: »Schnell, schnell, raus hier!«

Der Kopf des Jünglings erschien an der Oberfläche, und die durchdringenden braunen Augen sahen ihn an, halb blind von all dem Staub, aber nicht weniger verblüfft als der Sergeant selbst, der sogleich seine Hand erfasste und ihn mit einem Ruck zur Treppe beförderte. Ein wütendes Donnern ertönte aus der Tiefe und ließ Folch das Blut in den Adern gefrieren. Er rannte zum Ausgang, hielt jedoch mit einem Mal inne. Er drehte auf dem Absatz um, band die beiden Novizen los und zerrte sie zur Treppe. Das Deckengewölbe war kurz davor einzustürzen, die Steine knirschten unter dem Druck, der auf ihnen lastete. Doch Folch zögerte. Er sah Bruder Pere an und streckte ihm eine Hand entgegen. Der Novize heulte außer sich vor Wut und brüllte immer wieder den Namen Brocards. Als er die ausgestreckte Hand des Sergeanten sah, wich er entsetzt zurück. Folchs Warnruf kam zu spät. Der Novize stolperte rückwärts und rutschte am Rand des Spalts in der Mitte der Krypta aus. Sein Bein blieb hängen. Das Getöse wurde lauter. Ein letzter, markerschütternder Schrei kündigte die Katastrophe an. Das Dach der Krypta stürzte ein. So dicht hing der Staub in der Luft, dass er den Sergeanten fast erstickt hätte. Er konnte gerade noch die Treppe hinaufrennen, das Geräusch der bröckelnden großen Steinplatten in seinem Rücken. Da ließ das Beben plötzlich nach und endete von einem Moment auf den anderen.

Als er, in Decken gewickelt und mit einem Verband an der Seite in einer der Klosterzellen erwachte, blickte er in die sorgenvoll über ihn gebeugten Gesichter seiner drei Gefährten.

»Dem Himmel sei Dank, Jofre, da bist du ja!« Bruder Ramón de Santmartí erhob sich vom vornehmen Schreibtisch des Abts und eilte dem Steinmetz mit offenen Armen entgegen. »Wo warst du denn? Ich habe dich seit Tagen nicht gesehen. Allerdings war ich auch eine Weile fort, mein guter Freund. Ich war in der Stadt. Du kannst dir den Aufruhr nicht vorstellen, es war grauenhaft.«

»Das kann ich nachvollziehen, Bruder Ramón. Ihr habt ein schweres Los gezogen, erklären zu müssen, was in Santa Maria vorgefallen ist. Gott sei Dank ist nun alles vorüber. Wird man das Kloster schließen?« Jofre sah ihn verstohlen an.

»Man geht die Sache mit großem Fingerspitzengefühl an, gerade jetzt, wo sich die Gemüter etwas beruhigt haben«, erwiderte der Bibliothekar mit einem Seufzer. »Ich erzähle es dir im Vertrauen. Der Bischof und das Kapitel kamen anfangs aus dem Staunen nicht mehr heraus, dann aber gerieten sie außer sich vor Wut. Sie wollten Santa Maria auf der Stelle mit tausend Riegeln verschließen. Du kannst dir nicht vorstellen, was ich mir anhören musste, Jofre … Aber jetzt befürchten sie einen Skandal, verstehst du? Ihre Wut ist nebensächlich geworden. Man hat mich beauftragt, den Abt zu ersetzen, bis eine Entscheidung getroffen ist. Fest steht, dass der Almosenpfleger von Sant Miquel und der junge Montclar uns von Gott gesandt wurden. Was hätte ich nur ohne ihre Hilfe getan!«

»Haben sie Euch in die Stadt begleitet?«, fragte der Steinmetz neugierig.

»Sie sind mir keine Sekunde von der Seite gewichen und haben immer wieder betont, dass die meisten von uns unschuldig sind. Ich wäre kaum in der Lage gewesen, zwei zusammenhängende Sätze zu sagen, die vielen Toten, das ganze Blut, der empörte Bischof, das alles hat mich überrollt. Ich wusste nicht, wie ich unsere Gemeinschaft verteidigen sollte, und ich bin noch immer untröstlich …« Der Bibliothekar sah niedergeschlagen drein. »Als Allererstes hat der Bischof befohlen, die Novizen aus unserem Kloster zu entfernen. Man hat sie mitgenommen … und das Schlimmste ist, er hat uns angebrüllt, dass man uns nie wieder die Erziehung unschuldiger Seelen anvertrauen wird. Kannst du dir das vorstellen? … Unschuldige Seelen!«

»Und Brocards Lieblinge. Mateu und Vidal, was hat man mit ihnen gemacht?«

»Die Ärmsten! Auch sie hat man mitgenommen, Jofre. Man hat sie angeblich an einen Ort gebracht, der ausdrücklich für die Ahndung derartiger Verbrechen vorgesehen ist. Ich will ihn mir nicht einmal vorstellen.« Ramón de Santmartís Augen füllten sich mit Tränen.

»Ihre Hände waren mit Blut befleckt, Bruder Ramón«, besänftigte ihn der Steinmetz, doch auch ihm lief ein Schauder über den Rücken.

»Und auch die unsrigen, Jofre, auch die unsrigen«, erwiderte der Mönch mit kaum hörbarer Stimme.

»Wir waren für diese armen Leute verantwortlich und haben ihnen den Rücken gekehrt unter dem Vorwand, in den Himmel blicken zu müssen. Unser Unwissen befreit uns nicht von dieser Sünde. Wie sollen wir begreifen, was vor unseren eigenen Augen geschah, ja, dass wir die Natter an unserem eigenen Busen genährt haben? Wie konnten wir so blind sein? Nein, nein … diese Jungs wurden betrogen, von einer finsteren Seele in den Bann gezogen, ohne dass wir es auch nur ahnten. Eine Sünde, die schwer zu büßen sein wird, Jofre.«

»Quält Euch nicht, Bruder Ramón, die Zeit heilt alle Wunden, und Santa Maria wird es schaffen, Ihr müsst zuversichtlich sein«, versuchte Jofre ihm Hoffnung zu machen.

»Konntest du dir die Trümmer ansehen, glaubst du, die Kirche wird standhalten?«

»Ich bin gekommen, um Euch zu beruhigen. Ich habe mir die Schäden bereits angesehen. Nichts, was nicht zu reparieren wäre. Das zweite Beben hat die Krypta der Heiligen Iscla vollständig zerstört, aber das Fundament der Kirche steht niet- und nagelfest, wir hatten Glück im Unglück. Und ich bezweifle sehr, dass Ihr die Krypta wieder instand setzen lassen wollt? Habe ich recht?« Der Steinmetz beobachtete die Reaktion des Mönchs, der nur mit den Schultern zuckte. »Und eine Säule des Kirchenschiffes hat sich leicht verschoben, aber soweit ich sehen konnte, wurde die Standfestigkeit des Gebäudes dadurch nicht im Geringsten beeinträchtigt, auch wenn Euch das verwundern mag.«

»Mich wundert schon gar nichts mehr, Jofre, obwohl, diese Erderschütterungen … Wie kann es sein, dass sie nur die Kirche betrafen? Ich verstehe das nicht.« Die Frage hing in der Luft. Der Steinmetz verzog keine Miene. »Außerhalb der Kirche hat niemand irgendetwas gemerkt. Sie denken, wir haben den Verstand verloren. Als wenn es nicht schon genug Geisteskranke innerhalb dieser Mauern gegeben hätte! Wie lassen sich der Einsturz der Krypta und die verschobene Säule erklären? Ach ja, übrigens, mein Freund, wo hast du eigentlich gesteckt? Wenn du hier gewesen wärst … dir würde man glauben.«

»Ach, ich war unterwegs«, antwortete Jofre knapp.

»Und der Kreuzgang? Denkst du, du kannst ihn wieder instand setzen? Du bist ein großartiger Baumeister, Jofre, wir können froh sein, dass wir dich haben, du kennst dieses Kloster in- und auswendig. Vielleicht können wir den Bischof um Hilfe bitten …«

»Jeder gute Baumeister kann dieses Problem lösen, Bruder Ramón. Und ich fürchte, ich werde es nicht tun. Ich werde Santa Maria verlassen, ich bin zu alt, um Steine herumzuschleppen, und ich möchte die wenigen Jahre nutzen, die mir noch bleiben.« Der Steinmetz hob abwehrend die Hand. Er wusste, der Bibliothekar würde ihn zu überreden versuchen.

»Santa Maria verlassen! Warum denn, Jofre? Ist es wegen dem, was passiert ist, hast du dein Vertrauen in uns verloren?« Bruder Ramón war sichtlich besorgt.

»Nein, Bruder Ramón, damit hat das nichts zu tun. Wir kennen uns seit vielen Jahren, und ich vertraue Euch wie eh und je, mein Freund. Wir sind doch fast zusammen aufgewachsen! Aber es wird Zeit, dass ich Verantwortung übernehme, auch in meinem Leben hat es Erschütterungen gegeben, und ich muss wieder aufbauen, was zu Bruch gegangen ist, versteht Ihr?« Jofre verschränkte lächelnd die Arme über der Brust.

»Zenon?«, fragte der Mönch neugierig. »Ich habe gehört, der Einsiedler ist dein Sohn.«

»Und es ist wahr, Bruder Ramón, Zenon ist mein und Marias Sohn. Doch ich tue es auch für mich, für sie und für mich. Ich kann mich nicht mehr in Santa Maria verstecken. Wie Ihr schon sagtet, es ist falsch, in den Himmel zu schauen und dem Leben den Rücken zuzukehren. Man muss sich vom Strom des Lebens mitreißen lassen.« Der Bibliothekar sah so verwundert drein, dass Jofre schwieg.

»Aber dazu musst du doch nicht weggehen.« Bruder Ramón suchte nach den richtigen Worten. »Hier bist du zu Hause, hier sind deine Freunde. Du könntest heiraten, ihr drei würdet von allen gut aufgenommen werden.«

»Heiraten? … Um Gottes willen, Bruder Ramón, Ihr kennt Maria nicht!« Jofre brach in Gelächter aus. »Es wäre schon ein Wunder, wenn sie mich an ihrer Seite leben ließe, mein Freund, sie ist so wütend auf mich, dass meine Zeit ablaufen wird, bevor sie mir verzeiht. Und Ihr könnt mir glauben, sie hat vollkommen recht. Und das ist das Schlimmste, ich habe mich jahrelang wie ein Schuft verhalten.«

»So, so…«, stimmte der Mönch zweifelnd zu. Solcherlei Angelegenheiten waren ihm ein Rätsel. »Und wohin wollt ihr gehen? Ihr seid nicht mehr in dem Alter für große Abenteuer, wenn ich das so frei heraussagen darf.«

»Da habt Ihr vollkommen recht. Aber der junge Montclar hat uns ein Haus im Dorf bei Miravet angeboten, das ist ganz in der Nähe, zu Füßen der Templerfestung. Und nicht nur das. Wir sind alt, Bruder Ramón, und wenn wir einmal nicht mehr da sein werden, wird sich der Orden um unseren Sohn kümmern. Zenon kann nicht allein bleiben, sein Geist ist schwach und zerbrechlich, er wird Schutz brauchen.« Der Steinmetz sah ihn traurig an.

»Ja, ich glaube, du tust gut daran, von hier fortzugehen und dich um deine Familie zu kümmern, aber ich werde dich vermissen. Ich habe dich immer als ein Teil dieser Mauern betrachtet, viel wichtiger als die Steine, die sie halten. Was soll ich denn ohne dich tun?«

»Ich werde Euch helfen, einen guten Baumeister zu finden, Bruder Ramón, macht Euch keine Sorgen.«

»Das ist es nicht, Jofre, der beste Baumeister kann nicht die Lücke füllen, die du hinterlassen wirst. Und es wird Jahre dauern, bis es in Santa Maria wieder bergauf gehen wird …«

»Solange sie dann von oben keine Steine herunterfliegen lassen …« Jofre sah ihn schelmisch an. Es dauerte ein paar Sekunden, bis der Bibliothekar begriffen hatte. Lauthals begannen sie zu lachen.

»Wir werden jedenfalls nicht mehr da sein, um sie aufzufangen«, schloss Bruder Ramón und konnte sich vor Lachen kaum halten.

Während der letzten beiden Wochen waren sie kaum zu Atem gekommen, und Guillem war erleichtert, als sich das große Außentor von Santa Maria langsam öffnete. Eine kleine Menschenmenge hatte sich versammelt, um sie zu verabschieden: Mönche, Bedienstete des Klosters und Dorfbewohner winkten traurig. Der Abschiedsschmerz galt vor allem Jofre und Maria, viele ihrer Freunde waren untröstlich. Der Steinmetz hielt die ledernen Zügel der Ochsen fest in der Hand. Er hockte auf dem schwer beladenen Karren, den Bruder Ramón ihm geschenkt hatte. Maria und Pere de Palma saßen dicht aneinandergedrängt an seiner Seite. Der alte Töpfer hatte sich im allerletzten Moment entschieden, seine Freunde zu begleiten und ihr Schicksal zu teilen.

»Geht es euch gut?«, fragte Jofre. »Wir hatten kaum Zeit, miteinander zu sprechen.«

»Vergiss doch die Zeit, Jofre, sie ist eine unsinnige Erfindung, vor allem für Leute wie uns.« Maria hob die Hand, um Juan dem Schmied und seiner Familie zu winken. »Schau doch, da ist Juan, wenn ich daran denke, dass ich seine ganzen Lausebengel auf die Welt gebracht habe! … Das halbe Dorf ist mit meiner Hilfe geboren worden. Und du redest mir von Zeit! Guck sie dir an, Jofre, das hier ist meine Zeit.«

»Und dein Rabe, Maria, wo zum Teufel ist dein seltsamer Vogel, wirst du ihn etwa nicht mitnehmen?« Pere lugte in den vollgestopften Karren. »Hast du ihn freigelassen?«

»Freigelassen? Also wirklich, Pere, dieser Vogel war immer frei, ich habe ihn nie in einen Käfig gesperrt.« Maria sah ihn empört an. »Er ist den ganzen Vormittag durchs Haus geflattert, er schien sehr verärgert über den Aufruhr.«

Die alte Wunderheilerin machte eine gleichgültige Miene und verbarg ihren Kummer. Sie verließ ihr Zuhause, ihre Freunde, ihren Wald, und doch dachte sie die ganze Zeit an diesen verfluchten Raben. Sie stieß ein kurzes Lachen aus. Es war lächerlich! … Der Vogel hatte sich am Abend zuvor auf ihr Fensterbrett gesetzt, wie immer, und ihren langen Erklärungen über den Grund des Umzugs gelauscht. Mit erhobenem Schnabel und seitlich geneigtem Kopf, als ob er jedes Wort verstünde. Wo steckte er nur? Möglicherweise hatte er beschlossen, ein neues Leben anzufangen, genau wie sie.

»Also, Jofre, hast du gefunden, wonach du gesucht hast?«, fragte sie, um den Vogel zu vergessen. »Du warst sehr beschäftigt in den letzten Tagen wegen der ganzen Schäden nach dem Einsturz.«

»Ja, erzähl, Jofre, sind Odons Steine nun geflogen?« Pere de Palma sah ihn ernst an. Der Steinmetz drehte sich mit vorwurfsvollem Blick zu der Wunderheilerin um. Musste diese Frau immer alles ausplaudern?

»Komm schon, mein Freund, die Alten in diesem Dorf wussten immer schon mehr, als du denkst«, erwiderte Maria auf seine unwirsche Geste. »Pere ist mit uns aufgewachsen, genau in der Zeit, als tausend Märchen über Meister Serpentarius erzählt wurden. Und vergiss deinen Großvater nicht, Jofre. Wir alle haben gewusst, dass du ihn eines Tages suchen gehen müsstest … Aber wenn du lieber beleidigt spielen willst, steige ich auf der Stelle vom Karren und gehe wieder in meine Hütte, ich habe diese ganze Geheimniskrämerei satt. Dann könnt ihr sehen, wie ihr ohne mich klarkommt!«

»Sie flogen, Pere, die Steine flogen.« Jofre gab sich geschlagen. Er nahm Marias Drohungen ernst, sie war durchaus fähig, ihn im letzten Augenblick im Stich zu lassen. Was spielte es jetzt auch noch für eine Rolle. Der Töpfer hatte ein Recht darauf, alles zu erfahren, seine Familie hatte ebenso gelitten wie Jofres, und … Es waren seine Freunde, denen er bisher immer vertrauen konnte. Das Geheimnis war bei ihnen gut aufgehoben.

»Serpentarius hat eine riesige Kirche gebaut, genau wie die Basilika von Santa Maria, und zwar direkt unter ihr und auf dem Kopf. Aber er konnte sie nicht fertigstellen, fragt mich nicht warum, ich weiß es nicht … Vielleicht ist er vorher gestorben, oder verrückt geworden. Aber die Sache ist die, mitten in diesem riesigen Kirchenschiffgewölbe begannen die Steinblöcke zu fliegen und zu einer Melodie zu tanzen.«

»Zu tanzen? … Mein Gott, Maria, er ist verrückt geworden.« Pere de Palma entfuhr ein kleiner Schrei, doch er wurde sofort von einer herrischen Geste der Alten zum Schweigen gebracht, die ihrerseits keineswegs überrascht schien.

»Wie das, Jofre, wie kann ein Stein tanzen?« Maria zweifelte nicht daran, dass ihr Gefährte bei Verstand war.

»Ich weiß es nicht genau! Aber ich habe darüber nachgedacht, über all die Geschichten, die ich in meinem langen Leben als Baumeister gehört habe. Ich glaube, es hat etwas mit dem Bau dieser Kirche da unten zu tun, über dem unterirdischen Fluss.«

»Du hast ihn gesehen, es gibt ihn wirklich! Dann ist die Legende wahr, den Fluss gibt es wirklich!« Pere de Palma musste noch einmal zum Schweigen gebracht werden.

»Ich habe ihn nicht nur gesehen, Pere, wir sind in seinen schwarzen Fluten fast ertrunken, alles wurde überflutet … Ich habe Schalen hinuntergeworfen, Musik erklang, und das Wasser drang aus allen Ritzen, und …«

»So geht das nicht, Jofre. Ich kann dir nicht folgen. Fang von Anfang an, als du mit dem jungen Montclar und Ebro mitgegangen bist. Wir wissen doch nicht, von welchen Schalen du redest!« Maria wollte sich nicht das kleinste Detail der Geschichte entgehen lassen. Jofre nickte und begann, Schritt für Schritt, in allen Einzelheiten und unter den staunenden Blicken seiner Freunde, ihr Abenteuer zu erzählen.

»Sie brauchten Musik, um zu tanzen, das ist unglaublich!«, wisperte Pere de Palma, als Jofre geendet hatte.

»Es war ein merkwürdiger Klang, Pere, keine Melodie, wie wir sie kennen, sondern sehr klare einzelne Töne, weißt du, die sich lange in der Luft hielten. Ich glaube, es war ihre Schwingung, die die Steine bewegt hat. Und der Ort! Ihr könnt Euch nicht vorstellen, wie schön es dort war, es war tief beeindruckend. Ich werde das nie vergessen.«

»Und was hat die Beben ausgelöst?«, unterbrach ihn Maria.

»Als alles überflutet wurde, begann die Erde zu beben. Wir dachten, wir würden nie wieder lebend da rauskommen. Ich weiß nicht einmal, wie ich gehen konnte, mir zitterten die Knie vor Angst.«

»Odon muss von Serpentarius' Plänen gewusst haben, Jofre, er kannte seine Entdeckung und hat sich ihrer bedient. Und die Legende ist wahr: Der Stein flog und hat die Quelle versperrt. Ich habe dir ja gesagt, dass der Teufel menschliche Gestalt hat«, schloss Maria befriedigt.

»Aber ich verstehe nicht, Jofre, wie hat er das gemacht?« Pere de Palma war fassungslos.

»Und wie soll ich dir das erklären, Pere? Ich weiß es doch auch nicht. Wenn es eine logische Erklärung gibt, so liegt sie dort unten, im Wasser, der Meister hat sein Geheimnis mit ins Grab genommen.« Jofre sah ihn stirnrunzelnd an. »Und ich schwöre dir, ich werde nie zurückkehren, um es herauszufinden.«

Ein Freudenschrei unterbrach die Unterhaltung, und die drei hoben die Köpfe. Zenon war an den Karren herangelaufen. Sauber, ohne die lange Haarmähne und den schmutzigen Bart, wirkte der Eremit zwanzig Jahre jünger. Sobald er sich beobachtet wusste, begann Zenon wenige Meter vor den Ochsen zu tanzen, seine Gesänge erfüllten den Zug mit Leben, während er sich in seinem mysteriösen Tanz drehte und drehte.

»Schau, Jofre, unser Sohn tanzt wie deine Steine. Glaubst du, er nimmt auch jene Schwingung wahr?« Maria folgte den Drehungen ihres Sohnes gebannt.

Ein Krächzen untermalte den Singsang des Eremiten, der außer sich vor Freude in die Höhe sprang. Der Vogel segelte aus dem Himmel herab und flatterte in regelmäßigen Kreisen um Zenons Haupt herum, und ihre Drehungen waren eigenartig verwandt, als ob tatsächlich eine Musik aus der Erde zu ihnen dränge und sie geleitete.

Folch hatte sich schlichtweg geweigert, auf Jofres Karren mitzufahren. Er hatte versichert, dass die Wunde an seiner Seite gut verheilt war, und es keinen Grund gab, eingequetscht zwischen dem ganzen Gerümpel der drei Alten zu reisen. Zwei Wochen Faulenzen seien mehr als genug, scherzte er und stieg auf seine Stute, ohne dass es ihm jemand hätte ausreden können. Er ritt an Guillems Seite hinter dem Karren des Steinmetz, und sie passten sich dem langsamen Schritt der Lasttiere an. Ebro, in der Nachhut, hatte seinen alten Kampf mit den Mauleseln wieder aufgenommen.

»Hast du Neuigkeiten aus Miravet, Guillem?«, fragte Folch.

»Einen ganzen Haufen, Folch! So viele, dass ich kaum folgen kann. Vor allem von Dalmau!«, bestätigte der junge Templer zerstreut. »Ich habe natürlich auch den Komtur

Pujalt aufgesucht, er ist sofort in die Stadt geeilt, als er von den Geschehnissen um die Fontsanta gehört hat. Die ganze Welt ist in Aufruhr. Dass das Kloster darin verwickelt ist, hat eine ganze Menge Leute nervös gemacht.«

»Man sollte dieses verfluchte Kloster schließen!«, rief Folch mit verhaltener Wut aus.

»Komm schon, Sergeant, übertreib mal nicht! Die Mehrheit der Mönche von Santa Maria wusste von nichts. Willst du den ganzen Korb Äpfel wegwerfen, weil zwei verfaulte drin sind?« Guillem wunderte sich über die heftige Reaktion seines Freundes.

»Zwei faule Äpfel und ein Übermaß an verirrten Seelen«, befand Folch hartnäckig.

»Du hättest das Gesicht des Bischofs sehen sollen, er ist leichenblass geworden!«, fuhr Guillem fort, ohne auf die düstere Bemerkung einzugehen. »Und dein Komtur, bei allen Heiligen! Ich fürchtete, er würde in Ohnmacht fallen. Da war vielleicht was los, Folch … Und nach dem ersten Schreck, das Schweigen: die unausgesprochene Furcht vor einem möglichen Skandal, du weißt schon. Der arme Bruder Ramón de Santmartí wusste schon nicht mehr, was für ein Gesicht er machen oder was er sagen sollte. Der Bischof war so wütend, dass es fast so aussah, als würde er ihm die ganze Schuld geben.«

»Ich muss immer an den armen Prior denken, Bruder Guerau hatte das alles nicht verdient. Gott hab ihn selig!« Folch bekreuzigte sich eilig.

»Er möge im Paradies sein und in Frieden ruhen. Sein Geist schwebte über der Kathedrale der Stadt, weißt du? Bruder Ponç de l'Oliva war einfach großartig, er hat Santa Maria mit einer beeindruckenden Wortgewandtheit verteidigt, er hat sie sogar davon überzeugt, dass es keine gute

Idee wäre, das Kloster zu schließen. Es schien fast, als wäre Guerau de Cirera selbst aus dem Grab gestiegen und hätte dem Almosenpfleger seine Worte in den Mund gelegt.«

»Und er hat ihm ganz sicher zur Seite gestanden«, grummelte Sergeant Folch.

»Ich finde nicht, dass man das Kloster schließen sollte, Folch. Es gibt viele Gründe, weshalb Santa Maria seine Pforten nicht verschließen sollte, unter anderem ...«

»Ich will nichts von Serpentarius wissen!«, entfuhr es Folch brüsk.

»Was zum Teufel ist denn mit dir los?«, schrie Guillem verärgert zurück. »Seit ein paar Wochen schon bist du so merkwürdig, du wirkst wie ein verschrecktes Kaninchen, was hast du denn, verdammt noch mal?«

»Tut mir leid, entschuldige, ich wollte dich nicht anfahren. Aber bitte erzähl mir nichts von alldem, was du da gesehen hast. Ich möchte mich von diesem verfluchten Verräter Serpentarius fernhalten. Du würdest den Grund ja doch nicht verstehen.« Er machte eine zerknirschte Miene.

»Ich bin nicht blöd, weißt du? Vielleicht verstehe ich dich besser, als du denkst. Versuch es.«

»Da sind Dinge, die ...« Folch hielt eine ganze Weile inne. »Vor Jahren, als ich diese verdammte Arbeit gemacht habe, wie du jetzt, habe ich etwas Furchtbares erlebt, etwas Schreckliches. Und ich brach zusammen, verstehst du? Ich bin schlicht und einfach zusammengebrochen, ich war drauf und dran ... Hör zu, Guillem, ich wollte der Miliz immer angehören, es war mein sehnlichster Wunsch, ein Templer zu werden, und ich habe es geschafft. Aber ich habe eine sehr schmerzhafte Entdeckung gemacht. Und mein Glaube ist anfällig, Junge, schwach und zerbrechlich wie ein Strohhalm. Ich möchte ihn nicht noch einmal auf die

Probe stellen, er würde dem nicht standhalten. Der Orden hat mir erlaubt, mich nach Miravet zurückzuziehen, und mir eine ruhige, geregelte Arbeit angeboten. Und damit geht es mir gut, ich fühle mich sicher, ich möchte nicht gegen etwas kämpfen, das ich nicht verstehe. Und ich verstehe weder diesen Serpentarius noch seine Gründe, den Templerorden zu verraten. Und ich will ihn auch gar nicht verstehen, so einfach ist das.«

Wortlos warf Guillem ihm einen langen, verständnisvollen Blick zu, er wusste genau, wovon der Sergeant sprach. Auch er hatte solche Zweifel und Ängste schon verspürt, die Gefahr, zwischen unzähligen Halbwahrheiten unterzugehen. Doch es war ihm nie derart nahe gegangen. Es war Teil seiner Arbeit, und niemand hatte ihm gesagt, sie wäre leicht oder garantiere seinen Seelenfrieden. Folchs Seele war aus einem reineren Material geschnitzt, dachte er, deshalb wühlte ihn das Schmutzige an dieser Arbeit auf. Guillem verstand ihn gut und schätzte ihn dafür.

»Was tuscheln die drei denn da?«, fragte er. Sie hatten den Karren eingeholt, und in diesem Moment verstummten die drei Alten mit einem Mal in ihrem angeregten Gespräch und sahen argwöhnisch auf.

»Eine Verschwörung, die ganze Welt verschwört sich, Guillem. Denkst du, sie reden schlecht über uns?«

Guillem brach in dröhnendes Gelächter aus, und Folchs Miene verriet, dass auch er nicht daran glaubte.

✠

Abenddämmerung neigte sich über die Templerfestung von Miravet, die Umrisse ihrer standfesten Mauern zeichneten sich scharf und in allen Grautönen vom Himmel ab. Die

Geschäftigkeit in der Komturei hatte nachgelassen, und alles lag ruhig da. Die Stille ließ nahezu an ein Zisterzienserkloster denken. Zwei Schatten traten durch das Eingangstor und begrüßten freundschaftlich den Wachtposten. Von dort begaben sie sich auf die obere Terrasse, wo eine dunkle, geduckte Gestalt die letzten Lichtstrahlen über der Flussbiegung des Ebro betrachtete.

»Na, habt ihr noch alle fünf Sinne beisammen?«, war eine spöttische Fistelstimme zu vernehmen.

»Bruder Beson, ich bin kein bisschen verrückt geworden!« Außer sich vor Freude schlang Ebro die Arme um den Greis.

»Wie schön. Lass mich dich anschauen. Mal sehen, ob dein Kopf noch am rechten Platz sitzt. Und du, Guillem de Montclar, hat sich dein Verstand nicht in den Windungen der Schlange verirrt?« Das faltige Gesicht Besons strahlte vor Zufriedenheit. Der Jüngling streckte ihm die Hand hin, und der Greis nahm sie zwischen die seinen. »Ich freue mich sehr, euch zu sehen! Ich hab mir schon Sorgen gemacht. Was mir gerade noch fehlte, war dieses ganze Geschwätz über mordende Mönche und blutige Opferzeremonien auf irgendwelchen Felsen, und was weiß ich alles! Schon wieder ein Skandal! Die Menschen sind das Seltsamste, was ich in meinem Leben gesehen habe, und ich habe wundersame Dinge gesehen … ihr würdet mir nie glauben.«

»Nicht so wundersame, wie wir sie gesehen haben, Bruder Beson«, flüstere Ebro vorsichtig.

»Ich verstehe, mein Junge. Dann habt ihr wohl die fliegenden Steine von Serpentarius und seinem Gehilfen gesehen?« Ein krampfhaftes Kichern überkam den alten Templer. Ebro war verblüfft und enttäuscht, dass es nichts gab, womit man den Alten in Erstaunen versetzen konnte. Aber Guillem grinste über das ganze Gesicht.

»Ich habe mir schon gedacht, dass Ihr mehr wisst, als ihr uns erzählt habt, Bruder Beson, aber Ihr habt weise geschwiegen.« Guillem schien keineswegs verärgert.

»Ich weiß zwar nicht sehr viel, aber genug, Jüngelchen, genug. Euch habe ich nur das Nötige erzählt, jeder muss seinen eigenen Weg finden. Hättest du mir diese irre Geschichte etwa geglaubt? Pah, du hättest mich für genauso verrückt gehalten wie den alten Gaston!« Eine erwartungsvolle Neugierde funkelte in Besons kleinen Augen. »Ich will alles hören, ihr dürft nicht die kleinste Einzelheit auslassen. Ist der Meister in Frieden gestorben?«

Guillem und Ebro ließen sich zu Füßen des Greises nieder, und der Jüngling überließ seinem Knappen das Wort, der mit dem üblichen Eifer und in aller Ausführlichkeit ihr unglaubwürdiges Abenteuer zu schildern begann. Bruder Beson lächelte, und hin und wieder brach er in schrilles Gelächter aus. Das Grab des Riesen, der grüne Schlund des Drachen, die Reliquie der Iscla ... Die Worte strömten nur so aus Ebro heraus, jede Einzelheit prachtvoll ausgemalt von seiner schöpferischen Einbildungskraft. Noch einmal durfte er sein Abenteuer erleben, und er genoss diesen Augenblick in vollen Zügen. Die Ruchlosigkeit der »Diener des Steins«, die traurigen Augen des bedrückten Priors Guerau de Cirera, das Geheimnis der beiden Kreuzgänge und der tanzenden Steine, die sich im Innern der unterirdischen Kirche in Treppenstufen verwandelten, die Gebeine des Meisters Serpentarius, umwickelt von seinem weißen Mantel, und das funkelnde Schwert zu seinen Füßen, die traurige Tat seines treuen Gehilfen und die goldenen Schalen, der tief beeindruckende leere Blick ihrer toten Augenhöhlen ...

»Allmächtiger, wie gerne wäre ich dabei gewesen!«, rief Beson aufgeregt aus. Mühsam richtete er sich in seinem klapprigen Stuhl auf und beugte sich zu Guillem vor. »Hast du deinen Superior aufgesucht, was hast du ihm erzählt?«

»Dalmau war noch wach, als wir ankamen, und hatte mich schon erwartet, Bruder Beson, er hat mich erst vor einer Stunde gehen lassen«, seufzte Guillem und schüttelte sich seine Haare aus der Stirn. »Wisst Ihr, wir sind recht spät angekommen, weil wir den drei Alten geholfen haben, Jofre, Maria und Pere de Palma. Den dreien, von denen auch Ebro erzählt hat, erinnert Ihr Euch?«

»Natürlich erinnere ich mich, hältst du mich etwa für schwachsinnig?« Eine verärgerte Grimasse verzerrte das faltige Gesicht.

»Wir haben ihnen geholfen, sich in dem neuen Haus im Dorf niederzulassen. Dann sind wir auf die Festung gekommen, und ich dachte, Dalmau würde schon schlafen, aber von wegen, er war ganz außer sich vor Aufregung. Er war wacher als ein Fuchs auf der Flucht vor einer Meute Jagdhunde, er hat mich nicht entkommen lassen, und ...« Guillem machte eine theatralische Pause.

»Dein Vorgesetzter interessiert mich nicht, Junge, ich weiß, wie es ihm geht. Ich will wissen, was du ihm erzählt hast«, trieb ihn Beson neugierig an. »Verschwende doch bitte nicht meine Zeit!«

»Lasst mich nachdenken ... Ein Dreieck hat uns zum anderen geführt, wie Teile einer rätselhaften Landkarte, die uns zu einem unbekannten Punkt lenkte. Ich habe ihm die Orte beschrieben, an denen wir die einzelnen Teile gefunden haben, mit all den einfallsreichen, rätselhaften Mechanismen.« Guillems Zuhörer lauschten ihm gebannt. »Dann habe ich von den Morden bei der Fontsanta erzählt und die Gelegenheit genutzt, mich über die viele Arbeit zu beschweren. Ein Sergeant, ein Knappe und ein Soldat sind noch lange keine Armee. Diese Mission überstieg unsere Kräfte! Dann erzählte ich weiter: Schließlich konnten wir die Bruchstücke der Landkarte zusammensetzen, aber nur zum Teil, denn … das letzte Dreieck haben wir nicht gefunden! Doch, klug wie wir sind, haben wir einen Eingang im Brunnen des Kreuzgangs von Santa Maria gefunden, sind neugierig der Spur gefolgt. Ein schmaler Gang führte uns … zum Grab von Serpentarius und seinem treuen Schüler!«, rief Guillem triumphierend aus. »Und wir haben etwas herausgefunden, was das ganze Dorf dort schon wusste: dass der Meister Stunden und Tage in Santa Maria zugebracht und einen Teil der Klosterkirche gebaut hat, wenngleich wir nicht wissen, warum er es dem Orden verschwieg. Warum hat er seinen Superioren nicht mitgeteilt, wo er sich aufhielt? … Niemand weiß es, nach den hundert Jahren bleibt das ein unerklärlicher Umstand.«

»Obwohl wir annehmen, dass Schuldgefühle ihn in diese traurige Lage gebracht haben«, fügte Ebro mit weit geöffneten Augen und einem unschuldigen Blick hinzu.

»Schuld, was für eine Schuld? Was redet ihr für einen Unsinn?« Beson hatte den Faden zu verloren.

»Begreift Ihr nicht? Dalmau hat es erst auch nicht verstanden, aber es ist klar wie Kloßbrühe«, fuhr Ebro fort und nahm erneut das Gespräch in die Hand.

»Der Meister Serpentarius wurde in die Machenschaften des fanatischen Abts Odon mit hineingezogen, und es ist sehr wahrscheinlich, dass er ihm auch dabei geholfen hat, die Iscla-Quelle zu versperren. Wir haben ja gesehen, wie erfinderisch und geschickt er beim Verstecken der Dreiecke war … Aber kurz darauf, als er sah, dass Odons Ruchlosigkeit keine Grenzen kannte, bereute er entsetzt, dass er ihm geholfen hatte, und traute sich natürlich auch nie, das seinen Vorgesetzten zu gestehen. Er zog sich ganz in sich selbst zurück und erlegte sich die Buße auf, die prachtvolle Kirche von Santa Maria zu bauen. Und jene geheime Krypta für sein eigenes Grab.«

Bruder Beson schüttelte ungläubig den Kopf und sah die beiden jungen Männer an, die ihn nicht aus den Augen ließen, um seine Reaktion einzuschätzen.

»Ihr habt mich fast überzeugt. Fast! Aus welchem verdrehten Hirn stammt diese seltsame komplizierte Geschichte? Ich verstehe schon, aber auch wieder nicht.« Bruder Beson betrachtete sie belustigt.

»Vor allem aus Ebros, seine Fantasie übertrifft alles«, erklärte Guillem. »Ich habe ihn mitgenommen, auch wenn Dalmau nicht gerade begeistert war. Aber so hat der Junge die Lücken meines Berichts mit den unglaublichsten Geschichten gefüllt. Ich musste mich sehr zusammenreißen, um meine Verblüffung zu verbergen! Serpentarius' Schuldgefühle waren allein seine Idee. Etwas derart Verworrenes wäre mir nie in den Sinn gekommen.«

»Ich habe es schon immer gewusst, Ebro, du bist etwas ganz Besonderes. Doch jetzt, wo auch Guillem das gemerkt hat, bin ich beruhigt. Er wird auf dich aufpassen und dir den Weg weisen. Aber wenn ich ehrlich bin, kann ich mir nicht vorstellen, dass Dalmau Euch geglaubt hat. Er hat etwas ganz anderes erwartet, und macht Euch nichts vor: Er ist nicht dumm!« Beson zweifelte noch.

»Ja, Ihr habt recht. Dalmau ist nicht dumm, ganz im Gegenteil. Aber der Skandal um Santa Maria ist uns zu Hilfe gekommen.« Guillem dachte laut. »Mordende Novizen. Dalmau ist völlig entsetzt und steht geradezu unter Schock … Aber er wird sich erholen und unsere Geschichte hinterfragen. Nun gut, ich bin jederzeit bereit zu einer gründlicheren Befragung, selbstverständlich auch ohne Ebros Hilfe.«

»Aber warum nicht die Wahrheit sagen? Vielleicht lernt der Orden ja etwas aus dieser ganzen Geschichte.« Der Alte war noch immer skeptisch.

»Jeder muss seinen Weg gehen, wie Ihr schon sagtet, Bruder Beson. Und ich denke auch an Eure Worte, als Ihr solchen Wert darauf legtet, dass gewisse Dinge von der Habsucht der Menschen ferngehalten werden sollten.« Guillem zögerte einige Sekunden. »Glaubt Ihr, irgendjemand, uns eingeschlossen, wird einen Nutzen aus Serpentarius' Geheimnis ziehen? Es mag hochmütig von mir sein, eine persönliche Entscheidung zu treffen, aber Ehrgeiz war schon immer ein Laster, das mir Furcht eingeflößt hat. Außerdem, Bruder Beson, gibt es nichts mehr, absolut nichts, was zu der genauen Formel führt, mit der Steine auf diese Weise in Bewegung gesetzt werden können. Meister Serpentarius hat uns das Wunder sehen lassen, aber er hat uns verschwiegen, wie er es vollbracht hat. Er hat sein Geheimnis mit ins Grab genommen und dafür gesorgt, es in tiefster Tiefe zu begraben. Diese Entscheidung sollte man einfach respektieren, denkt Ihr nicht auch? Ihn in Frieden schlafen lassen.«

»Wenn Ihr ihn nur gesehen hättet, Bruder Beson!«, rief Ebro aufgewühlt. »Er saß da inmitten seiner fliegenden Steine, so zerbrechlich, und doch gleichzeitig so mächtig. Was hat ihm seine Macht genützt? Sie hat ihn von seinen Brüdern und seinem Glauben entfernt, von allem Schönen auf der Welt. Er ist in großer Einsamkeit gestorben wie auch sein treuer Schüler, aber wissen wir denn, wonach er sich in Wirklichkeit gesehnt hat? Er hat mir so leid getan, ich habe noch nie so für irgendjemanden empfunden. Nur darum habe ich Guillem geholfen. Er hat mich nicht gebeten zu lügen. Denkt Ihr nicht auch, dass man den armen Meister vor der Habsucht der Menschen schützen muss, Bruder Beson?«

Der Greis pflichtete schweigend bei. Dicke Tränen liefen an seinen faltigen Augenringen entlang. Es war fast dunkel geworden, doch über der Flussbiegung erhob sich ein großer runder Vollmond, der die Lichtstimmung wandelte und einen gespenstischen weißlichen Schimmer über die symmetrisch den Hügel hinabgebauten Terrassen legte. Sanft floss das Wasser dahin, folgte den Windungen des Flusses, fern vom Schicksal der Menschen, ihrem Leid und ihren Wundertaten.

»Ich möchte, dass ihr mir einen Gefallen tut«, wisperte Bruder Beson leise. »Hier tut keiner, worum ich ihn bitte.«

»Alles, was Ihr nur wünscht, Bruder Beson, was es auch sei.« Aus Ebros Blick sprach tiefe Zuneigung.

»Ich möchte, dass Ihr mich zur untersten Terrasse bringt, zum Friedhof von Sant Miquel. So oft ich auch darum bitte, sie weigern sich.«

»Wollt Ihr damit nicht lieber bis morgen warten, wenn Tag ist? Es ist kalt, Bruder Beson, und ...« Guillem hielt inne, die winzigen Augen des Greises sahen ihn flehend an.

»Dort sind alle meine Kameraden, meine Freunde, ich will bei ihnen sein. Ich möchte Gaston das Ende der Geschichte erzählen, er wird so staunen! Ich muss zu ihnen, verstehst du, Guillem?« Die Entschlossenheit des Alten erschreckte Guillem, aber er wagte nicht, ihm zu widersprechen, auch Ebro sah ihn nur beunruhigt an.

Sie hoben Besons Stuhl auf ihre Schultern und stiegen vorsichtig den Hügel hinab, bis sie die unterste Terrasse erreicht hatten, wo, im Schatten der kleinen Sant-Miquel-

Kirche, der Friedhof lag. Der Greis wusste genau, wo er heruntergelassen werden wollte, und nach einigem Hin und Her auf dem hügeligen Boden gab er, mit einem Gesichtsausdruck vollkommenster Zufriedenheit, den Befehl, ihn abzusetzen.

»Danke, Jungs, vielen Dank!«, murmelte er schnaufend. »Hier wird es mir gut gehen, genau hier wollte ich her. Ebro, du bist ein guter Junge, vergiss nie, warum der Meister Serpentarius so einsam gestorben ist, manche Wege sollte man besser nicht einschlagen. Verstehst du, mein Junge? Und bete jeden Tag deine Vaterunser, was auch geschehen mag! Und du, Guillem de Montclar, was wirst du mit all diesen Geheimnissen anfangen? Ich mache mir Sorgen um dich, eines Tages könnte die Last für dich zu schwer werden. Doch ich hoffe, dann wirst du eine gute Lösung finden. Ich beneide dich nicht, bei dieser Arbeit … Und jetzt möchte ich gerne mit meinen Freunden allein sein, ich habe eine interessante Nachtwache vor mir.«

Guillem und Ebro sahen ihn befangen an und wussten nicht, ob sie dem Alten widersprechen sollten. Durchsichtige Dunstspiralen stiegen vom Fluss auf wie zarte Gaze auf der Suche nach offenen Wunden, die es zu heilen galt. Langsam und zögerlich kehrten sie zur oberen Terrasse zurück.

»Er wird zu ihnen stoßen, ist es nicht so, Guillem? Deshalb will er allein sein. Er will ihnen gar nicht Serpentarius' Geschichte erzählen, er will Gaston und die anderen sehen, von Angesicht zu Angesicht, und bei ihnen bleiben …« Aus Ebros Worten sprach eine schlimme Befürchtung.

Guillem überlegte, was er antworten sollte. Bruder Besons Entscheidung hatte ihn tief getroffen. Ein dicker Knoten hatte sich in seiner Kehle festgesetzt, kaum konnte er etwas erwidern. Während sie auf den Fluss hinunterschauten, der sich in der Dunkelheit verlor, legte er einen Arm um Ebro und schluckte.

»Er möchte schlafen, genau wie der alte Fuchs von Serpentarius, schlafen und vergessen. Obwohl er einen besseren Weg gewählt hat, sein Leben war viel erfüllter als das des Baumeisters. Er hat Freunde, Ebro, gute Freunde, die ihn mit offenen Armen erwarten, und ihn auf seiner Reise begleiten. Das ist um vieles besser als fliegende Steine, denkst du nicht auch?«

»Und wird Bruder Beson zwischen den Windungen der Schlange schlafen?«

»Wir alle tun das, Ebro … In ihnen leben und träumen wir.«